《옥씨부인전》을 사랑해주시고
기억해주신 모든분들께 감사드립니다
시간이 지날수록 의미있고 감동적인
작품이 되길 바라며
용세라 희망을 준 이야기가 되었길
바랍니다 항상 행복하세요♡

- 옥대면. 구덕이
이지역

안녕하세요
옥씨부인전의 검과 송희입니다
한 사랑 많이 받았습니다

안녕하세요!

매우 고객한니다. 성고는 연기하는 순간 수참기나 행복하고
참이없는 것 같고요. 사람 사는 세상이기에 사랑도 상처받는
마음은, 선가 선에게 가여어 사랑에게 차마받는 따뜻한
건강는 세상 속에 숨가겼없 안나다. 서오한 성써 간운처럼
이다겨어 소신있고 굴거하게 살어같게요. 늘 건강하시고
행복하세요♡. 사랑해요. 안녕♬

　　　　　　　　　　－ 김재현. 성고2 올림－

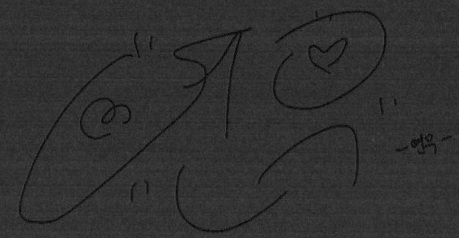

안녕하세요 옥석목인건의 미경이! 연우입니다
　우선 방펑내내 함께해주시고 깊은 사랑 주셔서 진심으로 감사합니다
대물욱 벚어셔 욱고 웃고, 늘 다음 대펑을 기대행, 기대행 기대이 납니다
여녀분라 그분 감정을 꽁추학셨상게 너자나 행복합다!♡
대현강욱 뭉텨 더 겹하게! 더 오래 기댜되믁 부갛니다
　감사햇습니다!! ♡

　　　　　　　　　　　　　　　－연우－

옥씨부인전

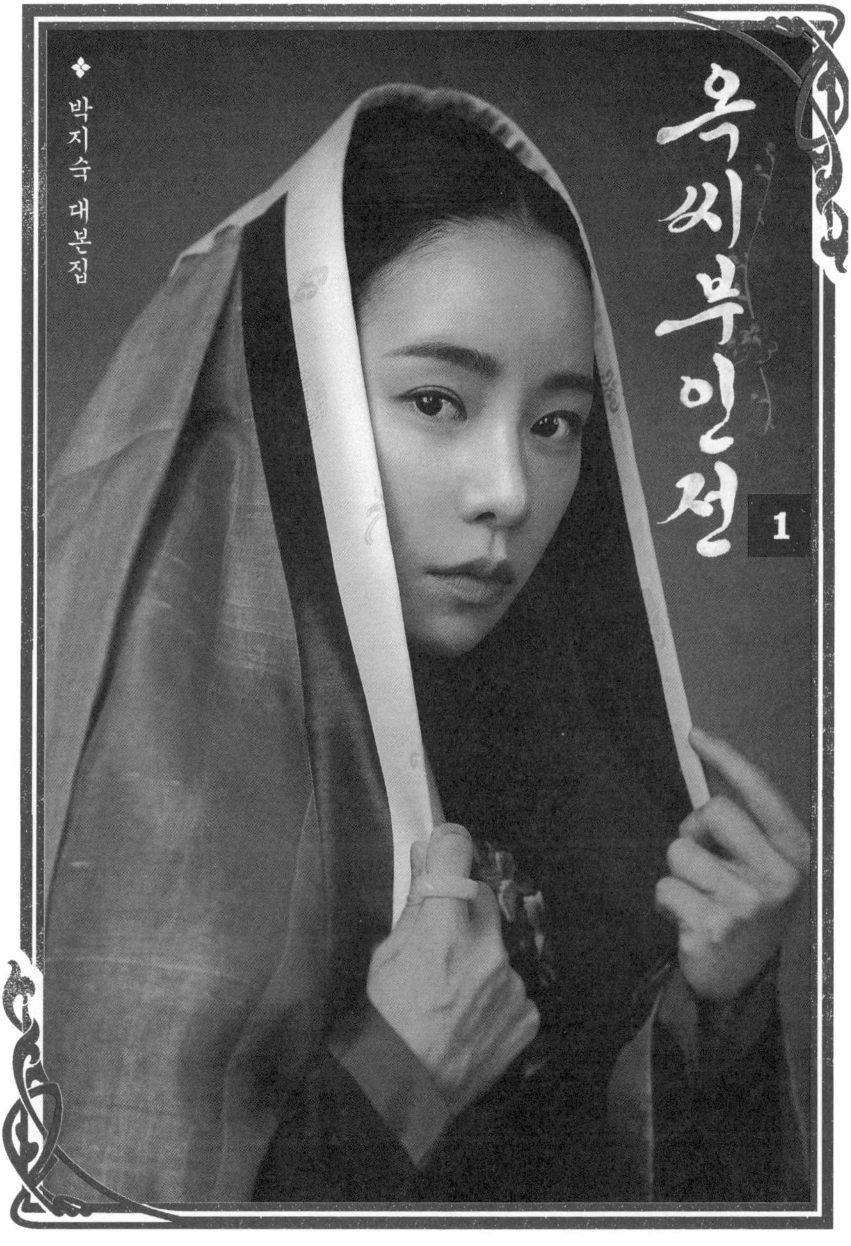

박지숙 대본집

옥씨부인전

1

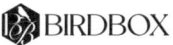

일러두기

1 이 책은 박지숙 작가의 드라마 대본 집필 형식을 최대한 반영하여 편집되었습니다.

2 드라마 대사는 오탈자와 띄어쓰기 같은 기본적인 교정·교열을 제외하고, 원문 모두 입말임을
  감안하여 한글 맞춤법에 맞지 않더라도 그대로 실었습니다.

3 쉼표, 마침표는 물론 말줄임표, 빗금(/), 물결표(~)와 같은 문장 부호도 등장인물의 성격이나
  해당 장면의 긴장감 혹은 분위기를 최대한 살리려는 작가의 의도라 생각해 그대로 살렸습니다.

4 1-1, 2-2, 3-3과 같이 대번호에 연결된 숫자는 같은 장소인데 편집을 나누거나, 후반에 추가가
  되어서 씬 넘버를 엉키지 않게 하려는 등 다양한 의도를 담고 있습니다.

5 대본 이외의 글에서 소설은 겹낫표(『』)로, 짧은 글이나 기록은 낫표(「」)로, 영화나 방송은
  홑화살괄호(〈 〉)로 표기하였습니다.

6 이 책은 작가와 촬영팀, 배우가 공유한 작가의 최종 대본입니다.

─────── **이름도, 신분도, 남편도 모든 것이 가짜였던 여자의 진짜 이야기**

구더기처럼 살던 천한 노비의 딸은 어떻게 양반의 정실부인이 되었을까? 만인의
부러움과 존경을 받으며 명예와 사랑을 모두 쟁취하지만, 결국엔 진실 앞에
내던져진 여자의 진가쟁주담(眞假爭主談).

─────── **살기 위해 도망친 노비 & 사랑을 좇는 로맨티시스트**

왕좌를 차지하려는 사내들의 정치극도, 여성들의 궁중 암투극도 아니다.
탐관오리를 벌하는 민초 영웅의 이야기도, 기록될 만한 위인의 이야기도 아니다.
반상의 법도가 준엄하고, 귀천의 자리가 엄격했던 조선 시대. 인권도, 지위도
없던 여자 노비의 치열한 생존기이며, 그 여인을 지키기 위해 열망했던 모든 것을
버린 한 사내의 지극한 사랑에 대한 기록이다.

─────── **너희 중에 죄 없는 자가 먼저 돌로 쳐라**

옥태영의 인생을 대신 살고 사람들을 속인 구덕이는 요망한 악녀였을까? 가짜
신분인 채로 살았지만 진짜에게 인정받은 삶이었다면, 그 삶을 보다 가치 있게
일궈 냈다면, 그들은 면죄부를 받을 수 있을까? 단지 옳고 그름으로 이분될 수
없었던 그들의 이야기 속으로 들어가 본다.

실제 이야기 - 돌아온 가짜 남편

1542년 프랑스에서 벌어진 남편이 뒤바뀐 실제 사기 사건과, 1607년 조선 선조 때 실제로 벌어진 가짜 남편 사건을 모티브로 한다. 판사 쟝드코라스가 기록한 「마르팅게르의 귀환」과 백사 이항복이 사실을 바탕으로 쓴 소설 『유연전』을 재해석한다.

차례

✦

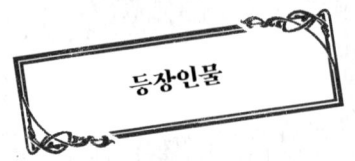
구덕이 / 옥태영 (임지연)

거창한 출생의 비밀 따위 없다!
노비 부모 사이에서 태어난 찐 노비

김낙수 부녀의 모진 학대를 견디며 하루하루를 버텼다. 천한 신분임에도 태생이
영민한 덕에 글쓰기, 셈하기는 물론 일머리, 운동 신경, 손재주마저 뛰어난
능력자이며, 어려운 상황에서도 남을 먼저 돕는 따뜻한 성미까지 겸비하여
주변에서도 늘 도움이 따르는 편이다. 열심히 돈을 모아 아버지와 도망쳐
바닷가에서 사는 것이 구덕의 유일한 꿈.
애당초 사내들에겐 관심도 없었고 노비 팔자를 자식에게 물려주고 싶지도
않았는데 아씨와 혼담이 오간 서인의 집에 숨었다가 주인어른과 합방할 위기에
처한다. 아버지 개죽과 간신히 도망치지만, 개죽은 홀연히 사라지고 주막에서
일하며 아버지를 기다리다 운명의 아씨 옥태영을 만난다. 평생을 모셨던 소혜
아씨와는 너무도 달랐던 태영 아씨. 짧은 시간에 다른 세상을 배우고, 옥씨
가문의 양녀가 되기로 하지만 하필이면 그날 밤 화적 떼의 습격을 받게 된다.
그렇게 홀로 살아남아 청수현에 도착한 구덕은 가짜 옥태영이 되어 제2의 삶을
살게 되는데...

'나는 내가 지켜야 할 사람을 지킬 것이다.'

송서인 / 천승휘 (추영우)

명문 송대감 댁의 맏아들인 줄 알았으나
사실은 기녀에게서 태어난 서자?

서책을 읽고 글공부를 하기보다는 소설책을 읽으며 공상과 망상을 즐기고,
무예를 연마하기보다는 그림을 그리거나 악기 연주와 춤사위를 즐긴다. 부모님의
미움을 받아 별당에서만 처박혀 있어 광인으로 불리지만 사랑 앞에서는 물불
가리지 않는 조선 최고의 로맨티시스트다.
전기수의 공연을 보러 나왔다가 노비 구덕이를 만나 영감을 얻고 고작 단 한
번의 만남으로 영혼까지 송두리째 흔들려 연모한 것도 모자라 도망친 구덕이를
잊지 못해 방방곡곡을 찾아 헤매는 외사랑 장인.
서자라는 출생의 비밀을 안 후 쫓겨나다시피 해 이름도 천승휘로 바꾸고 얼굴도
가린 채 전기수가 되어 전국을 떠돌며 살아간다. 어미를 닮아 출중한 예술성,
가리개로도 감출 수 없는 꽃 미모, 돈도 인기도 쓸어 모으는 천상계 전기수
천승휘지만 오로지 승휘의 마음에는 구덕이뿐이다. 그런 구덕이 자신과 꼭 닮은
사내와 혼인한다는 소식에도 연모의 마음은 쉽게 접히지 않는데...

'내 오늘은 너만의 전기수가 되어 주마.'

성윤겸 (추영우)

송서인과 같은 얼굴, 다른 느낌!

새로 부임한 청수현 현감 성규진의 맏아들이다. 생김새는 승휘와 구별할 수
없을 정도로 똑같으나 결이 전혀 다르다. 빼어난 용모도, 압도적인 신체 조건도
같으나 윤겸이 훨씬 더 근사해 보이는 이유는 출중한 무예 실력에서 나오는

등장인물

남자다움, 절대 가볍지 않은 목소리와 더불어 뛰어난 학식 수준과 깊고 따뜻한 그의 심성 덕분일 것이다. 양반가의 적장자인데다 기방 근처에는 출입도 하지 않으며 오로지 학당의 도령들이나 사내들과만 어울린다는 소문까지 더해져 청수현의 규수들은 너나 할 것 없이 눈독을 들이는 최고의 신랑감이지만 사실 윤겸에게는 말 못 할 비밀이 있다.

성도겸 (김재원)

어렸을 때부터 쭉- 형수님 바라기!
일찍 철이 든 성씨 가문의 둘째 아들

청수현 현감 성규진의 작은아들로, 윤겸의 하나뿐인 동생이다. 집안에 위기가 닥쳤을 때, 봇짐을 둘러메고 먼 친척의 집으로 가려던 어린 도겸. 그런 그를 붙잡고 곁을 지켜 준 건 오로지 태영뿐이었다. 마침내 집안의 명예와 가산을 되찾는 태영을 보며 그는 결심한다.
'영원히 형수님을 위해 살 것이다. 형수님을 위해서는 목숨도 걸 것이다.'
도겸에게 있어 태영은, 엄마이자, 누나이자, 연인이자, 유일한 친구였다. 도겸의 삶에 가장 중요한 사람은 형수님이었다. 그렇게 7년을 죽기 살기로 태영의 자랑이 되기 위해 애썼고 온 동네 양반 댁에서 모두 탐낼 만큼 훌륭한 청년이 되었다. 혼처를 찾던 그때 태영의 심성을 빼닮은 여인 '미령'이 나타난다. 상냥하면서도 당찬, 낯설지 않은 그 모습에 어쩐지 자꾸 마음이 간다.

차미령 (연우)

의창현에서 온 미모의 여인!
그러나 누구에게도 밝힐 수 없는 그녀의 비밀

수려한 외모와 고운 심성을 지닌 의창현 출신의 여인이다. 그저 노리개를
돌려주려던 도겸을 대차게 거절했던 것처럼 의외의 당찬 모습은 사람들을 놀라게
하지만... 이 또한 그녀의 반전 매력일 뿐이다. 미령은 외지부 집무실에서 태영을
처음 마주한다. 의뢰인으로서 이웃의 사건을 대신 발고하러 갔던 그녀는 증거가
될 자료들을 손수 수집하고, 관련 법령을 찾아보는 등 사건 해결에 누구보다도
적극적이다. 이타적이고 똑 부러진 그녀에게서 자신의 모습을 발견한 태영.
미령은 그 마음을 꿰뚫고 외지부 일을 돕고 싶다고 말한다. 기쁜 마음으로
미령을 반갑게 맞이하는 태영과 자연스레 그녀와 가까워지는 도겸인데...
모든 것이 미령의 계획대로 되고 있다. 준비는 끝났고, 시작은 이제부터다.

❖ 옥태영 주변 인물 ❖

막심 (김재화)

백이의 모친으로 옥태영 일가의 찬모이자 수노. 입이 무겁고 정이 많으며,
한씨부인의 총애를 받고 있어 집안에서 태영의 정체를 알고 있는 유일한
인물이다. 엄마처럼 보살핀 태영이 그저 남편한테 사랑받고 토끼 같은 자식들
낳아 평범하고 행복하게 살길 바랐건만 무자식에 독수공방 신세가 되자 괴롭다.
그럼에도 태영이의 행복을 위해서라면 무슨 일이든 한다. 목숨조차도 내어 줄 수
있다.

도끼 (오대환)

막심의 동무이자 노비 동료. 나이는 많으나 철도 눈치도 없고 말귀마저 어두우나
어쩐지 짠해 미워할 수 없는 아재이다. 착한 마음씨 하나로 막심의 막말과
하대를 매일 같이 견뎌 내고 일편단심 그녀에 대한 박력 터지는 순애보를 보여
준다. 오로지 막심과 태영을 위해서만 움직이는 충성스러운 하인.

등장인물

끝동이 (홍진기)

동네 정보통으로 모르는 게 없다. 흠이 있다면 입이 좀 가볍다는 것. 사실 여부 상관없이 소문을 듣고 나르는 데 귀재다. 발 빠르고 일머리가 뛰어나 태영과 함께 외지부 집무실에서 일을 하고 막심과 도끼를 부모처럼 따른다.

백이 (윤서아)

태영의 몸종. 태어날 때부터 얼굴이 하얗고 예뻐 백이라 불렸다. 천진난만하고 쾌활하며, 호기심이 왕성하고 애정이 많다. 청나라에서 돌아온 후 바깥출입을 하지 않는 태영의 유일한 동무이며 자신을 막역하게 대해 주는 태영을 전심으로 아끼고 사랑한다.

한씨부인 (김미숙)

옥씨 가문을 지키고 있는 강하고 현명한 '진짜 옥태영'의 할머니. 사람에 대한 통찰력이 뛰어나고, 신념이 확고하다. 어지간한 일에는 눈 하나 깜짝 않을 정도로 꼿꼿하며 아랫사람들에겐 보수적이고 엄격하기도 하지만, 내 사람만큼은 제대로 챙기는 속정 깊은 인물이다. 구덕이가 가짜 태영임을 알지만, 그녀의 영민함을 알아보고 태영이 준 선물이라 생각해 손녀로 받아들인다.

옥태영 (손나은)

편견 없고 마음 따뜻한 청나라에서 온 아씨. 옥씨 가문의 귀하디귀한 딸로 태어났고 편견 없이 따뜻했던 어머니의 앞선 가르침과 딸 바보인 아버지의 사랑을 듬뿍 받으며 금지옥엽으로 자랐다. 기품 있는 몸짓과 말투를 가진 타고 난 양반집 딸이지만, 더 넓은 세상과 일찍 떠난 어머니에게 보고 배운 것들로 새로운 미래와 변화에 대한 열망이 가득하다. 외지부가 되어 어려운 사람을 돕는 게 그녀의 유일한 꿈이다.

옥필승 (송영규)

옥태영의 아버지.

김소혜 (하율리)

김낙수가 애지중지하는 딸이자 구덕의 아씨. 머리가 나쁘고 흉포하다. 제 할 일을
모조리 몸종 구덕에게 떠넘겨 오히려 구덕에겐 뭐든 배울 기회가 됐다. 그토록
무시하고 부리던 구덕에게 모욕을 당하고 평생을 똥소혜라 불리며 마땅한
혼처를 찾지 못한다. 구덕에 대한 복수심으로 도망친 그녀를 찾기 위해 수단과
방법을 가리지 않는다.

김낙수 (이서환)

개죽과 구덕의 주인이자 소혜의 아버지이다. 재산은 풍족하나 출신이 변변치
못해 명예를 갈망하는 졸부로, 자존심과 체면을 목숨만큼 중요하게 여기며,
폭력적이고 잔인하다.

개죽이 (이상희)

김낙수 일가의 노비이자 구덕의 아버지. 병들고 아프기까지 한 상황이 미안해
구덕과 도피하던 중, 홀로 도망친다.

끝분이 (김정영)

충청도 괴산 일각에서 주막을 운영하는 주모. 개죽과 구덕의 도피를 돕는다.

쇠똥이 / 만석 (이재원)

서인의 몸종이자 둘도 없는 친구. 서인이 먼 길을 떠나 승휘로 살게 되었을 땐 그의 곁을 지키기 위해 이름마저 만석이로 바꾼다. 전기수 천승휘의 공연단을 이끄는 행수로서 맡은 일을 톡톡히 하며, 청산유수 입담과 뛰어난 친화력으로 주변 사람들에게 호감을 사는 인물이다. 어찌 보면 가벼워 보이지만 의리 빼면 시체인 인물. 승휘의 일편단심 사랑을 겉으론 못마땅해하지만 사실 누구보다 응원한다.

송병근 (허준석)

경기 관찰사 출신인 서인(승휘)의 아버지.

차씨부인 (이진희)

송병근의 부인이자 서인(승휘)의 어머니.

성규진 (성동일)

청수현의 새 현감이자 윤겸의 아버지. 풍채가 당당하여 위엄을 풍기면서도 남자다운 외모에 너그러운 성품까지 갖췄지만, 외압에 휘둘리지 않고 공명정대한 판결만을 내려 유향소의 견제 대상이기도 하다. 아끼던 태영을 첫째 며느리로 맞이하고, 아들보다 더없이 애정한다.

김씨부인 (윤지혜)

유향소 이충일 좌수의 부인이자, 자모당 일인자. 흐트러짐 없이 고고하고 품위
있으며, 중립적이고 올곧은 성품인지라 누구에게도 딱히 곁을 주지 않는 차가운
이성의 소유자이다. 아들인 덕훈이를 훌륭하게 키워 내 출세시키는 것이 유일한
목표.

홍씨부인 (정수영)

유향소 차춘식 대감의 부인이자, 민첩하고 꾀가 많아 머리 회전이 빠른
기회주의자. 남편 차춘식을 손아귀에 넣고 주무르는 집안의 실세로, 딸 선희를
윤겸에게 시집보내려 했으나 그를 태영에게 뺏기자 이를 박박 간다.

송씨부인 (전익령)

청수현 별감 백남기의 부인이자 백도광의 어머니. 포악하고 잔인한 성품으로
막말을 일삼으며, 지식이 얄팍하고 무식한 데다 교양과 품위가 부족하다. 자기
성질을 못 이겨 천박하고 추악한 민낯이 자주 드러나기도. 노비들을 짐승
취급하여, 그들에게 저지르는 만행은 소름이 끼칠 정도로 잔악무도하다.

이충일 (김동균)

관아보다 권세가 높았던 유향소의 좌수. 그동안 청수현의 공납을 빼돌리며
떵떵거리며 살았다. 규진이 새 현감이 된 뒤로 수탈의 길이 막혀 가세가 기울자
무슨 일이든 사사건건 방해하는 규진에게 분노한다.

차춘식 (윤희석)

돈만 많고 머리는 나쁜 유향소의 대감. 홍씨부인에게 잡혀 살지만, 막무가내인
그녀를 가끔 혼내기도 한다. 귀가 얇고 순진한 성격으로 이좌수의 꾐에 넘어가

문제를 일으키기도.. 늘 후회를 달고 사는 눈물도 정도 많은 인물이다.

백남기 (백승현) ─────────────────────────

청수현의 별감이자 백도광의 아버지. 송씨부인의 끔찍한 만행들을 거들고,
집안의 명예를 위해서라면 이기적인 행동도 서슴지 않는다.

이덕훈 (최경훈) ─────────────────────────

유향소 이충일 좌수와 김씨부인의 아들. 존경했던 아버지가 추악한 일을
벌였다는 사실에 혼란스러워한다.

백도광 (김선빈) ─────────────────────────

청수현 별감 백남기와 송씨부인의 아들. 태영의 몸종 백이를 어렸을 때부터
연모하나, 집안의 반대로 이를 숨긴다.

차선희 (최다혜) ─────────────────────────

유향소 차춘식 대감과 홍씨부인의 딸. 청수현의 소문난 미색으로 어머니의
성격을 빼닮아 출세에 대한 욕심이 있다.

❖ 그 외 사람들 ❖

박준기 (최정우) ─────────────────────────

유희춘 병조 판서의 손발. 권모술수에 능하고 표리부동하다.

지동춘 (신승환) ─────────────────────────

명주 상단의 행수. 박준기에게 충성을 다한다. 거침없고 뻔뻔스러운 언행의 소유자.

S# 씬 넘버(Scene Number). 하나의 씬은 동일 장소, 시간에 전개된 여러 샷의 영상이 모인 하나의 장면을 말한다. 여기서는 각 씬마다 낮은 D(Day)로, 밤은 N(Night)으로 표기해 시간대를 표현했다.

N 내레이션(Narration). 화면 밖에서 들리는 소리로, 등장인물의 독백 등이 여기에 포함된다.

E 이펙트(Effect). 효과음을 뜻하며, 주로 화면 밖에서 들리는 음향이나 대사 등이 이에 해당된다.

Out 'Black Out'처럼 마치 화면이 꺼지는 듯한 느낌으로 끝나는 장면을 말한다.

플래시컷 Flash Cut. 화면과 화면 사이에 삽입된 장면으로, 여기서는 회상 혹은 상상이거나 현재가 아닌 컷을 삽입할 때 사용됐다.

인서트 Insert. 새롭게 삽입된 장면을 뜻하며, 줄거리와 크게 상관은 없지만 상황을 좀 더 명확하게 하고자 할 때 사용된다.

몽타주 Montage. 따로 촬영한 화면을 붙여 하나의 긴밀한 장면 혹은 그러한 내용을 만들 때 쓰인다.

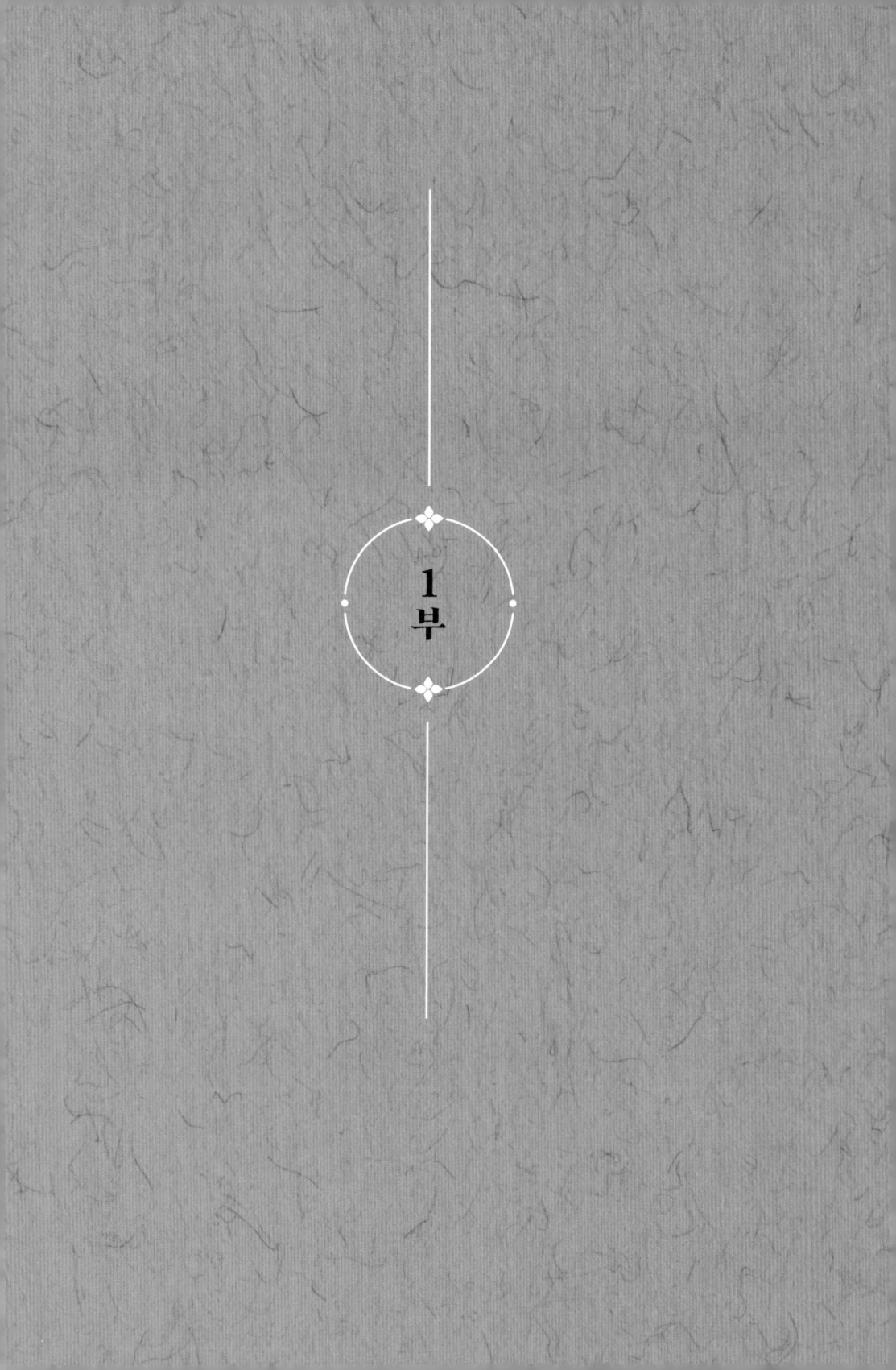

1부

───── **S#1 옥사 (N) 마지막회 첨부**

───── **S#2 저잣거리 (D)**

한양, 저잣거리, 호송되는 죄수를 구경하는 행인들로 북적이는데,
초라한 행색, 초췌한 몰골로,
오랏줄에 묶여 끌려오고 있는 죄수들 틈에,
단연 돋보이는 우아한 자태의 태영, 꼿꼿하게 허리를 펴고 걷고 있다.
앞서가던 군사, 잘 따라오나 뒤를 살피다가, 태영을 보는데,

군사1   (다른 군사에게) 저 여인은 어찌 오라를 묶지 않은 것이냐?
군사2   나도 최선을 다했네. 자네가 해 보던가. 할 수 있으면.

군사1, 어림없다는 듯, 밧줄을 들고 태영에게 가, 손목을 잡아채는데,

태영	(조곤조곤) 혐의가 있어 조사를 받으러 온 것뿐이니 묶어선 안 될 것입니다.
군사1	(어리둥절해서 보다가, 정신 차리고 묶으려는데)
태영	형구를 사용해서는 안 되는 사람에게 사용하면, 대명률 419조에 의해 장 60대를 맞는다는 걸 아십니까?

멈칫한 군사1을 두고, 다시 행렬을 따르는 태영.
군사2, 군사1에게 다가와서 거보라는 듯, 그냥 가자고 툭 친다.

여인1	(구경꾼 사이로 들어와서) 어디, 어떤 대단한 년이 남편이 둘이야? 이야~ 저 정도 낯짝은 되어야 서방을 둘씩 끼고 사는 거구나~
양반1	저년 노비 출신이라더군. 어디 감히, 천한 년이 양반 행세를 해?
사내1	저 사기꾼 년을 참형으로 다스려라!

옆으로 서 있던, 어린 도령 중 하나, 돌을 태영에게 던진다.
이를 시작으로 너 나 할 것 없이 돌을 던지는데,
아랑곳없이 걷는 태영,
문득, 생각난 듯 고개를 들어 먼 곳을 보면, 태영의 눈에 들어오는,
용머리 형상의 용두봉... 바라보다 눈물이 그렁해지는 태영 위로,

금부도사E	노비 구덕은, 주인인 김낙수를 해하는 강상죄를 저지르고 아비 개죽과 도망하였다.

S#3 의금부 (D)

형판, 한성 판윤, 의금부 도제조 등이 있고,
금부도사가 사건 개요를 말하고 있다.

재판장 마당, 참의 옆으로 서서 가만히 듣고 있는 태영.

금부도사	이후, 충청도 여각에서 만난 옥가 태영을 살해하고, 대신
	행세하였으며,
태영	(수긍할 수 없는 표정으로 금부도사를 본다)
금부도사	청수현의 현감 성규진의 며느리가 된 후에는 남편을 내쫓고,
	똑같은 얼굴의 다른 사내를 남편으로 들여 재산을 가로챘다.
형판	(금부도사가 마치면) 이 모든 게 사실이냐.
태영	(형판을 본다) 결코, 사실이 아닙니다.
금부도사	바른대로 대지 못할까?
형판	(문서를 잠시 보다가) 대체, 네 이름이 무엇이냐?
	청나라 사신단의 부사로 역임했던 옥필승의 장녀 태영이냐,
	아니면, 평시서 주부로 재직했던 김낙수의 노비 구덕이냐.
태영	...
참의	이름이 무엇인지 묻고 있지 않느냐!
금부도사	어서 대답하지 못할까!
태영	제 이름은...
개죽E	구덕아! 구덕아!

──── S#4 저자 일각 (새벽)

간헐적으로 토하듯 기침하며 뛰어오고 있는 개죽.

개죽	구덕아! 아이고, 얘 또 어딜 간 거야. 아이고 사람 죽겠네.
	(푸줏간 일각으로 뛰어와서) 박서방, 우리 구덕이 못 봤어?
박서방	세책방에 있을걸? 거기서 밤새 필사해 주고 이리 온댔는데?
개죽	아이고 환장하겠네.

하는데 오고 있는 구덕. 개죽, 그쪽으로 달린다.

손바닥에 쥔 돈을 신나라 주머니에 넣고 기지개를 켜던 구덕,

개죽을 본다.

구덕	아버지? 왜 아침 댓바람부터 쏘다녀?
개죽	너 좀.
구덕	뭐야~ (두리번) 여기 어디 색시라도 숨겨 놓은 거야?
개죽	아니, 아니라.
구덕	아니면! 아침부터 왜 돌아다녀 기침 심해지게!
개죽	아니고, 나 말 좀, 이씨, 너 아씨가 찾는다고!
구덕	아씨가? 벌써 일어났을 리가 없잖아. 해가 중천에 떠야 일어나는데?
개죽	매매, 매파.
구덕	(그제야 생각난) 아 진짜. 오늘 매파 오지. 내 정신 어떡하냐.
개죽	어여! (가라고 손짓)
구덕	나 먼저 갈게. (하다가) 근데 기침이 덜한 거야 더한 거야?
	약 잘 듣는다고 돈을 두 배나 받아 갔는데! 이 돌팔이를 진짜.
개죽	가! 좀! 가라고 가!
구덕	가잖아. 간다! (가는 척) 가는 거 보이지!

해 놓고, 제 목에 둘둘 말았던 헝겊을 풀어서 개죽에게 말아 준다.

환장하는 개죽. 웃으며 달리는 구덕.

─── **S#5 김낙수 집 문 / 담벼락 (D)**

대문 앞으로 달려오던 구덕. 문 앞에서 비질하는 꺽쇠를 보고 멈춤.

꺽쇠 필사적인 도리도리에 구덕, 알겠다는 듯 다른 쪽으로 뛴다.

모퉁이를 돌면 담벼락 밑으로 돌 몇 개가 딛기 편하게 괴어 있다.

구덕, 달려오며 지푸라기를 주워 제 몸에 부비고, 담을 폴짝 넘는다.

──── **S#6 마당 (D)**

소혜 앞에 조아리고 마주 선 중년의 찬모 금복과 다른 노비 몇.

소혜   이년이, 또 허락도 없이 집을 나가?
       오기만 해 봐 이 구더기 같은 년.
       내 오늘은 다리를 분질러 버릴 테다.
구덕   아이고 뽑힌 머리채, 겨우 다 자랐는데,
       멀쩡한 제 다리는 왜 또 분지르신다고 그러실까요!

       일동 보면, 지푸라기를 묻힌 채,
       양껏 기지개와 하품을 하며 오는 구덕.

소혜   뭐야. 안에 있었어? 분명 안에 없었는데?
구덕   아~ 구들장이 하도 차서 헛간에 지푸라기 위에서 잤어요. 꿀잠을
       잤네.

──── **S#7 소혜 방 안 (D)**

구덕, 소혜 앞에 쪼그리고 앉아서 동백기름으로 손톱 거스러미를
정리하고 있다. 소혜, 가시눈을 뜨고 구덕을 보고 있고,
구덕, 절로 나오는 하품을 참는다.

소혜   이번 매파는 돈을 잔뜩 줬으니, 제대로 된 혼처를 물어 왔겠지?

구덕	(영혼 없이) 그럼요. 그래야죠.
소혜	(근처의 매를 들어 구덕의 팔을 '탁' 치고) 너 새벽에 나갔다 왔지?
구덕	(아프다, 팔을 문지르고) 아파라~ 늦잠 잤다니까요. 눈곱
	안 보이세요?
소혜	이게 누굴 속이려고 들어, 너 도망치려고 돈 벌고 다니는 거잖아.
	그지?
구덕	(침을 꿀꺽) 아씨도 참, 소설도 잘 쓰셔. 제가 도망을 어떻게 가요.
소혜	아무튼, 한 번만 더 밖에 나가면, 발모가지 끊어 버릴 거야.
	아, (웃긴지) 그럼 니 이름은 구덕이 아니고 쩔뚝이겠다?
구덕	듣기만 해도 끔찍하네요.
소혜	생각만 해도 웃겨 죽겠네. 야, 그럼 너는 평생 쩔뚝이면서,
	나 대신 내 할 일 다~ 해 주면서 살겠다? 완전 재밌겠다.
구덕	예~ 새 옷 지은 거 가져올게요. 늦기 전에 갈아입으세요.
소혜	야.

구덕, 가려다 보면, 소혜, 발로 요강을 가리킨다.
구덕, 미소로 요강 뚜껑을 닫고, 양손으로 들고 나가는 데서...

──── **S#8 행랑 (D)**

암산으로 셈을 해 가며, 장부에 작은 붓으로 숫자를 써넣는 구덕.

금복	(신기한 듯 보며) 아니, 어떻게 배우지도 않았는데 이렇게 뭐든 잘해?
구덕	모르겠어요. 한두 번 어깨너머로 보면, 그냥 저절로 되던데요?
	다 됐다. 잘 맞아요. 또 나리께서 살림살이 빼돌렸다시면,
	이거 내밀고 다 맞춰 놨다 해요. 또 치도곤당하지 마시고.
금복	(웃고) 야, 근데 돌아가는 꼴 보니까, 이번엔 아씨, 시집가겠더라.

구덕	진짜요? 마땅한 혼처가 나왔대요?
금복	그 왜, 경기 관찰사 출신 집안 알지, 그 집 큰아들.
구덕	쇠똥이네 도련님이요?
금복	그래. 그 별당에 갇혀 산다는~
구덕	왜 그런 집안에서 우리 아씨랑요? 업둥이란 소문이 진짠가?
금복	그보다, 아~주 심각한 광증이라지 뭐야.
구덕	과, 광증이요? 미친 자라는 말입니까?
금복	어, 완전 제정신 아니란다. 어울리잖아. 미친년이랑 미친놈.

금복, 헐헐 웃는데 구덕은 마음이 복잡해서 웃음도 안 나는...

———— **S#9 서인 집 별당 앞 (D)**

본채와 떨어져 있는, 작고 쓸쓸한 별당, 나무 한 그루.
안에서 뚱땅~ 삐익, 뚜당, 들려오는 기이한 악기 소리.

———— **S#10 서인 방 안 (D)**

벽에는 온통 기묘한 외국 풍경과, 여인의 그림들이 붙어 있다.
여기저기 쌓여 있고 널려 있는 읽다 만 책들, 쓰다 만 글들,
그리다 만 그림들과 구겨진 종이들이 잔뜩 널려 있고,
여러 종류의 괴상하게 생긴 악기들 틈에 비스듬히 앉아
악기를 뚱가뚱, 튕기며, 작곡하듯 종이에 아무거나 쓰는 골똘한 서인.
근처에, 벙긋벙긋 욕을 퍼부으며 정리하고 치우는 쇠똥.

쇠똥	진짜 이게 다 뭡니까요! 이러니 온갖 잡것들이 도련님더러

광인이네 광증이네 떠들어 대는 거 아닙니까!

서인　　대체 누가! 누가 그런 칭찬을 한단 말이냐.

쇠똥　　그게 칭찬으로 들리십니까?

서인　　광증과 기예는 종이 한 장 차이라 하지 않더냐.

　　　　살아생전에 내 작품 세계를 인정받는다면,

　　　　예인으로서 더없는 기쁨이지. 암.

쇠똥　　글공부가 싫으시면 무예라도 연마하세요. 도련님.

서인　　칼 무서워. 활도 무섭고.

쇠똥　　손바닥에 굳은살 하나 안 박힌 사내는,

　　　　조선 팔도에 도련님밖에 없을 거예요.

서인　　관리한 거야. (손 내밀고) 만져 볼래? 되게 보들보들해.

쇠똥　　제발 이러지 말고 나가서 명문가의 자제들이랑 어울리시라구요.

서인　　도무지 그것들이랑은 대화가 안 통한다 대화가.

쇠똥　　도련님은 이 집 대를 이을 장남이십니다!

서인　　내가 대를 이어 봤자 나 같은 게 나오겠지.

　　　　우리 영민한 서호가 있는데 무슨 걱정.

쇠똥　　도련님!

서인　　사람 살아가는 방식이 어찌 하나뿐이겠느냐.

　　　　똑같은 글을 읽고, 똑같은 과거를 보고, 똑같은 벼슬을 하면 무슨

　　　　재미야.

쇠똥　　사람이 재미로 삽니까?

서인　　사람이 재미로 안 살아?

차씨부인E 안에 있느냐?

쇠똥　　마, 마님? (방 꼴을 보고) 나가세요! 밖으로 나가시라구요!

서인　　안에 있습니다.

쇠똥　　아 진짜! (정신없이 치우며) 얼른 좀 치우십시오!

차씨부인E 나와 보거라.

S#11 서인 집 별당 앞 (D)

나오는 서인을 차가운 얼굴로 보고 선 차씨부인.

서인   건너오라 하시지 어찌 누추한 곳까지?

         아 맞다. 제가 안채에 드나드는 걸 싫어하시지요?

쇠똥   (얼른 따라 나와 옆에 조아리고 선다)

차씨부인   매파가 다녀갔다. 곧 혼례를 치를 것이야.

서인   누구? 저요?

차씨부인   대감 생신날 선을 보일 것이니, 채비하거라.

서인   제가, 아버지 생신잔치에 나가도 되겠습니까?

         작년 생신날 제가 저지른 짓을 잊으신 건 아니죠?

플래시컷〉서인 집 마당 (D)
쓸쓸하고 난처한 얼굴로 보고 있는 송대감과 차씨부인.
술 한잔 걸친 듯, 기생들 틈에서 함께 춤을 추는 서인이다.
하객들 우스꽝스러운 상황을 그래도 즐기는 척하며 웃는데,
서인, 아랑곳하지 않고 기생의 부채까지 빼앗아 양껏 즐기고 있다.
현재〉 차가운 차씨부인.

서인   죄송, 제가 워낙 술이 약한 데다, 흥은 넘쳐 나서.

차씨부인   이리로 데려올 것이니, 생신연엔 나오지 말거라. (가려는데)

서인   헌데, 대체 뉘 댁 여식이 저랑 혼례를 한다 합니까?

차씨부인   한미한 집안이긴 하나, 손재주가 아주 비상하고 영민하다 들었다.

서인   아~ 졸부구나~ 명문가의 자제와 혼인해, 명예를 얻고 싶은 졸부.

         명예는 있으나 재물이 부족한 우리 집안과 궁합이 좋겠네요.

차씨부인   너도 한번쯤은 집안에 도움이 되는 일을 해야지 않겠니.

서인   (잠시 고민하다가 진지하게) 예쁩니까?

차씨부인, 혀를 끌끌 차며 가 버린다. 한심하다는 듯 보는 쇠똥.

서인   예쁘냐?
쇠똥   (한숨으로 들어간다)
서인   아니 왜 대답들을 안 해 줘?

———— **S#12 담벼락 근처 (D)**

발 받침으로 괴어 놓은 돌들을 치우면 나타나는 구멍.
구덕, 주변을 살피며 구멍에 손을 넣어 보따리를 꺼낸다.
열어 보면, 돈주머니, 옷가지 몇 벌과, 손수 그린 낡은 지도,
한양에서 아래쪽으로, 충청도에서 다시 우측으로 화살표가 있고,
그 끝은 서쪽 바다.
확인하듯 손가락으로 길을 헤아려 보더니, 다시 보따리에 넣는다.
다시 한번 주변을 보고 돈주머니를 열어 안을 헤아려 본다.

구덕   (한숨이 절로 나는) 몇 년을 모았는데 겨우 이거야.
       (골똘한) 무슨 수로 돈을 불린다...

———— **S#13 뒷마당 일각 (D)**

새끼 꼬며 기침하는 개죽. 옆에서 작은 주머니들을 만들고 있는 구덕.

개죽   또 무슨 궁리를 하는 거야. (하다가 기침)
구덕   (걱정으로 보면)
개죽   뭘 어쩌겠다고 맨날 이래. 너 제발 그 돈 모으는 것 좀 그만해.

너 집 나갈 때마다 내가 가슴이 내려앉는다고.

구덕 (집게손가락을 천천히 들어 올린다)

개죽 뭐, 입 닥치라고?

구덕 신호야. 기회는 단 한 번뿐이라는 뜻이지.

개죽 (한숨)

구덕 내가 이렇게 신호를 보내면, 알지?

개죽 뭐, 보따리 찾아 들고 용두봉 초입으로 오라고?

구덕 (찰싹 때리고) 왜 그걸 말로 해! 말로 안 하려고 신호를 만든 건데!

개죽 제발, 쓸데없는 생각하지 마 제발. 가긴 어딜 간다고 그래.

구덕 아씨 시집갈 때 나만 데려간다잖아. 그게 무슨 뜻이겠어.
　　　기침 더하다 몸져눕기라도 하면, 아버지도 엄마처럼 된다고.

개죽, 한숨으로 용머리 형상의 용두봉을 본다.
같이 용두봉을 보는 구덕.

구덕 이렇게 죽나 저렇게 죽나, 어차피 죽을 거면 이판사판이야.
　　　우리, 그냥 죽을 각오로 도망치자 아버지.

개죽 너는 아니잖아. 넌 젊고 건강한데, 앞길이 구만린데 왜 도망가냐고.

구덕 그니까, 그 구만리나 되는 앞길을, 아씨 요강 비우면서 살라고?
　　　그러다 다리 잘리면 절뚝이로 살고, 병들면 산 채로 묻혀 죽고?

개죽 그게 우리 인생이야. 도망치면 뭐 뾰족한 수가 있는 줄 알아?

구덕 뭉툭한 수는 있겠지.

개죽 (한숨)

구덕 아버지, 나 구덕이야, 나 못 믿어?

개죽 ... 믿어.

구덕 (손가락 하나 들고) 잊지 마.

개죽 (끄덕이고) 알겠어.

구덕 (털고 일어나며) 나, 엄마한테 갔다 올게.

개죽	가지 마, 아씨가 또 찾으면 어쩌려고 그래.
구덕	오늘은 새벽부터 설쳐서 일찍 주무실 거야. 같이 안 갈래?
개죽	됐어, 내가 무슨 염치로 거길 가.

—— **S#14 용두봉 초입 큰 나무 아래 (N)**

달빛을 받으며 서 있는, 커다란 나무.
그 앞으로 선 구덕. 보따리에서 꺼낸, 멍든 사과,
작은 생선과 전 몇 개 등을 차려 놓고 절을 하고는,

구덕	엄마... 거기선 아프지 않고, 편히 있는 거지?
구덕E	엄마! 엄마!

—— **S#15 김낙수 집 마당 (5년 전, N)**

김낙수와 소혜 대청마루 위에 서 있고,
거의 죽어 가는, 구덕 모를 지게에 짊어진 개죽.
개죽의 다리를 붙들고 울고 있는 구덕과 말리고 있는 금복.

구덕	제발요. 나리 제발요. 엄마, 약 한 제만 지어 주세요.
낙수	(개죽에게) 당장 내다 버리라니까 왜 이러고 서 있어!
구덕	어떻게 이래요. 우리가 짐승이에요? 개돼지예요?
소혜	야. 니가 개돼지랑 다른 게 뭔데!
낙수	(개죽에게) 당장 내다 버리지 않으면,
	저년도 같이 묻어 버릴 테니 그리 알아.
구덕 모	(마지막 힘 끌어모아서) 가요. 구덕 아버지.

개죽, 돌아서서 가는데 구덕 비명으로 붙들려 하고,
그런 구덕을 뜯어말리는 금복과 식솔들...

─── **S#16 용두산 초입 큰 나무 아래 (N)**

이를 악물고 훌쩍이며 땅을 파고 있는 개죽. 옆에 누워 있는 구덕 모.
더 못 하겠는지 괭이를 던지고 주저앉아 구슬프게 우는 개죽.
겨우 손을 뻗어 개죽의 손끝을 붙드는 구덕 모.

개죽   이 사람아, 왜 아직 숨이 붙어 있어.
       제발 이 꼴 저 꼴 그만 보시고, 그만 눈 감으시게... 응?
구덕 모   (끄덕인다. 숨이 넘어가려는 듯)
개죽   (손 붙들고) 순이야, 다음 생애는 꼭 양반으로 태어나.
       쌀밥도 먹고 비단옷도 입고, 사람 사는 것처럼 살아라 응?
구덕 모   당신은 절대로 아프지 마요.
       우리 구덕이한테 짐 되지 마. 알았지?

─── **S#17 집 일각 (현재, N)**

달빛에 가만히 앉아 옅은 기침을 하고 있는 개죽.
기침하지 말라는 듯, 스스로를 벌주듯, 제 가슴을 쾅쾅 때린다.

─── **S#18 용두산 초입 (N)**

구덕   아버지, 몸에 좋은 음식도 해 드리고, 좋은 약도 지어 드리면 나을 거야. 그니까 엄마, 우리, 꼭 도망치게 해 줘... 응?

기도하듯 서 있는 구덕에서 Out.

S#19 저자 중앙 공터 (D)

오방색 깃발이 드리워진 넓은 공터에, 사당패들의 공연이 한창이다.
정자에는 몇 안 되는 양반과 도령들, 좋은 자리를 차지하고 있고,
근처로 마님과 아씨들 몇, 멀리 떨어져 대치한 기녀들 몇,
그 외에는 온통 평민들, 아이들, 노비들로 가득하다.
구경꾼들 틈을 이리저리 누비며 잔술이나 과일을 파는 장사치 중에,
목에 매대를 두르고 지두를 팔고 다니는, 패랭모를 쓴 구덕도 보인다.
혹시라도 사람들 틈에 소혜가 있는지 살피며 장사를 하는 중인데...

S#20 저자 일각 막다른 골목 (D)

멀리서 흥겨운 소리 들린다.
옷을 갈아입고 있는 서인과 망을 봐 주는 쇠똥.

쇠똥   그 댁 나리가 평시서에서 일할 때 뒤로 챙긴 돈이 엄청났대요.
서인   내가 그게 궁금하댔어?
쇠똥   장가가실 집에 대해서 알려 달라면서요.
서인   아니, 예쁘냐니까!
쇠똥   예쁜 건 개취니까 잘 모르겠구요. 인성은 개똥 바가집니다.
      글쎄, 집 안에서 송장이 나오면 재수가 없다고,
      병든 노비를 산 채로 묻어 버리는 집구석입니다.

서인	그건 살인이 아니냐. 그걸 그냥 둬? 관아에 발고를 해야지!
쇠똥	노비가 주인을 발고하면, 강상죄로 참형당하는 거 모르십니까?
서인	아니 근데, 어머니는, 아무리 내가 미워도 그렇지,
	어찌 그런 집 그런 여자랑 혼례를 하라는 거지?
쇠똥	마님께서도 아마, 매파에게 속으신 걸 겁니다.
	난 또, 재주가 비상하고 영민하다길래 누구 얘긴가 했다니까요.
	그 댁 노비인 구덕이가 그 아씨 대신 수놓지, 글 읽지, 다 해요 다.
서인	잠깐, 구덕이? 사람 이름이 구더기란 말이냐?
쇠똥	저는 쇠똥이거든요?
서인	그건, 내가 지은 게 아니지 않느냐.

서인, 벗어 놓은 제 옷에 갓을 올리고,
보따리에 묶어 잘 숨겨 놓고 서면,
영락없이 쇠똥이랑 비슷해 보이는 노비 행색이다.
쇠똥, 기가 차서 보는데,
서인, 갑자기 코가 간지러운지 찡그리다가 푸에췩!
재채기하면 콧물 주룩.

서인	(손을 휘저으며) 아 이놈의 송홧가루.
쇠똥	참 가지가지 하십니다. (서인 코를 잡고) 팽 해.
서인	(팽 풀고) 아무리 예인이라도 그렇지, 코까지 예민해.
쇠똥	(아래위로 보고) 정말 이렇게까지 하셔야겠어요?
서인	이게 다 효심이 지극해서니라. 안 그래도 나 때문에 걱정이 많으신데,
	이런 구경이나 다닌다고 걱정하실까 봐 변복까지 하는 극진한 효심.
쇠똥	안 보시면 되잖아요. 뭐 하러 이런 저잣거리 공연을 꼭 보시는
	겁니까?
서인	내가 원하는 게 아니다, 내 피가 그러자는 것이지.

S#21 저자 중앙 공터 (D)

공터 중앙에 서서, 심청전을 외워서 낭독하고 있는 사내 전기수.
전기수의 뺑덕어멈 흉내에 사람들 자지러지게 웃지만,
서인은 못마땅하다.
사람들 사이를 지나며, 사내 목소리로, 지두 있어요, 하는 구덕.

서인	지루해서 못 견딜 지경이던 차에 지두가 왔구나. 하나 줘 보거라.
쇠똥	어? (얼굴을 들여다보고) 너 구덕이 아니냐?
구덕	쉿!
서인	구덕이? 그 재주가 비상하다는 몸종, 구덕이?
구덕	쉿! (쇠똥에게) 앤 뭔데 남의 이름을 들먹여?
서인	(자세히 보며) 오호라, 계집이 남장한 것이로구나?
구덕	누구니? 이 눈치 없고, 목소리 큰, 코흘리개는?
서인	(얼른 코를 가리고) 아니 이건 송홧가루 때문에 /
쇠똥	내 사촌이야. 난봉이.
서인	(욱하는) 난봉?
구덕	난봉아 옜다, (서인에게 지두 주며) 한 묶음에 두 푼.
서인	와, 지두 몇 알에 두 푼이라니, 도둑년이 따로 없구나.
구덕	물론 직접 가서, 사서, 구워서, 까서, 처먹으면 싸겠지만, 그 수고와 노동을 내가 대신했는데 두 푼도 안 내면 니가 도둑놈이다.
서인	따박따박, 아주 논리적이구나. 설득되었어. 아주 제법이구나.
쇠똥	진짜 똑똑하다니까? 아무도 못 당해.
구덕	뭐래. 쇠똥아, 이번 생신연에 나 니네 부엌에 좀 넣어 주라.
쇠똥	야, 생신연에 니네 아씨 오잖아. 너 들키면 머리털 또 다 뽑히는 거 아냐?
서인	(어이가 없는) 어찌 귀한 머리털을?
구덕	괜찮아. 금방 자라더라고. (머리통 디밀고) 다 났어 봐 봐.

아무튼, 말이라도 좀 꼭 해 주라. 나 돈 필요해서 그래. 응?

쇠똥   말은 해 볼게.

구덕   그나저나 니네 도련님 완전 도라이(跳鑼鼿)라며?

쇠똥   도라이?

서인   그것이 무엇이냐?

구덕   뭐냐면, 뛸 '도(跳)', 망치 '라(鑼)', 쪼갤 '이(鼿)'

            머리통이 망치에 맞아 쪼개진 것처럼

            제정신 아닌 듯이 날뛰는 미친놈.

쇠똥   (크흡)

서인   아무 말이나 막 지어내지 말거라!

구덕   깜짝이야. 얘는 왜 소리를 지르고 그래.

서인   그러는 네 아씨도 정상은 아닌 것 같더라만.

구덕   우리 아씨? (하다가 소혜를 본다) 우리 아씨. 어머 우리 아씨!

놀라서 보는 서인과 쇠똥.

소혜 옆으로 함께 오고 있는 차씨부인을 보고 놀란다.

구덕, 소혜를 피해 도망가려다가, 도망치려는 서인과 부딪히고,

얼른 빠르게 갈라져 도망치는 서인과 구덕에서.

—— **S#22 막다른 골목 (D)**

구덕, 망보며 뒷걸음으로 들어오다,

누군가와 부딪혀서 깜짝 놀라서 보면, 서인이다.

구덕   야, 난봉아, 넌 왜 숨어? 너 뭐 죄지었니?

서인   (도포를 입으며) 이 땅에서 살아 숨 쉬는 것이 죄라면 죄지.

구덕   뭔 멍멍이 소리야. (남은 지두를 헤아려 보며) 아 어떡하지.

	아니, 책이고 뭐고 관심도 없으면서 웬 구경을 나오고 그래.
서인	니가 그 댁 아씨 대신 뭐든 해 준다는 것이 사실이더냐?
구덕	근데 넌 말투가 원래 그렇게 재수가 없니?

하고 보면, 마지막으로 갓을 우아하게 쓰는 서인. 놀라서 보는 구덕.

구덕	어머 야, (찰싹 때리고) 너 어디서 양반 행세야!
서인	양반 행세가 아니라 양반이니라.
구덕	뭐래 진짜. 당장 벗어. (벗기며) 당장 이 옷 벗으라고~
서인	우리가 옷을 벗으라 말라 할 사이는 아니지 않느냐.
구덕	얘 봐, 해석을 희한하게 하네, 너 괜찮아? 너 설마 미친 거야?
서인	(얼굴 가까이 대고) 그래, 나 미쳤다.
	(손가락을 머리에 빙빙 돌리며) 광증.
구덕	(눈을 깜빡거리다가) 그러니까... 쇠똥이네 사촌이 아니구나... 요.
서인	네 아씨와 혼담이 오가는 별당 도령이시다. 이름은, 송가 서인.
구덕	(보다가) 그럼. 안녕히... (도망치려는데)
서인	(잡는다) 어딜. 내빼려는 것이냐.
구덕	죽, 죽을죄를 지었습니다. 도련님. 놔주세요. 제발 예?
서인	어허~ 양반에게 함부로 한 죗값을 치러야지! (끌고 가며) 가자!
구덕	어디로 가시는 겁니까, 관아에 가십니까? 아씨께 가십니까?

S#23 언덕 위 (D)

구덕을 바위 위에 앉히고 옆으로 앉는 서인.
아래로 중앙 공터가 내려다보인다.

| 서인 | 장사는 텄으니, 나랑 구경이나 하자꾸나. 그럼 용서해 주마. |

구덕, 어쩔 수 없이 앉아 있는데,
전기수, 심봉사와 심청이가 재회하는 장면을 공연 중이다.
심취해서 보고 있는 서인과, 남은 지두를 헤아리며 한숨 쉬는 구덕.

서인   심청이가 전혀 절절하지 않구나.
구덕   (서인을 보고, 그제야 공연을 본다)
서인   사내가 계집 역할을 하려면, 머리부터 발끝까지 계집이 되어야 하거늘,
         그저 흉내만 내고 있으니, 수준이 낮아 차마 눈 뜨고 볼 수가 없다.
구덕   (그저 흥미롭게 공연을 보고 있는)
서인   심청전 흥부전보다 훨씬 재밌는 글이 많은데,
         어찌 전기수마다 이리도 뻔한 얘기만 외워 대는지.
         아, 최근에 읽은 소설 중에 홍길동전이라고 있었는데,
         아버지를 아버지라 부르지 못 하는 서자의 설움이 참으로
         절절하더구나.
구덕   그러게요. 하늘 아래 같은 사람인데, 어찌 귀함과 천함이 있는
         것인지...
서인   (본다) 설마, 홍길동전을 읽었느냐?
구덕   아마도 도련님이 읽으신 책, 제가 필사했을 것입니다.
서인   재주가 많다더니, 놀랍구나.
구덕   도련님은 글로 접할 기회도 많고, 좋은 공연도 많이 보셨을 테니,
         이런 저잣거리 공연의 수준은 미미하게 느껴지시겠지만,
         저처럼 천한 사람들은, 조금 잘하고 못하고가 중하지 않습니다.
서인   어째서 그러하단 말이냐.
구덕   사는 게, 힘드니까요. 이런 걸 보는 동안에, 한시름 잊는 겁니다.

서인, 그제야 공연이 아니라, 공연을 즐기는 사람들의 얼굴을 본다.
누군가는 따라서 웃고, 누군가는 울기도 하고, 심취해서 보고 있는
얼굴들. 위로,

구덕E	눈먼 아비가, 어미도 없이, 젖동냥으로 키운 심청이가,
	왕비 마마가 되다니요. 현실에서 가당키나 합니까.
서인	(구덕을 바라본다)
구덕	사람들은 그냥, 가난하고 불쌍한 사람들이 행복해지는 얘기가
	좋은 겁니다. 우리한테는 오지 않을, 행복한 날들을 상상하면서
	대리 만족하는 게지요.
서인	(생각하는) 하루하루를 수고한 사람들에게 행복을 준다...
	잠시라도 시름을 잊게 해 준다...
구덕	그게 예인들이 가진 힘 아니겠습니까.
서인	(본다) 니가, 내게 참으로 큰 깨달음을 주는구나.
구덕	(본다) 예?
서인	무엇을 위해 글을 쓰고,
	무엇을 위해 그림을 그리고,
	무엇을 위해 춤을 추는지 나는 몰랐다.
	그저, 내 안의 욕망이려니 했을 뿐.
	목표가 없으니 늘 갈피를 못 잡고 헤맸구나.
구덕	(무슨 말인지 모르겠는) ...
서인	갑자기 머리가 맑아지는 느낌이야.
	내 오늘 너를 만난 것이, 큰 선물이구나.
구덕	... 뭔지 몰라도, 기뻐 보이시니 다행입니다.
	그럼, 혹시 저는 이만 가 봐도 되겠습니까?
서인	(손 붙들고) 언제 너와 또 대화를 할 수 있겠느냐.
	내 너를 좀 더 알고 싶구나. 넌 뭘 하며 살고 싶으냐.
	네 가슴을 뜨겁게 하는 것은 무엇이냐, 네 꿈은 무엇이냐.
구덕	(보다가 잡힌 손을 빼며) 제 꿈은... 늙어 죽는 것입니다.
서인	응?
구덕	맞아 죽거나, 굶어 죽지 않고, 곱게 늙어 죽는 것이요.
	발목이 잘리거나, 머리채가 잘리지 않고, 그저, 사는 것이요.

서인	...
구덕	운이 좋으면, 바닷가 작은 집에서 아버지랑 숨어 살 수 있으려나...
	그런 제가, 도련님과 대화라니요. 천한 년에게는 가당치 않습니다.
서인	내가, 너무 내 생각만 했구나.
구덕	...
서인	(망건 옆에 달린 옥 관자를 하나 떼어 내밀며) 받거라.
구덕	이 귀한 것을 왜.
서인	나 때문에 지두를 못 팔지 않았느냐.
구덕	과합니다. 받을 수 없습니다.
서인	허면, 선물로 하자꾸나.
구덕	선물... 이요?
서인	너로 인해 답을 얻었으니, 나도 너에게 뭐라도 주고 싶어 그런다.
	필요할 때 쓰거라.
구덕	... 선물이라는 거, 처음 받아 봅니다.

두 손으로 귀하게 받아, 관자를 내려다보는 구덕을,
짠하기도 하고, 기특하기도 하고, 예쁘기도 하고,
복잡한 시선으로 보는 서인에서...

───── **S#24 소혜 방 (N)**

화전을 잘라서 소혜의 입에 넣어 주고 있는 구덕.

구덕	저기, 아씨. 무료하실 때, 책 한 권 읽어 보시겠어요?
소혜	미쳤냐? 암만 무료해도 내가 책 읽는 거 봤어?
구덕	생신연에서 처음 뵈면 어색하실 수도 있잖아요.
	대화거리가 없으실 때 책 얘기 나누시면 좋지 않겠어요?

소혜	뭐, 듣고 보니 그렇네? (냅다 누워서) 읽어. 들을 테니까.
구덕	예?
소혜	야, 나 눈 감았어도 자는 거 아니니까, 끝까지 다 읽어라.
구덕	예...

—— **S#25 행랑 (N)**

다들 잠들어 있는 방으로 들어오는 구덕.
피곤한 듯 구석에 기대앉는데,
생각난 듯, 속곳에 달린 작은 주머니를 꺼내 열어 보면,
서인이 준 관자다.

서인E	네 가슴을 뜨겁게 하는 것이 무엇이더냐. 네 꿈은 무엇이냐?

가만히 눈을 감는 구덕. 어디선가 들리는 갈매기 소리...

—— **S#26 바닷가 마을 외딴 작은 집 (D)**

바닷가가 보이는 작고 아담한 외딴집.
이제나저제나 하며 서 있던 구덕의 얼굴에 미소가 번진다.
마주 오는 개죽, 양손 가득 쥔 물고기를 보여 준다. 웃는 구덕.

—— **S#27 행랑 (N)**

눈을 감은 채, 미소 짓고 있는 구덕.

─── **S#28 서인 방 (N)**

뒤척이다 일어나 앉는 서인.
답답한 듯, 일기장을 열더니, 붓으로 써 내려간다.

서인N   하필이면, 태어나 처음으로 내 마음을 흔들어 버린 이가,
　　　　혼담이 오간 여인의 몸종이라니. 운명의 장난이 따로 없구나.

써 내려가는 서인에서... Out.

─── **S#29 잔칫날 (D)**

마당 멍석에 차려진 생신상.
중앙으로 송병근과 열 살 정도의 서호, 보이고,
옆의 김낙수, 과장된 몸짓으로 송병근에게 술을 따르는데,

대감   (김낙수 보며) 아무리 업둥이라도, 저런 얼토당토않은 집안과
　　　　혼례라니.
대감2   광증도 심각하다니 어쩌겠는가. 저런 집에라도 치워 버려야지.

차씨부인 옆으로 앉아, 양껏 우아를 떨고 있는 소혜.
노비가 날라온 전을 입에 넣고 씹다가,
응? 아는 맛인데, 하는 표정이 되는데.
뭔가 짚인다는 듯, 수상하다는 듯, 부엌 쪽을 보다가,
자리에서 일어난다.
그런 소혜를 보고, 먼저 부엌으로 냅다 뛰어가는 쇠똥에서...

S#30 별당 일각 앞마당 안 (D)

기둥 뒤에서 슬며시 얼굴을 내미는 구덕. 아무도 없음에 안도한다.

구덕   하아... 쇠똥이 아니었음, 절뚝이 될 뻔했네.

구덕, 가려다가 보면, 어쩐지 을씨년스러운 별당이다.

구덕   왜 여기 따로 별당이... 아 여기가 별당...
                도련님의 거처인가? 되게, 쓸쓸하시겠다.
서인E   쓸쓸함도 버릇이 되면, 무뎌지더구나.

구덕, 소리에 놀라 보면, 나무 근처에서 나오는 서인.

구덕   아... (급히 몸을 숙인다)
서인   나와 대화를 하고 싶어 찾아온 것은 아닐 테고.
구덕   그게, 아씨께서 눈치채셨는지 부엌으로 오셔서, 도망친다는 것이
                그만.
서인   지난번엔 변복까지 하고 지두 장사를 하더니,
                들켰다간 머리채가 뽑힌다는 걸 알면서도, 기어이 품삯을 벌러 왔다?
구덕   ...
서인   어찌 그리 돈이 필요한 것이냐.
                정말로 바닷가로 도망이라도 치려는 것이냐.
구덕   ...
서인   말해 보아라, 내 도움을 줄까 싶어 그런다.
구덕   어찌 저 같은 걸 도우신다고... 아닙니다. 괜찮습니다...

구덕을 가만히 보는 서인, 그때 들리는 말소리에 보면,

별당으로 오고 있는 차씨부인과 소혜다. 놀라는 서인과 구덕.

경과 〉 차씨부인과 소혜, 쇠똥의 안내로 별당으로 들어서면,
서인만 홀로, 마당에 서 있다.

차씨부인　어찌 나와 있는 것이냐.

서인　오늘 반가운 손님이 올 것 같아 잠을 설쳤습니다.
　　　혹시나 해서, 내내 서성거렸지 뭡니까.

소혜　저를 기다리셨나 봅니다.

미소로 보는 소혜를 차갑게 보는 서인.

───　**S#31 서인 방 안 (D)**

평소보다 두 걸음쯤 앞으로 나와 있는 병풍.
그 앞으로, 마주 앉은 서인과 소혜. 어색한데, 침묵을 깨는,

소혜　어찌 잔치에는 안 나오시고 여기 계신 것입니까?

서인　광증이 심해 잔치를 망칠까 하여.

소혜　아...

───　**S#32 병풍 뒤 (D)**

숨어 있는 구덕. 휴 살았다 하고, 몸을 돌려 보면, 병풍 뒤의 공간에,
숨겨 놓은 서인의 그림과, 악기, 요상한 물건들이 가득하다.
구덕, 조심스레 보다가, 문득, 대충 치우느라 펼쳐진 일기장을 본다.

서인N	하필이면, 태어나 처음으로 내 마음을 흔들어 버린 이가,
	혼담이 오간 여인의 몸종이라니. 운명의 장난이 따로 없구나.
구덕	(놀라서 일기장을 손에 든다)
서인N	내 너와 같은 신분이었다면, 곧바로 내 마음을 고백했을 텐데...
	오늘은 어쩐지, 밤이 깊도록, 잠이 오지 않는다.
구덕	(이게 뭐지 싶은데)
소혜E	혹시, 홍길동전을 읽어 보셨습니까?

———— **S#33 서인 방 안 (D)**

소혜	제 취미가 소설을 읽는 것이라서요.
서인	(그럴 리가) 홍길동전의 어느 대목이 가장 인상 깊었습니까.
소혜	어... 길동이가 아버지를 아버지라 부르지 못하는 부분?
서인	그 부분이 왜요?
소혜	어... 같은 핏줄인데 서자라 차별을 하니까?
서인	하늘 아래 같은 사람인데 어찌 귀함과 천함이 있는지?
소혜	네! 저도 그리 생각했습니다.
서인	그런 분이 어찌 평생을 함께한 노비가
	병이 들었다 하여, 산 채로 묻으라 할 수 있습니까.
소혜	예?

———— **S#34 병풍 뒤 (D)**

왜 저러지, 걱정으로 듣고 있는 구덕.
일기장을 그대로 손에 들고 있는데...

──── **S#35 서인 방 (D)**

소혜   무슨 말씀이신지, 도통...

서인   내가 광인이라는 소문이 낭자 귀에 들어갔다면,
               낭자가 어떤 사람이라는 소문도 내가 들었을 거란 머리는
               없는 겝니까.
               소문을 좀 더 전해 주자면, 제 손으로 할 줄 아는 건 아무것도 없고,
               뭐든 몸종이 대신해 준다던데, 몇 마디 더 섞어 망신당하지 말고.
               이만, 돌아가세요. 혼담은 없던 것으로 하겠습니다.

──── **S#36 병풍 뒤 (D)**

놀라는 구덕. 손에 든 일기가 툭 떨어진다.

──── **S#37 서인 방 (D)**

서인의 말에 부들부들하던 소혜, 툭, 소리에 병풍을 보는데,
서인, 태연히 소혜를 본다. 가만히 자리에서 일어서는 소혜.
서인, 배웅하려는 듯, 함께 일어나는데, 소혜가 병풍 쪽으로 가자,

서인   나가시는 문은, 저쪽이오만.

소혜   아무리 광인이시라 한들, 방 안에서 쥐 새끼를 키우진 않으실 테고.

서인   어, 어딜 가는 겝니까.

소혜   방 안에 더러운 구더기가 기어다니나 해서요.

S#38 병풍 뒤 (D)

놀라는 구덕, 어찌할 틈도 없이 소혜의 손에 의해, 병풍이 젖혀진다.
가만히 서 있는 구덕. 난감한 표정의 서인. 소혜, 어이없이 보다가,

소혜	너 이년, 설마 집 나갈 때마다 드나든 곳이 여기였어?
구덕	(뜬금없다는 듯) 예?
서인	무슨 소립니까?
소혜	(서인에게) 이년 때문에 나랑 혼례를 안 한다는 거였어?
서인	무슨 말도 안 되는, 엉뚱한 쪽으로 머리가 도네?
구덕	아, 아씨.
소혜	(구덕의 머리채를 잡더니) 니가 먼저 접근했지!
	혼담 오가는 거 알고 일부러 그랬지! 이 구더기 같은 년아!
구덕	아씨, 아닙니다!
서인	왜 이러십니까! 놓고 얘기하시오!

소혜, 구덕이 머리채를 끌고 가는데, 소란에 놀라 문을 여는 차씨부인.

차씨부인	이, 이게 대체 무슨 일이야!
서인	아, 그것이.
차씨부인	(구덕을 보며) 넌, 대체 누구냐!
소혜	제 몸종입니다! 도련님이! 하필이면 제 몸종이랑 붙어먹었다구요!
차씨부인	(놀라 서인을 본다)
구덕	(변명해 주려는) 아닙니다. 마님! 절대로 아닙니다!

차씨부인, 구덕의 따귀를 때린다. 놀라서 보는 서인.
구덕, 수치심으로 서인을 차마 보지 못하고...

서인	어머니!
차씨부인	어머니라고 부르지도 마!

소혜, 구덕을 끌고 가 버리고, 서인도 어쩌지 못하는데,

차씨부인	어디 여자가 없어서, 저런 천한 년이랑!
	부전자전이라더니, 역시 피는 못 속이는 게냐?
서인	(무슨 소린가 싶은) 예?

나가 버리는 차씨부인을, 혼란스럽게 보는 서인에서...

─── S#39 김낙수 집 마당 (N)

명석에 말려 맞고 있는 구덕. 몽둥이로 패고 있는 김낙수.
노비들 어쩔 줄 모르고, 그저 달려드는 개죽을 막고 있다.

개죽	나, 나리... 아이고, 구덕아. 아이고... 차라리 절 죽여 주십시오!
김낙수	오냐, 네놈 먼저 죽이고, 네놈 딸도 죽여 주마.

낙수, 몽둥이로 개죽을 후려치면, 바닥으로 나동그라지는 개죽.
피떡이 되도록 맞아, 의식을 잃어가면서도, 걱정스럽게 개죽을 보는
구덕.

김낙수	감히 네까짓 것들이, 나를, 내 딸을, 이렇게 망신을 줘?
꺽쇠	(몽둥이를 잡고) 나, 나리, 제가, 제가 하겠습니다.
김낙수	죽기 직전까지만 패고 목숨이 붙어 있을 때 묻어 버려!

김낙수, 들어가 버리면, 한시름 놓는 식솔들.

소혜, 분을 못 참고 꺽쇠의 몽둥이를 빼앗아 구덕이를 내려친다.

꺽쇠   (다시 뺏으려 하며) 아씨, 아씨 이러다 아씨가 다치십니다.

소혜   놔! (내리치며) 말해! 너 일부러 그랬지!

        니가 일부러 내 서방님을 먼저 차지하려고 한 거야 그지!

개죽   (기어가서 구덕을 덮는다)

소혜   (발로 밟으며) 죽어! 죽어! 죽여 버릴 거야 구더기 같은 년!

        (하다가 갑자기) 아니, 아니지, 죽이는 건 좀 아니다. 그지?

일동   (안도)

소혜   그래도 우린 가족 같은 사이잖아. 안 그래?

금복   그럼요 아씨.

소혜   이럴 게 아니라, 진짜 가족이 되어 보자.

일동   (무슨 말인가 해서 보면)

소혜   씻겨서 아버지 침소에 들여보내.

일동   (놀라서 보면)

개죽   아, 아씨.

소혜   뭐 해! 얼른 씻겨서 들여보내 당장!

다들 어쩔 줄 모르는데, 들어가는 소혜를 따라가려는 개죽.

발목을 붙드는 손길에 보면, 구덕이다. 개죽을 향해,

검지를 들어 올려 신호를 보이는 구덕에서...

——— **S#40 부엌 (N)**

여기저기 생채기 난 얼굴로,

욕조 속에 앉아 있는 구덕이 뚫어져라 보는 곳,

막 갈아 놓은, 시퍼런 낫, 한 자루.

──── **S#41 김낙수 방 안 (N)**

술상을 받아 놓고, 홀로 마시고 앉아 있는 김낙수.
문이 열리는 소리에 보면, 금복이, 구덕을 넣어 주고 문을 닫는다.
김낙수, 술잔을 들고, 서 있는 구덕에게 따르라는 듯, 본다.
구덕, 가만히 보다가, 순순히 다가와 앉더니, 술병을 든다.

김낙수   (따르는 구덕을 보며) 내 진작 너를 품어서, 이런 일을 막았어야
            했는데... (기분 좋게 마시고) 오늘로 모두 잊자, 내, 방도 한 칸 내어
            주마.
구덕   그 잔은, 그간, 먹여 주고 재워 주신 은혜에 대한 보답입니다.
김낙수   (웃고) 그래그래.
구덕   (제 옷고름을 풀며) 그리고 이것은.
김낙수   (황급히 잔을 내려놓고) 뭐 이리 급한 것이냐. 허허.
구덕   (품에 넣어 놓은 낫을 꺼내) 내 어미에 대한 복수요.

구덕, 김낙수에게 낫을 휘두른다.
놀라서 "억!" 소리도 못 내는 김낙수. 손으로 턱! 낫을 잡는다.
구덕, 안간힘을 쓰며 낫을 뒤틀고,
김낙수의 손, 날이 스며들며, 피가 뿜어 나오는데...

김낙수   (그제야) 거기, 거기, 누구 없느냐 이봐라! 아아악!

하는데, 뭐지? 하며 문이 조금 열리고 들여다보는 소혜와, 뒤의 금복.
눈에 들어온 믿어지지 않는 광경에 문을 벌컥 열고 달려온다.

소혜	아버지!
금복	아이고, 구덕아, 이게, 이게 무슨 짓이야!

소혜, 구덕을 끌어내자, 구덕, 낫을 들고 다시 김낙수에게 달려든다.
도망치느라 뒤로 넘어져 머리를 턱, 부딪히는 김낙수.
금복, 놀라서 김낙수에게 가면, 구덕, 나가려는데, 막아서는 소혜.

소혜	어딜 가!
구덕	비켜.
소혜	(손을 들고) 이년이!
구덕	(탁 잡는다)
소혜	이 더러운 손, 당장 놓지 못해?
구덕	더러워?
소혜	그래 이 더러운 년아. 이 구더기 같은 년, 너 같은 건 죽어 마땅해!
구덕	하늘 아래, 죽어 마땅한 사람은 없어.
	그리고, 더러운 건, 너야.

구덕, 근처에 있던 요강을, 소혜의 머리에 촤~ 쏟아 버린다.
그제야 소란에 뛰어 들어온 꺽쇠와 노비 하나, 헉, 기함하고,
정신 잃은 김낙수를 살피던 금복도 히익 하는 얼굴로 본다.
요강을 둘러쓴, 소혜의 끔찍한 비명, 길게 울린다.

—— **S#42 마당 (N)**

비명 소리에 뭐야... 하고 서 있는 식솔들.
달려 나오더니 바람처럼 문밖으로 달리는 구덕을
어리둥절하게 보는데.

| 소혜 | (달려 나와서) 잡아! 저년 당장 잡아! 아아! 뭐 하고 있어!
당장! 관아에 알려! 의원 불러! 나 좀 씻겨 줘! 아아악! |
|---|---|

그제야, 어어, 하며 움직이기 시작하는 식솔들에서...

S#43 용두산 초입 (N)

보따리를 들고, 이제나저제나 기다리는 개죽.
달려오는 구덕을 보고, 안도의 표정으로 구덕아 하는데,
구덕의 뒤로, 횃불들이 몇 개 보이고, 포졸들도 보인다.
얼른 구덕을 맞아 나무 뒤로 쪼그리고 숨는 개죽.

개죽	어찌 된 거야. 무슨 짓을 한 거야 너.
구덕	보따리, 보따리 챙겼어? (확인하고) 얼른 가자 얼른.

둘, 가려는데 막아서는 발. 놀라서 보면, 껄쇠랑 금복과 노비들이다.
둘, 다 틀렸다는 표정으로 보는데, 손을 뻗어 일으켜 주는 껄쇠.
금복, 노비들에게 끄덕하면,
반대쪽으로 달려가며 이쪽입니다. 외치는 노비들.
횃불을 든 포졸들 노비들을 따라, 반대쪽으로 달려가는데...

구덕	아주머니...
금복	(보따리를 내밀며) 감자랑 개떡이랑, 돈 몇 푼 넣었어.
껄쇠	뭐 하고 있어 빨리 가 빨리!
개죽	고맙네. 고마워.
금복	절대로 잡히지 마. 멀리 가. 다신 오지 마. 알았지?

끄덕이는 구덕. 개죽과 구덕, 보따리를 하나씩 쥐고 달린다.
구덕, 달리며 돌아보면, 엄마 나무 밑으로 선 식솔들.

구덕   엄마... 잘 있어... 엄마 고마워...

도망치는 둘에서... Out.

——— **S#44 서인 방 (N)**

무거운 얼굴로 앉아 있는 서인.

쇠똥   제발 가서 빌어요. 도련님 제발요.
서인   그 아이는, 구덕이는 어찌 되었느냐.
쇠똥   그게 지금 중요합니까?
차씨부인E   결단을 내리세요 대감!

——— **S#45 안채 안방 안 (N)**

마주 앉은 송대감과 차씨부인.

대감   알아듣게 타이른다 하지 않소.
차씨부인   아버지의 생신날, 혼담 있는 집의 몸종 년이랑 놀아났어요!
          망신도 이런 망신이 어딨습니까. 쫓아낼 명분이 더 필요합니까!
대감   ...
차씨부인   그래요 대감은, 우리 서호는 안중에도 없는 것이지요.
          그까짓 천한 기생 년한테서 얻은 서자 때문에!

문을 벌컥 여는 서인을 놀래서 보는 대감과 차씨부인.

서인	제가 업둥이가 아니라, 서자였단 말입니까?
차씨부인	... 그게 덜 망신스러우니까!
서인	... 암요, 기생 소생의 서자보다는, 양자가 낫지요.
대감	(차마 말을 못 하고)
차씨부인	찢어 죽여도 시원찮을 년의 자식을,
	치가 떨리게 싫은 너를! 내가 자식으로 키웠다.
서인	서호가 생길 줄 알았으면, 안 그러셔도 되었을 텐데...
차씨부인	...
서인	이제야, 어머니가, 아니... 마님이 이해가 갑니다.
	제가 업둥이라 정이 없으신 줄 알았는데, 정말로, 미우셨던 거군요.
	(대감에게) 진작 알려 주시지요. 전, 제가 누굴 닮아 이러나 했는데,
	어미가 기생이라니, 이제야 막힌 속이, 뻥 뚫리는 기분입니다.
대감	서인아.
서인	(보다가) ... 날이 밝는 대로 이 집을 떠나겠습니다.
대감	무슨 소리를 하는 게야!
서인	그간, 키워 주고 먹여 주신 은혜, 영영 잊지 않겠습니다.
차씨부인	그 은혜를 잊지 않는 길은 단 하나뿐이다.
	절대로, 돌아와선 안 될 것이야.
대감	부인!
서인	이리 붙들어 주신 아버지의 마음 잊지 않겠습니다.
	아, 이젠, 아버지를 아버지라 불러선 안 되겠군요.
차씨부인	무슨 일로도 우리 집안과 엮이지 마라.
	넌 이제, 없는 사람이다.
대감	(괴로운 침묵)
서인	... 여부가 있겠습니까...

S#46 김낙수 집 부엌 (N)

욕조에 앉아 있는 소혜. 분노를 다스리지 못하고 일그러져 있다.
금복, 새 물을 계속 소혜의 어깨에 붓고 있는데,

금복 아, 관아에서 병사를 풀어 샅샅이 뒤지고 있다 합니다.
소혜 관아에 붙들려 가면 죽을 거 아냐.
금복 예? 예...
소혜 쉽게는 못 죽지. 저자에서 추노꾼을 불러와.
　　　평생 지옥을 만들어 주마.

——— **S#47 저잣거리 (새벽)**

봇짐을 지고 걷는 서인, 인기척에 돌아보면, 짐을 진, 쇠똥이다.

서인 짐을 보아하니, 배웅을 나온 것은 아닐 테고.
　　　뭐, 한 번 종은 영원한 종이다, 이러게?
쇠똥 대감마님 명입니다.
서인 ...
쇠똥 (돈 자루를 내밀며) 이것도...
서인 날 감시하라 하시더냐.
쇠똥 잘 뫼시라 했습니다요.
서인 (가며) 내가 홍길동보다는 신세가 낫구나.
쇠똥 (따라 걸으며) 어디로 가시는데요?
서인 가기 전에, 구덕이 얼굴이나 한 번 보고 갈까 싶은데...
쇠똥 못 보세요...

무슨 말이냐는 듯 보는 서인에서...

———— **S#48 저잣거리 여각 (아침)**

험상궂은 추노꾼들, 앞으로 앉은 서인을 본다. 옆으로 선 쇠똥.

추노꾼   그러니까. (구덕의 용모파기를 펼치며) 이년을 잡지 말아라?
서인   그렇다네.
추노꾼   잡는 자들에게 잡지 말라니, 우리가 왜?

서인, 돈주머니를 턱, 올려놓고 밀려 하면,
쇠똥, 얼른 주머니를 붙든다.
서인, 겨우 쇠똥을 떼어 내고, 돈주머니를 밀면,
열어 보는 추노꾼.

서인   잡아 오면 백 냥 받기로 했다지. 백 냥에 백 냥을 더 얹어 주겠네.
쇠똥   그러다 잡아오면요! 이 돈도 그 돈도 이자들이 다 먹는 셈인데!

추노꾼, 쇠똥을 노려보다가, 구덕의 용모파기를 찢고 됐냐는 듯 본다.

서인   그럼, (일어서며) 믿겠소이다.
추노꾼   헌데, 하찮은 노비 년에게 왜 이리 큰돈을 쓰는 겁니까?
서인   내게 자유를 준 고마운 사람일세.
         나도, 그 아이의 자유에 보탬이 되고 싶어서.
추노꾼   그럼, 이 여자를 그 쪽에게 데려다주는 건 어떻소?
서인   (고개 젓고) 쫓지 마시오. 하루라도 편히 잠들게...
         우리가, 인연이라면, 다시 만나지겠지.

지쳐서 걷고 있는 둘. 맞은 부위들이 곪아 제대로 걷지도 못하는 구덕.
그러면서도 기침하는 개죽을 붙들어 부축하며, 힘겹게 걷는다.

개죽   내가 미쳤지. 그 돈이 어떤 돈인데.

구덕   이미 잃어버린 걸 뭐 하러 자꾸 생각해.

개죽   다시 돌아가자 응? 반나절만 되돌아 걸어가 보자.

        아무리 생각해도 내가 잠깐 소피볼 때 보따리 내려놨던 거 같아.

구덕   약초꾼들이 벌써 주워 갔을 거야. 좋은 일 했다 생각해.

개죽   니가 어떻게 모은 돈인데 그걸 홀랑 잃어버려.

구덕   (힘겨운지 앉는다) 날도 어두운데 그만 가자.

        여기서부터는 충청도니까, 힘내. 며칠만 더 가면, 바다야 바다.

개죽   (같이 앉아서) 바다에 가면 뭐 하게. 돈 한 푼도 없이 뭘 어쩌게.

구덕   그깟 돈 벌면 되지, 재주 많고 사지육신 멀쩡한데!

개죽   내가 어디 가서 몰래 죽어 버릴걸!

        (자기 때리며) 그랬으면 니가 쓸데없는 생각 안 했을 텐데.

구덕   하지 마. (붙들고) 그만해. 괜찮아 아버지.

개죽   아이고 내가 미쳐 죽겠네.

구덕   사람이 죽으란 법은 없어.

하는데 근처에서 갑자기 불이 밝아진다. 놀라서 보는 둘.
둘의 눈에 들어오는 작고 따뜻해 보이는 주막.

———— **S#50 주막 (N)**

조금 열린 문틈으로 들여다보는 주모, 끝분.

허겁지겁 먹는 둘을 의아한 눈으로 보다가,
다른 손님들이 오자, 문을 슬쩍 닫아 준다.

—— **S#51 주막 방 안 (D)**

잠들어 있는 구덕. 한기가 드는지 눈을 뜬다.
돌아눕다가 빈 옆자리를 보고 일어난다.

—— **S#52 주막 (D)**

마당 평상에서 나물을 다듬는 끝분. 나오는 구덕을 본다.

구덕   저기, 혹시, 저랑 같이 오신 분... 못 보셨어요?
끝분   밤중에 나가던디?
구덕   예? 진짜요?
끝분   진짜지 그럼 내가 거짓말을 한다는 겨?
구덕   말도 안 돼. 아니 나만 혼자 두고 왜...
           어느 쪽으로 가셨어요?
끝분   나야 모르재. 어디로든 갈 수 있지만, 어디로 갔는진 알 수가 읎는 겨.

구덕, 방에서 얼른 보따리를 들고 와 신발을 신는데,

끝분   부녀지간에 돈 안 내고 토끼려는 수작이면 집어치워. 나 호구 아녀.
구덕   (복주머니 내밀고) 귀한 물건이에요.
           먹은 값 재워 준 값으로 충분하실 거예요.

끝분, 열어 보면, 서인이 준 관자가 들어 있다. 워메~
달려 나가며, 아버지, 아버지! 하는 구덕에서...

―――― S#53 일각 (D)

홀로 휘적휘적 걷고 있는 개죽. 기침을 하다가,
혹시나 해서 뒤를 돌아본다.

구덕 모E   구덕 아버지, 당신은 절대로 아프지 마.
        우리 구덕이한테 짐 되지 말아요...
개죽   (결심을 굳히듯 급히 간다) 그래, 내가 우리 딸한테 짐 되면 안 되지.
        우리 딸, 세상에서 젤루 똑똑하니까, 제 혼자 몸이면 뭐라도 하고 잘
        살 거야.

―――― S#54 주막 (N)

돌아와 문밖에 쪼그려 앉는 구덕, 빗자루를 쓸다 보는 끝분.

끝분   시방, 남의 장사하는 가게 앞에서 재수 없게 우는 겨?
구덕   아뇨. (얼른 쓱 닦아 버리고) 저 안 울어요.
        안 울 거예요. 운다고 달라질 것도 없는데.
끝분   헌디, 왜 요로코롬 여기 앉아 있는 겨.
구덕   혹시라도 돌아오셨는데 제가 없으면, 영영 엇갈릴 거 같아서.
끝분   그러네. 맞는 말이네. 솔찬허게 똑똑하구먼?
구덕   저기 아주머니, 저, 진짜 똑똑해요. 그리고 뭐든 잘해요.
        음식도 잘하고 청소도 잘하는데, 여기서 좀 지내도 될까요?

끝분	(여기저기 곪은 흉터를 보며) 보아하니 도망친 노비 같은디,
구덕	...
끝분	지척에 역참이 있어서 군사들도 간혹 오니께 그 말투랑 좀 조심해야 할 겨.
구덕	고맙습니다. 아니, (흉내 내는) 고마워유...?
끝분	고맙구먼유 하는 겨. 자, (빗자루 쥐여 주고) 문 앞 좀 싹 쓸어.

구덕, 냉큼 받아서 싹싹 열심히도 쓸면, 들어가는 끝분.

쓸면서 자꾸 아무도 오지 않는 길을 내다보는 구덕.

걱정으로 눈물이 나오는데,

힘차게 눈을 닦아 내고 비질을 하는 구덕에서...

─── **S#55 송도 기방 (N)**

서인, 술 한 잔 마시고 잔을 내려놓으면,

빈 잔을 따르는 나이 지긋한 행수.

행수	어찌, 젊은 아이들을 다 물리고 나를 불렀습니까?
서인	행수 어른께서 이 집에 제일 오래 있으셨다기에.
행수	(서인을 가만히 본다)
서인	혹시, 송병근이라는 사람을 아십니까. 한때, 경기 관찰사셨습니다.
행수	(보다가 미소로) 낯이 익다 했더니, 화란이 아들이구나.
서인	저를, 아십니까?
행수	서인이.
서인	(맞다는 듯 끄덕이는) ... 그분은, 여기 계십니까?
행수	(도리도리) 너를 보내고, 오래지 않아 병들어 떠났다.

가만히 있는 서인에게, 술을 한 잔 더 따르는 행수.

서인   제가... 이곳에 좀 묵어가도 되겠습니까.

행수   이곳에서 태어났으니, 이곳이 네 집이나 다름없지 않겠니...

술을 마시는, 서인에서, Out.

——— **S#56 장터 생선가게 (1년 후, D)**

주인   (생선 내밀며) 아주 팔팔혀, 이 봐, 꿀렁거리는 거 봐.

끝분   이, 좋네. (주머니에서 돈 꺼내려 하며) 얼마여.

주인   (얼른 생선 바꾸고) 두 푼.

구덕   워매! 뭣이 두 푼이데요?

보면, 콧등에 점을 그려 넣고,
머리까지 올려서 영락없이 젊은 주모 모양새의 구덕.

구덕   어디 사람이 요로코롬 두 눈을 시퍼렇게 뜨고 있는데 코를 베어 가유?
            어디 산 놈으로 꼬셔 놓고 죽은 놈을 디미냐고요~

끝분   (주인에게) 아니, 이 호로 잡놈이 내가 호구로 보이는가!

구덕   거기 팔팔한 것도 내노쇼. 그러믄 내 눈감아 주려니까.
            안 그럼 아주 동네방네 싹 다 사기꾼이라고 소문낼 겨! 이?

——— **S#57 장터 (D)**

구덕   하여튼 이모는 나 없이 워찌 살 겨!

끝분	그러게나 말여. 그나저나 저 썩을 놈이 나를 몇 년을 속여 처먹은 겨?

구덕, 갑자기 개죽의 뒷모습을 보고 달려간다. 하이고 하는 끝분.
구덕, 얼른 돌려세워서 아버지! 하고 보면, 개죽이 아니다.

끝분	(와서) 또 잘못 본 겨?
구덕	응...
끝분	(어딘가를 보며) 워매. 망할 종자들이 저걸 또 붙여 놨네.

구덕, 따라 보면, 벽에 붙은 도망 노비들의 용모파기들 붙어 있다.
중간쯤에 구덕이와 개죽이도 있다.

구덕	(걱정되는) 아버지, 잘 계신 거겠지?
끝분	건강한 건 모르겠다만, 일단 잡힌 건 아닝게. 어여 가자.

하는데 앞에서 돈주머니 자랑하며 오는
화적, 천복이와 삼만이와 졸개 몇.

끝분	머여. 못 보던 놈들인디. 추노꾼인가?
구덕	추노꾼 아니고, 화적 떼여.
끝분	니가 그걸 워째 알아?
구덕	아버지 찾으러 다니다 봤어. 주막 뒤로 난 샛길로 다니더라고. 남의 물건 도둑질해다가 여기 장터에 내다 파는 모양이네.
끝분	너, 당분간 아버지 찾으러 다니지 마. 어? 아주 놈들이 기운이 숭악하고 재수가 없구먼? 퉤!

S#58 주막 (D)

천복과 삼만, 국밥을 먹고 있다. 불편한 듯 보는 끝분.
쟁반을 들고 지나가는 구덕의 엉덩이를 잡는 천복.

구덕   아이구, (떼어 내며) 맛있게 드세유.
천복   (손목을 잡아 앉히며) 주모, 여기 탁주 한 동이 내 와.
구덕   (일어서며) 제가, 제가 내올게유.
삼만   (험하게) 넌 앉아 있어. 우리 천복이 형님이 맘에 드신다잖냐.
끝분   (구덕이 손목을 잡고) 우리 집은 그런 집이 아닌디.
천복   삼만아, 말로 하면 못 알아듣나 보다?

구덕과 끝분 무슨 소린가 하는데,
천복과 삼만, 품에서 칼이라도 꺼내는 순간,
마침, 군관1, 2가 들어온다.
끝분, 얼른 구덕의 손을 잡고 같이 가며,

끝분   어서, 어서 오세요. 군관 나리님들! 이리 앉으세요.

천복, 삼만에게 나가자는 눈짓을 하면, 둘 일어선다.
군관1, 2 못 보던 놈들인데 하는 얼굴로 둘을 본다.
천복, 가면서도 노리듯, 구덕을 보는 데서...

S#59 방 안 (N)

옷을 기우는 끝분. 말갛게 씻고 들어오는 구덕을 본다.

끝분	얼른 문 닫어! (가서 아예 잠그고)
구덕	에이, 군관들도 나 못 알아보는데 뭐.
끝분	너 그 씻은 얼굴은 니 용모파기랑 똑같다니께!
구덕	왜 화를 내고 그려.
끝분	걱정돼서 그렇지. 어디 근본도 없는 화적 놈이 주제도 모르고.
구덕	이모는 참말로, 내까짓 게 뭐라고.
끝분	아무리 생각해도 너는 요로코롬 살 팔자는 아녀.
구덕	아니긴. 내 팔자 맞디?
끝분	듣자 하니 어디 가면 양반 신분을 돈 주고 살 수도 있다던디.
구덕	됐고, 난 그냥 여서 아버지나 기다릴 거여.
끝분	1년이 지났어. 그 양반이 여길 왜 돌아와.
	설마 여적지 니가 여기 있을 거라고 생각이나 하겠어?
구덕	(한숨이 나오는)
호종E	주인장 계시오.

놀라서 보는 구덕과 끝분. 누구지 싶다. 구덕에게 숨으라는 듯,
구덕, 벽 쪽으로 숨으면, 끝분, 슬쩍 문을 열고 보면, 호종 두 사람.

끝분	뉘, 뉘십니까요.

─── **S#60 주막 (다음 날, D)**

잔뜩 들뜬 끝분과 구덕. 이리 오세요 이리, 안내하고 있고.
말 몇 마리와 짐을 가득 실은 수레가 들어오고 있다.
옥필승 대감과 하인들도 들어오고,
가마꾼들이 들고 오는 가마도 보이는데...

군관1	(한쪽에서 먹고 일어나며) 귀한 손님들이 오시나 봅니다.
끝분	그러게요. 저 대감님께서 우리 집을 통째로 빌렸지 뭡니까.
	그래도 군관 나리 국밥은 챙겨 드릴 수 있으니, 들르세요.
군관1	(웃고) 근데, 어디서 오는 손님들이신가?
끝분	청에 사신으로 가셨다가 본가인 청수현으로 가시는 길이랍니다.
	말들이 지쳐서, 한 이틀 쉬다가 다시 출발하신대요.

군관1, 알겠다는 듯 가는데, 마침 가마에서 내리는 태영.

끝분	세상에... 곱기도 해라...

구덕도, 태영을 본다. 머리끝에서 발끝까지, 우아한 태영의 자태.
태영, 하인이 내미는 손을 잡고 내려서다가 손을 놓는데,
그 바람에 손가락에 꼈던 커다란 옥반지가 떨어지는데,
군관1, 지나다 반지를 주워, 태영에게 내민다.
태영, 목례하고 받아, 반지를 다시 낀다.

끝분	아씨께서는, 이쪽 방을 쓰시면 됩니다.

태영, 끝분을 따라가다가, 넋 놓고 바라보는 구덕을 향해,

태영	안녕, 반갑구나. 나는 옥가 태영이라고 해.

구덕, 뭐라 답도 못 하고,
그저 몸을 숙여 꾸벅 인사하고 조아리는 데서...

―――― **S#61 장터 (D)**

장을 보고 있는 구덕. 물건을 받아 뒤를 도는데,

태영	웍!
구덕	(놀라서) 어머! 아니. 워메.
태영	(미소로) 미안, 놀랐어? 나야. 태영이.
구덕	아, 아씨. 혼자 내려오신 거여유?
태영	너무 무료해서. 뭐 구경할 게 있나 하고.
구덕	그럼 저랑 같이 다녀유. 길도 모르실 텐데.
	구경할 곳 저짝에 많으니, (앞서며) 이리 오세유.
태영	(옆에 서며) 근데 니 이름은 뭐야? 내가 뭐라고 불러야 해?
구덕	그냥 야 하세유. 저 같이 하찮은 사람 이름 알아 뭐 하시게유.
태영	세상에 하찮은 사람이 어딨니?

가는 태영을 가만히 보는 구덕에서...

―――― **S#62 장터 일각 (D)**

은가락지, 패물, 비녀 등의 장신구를 파는 가게.
태영, 뒤꽂이를 골라서 제 귀 옆에 꽂아 보고 구덕을 본다.
예쁘다는 듯 끄덕이면, 태영, 하나 더 골라 구덕에게 꽂아 준다.

태영	(주인에게) 두 개 얼맙니까?
구덕	(빼서 내려놓고 주인에게) 하나 값만 받으셔.

태영, 의아한 듯 내려놓고 먼저 가는 구덕을 따라간다.

태영	맘에 안 들었어?
구덕	맘에 들고 안 들고가 어딨대유. 지한테는 안 어울리니께...

먼저 가던 구덕, 마주 오던 양반과 어깨를 부딪친다.

양반	아 진짜 재수 없게. 어디 더러운 몸뚱이를 들이밀어!
구덕	소, 송구합니다요.
태영	부딪힌 것은 그쪽인데 어찌 사과는 못할망정 적반하장입니까?
양반	계집이 어디서 입을 함부로, 감히 내가 뉘 집 아들인 줄 아느냐?
태영	누구 아들인 게 인생 최대의 자랑거리신가 봅니다.
양반	뭐? 이년이!
구덕	(막아서며 양반에게) 잘못했구먼유. 나리. 아씨 (끌고) 가유. 죄송하구먼유!
태영	잘못은 저자가 했는데, 왜 니가 사과를 해? (끌려가며 양반에게) 지체가 높을수록 고개를 숙여야 존경을 받을 것입니다!

───── **S#63 일각 (D)**

태영을 끌고 오는 구덕.

태영	사람이 할 말은 하고 살아야 하는 법이야.
구덕	아씨야 그래도 되지만, 저는 그러면 큰일 납니다.
태영	그래서 대신해 주는 거야. 난 너를 도우려는 것이다.
구덕	그거 돕는 거 아닙니다. 동정하는 겁니다.
태영	동정?
구덕	하찮은 제게 은혜를 베풀면서 우월감 느끼시는 거잖아요.

태영	(본다) 우월감?
구덕	그래요. 얼마든지, 아씨께 기꺼이 그래 드려야 하는 게 맞지만,
	제가 지금은 몸을 숨긴 처지라 조심해야 하니, 이해해 주세요.
태영	근데 너, 화나니까, 한양 말씨를 쓰네? 어려운 문자도 쓰고.
구덕	(!)
태영	난 가졌기 때문에 우월한 것이 아니라,
	가졌기 때문에 책임을 져야 한다고 생각해.
	나는 아무 노력 없이 많은 것을 가졌으니,
	그렇지 못한 사람들을 돕는 것이 이치에 맞다.
구덕	...
태영	나이가 비슷해 보여서 동무가 하고 싶어 따라다녔어.
	이리 만난 것도 인연이니 꽃이를 하나씩 나눠 갖고 싶었고,
	형편없는 자에게 모욕을 당하고도 참기에 편을 들어 주고 싶었다.
	동정도 우월감도 아니니, 오해하지 말아 줬으면 좋겠어.
	네 마음을 불편하게 만들어서 미안하구나. (가려는데)
구덕	... 제 이름은 구덕입니다.
	구더기처럼 살라고 제 주인이 지어준 이름입니다.
태영	(보면)
구덕	저는, 한양에서 도망친 노비입니다.
	저 같이 천한 년과 귀한 아씨가 동무라니 당치 않으세요.
태영	니가 노비 신분인 게 나랑 동무가 되는 데 무슨 방해가 되겠니.
	나는, 하늘 아래 모든 생명이 귀하고 평등하다고 생각한다.

가만히 보는 구덕을, 미소로 바라보는 태영에서...

S#64 주막 일각 (다른 날, D)

나물을 다듬고 있는 구덕의 옆으로 앉아 대충 돕고 있는 태영.

태영   너는 꿈이 뭐야?

구덕   (보다가) 제 꿈은, 아버지를 다시 만나,

바닷가에 작은 집을 짓고 사는 것입니다. 행복하게...

태영   (미소) 그렇게 되면 좋겠다.

구덕   아씨의 꿈은요?

태영   나는, 외지부가 꿈이야.

구덕   외지부요?

태영   대송을 해 주는 일이다. 억울한 일을 당했어도,

글을 모르고 법을 몰라서 소송을 못 하는 사람들이 많거든.

나는, 어려운 사람들을 돕고 싶어.

구덕   마음은 알겠는데, 아무리 아씨가 양반이라도,

조선 땅에서 여자 몸으로 어찌 벼슬을 하겠습니까.

태영   외지부는 벼슬이 아니야. 아무나 글만 알면 할 수 있어.

여인이라도 아무 상관 없고.

구덕   (끄덕이는) 아 그래요?

태영   응. 나는 꼭 외지부가 될 거야. 나는 내 호도 변호라고 지었다?

구덕   말씀 변, 도울 호?

태영   한자도 아느냐?

구덕   예, 그냥, 어깨너머로요.

태영   (보는데) 넌 진짜 대단한 거 같아. 어쩜 못하는 게 없니?

구덕   (보다가) 아씨야말로, 제가 아는 아씨랑 참 다르십니다.

어찌, 그렇게 말씀도 예쁘시고 생각도 훌륭하신지...

태영   내가 아니라 돌아가신 우리 어머니가.

구덕   (보면)

태영	내가 기억하는 어머니는 항상, 약자를 감싸 주시고,
	신분과 상관없이 노력하는 사람의 수고를 인정해 주셨단다.
	여자라고 못할 게 없다시면서 나를 가르치시고, 또 함께 공부하셨어.

끄덕이는 구덕. 배시시 웃는 태영.
이런저런 얘기로 시간 가는 줄 모르는 둘을, 멀찍이서 보고 있는 끝분.

——— S#65 주막 일각 (N)

옥필승과 태영의 앞으로, 밥상을 내고 있는 끝분과 구덕.

옥필승	(끝분에게) 덕분에 잘 쉬었네. 우린, 내일 날이 밝는 대로 떠날까 하네.
태영	(아쉬운 듯 구덕을 보고 필승을 향해) 벌써요?

구덕도 아쉬운 듯 태영을 보는데, 끝분, 갑자기 무릎을 꿇는다.

끝분	대감마님. 이 아이를, 좀 부탁드려도 되겠습니까?
구덕	이, 이모. 왜 이런데유. 이모~
끝분	얘 내 조카딸 아녀유. 처지가 딱해 잠시 데리고 있는 것인디.
	험한 놈들이 노려서 걱정이 이만저만이 아니구만유.
	살아온 인생이 참으로 가엾고 불쌍한 아입니다. 제발 거둬 주세유.
	은혜는 꼭 갚을 아이구먼유. 착하고, 또, 글도 알고 머리가 참말
	좋아요.

구덕, 어쩌지 못하고 서 있고,
필승, 고민하는 얼굴로, 어쩔래? 하듯, 태영을 보는데...

태영	(잠시 생각하다) 나, 어렸을 때 외지로 떠났던지라,
	본가에는 아는 사람이 아무도 없어. 할머니와 오라버니도
	서신만 주고받아 얼굴도 잘 기억나지 않고...
구덕	(무슨 말인가 싶은데)
태영	(끝분에게) 몸종은 필요 없습니다. 필요한 건 동무지요.
끝분	아이고 아씨... 감사합니다요...

태영, 아버지를 보면, 못 말리겠다는 듯 웃는 옥필승.
구덕, 믿어지지 않는, 이래도 되나 싶은...

―――― **S#66 방 안 (N)**

구덕에게 비단옷을 갈아입히고 있는 끝분.
머리도 깨끗하게 내려 묶어 주고 앞에서 본다.

끝분	시상에 양녀 삼아 주신다니 을매나 다행이여.
	오마야~ 비단옷 입혀 놓으니. 아씨가 따로 없네.
구덕	(비단옷을 쓸어 보며) 이게 다 뭐래... 참말로 이래도 되는 겨?
끝분	니가 지은 복을 받는 겨. 하늘이 도왔다. 생각혀, 이?
구덕	이모는, 참말로 나 없이 살겠어?
끝분	암만, 내 걱정 말어. 어물전에 다신 호구도 안 잡힐 거고,
	느그 아버지 혹시라도 오면 내가 바로 연통 넣을라니께.
구덕	(복잡한) ...
끝분	(생각난 듯, 복주머니를 내민다) 자 이거.
구덕	(서인의 관자를 꺼내 보고) 이걸... 안 팔았어?
끝분	니가 가진 거라곤 이거 하나뿐이었는데, 어찌 팔어. 가져가.

구덕, 주머니를 옷 끝에 다시 매단다.

문이 열리고 들여다보는 태영,

끝분, 들어오시라는 듯 나가면,

비단 보자기로 싼 큰 보따리를 들고 들어오는 태영.

태영   어울릴 줄 알았어. 진짜 너무 곱다.

구덕   (말도 못 하겠는데)

태영   잠깐만. (제 반지를 끼워 주며) 우리 할머니가 주신 건데, 너한테

　　　　어울린다.

구덕   (제 손의 반지를 보다가) 저는 뭘 드려요.

태영   응?

구덕   저는, 가진 게 아무것도 없는데, 아씨를 위해, 뭘 해 드리냐구요.

태영   나를 위해서는 아무것도 하지 마. 앞으로는 뭘 하든 너를 위해서 해.

구덕   아씨...

태영   (미소로) 우리 이거 같이 보자.

구덕   이게 다 뭐예요?

태영   선물. (작은 화분을 꺼내며) 이건, 노회라는 거야.

　　　　아라비아에서 온 화초란다. 약초로도 쓰이는데, 아주 강인해,

　　　　우리 할머니처럼. 그래서 이건, 할머니 선물이고,

　　　　나머지는 식솔들 거야.

　　　　(하나씩 꺼내며) 이거는 청에서 쓰는 분인데, 막심이 거야. 막심이는,

　　　　집안 살림을 도맡아 하느라 자신을 너무 안 챙겨서 늘 마음이 쓰였어.

　　　　(꽃신을 꺼내며) 그리고 이 꽃신이랑 비단은 백이 거야. 백이는,

　　　　태어났을 때 너무 하얗고 예뻐서, 백이라 이름을 지었어.

　　　　그리고 이건 아주 귀한 약재인데, 기침에 특효래.

　　　　요즘 도끼 아재가 기침한다길래. 수소문 끝에 가져왔다?

구덕   (가만히 보다가) 노비가 기침한다고, 선물로 약재를 줘요?

태영   왜?

구덕   ... 아뇨... 그냥... 좋아서요... 이게 꿈인가 싶어서...

그때 밖에서 들리는 끝분의 비명 소리와 요란한 소리.
둘, 무슨 소리지? 하는 얼굴로 밖을 보는데...

──── **S#67 주막 (N)**

구덕과 태영, 문을 열면, 열린 문에 꽂히는 불화살.
놀라는 둘. 그제야 보면,
주막 기둥 여기저기에 불화살들이 꽂히고 있고,
순식간에 번지는 불을 끄려 정신없이 다니던 노비들은 화살을 맞는데,
그때, 들이닥친 화적 떼들, 옥필승을 지키는 호종들을 칼로 긋고,
옥필승 대감, 몇 합을 겨루던 중, 누군가 쏜 화살에 맞는데...
대감이 쓰러지자, 태영의 비명 소리에 이쪽을 보는 천복.
천복의 얼굴을 똑똑히 알아보는 구덕이다.
천복이 다가오자, 태영과 도망치는 데서...

──── **S#68 주막 뒤편 (N)**

불타고 있는 주막 뒤 헛간 근처로 도망쳐 오는 태영과 구덕.
태영, 발이 어딘가에 걸려 넘어지는데, 죽어 있는 끝분이다.
구덕, 이모! 하며 끝분에게 간다. 이모... 이모! 흔들어 보지만...
윽윽! 하는 소리에 보면,
천복, 태영의 목에 밧줄을 걸고 끌고 가고 있다.
목을 붙들고 괴로워하던 태영, 문득 놓여나 캑캑대며 보면,
천복의 머리통을 항아리로 내리친 구덕이다.

구덕, 얼른 태영을 일으키는데, 천복도 일어난다,
구덕과 태영, 갈 곳이 없자, 불타기 시작한 헛간으로 들어간다.
천복, 둘에게 오는데, 갑자기 헛간 천장이 무너지며
불기둥이 가로막자 에이씨, 하고 가 버리는 천복.
태영과 구덕, 불타오르는 헛간 안에 갇혀 어쩔 줄 모르는데,
태영, 발이 어딘가 끼어 꼼짝을 못 하고,
구덕, 근처의 가마니로 바닥의 불을 덮어 위태로운 길을 만들고는,

구덕	(태영에게) 얼른 나가요 아씨. 얼른!
태영	먼저 가!
구덕	아씨 빨리요!

구덕, 그제야 태영의 발을 보고 기를 쓰고 빼낸다.
태영, 불길이 가마니를 태우려 하자,
온 힘으로 구덕을 밖으로 밀어 버린다.
바깥, 바닥으로 나뒹구는 구덕, 정신 차리고 보면, 활활 타는 가마니.
헛간 안에 불길 속에 보이는 태영.

구덕	아씨!

구덕, 어떻게든 해 보려 다시 애를 쓰지만, 불길은 잡히지 않는다.

태영	(받아들이고 포기한) 가, 어서 가. 응?
구덕	왜 그랬어요 왜! 먼저 나가라니까 왜!
태영	내가 말했잖아, 남을 도우면서 살고 싶다고.
구덕	그럼 살아야지! 이렇게 죽으면 어떡해요. 난 어쩌라고요!
	왜 하필이면 나 같은 거 때문에 아씨가 왜!
태영	잊지 마, 넌 소중하고 귀한 사람이야.

구덕   아씨...

태영   난 너를 도왔어. 난 꿈을 이루었으니 이거면 됐다.

         너는 꼭 살아. 꼭 살아서 너도, 너의 꿈을 이루렴...

         태영을 보며 울부짖는 구덕, 혼절하듯 쓰러지는 데서 Out.

────   **S#69 옥필승 대감 집 태영 방 (D)**

         눈을 뜨는 구덕. 걱정스러운 얼굴로 보고 있는 사람들.

         중년의 막심과, 하얀 얼굴의 백이, 그리고 주름 가득한,

한씨부인   정신이, 드니?

구덕   (몸을 일으키며) 하, 할머니?

백이   아씨...

구덕   (본다) 백이...?

백이   지를 기억하세유?

한씨부인   (와락 끌어안고) 고맙다. 살아 줘서 고마워 태영아.

구덕   (안긴 채로 어쩌지 싶은) ...

한씨부인   이렇게 너라도 살아 얼마나 다행이니...

구덕   (몸을 풀고) 그게... (차마 태영의 죽음을 말하지 못하겠는데) ...

한씨부인   (얼굴을 쓰다듬으며) 많이 컸구나. 우리 태영이.

         너 우리 태영이 맞지? 응?

구덕   (가만히 보다가 저도 모르게 끄덕이며) 네...

구덕N   첫 번째 거짓말이었다.

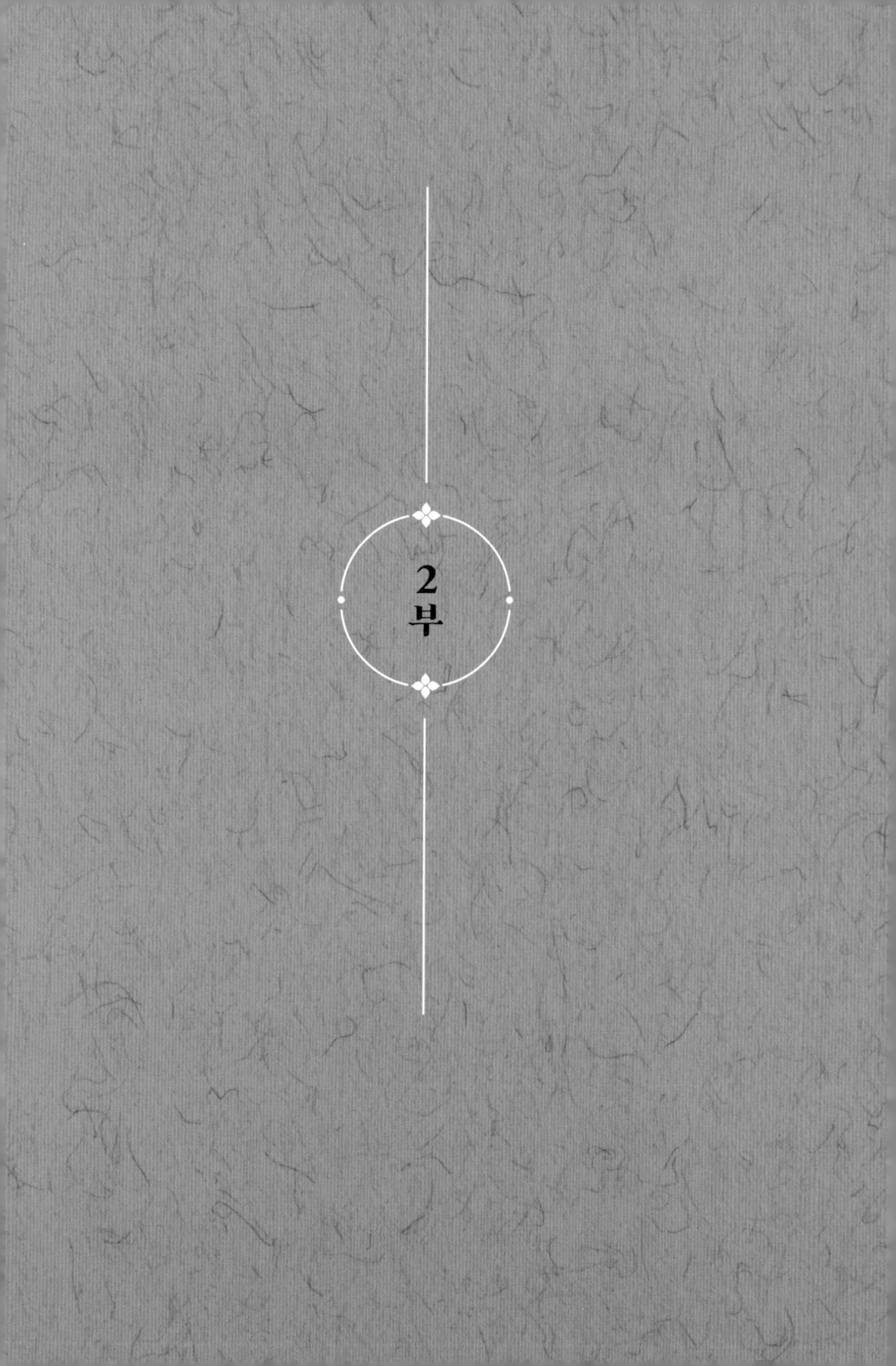

2부

───── **S#1 의금부 [1부 S#3 편집]**

의금부 마당, 형판의 옆으로 선, 한성 판윤, 의금부 도제조.
참의 옆에 선 태영.

형판   네 이름이 무엇이냐? 옥필승의 장녀 태영이냐, 아니면, 김낙수의
노비 구덕이냐.

───── **S#2 주막 [1부 S#60 편집]**

아리땁게 차려입은 우아한 태영, 넋 놓고 바라보는 구덕을 향해,

태영   안녕, 반갑구나. 나는 옥가 태영이라고 해.

S#3 일각 [1부 S#63 / S#64 편집]

구덕   ... 제 이름은 구덕입니다.

구더기처럼 살라고 제 주인이 지어준 이름입니다.

저 같이 천한 년과 귀한 아씨가 동무라니 당치 않으세요.

태영   나는, 하늘 아래 모든 생명이 귀하고 평등하다고 생각한다.

나는, 외지부가 꿈이야. 나는, 어려운 사람들을 돕고 싶어.

S#4 주막 뒤 헛간 일각 [1부 S#68 편집]

구덕   왜 그랬어요 왜! 먼저 나가라니까 왜!

왜 하필이면 나 같은 거 때문에 아씨가 왜!

태영   난 너를 도왔어. 난 꿈을 이루었으니 이거면 됐다.

너는 꼭 살아. 꼭 살아서 너도, 너의 꿈을 이루렴...

S#5 옥필승 대감 집 태영 방 (D) [1부 엔딩씬]

한씨부인   (와락 끌어안고) 고맙다. 살아 줘서 고마워 태영아.

너 우리 태영이 맞지? 응?

구덕   (가만히 보다가 저도 모르게 끄덕이며) 네...

구덕N   첫 번째 거짓말이었다.

시간 경과〉아직 정신이 맑지 않은 구덕을 보살피고 있는 백이.

구덕의 이마며, 손등이며, 데이고 그을린 상처와 생채기들 보이고,

백이, 얼음을 헝겊에 싸서 구덕이의 화상에 대면, 찡그리는 구덕.

백이	아씨 살 깊은 데까지 열이 차서 식히지 않으면 큰일 난대유...
	이거, 도끼 아재가 송주현에 석빙고까지 가서 어렵게 얻어 왔구만유.
구덕	(뭔가 말하려는데)
백이	그래두 깨어나셔서 천만다행이어유.
	상을 치르고도 열흘 넘게 깨어나질 않으셔서,
	(울먹) 진짜 이대로 아씨까정 보내는 줄 알고 얼마나...
구덕	제가 어떻게 여기 온 거예요?
백이	워메! 워메 우리 아씨 우짠디야. 어째 저한테 존대를 하세유우~
	아씨, 백이여유. 백이. 아씨 몸종이라니께유.
구덕	어떻게 여기 온 거야? 나는, 분명 주막에 있었는데.
백이	아 그게, 군관들이 달려갔더니만... 그땐 이미...
	(울먹) 다 돌아가시고, 아씨만 숨이 붙어 있으셨는디,
	군관 하나가 아씨 반지를 알아봤대유.

플래시컷〉 1부 S#60 주막

태영에게 반지를 주워 주는 군관1.

현재〉 구덕, 제 손의 반지를 내려다본다...

백이	그 군관이 거기 주모한테 아씨가 누군지 들었었다네요.
구덕	... 그자들은, 잡았니?
백이	우째 잡것어유. 워떤 놈들이, 어디로 간 줄 알고...

───── **S#6 옥필승 대감 집 한씨부인 방 / 방 앞 (D)**

막심	도련님도, 아씨 소식에 많이 기뻐하시지요?
한씨부인	(끄덕이고) 태영이 좀 괜찮아지거든 여막에 데려가기로 했네.
막심	도련님 홀로 시묘살이 하시는데 아씨가 큰 힘이 되시겠네유.

| 한씨부인 | 그래... 천지신명이 도왔네. 우리 태영이라도 저리 무사하다니... |

서서 듣고 있는 구덕, 옆으로 어리둥절한 백이.
구덕, 차마 못 들어가겠는지 돌아서려는데...

| 한씨부인 | 관아에서는, 아직 누구의 소행인지 모른다는가? |
| 막심 | 예... 감영에서 죄다 나서서 찾고 있다고는 하는디... |

문을 열고 들어오는 구덕을 부축하는 백이.
놀라서 일어나는 막심과 한씨부인.

한씨부인	태영아. (일어나서) 어찌 온 게야.
	(다가와서 손을 잡고) 아직 움직이면 안 될 것인데.
구덕	(막심에게) 자리를 좀...

막심과 백이, 마주 보고, 알겠다는 듯 나가고 나면,
구덕, 무릎을 꿇는다.

한씨부인	아니, 태영아 왜...
구덕	아니요. 마님, 저는 태영 아씨가 아닙니다요.
한씨부인	뭐? 아니, 그게 무슨.
구덕	저는, 아씨가 머물러 계셨던 주막에서 일하던 종입니다요.
한씨부인	(절망의) 허면... 태영이는...
구덕	아씨는, (차마 입이 떨어지지 않는, 괴로운)
	저를, 하필이면 저 같은 걸 구하시고 그만...
한씨부인	(주저앉는다)
구덕	(엎드려서) 제가 죽었어야 했는데... 저를 죽여 주십시오. 마님...
한씨부인	... 하늘이... 어찌 이리 무심하단 말이냐...

구덕	(엎드린 채 괴로운) ...
한씨부인	(애써 간신히 가라앉히고) 허면, 넌 어찌하여,
	비단옷을 입고 내 반지를 끼고 있던 것이냐.
구덕	아씨께서 제게 끼워 주신 것입니다.
한씨부인	뭐라?
구덕	아씨와 대감마님께서 딱한 제 사정을 들으시고는,
	저를 양딸로 삼아 주신다며, 비단옷도 입혀 주셨습니다.
한씨부인	(믿어지지 않는)
구덕	믿지 못하시겠지만, 사실이옵니다.
한씨부인	그랬으면, 조용히 도망쳤으면 될 일이 아니냐.
구덕	제가 아씨가 아니라는 사실을 밝히지 않고 도망치면,
	계속 걱정하시고 찾으실 것이 분명하여...
한씨부인	...
구덕	잠시라도 아씨 행세를 한 죄 달게 받겠사오니,
	현감 나리를 만나게 해 주십시오 마님.
한씨부인	(보면) 현감을?
구덕	그자들이 누군지, 제가 알고 있습니다.
한씨부인	(놀라서 보는)

──── **S#7 관아 현감 집무실 (D)**

한씨부인 옆으로 고개를 푹 숙이고 앉아 있는 구덕과,
마주 앉는 나이가 지긋한 현감의 옆으로 서 있는 아전들.

한씨부인	네가 들은 것을 소상히 말하거라.
구덕	(고개를 숙인 채) 예. 주막 앞으로 보이는 세 갈래 길 말고,
	주막 뒤에 헛간 쪽으로 보시면, 약초꾼들이 드나드는 샛길이

있습니다.

────── **S#8 주막 뒤 산길 (1년 전, 어둑한 시간)**

패랭모를 쓰고 남장에 봇짐을 맨 구덕. 산에서 내려오고 있다.

구덕　　　오늘도 허탕이네... 대체 아버지는 어딜 가신 거야 진짜.
　　　　　아우, 다리야. 한 식경만 내려가면 되는데... 좀 쉬자...
구덕E　　그 길을 따라 한 식경쯤 올라가다 보면,
　　　　　앉아 쉴 만한 나무 옆으로 우거진 나뭇가지들이 보일 것입니다.

　　　　　구덕, 쉴 만한 나무를 발견하고 가려는데, 근처에서 들리는 인기척.
　　　　　구덕, 얼른 옆의 작은 나무 뒤로 숨어서 보면, 막 화적질을 끝낸 듯,
　　　　　훔친 물건들을 들고 오는, 천복이와 삼만이와 졸개들 몇.
　　　　　우거진 나뭇가지들을 들면, 동굴 입구가 문처럼 열린다. 위로,

구덕E　　그곳이, 화적 떼들이 머무는 곳입니다.

　　　　　현재〉 놀라서 보고 있는 현감과 아전들.

형방　　　어찌 그리 소상히 아시는 것인지...
한씨부인　며칠 머무는 동안, 그곳의 종에게 들었다 합니다.
구덕　　　혹시, 용모파기를 그릴 수 있습니까?
현감　　　에?
구덕　　　한 놈은 천복이, 한 놈은 삼만이,
　　　　　제가 그자들의 얼굴을 똑똑히 기억합니다.
　　　　　잡아 오시면 제가 얼굴을 확인하겠습니다.

현감, 얼른 데려오라는 듯 형방을 보면 형방, 얼른 달려 나간다.

현감　　도무지 잡을 길이 없었는데, 실로, 영민한 손녀를 두셨습니다.

한씨부인, 고개를 푹 숙이고 있는 구덕을 보는 데서...

───── **S#9 관아 일각 (N)**

쓰개치마를 팔에 걸고 나오는 한씨부인, 구덕이 나오는지 돌아보면,
담벼락에 붙어 있는 도망 노비의 용모파기를 보고 몸을 돌리는 구덕.

한씨부인　(보다가) 화적들을 잡을 때까지만, 태영이로 지내거라.
구덕　　예? 아, 아씨로요?
한씨부인　네가 도망 노비라 하면, 누가 네 말을 믿어 주겠느냐.
구덕　　...
한씨부인　도움이 필요할 테니, 찬모인 막심이에게만 알려 두마.
구덕　　(걱정되는)
한씨부인　(쓰개치마를 건넨다) 가려라. 절대로 얼굴을 드러내선 안 될 것이야.
　　　　　니가 태영이 행세하는 걸 들키면, 우리 집안은 끝장이다.

구덕, 쓰개치마 속으로 숨는 데서...

───── **S#10 태영 방 안 (N)**

넓고 잘 정리된 방, 어디 앉아야 할지 몰라,
한쪽 구석에 앉아 있는 구덕.

구덕   (반지를 만지작거리며) 아씨... 제가 꼭 그자들을 잡아,

아씨의 원수를 갚을게요. 그때까지만, 제가 감히...

아씨 행세를 할 테니, 용서해 주세요...

구덕, 지치는지 누울까 하다가,

아랫목에 잘 펴진 이부자리를 본다.

다가가서, 베개 하나만 달랑 들고 와

아까 있던 구석에 다시 와 눕는다.

뻗은 발을 최대한 쪼그린 채, 잠을 청하는 구덕에서... Out.

—— **S#11 태영 방 안 (D)**

문을 조금 열고, 아씨~ 하는 백이.

바닥에 놓인 세숫물을 들고 들어오다가,

문 앞에 누워 있는 구덕을 밟을 뻔, 발이 엉켜 물을 조금 쏟는다.

백이   워매! 워매~ 아씨 워째, 아니 아랫목 놔두고 왜 여기서 주무신대요!

구덕   (소리에 깨서 얼른 일어나 앉으며) 아, 내가 잠버릇이 사나워서.

막심   (약재를 들고 들어오며) 후딱 가서 다시 받아 와아~

백이 나가고 나면, 구덕, 얼른 근처의 걸레 정도로 물을 닦는데,

막심   아이고, 참말로 이리 주셔유. 아씨!

구덕   마님께 들으셨잖아요. 저 아씨 아니에요.

막심   (걸레 빼앗고) 아씨로 뫼시라 했으니, 아씨구먼유.

(탕약 내밀고) 이거나 쭈욱 잡쉬유.

구덕   ...

막심	(누가 들을세라) 좌우당간에 마을에서 누가 알았다간 이?
	혹시라도 자모회 부인네들 귀에 들어가면, 아주 끝장나는 거예유.
	긍께 웬만허면 요 별당에만 계세유. 아셨쥬?
구덕	(끄덕이는) ...

―――― **S#12 청수현 유향소 (D) [인서트]**

관아 근처, 유향 품관들의 집무실, 회의실,
자모당과 청수학당, 교수실 등이 있고,
너른 마당의 한쪽, 연못과 정자가 보이고,
놀고 있는 어린 도령 몇 보인다.

―――― **S#13 유향소 자모당 안 (D)**

모여 앉은 김씨부인, 송씨부인, 홍씨부인, 이씨부인 등.

송씨부인	옥필승 대감이 서원의 원장으로 부임해 사사건건 견제할까 걱정했는데,
	참으로 다행이지 뭡니까. 돌아가신 분이야, 안됐지만요.
일동	(좋아하는)
홍씨부인	아! 그 댁 찬영 도령 시묘살이 해야 해서 과거 시험 못 보겠네요?
송씨부인	어머, 우리 아드님들 경쟁 상대가 하나 줄었습니다.
일동	(호호)
김씨부인	그 댁 따님이 깨어났다는데 문병을 거절한다더군요.
	다들 위로의 서신이라도 보내는 게 좋겠어요.

―――― **S#14 별채 마당 (D)**

구덕, 텅 빈 마당에 서서 심호흡을 하는데 눈에 들어오는 빗자루.
슥 눈을 돌려 보면, 마침 마당에 나뭇잎과 지저분한 것들 보이고,
구덕, 못 참겠는지 주변을 한번 슥 보더니, 마당을 삭삭 쓴다.
웅성대는 소리에 슬며시 담벼락으로 가 보면,
담 너머로 보이는 안채 마당.
끝동과 도끼를 막고 선 막심이 보이자 얼른 몸을 숙이는데...

―――― **S#15 안채 마당 / 별채 마당 (D)**

막심   누구도 내 허락 없이는 별당에 얼씬거려선 안 된다는 것을 명심해야
         할 겨. 다른 집 행랑 것들도 절대 우리 집에 못 드나들게 하고 알겠어?
도끼   야 입만 조심시키면 되는 거 아녀?
끝동   아니 왜 가만있는 사람을 잡고 그랴?
도끼   니가 우리 집에서 젤로 나불디잖여!
끝동   글지.
막심   니 행여라도 우리 집안 얘기 잡것들한테 씨불였다가,
         자모회 부인네들 귀에 들어가면 너 죽고 나 죽는 거여 알것어?
구덕   (담벼락에 쪼그리고 듣다 궁금한) 자모회 부인들이 어떤데 저러지...

―――― **S#16 행랑 일각 (D)**

백이   (편지 들고 오며) 엄니, 유향소 자모회 부인들이 서신 보냈는데
         우짜지?
막심   여러모로 염병하고 자빠졌네. 오지 말라면 알겠다, 하지 서신은 뭣

땀시!

백이   내가 보낸 거? 왜 나한테 그랴! 낼까지 답 서신을 보내 달라는디
우째?

막심, 어쩌나 싶은데, 양손과 발가락까지 동원해 셈하는 도끼와 끝동.

도끼   참 이해할 수가 없네. 암만 계산해도 이 숫자인디,
왜 푸줏간 장씨 계산은 요로코롬 우덜이랑 다른 겨 이?
다시혀 보자. 한 근에 두 냥 서 푼이니까 열닷 근이면 얼마여?

끝동   물어보는 거여? 혼잣말인 거여?

도끼   야이 썩을 놈아! 헛갈렸잖여! 다시.

막심   (한심해 죽겠는) 그니까 진작에 좀 배우라고 혔어 안 혔어!

도끼   시방 또 내 잘못인 겨?

백이   아씨한테 도와 달라고 하믄 되자녀? 서신도 그렇고 셈도 그렇고.

도끼   그 생각을 못 혔네. 당장 아씨헌티 가자. 나 인사도 좀 하고.

막심   안 돼야!

일동   왜~

막심   아씨는! (핑계를 찾다가) 쉬셔야 혀.

끝동   충분히 쉬셨는디.

막심   됐고, 급한 거 아니니께, 다 그냥 둬. 아씨 괴롭히지 말고.

도끼   뭐 저리 애지중지여. 아씨가 뭐 너만의 아씨여?

────   **S#17 태영 방 안 (D)**

밥상을 내려놓고 있는 백이와 막심.

구덕   할머니는 좀 어쩌셔?

백이	아씨 깨어나시니께 한시름 놓으셨는지 내리 잠만 주무셔유.
구덕	(걱정되는) 내가 뭐 도울 거는 없을까?
백이	(냉큼 서신 품에서 꺼내 들고) 서신이 왔는데유.
막심	야! 그걸 여길 왜 들고 와!
백이	아 왜~ 낼 아침까지 답신 갖고 오라 했단 말이여!
막심	이리 내. (뺏으려는데)
백이	아니 왜~ 아씨가 해 주시면 되잖여! (냉큼 주며) 아씨 여기요.
구덕	(받으면)
막심	아니 그걸 왜 받고 그래요오!
	(이를 악물고 작게) 갑자기 눈이 아프다고 하셔유.
백이	이? 뭐라는 겨.
막심	(구덕에게 이 악물고) 안 보인다고 하시라구유.
백이	아씨, 셈도 좀 해 주시믄 안 될까유? 행랑이 난린디.
막심	나가, 얼른 나가 이것아.
구덕	(읽고) 유향소 자모회의 좌수 부인께서 보낸 서신이로구나.
백이	예~ 맞습니다요.
막심	(놀라서 구덕을 보는) 글을 읽을 줄 아시는 거예요?
백이	엄니는 그럼, 아씨가 글을 모르겠는가?
구덕	셈할 것들도 가져와. 내가 할 수 있으니.

좋아하는 백이와, 어리둥절해서 구덕을 보는 막심에서...

───── **S#18 태영 집 부엌 (N)**

음식을 만들어 찬합에 채우고 있는 막심과 백이.
기다리고 있는 도끼와 끝동.
구덕, 얼굴을 내밀고, 막심을 부르려고 해 보는데, 아무도 안 본다.

구덕	(어쩔 수 없이 들어오며) 저기...
막심	(놀라서) 아, 아씨. 여긴 왜 오셨어유!
구덕	(편지 내밀고) 내일 아침까지 답신이 필요하다길래.
막심	(얼른 받고) 예. 얼른 가세유.
도끼	아씨! 저 알아보시겠어요?
막심	(막고 서서) 니깟 놈을 뭐 하러 알아봐!
구덕	(얼굴 내밀고) 도끼가 아닌가?
도끼	예 아씨! 맞구먼유! 시상에 이게 월마 만이여유.
막심	(작게) 우째 아는 겨?
	(다시 막아서서) 인사하셨으면 가셔유 이제. 이?
도끼	참 나. 좀 비켜 봐~ 너 요즘 나한테 왜 그려어~
구덕	(가려는데)
끝동	아씨, 안녕하셔유. 지는 끝동이구먼유.
구덕	(인사를 받는) 그래 끝동이.
막심	아씨 좀! 어여 들어가서 쉬셔유. 제발 좀!
도끼	(끄집어 당기며) 아니 너 나랑 대화를 좀 허자.
막심	안 놔? 어? 놔!
백이	아 왜들 이려~

구덕, 문득 보면, 철판에 전이 타려고 한다.
구덕, 본능적으로 착, 뒤집는데, 보는 일동...
구덕, 뒤집은 전을 꺼내 놓고 새 전을 올린다.

도끼	(눈을 부비고) 내가 시방 뭘 본 겨?
구덕	(두뇌 풀가동) 청에선 양반 아씨들도 음식을 해.
일동	(금세 납득) 아~ 청나라. 그럴 수 있지 그럴 수 있어.
끝동	아, 도련님 찬합 아씨가 가져다 드리시면 좋겠는디?
도끼	맞어, 아씨 아직, 도련님 뵙지도 못하셨잖여?

구덕	(존재를 모르는) 도련님? 무슨... 도련님?
일동	(잉? 하는 얼굴로 본다)
막심	(알려 주듯) 오라버니유.
구덕	아, 오라버니.
막심	예. 아씨 오라버니는 찬자 영자 도련님.
도끼	뭐여. 아씨 설마, 도련님을 기억 못 하시는 겨?
	아니 왜? 나는 기억을 하는디 왜 도련님을?
막심	아 그것이... (핑계가 생각 안 나서 머리통 팡팡)
구덕	기억 소실이다. 부분 기억 소실.
일동	(금세 납득) 아~ 기억 소실... 그럴 수 있지 그럴 수 있어.
도끼	그럼 더더욱 도련님 봬야쥬. 그래야 기억이 돌아오지 안 그려?
막심	안 그려! 절대 안 돼!
백이	또 저런다 또. 왜 그러는 겨? 뭐 안 돼 병이라도 걸린 겨?
구덕	(막심에게 작게) 날도 어둡고 쓰개치마도 쓸 테니 걱정 마.

구덕, 걱정하는 막심을 두고, 백이와 함께 나가는데...

도끼	근데 말이여... 아씨 얼굴이... 암만 봐도... (갸웃하는) 좀?
막심	(놀라서) 뭐, 아씨 얼굴이 좀 뭐! 뭐가 어떻다고 그려!
도끼	더 고와지셨다고! 아 그 말도 못 햐?
막심	못 햐! 어디서 감히 네까짓 면상으로 감히 얼평이여!
도끼	(울먹) 막심이 너 진짜 나한테 왜 그랴아. 갱년기여?

───── **S#19 한씨부인 방 안 (D)**

머리에 띠를 한 한씨부인 옆에서 시중을 들고 있는
막심과 백이와 구덕.

한씨부인	니가, 찬영이에게 다니고 있다고?
구덕	예. 할머니.
백이	(미소로) 함께 서책도 읽으시구유. 말동무하시면서 수도 놓으셔요.
한씨부인	(구덕을 본다. 믿어지지 않는) 서책을 읽고, 수를 놓는다?
구덕	... 어서 좀 드세요.
막심	참, 아씨께서 유향소 자모회 부인들 서신에 답장도 보내셨구먼유.
백이	완전히 한 방 먹이셨다니까요? 어찌나 속이 시원하던지.

구덕, 하지 말라는 듯 꾹 찌르면, 손가락을 탁 잡고 헤헤 하는 백이.

한씨부인	그게 대체 무슨 소리야?
백이	도련님께서 서책을 부탁하셔서 엊그제 아씨랑 장터에 나갔었거든요?

─────── **S#20 장터 (며칠 전, D)**

책을 몇 권 사 들고 오고 있는 쓰개치마를 쓴 구덕과 백이.
이리저리 구경하며 오는 김씨부인, 송씨부인, 홍씨부인, 이씨부인 등을
본다. 백이, 얼른 구덕을 끌고 골목으로 들어간다.

백이	유향소 자모회 부인들이여유. 아씨한테 인사하려 들 텐디.
	기억 소실인 거 알면 또 이상한 소문 낼 게 분명하구먼유.
구덕	근데 우리 집안에 대해서 왜들 저렇게 안 좋게 말하는 거야?
백이	그게요. 우리 청수현은 유향소가 관아보다 위에 있거든유.
	헌디, 우리 대감님께서 저것들 혼구녕을 내 줄라고
	서원으로 오신댔으니 얼마나 초상집이었겠어유.
구덕	헌데 오시다 변을 당하셨으니... 좋아했겠구나...
백이	그쥬. 워찌나 도륙이 난 집안이라고 떠들고 다니던지.

구덕	그것도 모르고, 난 위로 서신을 보고 고마워했었네.
홍씨부인	(앞으로 지나가며) 노인네가 이제 붓대 들 힘도 없나 봅디다.
이씨부인	이러다 줄초상나는 거 아닌지 모르겠네요?
구덕	(충격인) 세상에...
송씨부인	나만 위로 서신 안 보낸 건가요? 아 귀찮은데.
홍씨부인	헌데 그 집 손녀딸 말이에요.
	화적 떼한테 몹쓸 짓이라도 당한 게 아닐까요?
백이 / 구덕	(충격)
송씨부인	어머, 일리가 있네요. 화적 떼들이 그냥 뒀을 리가 없죠 안 그래요?
이씨부인	무슨 일을 당했길래 열흘이나 못 깨어났을까요?
김씨부인	세상에... 생각만 해도 끔찍한 일이네요.
홍씨부인	시집가긴 텄네요. 아우~ 재수 없어. 소금 뿌립시다 소금.

––––––– **S#21 한씨부인 방 안 (현재, D)**

들은 듯, 비통한 얼굴의 한씨부인.

막심	(분해서 중얼대는) 이런 쳐 죽일.
백이	헌데 그날 밤에, 별감 부인께서 위로 서신을 보내왔지 뭐예유.
	그래서 아씨가 기회는 요때다! 하고 답장을 보냈어유.

––––––– **S#22 유향소 정자 (며칠 전, D)**

부인들, 앉아서 다과라도 하며 담소하는 중인데,
편지를 내밀고 물러나는 백이.
송씨부인, 편지를 받아 펼쳤다가, 잠시 당황해서 정신을 차리고 본다.

송씨부인	이것이... 지금 시문을 지어 보냈네요?
일동	(놀라서 본다)
김씨부인	읽어 보시지요.
송씨부인	(어려운지 띄엄띄엄) 희락분배증(喜樂分倍增)하고
	고비분반... 고비분반... 이것이 무슨 글자더라...
김씨부인	이리 줘 보시게. 희락분배증(喜樂分倍增)하고
	고비분반감(苦悲分半減)한데...
홍씨부인	무슨 뜻입니까?
김씨부인	즐거움은 나누면 배가 되고, 슬픔은 나누면 반이 된다 하였는데...
	시나도흥가(豕魖屠興加)하니 행적인재상(幸積人災上)이라.
	돼지의 비명에 백정이 흥이 나듯 남의 불행에 기쁜 자들이 있다?
일동	(당황해서 마주 보는)

플래시컷 〉 태영 방 안 (전날 밤, N)

서신을 써 내려가고 있는 구덕. 옆에서 먹을 가는 백이.

구덕E	심선신명권(心鮮神明眷)한데 구감온검지(口甘蘊劍持)하니,
	신영곤핍심(身靈困乏甚)이나 여문정함위(汝文情含慰)라.

현재 〉 믿어지지 않는다는 듯 돌려가며 읽는 부인들 얼굴 위로,

구덕E	마음을 곱게 가져야 신명이 보살핀다 하였거늘,
	겉으로는 단 말을 뱉지만, 속은 흉악한 자들로 고달팠으나,
	이전과 달리 진심이 담긴 이 편지는 진정 위로가 되었습니다.
송씨부인	그니까, 내 편지는 괜찮다는 거죠? 앞에 왔던 걸 욕하는 거죠?
김씨부인	우리가 다 같이 볼 걸, 알고 보낸 듯합니다.
송씨부인	그, 그럼 우리더러, 돼지 비명에 흥이 난 백정이라는 겁니까?
홍씨부인	세상에 어린것이 맹랑하기 그지없습니다.

송씨부인   아니 뭐 이런 년이, 이걸 가만둬야 합니까?

김씨부인   그럼 뭐 답시라도 써 보시겠습니까?

송씨부인, 얼굴이 화끈거리는지 손부채질을 하며,
부글부글하는 사람들을 기둥 뒤에 숨어서 보며 웃는 백이에서...

─────   **S#23 한씨부인 방 안 (현재, D)**

가만히 구덕을 보는 한씨부인.
구덕, 꾸중을 들을까 고개를 숙이고 있는데,
한씨부인, 구덕을 보다가, 어이없다는 듯 피식 웃는다.
막심과 백이도 웃으면, 구덕도 웃는다. 모처럼 웃는 넷에서...

─────   **S#24 태영 방 안 (N)**

구덕의 앞으로, 낡은 사내의 옷가지들과, 패랭모를 놓는 막심.

막심   구해 달라셔서 가져오긴 했는디...

구덕   고마워.

막심   떠날 준비를... 하시는 거여유?

구덕   영원히 있을 수는 없으니까...

보다가, 뭔가 말하려다 마는 막심에서...

S#25 충청 감영 (N)

포졸 곁에 꽁꽁 묶인 채,
무릎을 꿇고 앉은 삼만이와 천복이와 화적 떼 몇,
충청도 관찰사 허종문과, 충청도 일대의 현감들, 서 있는데...

삼만이   죄 없는 사람을 이리 잡아다 괴롭히는 법이 어딨데유!
우린 그냥 물건 사고파는 장사치인디!

천복이   (작게 이 악물고) 절대 자백하지 마. 아무 증좌도 없으니께.
우리가 한 짓을 아는 사람은 없어. 다 죽여 버렸으니까.

구덕   죽지 않았다.

소리에 놀라서 보면, 막 들어와서 옆에 선,
쓰개치마를 쓴 구덕과 곁에 선, 한씨부인과 청수현 현감.

구덕   이자가 삼만이, 저자가 천복이입니다.
(현감에게) 이들이 불화살을 쏘아 불을 지르고,
칼로 사람을 베고 재물을 훔치는 걸, 똑똑히 보았습니다.

삼만이   아닙니다! 저, 절대로 아닙니다!

현감   (관찰사 허종문을 향해 끄덕하면)

허종문   저놈들을 당장, 장 100대에 처하라!

화적 떼들의 읍소와 울부짖음 시끄럽고,
포졸들 일제히 화적들을 형틀에 묶는데,

현감   (구덕과 한씨부인에게) 가시지요.

삼만이   (형틀에 묶이면서도) 누구야 너! 너 이년 누구야!

앞서가는 현감과 한씨부인을 따라가려던 구덕,
삼만이에게 다가와 쓰개치마를 조금 열어, 얼굴을 보여 준다.

삼만이	너는... 그 주막의 종년? 아니, 니가 어떻게?
포졸	닥쳐라! (내리친다)
삼만이	(괴로운 비명을 지른다)
구덕	너희가 빼앗은 것은 재물만이 아니었다. 소중한 꿈도 빼앗았지.
한씨부인	(보고 있는)
구덕	너희가 죽인 사람은, 수많은 사람을 도울 사람이었다.
	그러니 너희는 죽어서도 결코 극락에 가지 못할 것이야.

화적 떼의 비명 소리를 들으며 나오는 구덕에서...

───── **S#26 대청마루 (D)**

한씨부인의 근처에 앉아, 태영의 보따리를 풀고 있는 구덕.
그 앞으로 줄줄이 서서 기다리고 있는 식솔들.

구덕	(분을 꺼내더니 막심을 본다) 이건, 청에서 쓰는 분이야.
	집안 살림을 도맡아 하느라, 자신을 너무 안 챙겨서 마음이 쓰였다...
막심	(받고) 아씨...
구덕	(꽃신과 비단을 꺼내며) 이 꽃신과 비단은, 백이 거.
백이	세상에 지한테는 너무 과분하구만유.
구덕	(약재를 꺼내며 도끼를 본다) 아주 귀한 약재인데. 기침에 아주 좋대.
도끼	아이구 시상에... 기침 다 나은 지가 은젠데유. 이렇게 저를 생각해
	주시고.

구덕, 이것저것 더 꺼내서 다른 식솔들에게도 나눠 주는데...

그런 구덕이가, 한씨부인의 눈에는 어느 순간 태영이로 보인다...

구덕, 작은 화분을 하나 꺼내 한씨부인을 본다. 마주 보는 둘.

구덕   이것은 노회입니다. 아라비아에서 온 화초예요.

         약초로도 쓰이는데, 아주 강인해요. 할머니처럼.

한씨부인   (받아 들고) 고맙구나... 태영아...

───── S#27 태영 방 안 (N)

낡은 사내 옷을 입고 봇짐을 등에 멘 구덕.

입었던 비단옷을 잘 개 놓고, 그 위에 반지를 빼 놓고, 절을 한다.

구덕   건강하세요. 마님. 정말 감사했습니다.

한씨부인   (뒤에서) 어딜 가려는 게냐.

구덕   (놀라 일어나며) 할머니. 아니 마님...

한씨부인   (보다가) ... 네 이름이 무엇이냐.

구덕   제 이름은, 구덕입니다.

한씨부인   (보다가) 네 이름은, 옥태영이다.

구덕   (본다) 예?

한씨부인   지금부터 태영이로 살거라.

구덕   마 마님, 그게 무슨, 아뇨. 아니 될 말씀이세요.

         어찌 하찮은 제가 아씨가 되겠습니까!

한씨부인   (다정하게) 태영이 대신 살았으니, 그 죗값을 치러야지.

구덕   (더 거절 못 하겠는) ...

한씨부인   (반지를 주워 들고) 태영이 마지막 뜻이 너를 거두는 것이었으니,

         그 뜻을 이뤄 줘야 하지 않겠니.

구덕	...
한씨부인	(반지를 끼워 주며) 결코, 쉬운 일은 아닐 게다.
	평생, 쓰개치마를 벗 삼아야 할 테니까...
구덕	... 예...
한씨부인	머리끝에서 발끝까지, 옥태영이 되어라.
	누구에게도 들키지 말고...

천천히 고개를 끄덕이는 구덕의 손을 어루만져 주는 한씨부인에서...
Out.

─── **S#28 백별감 집 마당 (D) [자막 2년 후]**

마당에 버티고 선 백별감과, 송씨부인, 옆으로 선 아들, 백도광,
그 앞으로 무릎을 꿇은, 잡혀 온 듯한 노비 돌석.
두려움에 떨고 있는데,
송씨, 달궈진 꼬챙이를 꺼내면, 끝에 노비 낙인 글씨가 보인다.
빌며 몸부림치는 돌석을 붙들고 서는 식솔들.
몇의 이마에, 볼에 이미 오래전 찍힌 듯한 노비 낙인이 보인다.
송씨부인, 다가온다. 망설임 없이 얼굴에 지져 버리고,
괴로운 듯 고개를 돌리는 백도광에서...

─── **S#29 유향소 자모당 (다른 날, D)**

홍씨부인	현감이 새로 부임했는데, 행차도 허참례도 면신례도 생략했다?
송씨부인	유향소 무서운 줄 모르나 봅니다? 상다리가 부러지게 차려 내도
	시원찮은데.

김씨부인	사별했다 않습니까, 챙길 안주인이 없으니, 어쩔 수 없지요.
송씨부인	그래도, 어떻게 생겨 먹었는지 코빼기도 안 보이고 제정신이랍니까?
이씨부인	듣자 하니 반듯하고 청렴한 사람이라던데 골치 좀 썩겠습니다.
송씨부인	그래 봤자 관아 사람들이 다 우리 손에 있는데 무슨 힘이 있겠습니까.
홍씨부인	헌데, 왜 그런 반듯하고 청렴한 현감을 우리 청수현으로 보낸 걸까요?
	혹시... 누가, 투서 같은 걸 보낸 게 아닐까요?
이씨부인	누구요. 옥대감 집 그 여식 말입니까?
홍씨부인	우리를 싸잡아 능멸한 걸 보면 그러고도 남지 않겠습니까?
송씨부인	헌데 참으로 건방이 하늘을 찌릅니다. 감히 얼굴 한번 내비치질 않고.
홍씨부인	그니까요, 상도 끝났는데 왜 아직도 별당에만 숨어 살까요?
송씨부인	가끔 나와도 쓰개치마를 푹 눌러쓰고 있어서 어찌 생겼는지 알 수가
	없습니다.
김씨부인	정말로 몹쓸 짓을 당했을 수도 있고, 뭐, 얼굴에 큰 흉이 생겼거나,
송씨부인	아! 도무지 못 봐 줄 만큼, 박색인가 봅니다?

───── **S#30 태영 방 안 (D)**

흉터는커녕, 여태 입던 상복을 벗고, 한 치의 흠도 없이
우아하고 곱게 차려입은 구덕, 단장 중이다.

백이	(문을 열고) 아씨.
구덕	(돌아본다) 응?
백이	와따메... 우째 저리 고우실까나...
구덕	(미소) 짐은 다 내갔니?
백이	예. 어여 나오셔유.

───── **S#31 뒷마당 (D)**

작은 노회 밭, 노회를 돌보고 있는 한씨부인 곁으로 서는 구덕.

한씨부인　물을 많이 주지 않아도, 노회는 참 잘 자라는구나.
　　　　　기특하기도 하지... 올겨울도 잘 버텨 내면 좋으련만.
구덕　　　노회는 강하니까 걱정 마세요. 안으로 들여서 따뜻하게 키울게요.
한씨부인　(본다) 너야말로 왜 따뜻한 아랫목 두고 찬 바닥에서 자는 게야.
구덕　　　우리 할머니, 한양 가시면 저 감시 못 해서 무료하시겠다.
한씨부인　(대답하라는 듯 보면)
구덕　　　몸에 열이 많아서 그런다니까요? 그게 그냥 편해서 그래요.
한씨부인　겉은 이제 제법 아씨 같아졌다만, 속은 아직도 구덕인 게야?
구덕　　　제법 아씨 같아졌다뇨? 저 처음부터 완벽한 아씨였는데요?

───── **S#32 옥필승 대감 집 앞 (D)**

가마 앞에 선 한씨부인과 쓰개치마를 쓴 구덕.
뒤로 막심 도끼 백이 끝동 등의 식솔들, 배웅하듯 서 있다.

한씨부인　정말 혼자 괜찮겠니?
구덕　　　혼자라뇨. 제가 책임질 식솔들이 이리 많은데.
막심　　　걱정 붙들어 매셔유 마님. 제가 있잖아유.
도끼　　　아씨는 즈덜이 잘 모실 테니께, 부디 건강히 다녀오셔유.
한씨부인　(태영에게) 정말로 찬영이에게 같이 안 갈래?
구덕　　　제가 가면 오라버니 공부 방해됩니다. 자꾸 저랑 놀자 하세요.
　　　　　그리고 저 한양 가면 안 된다구요. (작게) 아직도 용모파기가 붙어
　　　　　있는데!

한씨부인	아무도 알아보지 못할 거야.
구덕	그럴 리가요.

한씨부인, 알겠다는 듯 고개를 끄덕이고, 가마에 탄다.
떠나가는 가마를 보던 식솔들과 구덕, 들어가고 나면, 그 뒤로,
무관복을 입고 어디론가 가는, 서인과 똑같이 생긴 얼굴의 윤겸에서...

────── **S#33 장터 세책방 앞 일각 (다른 날, D)**

빈방 있음, 사람 찾음, 밭 갈아줌, 애심각 새단장,
온갖 공고가 붙은 지저분한 벽.
꼼꼼히 훑어보며 걸어가는 윤겸의 눈에 들어오는,
줄줄이 붙어 있는 승휘의 벽보.
한쪽 눈을 가렸거나, 코밑으로 가리개를 한 천승휘의 그림 밑으로,
천상계 전기수 천승휘 전국 공연 충청도 청수현 몇 월 며칠 써 있는데,
뒤에서 벽보를 보며 우와~ 하는 백이의 소리에 자리를 뜨는 윤겸.
백이, 천승휘다 천승휘가 우리 동네에 오네! 하며 좋아하는데,
백이의 손에, 스윽 쥐여지는 예쁜 노리개. 백이, 보면,
미소로 백이를 보고 있는 백도광이다.

백이	아 진짜! 이러지 마시라니께유. 마님 보시면 어쩌시려구~

백도광, 배시시 웃고, 윙크를 하고 얼른 사라진다.
백이, 아이 참 하는 표정으로 반대쪽으로 사라진다.
남아 있는 승휘의 벽보 위로 들리는 소란한 소리들...

S#34 청수현 장터 여각 (D)

각종 악기를 안으로 들이고 있는 짐꾼들.
마당으로 펼쳐진 자리에는 예인들이 재주를 넘거나,
춤사위를 연습하거나, 악기를 연습하고 준비하는데, 그 틈을 누비며,
짐을 여기 놔라, 저기 놔라, 연습 똑바로 해라. 잔소리 작렬하고 있는
쇠똥이다.

쇠똥   (두리번거리며) 이 인간. 또 갔네 또 갔어.

S#35 관아 앞 (D)

관아 담벼락에 붙은,
강도, 살인자, 실종자, 도망 노비 등의 용모파기를
하나씩 유심히 보면서 오던 윤겸.
구덕이의 용모파기 앞에 멈춰 서는데,
그 앞으로 마주 오는,
벽보 그대로 화려한 차림에 가리개까지 한 천승휘.
천승휘, 벽을 훑어보면서 오느라 윤겸의 얼굴을 보지 못하는데,
윤겸, 천승휘를 힐끗 보더니 스쳐 관아 쪽으로 가고 나면,
구덕의 용모파기 앞에 선 천승휘, 가리개를 벗으면, 서인 도령이다.
서인, 구덕의 용모파기를 보다가, 쫙, 뜯어 품에 넣는데...

쇠똥   조선 팔도 관아에 걸린 구덕이 그림은 다 모을 생각이세요?
서인   (얼른 가리개를 쓰고) 어찌 알았느냐?
쇠똥   (따라가며) 다 모으면 뭐 땅에서 구덕이가 솟아 나올까 봐요?
서인   그 아이의 생존을 확인하는 나만의 의식이지.

그냥 취미 생활이다. 전국 관아 도장 깨기. 근데 왜 왔어 쇠똥아?

쇠똥   아 진짜, 도련님은 송서인 아니고 천승휘, 나는 쇠똥이 아니고 누구?

승휘   만석이. 만석꾼이 되고 싶은 만석이. 미안 자꾸 까먹네.

마주 오던 여인 몇, 어머! 천승휘다! 하면,

미소로 우아하게 손 인사하는 승휘.

쇠똥, 내일 단 하루! 꼭 공연 보러 오세요~

동무들도 많~이 데려오세요!~ 하는.

─── **S#36 별당 마당 (D)**

나물을 함께 다듬고 있는 막심과 구덕. 잔소리하고 있는 구덕이다.

구덕   아니 아니, 이 나물은 끝을 뜯어내야 한다. 여기가 쓰거든.

        아니 아니! 그리 많이 뜯어내면 뭘 먹게? 살짝만 뜯어야지.

막심   (분 참는 콧김)

구덕   어째 그리 솜씨도 안 늘고~ 가르쳐 주면 죄다 까먹고~

막심   아 진짜...

구덕   (보면) 지금 짜증 내는 거야? 나 아씬데?

막심   백이 이년 말예유. 아침 댓바람부터 나가더니 왜 안 들어오는 겨!

구덕   (웃고) 장터에 갔어. 책 좀 사 오라고 심부름 보냈거든.

백이   (뛰어오며) 아씨! 아씨! 천승휘! 천승휘가 온답니다.

구덕   누구? 천 뭐?

백이   전기수요! 천상계 전기수 천승휘! 청수현 공연! 내일 단 하루!

막심   글은 뭣 하러 가르쳤대유. 순 염정 소설만 읽는디.

백이   (태영이 사 준 꽃신을 신은 양발을 뻗어 톡톡거리며)

        엄마도 글 좀 배우라니께. 자고로 사람은 문화생활을 해야 되는 겨.

막심	문화생활 좋아하시네. 니가 꽃신 좀 신었다고 양반인 줄 알어?
	송충이는 솔잎을 먹어야 되는 겨. 안 그럼 탈 나. 알겄어?

백이는 메롱~ 하고, 채반 들고 가 버리는 막심을 속상한 듯 보는 구덕.

백이	(얼른 꽃신을 벗어 털며) 아 닳겠다.
	우리 아씨가 사 준 귀한 꽃신. 아껴 신어야지.
구덕	(미소로) 다 떨어지면, 또 사 줄게.
백이	됐구유. 우리 천승휘 보러 가요 아씨. 예?
구덕	혹시 그 전기수를 마음에 둔 것이야? 혼례라도 시켜 줄까?
백이	워매! 뭔 소리대유. 지는 절대 시집 안 가고 아씨랑 살 건디?
구덕	그래? 나도 시집 안 가고 평생 너랑 살 건데 잘됐다.
백이	아 진짜. 아 왜요 왜! 아씨! 삼년상도 끝났겄다.
	기억도 다 돌아오셨는디! 요로코롬 아리따운디 왜 시집을 안 가유~
	그렇게 시집가기 싫으면! 천승휘 보러 가유~ 예?
구덕	그자가 그렇게 멋있어?
백이	그냥 책만 읽어 주는 전기수가 아니고,
	자기가 (품에서 책을 촥 꺼내며) 직접 쓴 소설을,
	읽기만 하는 게 아니라, 춤도 추고, 연주도 하고 그런대유.
구덕	(영혼 없는) 와 진짜?
백이	게다가, 이 콧등에 비칠 듯 말 듯한 가리개를 쓰고 다니는데,
	보일 듯 말 듯 그 얼굴이 또 워찌나 잘생겼다는지,
	기냥 동네방네 인기가 하늘을 찌른다니께유.
구덕	아 그래?
백이	그게 다예유? 와, 보고 싶다 그런 관심이 안 생겨유?
구덕	안 생기는데?
백이	아! (손뼉 짝 치고) 생길 만한 게 있지롱.
	글쎄 아씨, 이 책에 관자 얘기가 나와유.

구덕	(본다) 관자?
백이	예. 아씨가 항상 주머니에 넣고 품에 지니고 다니는 관자.
구덕	(제 주머니를 만져 보는)
백이	이 책의 남자 주인공이 양반인데!
	장터에서 지두를 팔던 여인을 만나서, 사랑에 빠진 거예유.
	영감을 얻은 게 고마워서 자기 머리에 관자 하나를 똑 떼 준 거쥬.

구덕, 놀라서 보다가 백이의 책을 본다.
제목, 하늘만 허락한 사랑. 지은이, 천승휘.
구덕, 책을 마구 넘겨 보는데,

백이	근데 하필! 그 여인이! 자기랑 혼담이 오가던 아씨의 노비!
구덕	(그 부분을 읽으며) 말도 안 돼.
백이	말이 안 되니까 소설이쥬. 어디 노비가 양반 도령이랑 가당키나 해유?
	아유~ 상상만 해도 좋다. 아니! 상상도 하지 말아야지. 송충이는 솔잎!
	아! 거기서 되게 웃긴 장면이 있는데, 글쎄 아씨가 방에 들어오니까
	이 몸종이 놀라서 숨는다는 곳이 하필!
구덕	병풍 뒤야?
백이	예! (놀라서) 우째 알았대유?
구덕	(책 보여 주며) 여기 쓰여 있네.
백이	(보며) 맞아요 여기! (책을 들고) 내 너와 같은 신분이었다면,

플래시컷〉1부 S#32 병풍 뒤 (D)

일기장을 읽고 있는 구덕. 위로,

서인N	곧바로 내 마음을 고백했을 텐데...
	오늘은 어쩐지, 밤이 깊도록, 잠이 오지 않는다.

현재〉 당황스러운 구덕.

구덕   (중얼) 대체 천승휘 이자가, 이 얘기를 어떻게 아는 거지?
백이   아무튼 이 양반 도령이, 도망간 이 노비를 찾으려고,
       조선 팔도 바닷가를 다 뒤졌다지 뭐예요.
구덕   (놀라서 입을 막는) 진짜?
백이   네! 완전 감동적이죠 그죠!

───── **S#37 장터 공연장 일각 (D)**

마당 터 한가운데 세워 놓은 커다란 위용의 대고 한 대.
그 옆으로 여러 개의 난타 북 앞으로, 검은 옷의 예인들 서 있고...
그 앞으로, 반원 형태로 바글바글 몰려 서 있는 사람들 한가득이다.
지나가던 윤겸, 소란에 궁금한지 다가와 사람들 틈으로 서는데,
그 근처로, 잔뜩 흥분한 백이와 함께 서 있는, 쓰개치마를 쓴 구덕.

공연의 문을 여는 북소리가 "둥, 둥, 두둥" 울리고,
작은 북소리들이 음률을 고조시키더니, 태평소의 멜로디가 얹어진다.
그때, 비칠 듯 말 듯한 흰 천으로 눈 밑을 가리고,
너풀거리는 긴 저고리와 바지인 듯 치마 같은 바지를 입고,
너슬 부채를 펼친 채 허공을 가르며 등장하는 승휘에 사람들 탄성.
잘게 부서지는 북소리에, 승휘의 유려한 춤사위가 이어지자,
그저 얼굴을 알아보려던 구덕이도 공연에 집중하게 되는데...

갑자기 모든 소리가 끊기고, 한쪽에서 초로의 전기수가 나와,
심 봉사와 심청이가 재회하는 장면을 약간 어색하게 읽는다.
사람들 뭔가 싶어 전기수 쪽으로 시선을 빼앗기는데,

그사이, 승휘가 얼굴에 가린 천을 천천히 떼어 내면,
반쪽은 남자, 반쪽은 여자의 얼굴로 분장한 모습.
윤겸, 자신과 닮은 느낌에 응? 하는 표정으로 본다.
구덕도, 자세히 천승휘의 얼굴을 보는데...

승휘   (남자 얼굴) 수준이 낮아 차마 눈 뜨고 볼 수가 없는 공연이구나.
        (여자 얼굴로 돌아서서 여인의 목소리로) 저처럼 천한 사람들은,
        조금 잘하고 못하고가 중하지 않습니다.
        (다시 남자 얼굴로 돌아서서) 어째서 그러하단 말이냐.

        겹쳐지는, **플래시컷** 〉 1부 S#23 언덕 위 (D)

구덕   사는 게, 힘드니까요. 이런 걸 보는 동안에, 한시름 잊는 겁니다.
        우리한테는 오지 않을, 행복한 날들을 상상하면서 대리 만족하는
        게지요.
서인   내 너를 좀 더 알고 싶구나. 넌 뭘 하며 살고 싶으냐.

        겹쳐지는, **현재** 〉

승휘   네 가슴을 뜨겁게 하는 것은 무엇이냐. 네 꿈은 무엇이냐.
구덕   제 꿈은... 바다...
승휘   (여자 얼굴로 동시에) 바다!

        푸른 천을 든 예인들 도열하고,
        푸른 너슬 부채로 바꿔 쥔 승휘가 부채질하면,
        푸른 천들 파도치듯 흔들리고,
        마치 바다가 된 듯 승휘가 함께 춤을 추는데...
        구덕, 어쩐지 공연하는 승휘의 모습이, 자랑스럽고 감격스럽다.

그때 북소리가 멈추고 구슬픈 태평소 가락이 퍼지는데...

승휘   (아쉬움이 섞인 애절한 목소리로) 너는,
깊은 절망과 짙은 어둠에서 나를 꺼내 준 나의 빛.
그리고 이것은, (머리에서 관자를 떼어 내며)
너를 향한, 내 마음이다. 내 그리움이다.

승휘, 주려는 듯 손을 뻗으면, 사람들 서로 받으려고 손을 뻗는다.
승휘, 줄 듯 말 듯하며 사람들의 손끝을 스치며 지나다 구덕을 본다.
그 자리에, 멈춰 선다. 마치 시간이 멈춘 것처럼 뚫어져라 바라보는 둘.
승휘의 시선에는, 아무도 보이지 않고, 오로지 구덕만 보이는데...

사람들 뭐야, 왜 그래? 웅성대자,
윤겸도 뭔가 싶어 승휘와 구덕 쪽을 보지만, 사람들에
가려 잘 보이지 않는다. 만석, 얼른 박수를 유도하면,
사람들 끝났나? 와~ 하며 탄성과 박수와 환호.
구덕, 정신 차리고 얼른 자리를 벗어나면, 백이도 아씨! 하며 따라가고,
승휘도 구덕을 따라가려 하지만, 만석, 얼른 승휘를 데리고 간다.
끌려가면서도 구덕이 간 쪽을 하염없이 바라보는 승휘에서...

───── **S#38 장터 골목 (D)**

벽을 붙들고 서서, 숨을 가다듬고 있는 구덕...

백이   (걱정스러운) 아씨... 괜찮으세유?
구덕   (달아오른 얼굴을 식히며) ... 응 괜찮아.
백이   아씨, 혹시, 천승휘를 아세유?

구덕	아니... 내가 알던 사람이랑 닮아서...

얼굴이 달아오른 구덕을 걱정스럽게 보는 백이에서...

───── **S#39 여각 놀이패 일각 (N)**

승휘	분명히 구덕이었어.
만석	구덕이었으면, 도련님 보고 도망갔겠어요?
승휘	(가며) 이럴 게 아니라 나 좀 다녀와야겠다.
만석	어딜 가요? 그 아씨가 어디 사는 줄 알고.
승휘	(멈춰 서며) 그렇지.
만석	근데 나 진짜 이해가 안 가네.
	둘이 뭐 그런 사이는 좀 아니지 않았습니까?
승휘	니가 뭘 알아. 이 쥐뿔도 모르는 놈아, 니가 사랑을 알아?
만석	공연 망칠 뻔해 놓고 큰소리야 진짜.
백이	저기... 여쭤볼 말이 좀 있는디요.

소리에 보는 승휘와 만석에서...
경과〉 나란히 앉은 백이와 만석. 서 있는 승휘.

승휘	옥태영이라... 처음 듣는 이름인데...
만석	근데 너희 아씨가 분명 이분을 아는 것 같다?
백이	예, 승휘 님도 아까 분명 우리 아씨 알아보신 거 맞쥬.
승휘	내가 알아본 사람은... 아씨일 리가 없는데...
백이	아씨가 분명 그랬는디. 아는 사람이랑 닮았다고...
승휘	닮았다... 헌데 왜 그 말을 듣고 너희 아씨가 나를 알아본다고 생각했느냐?

백이	느낌이 왔어유. 지는 살면서 우리 아씨 그런 표정 짓는 걸 본 적이 없어유.
만석	아니! 느낌이고 표정이고 나발이고 너희 아씨가 도망을 쳤잖아.
백이	원래 숙녀는 그런 거여유. 우리 아씨는 조신하시니께.
만석	참 이상하네... 2년 전에 청에서 오셨다며.
승휘	날 닮은 누군가가 청에 있었고,
	내가 찾는 사람과 그 아씨가 똑같은 얼굴일 수도 있는 건가?
백이	아 복잡한 소리 됐구유. 혹시...
일동	(보면)
백이	관자 한 짝, 주셨어유?

놀라서 보는 승휘에서...

──── **S#40 별당 마당 (N)**

답답한 듯 나무 아래 서 있는 구덕. 관자가 든 주머니를 보는데...

끝동	(급히 들어오며) 아씨 큰일 났구먼요!
구덕	왜? 무슨 일이야 끝동아.
끝동	백이가 글쎄 사내랑 야반도주를 한다지 뭐예유.
구덕	뭐?
끝동	마지막으로 아씨께 인사를 한다고, 꼭 모셔오랍니다!

──── **S#41 연못가 일각 (N)**

작은 연못, 가운데 놓인 작은 다리.

달려오고 있는 쓰개치마를 쓴 구덕과 따라오고 있는 끝동.

구덕, 다리로 가면,

같이 건너려는 끝동을 끌고 와 다리 입구에 숨는 백이.

옆으로 같이 앉아 있는 만석. 끝동을 향해 손을 들어 보인다.

끝동	니, 참말로 저 사내랑 야반도주하는 겨?
백이	뭔 씨 발라 먹는 소리여. 내 취향 절대 아니구먼.
만석	(울컥) 왜 가만있는 사람 상처 주고 그래?
백이	(끝동에게) 가. 니 어디 가서 말하면 죽는 겨.
끝동	두 푼이여. 지난번 것까지. 낼 꼭 줘. 알았재?

끝동, 온 길로 사라진다. 다리를 건너다 돌아보는 구덕.

아무도 없자 응? 하는 얼굴로 쓰개치마를 벗고 보는데...

만석   (중얼) 세상에... 진짜 구덕이 맞네...

─── **S#42 연못가 다리 위 (N)**

계속 뒤를 보다 다시 앞을 보는 구덕. 멈춰 선다.

다른 쪽을 보고 있다, 돌아서는 사람, 가면을 쓴 승휘다.

구덕을 보고 가리개를 벗으면, 서인이다.

승휘   맞구나. 너.

상상〉 승휘, 천천히 미소 지으면, 함께 천천히 미소 짓는 구덕.

누가 먼저랄 것도 없이 다가와, 서로를 와락 끌어안는데...

현실〉 승휘, 천천히 미소 지으면, 차가운 표정으로 보는 구덕이다.

승휘	잘... 있었느냐.
구덕	어떻게 된 거예요? 백이는요?
승휘	아, 니가 문밖출입을 않는다길래, 기지를 좀 발휘한 것이다.
구덕	혹시 백이에게 내가 누군지 말했습니까?
승휘	어... 아니, 아마, 그러진 않은 것 같다.
구덕	확실하십니까?
승휘	아마도?
구덕	(쓰개치마를 다시 쓰려는데)
승휘	이렇게 다른 사람이 되어 여기 사는 걸 모르고,
	난 너를 찾아 바닷가만 헤매고 다녔다.
구덕	저를 왜 찾는 것입니까?
승휘	응?
구덕	저를 대체 왜 찾는 것이냐구요. 도무지 이해가 가지 않습니다.
승휘	책을 봤다면 읽었을 텐데, 내가 한눈에 네게 마음이 갔다는 것을.
구덕	(보다가) 도련님, 수도거(誰叨居)이십니까?
승휘	수, 수도거?
구덕	누구 '수(誰)', 탐낼 '도(叨)', 차지할 '거(居)',
	누군가를 탐내고 차지하려는 자를 말합니다.
승휘	그 말은... 너 지금 나를 치한이라고 느낀다는 거야?
구덕	고작 두 번입니다. 만난 것도 아니고 만나진 것이구요.
승휘	어떻게 마음의 깊이가, 만난 횟수나 시간과 비례하겠느냐.
	단 한 번의 만남으로도 영원히 못 잊는 사랑도 있는 법이지.
구덕	참으로 이기적이십니다. 제가 도망쳐서 숨어 살 걸 아시면서,
	이렇게 책으로 제 사연을 쓰고, 공연까지 하시면서 찾아다니면,
	제가 위험하게 될 거란 생각은 안 하셨습니까?
승휘	근데 너 나한테 지금 화내는 거니?
구덕	화를 간신히 참고 있는데요?

──────── **S#43 연못가 일각 (N)**

백이   싸우는 거 같은디?

만석   (따라 하는) 그런 거 같은디?

──────── **S#44 연못가 다리 위 (N)**

승휘   3년을 하루 같이 나는 너를 향해 불타올랐는데,

          어찌하여 너는 이리도 얼음장 같단 말이냐...

구덕   (냉랭) ...

승휘   아니 생각하니까 짜증 나네, 너 그럼 관자!

          구덕의 몸을 아래위로 살피고, 구덕 당황스러운데,

          승휘, 구덕이 가리려는 주머니를 가리키며,

승휘   너 이거는 왜 지니고 다녔어?

          왜 한시도 품에서 놓지 않고 달고 다녔냐고!

구덕   ... 관자를 받은 일은, 제가 몸종인 구덕이로 살았던 시절 중에,

          유일하게 기억하고 싶었던 일입니다.

승휘   ...

구덕   저는, 그 마음이 도련님을 향한 그리움이라 생각하진 않습니다.

          게다가 그때 도련님은, 소혜 아씨랑 혼담이 오가셨는데,

          제가 어찌 감히 도련님께 마음을 품었겠습니까.

승휘   너는... 내가 조금도 궁금하지 않았구나...

구덕   ...

승휘   내가, 반갑지도 않았겠어...

구덕   ... 반가웠습니다. 도련님의 예술성이 너무 뛰어나 감탄도 했습니다.

도련님께서, 사람들의 시름을 잊게 하는 훌륭한 전기수가 되셔서,
참으로 기쁘고 자랑스럽습니다.

승휘	(보다가) 구덕아.
구덕	이제는, 그리 부르시면 안 됩니다.
승휘	...
구덕	(쓰개를 쓰고) 도련님도, 저도, 잘 살고 있는 걸 알았으니, 다시는 만나지 않는 것이 좋겠습니다.

인사하고 가는 구덕을, 붙잡지도, 부르지도 못하고 보는 승휘에서...

───── **S#45 연못가 일각 (N)**

다리를 벗어나는 구덕, 기다리는 만석과 백이를 본다.
만석, 백이에게 양해를 구하고, 구덕에게 홀로 온다.

구덕	(그제야 미소로) 쇠똥아.
만석	와. 구덕이 너 진짜 못 알아보겠다.
구덕	저기 혹시, 우리 아버지 소식 모르지?
만석	아버지는 같이 안 계셔?
구덕	응, 도망치다가 헤어지게 됐어.
만석	나랑 도련님이 엄청 찾아다녔는데 못 찾았어.
구덕	그랬구나...

만석, 다리 위를 보면, 속상해서 쭈글이처럼 서 있는 승휘.

만석	저기, 진짜 이런 상황인 줄 몰랐어. 오해하지 마. 도련님, 진짜 너 잡지 말아 달라고 추노꾼들한테 전 재산도 줬어.

구덕	(놀라는) 아니 대체 왜?
만석	예인이라, 좀 낭만적이야.
구덕	(어이가 없기도 하고, 고맙기도 한)
만석	그 덕분에 돈 잘 버니까 걱정 말고.
구덕	(끄덕이고) 가 볼게. 쇠똥아.
만석	만석이. 나 이제 쇠똥이 아니고 만석이야.
구덕	(미소로 끄덕이는) 잘 지내 만석아. 도련님 잘 부탁하고.
승휘	(멀리서 속상한) 쇠똥이한테는 웃어 주네... 치사하게...

───── **S#46 태영 방 (N)**

백이, 눈치 보며 구덕의 잠자리를 윗목에 깔아 주고 있다.

백이	참말로 뭔 얘기를 나누시는지 한 개도 안 들렸구만유.
구덕	왜... 그랬어?
백이	그니께 저는... 참말로 천승휘가 아씨 정인인가 했거든유. 그렇게 막 얼굴이 달아오르시고, 막 그러시는 거 처음 봐서...
구덕	... 그랬구나 내가...
백이	지는 그냥 아씨 보면 가슴이 아파유. 우리 아씨 요롱고롬 고운디, 마을에는 순 흉악한 소문만 나고, 우리 아씨, 혼인도 안 한다시고, 생전 바깥출입도 안 하시고, 동무도 한 사람도 없고...
구덕	내가 동무가 왜 없어. (손 붙들고) 백이 니가 있는데.
백이	저는 그냥 아씨가, 너무 외롭고 가여워 보여서, 그 사람 신분이야 어떻든, 정말로 정인이라면, 야반도주라도 했으면 하는 마음이 들어서... 어떻게든 우리 아씨 행복하셨으면 해서...
구덕	백이야. 나 안 외로워, 나 진짜 행복해.

그동안 내가 얼마나 힘들게 살았는데...

백이   (무슨 말인지 모르겠다) 힘드셨어유?

구덕   지금은 아냐. 그니까, 더 바라면 벌 받는 거야.

         진짜 충분해... 이렇게 한 번 본 거로... 정말 충분해.

백이   (안타까운) ...

——— S#47 여각 일각 (N)

만석   괜찮아요?

승휘   괜찮겠냐.

만석   (웃음)

승휘   웃으면 죽여 버린다.

만석   (참는)

승휘   주인장한테 며칠 더 묵겠다고 해.

만석   안 돼요. 낼 아침에 갈 거예요.

승휘   이대로 어떻게 가!

만석   이대로 가!

승휘   진짜?

만석   예. 더는 아무 짓도 하지 마요. 더 하면 추해.

승휘   딱 하루만.

만석   (보다가) 그럽시다. 하루 안에 무슨 일이 나겠어요.

         헌데 아시죠? 걔 정체 밝혀지면 큰일 나겠던데.

——— S#48 행랑 앞 (N)

돌아오던 백이의 뒤에서 나와 손을 착 붙드는,

막심	아씨랑 외간 남자 얘기 뭐여. 아씨가 달고 댕기는 관자 준 남자여?
백이	워매 놀래라. 이 끝동이 입 싼 새끼를 콱 그냥 죽여 벌라.
막심	그 남자 양반 아니재?
백이	엄마가 그걸 어찌 아는가?
막심	혹시 둘이 만나는 거 동네 것들 누가 본 거 아녀?
	혹시 유향소니 자모당이니 그것들이 봤냔 말이여!
백이	아녀. 내가 조심해서 만나게 해 드리고 망도 봤구먼.
막심	그래서 아씨 뭘 어쩌신디야.
	뭐 그 사내랑 도망이라도 가신댜?
백이	나야 제발 그러시길 바랬는디, 싫으시댜.
막심	그려?
백이	응, 뭐, 지금도 충분히 행복하시다나...
	내 눈엔, 하나도 안 행복해 보이던디...

막심, 보다가 속상한 듯 들어가 버린다.
백이, 따라 들어가려다 맷돌에 앉는데...

———— **S#49 태영 방 안 (N)**

잠 못 들고, 가만히 앉아 있던 구덕,
제 몸에서 관자 주머니를 떼서, 작은 서랍 안에 넣는 데서... Out.

———— **S#50 유향소 자모당 (D)**

김씨부인	(송씨부인을 보며) 그래요. 아무래도 공부에 집중하려면 한양이
	좋지요.

이씨부인	허면, 아드님이랑 같이 한양에 올라가시려구요?
송씨부인	그래야지요.
홍씨부인	이럴 게 아니라, 송별회라도 하는 게 어떨까요.
송씨부인	안 그래도 그럴까 했습니다. 집으로 모시지요.

───── **S#51 태영 집 마당 (D)**

막심	(막 들은 듯) 백도광이 한양을 간대?
끝동	야. 근데 백도광 그거 공부엔 관심 영 없어서 한양 가도 힘들 건디.
도끼	근데 말이여, 그 자식이 가끔 우리 집 앞을 왔다 갔다 하던디...
막심/끝동	(시선 교환)
도끼	설마, 혹시... 우리 아씨한테 마음 있나? 너 뭐 아는 거 없는 겨?
끝동	꽁으로는 말 안 해 주지~
막심	허튼소리 하덜 말고 (말 돌리듯) 그나저나 그 댁 식솔들은 한숨 돌리겠네.
끝동	그러게 말예유. 그 마님 사나운 거 청수현 최고쥬.
도끼	맞어~ 시상에 돌석이 얼굴에 낙인 찍은 거 봤는가? 으~ 끔찍혀.
끝동	헌디, 백이 어딨대유? 나 돈 받아야 하는디.
도끼	별당 갔겠지. 아씨랑 죽고 못 살자녀~
막심	(갸웃하고 별당 쪽을 보는)

───── **S#52 별당 마당 (D)**

홀로 있는 구덕. 하나뿐인 나무를 가만히 바라보고 있는데,

승휘	쓸쓸함도 버릇되면 무뎌진다던 내 말뜻, 이제 너도 알겠구나.

구덕	(놀라서) 여, 여길 어떻게.
승휘	담을 넘었다.
구덕	진짜 왜 이러십니까, 여기 계시면 안 됩니다.
승휘	참으로 섭섭하구나. 니가 내 별당에 왔을 때,
	나는 너를 숨겨 주었는데, 너는 쫓아내려는 것이냐.
구덕	어서 돌아가 주세요.
승휘	아니, 오늘은 나와 어딜 좀 가야겠다.
구덕	그럴 수 없습니다.
승휘	그럴 수 있을걸?
구덕	(무슨 소린가 해서 보는데)
승휘	구덕아.
구덕	(놀라서 주변 보고, 하지 말라는 듯) 도련님.
승휘	(좀 크게) 너 한양 살던 구덕이 아니냐.
구덕	지, 지금 겁박하시는 겁니까?
승휘	구덕이 아주 예뻐졌네! 우리 구덕이.

구덕, 승휘의 입을 막으려고 하면, 이리저리 피하는 승휘.

구덕	(승휘의 멱살을 당겨 입을 막고) 그만!
승휘	(입 막힌 채 싫다는 도리도리)
구덕	(미치겠는) 대체 어딜 가자는 것입니까.
승휘	(제 손으로 구덕의 손을 떼고) 담 너머에 말을 준비시켜 놓았다.
구덕	담이요? 저더러 담을 넘으라구요?

승휘, 담 쪽으로 가면, 주변을 살피고 따라가는 구덕.

승휘	(허리를 숙이고 구덕의 발을 보며) 내 등을 딛거라.

하는데 휙, 사라지는 발. 승휘, 일어나서 보면,
어느새 구덕은 담을 넘었다.

구덕   (몸을 털고) 아직 실력이 죽지 않았네.
        뭐 하십니까, 누가 봅니다. 빨리 넘으세요.
승휘   (넘으려는데 쉽지 않고) 넘는 중이다!

───── **S#53 담벼락 (D)**

승휘   (못 넘고 제자리) 이상하네 아깐 됐는데.
구덕   도와 드려요?
승휘   아니다. 허잇짜!

모냥 빠지게 간신히 넘어오는 승휘를 보는 구덕. 웃을락 말락.

승휘   (표정 보고) 옷이 걸리적거린 것이다!

───── **S#54 바닷가 (D) [1부 S#26의 장소]**

쓰개치마를 쓴 채, 바다를 보고 있는 구덕.
말을 묶어 놓고 다가오는 승휘, 쓰개치마를 벗긴다.

승휘   여긴, 아무도 없으니, 편히 있거라.
구덕   (눈을 감고 냄새를 맡는다) 바다에 처음 와 봅니다.
승휘   너를 찾다가 왔던 곳인데, 어떠냐, 저 집이 딱 좋지 않겠느냐?
개죽E   구덕아! 우리 딸!

구덕, 소리에 돌아보면, 근처에 있는 집에서 손을 흔드는 개죽.
구덕, 그런 개죽을 미소로 보는데, 개죽은 곧 사라지고...

승휘   네 아비를 찾으면, 이곳에 와서 살면 좋겠다 싶어서...
구덕   머릿속으로만 생각하던 그림과 똑같습니다.

경과 〉 바닷가를 바라보며, 빈집 일각에 나란히 앉은 둘.

구덕   어쩌다, 전기수가 되신 것입니까.
승휘   드디어 내게 궁금한 게 생긴 것이냐?
구덕   묻는 말에 대답하실 순 없는 겁니까?
승휘   (웃고) 니가 도망치던 날 밤에, 난 내가 누군지 알게 되었다.
       그동안 내가 업둥이라 생각했는데, 기녀의 아들이더군.
구덕   (본다)
승휘   그 길로 집을 나와 송도에 갔다. 어머니가 계시다 하여...
구덕   만나셨습니까?
승휘   (도리도리)
구덕   (안타깝게 보는) ...
승휘   그런 눈으로 보지 않아도 된다.
       내 그곳에서 머물던 날들이 더없이 행복했으니.

───   **S#55 송도 기방 (2년 전, D)**

기생들을 앞에 놓고, 제가 쓴 책, 기생의 아들을 읽어 주고 있는 서인.
앞에 앉은 기생들, 기방 노비들, 쇠똥, 눈물 찍어 내고 난리다.

승휘E   그저 재미 삼아 쓰고, 읽어 주었는데 참 좋아들 하더구나.

S#56 송도 기방 일각 (2년 전, D)

서서 읽고 있는 서인. 감정이 북받쳐 손을 드는데,
행수 기생, 서인이 든 손의 방향을 돌려, 손놀림을 만져 준다.
다른 날〉 한 예기의 춤 동작을 배우고 있는 서인.

승휘E   이왕지사 전기수가 되기로 한 거, 좀 잘해 보고 싶었다.
혹시라도, 내가 유명한 사람이 되면, 니가 나를 찾아 주지 않을까
하여.

다른 날〉 서인에게 근사한 옷을 입혀 주는 기녀들.

S#57 송도 장터 공연장 (2년 전, D)

일반인들 앞에서 공연하는 서인.
사람들 신기하게 보고, 뿌듯하게 보는 기녀들.

승휘E   그렇게... 평범하지 않은 전기수,
송서인으로 조금씩 유명해졌다.

S#58 바닷가 (D)

구덕   헌데... 얼굴은 왜 가리게 된 것입니까?
승휘   (미소로) 아버지가... 찾아오셨어.

─── **S#59 송도 기방 (2년 전, N)**

서인　(반가움으로) 아버지.

송대감　(다짜고짜 따귀를 때리고) 아버지라니! 이 역겨운 놈.

서인　(볼을 부여잡고 본다)

송대감　(기생의 아들 책을 흔들며) 이런 짓거리를 하면서,

　　　감히 내 집안을 욕보여?

서인　그것은 소설이라 아무도 진짜라 생각하지 않습니다.

송대감　여기 네 이름 석 자가 버젓이 나와 있는데?

　　　내가 얼마나 망신을 당할지, 이 짓거리가,

　　　우리 서호 앞길에 얼마나 방해가 될지, 생각은 못 했느냐!

서인　...

송대감　한 번만 더 니 이름이 내 귀에 들리면, 살려 두지 않을 것이야.

─── **S#60 바닷가 (D)**

제 손에 쥔 가리개를 가만히 보는 승휘와, 그런 승휘를 보는 구덕.

승휘　그래서, 이름도 바꾸고, 얼굴도 가리게 된 것이다.

구덕　(아프게 보는) ...

승휘　괜찮다. 이리도 자유롭게 살고 있으니...

　　　양껏 글을 쓰고, 춤을 추고, 노래하고, 나는 사는 것처럼 산다.

구덕　좋아 보이십니다.

승휘　헌데, 너는 어찌하여, 내가 별당에 살던 때처럼, 갇혀 사는 것이냐.

구덕　제가, 달리 어찌 살 수 있겠습니까.

　　　저는 그 집을 벗어나면, 여전히 도망 노비인 것을요.

승휘　(보다가) 나와 떠나자, 구덕아. 내가 너를 지켜 주마.

나는 조선 팔도를 누비니, 아버지도 금방 찾을 수 있다.

그러면 우리 이곳으로 오자꾸나. 응?

구덕   ...

승휘   이것이 네 꿈이라 하지 않았느냐.

구덕   제 꿈을 도련님께 의지하란 말씀입니까?

승휘   내가 그러고 싶은 것이야. 그것이 내 마음이다.

구덕   저를 향한 도련님의 마음은... 아쉬움입니다.

승휘   그래, 미완의 것이라 더욱 안타깝다는 말이구나...

구덕   ...

승휘   만일 우리가 같은 신분으로 만나 별 탈 없이

한 혼례 해서 한 지붕 아래, 부부로 살았더라면 어땠을까...

구덕   저는 바가지를 긁을 것이고, 도련님은 게으름을 피우시겠죠.

승휘   상상만 해도, 참으로 달콤하고, 참으로 슬프구나...

구덕   ... 이뤄질 수 없는 꿈입니다...

승휘   난... 네가 너로 살길 바란다.

쓰개치마를 쓰고, 영원히 숨어 사는 것은 너답지 않으니까...

구덕   ...

승휘   내일 떠날 것이야. 여각에서 기다리마...

—— **S#61 태영 집 마당 (N)**

쓰개를 쓰고 들어오는 구덕. 심상치 않은 소리를 따라가 보면,
한쪽에 몰려 있는 식솔들, 울부짖는 곡소리가 들리고...
넋이 나간 채 한쪽에 앉아 있는 막심, 보인다.

구덕   무슨 일이야? 왜들 이래?

끝동   아씨! 백이가... 백이가요...

그제야, 구덕의 눈에 들어오는, 가마에 덮인 백이.

구덕　　(충격으로 다가가며) 백이야... 백이야... 백이 왜, 왜 이래?
　　　　(주저앉아) 니가 왜 이러고 있어 백이야? 응?
　　　　(식솔들 보며) 대체 이게 어떻게 된 거야? 어떻게 된 거냐고!
도끼　　아침부터 안 보여서, 그냥 그런가 보다 했는데...
　　　　막심이가 이상하게 심장이 왈랑거린다고 혀서... 찾으러 나갔는디...

────── **S#62 산 초입 (N)**

충격으로 선 도끼. 도끼의 시선을 따라 보면,
바닥에 널브러진 백이의 꽃신. 그 위로 보이는 백이의 다리.
도끼, 충격으로 주저앉는다. 그제야 본,

막심　　안 돼... 안 돼... 안 돼! (달려와서 다리를 붙든다)
　　　　오메 내 새끼... 백이야... 야가, 내 새끼가 왜 이러고 있는 겨...

────── **S#63 태영 집 마당 (N)**

구덕　　왜... 대체 왜? 백이가 왜?
끝동　　관아의 오작인 말로는 자결한 것이라는디.
구덕　　아니야. 그럴 리가 없어. 백이가 그럴 리가 없잖아!
도끼　　즈덜도 그리 생각하구먼유. 백이는 절대로 그럴 리가 없어유.
끝동　　(백이 가마를 들추고) 봐유. 오작인은 분명히 목을 맸다는디,
　　　　왜 뒤통수가 깨져 있느냐 말이여유!
구덕　　(놀라서 본다) 그게 무슨...

도끼	이건 분명 누가 꾸민 일이여.
구덕	대체 누가... 누가 왜!
끝동	그 자식! 백도광이 분명해유!
막심	(말하지 말라는 듯) 끝동아!
끝동	왜! 내 말이 맞잖유! 그 자식이 허구한 날 우리 집 앞을 기웃거리고,
	백이한테 자꾸 한양 가자 꼬드긴 거 다 알잖아유!
도끼	(막심에게) 너, 너 알고 있었던 겨?
막심	알면 어쩔 겨. 우덜이 뭔 힘이 있다고.
도끼	하긴, 어디 이런 일이 한두 번이당가.
구덕	(일어선다)
끝동	아씨, 어, 어디 가시게유.
막심	뭘 어쩌시게유 아씨.
구덕	관아에 가야지. 아는 얘길 다 해야지! 당장 잡아야지!
끝동	(괴로운) 가서 말한다고 해도 달라질 거 없어유 아씨.
	이미 오작인이 자결이라고 했으면 끝인 거여유.
구덕	그렇다고 이렇게 보내자고 백이를? 이렇게 억울하게?
도끼	그려유. 그렇게 억울한 게 우리 인생이에유. 아씨.
	개돼지나 다를 바 없는 게 우리 목숨이라구유.

구덕 떠오르는, **플래시컷 〉 1부 S#15 김낙수 집 마당 (N)**
거의 죽어가는, 구덕 모를 지게에 짊어진 개죽.

구덕	어떻게 이래요. 우리가 짐승이에요? 개돼지예요?
소혜	야. 니가 개돼지랑 다른 게 뭔데!

플래시컷 〉 1부 S#39 김낙수 집 마당 (N)
멍석에 말려 있는 구덕, 몽둥이로 패고 있는 김낙수.

소혜	(발로 밟으며) 죽어! 죽어! 죽여 버릴 거야 구더기 같은 년!

현재 〉 구덕, 결심한 듯 밖으로 나가는데...
문턱을 넘기 전에, 막아서는 막심.

막심	어딜 가신다고 이래요. 아씨.
구덕	백이는, 개돼지가 아니야.
	백이는, 하나밖에 없는 내 동무다.
막심	(가슴이 미어지는) 못 가유.
구덕	비켜. 막심아 제발 비켜 줘. 비키라고!
막심	(얼굴 가까이 대고) 정신 차려. 니가 누군지 잊은 겨?
구덕	(본다)
막심	아씨 아씨 해 주니께 니가 진짜로 태영 아씬 줄 아는 겨?
구덕	...
막심	나섰다가 너 알아보는 사람이라도 생기면,
	니가 누군지 사람들이 알아보기라도 하면,
	너 하나 찢어 죽이는 건 일도 아니여.
구덕	...
막심	차라리, 그 사내를 따라 도망을 가.
	우리 백이가 바란 게 그거니께. 갸는,
	니 행복밖에 바라는 게 없었으니께.
구덕	...
막심	명심햐. 너는 진짜 태영 아씨가 아녀.

문턱을 넘지 못하고 가만히 서 있는 구덕에서...

───── **S#64 태영 방 안 (N)**

가만히 앉아 있는 구덕. 들리는,

구덕E   저는, 뭘 해 드려요?

떠오르는, 플래시컷〉1부 S#66 주막 (N)

태영   응?
구덕   저는, 가진 게 아무것도 없는데, 아씨를 위해, 뭘 해 드리냐구요.
태영   나를 위해서는 아무것도 하지 마. 앞으로는 뭘 하든 너를 위해서 해.

현재〉 구덕. 문갑을 열면, 봇짐과, 낡은 사내 옷과 패랭모가 보인다.

막심E   차라리, 그 사내를 따라 도망을 가.
        우리 백이가 바란 게 그거니께.

생각하는 구덕에서...

───── **S#65 여각 (N)**

문 앞에서 서성이던 승휘. 다가오는 구덕을 본다.
승휘, 반가움과 안도로 보는데... 미소로 다가오는 구덕.

승휘   (의아하게 보다가) 나와 함께 떠나러 온 게 아니구나.
구덕   ... 예.
승휘   이제 네가 누군지 알게 된 것이냐?

구덕	(관자가 든 주머니를 내민다) 이거.
승휘	구덕이로 살 때, 유일하게 기억하고 싶었던 나마저, 지워 버리게?
구덕	도련님도 저를 지우세요. 도련님이 연모하였던 구덕이는, 아버지와 바닷가에 살고 싶던 구덕이는, 2년 전, 주막에서 불에 타 죽었습니다.
승휘	...
구덕	아씨 대신 얻은 삶을, 구덕이가 살 수는 없습니다. 허니, 제가 이뤄야 할 꿈은, 제 꿈이 아니라, 아씨의 꿈이지요.
태영E	나는, 하늘 아래, 모든 생명이 귀하고 평등하다고 생각한다. 나는, 어려운 사람들을 돕고 싶어.
승휘	(보다가 관자를 받고) 이제야. 너답구나.

웃고 있지만, 아프게 바라보는 둘에서...

─── **S#66 태영 집 마당 (N)**

집으로 오는 태영에게 달려오는 끝동.

끝동	아씨 말씀이 맞구먼유! 윗마을 오작인 말로는 절대로 자결이 아니래유!

보면, 백이의 시신 옆으로 서 있는 윗마을의 늙고 체격이 큰 오작인.

도끼	근디, 아씨, 막심이가 아까부터 안 보이는디, 어째유. 설마, 백이 따라 죽을 생각은 아니것지유?

S#67 백도광 집 마당 (N)

밖으로 나오고 있는 부인들.

송씨부인   한양에 놀러들 오세요.
제가 구경시켜 드리겠습니다.

부인들, 좋죠~ 호호거리는데, 한쪽이 소란하다.
보면, 들어오는 막심을 막아서고 있는 노비들과 돌석이다.

돌석   왜 이려요. 여기가 어디라고 당장 나가요!

막심   비켜, 내가 억울해서 이렇게는 못 살겠네.

송씨부인   웬 소란이냐!

막심   백도광 어딨어! 너 이리 당장 나와!

여종   미쳤어? 죽을라고 환장했는가?

김씨부인   (제 몸종에게) 당장 관아에 알려라.

막심   그래! 나 죽을라고 환장했다. 어차피 죽을 건데 뭔 짓을 못 해!
이게 사는 거여? (얼굴들 가리키며) 니들도 이 꼴이 뭐여. 이게 사는
거여! 가서 니네 도련님 나오라 햐. 백도광 당장 나오라고 햐!

송씨부인   저년이 지금 예가 어디라고, 미친 것이냐!

막심   안 미쳤어유! 마님이 제일 잘 알잖아유.
이 댁 아들놈이 우리 딸한테 미쳐서 따라다니고
한양 가자 조르던 거 알잖아유!

부인들 놀라는데, 송씨부인, 근처에 있는 몽둥이를 들고
무섭게 와서 그대로 막심의 어깨를 후려쳐 버린다.
으억 하며, 쓰러지는 막심.

송씨부인   이게 감히. 어디서 남의 귀한 아들을 모함해?

막심   (겨우 몸을 일으켜) 니 아들만 귀해? 내 딸도 귀해! 나도 내 새끼!
　　　니들이랑 똑같이 내 배로 낳아서 젖 먹이고 키웠어!

송씨부인   그래 봤자 니년이 물려준 건 개돼지만도 못한 종년 팔자 아니더냐?
　　　그러니 팔자 고치려고 양반한테 꼬리 치다가 수틀리니 자결했겠지!

막심   어디 나오라고 해 봐. 그 말이 사실인지 들어 보자고! 어?

김씨부인   (어이없는) 세상에, 이래서 아랫것들 단속을 잘해야 하는 겁니다.

홍씨부인   그러게요. 얼마나 오냐오냐했으면 감히 양반에게 이런 모욕을
　　　가한답니까?

송씨부인   이년, 아주 본때를 보여 주마. 당장 멍석을 말아라! 어서!

　　　노비들과 돌석, 급히 멍석을 내오고, 막심을 들어 옮기려는데...

구덕   **멈춰라.**

　　　일동, 소리에 보면,
　　　걸어 들어오며 쓰개치마를 벗어 버리는, 구덕, 아니 태영이다.
　　　사람들 앞에 처음으로 드러나는 태영의 얼굴.
　　　사람들 웅성거리며 쳐다보는데...

막심   아, 아씨...

태영   대체 무슨 이유로 매질하려는 것입니까?

송씨부인   아무리 부모가 죽고 도륙이 난 집안이라 해도,
　　　아랫것들 관리는 잘했어야지!

태영   (보다가) 아드님 관리를 잘하셨어야지요.

송씨부인   뭐야!

막심   (붙들고) 아씨... 아씨 제발 왜 이래유...

태영   나는, 내가 지켜야 할 사람을 지킬 것이다.

| 송씨부인 | (노비들에게) 뭐 하고 있어! 당장 저년을 멍석 말라니까! |
| 규진E | 손대지 마라. |

일동, 보면, 포졸들, 아전들과 함께 들어오는 현감, 규진이다.
뒤로 윗마을 오작인도 함께 들어온다.
다들 현감? 하는 얼굴로 보는데...

송씨부인	이보시오 현감. 우리 가문을 능멸하고 내 아들을 모욕하였는데
	이깟 멍석말이가 대숩니까?
태영	부인은, 백이를 죽이지 않았다는 것을 증명해야 할 것입니다.
송씨부인	대체 무슨 근거로 그딴 말을 지껄이는 게야! 증좌 있어?
태영	(규진을 향해) 저들은 노비 백이를 살해하고 자결로 위장했습니다.
일동	(놀라서 보면)
규진	윗마을 오작인이 관아 오작인의 시신 검수가 조작됨을 증명하였습니다.
김씨부인	그래서요. 누가 위장을 했고 조작을 했다는 겁니까?
태영	(규진에게) 백도광의 일가를 노비 백이를 살해한 죄로 발고합니다.
송씨부인	미쳤어? 이게 무슨 말도 안 되는 소리야! 현감! 듣고만 있을 겁니까?
규진	관아에서 조사를 다시 할 터이니, 함께 가시지요.
김씨부인	현감! 이게 지금 말이 되는 소립니까?
규진	못 가시겠다면... (포졸들에게) 백도광의 일가를 모두, 추포하라.

포졸들 백도광을 찾듯 들어가고, 일동 놀라서 보고,
송씨부인 잡혀가며 놔라! 이게 무슨 짓이야 발악하는데...
막심을 일으키는 구덕.
막심, 구덕을 붙들고 아씨... 하는데 다가오는 규진.

| 태영 | (규진을 향해) 재수사를 해 주신다니 참으로 감사드립니다. |
| 규진 | 응당 현감이 해야 할 일입니다. |

태영   (목례하고 가려는데)

규진   헌데, 아가씨는, 이름이 어찌 되십니까.

태영   (본다) 저는...

──── **S#68 재판장 (D) [1부 S#3 / 2부 S#1 이어]**

의금부 마당, 형판의 옆으로 선, 한성 판윤, 의금부 도제조.
참의 옆에 선 태영.

태영   (천천히 고개를 들고) 제 이름은, 옥가 태영입니다.

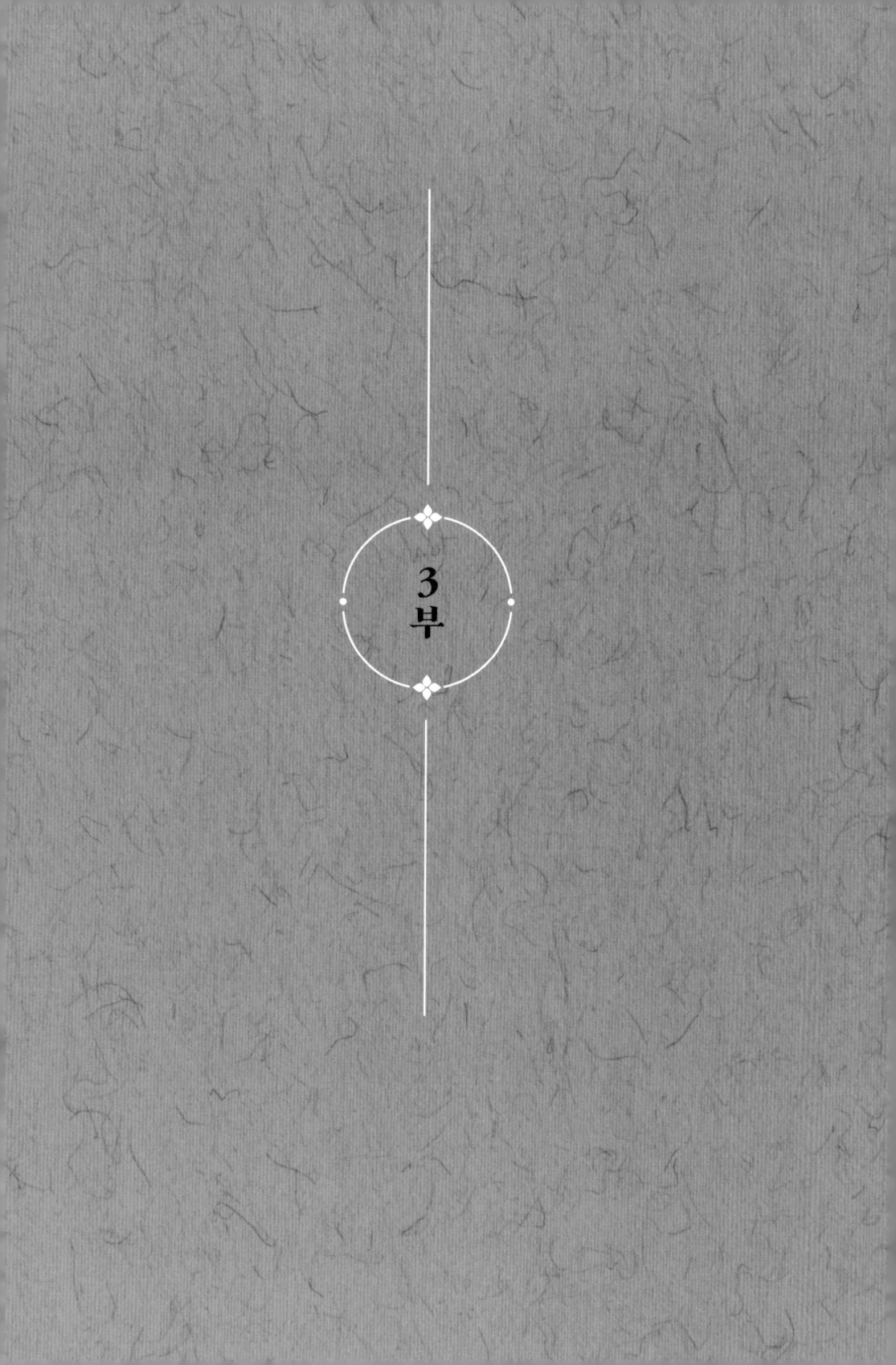

3부

S#1 태영 방 안 (N) [2부 S#27]

한씨부인   (보다가) ... 네 이름이 무엇이냐.

구덕   제 이름은, 구덕입니다.

한씨부인   (보다가) 네 이름은, 옥태영이다.

구덕   (본다) 예?

한씨부인   (반지를 끼워 주며) 결코, 쉬운 일은 아닐 게다.

평생, 쓰개치마를 벗 삼아야 할 테니까...

S#2 바닷가 (D) [2부 S#60]

승휘   난... 네가 너로 살길 바란다.

쓰개치마를 쓰고, 영원히 숨어 사는 것은 너답지 않으니까...

구덕   ...

─── **S#3 태영 집 마당 (N) [2부 S#63]**

막심 아씨 아씨 해 주니께 니가 진짜로 태영 아씬 줄 아는 겨?
   명심햐. 너는 진짜 태영 아씨가 아녀.

구덕 ...

─── **S#4 여각 (N) [2부 S#65]**

구덕 구덕이는, 2년 전, 주막에서 불에 타 죽었습니다.
   아씨 대신 얻은 삶을, 구덕이가 살 수는 없습니다.

승휘 (보다가 관자를 받고) 이제야. 너답구나.

구덕E 멈춰라!

─── **S#5 백도광 집 마당 (N) [2부 S#67]**

걸어 들어오며 쓰개치마를 벗어 버리는, 구덕, 아니 태영이다.

태영 (규진을 향해) 저들은 노비 백이를 살해하고 자결로 위장했습니다.
   백도광의 일가를 노비 백이를 살해한 죄로 발고합니다.

규진 (포졸들에게) 백도광의 일가를 모두, 추포하라.

막심을 일으키는 구덕. 막심, 구덕을 붙들고 아씨... 하는데,

규진 (다가와서) 아가씨는, 이름이 어찌 되십니까.

태영 저는... 제 이름은, 옥가 태영입니다.

S#6 청수현 고을 일각 (N)

어깨가 부러졌는지 고통스러운 막심,
태영, 쓰개치마를 찢어 지지대를 만드는데,

막심   (걱정 태산인) 어쩌자고 일을 이렇게 크게 벌린대유.

태영   반갑지? (지지대를 목에 걸어 주며)
        내가 남자 따라 야반도주 안 하고 구하러 와 줘서?

막심   (아픈) 아아아! 하이고 우리 아씨, 보기보다 뒤끝이 있으셔~

태영   그래 있다. 뭐? 아씨 아씨 해 주니까 진짜 태영 아씬 줄 아냐고?
        와, 내가 아씨 행세하는 게 그렇게 못마땅한 줄 몰랐네?

막심   못마땅한 게 아니라, 이럴까 봐 걱정돼서 그런 거잖아유.

태영   나, 아씨로서 누릴 것들을 누리려는 게 아니야.
        아씨라면 해야 했을 일을 하려는 거지.

막심   ... 알아유...

태영   두려움 속에서 숨어 살던 나를 백이가 꺼내 준 거야.
        그러니까 우리 백이 그렇게 만든 사람들,
        나 절대로 용서하지 않을 거야. 알겠지?

막심   (보다가 끄덕이는)

도끼   (달려오며) 막심아! 워메. 워메 왜 이려, 팔모가지 뿔러진 겨?

끝동   (같이 달려와서) 워메! 뭐여, 어깻죽지 작살난 겨?

막심   (아픔 참으며) 괜찮여. 여간해선 안 쪼사지는 통뼈니께 걱정들 말어.

도끼   장허네. 장해 우리 막심이. 그나저나! 백도광네 싹 잡혀갔다며!

막심   그니까, 아니, 현감께서 어찌 오신 거래유?

규진E   내가 시신을 보기도 전에 검험서와 시신을 돌려보냈다고 들었습니다.

S#7 태영 집 마당 (N) [2부 S#66 연장]

일동 보면, 규진, 아전들과 포졸들과 함께 들어오고 있다.
그 옆으로 관아의 오작인 함께 오다가, 시신 옆의 윗마을 오작인을
보고 흠칫.

오작인	아이구 현감 나리. 워, 원래 청수현에서는 자결한 시신은 현감께서 따로 거, 검험을 참관 안 하시는 것이 관례라...
규진	(듣지 않고 시신을 살펴보는데)
태영	관아의 오작인이 준 검험서에는 분명 목을 맸다 쓰여 있으나, 머리 뒤쪽의 상흔이 의아하여 윗마을 오작인에게 보였습니다.
규진	(머리 뒤로 손을 넣어 핏자국을 확인하고는 윗마을 오작인을 보면)
오작인	사망의 연유는 뇌좌상이 분명하옵니다. 현감 나리.
도끼	어떤 사람이 죽고 나서 스스로 목을 매겠어유. 안 그래유?
규진	(오작인에게) 어찌하여 검험서에는 뇌좌상에 대한 언급이 없었던 것이냐.
오작인	그, 그것이... (툭, 무릎 꿇고) 주, 죽여 주십시오. 저는 그저 시키는 대로...
태영	누굽니까, 백별감 댁에서 시킨 일입니까!

규진, 답하라는 듯 칼을 뽑아 오작인을 향하면,
오작인, 옅게 끄덕거린다.
태영, 누가 따를 틈도 없이 밖으로 나가는 뒤로,

규진	이자를 당장 포박하고, 시신은 재검험할 것이니 관아로 옮겨라.

포졸들, 백이의 시신을 수레 위로 올리는 데서...

─── **S#8 관아 (현재, N)**

한쪽에 놓인 수레 위, 가마니에 덮인 백이의 시신을
물끄러미 보는 백도광. 정신 차리라는 듯 꾹 찌르는 송씨부인.
도광, 정신을 차리고 보면,
횃불 밝혀져 있고, 창을 들고 도열한 포졸들과, 곁으로 선 아전들.
백별감, 분노의 얼굴로, 무거운 얼굴의 규진을 노려보며,

백별감	고작 오작인의 말 따위를 믿고, 우리를 잡아들인 것이오!
규진	(도광을 보며) 어젯밤 해시경에 누구와 어디에 있었습니까.
도광	... 짐을... 한양에 갈 짐을 꾸리고 있었습니다.
규진	(끄덕이고) 죽은 백이와는 무슨 사이였습니까.
막심E	무슨 사이랄 게 있나유...

─── **S#9 행랑 (N)**

막심	백도광이 쫓아다녔다니께유.
태영	그쪽은 반대로 얘기하던데, 백이가 따라다녔다고.
막심	아유 백이는 아녜유. 떡 줄 사람은 생각도 없었다니께유.
	글고, 그 댁 마님이 백이 데려다 첩 자리 줄 사람도 아니잖아유.
	자기 아들이 맘도 안 주는 노비 년을 따라다니니 속은 탔겠지만유.
태영	... 백도광이 아닐 수도 있겠다.
막심	(보면)
태영	백이를 죽인 사람...
송씨부인E	저요?

송씨부인 설마 지금 저를 의심하시는 것입니까?

규진 어젯밤 해시경에 어디서 무엇을 하셨냐 물었습니다.

송씨부인 뭘 했겠습니까! 송별회를 준비했지요! 이보세요 현감.
그년은 그냥, 팔자 고치려다가 제 뜻대로 안 되니
분을 못 이겨 자결한 겁니다!

규진 (가만히 보다가) 시간이 늦었으니, 이만 돌아가셔도 좋습니다.

백별감 이 무례를 저지른 대가는, 톡톡히 치러야 할 것이오. (돌아서며) 가자.

규진 조사가 끝날 때까지는 누구도 청수현을 벗어나선 안 될 것입니다.

송씨부인 (돌아보고) 현감! 우린 내일 아침에 한양으로 떠나야 합니다!

규진 허면, 수사가 끝날 때까지, 옥사에 계시겠소이까.

백별감, 규진을 노려보다, 부들대는 송씨와 도광을 데리고 가는데...
도광, 가면서 다시 백이의 시신에 눈길을 주는 데서...

——— S#11 태영 방 안 (N)

가만히 앉아 있는 태영의 손에, 백이의 꽃신.
떠오르는, **플래시컷 〉 2부 S#36 별당 마당 (D)**

백이 (얼른 꽃신을 벗어 털며) 아 닳겠다.
우리 아씨가 사 준 귀한 꽃신. 아껴 신어야지.

플래시컷 〉 2부 S#46 태영 방 (N)

백이 우리 아씨 요롱고롬 고운디. 우리 아씨, 혼인도 안 한다시고,

생전 바깥출입도 안 하시고, 동무도 한 사람도 없고...

구덕 내가 동무가 왜 없어. (손 붙들고) 백이 니가 있는데.

백이 저는 그냥 아씨가, 너무 외롭고 가여워 보여서,

어떻게든 우리 아씨 행복하셨으면 해서...

현재〉 애틋한 둘을 보고 있는 태영. 이내 환영은 사라지고...

태영 난, 왜 너에 대해 아무것도 몰랐을까... 미안해 백이야...

아프게 꽃신을 보고 있는 태영에서 Out.

───── **S#12 유향소 자모당 (D)**

홍씨부인 지가 뭐라도 되는 양 쓰개치마를 착착 벗어던지고, (흉내) 살인죄로
발고합니다?

이씨부인 헌데, 박색이라는 소문이 있더니, 생각보다 훨씬 곱습니다.

홍씨부인 나이가 어리잖아요 나이가! 나이가 왈패라는 말도 모르십니까!

이씨부인 헌데, 정말 별감 댁에서 그 댁 노비를 죽였을까요?

홍씨부인 그럴 수도 있죠. 나 같아도 천한 노비 년이
우리 아들 꼬드기면, 죽여 버릴 겁니다.

이씨부인 저두요! 그랬다 한들 노비 값을 좀 쳐주면 될 일 아닙니까?
어찌 노비 하나 죽은 일로, 감히 양반을 추포해요?

김씨부인 현감은 이번 일을 유향소의 권력을 누르는 기회로 삼을 겁니다.
그러니 아랫것들 앞에서, 보란 듯이 별감 댁을 추포한 것이지요.
죄가 있든 없든, 이번에 반드시 우리가 이겨야 합니다.

홍씨부인 맞는 말입니다. 졌다가는 아랫것들이 주제를 모르고 기어 /

여 관노 (말을 막듯) 저기 마님...

일동 본다. 얼굴이 사색이 된 배가 잔뜩 부른 관노 하나 문간에 서
있다.

홍씨부인	(짜증) 무슨 일이야! 말씀 나누는 거 안 보여!
여 관노	제가 지금, 출산이 얼마 남지 않는지라. 배가 너무 아파서...
홍씨부인	하. 보세요. 당장부터 이것들이 이렇게 어이없이 굽니다.
여 관노	오, 오늘만, 좀 쉬게 해 주시면...
이씨부인	저것이 정신이 나간 게로구나?
여 관노	마님, 저는 관비 아닙니까요. 제가 한양 관청서 일할 때 들었는디. 관비는 출산할 때 달포를 쉴 수 있는 나랏법이 있다 했는디.
홍씨부인	(와서 따귀를 때리고) 건방지게! 어디 감히 유향소에서 나랏법을 들먹여? 청수현에는 청수현만의 규칙이 있는 거야. 알겠어! 썩 나가서 일해!
여 관노	(괴로운 듯, 겨우 몸을 끌고 나가면)
김씨부인	이래서 이번 일이 중하다는 겁니다.
홍씨부인	무슨 대비책이라도 세워야 하는 거 아닙니까?
김씨부인	우리 나리께서 외지부를 소개했으니, 너무 걱정 마세요.

───── S#13 백별감 집 사랑채 (D)

두꺼운 법전을 놓고, 외눈 안경을 쓴, 중년의 외지부 사내와 이좌수.
앞으로, 백별감과 송씨부인과 백도광이 앉아 있다.

이좌수	한양에서 이름을 날리고 있는 외지부일세.
외지부	외지부, 배태랑이라 합니다.
도끼E	외지부? 외지부가 뭐여?

───── **S#14 태영 집 마당 (D)**

끝동　　법 전문가랴. 법전도 이따만하고 돈도 이따만큼 줬디야.

태영　　빠져나갈 준비를 단단히 할 모양이구나.

막심　　(팔에 부목을 댄 채) 자세히 좀 말해 봐. 뭐 더 들은 건 없고?

끝동　　아! 뭔 말인지는 모르겠는디 외지부가 글쎄, 맞불을 놓는대요.

도끼　　워메! 불을 지르겠다야? 우리 청수현에?

일동　　(한심해 죽겠는)

태영　　맞불이라면, 살인 사건으로 발고한 나를, 발고하겠다는 것일까?

　　　　일동, 놀라서 태영을 보는데, 갑자기, 우르르 들어오는 포졸들.

도끼　　(태영을 막아서고) 이것이 맞불이라는 거여?

태영　　무슨 일입니까.

병방　　(포졸들에게) 끌어내라!

막심　　(태영을 막으며) 안 돼! 안 됩니다! 차라리 나를 잡아가시오!

　　　　하는데 포졸 몇, 막심을 포박한다. 당황해서 보는 일동.

막심　　진짜로 날 잡아가는 겨?

태영　　무슨 일인지 묻지 않소!

병방　　노비 주제에 무고한 양반을 능욕한 죄로 발고되었습니다.

태영　　무고라니, 살인 사건이 조사 중인데 무엇이 무고입니까!

병방　　(난처한) 무죄로 밝혀지면 즉시 도주할 위험이 있어서 말입니다.

태영　　매수당한 오작인의 자백이 있으니 무죄가 될 리 없소이다.

병방　　그것이, 오작인이... 간밤에 혀를 깨물었습니다.

　　　　충격으로 보는 일동, 병방, 가자! 하며 끌고 가고,

도끼, 막심아, 아이고 막심아, 너 없이 나는 워찌 살라고 하는...

태영, 걱정으로 막심을 보면,

막심, 안심시키듯, 괜찮아유~ 하며 가는 데서...

——— **S#15 백별감 집 마당 (D)**

마당에 줄 서 있는 식솔들을 향해 선, 송씨부인과 백도광.

송씨부인   관아에 불려가 조사를 받게 되면, 무조건 모른다고 하거라.
　　　　　주인을 배반하는 노비는 죽음으로 대가를 치른다는 것을 알고
　　　　　있겠지?
　　　　　옥비 너는, 백이 그년이 우리 집에 들락거렸다 증언하도록 해.
　　　　　돌석이는, 오전의 일을 마친 후에 사랑채로 잠시 오너라.
　　　　　(하다가 들어서는 태영을 보고) 역시 어미 아비 없는 것들의
　　　　　무례함이란...

태영　　　오작인을 매수한 것도 모자라, 죽이기까지 한 것입니까?

송씨부인   별당에만 틀어박혀 있더니 소설에 재능이 있구나?

태영　　　막심이는 왜 잡아간 것입니까?

송씨부인   우리 외지부 말이, 무고의 벌은 반좌라 하였다.
　　　　　우리 집안을 살인죄로 무고했으니, 그년도 살인의 벌을 받겠지.

태영　　　외지부를 사서 꾸민 일이 고작, 범죄의 증좌를 없애고,
　　　　　모욕에 대한 분풀이로 막심이를 죽이는 것입니까?

송씨부인   분풀이? 세상 물정을 그리 몰라서야...
　　　　　너는 우리 집안만 모욕한 게 아니다. 너는, 그깟 현감을 등에 업고,
　　　　　감히 이 청수현을 이끄는 유향소에 도전장을 낸 것이야.

태영　　　그 대가가 막심이의 죽음이란 말입니까?

송씨부인   아니, 대가가 아니라, 본보기가 될 것이야.

　　　　　　　　　　　　　　　　　　　　　3부

태영   ...

송씨부인   살인은 없었다. 백이 년은, 헛된 꿈을 꾸다가, 자결한 것이야.
             너는 천지 분간 못 하고 날뛰다가 그 어미마저 죽게 할 것이고.

송씨부인, 백도광에게 가자는 듯 보면, 태영을 보다가 돌아서는 도광.

태영   정말로 우리 백이를 따라다닌 적 없습니까?

도광   (돌아본다) 예... 저는, 백이가 누군지도 모릅니다.

절망하는 태영을 두고 가는 도광에서...

─────   **S#16 백별감 집 앞 (D)**

걸어 나오다가, 다리에 힘이 빠지는 태영.

태영   (벽을 붙들고) 이러다 정말, 막심이까지 잘못되면 어떡하지...

하다가, 집 앞을 쓸고 있는 돌석을 본다.
돌석의 얼굴에 아직도 아물지 않은 낙인이 보인다.

태영   (물끄러미 보다가) 많이 아팠겠다...

돌석   (본다) 예?

태영   노회를 보내 줄 테니, 상처에 바르렴...

힘없이 가는 태영을 보는 돌석에서...

─── **S#17 관아 앞 (D)**

관아 앞에서 문졸들과 실랑이를 하고 있는 태영.

태영   현감 나리를 만나게 해 주십시오. 드릴 말씀이 있습니다.
문졸   아무나 들락거릴 곳이 아닙니다.
태영   발고한 살인죄가 어찌 조사되는지 알 권리가 있습니다.
문졸   (밀어내고) 안 된다지 않습니까.

─── **S#18 관아 담벼락 일각 (D)**

태영, 답답함으로 걷다가, 담벼락을 힐끗 보다가,

태영   (손바닥 비비며) 한 번만 넘자. (내적 갈등) 안 돼. 난 이제 아씨야!
       누가 보면 어쩌려고, (주변을 둘러보고) 다급한 상황이니 어쩔 수
       없잖아.

─── **S#19 관아 안 내동헌 일각 (D)**

담에서 휙, 뛰어내린 태영, 기둥으로 착, 숨는다.
포졸들이나 식솔들이 지나가고 나면 나와서 걸으며 지리를 익힌다.
빠르게 걷다가 다가오는 누군가를 보고 들킬세라 얼른 숨으려다가,
응? 하는 얼굴로 다가오는 사람을 보면,
승휘와 똑같은 얼굴의 윤겸이다.
다가오던 윤겸도 어리둥절한 표정으로
자신을 바라보는 태영을 보는데...

태영	도련님?
윤겸	(나를 부르는 건가? 힐끗 뒤를 돌아보고 다시 본다)
태영	떠나신 게 아니셨습니까?

윤겸, 무슨 소린가 싶은데, 윤겸의 뒤로 포졸들이 다가오자
얼른 윤겸을 기둥 뒤로 끌고 들어오는 태영.

윤겸	(팔을 떼어 내며) 뭐 하는 겁니까.
태영	도련님이야말로 지금 여기서 뭘 하세요?
	이 옷이랑 칼은 다 뭐구요. 담도 제대로 못 넘으시는 분이
	안 어울리게.
윤겸	내가?
태영	정말 이렇게까지 저를 따라다니셔야겠습니까?
	떠나자는 말을 거절할 때의 제 맘을 존중해 주실 수는 없으셨어요?
윤겸	(도무지) ...
태영	그리고 그 얼굴, 어떻게 그렇게 버젓이 내놓고 다니세요?
윤겸	(제 얼굴을 만지는) 얼굴이 왜...
태영	(충격) 설마, 얼굴을 가린 사연도 거짓이셨어요?
	제 동정을 받으시려 지어내신 얘기냐구요.
윤겸	(답답함으로 인상을 쓰는)
태영	아무리 지어내는 게 도련님의 일이라지만, 정말 너무하십니다.
	(퍼뜩) 백이 소식을 들으신 겁니까? 설마, 동무를 잃은 제 아픔을
	또 글로 쓰시려구요? 정말 이리도 잔인하셔야겠습니까?
윤겸	(듣다못해) 이보시오. 낭자.
태영	차라리 구덕이라고 부르십시오!
윤겸	(생전 처음 듣는) 구덕이?
태영	(어이없는) 연기가 참으로 출중하십니다. 정말 뛰어난 전기수세요.
윤겸	전기수? (짚이는) 날 누구로 착각을 하고 있는 것인지,

　　　　　　　　짐작은 가오만, 난 낭자가 생각하는 그 사람이 아니오.

태영　　　(어이가 없는) 그럼 누구신데요? 뭐, 관아의 관군이라도 되십니까?

　　　　　　　　윤겸, 다가오는 병방에게 손을 들어 보인다. 병방도 손을 든다.
　　　　　　　　당황스러운 태영, 그제야 윤겸을 다시 자세히 보면.
　　　　　　　　승휘에게선 본 적 없는 인상 쓴 차가운 표정의 윤겸.

태영　　　정말... 도련님 아니세요?

　　　　　　　　윤겸, 더 말할 필요 없다는 듯, 병방에게 가, 대련을 시작한다.

태영　　　(놀라 보는) 도련님이 저렇게 무예가 뛰어날 리가 없는데...
　　　　　　　　정말... 관군 나리가 맞나 봐.
　　　　　　　　아니, 근데 어떻게 저렇게 닮을 수가 있지?
　　　　　　　　말도 안 돼 도련님이야. (하다가) 아닌가? 아닌 거 같아.
　　　　　　　　(놀라 볼을 잡고) 어머 나 어떡해. 별말 다 했는데...

　　　　　　　　걱정과 의아함으로 다시 윤겸을 보는 태영.
　　　　　　　　절도 있고 화려한 무술, 카리스마를 뽐내며 대련하는 윤겸을
　　　　　　　　도무지 믿어지지 않는 듯, 혼란스럽게 보는 태영에서...

─────　　**S#20 규진의 집 (N)**

　　　　　　　　청수현이 내려다보이는, 운봉산 자락 아래, 자리한 커다란 집.
　　　　　　　　들어오는 규진. 맞이하듯 기다리는 윤겸. 가서 덥석 안기는 도겸.

윤겸　　　이제 오십니까. 아버지.

S#21 규진 방 안 (N)

식사하는 규진, 윤겸, 도겸.
규진과 윤겸은 반주를 곁들이고 있다.
윤겸, 규진의 술잔을 채우는 동안,
규진, 생선을 발라 도겸에게 얹어 준다.

윤겸 백도광과 학당에서 대화를 몇 번 했습니다만, 순박한 편이었습니다.
규진 잔혹하게 여인을 때려죽이고 목을 매달아 놓을 사람은 아니다?
도겸 사람을 어찌 겉으로 드러나는 것만으로 판단할 수 있겠습니까?
규진 (웃고) 그래, 마음속에 무엇을 숨기고 살지는 모를 일이지.
윤겸 ... 청수현은 풍문대로 유향소의 권력이 막강한가 봅니다.
규진 (끄덕이고) 관아에도 유향소의 뜻대로 움직이는 자들이 있어.
윤겸 이번 일을 계기로 썩은 뿌리를 뽑아내셔야겠습니다.
도겸 물이 맑다는 청수현이 어찌 그리 썩어 빠진 것입니까.
규진 그래도 지난 3년간 꾸준히, 유향소의 문제를 시정 요청한 사람이 있다.
도겸 그리 정의로운 자가 대체 누구입니까?
규진 돌아가신 옥필승 대감의 여식이다. 이름이 태영이라 하던가.
      이번에 사망한 노비 백이의 주인이지.

윤겸, 떠오르는, **플래시컷** 〉 S#19

태영E 백이 소식을 들으신 겁니까?
      설마, 동무를 잃은 제 아픔을 또 글로 쓰시려구요?

현재 〉 윤겸, 누군지 알겠는...

규진 한낱 노비의 목숨도 귀히 여겨 구명하려 애쓰더구나.

도겸	참으로 올곧은 여인입니다.
윤겸	사건의 진실을 밝혀내실 수 있으시겠습니까?
규진	쉽지 않을 것이야. 저들이 외지부까지 사들여
	내 수사를 방해하고 있으니...

————— **S#22 충청 감영 일각 / 저잣거리 (D)**

근처 "대송"이라고 써진 작은 가게 앞에, 태영과 끝동이 보인다.

태영	돈은 원하는 대로 드리겠습니다.
외지부	돈이 문제가 아니고요. 배태랑 그자는 아무도 못 이겨요.

외지부가 가게로 들어가 버리자 태영,
다른 외지부 사무소를 찾으려 두리번거린다,
마주 오는 사람들이 많자,
불편한지 쓰개치마를 쓰며 불편해 보이는 끝동을 본다.

태영	여긴, 사람이 정말 많구나. (표정 보며) 너도 불편하니?
끝동	불편한 정도가 아니구먼유. 지가 급똥이 거의 마중을 나올라고 /
태영	얼른 다녀와.
끝동	잠시만 계셔유. (달려가며) 워메! 비켜! 비켜 부러! 안 비켜?
	확 싸 부러?

태영, 끝동이 가는 쪽을 보다가 돌아서는데, 마주 오는 추노꾼 둘.
태영, 얼른 골목으로 들어가고, 놓치지 않고 보는 추노꾼.

S#23 골목 (D)

태영, 벽에 기대 숨어 밖을 보려는데, 골목으로 들어오는 추노꾼 둘.

태영   무, 무슨 일이냐.

추노꾼   자고로~ 숨는 자가, 도망치는 자다~ (쓰개치마를 확 빼앗는다)

태영   무슨 짓이냐. 이리 내놓지 못할까?

추노꾼2 가만 있자. 우리가 용무가 좀 있어서.

추노꾼, 뒤춤에서 용모파기 뭉치를 꺼내 태영과 비교하는데,
골목 안, 작은 뒷문에서 나오는 윤겸과 해강.
윤겸, 태영의 뒷모습을 보고 그냥 가려는 순간 들리는,

태영   나는 청수현에 사는 옥필승 대감의 여식인 옥태영이다.

윤겸   (본다)

추노꾼   어~ 그건 니 생각이고. 요즘 애들 영악해서 양반 행세도 막 하거든.

추노꾼2 (그림과 태영을 비교하다가, 태영의 턱을 쥔다) 어디 보자. 어?

태영   (놀라서 보면)

추노꾼2 이쁘네~

태영   (손을 쳐 내고) 무슨 짓이냐!

추노꾼   무슨 짓이냐니~ 먹고 사는 짓이지.

추노꾼2 (용모파기 집어넣고) 요거 요거, 딱 내 취향인데, 좀 놀아나 볼까
우리?

해강, 가자는 듯 보면, 먼저 가라는 윤겸.
해강, 가고 나면, 윤겸, 슬슬 이쪽으로 오는데,
태영, 품에서 작은 칼을 꺼내자 살짝 놀라서 보는 윤겸.

추노꾼	오오~ 그거로 뭘 어쩌게?
태영	궁금하면, 가까이 와 보든가.
윤겸	(흥미롭게 보는데)
추노꾼2	오~ 나 막 얘한테 찔리고 싶어. 어디~ 휘두를 줄이나 아니?

태영, 추노꾼들이 자신을 향해 손을 뻗자 칼을 야무지게 휙 휘두른다.
추노꾼2, 깜짝 놀라서 윽, 하고 피하다
다른 추노꾼을 붙들고 자빠지는데,
그사이 담벼락을 휙 넘는 태영.
놀란 추노꾼들과, 더 놀라서 보는 윤겸에서...

——— S#24 다른 골목 (D)

태영, 정신없이 돌아보며 달리다가 보면,
길을 돌아 앞을 막는 추노꾼들.

추노꾼2	야, 너 제법이다.
추노꾼	(칼을 꺼내더니) 야, 너, 아씨 아니지.

태영, 어쩔 수 없다는 듯, 다시 칼을 야무지게 쥐고, 자세를 잡는데,
촤라락 담을 넘어오는 윤겸. 바닥을 딛자 마자 도움닫기로 뛰어나와,
순식간에 태영을 막아서며, 태영의 칼과 추노꾼의 칼을 빼앗아,

윤겸	(두 놈의 목에 하나씩 칼을 대고) 나는 아가씨처럼 봐 주지 않아.

추노꾼 둘, 낭패라는 듯, 눈빛을 교환하더니, 가자, 하고 간다.

태영	관군 나리께서, 여긴 또 어찌 계신 겁니까?
윤겸	(칼을 돌려 주며) 오늘은 날 그 전기수로 착각하지 않는 겁니까.
태영	그 분은... 이리 무예가 뛰어나지 않으시니까요.
윤겸	그 사내가, 낭자의 정인입니까?
태영	(당황해서 본다)
윤겸	아, 함께 떠나자는 청을 거절했다 셨으니, 이별을 하신 건가.
태영	... 그날의 실례는 참으로 송구합니다,
	그리고, 들으셨던 말들은 부디, 잊어 주셨으면 합니다.
윤겸	(끄덕이고) 헌데 정말로 그자와 내가 그토록 닮았습니까?
	저자에서 그자의 공연을 보았으나, 분장을 한지라 못 느꼈거든요.
태영	출생의 비밀이 있는 것이 아니라면,
	두 분은 도불경오(圖彿警敖)인 듯합니다.
윤겸	도불경오?
태영	베낄 '도(圖)', 비슷할 '불(彿)', 놀랄 '경(警)', 현혹될 '오(敖)'
	마치 분신처럼 똑같이 생긴 자란 뜻이지요.
윤겸	그런 말은 처음 들어 봅니다.
태영	그러시겠죠. 제가 지어낸 말이니까요.
윤겸	(어이없이 보는데)
태영	오늘 도움 감사합니다.
	(가려는 듯) 저는 이만, 외지부를 구해야 해서.
윤겸	죽은 그 노비를, 동무라고 하시던데요.
태영	(본다) 네. 백이는, 제 하나뿐인, 가장 소중한 동무였습니다.
윤겸	(떠보듯) 노비가요?
태영	저는, 하늘 아래 모든 생명이, 남녀노소,
	신분 고하 상관없이, 모두 귀하고 평등하다 생각합니다.

윤겸, 태영을 가만히 본다. 태영, 가려는 듯 목례하고 돌아서는데,

윤겸	허면, 직접 해 보지 그러십니까. 외지부.
태영	(본다)
윤겸	어떤 외지부도, 낭자의 그 심정을 대변할 순 없을 테니까요.
태영	제가 어찌, 저는 법에 대해 아는 것이 없습니다.
윤겸	법전을 다 외울 필요도 없지 않습니까.
	막심이던가, 백이의 어미만, 구명하면 될 텐데요.
태영	(해 볼까 생각되는, 혼잣말) 법전을 어디서 구하지...
윤겸	관아 서고에 법전은 물론이고, 심리 절차를 일일이 기록한
	입안이 있습니다. 그리고 제겐 서고의 열쇠가 있지요.
태영	아무리 관군이셔도, 그런 걸 사사로이 쓰시면 안 됩니다.
	현감 나리께서 아시면 파직을 당할 수도 있습니다.
윤겸	(보다가) 그럴 리는 없을 거 같은데.
태영	(보면)
윤겸	저는 성가 윤겸이라 합니다. 청수현 현감 나리가 제 아버지시지요.

———— **S#25 태영 방 안 (N)**

가만히 앉아 있는 태영. 들리는,

윤겸E	그 사내가, 낭자의 정인입니까?

태영, 서랍을 열어, 관자가 든 주머니를 꺼내 본다.

플래시컷 〉 2부 S#65 여각 (N) [연장]

구덕	(관자가 든 주머니를 내민다) 이거...
승휘	구덕이로 살 때, 유일하게 기억하고 싶었던 나마저, 지워 버리게?

구덕	도련님도 저를 지우세요.
	아씨 대신 얻은 삶을, 구덕이가 살 수는 없습니다.
승휘	(보다가 관자를 받고) 이제야, 너답구나...

웃고 있지만, 아프게 바라보는 둘.
승휘, 제가 갖고 있던 관자를 꺼내 같이 주머니에 넣고 돌려주며,

승휘	우리는 헤어지더라도, 얘들은 같이 있도록 해 주자.
	얘들이라도 함께 있어 외롭지 않게...
구덕	...
승휘	혹시라도 살다가 내 생각이 나거든, 들여다봐 주겠니?
	(서글픈 미소로) 그러면, 내가 외롭지 않을 것 같거든.

현재〉 주머니를 꺼내 함께 있는 관자 둘을 꺼내 보는 태영에서...

───── **S#26 버려진 곡식 창고 (N)**

넋이 나간 듯 절망스럽게 묶여 앉아 있는 돌석 앞으로
음식을 놓는 옥비.

옥비	(이전에 놓은 음식이 상해 있자) 죽을 셈이여?
돌석	어차피 죽을 팔자여. 걸리면 덮어씌울 요량으로 잠깐 살려둔 거니께.
	개돼지만도 못한 노비 인생이여. 주인 맘 아니겠냐.
옥비	안 그런 주인도 있어. 볼래? 자 이거, 끝동이가 가져왔더라.
	(허리춤에서 헝겊에 싼 노회를 꺼내서 돌석의 얼굴에 발라 주며)
	세상에 이런 귀한 것을... 그 댁 아씨가 너 갖다 발라 주라 혔대.
돌석	... 헌디, 백씨네가 무죄 되면, 막심이는, 죽게 되는 겨?

옥비	그렇겠지, 그 난동을 피우고 망신을 줬는디, 살려 두었어?
돌석	(걱정되는) ...

—— S#27 옥사 (N)

도끼, 막심 앞에 앉아서 음식을 챙겨 주고 있는데,
통증으로 먹지도 못하는 막심.
맞은 어깨가 부어 목까지 피멍이 올라와 옴짝달싹을 못 하는데...
먹거리를 옥졸들에게 나눠 주며,
잘 부탁한다는 듯 인사하고 있는 태영.

도끼	(걱정 가득) 이 어깻죽지가 대체 워찌 된 겨. 안에서 다 작살나 버린 겨?
막심	(태영만 보며) 우리 아씨 며칠 새 얼굴이 왜 저리 상하신 겨.
도끼	이것아, 니 얼굴이 더 못 봐 줄 꼴이여.
태영	(오며) 옥졸들에게 약재를 부탁했어. 먹으면 통증이 좀 가라앉을 거야.
막심	생긴 건 이래도 하나도 안 아파유. 낫느라 이런 거라니께?
	(팔을 돌려보며) 봐유 멀쩡하쥬. 이봐, 이봐. 그니께,
	내 걱정하지 말고, 제발 몸 상하지 말고 계셔유. 예?

억지로 웃는 막심,
걱정 안 시키려 일부러 먹는 막심을 아프게 보는 태영에서...

—— S#28 버려진 곡식 창고 (D)

죽은 듯 누워 있는 돌석. 햇살에 인상을 찌푸린다.
고개를 돌리면 눈앞으로 노회가 보이는데... 들리는,

태영E　　　많이 아팠겠다.

돌석, 뭔가 결심한 듯, 기어가 엎드려 우걱우걱 밥을 먹으며,
근처에 끈을 풀 만한 게 있는지 찾듯 두리번거리는 데서...

───── **S#29 관아 서고 일각 (D)**

포졸들 지나가고 나면,
마루 끝쯤에서 쏘옥 고개를 올리는 윤겸과 태영.
윤겸이 먼저 가면서 이리! 하다가 보면,
태영 저쪽으로 가고 있다.

윤겸　　　(따라가며) 이쪽이라 하지 않습니까.
태영　　　저쪽이 더 빠릅니다. 지름길도 모르십니까?
윤겸　　　(따라가며) 지름길을 어찌 아십니까.
태영　　　지난번에 왔을 때, 다 외워 놨습니다.
　　　　　제가 외우는 재주가 좀 있는지라.
　　　　　(가며) 어서 오십시오. 한시가 급한데 왜 이리 굼뜨신지.

빠르게 가며 기둥에 샥~ 숨었다가
다시 휙, 가는 태영을 어이없이 보는 윤겸에서.

───── **S#30 관아 서고 안 (D)**

서고를 훑어보는 윤겸. 무슨 책이 있나 이리저리 보는데,
그사이 태영, 2배속으로 필요한 책을 잔뜩 찾아 탁자에 쌓더니,

그 책들을 넘겨 필요한 곳을 펼쳐서 착착 겹쳐 놓고는,

짚어가며 읽는다.

이내, 들고 온 주머니에서 종이와 붓을 꺼내 빠르게 써 내려간다.

그런 태영을 넋 놓고 보다가, 팔짱 끼고 구경하는 윤겸.

한참을 쓰던 태영, 윤겸을 보더니, 왜요? 하는 얼굴.

윤겸   혹시, 모르는 한자는 없습니까?

태영   예, 오라버니께서 시묘살이 하시는 동안 함께 공부했거든요.

윤겸   칼 쓰는 법도 오라버니께 배운 겁니까?

태영   예. 혼자 남을 제가 걱정된다며, 가르치셨습니다.

윤겸   헌데, 무엇을 그리 써 내려가는 중이십니까?

태영   수사와 조사는 현감 나리의 몫이 아니겠습니까.

      저는 혹시라도 그자들이 빠져나갈 경우를 대비해,

      막심이가 무고로 처벌받지 않을 수 있는 법문이나

      인용할 수 있는 선례들이 있는지 찾아보았습니다.

      최종 판결 때 막심이의 행위가 정당했음을 구술하여,

      최소한의 처벌을 받도록 선처를 바라려고 합니다.

윤겸   (어이없는) ...

태영   혹시 법전을 몇 권 빌려도 되겠습니까? 최대한 많이 보고 싶어서요.

윤겸   (끄덕이고) 낭자는, 참 손이 안 가는 편입니다.

태영   (보지 않고) 예, 저는 제 할 일은 제가 알아서 합니다.

윤겸   제가 왜 낭자를 도와 드리는지 아십니까?

태영   (보지 않고) 제가 너무 절박해 보여서겠지요?

윤겸   담을 넘고, 왈짜들에 칼을 휘두르는 모습에 감명받았습니다.

태영   (그제야 윤겸을 본다)

윤겸   여인은, 사내가 지켜 줘야 하는 나약한 존재라고만 생각했는데,

      낭자에게는 사내도 거뜬히 지킬 수 있는 기개가 보이더군요.

      낭자라면, 반드시 해낼 것 같아서, 도와 드리자 마음먹었지요.

태영	반드시 해내겠습니다. 그리고, 도와 주신 대가로,
	제가 꼭 한번 도련님을 구해 드리겠습니다.
윤겸	(어이없는) 낭자께서 나를, 구해 준다구요?

끄덕, 하더니 계속 써 내려가는 태영을 보다가,

처음으로 미소 짓는 윤겸에서...

───── **S#31 백별감 집 사랑채 (N)**

송씨부인	돌석이가 없어지다니요!
	당장 사람을 풀어 찾으라고 하세요 당장!
외지부	조용히 움직여야 합니다. 현감이 알면, 재판을 미룰 것입니다.
송씨부인	돌석이가 현감에게 간 거면 어찌 되는 겁니까?
백별감	걱정 마세요. 부인. 현감에게 고하기도 전에 오작인 꼴이 날 테니.
	(외지부에게) 지난번에도 도망쳤던 놈이니, 어디론가 내뺐나 봅니다.
송씨부인	(외지부에게) 이틀 뒤면 판결인데, 별일 없겠지요?
외지부	차라리 일찍 끝내 버리는 건 어떻겠습니까?

───── **S#32 유향소 일각 (D)**

수업이 끝난 후, 밖으로 나오는 도령들 틈에, 도겸과 윤겸도 있다.
유향소의 마당에 사람들이 잔뜩 몰려 있자, 도겸, 윤겸도 가 보는데...
상단에 판관처럼 앉은 이좌수와, 옆으로 법전을 들고 서 있는 외지부.
그 옆으로 양반들과 자모당 부인들, 뒤로 각 집안의 식솔들 서 있고,
마치 판결받듯 이좌수 앞에 불려 나와 서 있는 태영을 보는 윤겸.

이좌수	너의 무례함으로 인해 유향소의 위신이 바닥에 떨어진바,
	청수현 좌수의 이름으로 너를 엄히 다스려 벌하려 했으나,
	오랫동안 청수현을 지켜온 네 집안의 명예를 생각하여,
	기강을 바로잡는 선에서 종결하려 한다.
태영	화해를 청하시는 것이옵니까?
백별감	용서를 해 주겠다는 것이다!
윤겸	(인상 쓰고) 용서?
외지부	무혐의 판결이 나면, 잡혀 있는 막심이는 죽습니다.
	판결 전에 발고를 취소한다면, 막심이는 풀어 주고,
	죽은 노비 년의 몸값도 주신다 하니, 받아들이세요.
송씨부인	대신! 모두가 보는 앞에서, 무릎을 꿇어라.
도겸	형님, 판관인 아버지도 없이
	반가의 여식을 이리 함부로 대해도 되는 것입니까?
윤겸	(불쾌하지만) 지켜보자꾸나.
태영	허면, 백이 몸값으로 얼마를 주시겠습니까?
외지부	청수현에서는 노비는 열 냥, 말은 서른 냥에 거래되나,
	말 가격인 서른 냥으로 쳐주신다 하네. 참으로 후하지 않은가.
태영	거기에 더해, 별감 나리의 집은 어떻습니까, 땅과 재산도 다
	포함해서요.
사람들	(놀라면)
태영	그것으로도, 백이를 대신하기엔 턱없이 부족합니다만.
이좌수	거절하다니 어리석긴... 마땅한 증인도 증좌도 없다는 것을 모르느냐?
태영	증좌가 없는 것이 아니라, 증좌를 없앤 것이지 않습니까.
	판결 전에 합의를 제안하는 것은 자백이나 다름없지요.
백별감	말을 삼가라! 너도 모욕죄로 잡혀가고 싶은 것이냐?
태영	잡혀가야 할 분들은 여기 나리들과 마님들이십니다.
일동	(무슨 소린가 해서 보면)
태영	(외운 것을 기억하듯 눈을 감고) 대명률 제323조,

(눈을 뜬다) 형사 사건에 대해 사적으로 화해하는 것은 금지되어
있으며, 제405조, 살인 사건을 사적으로 화해하면,
가중 처벌을 받는다, 라는 것을
(외지부를 본다) 외지부는 알고 있었을 텐데요.

양반들은 어리둥절하고,
외지부도 당황해 침을 꿀꺽, 법전을 뒤적이는데,
도끼와 끝동, 역시 우리 아씨여 라는 표정이고,
윤겸의 얼굴에는 미소가 번진다.

태영   허면, 내일 관아에서 뵙겠습니다.

돌아서는 태영을 붙들지도 막지도 못하고 보는
분노하는 유향소 사람들.

도겸   참으로 당당한 여인입니다.
윤겸   네 눈에도 그리 보이느냐?

───── **S#33 태영 집 행랑 (N)**

넓게 펼친 보따리에 백이의 짐을 놓는 태영.
백이의 옷과, 책을 보따리에 놓고, 꽃신도 놓고, 머릿장을 본다.
바구니 안을 보면 반짇고리, 머릿장을 열어 보면 베개 정도뿐이다.

태영   우리 백이, 가진 게 이게 전부네...

태영, 보따리를 묶으려고 힘을 주다 몸을 숙이면,

머릿장 밑으로 뭔가가 보인다. 태영, 뭐지 싶어 다가가
손을 뻗어 머릿장 밑에 있는 뚜껑 달린 작은 바구니를 꺼낸다.
태영, 이게 뭐지, 하는 얼굴로 열어 보면, 하얀 돌멩이 하나가 보이고,
노리개(**2부 S#33**에서 도광이 준)도 보이고,
그 밑으로, 분첩이며, 면경도 있다.
그리고 아래로 있는 여러 장의 서신들... 태영, 펼쳐 보려는데 들리는,

돌석E   계세유...

────── **S#34 태영 집 행랑 앞 (N)**

태영   (나와서 본다) 노회를 더 얻으러 온 것이냐? 좀 기다리렴.
돌석   어떻게 해도 죽을 처지라, 죽기 전에 사죄하러 왔구먼유.
태영   무슨 소리야?
돌석   아씨. 다 저 때문입니다. 제가 죽일 놈이여유.

태영, 무슨 소리냐는 듯 돌석을 보는데,
돌석, 어딘가를 본다. 따라 보는 태영의 눈에 보이는,

플래시컷 〉 2부 S#48 (며칠 전, N) [연장]
막심, 속상한 듯 들어가 버린다.
백이, 따라 들어가려다가 댓돌에 앉는데...
커다란 보따리를 들고 다가가 휙! 백이를 보쌈하는 돌석이다.

S#35 산 초입 버려진 초가집 마당 (N)

백이   (보쌈 속에서 허우적대다 나와서는) 뭐여! 돌석이 너여?
                 이게 근데 돌았나. 너 나한테 왜 이려, 미친 겨?

                 돌석, 다가와서 백이의 저고리 고름을 마구 풀면.
                 백이, 머리통을 마구 후려치고 발로 차서 돌석을 밀고 일어선다.
                 다시 고름을 묶는데, 돌석, 뒷춤에서 칼을 꺼낸다. 놀라는 백이.

돌석   (위협하듯 오며) 난들 좋아서 이러는 줄 알어? 그냥 눈 딱 감어!
                 시키는 대로 해야 너도 살고 나도 사는 겨!
백이   시키다니 누가?
도광E   백이야. 너 어딨어?

                 백이, 소리에 보면, 멀리 도광이 보일락 말락 한다.
                 충격으로 보는 백이.

백이   도, 도련님이 왜 여기, 도련님이 나한테 이러라고 시켰어?
돌석   마님이 꾸민 일이여. 이 꼴을 도련님이 봐야 너한테 정 뗄 거라고!

                 돌석, 칼을 던져 놓고 백이에게 달려들어 마구 옷을 뜯는데,
                 힘껏 돌석을 밀다가, 제풀에 밀려 중심을 잃고 뒤로 넘어지는 백이.
                 쿵, 하고 돌부리에 머리를 박는다. 흐르는 피를, 놀라서 보는 돌석.

도광   (못 보고) 웬일이야. 백이 니가 날 다 불러내고. 혹시 마음이 바뀐
                 거야?
돌석   배, 백이야. 니 괜찮은 겨? 월레! 야, 백이야. 야가 왜 이려! 눈 떠 봐!

도광, 소리에 막 들어와서 백이에게 올라타 흔드는 돌석을 보는데...
돌석, 백이의 머리를 붙들고 흐르는 피를 막으려 애써 본다.
간신히 눈을 뜬 백이,
도광을 보며 돌석에게 뭔가 말하고 숨이 끊어져 버린다.

도광   배... 백이야... 백이야? (다가와서) 백이야. 너 왜...
              (돌석에게) 너 왜... 너 무슨 짓을 한 거야? 무슨 짓을 한 거냐고!

돌석, 충격으로 뭐라 말도 못 하고 그저 넋 놓고 있는데,
도광, 돌석이 던진 칼을 잡아 들고, 으아아! 돌석을 찌르려 하는데...

백별감   (팔을 붙들고) 그만하지 못해! 이 못난 놈!
도광   (백별감과 선 송씨부인을 보고) 어, 어떻게, 왜...
              (짚이는) 어머니가 시켰어요? 백이를 죽이라고 두 분이 시켰냐구요!
송씨부인 (돌석에게) 아니 너는 왜 시킨 짓도 제대로 못 하고 일을 키워!
백별감   (죽은 백이를 힐끗 보고) 죽었나? 그래 차라리 잘 죽었다.
도광   왜... 대체 왜 그랬어요. 백이가 무슨 죄가 있다고.
              내가 혼자 좋아한 건데, 쟤는 나한테 마음도 없는데! 왜 죽여 왜!
송씨부인 천한 노비 년 주제에 네 마음을 흔든 것이 죄가 아니면 뭐야!
백별감   (돌석에게) 우린 아무도 여기 없었던 것이야.
              오작인을 보낼 테니, 깨끗하게 자결로 처리해라.

돌석과 죽은 백이를 두고,
울부짖는 도광을 끌고 나가는 백별감과 송씨부인.

─── **S#36 태영 집 (N)**

충격으로 서 있는 태영 앞에, 무릎을 꿇은 돌석.

태영   ... 백이가 대체 왜...

      우리 백이가... 뭘 잘못했는데...

돌석   (흐느끼는 도리도리) 죽을죄를 지었습니다...

태영   뭐라고 했니... 백이가 죽기 전에 뭐라고 했어?

돌석   그것이...

플래시컷〉 S#35 초가집 마당 (N)

돌석, 백이의 머리를 붙들고 흐르는 피를 막으려 애써 본다.
간신히 눈을 뜬 백이, 도광을 보며 돌석에게 간신히 말한다.

백이   이렇게 죽는 게 나아.

      다른 사내랑 정을 통하는 모습을 정인에게 보이느니...

─── **S#37 애심각 내실 (N)**

도광   정인... 내가... 정인이라고?

      허면, 백이도 나를...

태영   (마주 앉아, 보고 있는) ... 예.

도광   한 번도... 단 한 번도 날 향해 웃어 주지 않았는데.

      날 밀어내기만 했는데... 나 혼자만 좋아한 줄 알았는데...

플래시컷〉2부 S#36 별당 마당 (D)

백이   어디 노비가 양반 도령이랑 가당키나 해유?

        아유~ 상상만 해도 좋다. 아니! 상상도 하지 말아야지.

현재〉도광 앞으로 백이의 물건을 담은 바구니를 내밀며,

태영   신분과 처지가 다르니, 애써 밀어낸 것이겠지요.

도광   (열어 본다. 돌멩이를 꺼내 들고) 백이를 본 순간, 한눈에 반했습니다.

        고작 일곱 살 때, 마음을 고백하며 선물로 준 돌멩이입니다.

태영   ...

도광   (돌멩이 보이며) 뽀얀 것이, 참으로 백이를 닮지 않았습니까.

태영   (그렇다는) ...

도광   (물건들을 보며) 이걸... 다 간직하고 있는 줄 몰랐습니다.

플래시컷〉S#25 가만히 관자를 보고 있는 태영.

태영   ... 생각날 때마다 꺼내 보며, 추억했을 것입니다.

도광   (울먹이는) 함께 떠나자 할 때도 거절했습니다.

태영   ... 그 또한, 못내, 아쉬웠을 테구요...

도광   (미어지는데) ...

태영   그러니, 백이를 아끼셨던 그 마음을 부정하진 말아 주세요.

        백이를 모른다고 외면하지 말고, 꼭 기억해 주세요.

도광   (괴로움으로 본다) 저는... 증언할 수 없습니다.

        간음으로 위협한 죄도 참형일 터,

        어찌 제가, 부모님의 죄를 고할 수 있겠습니까...

S#38 애심각 일각 (N)

태영   (기다리고 있는 윤겸에게 오며) 백도령을 불러내 주셔서 감사합니다.

윤겸   뜻밖이네요. 백도광과 백이가, 서로 연모하는 사이였다니.

태영   백도령은, 부모의 죄를 증언하지 못할 것 같습니다.

윤겸   그렇겠죠. 허나, 상관없습니다.

        돌석이가 낭자 손에 있는 이상, 낭자의 승리입니다.

태영   저는 승리를 하려는 것이 아닙니다. 막심이를 구명하려는 겁니다.

윤겸   허나 이 일로 백별감의 일가를 처벌해야 청수현이 바로 설 것입니다.

태영   그리하면, 돌석이가 죽게 될 것입니다.

윤겸   백이를 겁탈하려 했는데, 벌을 받아 마땅하지요.

태영   ... 아무리 나쁜 일도 주인이 시키면 노비는 해야 합니다.

        주인의 명을 거절하거나 반항을 하면, 죽게 되니까요.

        아무리 억울한 일을 당해도,

플래시컷〉1부 S#39 김낙수 집 마당 (N)

멍석에 말려 김낙수에게 맞는 구덕.

플래시컷〉1부 S#41 김낙수 방 안 (N)

김낙수에게 낫을 휘두르는 구덕.

현재〉

태영   주인을 해하면, 죽게 되지요.

        운이 좋아 도망치더라도. 평생을 숨어 살아야 합니다.

        들키면, 역시 죽을 테니까요.

윤겸   ... 허면, 막심이를 어찌 살릴 겁니까.

태영   어떻게든 해내야지요.

윤겸   뭐, 무릎이라도 꿇으시게요?

태영   외지부는, 무릎으로 싸우지 않습니다.

S#39 관아 (D)

관아를 잔뜩 메우고 있는 유향소의 양반들, 부인들,
일반 백성들과 노비들.
중앙으로 나오는 규진 앞으로, 백별감과 송씨부인과 백도광과 외지부.
송씨부인 곁눈으로 누군가를 찾다가 백별감에게 귓속말로,

송씨부인   돌석이는 없습니다. 도망간 것이 맞나 봅니다.

백도광, 그저 규진이 나오는 것을 보고 있는 맞은편의 태영을 본다.

규진   (자리에 앉아) 옥태영의 노비 백이의 죽음에 대한 재조사를 하였다.
송주현 현감 이언행이 복검, 의창현 현감 문광기가 삼검을 하였으며,
노비 백이의 두부에 있는 뇌좌상과 운봉산 근처 흉가에서
혈흔이 발견된 것을 보아 살해되었음이 명확하다.

일동   (다들 긴장으로 듣고 있는)

규진   옥씨 가문의 노비 백이와 백가 도광의 관계는,
증인들의 진술이 엇갈릴 뿐 아니라, 일가 누구도 백이의 죽음과
연관이 있음을 증명할 수 없다. 따라서, 백씨 일가에 대한 살인죄는,
무혐의 판결을 내리는 바이다.

유향소의 양반들, 좋아서 미소 짓고,
노비들은 그럴 줄 알았다는 듯 실망하는데...
가만히 있는 태영을 의아하게 보는 백도광과
어쩔 셈인지 궁금한 듯 보는 윤겸.

도끼   허, 허면 우리 막심이는 어찌 되는 겨. 저들이 무죄면 어찌 되는 겨 이?

규진의 손짓에, 막심이를 데리고 나오는 옥졸들.

쇠약해진 막심을 못 보겠는 태영.

외지부	현감 나리, 대명률 359조에 의하면, 무고의 죄는 반좌이니, 살인 혐의를 씌운 노비 막심은 응당 사형으로 처벌하여야 할 것입니다.
태영	현감 나리, 백도광의 일가를 살인죄로 무고하게 발고한 것은, 노비 막심이 아니라 그 주인인 저 옥태영입니다. 허나, 저들은 일부러 저를 고소하지 않고 막심을 고소하여, 양반을 능욕한 본보기로 죽이려 하고 있습니다.
외지부	억측입니다. 저희는 그저 법대로 죄인을 처벌해 달라는 것입니다.
규진	살인죄로 발고한 것은 막심이 아니므로, 무고한 반좌에 대한 처벌 또한 막심이 받지 않을 것이며, 양반을 모욕한 죄로만 처벌받음이 마땅하다.
외지부	노비가 양반을 모욕한 죄 역시 교형이옵니다.
양반들	(미소)
끝동	교, 교형? 목을 매단단 말이여?
태영	자신의 주인을 모욕한 것이 아니면, 교형에 해당하지 않습니다.
노비들	(안도)
외지부	(흠흠, 하며 법전을 뒤지는데)
태영	대명률 347조에 의하면, 양반을 모욕하는 경우, 관사에 제소하여 해결하지 않고 사적으로 처벌해선 아니 됩니다. 그럼에도 막심은 그 모욕으로 인하여 이미 폭행을 당하였고, 호된 옥살이도 했으니 무죄로 방면하시는 것이 옳다 할 것입니다.
일동	(혀를 내두르는)
태영	(쉴 틈 없이) 현감 나리, 어떤 부모가 자식이 억울하게 살해당하였는데, 참을 수 있겠습니까. 자식을 잃은 어미의 마음을 헤아려 주십시오!

송씨부인	내 아들과 내 집안이 그깟 노비 년과 니들 집구석의 모략으로
	처참하게 능욕을 당했는데 뭘 헤아려! 저년을 죽음으로 처벌하십시오!
도광	(간신히 참는) 제발...
규진	... 노비 막심은, 대명률 347조에 의거, 양반 모욕죄로, 장 10대에
	처한다.
송씨부인	고작 10대가 뭡니까! 저년을 당장 죽이란 말입니다!
끝동	뭐, 뭐여, 이게 이긴 거여 진 거여?
외지부	이쯤이면 이긴 것과 다름없습니다. 마님.
	꼴을 보아하니, 한두 대만 맞아도 죽게 생겼습니다.
태영	현감 나리. 옥고를 치른 몸으로 10대라니요!
도끼	이것은 말도 안 됩니다요! 한 대도 억울한디!
끝동	어찌 죽은 사람이 있는데 죽인 사람이 없단 말이여요!
태영	(형틀에 눕혀지는 막심을 보며, 가슴 아픈) 막심아.
도끼	아이고 저러다 우리 막심이도 죽게 생겼네 아이고오!

눕혀진 막심을 향해, 옥졸, 곤장을 높이 치켜들어 내리치려는데,

태영	멈추시오! (현감을 보며) 현감 나리, 살인죄로 발고한 것도
	모욕을 한 것도 접니다. 그 죄로 인해 벌을 받아야 한다면,
	제가 받는 것이 마땅할 것이니, 제가 장을 맞게 해 주십시오.

사람들, 충격으로 태영을 보는데...

어떤노비	시상에... 뭔 양반 아씨가 노비 대신 장을 맞겠다는 겨...
막심	아니, 아녀, 말도 안 돼유. 어서 쳐유 어서 날 때리라고!
송씨부인	아주 좋은 생각 아닙니까. 당장 그리하시지요 현감 나리.
김씨부인	(난처한) 안 될 말입니다. 어찌 천것들 앞에서 양반이 장을 맞는단
	말입니까.

송씨부인	그러니까요! 그보다 큰 모욕이 어디 있겠습니까. 안 그래요?

태영, 묶으라는 듯, 옥졸들에게 다가가고,
옥졸들 어쩔 줄 모르겠는데...

송씨부인	(옥졸에게) 뭣들하고 있어! 당장 묶어서 내리치지 않고!
	(현감에게) 현감, 뭐 하고 있는 겁니까 어서 치라 하세요! 치란 말이다!
도광	(견디다 못해) 제가 죽였습니다!

사람들, 놀라서 도광을 본다.

도광	(태영을 보며) 백이는... 제 정인이었습니다.
	(사람들에게) 백이는, 제가 어려서부터 연모한 여인입니다.
송씨부인	너 미, 미쳤어?

양반들 당황하고, 노비들 뭔가 싶은데,

규진	자백을 하는 것이냐.
송씨부인	자, 자백이라니요. 우리 아들은 아무 짓도 /
도광	맞습니다. 제가 백이를 불러내 함께 떠나자 했는데
	싫다고 거절하기에 화가 나서 죽여 버리고 자결로 위장했습니다.
백별감	입 닥치지 못해! 아닙니다. 현감, 아니야!
규진	백도광이 살인을 자백하였으니 구금한 후, 절차에 따라 재판한다.
송씨부인	돌석이가 그랬어요. 돌석이 찾아 와 돌석이 당장!
	도, 돌석이가 겁탈하려고 한 겁니다! 여보! 당신도 보지 않았습니까!

아무도 송씨부인의 말을 들어 주지 않는데...
옥졸들 막심을 형틀에서 풀어 주면, 달려오는 도끼와 끝동.

태영과 막심, 다 내려놓은 듯 편안하게 포박되는 도광을 본다.
안 돼~ 비명과 함께 넋을 놓는 송씨부인과
힘이 빠져 무릎을 꿇는 백별감.
양반들, 시선을 교환하더니, 일제히 관아를 빠져나가려는데,
불러세우듯,

규진　　　앞으로 청수현에서는, 집안의 규율로 가노를 처벌해선 아니 될
　　　　　것이오.

이좌수　　(발끈) 내 집안 노비를 다스리는데, 어찌 현감이 이래라저래라 할 수
　　　　　있소! 대문 안 노비들의 일에는 국법이 개입하지 않는 법인 걸
　　　　　모르시오!

규진　　　(교지를 들고) 관아의 벽장 안에서, 지난 3년간 장계하지 않은
　　　　　유향소에 관한 시정 요청을 발견하여, 뒤늦게 보고하였습니다.

　　　　　놀라서 보는 태영. 끝동,
　　　　　옆의 노비들에게 우리 아씨가 보낸 거, 우리 아씨가.
　　　　　유향소 양반 일동, 무슨 말인가 해서 보는 위로,

규진E　　향촌 질서를 바로잡아야 할 유향소가 어찌,
　　　　　자신들의 이득만 앞세워 백성을 수탈하고, 침학한단 말인가.
　　　　　노비 또한 비록 천민이긴 하나, 하늘이 낸 백성임이 분명한바,
　　　　　금후 청수현에서 노비의 죄를 진고하지 않고 처벌하거나,
　　　　　관비를 사사로이 부려 나랏일을 어지럽힌다면,
　　　　　국법에 따라 엄히 벌할 것을 명하노라.
　　　　　(교지 접고) 어명이오.

　　　　　어, 어명... 양반들은 충격이고,
　　　　　노비들은 진짜? 꿈이야 생시야~ 하는데...

규진, 태영에게 고개를 끄덕하면, 태영도 마주 인사한다.
미소로 보는 윤겸.

—— **S#40 언덕 위 (D)**

태영과 막심, 도끼와 끝동을 비롯한 옥씨 일가의 식솔들 서 있다.
태영, 백이의 화장한 가루를 멀리멀리 흩뿌리고 있다...

태영E   (함께 뿌리며) 다음 생애는,
　　　　　꼭 못다 한 사랑도 하고 행복해지렴... 백이야...

막심   ... 백이야. 우리 아가, 다음 생애는 꼭 양반으로 태어나...
　　　　　다음 생애는... 절대로 내 딸로 태어나지 말어...

—— **S#41 고을 초입 일각 (N)**

식솔들과 함께 돌아오는 태영. 기다리고 있는 윤겸을 보고 멈춰 선다.
식솔들, 먼저 가고 나면, 마주 서는 윤겸과 태영.

윤겸   서고의 책을 좀 돌려주셔야 할 것 같아서요.

태영   아, 어서 가져다 드리겠습니다.

윤겸   같이 가시지요. 제가 받아서 가겠습니다.

태영   그러시겠어요? (먼저 걸으면)

윤겸   백도광이 왜 그런 선택을 했을까요?

태영   백이를 향했던 마음을, 부정할 수 없었나 봅니다.

윤겸   아무튼, 외지부로서의 첫 승리를 축하합니다.

태영   처음이자 마지막입니다.

윤겸	(웃고) 그럼 도와준 보람이 좀 적은데요.
태영	(자리에 서서) 도련님을 닮은 사내가 정인이냐고 물으셨죠?
윤겸	(보면)
태영	... 그분은, 제 첫사랑인 듯합니다.
윤겸	...
태영	처음엔, 신분과 처지가 달라 외면할 수밖에 없었고,
	다음엔, 제가 해야 할 일 때문에 떠나자는 것도 거절했습니다만,
	주신 선물을 늘 간직하고 추억했으니, 그 마음은 연모가 맞겠지요.
윤겸	...
태영	이제야 알아 버려서, 그분께 제 마음을 전하진 못하지만,
	그 마음을 외면하고, 부정해선 안 될 것 같아서요.
윤겸	그 사람과 떠나지 않은 것을 후회하십니까?

하는데 배를 쥐고 다가오는 여 관노. 태영과 윤겸, 보면,

여 관노	아씨, 저 이제 쉴 수 있대유. 이게 다 아씨 덕분이구먼유...

태영, 다행인 듯 미소로 보면,
조금 앞서서 기다리는 식솔들과 그 옆으로,
집집마다 노비들이 나와 태영을 보다가
목례도 하고, 큰절도 하고, 손도 흔든다.

태영	(그들을 보다가 윤겸을 보며) 아뇨, 후회하지 않습니다.

─── S#42 옥사 (N)

달빛에 가만히 앉아 있는 도광의 손에, 하얀 조약돌.

태영E   다시는 볼 수 없다고 해도,

　　　추억이 사라지는 것은 아니니까요.

───── **S#43 태영의 방 (N)**

태영, 두 개의 관자를 보고 있는 데서... Out.

───── **S#44 충주 포목점 예복 전문점 (얼마 후, D)**

벽에 빼곡한 원단과 오색실,

반대편에는 행사용 의상들과 공연 의상들,

가게 안쪽으로는 가림막이 내려진 환복실도 있는

꽤 큰 규모의 의상점.

안에는 옷을 고르는 마님들과 아씨들로 가득한데,

몇몇, 한쪽을 손짓하며 좋아한다.

보면, 이 옷, 저 옷 대 보고 골라서 만석에게 넘기고 있는

가리개를 한 승휘다.

여인들, 천승휘다 꺄아~ 하면 손을 흔드는 승휘.

환복실로 와 가림막을 내리는 만석.

승휘　　(가리개를 벗고) 무슨 일로 포목점이 이리 붐비는 거야?

만석　　(눈치 보는) 방 못 보셨어요? 벌써 가뭄이 몇 달째라는데.

승휘　　(옷 대 보며) 가뭄이랑 방이랑 포목점에 사람 많은 게 무슨 상관인데?

만석　　그게요, 나랏님께서 음양의 조화를 맞춰야 비가 온다면서,

　　　　양반 처녀 총각을 무조건 혼인시키라 명을 내렸더라구요.

승휘　　(본다)

만석	그러니 저렇게들 혼례복을 맞춘다고 난리예요. 뭐 안 하면,
	집안 어른을 데려다 장을 50대를 친다나 뭐라나.
	근데 뭐 하늘님이 양반 평민을 어떻게 구별하신다고,
	우린 사람도 아닌가 꼭 그렇게 양반끼리만 하라고 그래? 쯔.
승휘	...
만석	하겠죠 뭐. 구덕이도. 그죠. 이제 양반이니까.
승휘	(옷을 내려놓고 가만히 마음을 다스리는)
만석	참 그래요. 어쩌다 이렇게 신분이 뒤바꼈는지.
승휘	그러게... 참으로 얄궂은 운명이로구나.
만석	저렇게 밖에 도련님만 바라보는 여인들이 한가득인데도, 속상하세요?
승휘	... 응. 전기수가 된 것이 후회될 만큼...
만석	(안타까운) ...

—— **S#45 태영 집 뒷마당 (D)**

바싹 마른 땅이 걱정되는 태영.
손가락으로 흙을 찔러 보고, 노회를 살핀다.

태영	왜 이렇게 비가 안 올까? 노회에 흙이 마를 정도라니, 논밭이
	걱정이네.
막심	(나물 광주리를 내려놓고) 논밭이 지금 문제가 아니잖아유 대체
	워떡해유.
태영	나도 모르겠어. 어떡해야 하는지.
막심	괜히 나 때문에...
태영	뭐가?
막심	그 사내유. 그때 그 사내 따라 야반도주했으면,
	이렇게 떠밀리듯이 아무하고나 억지 혼례는 안 했을 거 아녜유.

나 살리겠다고 괜히 남으셔 가지구.

태영　그럼, 이제라도 따라갈까?

막심　(놀라서 보는) 예?

태영　(웃고) 농담이야. 내가 가긴 어딜 가겠어.

막심　대체 이를 워쩌. 혼처를 구하긴 해야 할 건디. 백도광네 일이며, 뭐며,
　　　우리랑 사돈 맺단단 집이 없을 거인디...

───── **S#46 이좌수 집 사랑채 (D)**

다과를 나누는 이좌수와 김씨부인, 차춘식과 홍씨부인.

차진사　백도령은 들어 보지도 못한 섬으로 귀양을 가고,
　　　　백별감 댁은 패가망신하고, 유향소의 위신이 말이 아닙니다.

이좌수　관아에서 정보를 주던 관군들도 송주현과 교체한답니다. 그리고,
　　　　(눈치 보며) 공석인 별감 자리를 현감이 임명한다 통보하더군요.

홍씨부인　예? 그게 무슨 말씀입니까! 지난번 백별감에게 양보할 때,
　　　　　차기는 저희 나리께 주신다고 약조하셨잖습니까!

차진사　(자제하라는 듯 부인을 보고)

김씨부인　그 댁 따님의 혼처는 어찌 되어 갑니까?

홍씨부인　(뜬금없다는 듯) 갑자기, 그것은 왜요?

차진사　혹시, 생각하고 계신 묘수라도 있는 것입니까?

김씨부인　현감에게도, 혼기가 찬 아들이 있지 않습니까.

───── **S#47 태영 집 마당 (D)**

태영　현감 나리께서 나를 찾으신다고?

막심	왜? 뭣 땜시? 뭔 일로?
도끼	내가 워찌 알어. 내가 현감 나리여?
막심	가만, 잠깐, 설마! 혹시 우리 아씨를?
도끼	우리 아씨를 현감 나리가 왜, 뭘. 우짜는디.
막심	며느리 삼으시려는 거 아니냐고오!
도끼	(흥분) 워쪄! 이를 워쪄 (막심을 끌어안고) 아이고 좋다! 이?
태영	(어이없는) ...
막심	워메! 이런 경사가 워딨다! 당장 한양 계신 마님께 알려야겠네!
태영	(한숨으로) 나 간다.
막심	같이 가유! (도끼 얼굴 밀고) 면상 저리 안 치워! 아! 같이 가유 아씨!

———— **S#48 현감 집무실 (D)**

뭔가 할 말이 있는 듯 들뜬 얼굴의 규진과 나란히 앉은 윤겸.
마주 앉은 태영과, 뒤로 선 막심. 온갖 기대로 손발을 꼼지락대는데...

규진	(윤겸에게) 니가 추천을 했으니, 니가, 말해 보거라.
윤겸	아가씨... (보다가) 외지부를 해 보시는 게 어떻습니까?
막심	(기뻐서, 냉큼) 하지요! 하구 말구유!
일동	(막심을 보면)
막심	뭐라고 하셨지? 외, 외지부요? 혼, 혼사가 아니구요?
태영	(작게) 나가 있어 줄래? (규진에게) 말씀하시지요.
규진	저는 누구나 송사를 할 수 있는 공정한 청수현으로 만들고 싶습니다. 허니, 글을 모르는 백성에게 아가씨가 도움을 주시면 어떨까 합니다.

——— **S#49 관아 일각 (D)**

못마땅해서 흙을 발로 툭툭 후벼 파는 막심과
조금 떨어진 태영과 윤겸.

태영   (걱정과 설렘으로) 제가 외지부를 해낼 수 있을까요?

윤겸   지난번에도 짧은 시간에 잘 해내지 않았습니까.

태영   그때는, 제 식솔인 막심이와 백이의 일이었으니까요.

윤겸   청수현을 위해서, 3년 동안 시정 요청도 하시고, 돌석이까지
        챙기셨잖습니까.

태영   (당황해서 본다) 설마 돌석이 일을 현감 나리께 말씀하신 겁니까?

윤겸   뭐요? 아~ 낭자께서 돌석이한테 여비 주고, 변복시켜서,
        서쪽 끝에 있다는 낙인 노비들의 섬으로 도망 보낸 거?

태영   (놀라서) 진짜 이러실 겁니까? 작게 말씀하세요!

윤겸   (좀 크게 말하며 뒷걸음질) 사내대장부가 어찌 중얼거릴 수 있단
        말입니까! 헌데 낭자께서 죄인을 도피시켰다는 것을 들키면,
        주리를 틀 것인데!

태영   (하지 말라는 듯 쫓으며) 아 진짜, 조용히 말씀하시라니까요!

막심   (둘을 보다가, 한숨 절로) 염병들 허네...

——— **S#50 태영 방 (N)**

고민하듯, 반지를 만지는 태영.
떠오르는, **플래시컷 〉 1부 S#64 주막 일각**

진짜태영 나는, 어려운 사람들을 돕고 싶어. 나는 꼭 외지부가 될 거야.

태영　　(결심하듯) 해 볼게요 아씨...
　　　　제가 꼭 아씨 꿈을 이루겠습니다...

───　　**S#51 이좌수 집 사랑채 (D)**

　　　　향원들과 부인들, 다과를 놓고 태세를 전환한 표정으로, 규진을 보고
　　　　있다.

이좌수　백별감의 일은, 유향소의 좌수로서, 허물을 보지 못한 제 실수입니다.
　　　　앞으로 유향소는, 관아를 보좌하는 본연의 임무에만 충실토록
　　　　하겠습니다.
규진　　(보다가) 백별감 댁의 일로, 유향소와 척을 지는 것이 아닌가
　　　　염려했으나, 이리도 너그러이 말씀해 주시니, 참으로 기쁩니다.
차진사　아 그리고, 가뭄으로 힘든 우리 청수현의 백성들을 위해,
　　　　제 창고를 열어 구휼미를 내놓을까 합니다.
규진　　(차춘식을 본다) 차진사께서 그리해 주신다니, 감사할 따름입니다.
이좌수　아, 차기 별감을 임명하신다 들었는데, 괜찮으시다면, 적합한
　　　　세 분의 인재를 천거할 터이니, 그중에서 임명하시는 건 어떻겠습니까.
규진　　(보다가 끄덕인다) 좋은 생각이십니다.
김씨부인　마침 다들, 여식들이 있는데, 며느릿감도 같이 보시면 어떠실는지요.
규진　　(보면)
홍씨부인　이참에 혼기가 찬 자제분의 짝까지 이루시면, 일거양득이 아닙니까?
규진　　(미소로) 걱정하던 차였는데, 그 또한 좋은 생각인 듯합니다.
일동　　(만족스럽게 웃는)

윤겸 그러니까 지금 제 혼례를 관아와 유향소의 상생과 화합을 이루는
　　　정치적인 목적으로 이용하시겠다, 그 말씀입니까?

규진 (끄덕) 좋은 생각 같지 않느냐?

윤겸 유향소 별감과 사돈이 되시면, 앞으로 잘못을 처벌하기 힘드실 텐데요.

규진 반대로 내가 별감과 사돈이 되면, 그들도 자중할 터.

윤겸 허나, 제가 혼례 생각이 없는 걸 아시지 않습니까.

도겸 임금님께서 명하신 혼례입니다.
　　　명을 어기면 아버지께서 벌을 받으실 텐데 생각이 없다니요!

윤겸 네 일이 아니라 이거냐?

규진 혹시, (떠보듯) 마음에 둔 여인이라도 있는 것이냐?

도겸 저는 옥가의 태영 아가씨가 형님의 짝으로 좋을 듯싶은데...

윤겸 (딱히 말 못 하고 망설이는) ...

규진 (보다가) 망설일 거면 됐다. 차기 별감의 여식과 혼례를 하거라.

도겸 (실망스러운) ...

윤겸 ... 후보 중에, 별감으로 마땅한 분은, 계시구요?

규진 차진사가, 선뜻 구휼미를 내놓는 것이 인품도 재력도 넉넉해 보였다.
　　　무엇보다 그 여식도 셋 중에 가장 나아 보이더구나.

—— S#53 차춘식 집 선희 방 (D)

미모의 딸 선희의 채비를 도와주고 있는 홍씨부인.

홍씨부인 니가 현감의 며느리만 되면, 아버지의 별감 자리는 떼 놓은 당상이다.

선희 별감 자리뿐이겠습니까? 사돈만 된다면야, 좌수 자리도 시간문제지요.

홍씨부인 그런가? (좋아 죽는) 아무튼, 한미한 두 집안을 후보에 끼워 넣었고,

그 딸들은 워낙 박색이니까, 현감의 며느리는 분명 네가 될 것이야~

선희 (면경에 비춰 보며) 뭐 하러 그러셨어요. 경쟁했어도 제가 이겼을 것을.

―――― S#54 유향소 마당 (D)

대련을 마치고 쉬는, 윤겸과 도령 하나.

도령 선희 낭자랑 혼례를 한다고? 청수현 제일가는 미모의 선희 낭자?
　　　와 너 여인한테는 일절 관심 없는 척하더니, 제대로 골랐다?
윤겸 고른 거 아냐. 혼례를 명하시니 분부대로 따를 뿐.
도령 좋으면서~ 야 그럼, 네 총각 잔치는 애심각에서 하자.
윤겸 (어이없는) 뭐, 총각 잔치?
도령 야 거기 이번에 확장하더니, 죽이는 기녀들을 다 끌어왔다더라.
　　　그 핑계로라도 가자 응? (하다가) 야, 저기, 마침 온다. 니 신붓감.

윤겸, 소리에 보면, 또래의 여식 몇과 자모당을 향하던 선희도 멈칫.
선희, 화사한 미소로 윤겸에게 목례하면, 윤겸도 차갑게 마주
목례하는 데서...

―――― S#55 태영 집 일각 (N)

도끼 (새끼 꼬며 속상한) 현감 나리 자제분은, 차진사댁 여식이랑 혼례할
　　　거랴.
막심 미쳐 죽겠네. 대체 이를 워쩌. 우리 아씨 어디로 시집을 보낸단 말이여.
도끼 알아보니께 웃마을 장생원 댁 아들이 아직 혼담이 없다는디.
막심 왜 없었어 왜! 쓸 만한 거 눈 씻고 찾아봐도 없는 거지 집구석에,

시에미 자리가 몹쓸 년이여. 게다가! 그 아들놈 면상 봤냐?

너보다 못났어. 내 살다 살다 너보다 못난 놈은 첨 봤다니께.

도끼 　듣자 허니 그거이 시방 칭찬이여 욕이여.

막심 　아무튼 안 돼! 다시는 말도 꺼내지 말어! 알겠어?

도끼 　알겠으니께 거 승질 좀 내지 말어.

막심 　아니 근데! 현감 나리는 며느리 삼을 것도 아님서 집으로는 왜 부른대! 왜!

도끼 　내가 부른겨? 거 승질 좀 내지 말라니께!

───── **S#56 규진 집 마당 (N)**

규진, 도겸과 마주 선 태영. 책 보따리를 들고 먼저 나가는 끝동.

도겸 　여인의 몸으로 외지부라니, 참으로 훌륭하십니다.

태영 　(미소로) 현감 나리가 아니셨으면, 꿈도 못 꿨을 것입니다.

규진 　다양한 송사의 기록들을 챙겼으니 잘 읽어 보세요.

　　　앞으로, 청수현에 큰 도움이 될 것을 기대합니다.

태영 　(불편한) 현감 나리, 부디 말씀을 낮춰 주세요.

규진 　그럼 그럴까?

윤겸 　(들어오며 반가운) 아가씨가 와 계셨군요.

태영 　가려던 참입니다.

규진 　모르는 건 언제든 집에 들러서 물어보고,

　　　날이 어두웠으니, 윤겸이가 아가씨를 좀 모셔다 드리거라.

태영 　아닙니다. 식솔이 함께 왔으니 괜찮습니다.

　　　(윤겸을 보고) 혼사를 앞두셨는데, 괜한 구설에 오르실까 염려됩니다.

　　　그러니, (규진에게) 모르는 게 있으면 댁으로 찾아뵙는 것보다는,

　　　학당의 교수님께 여쭙는 것이 좋을 듯합니다.

규진	내가 생각이 짧았구나. 교수에게 말해 놓을 테니, 조심해서 가 보거라.
도겸	(가는 태영을 보며) 어째서 옥가의 아가씨는 안 되는 것입니까.
윤겸	그야 별감을 사돈으로 맞으시려는 아버지의 뜻을 거역할 수도 없고 /
도겸	언제부터 그렇게 아버지 뜻에 따르셨다고...
윤겸	어른들의 세상은 훨씬 더 복잡한 법이니라. (도움 청하듯) 안 그렇습니까? 아버지.
규진	아우만도 못한 놈.

가 버리는 규진과 도겸을, 복잡한 심경으로 보는 윤겸에서...

───── **S#57 규진의 집 앞 (N)**

나오는 태영, 보따리를 든 끝동과 가는데, 지나가던 차춘식.
가는 태영과 규진의 집을 번갈아 보고 불쾌한 표정을 짓는다.

───── **S#58 자모당 (D)**

부인들, 선희와 아씨 몇에게 자수를 지도하고 있다.

홍씨부인	현감 댁에서 선물 보따리를 잔뜩 받아 들고 갔다는 걸 보니, 현감이 아들 혼례만 아니라, 이참에 재가할 생각인가 봅니다.
이씨부인	진작 알아봤습죠. 백별감 사건부터 둘이 죽이 잘 맞았잖아요.
김씨부인	참으로 생각할수록, 영악한 여잡니다. 혼례는 해야 하는데, 마땅한 혼처가 없으니, 현감의 재취 자리에 앉아 권력을 쥐겠다라...
홍씨부인	옥가의 여식이, 우리 딸의 시어머니가 된다면! (부들부들) 내 안사돈이 된다면!

선희	비단, 우리 집안만의 문제는 아니리라 생각됩니다.
부인들	(걱정되는)
홍씨부인	필경, 이 자모당까지 들어와 헤집을 것이 뻔할 거라구요!

___

S#59 유향소 마당 (D)

학당의 교수와 마주 인사하는 태영, 교수 들어가면, 밖으로
나오는데... 그 앞으로 선, 김씨부인과 홍씨부인과 선희.
태영, 목례하고 가려는데,

선희	(걱정하듯) 어린 도련님도 있는데, 밤중에 무슨 짓이니?
태영	(무슨 말이냐는 듯 본다) 무슨...
홍씨부인	(급발진하는) 도륙 난 집안의 딸년이,
	화적 떼에게 농락당한 더러운 몸으로 어딜 들이대!
	그렇다고 네까짓 게, 성씨 가문의 안주인이 될 성싶으냐?
선희	(말리듯) 어머니 고정하세요.
홍씨부인	(김씨부인에게) 솔직히, 우리가 뜯어말린다고 될 일이겠습니까?
	젊은 년이 작정하고 꼬시면 제아무리 현감이라도 넘어갈 밖에요.
선희	제가 시아버님을 잘 설득할 테니 심려 마세요. 어머니.
김씨부인	(태영에게) 필요하다면, 다른 혼처를 알아봐 주마.
	현감과 너희 집안은, 결코 아니 될 말이야. 알겠느냐?
태영	(보다가) 그간 나와 우리 집안에 대한 흉문을 무시한 이유는,
	사실이 아니었기 때문이었습니다만, 참는 것은 오늘이 마지막입니다.
홍씨부인	뭐야? 참지 않으면 니가 어찌할 건데!
태영	한 사람도 빠짐없이 모욕죄로 발고해, 죗값을 치르게 해 드려야지요.
	허니, 더는 근거 없는 말들로 저와 제 집안을 능욕하지 마십시오.
선희	근거가 왜 없어? 니가 그 집에 드나드는 걸 똑똑히 본 사람이 있다.

태영	외지부를 권하서서, 송사 기록문을 받으러 간 것뿐입니다. 그러니, 더는 현감 나리를 욕되게 하는 망발을 해선 안 될 것입니다. (홍씨부인과 선희를 보며) 가족이 되실 분들이라면 더더욱.
선희	오해받기 싫으면, 외지부고 뭐고, 다신 접근을 하지 마. 알겠니?

더 말하려는 홍씨부인을 끌며 가는 선희와 김씨부인.
태영, 가라앉히듯, 심호흡하고 돌아서다, 서 있는 윤겸을 본다.
윤겸, 경멸의 눈으로 가는 선희와 홍씨부인 쪽을 보다가,

윤겸	엿듣는 게 취미는 아닌데, 어쩌다 보니 다 들었네요. 오해를 받게 해서 미안합니다. (더 말하려는데)
태영	이리 또 말을 나누면, 더 오해받습니다. 그럼.

급히 가 버리는 태영을, 복잡한 심경으로 보는 윤겸에서...

───── **S#60 차춘식 집 앞 (얼마 후, D)**

분노로 부들대며 빠르게 집으로 오고 있는 차춘식.

───── **S#61 차춘식 집 대청마루 (D)**

홍씨부인	문진사가 별감으로 임명되다니요! 그자는 별감 후보도 아니잖아요!
차진사	현감은 애당초, 좌수의 제안을 받을 생각이 없었던 것이야... 이리 뒤통수를 칠 줄이야. (퍼뜩) 아 내 쌀, 아까운 내 쌀!
선희	허면 혼례는요? 혼례는 어찌 되는 겁니까 아버지!
차진사	(이 악물고) 아들의 혼례는 한다 들었다.

홍씨부인   아니, 그 집안은 딸도 없지 않습니까!

선희   대체! 혼례를 누구랑 한답니까?

────── **S#62 태영 집 마당 (D)**

태영, 노회를 돌보다 인기척에 돌아보면, 들어오는 한씨부인.

태영   하, 할머니! (달려가 끌어안고) 연통도 없이 어찌 오신 거예요?

한씨부인   (팔을 풀고 태영을 어루만지며) 한시가 다급해서, 급히 오느라 그랬다.

태영   (놀라서) 왜요. 무슨 일이신데요.

한씨부인   (함박웃음으로) 한양으로 청혼서가 왔지 뭐니.

태영   청혼서요?

경과 〉 대청마루 (D)

한씨부인과 마주 앉은 태영.

마루 근처에 잔뜩 기대로 들뜬 식솔들 서 있다.

한씨부인, 푸른 비단과 붉은 비단으로 엮은 천을 펼쳐,

편지를 꺼내 읽는다.

한씨부인   지혜가 깊고 영리하며, 심성이 따뜻한 그 댁의 영애를,

              부족한 제 첫째 아들 성윤겸의 배필로 허락해 주시길 청합니다.

태영   (본다)

막심   맞지! 현감 나리 아드님 맞지 워메!

도끼   (입 막고) 아 쪼까 기다려 봐~ 안즉 안 끝났응게~

한씨부인   어떤 역경이 닥쳐도, 견고한 지붕과 울타리가 되어 지킬 것이며,

규진E   어떤 고난도 함께 헤쳐 나갈 것을...
규진   (잠시 붓을 멈추고 윤겸을 본다) 네 마음이 확고한 것이냐.
윤겸   예. 제가 태영 아가씨와 혼례 하고 싶습니다.
도겸   (만족스러운) 진작 그러셨어야지요. 형님.

——— S#64 태영 집 대청마루 (D)

한씨부인   가족 모두가 뜻을 합쳐 약조하오니, 혼사를 허락해 주시면,
          저희 집안의 경사요, 광영이겠습니다. 창녕 성씨 후인 규진.

          식솔들, 다들 너무 좋아서 말도 못 하는데,
          폴짝거리는 끝동을 시작으로,
          다들 덩실거리고 소리 지르고 난리인데,
          오로지 태영만 걱정스러운 표정...

——— S#65 관아 일각 (D)

윤겸   이로써... 유향소와의 상생은 없던 일이 되겠네요.
규진   애당초 유향소와 상생은 생각도 하지 않았느니라.
윤겸   (본다) 예?
규진   최측근인 차진사를 별감에 앉히고, 나와 사돈까지 맺게 해,
          내 손발을 묶겠다는 이좌수의 뻔한 계획에 내가 말려들 거라
          생각했느냐?
윤겸   언제는 좋은 제안이라 하셨잖습니까. 설마, 저까지 속이신 겁니까?

규진	그것이 전술이라는 것이다. 무관을 하겠다는 녀석이 그리 둔해서야...
윤겸	허면, 혹시 처음부터 태영 아가씨를 며느릿감으로 생각하신 겁니까?
규진	아니면, 내가 뭐 하러 가까이 두고 지켜보았겠느냐.
윤겸	그럼 왜 처음부터 태영 아가씨랑 혼례 하라 안 하셨습니까?
규진	니가 망설였지 않더냐.
윤겸	...
규진	혼례라는 것은, 한 여인의 삶을 송두리째 가져오는 것이다.
	평생을 책임질 각오도 없이 떠밀려서 혼례 하지 않도록,
	너 스스로 마음먹고 결정하길 기다렸던 것뿐이다.
윤겸	... 저는 제가, 태영 아가씨에게 턱없이 부족하다 생각했습니다.
규진	그 마음을, 평생 갖고 살거라. 평생을 아끼고, 존중하고,
	어떠한 일이든, 상의하면서 살아가면 되는 것이야.
윤겸	예...
규진	뭐 그것도 태영이가, 청혼을 받아들였을 때 얘기지만.
윤겸	(생각해 보지도 않은) 예? 서, 설마요.

———— S#66 한씨부인 방 안 (D)

한씨부인	어찌 망설이는 게야.
막심	그러니께유. 그런 시아버지 자리가 세상에 워디 있대유.
	게다가, 신랑감은 청수현 최고로 잘난 사내대장부인디.
태영	... 두 분은 제가 왜 이러는지 아시잖아요.
	만약에 혼례 했다가 제가 누군지 들키기라도 하면요.
	옥씨 집안은 물론이고 성씨 집안까지 사달이 날 거라구요.
막심	안 들킨다니께유. 여~태 안 들켰는디 뭔 걱정이래요.
	쓰개치마 벗고 다녀도 아무도 몰랐잖아유.
태영	혼례해서 아이를 낳으면요. 그랬다가 들키면요.

저는 능지처참을 당하고 아이들은 모두 끌려가 노비가 될 것입니다.

막심 얼레? 혼례 안 하신다더니, 애 낳을 생각은 하신 거예유? 오흐흐~

태영 내 말이 지금 그런 뜻이 아니잖아.

한씨부인 이를 어쩐다... 혼례를 안 하면 내가 잡혀가 장을 맞을 터인데...

난 (콜록) 아마도... 몇 대만 맞으면 숨통이 끊어질 것이야.

막심 어차피 나랏님 명이라, 누구랑 해도 해야 할 혼례인디,

정 현감 나리 댁이 싫으믄, 장생원 댁으로 가시면 되겠네.

그 집은 며느리 보면 아들 열둘을 낳게 할 거라던디?

태영 (놀라서 보는)

한씨부인 무슨 일이 생기면, 내가 책임을 질 것이니 겁내지 말거라.

태영 제가 아씨 대신, 혼례까지 해도 되는 걸까요?

한씨부인 대신이라니, 넌 누가 뭐래도 내 손녀 태영이다.

(보다가) 백이의 억울함을 푼 것도 너고, 막심이를 구한 것도 너야.

그로 인해 현감의 눈에 든 것도 다 네가 만들어 낸 인연이야.

태영 (그래도 걱정되는) ...

—— **S#67 저자 세책방 일각 (D)**

심란한 듯 나오는 태영. 자신을 기다린 듯 서 있는 윤겸을 본다.

—— **S#68 저자 일각 조용한 곳 / 저자 (D)**

윤겸 허혼서를 왜 미루십니까?

설마 제 청혼을 거절할 생각입니까?

태영 도련님께서는, 왜 저와 혼례를 하시려는 겁니까?

저야 혼처가 마땅치 않다지만, 도련님은 다르시잖아요.

유향소에서도 사돈 자리를 기대했을 터인데 어찌 마다하시고...

윤겸 아버지께서 다 감안하고 내리신 결정이십니다.

태영 설마, 자모당 부인들이 오해한 것을 현감 나리께 말씀하셨어요?

윤겸 아니요. 저 그리 입이 가벼운 사내는 아닙니다.

태영 허면, 대체 왜 저입니까. 제게 정인이 있다는 것도 아시잖습니까.

윤겸 함께 떠나길 거절했고, 이별한 것을 후회하지 않는다셨잖습니까.

게다가 전기수라면 신분도 달라 혼례 할 수도 없을 테구요.

태영 ...

윤겸 뭐, 정인이 나랑 똑같이 생겼으니,

나를 그자라고 생각해도 상관없습니다.

태영 (어이없이 보는)

윤겸 어차피 하셔야 할 혼례입니다. 듣자 하니 혼처라고는

윗마을 장생원 댁 장필주밖에 없다면서요.

그자보다는 내가 낫지 않습니까.

태영 도련님.

윤겸 기어이 할머님께서 장을 맞게 두실 겁니까?

태영 (보다가) 그건 다 제 사정일 뿐입니다.

왜 제게 혼례를 청하셨는지, 아직 답을 하지 않으셨어요.

윤겸 (보다가) 나는, 내가 알고 있는 모든 여인 중에서 낭자가 제일

좋습니다.

태영 (뜻밖이라는 듯)

윤겸 낭자의 이상이 나의 이상과 같고, 나는,

내가 하는 모든 일에 대해 낭자가 어찌 생각하는지 궁금합니다.

헌데, 낭자가 다른 자와 혼례를 한다면,

우린, 대화조차 할 수 없겠지요.

나는 그것을 견딜 수 없을 것 같습니다.

태영 ...

윤겸 답이 되었습니까?

태영	(죄책감으로) 답을 듣고 나니, 더 안 되겠습니다.
윤겸	(답답한) 대체 왜요!
태영	결코, 세상에 알려져선 안 될 비밀이 제게 있다면요?
윤겸	(보다가) 비밀이 없는 사람은, 세상에 없습니다.
	숨기세요. 아무도 모르면 될 일입니다.
태영	저는, 도저히 그리는 못 하겠습니다.
윤겸	허면 비밀을 말해 주세요. 지켜 드리지요.

태영, 보다가, 안 된다는 듯 고개를 젓고 돌아서서 가 버린다.
답답한 듯 따라오는 윤겸. 둘, 골목을 빠져나와 소란한 저자로
나오는데,

윤겸	(돌려세우며) 말이 끝나지 않았는데 이리 가 버리시면 어쩝니까.
태영	(못 견디고) 도련님께서 혼례 하고 싶은 사람은 제가 아닙니다.
윤겸	예?
태영	도련님의 이상과 같은 이상을 가진 아씨는 제가 아니라구요.
윤겸	(보다가) 아니면 누굽니까? 낭자의 또 다른 자아입니까?
	무슨, 분열증 행세를 할 정도로 제가 싫으신 겁니까?
태영	그게 아니라. 도련님 저는, 진짜 제가 아닙니다.
윤겸	네? 대체 그게 무슨 말입니까.
태영	저는, (말이 잘 안 나오는)
	김낙수 나리의 여식인 소, 소혜 아씨의 몸종 /

하는데, 태영의 눈에 들어오는, 소혜다.
믿어지지 않는 눈으로 보는 태영의 눈에,
거칠어 보이는 왈패 몇을 거느리고 오고 있는 소혜.
왈패들, 구덕과 개죽을 찾듯, 등을 보이는 노비들을 확 재껴 본다.
숨이 턱 막혀 오는 태영. 윤겸, 무슨 일인가 해서 태영을 보는데,

태영, 몸이 벌벌 떨리고 발이 떨어지질 않아 도망치지도 못하고,
여기저기 보며 다가오던 소혜와 정면으로 눈이 마주치는 데서...

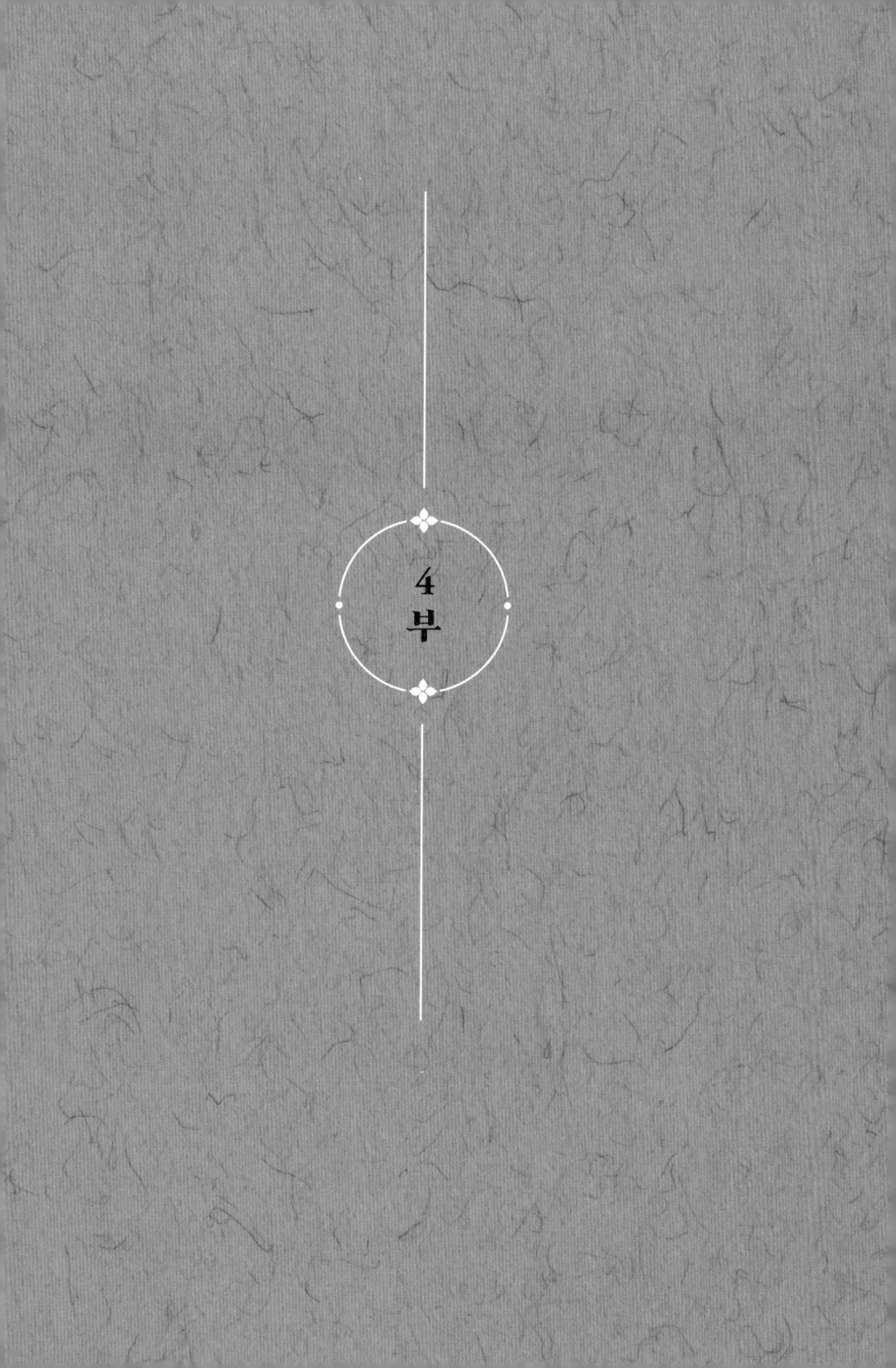

4
부

S#1 저자 일각 조용한 곳 (D) [3부 엔딩씬 연결]

태영   도련님 저는, 진짜 제가 아닙니다.

저는, (말이 잘 안 나오는)

김낙수 나리의 여식인 소, 소혜 아씨의 몸종 /

하는데, 태영의 눈에 들어오는, 소혜다.

거칠어 보이는 왈패 몇을 거느리고 오고 있는 소혜.

숨이 턱 막혀 오는 태영. 떠오르는,

플래시컷〉 1부 S#39 김낙수 집 마당

소혜, 분을 못 참고 몽둥이를 빼앗아 구덕이를 죽어라 때리고 있다.

플래시컷〉 1부 S#41 김낙수 방 안

소혜의 머리에 요강을 부어 버리는 구덕, 소혜의 끔찍한 비명.

현재〉 밀려오는 기억에 몸이 덜덜 떨려 오는 태영,

윤겸, 무슨 일인가 해서 태영을 보는데, 태영, 발이 떨어지지도 않고,

여기저기 보며 다가오던 소혜와 정면으로 눈이 마주치는데...

연결〉소혜, 태영을 빤히 보지만, 이내 시선을 돌린다.

태영, 못 알아보는 건가 의아한 채로 숨죽여 보는데,

소혜, 왈패들에게 저쪽으로 가 보라는 듯 손짓한다.

윤겸	괜찮으십니까? 왜 (하며 돌아보려는데)
태영	(윤겸의 양팔을 붙들고) 돌아보지 마세요.

태영과 윤겸 꼭 붙들고 있는데, 다가오던 소혜,

그런 둘을 흘깃 보더니 그냥 스쳐 지나가고 나면,

태영, 돌아서서 윤겸과 함께 사람들 틈으로 걷는다.

가다가 휙, 돌아보고 갸웃하는 소혜를 의식하며 걷는 태영에서...

───── **S#2 일각 (N)**

아직도 떨려 오는 팔을 꼭 붙들고, 숨듯이 홀로 앉아 있는 태영.

인기척에 화들짝 놀라서 보면, 빠르게 태영에게 오고 있는 윤겸이다.

윤겸	왈패들과 그 아가씨는, 송주현으로 넘어간 듯합니다.
	주막에서 들은 바로는, 얼마 전에 나타난 부녀지간을 찾고 있다 하니,
	아버지와 헤어진 것도, 양반으로 사는 것도 짐작하지 못하는
	듯합니다.
태영	... 아직도 쫓을 거라 생각은 했지만, 여기까지 올 줄은 몰랐습니다.
윤겸	자기 몸종인 구덕이에게 혼담이 오가던 사내를 뺏기고,
	요강까지 둘러썼는데, 저라도 저승까지 쫓겠습니다.

태영, 웃음도 나오지 않는, 물끄러미 윤겸을 본다.

미소로 곁에 앉는 윤겸.

태영	많이, 놀라셨지요.

태영　　많이, 놀라셨지요.

윤겸　　어떤 비밀도 받아들일 생각이었지만, 놀라긴 했습니다.

　　　　혼사를 거절한 이유가 저 때문이 아니라 다행이었구요.

태영　　아무리 해야 한다고는 하나, 저는, 혼사가 두렵습니다.

　　　　제 몸 하나, 어쩔 수 없이 양반 행세를 한다고 해도,

　　　　혼사를 하면 후사가 생길 것인데, 어찌 노비의 자식이,

　　　　감히 양반가의 대를 잇는단 말입니까...

윤겸　　...

태영　　부탁드립니다. 도련님, 반드시 비밀로 해 주셔야 해요.

윤겸　　(보다가) 제가, 행여 비밀을 발설할까 걱정되시는 거라면,

　　　　결코 알려져선 안 될 제 비밀을 말씀드릴까요?

태영　　... 도련님의 비밀이, 어찌 제 비밀에 견줄 수 있겠습니까.

　　　　들키면 목숨이 달아날 비밀이, 도련님께 있을 리가요.

윤겸　　... 나 또한, 혼례를 원치 않았습니다.

태영　　(본다) 그것이 비밀입니까?

윤겸　　그 이유가, 비밀이겠지요.

태영　　말씀해 주세요. 저 또한, 영원히 그 비밀을 지켜 드리겠습니다.

윤겸　　(조금 망설이다 결심한 듯) 난 여인을 품을 수 없습니다.

태영　　... 예?

당황하고 놀란 눈으로 보는 태영을 보며, 씁쓸하게 웃는 윤겸.

윤겸　　이 비밀이 밝혀지면, 나 또한 죽음을 면치 못할 것입니다.

　　　　그러니, 솔직하지 못했던 것을 용서하세요.

태영　　(아프고 안타깝게 보는) ...

윤겸　　날 한번 구해 준다고 약조하셨지요?

태영	(본다) 예.
윤겸	허면, 나와 혼인을 해 현감의 며느리가 되세요,
	낭자에게 가장 안전한 피난처가 될 것입니다.
태영	(본다)
윤겸	그것이 낭자도, 나도 사는 길이라 생각되어서요.
	그리된다면, 누군가 낭자를 알아본다고 해도 그저,
	현감의 며느리와 닮았다며 넘어가면 그뿐일 것입니다.
	아시다시피 세상엔, 똑같이 생긴 사람이 더러 있으니까요.

───── **S#3 태영 집 마당 (D)**

승휘, 자신임을 감추려, 평범한 옷을 입고 부채로 얼굴을 가린 채,
발 디딜 틈 없이 잔뜩 들뜬 구경꾼들 사이에 만석과 함께 서 있다.
흐뭇하게 보고 있는 한씨부인과 규진,
예의상 참석한 표정의 유향소 양반, 부인 등.
호화로운 병풍과 원앙 화문석 등으로 차려진 초례상 앞,
화려한 활옷을 차려입은 태영이 먼저 절하고 일어선다.

승휘	... 상상했던 것보다, 훨씬 곱구나.
만석	그러게요. 저게 어딜 봐서 꼬질꼬질하던 구덕이야.
	주인댁 아씨가 봐도 절대 몰라보겠는데요?
승휘	(됐다는 듯) 가자.
만석	왜요? 막상 보니까 막 가슴이 찢어 문드러지십니까?
	그러길래 왜 굳이 굳이 찾아와서 심장에 대못질을 해요?
승휘	예인에게는 상처조차 작품의 밑거름이 되는 법이다.
만석	아~ 그럼, 상처 난 곳에 소금도 팍팍 뿌려 봅시다. 작품을 위해,
	(끌며) 이왕 왔는데 신랑 얼굴까지 제대로 보자구요.

마침 절을 하고, 태영과 나란히 서는 윤겸의 옆모습을 보는 승휘와
만석.
윤겸, 사람들의 웃음소리에 미소로 승휘와 만석이 있는 쪽을 본다.
만석은 으잉? 눈을 비비며 승휘와 번갈아 윤겸을 보고,
승휘는 그저 씁쓸한 얼굴로 윤겸과 태영을 보는 데서...

—— **S#4 고즈넉한 오솔길 (D)**

나란히 걷고 있는 승휘와 만석. 만석 혼자 머리가 복잡하다.

만석	어떻게 저렇게 똑같이 생긴 사람이 있을 수 있죠?
	혹시, 도련님 쌍둥이셨나? 아, 어머님께서 혹시,
	대감마님 말고도 현감 나리랑도, 그? 응? 그...
승휘	그 뭐 뭐! 뭐 어디가 닮았다고 이리 호들갑인 게야.
만석	닮은 정도가 아니라 완전 똑같다구요. 분신술 쓰신 줄 알았다니까?
승휘	이목구비가 반듯하고 멀끔하긴 하더라만, 닮은 건 모르겠던데?
만석	진짜요? 나 같으면 면경 보는 줄 알았을 거 같은데.
승휘	그래? 흠... 그렇다면 말이야. 왜 날 닮은 자랑 혼례를 했을까?
	혹시 나를 잊지 않으려고 그런 걸까? 아니면 나를 잊지 못해서?
만석	... 얘기가 왜 그쪽으로 가지?
승휘	이상하잖아. 니 말대로 그자가 그토록 날 닮은 것이라면,
	하필이면 대체 왜 굳이 굳이 그자와 혼례를 했느냐는 말이지.
만석	그야~ 얼굴이 똑같으면 나 같아도 현감 아들이죠.
승휘	왜? 내가 뭐 어디가 어때서, 나 인기 장난 아닌데?
만석	그야 예인으로서의 인기지 사내로서의 인기는 솔직히 아니죠.
승휘	솔직히?
만석	예, 솔직히, 겁나 부자에 무예도 출중하다는 현감 댁 아드님이,

집도 없이 팔도를 떠도는 서자 출신의 전기수 나부랭이보다야
백번 낫죠.

승휘   솔직함을 핑계로 (귀 잡아당기며) 선 넘지 마! 선!

만석   (놓고) 아무튼! 어차피 신분 차이 때문에 혼례 못 할 사이잖아요!
이제 제발 구덕이한테 관심 딱 끄고 지긋지긋한 충청도 좀 뜹시다!

승휘   이상도 하지, (돌아보고) 왜 이리 발이 무거운 것일까.

만석   걱정하지 마세요. 현감 아들이 오죽 잘 지켜 주겠습니까?

승휘   머리로는 알겠는데... (불안한 듯) 이상하게 자꾸 불길한 마음이
들어...

──── **S#5 차춘식 집 사랑채 (N)**

술 마시고 있는 이좌수와 차춘식 옆으로, 홍씨부인과 김씨부인.

홍씨부인   (부들부들) 내 딸을 감히, 닭 쫓던 개를 만들어?

차춘식   (술잔을 쾅 놓고) 이 망신을 대체 어쩐단 말입니까!

이좌수   현감에게도 반드시 약점이 있지 않겠소.
내, 그 약점만 손에 쥐게 된다면,
현감의 목을 비틀어 숨통을 끊어 놓을 것이오.

──── **S#6 규진 집 앞 (D)**

규진과 도겸, 기쁜 얼굴로 기다리고 있는데,
윤겸이 탄 말과 태영이 탄 가마 뒤로, 짐을 실은 수레와,
도끼, 막심, 끝동이 함께 오면, 식솔들 다가가 맞이하고,
함께 짐을 내린다.

규진과 함께 기다리던 도겸, 가마 앞으로 달려가서 폴짝폴짝 뛰면,
윤겸, 말에서 내려 가마를 열고 태영의 손을 잡아 내려 준다.
반가이 맞이해 주는 도겸과 규진을 보며, 미소 짓는 태영에서...

───── **S#7 규진 집 서재 일각 (D)**

사방에 책이 한가득 꽂혀 있고, 중앙에 커다란 책상이 놓여 있는
방으로 들어오는 넷.

태영　　(놀라서) 정말 제가 이곳을 써도 되는 것입니까?

도겸　　물론입니다. 형수님만을 위한 서재인걸요.

윤겸　　아버지께서 관아 앞에 외지부 집무실도 마련해 놓으셨습니다.

태영　　(놀라서 규진을 본다)

규진　　관아도 드나들어야 할 테고 의뢰인도 받아야 할 테니 필요할 것
　　　　같아서.

태영　　(감사함으로) 외지부뿐만 아니라, 성씨 집안의 며느리로도,
　　　　부족함이 없도록 최선을 다하겠습니다. 아버님.

규진　　(애틋하게 보며) 부모님도 일찍 돌아가셨는데
　　　　나를 아버지라 생각하고 의지하려무나.
　　　　최선을 다해 든든한 기둥이 되어 주마.

태영　　(감사한) ...

규진　　(둘을 보며) 그저 두 사람이 서로 존경하고 존중하며 살면 되는
　　　　것이다. 그러다, 할아버지~ 하고 불러줄 손주를 낳아 주면
　　　　금상첨화고...

일동　　(규진을 본다)

윤겸　　(난처한 듯) 아버지도 참, 너무 서두르시는 거 아닙니까?

규진　　(도겸에게) 내가 좀 그랬나?

도겸	예. 제가 다 민망합니다.

규진과 도겸 웃고, 태영과 윤겸도 함께 어색하게 웃으며 마주 보는
데서...

───── **S#8 규진 집 행랑 (D)**

식솔들이 입는 단체복을 입은 도끼, 끝동, 막심, 술상을 보고 있다.

도끼	이 집은 뭔 노비들한테 옷을 맞춰 주고 그런댜. 나 워뗘?
끝동	왐마, 열 살은 족히 젊어 보이는디? 장가가도 되겄네.
막심	장가 같은 소리 허네. 야 이 의리 없는 것아.
	언제는 옥씨 집안에 뼈를 묻는다더니. 대체 왜 따라온 겨?
도끼	얼레? 따라오다니, 나 정정당당하게 짱깨뽀 해서 이긴 사람이여~
	글고, 나만 온 겨? 끝동이도 왔잖여. 왜 나한테만 그려?
막심	야는 야무지니께 아씨 마님이 따로 쓸데가 있다고 하시자녀.
도끼	듣자 하니 나 참말로 섭섭하다 막심아. 넌 나랑 떨어져 살아도
	괜찮은 겨? 난 아무리 욕을 바가지로 처먹어도,
	아침저녁으로 니 얼굴 봐야 사는디?
막심	난 아침저녁으로 니 얼굴 보면 천불이 치솟어.
도끼	참말로? 나, 그 정도로 별로인 겨?
막심	별로 정도여? 못난 거로 과거 시험을 보면 장원 급제감이여~
도끼	좋은 거네? 장원 급제감이면 좋은 거잖여. 그지.
끝동	(상에 술병을 놓다가 인상) 워메. 이건 뭔 술인디 냄새가 이리
	지랄 맞은 겨?
도끼	(술병을 들고) 요것이 바로. 삼지구엽초로 만든 음양곽주여.
	포목점 공씨가, 이거 둘러 마시고 아들만 여섯을 낳았잖여.

아 글씨! 이걸 마시면 팔순 노인네 오줌발도 천 리를 간디야!

───── **S#9 규진 집 태영 방 안 (N)**

원앙금침 앞으로 술상을 놓고 마주 앉아 있는 태영과 윤겸.
태영, 윤겸 잔에 따라 주면 윤겸 지독한 냄새에 코를 찡긋한다.
태영도 덩달아 인상을 쓴다. 윤겸, 잔을 상에 내려 놓으면,

태영　　덱에 오셨으니 이제 편히 서방님 방에서 주무세요.

윤겸　　(본다) 그래도 되겠습니까?

태영　　무과 복시가 있어, 훈련하시려면 편히 주무셔야 한다고
　　　　식솔들에게 일러 놓겠습니다.

윤겸　　안 그래도 별시 전에는 훈련하느라 못 들어오는 날이 더러 있을
　　　　것입니다.

태영　　(신경 쓰인 듯) 헌데, 아버님께서 후사를 기다리시는 것이 걱정입니다.

윤겸　　아들이 저 하나뿐인가요. 형망제급이란 말이 있듯,
　　　　형이 자식이 없으면 동생이 대를 이으면 되지요.
　　　　행여, 부인이 흠 잡히지 않도록,
　　　　뭐든 내 탓으로 할 터이니 걱정 마세요.

태영　　(알겠다는 듯 끄덕이고) 한 잔 더 드릴까요?

윤겸　　아, 그만이요. 좀 나가 봐야 할 것 같습니다.

태영　　이 시간에요?

윤겸　　해야 할 일들이 조금 밀려 있어서요.

태영　　(알겠다는 듯 보는)

S#10 애심각 애심원 정원 (N)

윤겸, 목검을 들고 몇 소년들에게 검술을 가르치고 있는데,
나오는 악공 옷의 해강.

윤겸   (해강을 보고 아이들에게) 오늘은 이만하자꾸나.
       (아이들과 함께 목검 등을 정리하며 해강에게) 문수가 합류하는 대로
       안전 가옥으로 옮겨야겠다. 숫자가 많아져 훈련이 조심스러워.
해강   문수도 직접 움직이십니까?
윤겸   (끄덕이고) 그래야지.
해강   혼례도 하셨는데 부인께 들키면 어쩌시려구요.
       부인께서는... 하시는 일을 모르시지 않습니까.
윤겸   조심해야겠지. 들키지 않게...

S#11 규진 집 윤겸 방 안 (N)

조심스럽게 들어오는 윤겸. 옷을 갈아입으려 웃옷을 벗는데,
어깨에 선명하게 心 글자가 마치 낙인처럼 찍혀 있다.
누가 볼세라, 문을 보고 빠르게 옷을 입는 윤겸에서... Out.

S#12 저자 (얼마 후, D)

장을 봤는지, 광주리를 들고 오는 막심과 도끼.
사람들이 모인 곳을 본다.
병방과 군졸 둘, 방을 붙이고 있다.
둘, 뭐야 하면서 사람들 쪽으로 가면,

병방	(모인 사람들에게) 앞으로는 사회적 거리 두기를 해야 한다.
	5인 이상이 모이면, 역당으로 간주해 처단할 것이니 명심들 하라!
	(가면)
막심	아따 참말로, 강제로 혼례를 하라질 않나, 거리 두기를 하라지 않나.
	요번 임금님은 뭐 이리 하라는 것도 많고 하지 말란 것도 많은 겨?
도끼	(작게) 반정으로 나라님이 되셨으니, 반정이 젤 무서운 거 아니겠어?
	역당들이 언제 칼을 들이밀지 모르는디, 다리나 뻗고 주무시겠냐고.
막심	그야 한양 얘기지, 이깟 촌에 역당이 워딨어. 먹고 죽을래도 읎다.
끝동	그니께 말여. 우리 현감 나리만 또 단속한다고 고생하시겠네.

———— **S#13 이좌수 집 사랑채 (D)**

매섭게 생긴 박준기 대감. 상석으로 모시며 조아리는,

이좌수	아이고 박준기 대감! 충청 지방의 채방사가 되셨다는
	소식은 들었습니다만, 이 누추한 곳까지 찾아 주시다니요.
박준기	이 사람 섭섭하게. 자네와 나는, 호형호제하던 사이가 아닌가.
이좌수	병판 대감께서도 강녕하시지요?
박준기	실은, 병판께서 자네에게 특별한 제안을 전하라 하셨네.
이좌수	예?
박준기	(돌덩이를 하나 올려 놓고) 보시게.
이좌수	(호오~ 하고 보며) 이것은 노두가 아닙니까.
박준기	이게 다 금일세 금.
	내가 이 노두를, 바로 여기, 운봉산에서 발견했어.
이좌수	우, 운봉산이요. 우리 청수현의 운봉산 말씀입니까?

S#14 이좌수 집 안방 (D)

김씨부인 운봉산에 있는 금을 캐서 보내라구요?

이좌수 원하는 만큼만 보내면, 나머지는 우리 몫이 될 걸세. 어떤가.

김씨부인 발견한 노두를 조정에 고하지 않으면 어찌 되는지 모르십니까?

이좌수 그러니까 이 사람아, 잘 숨겨야지.

김씨부인 병판 대감의 비리를 뒤집어쓰고 낙향하신 걸 잊으셨어요?

또 병판과 박준기에게 이용당하시게요?

이좌수 이용이라니! 그 대가로 좌수 자리를 받았고,

그 덕분에 부인도 자모당과 학당을 거느리고 떵떵대지 않소~

김씨부인 (발끈하는) 제가 좌수 부인이라 그 자리에 있는 줄 아십니까?

자모당과 청수학당은 제가 노력해서 일궈낸 것입니다.

이좌수 알겠소. 알겠고. 안 그래도 깐깐한 현감 때문에

공납에서 따로 챙기지도 못하니 죽을 지경이 아니오.

덕훈이 혼례 자금이 부족해 적당한 혼처도 못 구하는 중인데 /

김씨부인 안 됩니다.

이좌수 부인~

김씨부인 행여라도 현감이 눈치채 조정에 고하기라도 하면 어쩌시게요!

좌수 자리 보존은커녕, 패가망신할 것입니다!

이좌수 부인! 무슨 망발을 /

김씨부인 두 번 다시 얘기 꺼내지 마세요. 아시겠습니까!

S#15 차춘식 집 사랑채 (N)

홍씨부인 현감이 무서워서 굴러온 금덩이를 차 버리자니, 말이 됩니까.

이좌수 (냉수 마시고) 이제야 말이 통하는군요.

홍씨부인 좌수 부인께는 제가 협조해 드릴 테니 숨기세요.

이좌수　(반색) 그리해 주시겠습니까.

차진사　(노두를 보며) 이런 어마어마한 게 운봉산에 묻혀 있을 줄이야...

이좌수　금을 캘 자금만 대 주시면 약속대로 수익은 반으로 나누지요.

홍씨부인　그야 당연한 일이고, 워낙 위험 부담이 큰일이니, 조건을 하나 걸지요.

───　**S#16 유향소 자모당 (D)**

김씨부인　사돈이 되자니요? 우리 덕훈이랑, 선희를 혼례시키자는 말씀입니까?

홍씨부인　지난번 일로, 우리 선희가 갈 곳이 없어졌는데, 책임을 지셔야지요.

김씨부인　현감 쪽에서 마음을 바꾼 게 어찌 우리 탓입니까. 게다가,
　　　　　우리 덕훈이는 한양에서 혼담이 오가고 있으니 좀 어렵겠습니다.

홍씨부인　(보다가) 한양 노른자 땅에 집 한 채 해 드리겠습니다.

김씨부인　(본다)

홍씨부인　앞으로 덕훈 도령에게 필요한 모든 지원도 해 드리지요.

김씨부인　(혹하지 않을 수 없는)

홍씨부인　부인께서 얼마나 지극정성으로 가르치셨는지 제가 제일 잘 압니다.
　　　　　덕분에 덕훈 도령이 반드시 고관대작이 되리라 믿어 의심치 않아요.
　　　　　그런 사위에게 처가에서 투자하는 것은 아주 마땅한 일이지요?

───　**S#17 차춘식 집 마당 일각 (D)**

나무 아래, 맞선 보듯, 수줍게 서서 대화하고 있는 선희와 덕훈.
떨떠름한 김씨부인과 흐뭇하게 바라보는 홍씨부인, 옆에,
약과를 먹고 있는 웅이.
김씨부인, 다른 쪽에 서서 밀담을 나누는
차진사와 이좌수를 흘깃 보는데...

홍씨부인	(시선 돌리게 하듯) 참으로 잘 어울리는 한 쌍이지 않습니까 사부인.
김씨부인	(썩 만족스럽진 않지만) 예... 혼례 준비를 서둘러야겠습니다.
홍씨부인	그나저나, (쓰다듬) 우리 웅이가, 사위처럼 훌륭하게 커 줘야 할 텐데요. 그런 의미에서, 학당의 교수님께 개인 수업을 요청해 주시겠습니까?
김씨부인	곤란합니다. 아이들 교육만큼은 공정해야지요.
홍씨부인	(눈으로 욕하다, 비웃듯 작게) 아무것도 모르면서 잘난 척은...

───── **S#18 거리 / 태영 집무실 앞 (D)**

세책방과 문방사우 옆으로 붙어 있는 작은 사무실 앞에
무료 법 상담, 대송 푯말. 줄을 서 있는 사람들의 맨 앞에
보조 목걸이를 걸고 접수를 받는 끝동.

끝동	어허! (보지도 않고) 거그 어물전! 새치기했지. 뒤로 가 뒤로! 다들, 내가 두 눈 시퍼렇게 뜨고 지켜보고 있으니께 줄 똑바로 서드라고~
도겸	(뒤로 뭔가를 숨긴 채 다가와서) 나도 줄을 서야 하는가?
끝동	도련님~ 도련님은 통과~

───── **S#19 태영 집무실 안 (D)**

책상에 앉은 태영 앞으로 쌓인 문서들 보이고,
태영, 의뢰인 구씨와 상담 중이다.

태영	(문서 보며) 어머님께서 덕흥사에 전답을 증여하신 게 맞네요.

구씨	아이고... 워째 워찌 그런 수결을 하신 겨. 정신도 오락가락하신디...

도겸, 들어와 방해가 될까 싶은지, 쭈뼛거리며 바라본다.
태영, 도겸을 발견하고 반가운, 잠깐 기다리라는 듯 보고,

태영	그럼, 의원에게 가서 어머님 병환에 대한 진료서를 받아 오세요. 온전치 않은 상태에 수결하셨다면, 무효를 주장해 볼 수 있을 것 같아요.
구씨	참말유? 아이고, 당장 부탁해야 쓰겠네. 참으로 감사해유. (가면)
태영	(도겸에게) 도련님~
도겸	(다가와 수줍게 꽃을 내밀며) 오다 주웠습니다.
태영	(다음 사람에게) 오늘은 여기까지만 하겠네.

S#19-1 관아 집무실 (D)

오래된 판결문들을 쌓아 놓고,
새 종이에 필사하고 있는 규진.

S#20 거리 (D)

미소로 꽃향기를 맡으며 걷는 태영과 미안한 듯 걷는 도겸.

도겸	저는 그저 학당에 떡을 돌려 주셔서 감사 인사를 드리러 온 것인데...
태영	왜 세책례 장원하셨단 말씀을 안 하신 것입니까?
도겸	형수님은, 형님의 소중한 부인이시지 않습니까. 돌아가신 제 어머니의 빈자리를 채우려 애쓰지는 마세요.

태영	(짠하게 보다가) 제가 아무리 노력한들, 그 자리가 채워지겠습니까.
	아직은 어른이 필요한 때인데, 아버님은 늘 내동헌에서 주무시고,
	서방님도 별시 준비로 훈련원에 계시니, 뭐든 제게 말해 주세요.
	제가 돕겠습니다.
도겸	... 형수님께서 도울 수 없는 일도 있습니다...
태영	이를테면... 활쏘기 시합?
도겸	그것도 알고 계셨습니까?

───── **S#21 규진 집 뒷마당 (D)**

태영, 화살을 시위에 끼우며 과녁을 본다.
숨 고르기를 한 후 활을 들어 당긴다.
일하던 식솔들, 구경하듯 보고 있는데,
막 들어오는 규진, 무슨 일인가 해서 본다.
마침 탕~ 하고 나간 화살이 과녁에 쿵! 명중.
다들 놀라 넋 놓고 보는데,
도끼가 큰소리로 외친다. 명중이요!

도겸	(믿어지지 않는) 형수님 어찌...
태영	오랜만이라 걱정했는데, 아직 녹슬지 않았네요. (하다가) 아버님!

다들, 소리에 그제야 규진을 보고 인사한다.

도겸	보셨습니까 아버지?
규진	그래 보았다. (태영에게) 무예도 뛰어난 것이냐?
태영	오라버니께 조금 배운 것입니다.
도겸	헌데 어찌 벌써 오셨어요?

규진	며칠 무리했더니 두통이 있어 좀 쉬려고 왔다.
태영	의원에게 보이고 약이라도 한 제 지어야겠습니다.
규진	잠시 쉬면 될 게야. 방해하지 않을 테니, 마저 하거라.

알겠다는 듯 활을 도겸에게 내미는 태영.
가지 않고 흐뭇하게 보고 서 있는 규진.
도겸, 화살을 끼우고 시위를 당기면,
태영, 도겸의 발을 벌려 모양을 잡아 준다.

태영	(도겸의 손을 좀 더 올리며) 줌손의 아랫부분으로 과녁을 보세요.
	(도겸의 몸을 살짝 기울여 주며) 체중을 앞에 싣는 겁니다.
	여기서 정지.
	(도겸이 숨을 멈추면) 변수는 오로지, 바람입니다.

도겸과 태영, 과녁 근처의 나무를 보며 바람의 방향과 강도를 느낀다.
우측에서 바람이 불자, 화살의 방향을 우측으로 조금 수정하는 태영.
이윽고,

태영	발시.

────── **S#22 명주 상단 일각 (N)**

슝 날아와 콱! 박히는 칼에
놀라 보는, 예쁘장한 문수와 덩치 큰 춘삼, 어린 봉순.
담을 넘으려다 들킨 듯,
다가오는 지행수와 사병들을 두려움으로 보는데,
문수, 봉순이라도 보내려는 듯 춘삼의 등에 얼른 봉순을 태우는데,

사병들, 다가와 봉순을 잡아당기고, 문수와 춘삼을 발로 밟는다.

지행수   한밤중에 왜 고생스럽게 담을 넘으려고 그래 응?
봉순   해, 행수 어른 제발 보내 주세유. 즈이 아부지가 아프시단 말입니다.
문수   봉순이라도 보내 주세요. 아직 어린아이가 아닙니까!
지행수   (때리고) 닥쳐! 역겨운 놈.
          (사병들에게) 다신 도망 못 가게 발목에 족쇄를 채워라.

반항하는 아이들에게 족쇄를 채우는 사병들.

────── **S#23 훈련원 앞 [생략]**

────── **S#24 저자 일각, 외지부 출근길 (D)**

봉순 부, 수레로 물건들을 옮기던 사병들에게 매달리고 있다.

봉순 부   제발 우리 봉순이 좀 돌려 주세유 제발유.
사병   글쎄 이거 놓으래도! 자식을 팔 땐 언제고 돌려 달라 난리야!
봉순 부   파, 팔다니요! 내가 왜 내 딸을 팔아! 장사 가르친다며!
          배불리 먹여 준다고 데려가 놓고 왜 애를 가둬 놓고 안 주냔 말이야
          이것들아!
사병2   (종이 던지며) 니놈이 수결한 문서다. 가자!
봉순 부   (매달리며) 이놈들아! 내 새끼 내 놔!

사병들, 봉순 부를 발로 차 버리고 간다. 자빠져 있는 봉순 부,
터져 나오는 기침 때문에 일어나지도 못하고 괴로움으로 딩구는데...

바닥에 떨어진 문서를 주워서 보는 손, 태영이다. 같이 보는 끝동.

태영	(보다가 심각한) 이건... 자매 문기야. 압량위천은 엄연한 불법인데,
끝동	뭐여, 글도 모르는 사람들을 속여서, 수결 받고 애들을 끌고 갔단
	말여유?
태영	(끝동에게 관인을 보이며) 문제 삼지 못하도록, 관아의 인이 찍혀
	있어.
끝동	저것들이 문서도 막 위조한 건가 본디유?
봉순 부	(기다시피 와서) 아이고... 아이고 제발 나 좀 도와주세유.
	(태영을 보며) 우리 딸 좀 제발 찾아 주세유... 봉순아...
태영	(기침하는 봉순 부를 아프게 보는데)
끝동	당장 현감 나리께 알려야 하는 거 아녜유?
태영	(생각하는) ...

—— **S#25 명주 상단 입구 일각 (D)**

명주 상단이라 써진 커다란 푯말이 걸린 상단 입구에 서 있는,
부유한 양반 복장의 끝동과, 패랭모를 쓴 하인 복장의 태영.

끝동	여가 관아예유?
태영	정말로 봉순이를 팔았을 수도 있어. 사실 확인이 우선이야.
끝동	그야 백번 이해하는디, 변복은 왜 하냐구요. 아씨 마님 꼴은 그게
	뭐구유.
태영	이래야 움직임이 편하잖아. 끝동이 잘할 수 있지?
끝동	끝동이 잘 못해유. 저 진짜 못해유!
태영	잘해야 될 거야. 양반 행세 하다 들키면 사지가 찢겨 죽는다.
끝동	(헉)

서기	어찌 오셨습니까.
끝동	(권위 있는 목소리) 이곳에, 청나라 휘숙 선생의 그림이 있다 들었네만. 나는 송주현에서 온 박철규라고 하네.
서기	(아래위로 보고) 이리 들어오시지요.

────── **S#26 명주 상단 창고 / 상단 일각 (D)**

끝동이 그림을 고르는 사이, 슬그머니 뒤로 빠져나가는 태영.
지나가는 사람들과 건물들을 숨어 보다가 돌아서려는데,
사병이 막아선 유일한 건물이 보인다.
태영, 뭐지 싶은데, 뒤에서 들리는,

지행수	못 보던 얼굴인데?
태영	(놀라 본다. 조아리고) 박도령의 하인입니다. 뒷간을 찾느라.
지행수	(빤히 보다가 재밌다는 듯) 너 계집인데? 야 너 이리 와 봐.

태영, 도망쳐야 하나, 한 대 쳐야 하나, 침을 꿀꺽 삼키는데,
마침 서기의 안내를 받으며 오는, 갓을 깊게 눌러 쓴 이좌수를 보는,

| 지행수 | 아이고 어르신~ 기다리고 있었습니다. |

하고 보면, 어느새 사라지고 없는 태영.
대수롭지 않은 듯, 얼른 이좌수 쪽으로 가는 지행수에서...

S#27 명주 상단 노예장 (D)

옥사처럼 지어 놓은 공간의 칸칸마다 남녀 아이들이 한두 명씩 들어
있고, 발목에 사슬을 채운 봉순은, 광주리에 담긴 삶은 감자를 나눠
주고 있는데...
봉순, 문수와 춘삼이 함께 갇힌 칸 앞으로 오면 걱정으로 보는 문수와
춘삼. 봉순, 문수에게 감자를 주고, 덩치 큰 춘삼이에게는 슬쩍,
감자를 하나 더 준다.

이좌수   (갓으로 얼굴 가린 채) 또래보다 작고 단단한 놈이 좀 있는가?

지행수   몇 놈 빼곤 거의 다 작습죠. 못 먹고 살아서.

                 보세요. 둘 다 열다섯인데, 저놈 체격이 훨씬 작지 않습니까.

이좌수   (살피듯 문수를 보고) 사내인가, 계집인가.

지행수   (피식 웃고) 저래 봬도 양반집 아들입니다.

이좌수   (본다) 이 사람이, 큰일 날 짓을 하는 것이야?

지행수   기방에서 양반들 노리개로 굴러먹다 버려진 놈입니다.

플래시컷〉 S#27-1 문수 방 안 (D)

치마저고리를 입고 머리를 풀어 내린 채,
면경을 보며 연지를 발라 보는 문수.
덜컥 열리는 문을 놀라서 보면,
충격으로 보고 있는 문수의 부모다.
문수 부, 냅다 발로 차 버리더니,
나뒹구는 문수의 머리채를 잡아 때리는 위로,

지행수E   계집 옷 입다 부모에게 들켜서, 죽도록 맞고 쫓겨났거든요.

현재〉

이좌수   (역겹다는 듯, 문수를 보고 가며) 현감에게 사람을 붙여 놓았으니,
        출타한 틈을 타 연통을 주겠네.

        듣고 있는 문수. 가는 이좌수와 지행수를 보는 데서...

─── **S#28 명주 상단 일각 (D)**

지행수   현감이 바뀐 뒤론 문서 위조도 힘들고,
        도무지, 언제 들킬지 몰라 불안해서 말입니다.
        이참에 장사를 때려치우려 하니, 싹 다 데려가시지요.

        알겠다는 듯 가는 이좌수와 지행수의 뒷모습을,
        몰래 보고 선 태영에서...

─── **S#28-1 애심각 일각 (N)**

        돌아오고 있는 끝동과 태영. 누가 볼세라 불편하게 걸으며,

끝동   위매 양반 흉내도 보통 일이 아니네유.
태영   (하인 복장을 쓰개치마로 가린 채) 빨리 아버님께 알려야 해.
끝동   오늘 훈련원에 서방님 옷도 가져다 드렸어야 했는디.
태영   내일 가면 되지. 훈련원.
끝동   헌디, 훈련원에 계실 서방님이 왜 저기 계신 것이쥬?

        태영, 소리에 보면, 급히 애심각 뒷문으로 들어가는 윤겸.

끝동	(머리를 긁적이며) 저기는, 긍께, 기방인디...
태영	(보다가) 함께 훈련한 동무들과 한잔하시는 거겠지. 못 본 거로 하자.
끝동	아니! 그래도 신혼인디~ 쉬실 때는 집으로 오셔야지. 워찌 저러신댜아...
태영	오실 때 되면 오시겠지. 끝동이 너, 어디 가서 말하지 마.
끝동	(입 가리고) 합.

가는 태영을 따라가는 끝동에서...

───── **S#29 관아 일각 (N)**

내동헌으로 이동하려던 규진,
옷을 갈아입고 짐을 들고 들어오는 태영을 본다.

규진	(반가운) 이 밤에 어찌 온 것이야.
태영	두통에 좋은 탕약이랑 갈아입으실 옷을 챙겨 왔어요.
규진	(미소로) 고맙구나. 그래, 오늘 훈련원 간다더니, 윤겸이는 만나 보았느냐?
태영	... 예. 곧 집으로 오신다 합니다.

───── **S#30 명주 상단 일각 (N)**

담을 획, 넘어 들어오는 윤겸. 누가 볼세라 복면을 한 후, 간다.
일각 / 사병, 이리저리 돌아다니다가,
인기척에 획! 돌아보면, 아무도 없다.
사병, 뭐지 하며 다시 앞을 보는데, 윤겸, 어느새 마주 서 있다.

사병이 칼을 뽑을 틈도 없이 제압해 단숨에 쓰러트리는 윤겸.
기절한 사병을 끌고 가 한쪽에 기대 놓고 조용히 가는 윤겸.

───── **S#31 명주 상단 노예장 (N)**

윤겸, 참담한 몰골로 잠들어 있는 아이들을 보며 지나가는데,
달빛 아래, 다소곳하게 앉아 있는 문수를 보고 멈칫한다.

윤겸   (복면을 내리고) 네가, 문수로구나...
문수   (보는) 누구... 십니까?

───── **S#32 관아 내실 (N)**

병방   (놀라는) 아씨 마님께서, 명주 상단을 직접 다녀오셨단 말씀입니까?
규진   어찌 그리 위험한 짓을 한 것이냐. 내게 말을 했어야지!
태영   돕고자 하는 저를 이용하려는 의뢰인들도 있을 듯하여,
             감정으로 받아들이지 않고, 사실 확인을 한 것입니다.
규진   아니 된다. 앞으로는 절대 나서선 안 될 것이야.
태영   사건을 조사하는 것도 제 일입니다. 집무실에 앉아
             법문과 문서만 본다면, 어찌 외지부라 할 수 있겠습니까.
규진   (못 이겨 먹겠는) 도무지...
태영   송구합니다. 아버님.
규진   ... 아이들을 사려는 자의 얼굴은 보지 못했다?
태영   예... 제가 들은 것은, 이번이 마지막 거래라는 것뿐입니다.
규진   (시간계서를 보이며) 누군가 내게 시간계서를 보냈더구나.
태영   (본다) 무슨 내용입니까.

규진	명주 상단에서 내게 사람을 붙였다 한다.
	내가 없는 틈을 노려서, 아이들을 거래한다는 정보야.
태영	누가 이런 정보를 줬을까요.
규진	(모르겠는) …
병방	(규진에게) 틈을 주지 말고 당장 구하는 것이 어떠합니까.
태영	그리하면, 누가 왜 사려는지는 알 수 없지 않을까요?
규진	(끄덕인다) 파는 자도, 잡는 자도, 모조리 잡아야 한다.
태영	허면, 일부러 틈을 보이는 것은 어떠합니까?
	아버님께서 자리를 비운 척한 후, 역으로 미행을 하시는 것이지요.
병방	좋은 생각 같습니다. 허나, 이전 현감이 명주 상단에 협조한 것을
	보면, (주변 둘러보고 작게) 붙인 자도 관아의 사람일 수 있을 듯하니,
	최소한의 인원으로 움직여야 할 것 같습니다.
규진	(생각하다 병방에게) 내일부터 며칠, 감영으로 출장을 간다 알리고,
	믿을 만한 인원을 모아 상단을 감시하다 따르도록 하지.
태영	저도 돕겠습니다.
규진	안 된다.
태영	인원도 부족하시고, 무엇보다 아이들을 챙길 사람이 필요합니다.
규진	안 된다지 않느냐.
태영	멀리서 조용히 따르기만 하겠습니다. 제 몸 하나는 저도 /
규진	어허! 안 된다 하였다.
태영	(대답 않는)
규진	안 돼.
태영	(보지 않는)

—— **S#33 규진 집 마당 (N)**

이제나저제나 기다리는 막심. 오는 태영을 보고 달려간다.

태영	왜, 왜, 뛰지 마. 왜 뛰어. 무슨 일 있어?
막심	있구말구유! 아이고 속 터져 뒈지는 줄 알았네!
태영	왜, 무슨 일인데.
막심	(기쁜) 서방님 오셨구먼유.
태영	지금?
막심	어여 들어가유. (등을 밀며) 술상 들여갈 테니까. 어여!

─── **S#34 규진 집 윤겸 방 앞 / 방 안 (N)**

방 안 / 겉옷을 벗는 윤겸의 곁으로 놓인 활.
방 앞 / 걸어오는 태영. 방 앞에 서서, 매무새를 한번 만지고
서방님, 부르려다가, 조금 열린 문틈으로 웃옷을 벗는 윤겸을 본다.
태영, 부르지 못하고 옷을 다 갈아입길 기다리려는데,
보이는 윤겸의 낙인. 태영, 저게 뭐지 싶은데 옷을 다 입는 윤겸.
태영, 그냥 문을 연다.

윤겸	(본다) 부인.
태영	(보고 서 있다)
윤겸	잠시 볼일이 있어 근처에 왔다가, 부인 얼굴 잠깐 보려고 들렀는데, 안 계셔서 실망하던 중입니다. 이렇게 보고 가서 다행이네요.
태영	방금 오셨다더니, 또 어딜 가시는 것입니까?
윤겸	시험이 코앞이라 집중하고 싶어서요.
태영	(들어와 뒤로 문을 닫고) 그, 어깨의 낙인은 무엇인지, 제가 궁금해하거나 물어도 되는 것입니까?
윤겸	... 보셨습니까.
태영	물어선, 안 되는 것인가 봅니다.
윤겸	(보다가) ... 며칠만 시간을 주세요. 돌아오는 대로 다 얘기하겠습니다.

급히 가는 윤겸을, 의아함과 답답함으로 보는 태영에서...

―――― **S#35 산 초입 (다른 날, N)**

겨우 이동할 정도의 보폭만 남기고 발목이 묶인 채 이동하는 아이들.
아이들의 앞뒤로 사병 몇과 지행수, 함께 이동 중인데,
다 지나가고 난 근처의 숲속, 규진의 수신호에 따라,
병방과 포졸들과 함께 조용히 이동하고 있는 태영.

―――― **S#36 오솔길 (N~D)**

지행수, 힘든지 아 좀 쉬자~ 하며 앉으면, 다들 풀썩 주저앉는데,
멀리 떨어진 곳에서 같이 멈추는 규진 일행.

병방	(작게) 곧 경상도입니다. 더 갔다간 날이 밝아 들킬까 염려됩니다.
규진	아이들을 사려는 자들과 만날 때까지 따라가 다 잡아야 한다.
태영	생각보다 사병 숫자가 많아 합류하면 불리할 듯합니다.
병방	현감 나리, 저들이라도 잡아들이심이...
규진	(갈등하다, 결단내린 듯, 태영에게) 여기, 꼼짝 말고 있거라.

태영, 끄덕이는데
마침 일어나는 지행수. 앉은 아이들에게 가자~ 하는데...
춘삼이 못 일어나겠다고 징징거리자 일으켜 세우려는 문수와 봉순.
사병 하나, 일어서라는 듯, 채찍으로 춘삼, 문수, 봉순을
내리치려는데...
어디선가 휙, 날아온 화살에 맞아 윽! 쓰러지는 사병. 다들 놀란다.

병방과 포졸들 숲에서 나오면, 사병들, 칼을 뽑아 들고 우왕좌왕한다.
지행수 놀라서 뭐야 뭐야! 하는데, 중앙으로 걸어 나오는 규진.

지행수   혀, 현감...
규진   아이들을 어디로 데려가는 것이냐!
지행수   말하면 죽습지요. (사병들에게) 뭣들 하고 있어!

사병, 군사들에게 달려들고, 규진을 선두로 칼부림을 하는 군사들.
포졸, 봉순과 어린아이들의 묶은 발을 풀어 주고, 숲 쪽으로 보내면,
숲 쪽의 태영, 봉순과 아이들을 불러 보호하듯 제 뒤로 숨긴다.
태영의 눈에 들어오는 규진을 노리는 사병.
태영, 활을 쏴 규진을 돕는다. 그런 태영을 본 사병 하나,
칼을 들고 달려오고, 아이들, 비명을 지르면,
태영. 칼을 뽑아 쥐고 아이들을 막아선다. 씨익 웃으며 달려오던 사병,
누군가가 던진 칼에 맞고 윽 쓰러지는데 보면, 복면한 윤겸이다.

윤겸, 태영과 아이들을 지키며 다가오는 사병들과 칼부림.
태영도 윤겸과 등을 진 채 사병들을 상대하며
수세에 몰린 규진 쪽을 돕는데,
날아오는 화살이 태영을 향하자,
윤겸, 태영을 막아서다 활에 스쳐 쓰러진다.
태영, 놀라서 보면, 일어서던 윤겸의 복면이 벗겨지는데...
충격으로 보는 태영.

윤겸, 얼른 복면을 다시 쓰고 칼을 쥐더니,
다가오는 사병들을 베어 나간다.
태영도 정신을 차리고 아이들을 챙기는데...
지행수, 수세에 몰리자

도저히 안 되겠는지 춘삼의 목에 칼을 대고는, 오지 말라 위협한다.

춘삼이 다칠까 말리는 규진.

지행수, 아이들 몇만 데리고 사병들과 도망친다.

규진, 그제야 태영과 윤겸 쪽을 보고 급히 오는데,

태영, 들키면 안 된다는 듯 윤겸을 보고,

윤겸, 그제야 문수를 챙겨 자리를 뜬다.

다가오는 규진, 대체 누구지 하는 얼굴로 가는 윤겸 쪽을 보고,

태영도 복잡한 시선으로 윤겸을 보는 데서...

─── **S#37 운봉산 일각 (D)**

부상한 사병들과 춘삼이를 비롯한 아이 몇, 구석에 있고,

조금 떨어진 곳, 지행수, 이좌수의 눈치를 보며 있는데,

이좌수	(열통 터지는) 감히... 함정을 파?
	자네는 도망쳤으면 다른 곳으로 갈 것이지!
	이리 데려오면 어쩌자는 것이야! 들키면 어쩌려고!
지행수	걱정 마십쇼. 어디로 데려가냐고 물은 것을 보면,
	현감도 여기가 어딘지 모릅니다. 애들도 마찬가지구요.
	부족한 아이들은 더 구할 테니 너무 염려 마십쇼.
이좌수	내 현감 이자를... 결코 가만두지 않을 것이야...

─── **S#38 관아 집무실 (D)**

두통으로 머리를 쥐고 있는 규진을 걱정으로 보는 태영.

태영	아이들도 목적지를 모른다 합니다.
규진	상단은 폐하고, 아이들 몇을 놓쳤으니, 낭패로구나...
병방	우릴 도운 자가 아니었다면, 더 큰 낭패를 볼 뻔했습니다.
규진	그자가, 대체 누굴까... 시간계서를 보낸 자와 동일 인물인 듯한데.
병방	헌데, 왜, 아이 한 명을 데리고 간 것일까요?

말하지 않고 보다가, 결심한 듯, 밖으로 빠져나가는 태영에서...

─── **S#39 애심각 앞 (D)**

문을 열고 나오던, 해강, 오고 있는 태영을 본다.

태영	(해강을 보며 멈춰 선다) 혹시 이곳에 /
해강	모시러 가려던 참이었습니다.

보는 태영에서...

─── **S#40 애심각 기방 복도 / 해강 방 (D)**

들어오는 태영, 빈방을 의아한 듯 보고, 뒤따라오는 해강을 보는데
해강, 들어와 문을 닫더니, 태영을 스쳐 병풍 쪽으로 간다. 보는 태영.

태영	서방님은, 어디 계신 것입니까?
해강	이곳, 애심원에 계십니다.

해강이 병풍을 젖히면, 뒤로 보이는 문. 놀라서 보는 태영에서...

S#41 애심각 애심원 통로 / 복도 / 마당 (D)

태영, 해강을 따라 통로를 지나면 복도가 나오고,
양옆으로 방들도 보인다.
태영의 눈에 들어오는 복도의 끝,
바깥 정원에 훈련하는 문수와 소년들이 보인다.
그중 한 소년, 어쩐지 한쪽 팔을 못 쓰고,
한 소년은, 천으로 목을 가리고 있다.
해강, 心 자가 커다랗게 쓰여 있는 밀실 앞에 선다.
보는 태영에서...

S#42 애심각 애심원 밀실 (D)

활이 스친 상처를 처치하고 있던 윤겸, 들어오는 태영을 보자,

윤겸　어찌 위험하게 거기 계셨던 것입니까.

태영　제가 묻고 싶은 말입니다. 왜 거기 오셨어요? 어떻게?

윤겸　(걱정으로) 어디 다친 곳은 없습니까?

태영　(답답한) 대체 여기서 뭘 하시는 것입니까?
　　　이리 은밀한 공간에 아이들을 데려와 군사 훈련을 하다니요.
　　　그 어깨의 낙인은 무엇이구요. 설마, (작게) 역모라도 꾸미는
　　　것입니까?

윤겸　(미소) 역모라니요. 애심원은 애심단의 거처입니다. 이 낙인은,
　　　우리가 애심단원임을 뜻하며, 나는, 애심단의 단주입니다.

태영　(본다) 애심단?

윤겸　애심단은, 남들과 다른, 나 같은 아이들을 구해 보호하는 일을 합니다.

태영　이곳의 아이들이 모두, 소수자란 말씀입니까?

윤겸	예. 해강이는 애심각에서 정보를 얻고, 나는 전국에서 아이들을 구해 오지요.
태영	허면, (문수를 보며) 저 아이도...
윤겸	저 아이가 기방에서 명주 상단으로 팔려 갔단 정보를 들어, 구하러 갔던 것인데, 다른 아이들이 함께 잡혀 있었습니다.
태영	그래서 아버님께 시간계서를 보내고, 저 아이만 데려오신 거였군요...
윤겸	(끄덕이고) 다른 아이들은 아버지께서 구해 집으로 보낼 수 있지만, 문수는 돌아갈 곳이 없으니까요.
태영	(안타까운)
윤겸	사람들은, 자신과 다른 사람들을 발견하면, 희롱을 하거나, 매질을 하거나, 죽이려 합니다. (마당의 소년 하나를 보며)

플래시컷〉 S#42-1 공터

작고 왜소한 소년 하나, 사람들에게 매타작을 당하고 있다. 위로,

윤겸E	저 아이는, 매타작을 당해 더는, 한쪽 팔을 쓰지 못하고,

쓰러져 괴로워하는 소년에게 침을 뱉고 가는 사람들.

플래시컷〉 S#42-2 외양간

피멍이 든 소년, 서까래에 매단 밧줄에 목을 넣는다. 그 위로,

윤겸E	저 아이는, 견디고 참다가 스스로 목을 매려는 것을 구해 왔습니다.

현재〉 목에 천을 두른 소년을, 아프게 보는 태영.

윤겸	우린 저런 아이들을 데려와, 먹이고, 입히고, 가르칩니다. 혹시 모를 상황에서 스스로를 지킬 수 있도록 무예를 가르친 것뿐,

결코 역모나 군사 훈련이 아니에요.

태영   뜻은 알겠으나, 지금은 너무나 위험한 일입니다.

윤겸   위험해도 해야지요. 이 일은 나의 숙명이니까요.

저는... 저는 잘 모르겠습니다. 그렇게까지 하셔야 하는지.

남들과 다르다는 이유로 죽임을 당하는 아이들을 두고 볼 순

없습니다. 반드시 다름을 받아들일 세상을 만들어 갈 것입니다.

그것이, 애심단의 단주인 나의 목표입니다.

태영   (보다가) 저는... 저는 잘 모르겠습니다. 그렇게까지 하셔야 하는지.

윤겸   하늘 아래 모든 사람이 평등하다고 하셨잖습니까.

부인이라면 이해해 줄 거라 생각했습니다.

태영   (쉽게 답이 나오지 않는) ...

───── **S#43 애심각 마당 (N)**

야외 정자, 기생들과 술자리 중인 덕훈과 도령들, 거나하게 취해 있다.
구석에서 연주하던 해강을 보는 도령3. 해강, 연주를 마치고 자리를
뜬다.

도령1   야 우리 이렇게 모여 있다가 역모로 잡혀가는 거 아니냐!

도령2   야 다섯 이상이랬거든? 봐라. 넷이잖아. 하나, 둘, 셋, 넷.

도령3   셋이야 셋! 나는 소피 보러 갈 것이니까! (해강을 노리듯 따라간다)

도령1   아무튼! 혼례를 축하한다 덕훈아. 미모의 선희 낭자를 니가
차지하는구나~

도령2   근데 너 그거 아냐? 네 부인 원래는 현감 댁 며느리 될 뻔했다?

덕훈   (아는 듯, 술만 마시는)

도령1   유향소가 현감한테 줄 대려다 실패했다~ 이 말이야.

도령2   맞아~ 현감 바뀌고 너희 아버지, 모냥 빠진 건 명백한 사실이야.

덕훈   도광이네가 패가망신당하고 야반도주한 것도 현감 때문이라지?

도령1	그뿐이냐? 내 집안 노비 하나 내 맘대로 못 하는 청수현이 되었다고.

덕훈, 술만 마시는데, 해강의 머리채를 끌고 오고 있는 도령3.

도령2	야~ 무슨 일이야. 왜 또 그래~
도령3	아 진짜 어이가 없어서. 야! 얘 계집 아니고 사내새끼야.

다들 놀라서 본다. 마침 나오는 태영, 소란에, 무슨 일인가 해서
이쪽을 보는데...

도령3	(해강을 바닥으로 밀어 버리고) 한번 품어 보려다 완전 놀랐네. 아 드러워.
도령1	너 뭐 잘못 안 거 아냐? 어딜 봐서 얘가 사내야? 어디 좀 보자.

도령1, 해강에게 다가가 앞섶을 풀어헤친다. 흥미롭게 보는 도령들.
도령1, 반항하는 해강을 더듬고, 없는데~ 다른 도령들, 아랫도리도
벗겨 봐! 부추긴다.
도령1. 아래도 마구 더듬으려는데 반항하던 해강, 가슴에서 은장도를
꺼내 겨눈다. 놀라 뒤로 자빠지는 도령1. 다들 놀라는데...
제법 매섭게 겨누고 있는 해강이다.

덕훈	사내가 계집이라 속이고 술 팔아 놓고 뭘 잘했다고 칼을 들이밀어?
해강	전 악공이라 연주만 했을 뿐, 저 스스로 계집이라 한 적 없습니다.
도령1	목소리 아 소름! 우웩 야, (술잔을 던지고) 목소리 똑바로 안 내!
덕훈	그래서 뭐 (다가가며) 찔러라도 보겠다는 것이냐?
해강	나를 지키는 것입니다! 언제나 이리 함부로 희롱들을 하시니까요.
도령3	뭐 희롱? 어디서 사람 같지도 않은 게, 콱 죽여 벌라.
도령2	뭐 이딴 역겨운 게 청수현에 굴러 들어와 있었어?

덕훈	죽여 버리자.
일동	(덕훈을 보면)
덕훈	현감은 대체 뭘 하길래, 이딴 게 청수현에 숨어 사는 걸 몰랐지?
	(하인에게) 여봐라, 이자를 당장 유향소로 끌고 가라.
	좌수께서 이자를 참형에 처해 청수현의 질서를 바로잡고
	유향소의 명예를 되찾도록 할 것이다.
일동	오오~
태영	어찌 죄 없는 사람을 끌고 간다고 하십니까.
도령1	(본다) 어? 윤겸이 부인이 어찌 기방에.
태영	외지부로 상담을 하고 돌아가던 길에
	참담한 상황을 보아, 한마디 얹었습니다.
도령2	(덕훈에게 알려 주듯 작게) 야, 현감 며느리.
덕훈	아녀자가 참견할 일이 아니오. (하인에게) 당장 유향소로 끌고 가래도!
태영	죄가 있다면 관아로 갈 일이지 어찌 유향소로 끌고 간다 하십니까.
덕훈	향촌의 질서와 풍속을 바로잡는 것이 유향소가 할 일이오.
태영	허면, 유향소에서 죄 없는 사람을 끌고 갔다고 관아에 알리겠습니다.
덕훈	(태영을 보다가 하인에게) 관아로 끌고 가라.
	이런 괴물을 방치한 현감이, 어찌 나오는지 한번 봅시다.

태영, 끌려가는 해강을 보는 데서...

───── **S#44 애심각 애심원 밀실 (N)**

윤겸	해강이가 관아로 잡혀가다니요.
태영	유향소로 끌고 가는 것을 간신히 말렸습니다.
윤겸	(일어나 겉옷을 입으며) 어디로 가든, 해강이는 참형을 당할 것입니다.
태영	어쩌시게요. 관아로 쳐들어가 구해내기라도 하시게요?

윤겸	그렇게라도 해야지요.
태영	서방님! 어찌 이러십니까!
윤겸	부인이 외지부라면, 이럴 때 나를 말릴 게 아니라,
	죄 없이 잡혀간 사람을 도와야 하는 것 아닙니까.
태영	(본다)
윤겸	부인이 돕는다는 약자는, 노비 한정입니까?
	왜요, 부인이 노비 출신이라서요?
태영	(서운한) ... 어찌 그리 말씀을 하십니까.
윤겸	... 미안하오. 부인. 내 너무 절박하여... 해강이는...
	해강이는, 내가 제일 처음으로 구한 아이였습니다.

—— **S#45 관아 옥사 (N)**

가만히 앉아 있는 해강. 앞으로 선 태영을 향해,

해강	... 저는, 사내의 몸을 가졌으나, 여인이라 생각하며 살았습니다.
	그래서인지, 음성도 변하지 않고 수염도 자라지 않더군요.
태영	...
해강	사내아이들과 어울리지 못하고, 늘 맞고, 희롱당하는 저를...
	부모님은 집안의 망신이라 여겼습니다. 그러다 결국,
	제게 비상을 먹여 산에 버렸지요.
해강모E	어찌 너 같은 것이 태어났단 말이냐.
해강E	어머니... 제발 살려 주세요.
해강모E	차라리 태어나지 말았어야 해. 죽거라. 제발 죽어.

플래시컷〉 S#45-1 대숲 (D)

윤겸, 죽어 가는 해강의 입에, 물을 흘려 넣어 주는 위로,

| 해강E | 죽어 가는 저를, 윤겸 도련님이 발견하고 구해 주셨습니다. |

현재〉

| 해강 | 그때부터 우리는, 우리 같은 아이들을 도왔습니다.
그게 우리가 사는 이유 같았으니까요. |

아프게 보는 태영에서...

───── **S#46 관아 (D)**

중앙으로 앉은 규진 앞으로 마주 선 이좌수와 차춘식,
그 뒤로 유향소 사람들.
마당으로 몰려선 사람들 틈에 있는 태영과 윤겸,
그 근처로 식솔들 모여 있다.

도끼	(보며) 오늘 아주 유향소에서 작정하고 온 거 같은디.
끝동	그니께유. 아주 약점 제대로 잡았다고 설칠 모양인디.
덕훈	아버지, 이 일을 유향소의 권위를 되찾는 기회로 삼으셔야 합니다.

알겠다는 듯, 각오를 다지는 이좌수.
사람들, 끌려 나오는 해강을 보며 웅성대는데...

끝동	월레? 앞으로 보나 뒤로 보나 천생 여자인디, 참말로 사내여?
도끼	설마, 아씨 마님이 저런 해괴한 사람까지 외지부를 하실 건 아니시겠지?
막심	(안타까운) 저 사람도 어미가 고생해서 낳은 사람이긴 하잖여.

이좌수	현감은 어찌하여, 저런 불결한 것이 청수현에 있도록 두었소이까.
	무슨 용무가 그리 바빠, 청수현 백성의 안위는 안중에도 없난 말이오.
차춘식	저런 것들이 청수현 사내들을 희롱해 병이라도 창궐했다면 어찌할
	것이오!
덕훈	당장 청수현 유향소의 뜻을 받들어 처단하셔야 할 것입니다.
이좌수	우리 청수현을 위해, 당장 죽여 없애야 할 것이오!

차춘식의 선동으로, 죽여라, 죽여라, 하는 사람들.
윤겸, 구해내려 결심이라도 한 듯 춤에 찬 칼에 손을 댄다.
병방, 어쩔 수 없이 따르자는 듯한 표정으로 규진을 보는데,

규진	(결심한 듯) 유향소의 뜻에 따라, 청수현을 위해 저자를 참형에
	처하도록 /
태영	외지부 옥태영, 변론하겠습니다.

사람들, 놀라서 태영을 본다. 기대하지 않았던 윤겸도 태영을 보는데...
태영, 계단을 올라 규진 앞으로 선다. 보는 해강과 웅성대는 사람들.

홍씨부인	미친 게 아닙니까? 감히 시아버지가 내린 판결에 반대해?
막심	아이구, 이를 우쩌면 좋아.
규진	(태영을 보며) 저자에 대해서는, 변론할 필요가 없으니 들어가거라.
태영	사람을 가려서 변호하란 말씀입니까?
규진	(본다) 저자는, 사람이 아니다.
태영	사람입니다.
해강	(태영을 본다)
태영	아무 죄 없이, 추행을 당하고 옥에 갇힌 피해자입니다.
	사람이라면 누구나 신분, 처지와 상관없이 법 앞에서 평등하게
	심판을 받아야 마땅할진대, 어찌 유향소의 뜻에 따라 판결한다

하십니까.

규진   저자들에 관한 법은 존재하지 않기 때문에, 법의 보호를 받을 수가
없다.

태영   그 말씀은, 저들을 죽이라는 법도 없다는 것을 뜻하십니다.

사람들, 웅성거리고, 규진, 그럴듯하다는 듯 생각하는데...

이좌수   그까짓 법, 법 법! 어디 아녀자가 함부로 나서
이 청수현의 풍속을 맘대로 휘저으려 하는 것이오!

태영   무모한 살인을 멈추자는 것입니다!

이좌수   살인이라니! 내 이 소리들을 계속 듣고 있어야 하는 것이요 현감?
이대로 저 괴물을 내버려둘 것이냔 말이오!

태영   법은 없으나 선례를 따라 주시길 청합니다.

사람들 보면, 태영, 규진에게 문서를 한 장 건넨다.

태영   경묘년 8월 열이틀. 소문리에 사는 남춘길에 대한 판결 기록입니다.
임금님께서 이르기를 음양인 남춘길은 병자이니 추국하지 말고
외지로 보내 홀로 있게 하라, 하셨습니다.

다들, 임금님께서? 저런 기록이? 놀라고, 이좌수도 당황스러운데...

태영   형을 시행함에 조심하고 또 조심하라는 서경의 구절이 있사옵니다.
임금께서도, 하늘이 내린 백성을 어찌 형벌로 함부로 죽이냐
하셨사온데, 어찌, 다르다는 이유로 법에도 없는 참형을 집행한단
말입니까.

사람들, 어찌할 건가 싶어 규진을 보는데, 문서를 보던 규진.

사람들을 향해.

규진   이자의 판결을 미룬다. 조정에 장계를 하여,

            회답이 내려오면, 그 명대로 판결토록 하겠다.

            규진, 일어서면, 안도하는 태영. 웅성이는 사람들.

            부들부들 떠는 이좌수와, 두고 보자는 듯 보는 덕훈.

            해강, 고맙다는 듯 태영을 보고, 태영, 윤겸을 마주 보는 데서...

───── **S#47 규진 집 윤겸 방 안 (N)**

            활이 스친 윤겸의 상처에 노회를 발라 주고 있는 태영.

            눈에 들어오는 윤겸의 낙인을 가만히 보는데...

윤겸   해강이는 옥사가 아니라 애심각으로 돌아갔습니다.

            조정의 하교가 올 때까진 머물 수 있을 듯하니,

            그 사이에 애심각을 정리하고 안전 가옥으로 옮기려 하오.

태영   (말없이 옷을 입혀 준다)

윤겸   해강이를 도와줘서 고맙습니다.

태영   노비 출신이라 노비만 돕냐는데 참을 수가 있어야지요.

윤겸   보기보다 뒤끝이 있으십니다. 부인.

태영   아버님께서 노여우실까 걱정입니다.

윤겸   훌륭한 외지부라고 생각하실 것입니다.

태영   (일어서려는데)

윤겸   다 그만두고, 성씨 집안의 맏아들로만, 살까요?

            부인이 그리하라 하면, 그리하겠습니다.

태영   (보다가) 괜한 소리 마세요.

제가 그리하라 하지 못할 걸 아시지 않습니까.

윤겸   그리해도 됩니다.

가만히 보다가, 못 하겠다는 듯 고개를 젓는 태영에서...

───── **S#48 저자 약재상 (D)**

약재상 앞에 서 있는 막심과 태영.

태영   의원을 찾아뵙고 진맥을 하는 것이 나을 듯한데. 아버님이 너무
        바쁘시네.

막심   (약재상 보며) 이번 약도 안 들으면, 장사를 접든가 허리를 접든가 해
        보자고~

약재상   (어딘가를 보고) 아 글쎄 안 된다니께! 약값 외상이 어딨어! 저리 가!

봉순   제발요 아저씨. 우리 아버지 약 한 제만 지어 먹으면 기침 다 나을
        건디!

태영   (안타깝게 보는) ...

───── **S#49 장터 국밥집 (D)**

봉순   (약재를 들어 보이며) 참말로 감사합니다. 외지부 마님.

태영   (막심에게 작게) 헤어진 우리 아버지도, 기침 많이 하셨거든.

막심   (본다, 안타까운) 그랬어유?

태영   (끄덕이고) 그래서 봉순이는 꼭 아버지랑 살게 해 주고 싶었어.

하다가 보면, 봉순, 멍하니 감자를 보고 있다.

막심	아가? 니 먹다 말고 뭘 그리 보는 겨? 감자에 귀신 붙은 겨?
봉순	명주 상단에 같이 있던 춘삼 오라버니가 생각나서유.
	항상 배고파 했는디, 어디서 굶고 있는 건 아닌지...
태영	현감 나리께서 계속 찾아보고 계셔.
	경상도 감영 쪽으로 도움을 청해 놨으니까 좀 기다려 줄래?
봉순	(의아한 듯 본다) 경상도? 경상도는 아닐 건디.
막심	뭐여. 니 뭐 아는 거 있는 겨?
태영	어디로 갔는지 모른다고 하지 않았어?
봉순	어디로 갔는지는 몰라유.
막심	얼레, 니 어른들하고 장난하는 겨?
태영	뭐 들은 말이라도 있니?
봉순	(끄덕이고) 떠나던 날 가져갈 감자 삶다가 들었는디유.
	분명 가다가 되돌아온다. 그리 말했어유.
태영	가다가 되돌아온다? 어디로?
봉순	엎드리면 코 닿을 산으로유.
막심	(고개 숙이며) 엎드리면 (코를 쫑긋하며) 코 닿을 산?
태영	(막심의 코끝, 운봉산을 본다) ... 운봉산?

—— **S#50 운봉산 꼭대기 채광장 (D)**

높은 산봉우리, 기암괴석이 병풍처럼 치솟은 운봉산 골짜기 안쪽으로,
좁은 동굴을 비집고 들어가 손을 뻗어 노두 주워 내는 아이들.
덩치 커 들어가지 못하는 춘삼이는, 주워낸 노두를 나르며, 배고프다.
잘돼 가는지 확인하듯 둘러보고 있는 박준기 대감 곁으로,
이좌수와 차춘식.

차춘식	정말로 병판께 보낸 나머지는 저희가 나눠도 되는 것입니까?

박준기   두 분께서 수고해 주신 보답인데, 여부가 있겠소이까!

이좌수   방해가 있었던지라, 예상보다 지체되어 송구합니다.

차춘식   에이, 그놈의 현감만 아니었어도.

그때 달려오는 지행수. 무슨 일이냐는 듯 보는 일동.

지행수   현감이 내일부터 운봉산을 뒤진다 합니다.

차춘식   뭐, 뭐? 왜! 대체 어떻게 알고!

이좌수   (머리 복잡) 이를 어쩐다. 다 멈춰라. 조용히 시켜!

지행수, 조용! 하면 다들, 멈추고 조용히 하는데,

한쪽에서 징징대는 소리,

춘삼이   배가 너무 고파요. 아무것도 못 하겠단 말입니다.

지행수   (가서 겁주는) 조용히 하지 못해!

춘삼이   문수나 따라갈걸. 문수 데려가는 사람은 밥도 주고,

무술도 가르쳐 준다 했는데.

일동   (소리에 본다)

이좌수   너, 지금 뭐라 하였느냐? 무술을 가르치다니 누가?

차춘식   이런 시국에 무술 훈련이라니요. 그놈들, 역당 아닙니까?

박준기   역시 천지신명께서 우리 편을 들어 주는군요.

현감이 역당을 잡느라 이곳엔 신경도 못 쓰겠어요.

이좌수   (춘삼에게) 문수가 어디로 갔느냐, 당장 말하면, 먹을 것을 실컷 주마.

춘삼이   (망설이는 데서) ...

———— **S#51 관아 마당 (D)**

도열해 있는 포졸들, 앞에 서서 조를 짜고 있는 규진.

규진   내일 아침 동이 트는 묘시부터, 조를 나눠 운봉산을 수색할 것이다.
병방   (달려와서) 나리, 관찰사께서 오고 계시다 합니다.
규진   무슨 일로?
병방   (귀에 대고 작게) 애심각에서 역당들이 군사 훈련을 한다 합니다.
규진   (어이없는) 대체 누가 그런 근거 없는 소리를 한단 말이냐!

———— **S#52 애심각 (D)**

이좌수, 칼을 뽑아 들고 여기저기 뒤지고 있다. 함께 뒤지고 있는
관찰사 허종문.

허종문   이 사람, 개미 새끼 한 마리 없지 않은가!
이좌수   그러니까요! 기방에 아무도 없다는 것이 말이 됩니까!
           이미 빼돌린 것이지요. 이야말로 역모의 증좌 아닙니까!
허종문   그런들 잡아들이지 못하면 무슨 소용이란 말인가!

———— **S#53 애심각 해강 방 / 통로 / 애심원 복도 (D)**

뭐라도 잡아내려는 듯 쾅! 문을 열더니,
해강의 방으로 들어오는 이좌수.
이리저리 둘러보고 병풍도 본다.
낭패라는 듯 나가려다가 멈춰 서는 이좌수.

제 도포 자락을 내려다본다. 도포 자락이 팔랑~ 날리고 있다.

이좌수   (의아한 듯 주변을 보며) 어디서... 바람이 들어오는 것이냐...

이좌수, 바람을 느끼며, 안쪽으로 가다가, 병풍을 촥! 쓰러트리면,
열려 있는 문, 너머로 보이는 통로에 눈이 커진다.

───── **S#54 애심각 애심원 통로 / 애심원 복도 / 애심원 밀실 (D)**

들어온 이좌수, 빈방들을 보다가, 心 자가 써진 밀실을 본다.
문을 열지만 아무도 없다. 갑자기 코를 킁킁대는 이좌수. 정원 쪽을
보는데...

───── **S#55 애심각 애심원 정원 (D)**

문서들과 옷, 목검 등, 증좌가 될 만한 것들을 불에 태우고 있는,
윤겸과 해강.

해강   (안쪽을 보며) 여긴 틀렸습니다. 어서 가세요.
윤겸   해강아.
해강   어서요! 어서! 단주님은 절대 들켜선 안 됩니다. 어서요!

윤겸, 발소리가 다가오자,
어쩔 수 없다는 듯 복면으로 얼굴을 가리고 담을 넘는다.
손에 있던 걸 마저 던져 넣는 해강.
나오던 이좌수, 해강에게 칼을 휘두른다.

도망치려다 팔을 베인 해강, 팔을 움켜쥐고, 뒷걸음치다 주저앉는데,

이좌수	뭘 태우는 것이냐! 역모의 증좌라도 태운 것이야?
해강	역모라니요. 저는 그저 불쌍한 아이들을 돌봐 준 것입니다.
이좌수	그래?
해강	예. 오해십니다. 제가 현감께 다 말씀드리겠습니다.
이좌수	그럴 순 없을 것이다. 너는, 여기서 역당으로 죽어야 하니까.

놀라서 보는 해강을, 칼로 내리치는 이좌수에서...

───── **S#56 관아 일각 (N)**

시신처럼 눕혀진 해강. 찢어진 옷 틈으로 낙인을 보여주는 병방.
보고 있는 허종문과 이좌수와 규진.

허종문	애심각 뒤편 밀실에도 이 문양이 있었네.
규진	(믿어지지 않는)
허종문	이 사람, 어찌 이런 일을 꾸미도록 몰랐단 말인가.
이좌수	모르기만 한 것이 아닙니다. 우리 아들이 잡아 온 역당을,
	현감과, 현감의 며느리가 나서서 풀어 주었지요.
규진	(할 말이 없는) ...
이좌수	당장 역당의 잔당을 모조리 잡아들여야 할 것이오.
허종문	청수현의 역모 정황이 전하께 알려지면, 책임을 면치 못할걸세.
	장계를 조금 미룰 것이니, 어서 잡아들이게. 그래야 자네도 살아.
이좌수	그 무슨 일보다, 가장! 우선시해야 할 것이오.
규진	(곁에 선 병방에게) 운봉산 수색을 중지하게.
이좌수	(만족스러운, 다행스러운)

—— **S#57 관아 마당 (N)**

도열해 있는 포졸들, 앞에 선 규진.
병방, 낙인 모양을 그려 보여 주고 있다.

규진　　지금부터 청수현에 숨어 있는 역당의 잔당들을 찾아낼 것이다.
　　　　개미 한 마리도 청수현을 벗어날 수 없도록 길목을 모두 차단하고,
　　　　한 사람도 빠짐없이 몸을 뒤져, 낙인이 있는 자들을 찾아내라.
　　　　반항하는 자는 역당이니, 그 자리에서 죽여도 좋다.

—— **S#58 차춘식 집 사랑채 (N)**

차춘식　　헌데, 정말로 애심각에서 그것들이 역모를 모의하기라도 한 걸까요?
이좌수　　(마신 물그릇을 탁, 내려놓고) 무슨 상관입니까. 누명을 씌우면 그뿐.
홍씨부인　　그럼요. 현감의 눈을 가렸으니, 우리 일은 들키지 않겠네요.
이좌수　　잔당들을 잡아들이지 못하면, 책임을 물어 끌어내릴 겁니다.
차춘식　　그리되면, 일거양득이네요.
E　　　　(달그락 소리)
이좌수　　(긴장해서) 누구냐!
웅이　　　(한쪽에서 나오며) 접니다.
홍씨부인　　어머~ 아드님, 거기서 뭐 하고 계세요.
웅이　　　낮에 먹다 남은 약과를 가지러 왔다가 잠이 들어서 그만...
홍씨부인　　그랬어요~? (웅이를 데리고 나가며) 신경 쓰지 말고 말씀들 나누세요.
이좌수　　판은 우리 쪽으로 기울었습니다. 병판께서 관찰사까지 움직여
　　　　　주셨으니까요.
차춘식　　현감은 아주, 똥줄이 타겠습니다~

──── **S#59 청수현 일각 (N) [몽타주]**

장터 / 규진의 지시로,

지나는 모든 성인 사내들의 어깨를 확인하는 포졸들.

거리 / 낙인이 없음을 확인하면 호패에 관인을 찍어 주는 포졸들.

집 안 / 포졸, 집 안 사람들의 어깨를 확인하려는데,

반항하는 양반 하나. 칼을 휙! 뽑아 드는 규진을 보고 놀라서

냉큼 어깨를 열어 보인다.

──── **S#60 규진 집 윤겸 방 안 (시간 경과, N)**

태영, 다급히 짐을 챙겨 윤겸에게 내밀며,

태영 어서요 서방님, 어서 아이들이 있는 안전 가옥으로 가세요.

윤겸 이런 누명을 쓸 순 없습니다. 우리가 역당이라니요.

그때 문이 드륵, 열린다. 서 있는 규진을 보고 놀라는 태영과 윤겸.

규진 짐을 챙겨야 할 듯해 들렀는데, 마침 윤겸이도 집에 있었구나.

태영 서방님께서도 합숙하러 가셔야 해서 짐을 꾸리고 있었습니다.

규진 어깨를 보이거라 (관인을 꺼내며) 호패에 관인을 찍어 주마.

태영 이, 이미, 찍었습니다.

규진 그래. (가려는데)

윤겸 (못 참고) 해강인 역당이 아닙니다.

태영 (당황해 윤겸을 본다) 서방님.

규진 이 시국에 사람들을 모아 군사 훈련을 했으니, 변명의 여지가 없다.

윤겸 군사 훈련을 한 게 아닙니다.

태영	(말리듯 붙드는)
윤겸	아이들이 스스로를 지킬 수 있도록 훈련을 한 것뿐입니다.
규진	(본다) 니가, 그걸 어찌 안단 말이냐.
윤겸	(결심한 듯 웃옷을 벗으려는데)
태영	(말리며) 서방님, 제발...

둘을 보던 규진. 의아한 듯 다가와서
윤겸의 옷을 확, 당기면 드러나는 낙인.

규진	(충격으로) 이, 이게 대체... 이게 왜 네 몸에 있는 것이냐...
태영	(수습하듯 절박하게) 서방님은 소수자인 아이들을 도운 것뿐입니다.
규진	그러니까 그걸 왜? 대체 니가 왜 그런 짓을 해!
윤겸	저 또한 그러하니까요!

태영, 눈을 질끈 감는다. 무슨 말인가 해서 윤겸을 보는 규진.
이내 알아들은 듯, 충격으로 휘청하는 규진을, 놀라서 붙드는 태영.
규진, 천천히 윤겸을 보는데...

윤겸	살려고 했습니다. 살리려고 했습니다.
	그저, 살아갈 방도를 찾아낸 것뿐입니다.
규진	그랬으면 그냥 살았어야지. 감추고 살았어야지!
윤겸	(괴로운) ...
규진	처음으로, 네 어미가 일찍 떠난 게 다행이란 생각이 든다.
	니가 이런 줄 알았으면, 이런 널 낳은 것을 자책했을 것이야.
윤겸	어머니께 부끄럽지 않습니다. 제 삶은 가치가 있습니다!
규진	(때릴 듯 다가서며) 닥치거라!
태영	(애원하듯) 아버님. 부디 노여움을 푸셔요.
규진	(태영을 보고) 어떻게... (윤겸을 본다) 어떻게 니가... 혼례를 해!

태영	제가 원했습니다. 알고도 했습니다. 아버님.
윤겸	(괴로운) ...
규진	... 앞으로는, 아무 일 없이 살아야 할 것이야.
	내 아들로, 태영이의 남편으로만 살아야 할 것이야. 알겠느냐!
	살을 뜯어서라도, 그 팔을 잘라서라도, 당장 낙인을 지워라!
윤겸	... 그리는 못 합니다.
규진	... 뭐?
윤겸	... 저는, 아들이자, 남편이기 이전에, 애심단의 단주입니다.

아프게 보는 태영. 규진, 분노를 이기지 못해 칼을 뽑아 들면,
받아들이듯 눈을 감는 윤겸, 아버님! 하는 태영의 긴 비명에서...

──── **S#61 충청 감영 일각 / 공터 일각 (D)**

기다리고 있는 승휘. 조금 떨어진 곳, 누군가와 흥정하던 만석,
좋아 달려온다.

만석	열흘 후에, 전라도에 옥천에서 낭독회 할 거니 그리 아세요. 데헷~
승휘	얼마를 받기로 했길래 입이 찢어지려고 하는 것이냐?
만석	(말 않고) 전라도야 기다려라~ 내가 간다!
군관	(막아서며) 당장 옷을 벗거라.
승휘	갑자기?

군관, 칼을 뽑으면, 놀라서 냉큼 바지를 내리는 만석.
일동, 만석을 보면, 아닌가 싶은지 얼른 다시 입는 만석.

| 승휘 | (눈을 감고, 칼날을 스윽 민다) 내, 칼날 공포증이 중증인지라. |

만석	(웃장을 까며) 이, 이유라도 알려 주셔야 하는 거 아닙니까요?
군관	(둘의 어깨를 확인하고 호패에 인을 찍으며) 청수현에서 역모가
	일어났다. 충청도 전체를 뒤져 역당의 낙인을 찾아내 죽이라는 명이다.
승휘	지금 청수현이라 하였소?
만석	구덕이 사는 곳 아닌가? 그 시골구석에서 웬 역모?
	에이, 사회적 거리 두기 안 하고 잔치하다가 잡혀갔나 보네요~
	근데 뭘 죽이기까지 하라고 이 난리야 아우, 살 떨려 죽는 줄 알았네.
승휘	숙소에 있는 예인들 다 데려가서 관인 받아와. 귀찮아지지 않게.

S#62 충청 감영 일각 / 안전 가옥 일각 (D)

주변을 경계하며 빠르게 걷는 태영.
돌아보면 생각에 잠겨 걸음이 느린 윤겸이다.

플래시컷〉 S#60 윤겸 방 (전날 밤, N)
분노로 칼을 치켜들었던 규진, 힘없이 칼을 내리고 윤겸을 본다.

규진	넌, 이제 내 아들이 아니다.
태영	아버님...
규진	당장 이곳을 떠나라. 다시 내 눈에 띈다면, 너는,
	내 손에 역당으로 죽을 것이다. 다시는, 돌아오지 말거라.

현재〉 그 말을 들은 듯 서 있는 윤겸을 아프게 보는 태영.
윤겸을 데리고 가는데, 사람들을 검문하며 오는 군관들을 본다.

태영	서방님, 청수현만 수색하는 것이 아닌가 봅니다.

윤겸, 태영의 손을 잡아 얼른 뒤를 도는데, 뒤에서도 오는 군관.
군관들, 둘을 보고 다가오는데,
윤겸과 태영, 한 번 마주 보고 골목으로 달린다.
쫓아라! 역당이다! 잡아라! 오는 군관들에서...

───── **S#63 여각 승휘 숙소 앞 / 안 / 밖 (D)**

정신없이 내달리던 태영과 윤겸. 길 끝의 여각으로 들어간다.

태영   어서, 뒷문으로 피하세요. 어서요!

달려 들어가는 윤겸. 입구에서 멈춰 서는 군관들.
일제히 칼을 뽑아 들더니 신호에 따라 여각 전체를 포위한다.
뒤로 나가려던 윤겸, 포위하는 군관들을 본다. 낭패인데...
경과〉 앞쪽에 선 태영, 잡히면 죽이기라도 할 듯,
윤겸을 찾는 군관들을 두려움으로 본다. 이내,
끌려 나오는, 윤겸을 절망으로 보는데...

윤겸   어허! 어찌 이리 막무가내란 말인가, 놓으시오. 거, 말로 합시다 말로!
군관   당장 이자의 옷을 벗겨라!

군관들 윤겸의 옷을 벗기면 윤겸의 어깨에 낙인이 없다.
태영, 놀라서 뭐지 하는 눈으로 보면,
태영에게 눈을 찡긋하는 사람, 승휘다.

군관   (의아한) 낙인도 없으면서, 왜 도망친 것이냐!
승휘   쫓아오면 도망치는 것이 인간의 본능 아니겠소이까.

군관	(의심스러운 듯 칼을 겨누고) 다른 죄가 있어 도피 중인 것이냐!
승휘	(칼이 목에 닿자 눈을 질끈)
군관	(칼을 더 깊이 밀며) 바른대로 대야 할 것이다!
태영	어찌 군관들께서 죄 없는 자를 겁박하는 것입니까. 이러고 계실 게 아니라, 역당을 잡으셔야지요.

군관들, 서로를 보다가, 칼을 거두면, 호패를 내미는 승휘.

승휘	난, 청수현 현감의 아들인 성윤겸이라 하오.

군관, 호패에 관인을 찍어 승휘에게 돌려주고
미심쩍다는 듯 보다가 나간다.
다들 나가고 나서야, 긴장이 풀려 숨을 몰아쉬는 승휘.

태영	(다가와서 걱정으로) 괜찮으십니까 도련님?
승휘	(끄덕이고) 너는, 너는 괜찮은 것이냐.
태영	어찌 여기 계셨습니까. 서방님은요?

승휘, 뒤를 보면, 승휘의 평범한 옷을 입고, 삿갓을 든 윤겸이 나온다.

─── **S#64 승휘 방 안 (잠시 전, D) [플래시컷]**

숨을 곳을 찾던 윤겸, 군관들의 발소리에 얼른 가까운 문을 여는데,
막 옷을 갈아입으려던 승휘와 눈이 마주친다.
서로를 보는 승휘와 윤겸.

승휘	당신은...

윤겸	나를... 아시오?
승휘	그쪽도 나를 아는 표정이오만...
윤겸	(뒤를 흘깃 보고 어째야 하나 싶은지 나가려는데)
승휘	(바깥의 소란을 듣고) 쫓기는 것입니까?
윤겸	숨을 만한 곳을 찾고 있소.
승휘	왜, 역당의 낙인이라도 있는 것이오?
윤겸	난 역당이 아니오.
승휘	낙인은 있단 소리네.
윤겸	(가려는데)
승휘	바꿔 입읍시다.
윤겸	(본다)
승휘	(망설임 없이 벗으며) 뭐 하고 있소?
윤겸	잘못돼서 들키면, 그쪽도 죽게 될 것이오.
승휘	(벗어 내밀며) 상관없소이다.
윤겸	마음은 고맙지만, 나 때문에 위험하게 할 순 없소.
승휘	(본다) 그쪽을 돕는 것이 아닙니다.

보는 둘에서, **현재**〉 **승휘 숙소 앞 (D)**

윤겸	참으로 큰 신세를 졌습니다.
태영	감사합니다 도련님.
승휘	(윤겸에게 속상한 한마디) 현감의 아들이 역당이라니, 안 될 말이지 않소.
태영	오해입니다. 결코 역당이 아닙니다.
승휘	(보다가 태영에게 내외하듯 거리 두며) 어서 가세요. (윤겸에게 호패 내밀며) 인이 있어도 검문받을 수 있으니 조심하시오. 마을 쪽은 위험하니, 여각 뒤, 나무 옆으로 난 샛길로 가야 할게요.
윤겸	(받고) 고맙소이다.

승휘　　(망을 보듯 밖을 보며) 어서, 어서 부인을 모시고 안전한 곳으로
　　　　가시오.

깊게 인사하고 다급히 사라지는 둘을, 걱정으로 보는 승휘에서...

───── **S#65 나루터 (D)**

기다리고 있는 배를, 차마 타지 못하는 윤겸을 보는 태영.

태영　　(뒤를 보며) 어서요. 어서 충청도를 벗어나야 합니다.
　　　　아버님과 도련님은 제가 잘 모실 터이니, 걱정 마세요.
윤겸　　도착하는 대로, 연통하겠습니다.
태영　　일이 잠잠해지고, 아버님께서 노여움을 푸시면, 꼭 돌아오셔야 합니다.
윤겸　　(끄덕이며) 반드시 그래야지요. 내 약조하리다.
태영　　(끄덕이고) 부디, 몸조심하세요. 서방님.

배에 타는 윤겸을, 울지 않으려 애쓰며 보는 태영에서...

───── **S#66 규진 방 안 (D)**

정복을 한 채 앉은, 초췌한 얼굴의 규진. 들어오는 태영을 본다.

규진　　기어이, 널 두고 가더냐.
태영　　(애써 미소로) ...
규진　　... 그동안, 네가 많이 외로웠겠구나.
태영　　한순간도 외롭지 않았습니다. 서로를 누구보다 잘 알았으니까요.

	게다가, 아버님도, 도련님도, 저를 넘치게 아껴 주시지 않습니까.
규진	... 그리 말해 주니 고맙다.
태영	저는, 서방님이 하시는 일을 이해합니다 아버님.
규진	... 난, 이해할 수 없어. 다만,
	아비가 되어 자식에게 그리 모진 말을 한 것이 미안할 뿐이다.
태영	아버님의 마음, 잘 아실 것입니다.
규진	... 기별을 허할 터이니, 이 집을 떠나거라.
태영	(놀라는) 아버님.
규진	강건하게 마음먹고 떠나거라, 돌아보지 말고 가.
태영	어찌 저를 내치려 하십니까. 전 성씨 집안의 맏며느리입니다.
	제발 이 집에서 서방님을 기다리게 해 주세요.
규진	돌아올 생각이면 떠나지 않았을 것이야.
태영	그렇지 않습니다 아버님. 반드시 돌아오시기로 저와 약조를 /
규진	우리 집안이 무사하지 못할 것이다. 그러니 떠나거라.
태영	그렇지 않습니다. 애심단이 역당이란 증좌가 없으니,
	아버님은 아무 일 없을 것입 /
허종문E	청수현의 현감, 성규진은 나와 교지를 받으라.

기다렸다는 듯 일어나는 규진, 놀라 밖을 보는 태영에서...

─── **S#67 규진 집 마당 (D)**

마당에 가득한 군관들과 관찰사 허종문과 이좌수.
식솔들, 이게 무슨 일이냐는 듯 어리둥절 모여 있는데 나오는 규진.
도겸, 놀라 뛰어나와 규진에게 가려 하면, 얼른 붙드는 태영이다.
규진, 무릎 꿇고 절을 하면, 교지를 펼쳐 읽는 허종문.

허종문   도처에 들끓고 있는 그릇된 역심이,

맑은 물의 고장인 청수현까지 닿은 것이 심히 아프다.

군사를 양성하고 모의한 것은, 반역임이 명명백백한바, 이를 방관하여

수괴를 놓친 현감 성규진의 직무 유기는 역모에 가담한 것과 진배없다.

규진   (받아들이듯 눈을 감는다)

식솔들   (억울해서 어쩔 줄 모르는)

태영   부당한 교지이옵니다 관찰사 영감. 역당을 잡지 못했다면,

그들이 역당이라는 증좌도 없는 것이지 않사옵니까.

이좌수   니년이 빼돌리거나 현감이랑 편 먹고 전처럼 그자들을 놓아준 게

아니냐?

태영   모함입니다!

이좌수   네 이년! 언제까지 말장난으로 모면할 것이냐!

네년의 그 잘난 주둥이가, 전하의 교지를 이길 성싶으냐!

태영   (허종문을 보며) 관찰사 영감...

허종문   교지를 막아선 아니 될 것이야. (교지를 보고 이어서 읽는다)

따라서, 현감 성규진을 삭탈관직하고, 그 가산과 식솔을 몰수하여,

충격으로 보는 태영과 식솔들.

막심, 쓰러지려 하면 붙드는 도끼.

허종문   충심으로 역당을 진압하고 처단한 청수현 유향소의

좌수 이충일에게 포상으로 하사한다는 어명이다.

도끼   뭐, 뭐라는 겨, 이게 무슨 이게 뭔 말도 안 되는 소리여!

이좌수   (기쁨을 감추지 못하는)

끝동   이, 이럴 수는 없는 거예유~

도겸   아버지, 아버지!

소리에, 돌아보는 태영의 눈에 들어오는,

모든 걸 받아들이듯 쓰러지는 규진에게 달려가는 태영에서...

───── **S#68 전라도 옥천 공터 (얼마 후, D)**

오색 깃발로 화려하게 꾸며진 공터에 가득한 사람들.
그 앞으로 예인들 각자 나와서 공연하고, 사람들 즐겁다.
무대에서 책 서명회를 하는, 화려하게 차려입고 가리개를 한 승휘.
근처에서 군관들과 대화하는 심각한 만석을 곁눈으로 보며 앞의
여인에게,

승휘   낭자는 이름이 어찌 되십니까.

예주   지 이름 말이여라? 예주라 하지라잉.

승휘   예주 낭자 (책에 서명해 주며) 아프지 말고, 승휘 꿈꿔요.

만석   (다음 사람에게) 잠시 쉬었다 하실게요.

승휘   (일어서서 오며) 군관들은 왜 와 있는 게야?

만석   앞으로 5인 이상 모인 곳은 아예 저렇게 나와서 지킨대요.

승휘   근데, 너는 얼굴이 왜 갑자기 썩었어?

              큰돈 만져서 너무 흥분한 것 아니냐?

만석   큰돈 돌려줘야 하니, 심장이 타들어 가서 그래요.

승휘   큰돈을 왜 돌려줘. 나 낭독회 못 해?

만석   ... 제 얘기 들으면 못 하실 거 같아서요.

승휘   (보다가) 구덕이한테 무슨 일 있구나.

만석   (걱정으로 끄덕이는) ...

─── **S#69 규진 집 (이좌수 집) 마당 (D)**

대청에 잔칫상을 벌이고 앉아 즐거운 유향소 향원과 부인들.

이좌수　현감이, 지병이라도 있었나 봅니다. 그리 쉽게 세상을 하직하다니요.

차춘식　우리 나이에는 요절을 조심해야 하는 법이지요.

홍씨부인　살아 있었으면, 이 집 **뺏기고** 얼마나 배가 아팠으려나~ 안 그래요 사부인?

김씨부인　(그닥 유쾌하지 않은) ...

웃고 떠드는 일동을, 벌게진 눈으로 손을 부들부들 떨며 보는 막심.
막심이 사고 칠까 봐 걱정되는지, 끌고 가는 도끼.

홍씨부인　원래 집안에 여자를 잘못 들이면, 이런 사달이 나는 겁니다.

다른부인　외지부네 뭐네 설치지만 않았어도, 현감이 그 지경까진 안 되었을 겁니다.

이씨부인　친정도 화적 떼에게 도륙이 나서 아버지며 식솔들이 다 죽지 않았습니까?

─── **S#70 태영 친정집 별당 마당 (D)**

그 말을 들은 듯, 상복 입고 홀로 서 있는 괴로운 태영. 위로 들리는,

홍씨부인E　팔자가 드세고 재수가 없는 여자는, 주변에 해를 입히는 법이지요.

고통스러운 태영, 어디선가 들리는 말 울음소리에 보면,
겨우 담을 넘어 들어오는, 공연복이 만신창이가 된 몰골의 승휘.

다가오는 승휘를 보며 한 걸음 물러서는 태영. 멈춰 서는 승휘.

태영   도련님 방에 숨었다 들킨 날, 맞아 죽어야 했습니다.

아니면, 여각에서 화적 떼들에게 죽었어야 했습니다.

감히, 주제넘게 아씨 대신 살아, 벌을 받는 겁니다.

승휘   ...

태영   제가 재수가 없어 사람들이 다 떠납니다.

여각의 이모도, 태영 아씨도, 백이도, 아버님도 돌아가셨고,

아버지도 어디 있는지 생사도 모르고, 서방님도...

승휘   ...

태영   그러니 도련님도 가까이 오지 마세요.

저는, 죽어 마땅한 더러운 구더기이니까요...

승휘   ... 구덕이는 죽었다더니, 태영 아씨로 살겠다더니,

지금 네 모습은 쓰개치마를 쓰고 숨어 살 때와 다르지 않구나.

태영   (본다)

승휘   어찌, 태영 아씨가 되지 않고, 흉내만 내고 있는 것이냐.

태영   ... 예?

승휘   다른 사람을 연기할 때, 그저 흉내를 내면,

사람들은 금세, 내가 진짜가 아니란 걸 알아차린다.

머리만 아니라, 가슴으로, 진짜 그 사람이 되어야 해.

진짜, 옥태영이라면, 이렇게 울고 있었겠느냐?

태영   ...

승휘   더는, 태영 아씨를 흉내 내는 구덕이로 살지 말거라.

더는, 언제 정체를 들킬까 전전긍긍하지 말고,

진짜, 태영이가 되란 말이다.

태영   ...

승휘   이 말을 해 주려고 사흘 밤낮을 달려왔다.

그러니, 어울리지 않는 약한 모습 치우거라.

네 입으로 결코 역모가 아니라 하지 않았느냐.

니가 진짜 옥태영이라면, 이러고 있었을까?

진짜 옥태영이라면, 진실을 밝혀내야지.

그래서 복수를 해야 하지 않겠느냐?

태영   (보다가) 복수는, 하지 않을 것입니다.

승휘   (보면)

태영   다만, 모두 되찾을 것입니다.

강해진 태영의 눈빛을 보며, 이제 되었다는 듯 태영을 보는 승휘에서...

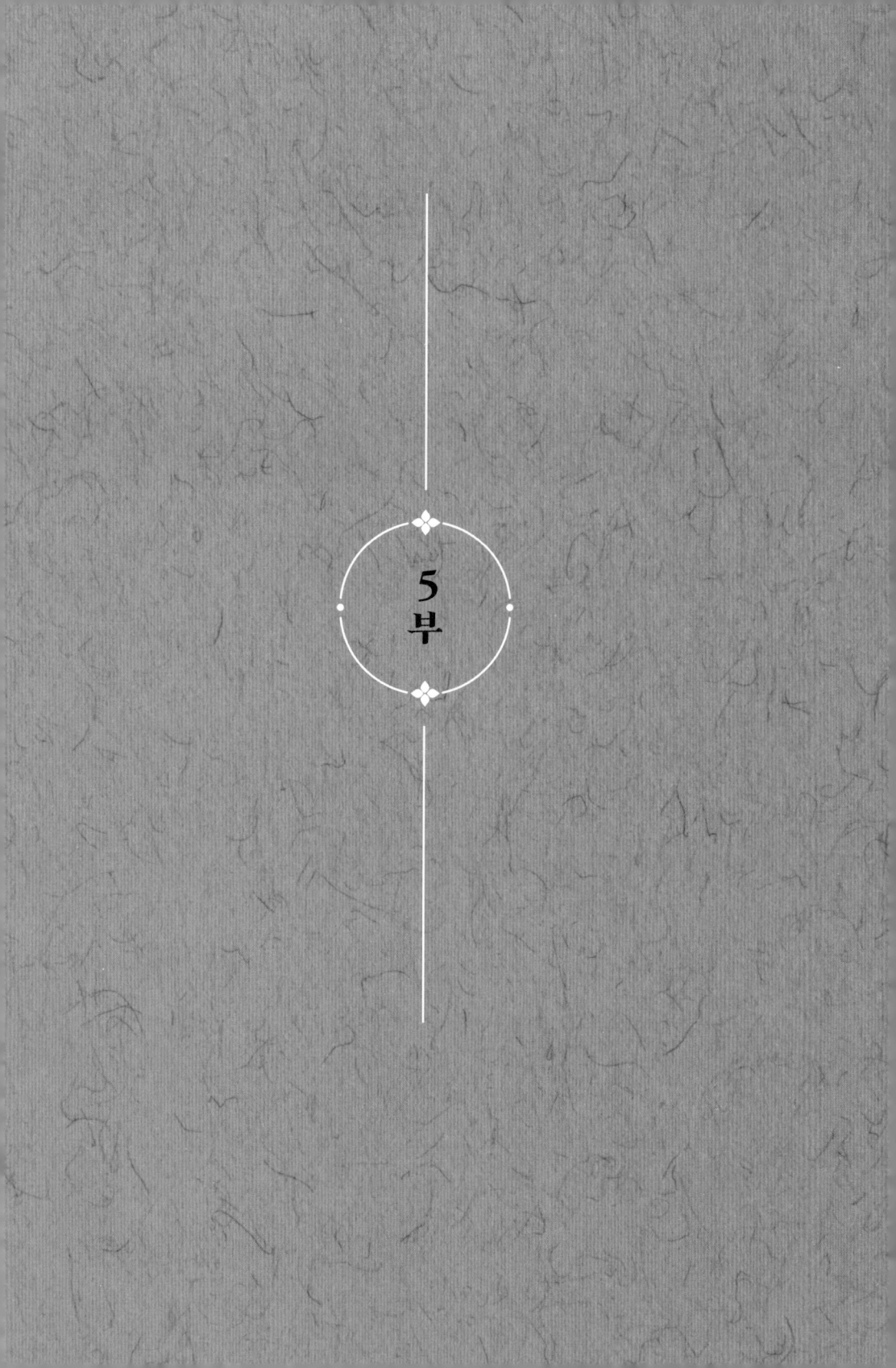

5부

S#1 태영 친정집 별당 마당 (D) [4부 엔딩씬 연장]

홀로 서 있는 괴로운 태영,
다가오는 승휘를 보다가 한걸음 물러선다.

태영   도련님 방에 숨었다 들킨 날, 맞아 죽어야 했습니다.

        플래시컷〉 1부 S#39 멍석에 말려 맞고 있는 구덕.

태영   아니면, 여각에서 화적 떼들에게 죽었어야 했습니다.

        플래시컷〉 1부 S#68 불길 속의 진짜 태영을 보며 울부짖는 구덕.

태영   감히, 주제넘게 아씨 대신 살아, 벌을 받는 겁니다.
승휘   ...
태영   제가 재수가 없어 사람들이 다 떠납니다.

(그리움과 슬픔이 가득한) 여각의 이모도,

플래시컷 〉 1부 S#66 태영에게 비단옷을 입혀주는 끝분.

태영   태영 아씨도,

플래시컷 〉 1부 S#62 태영에게 꽃이를 꽂아 주던 진짜 태영.

태영   백이도,

플래시컷 〉 2부 S#36 꽃신을 신은 두 발을 톡톡 부딪치는 백이.

태영   아버님도 돌아가셨고,

플래시컷 〉 4부 S#6 가마에서 내리는 태영을 기쁜 얼굴로 보는 규진.

태영   아버지도 어디 있는지 생사도 모르고,

플래시컷 〉 1부 S#4 개죽의 목에 헝겊을 둘둘 말아 주는 태영.

태영   서방님도...

플래시컷 〉 4부 S#65 배에 타는 윤겸을 보는 태영.

승휘   (아프게 보는) ...
태영   그러니 도련님도 가까이 오지 마세요.
      저는, 죽어 마땅한 더러운 구더기이니까요...
승휘   ... 구덕이는 죽었다더니, 태영 아씨로 살겠다더니,

지금 네 모습은 쓰개치마를 쓰고 숨어 살 때와 다르지 않구나.

태영   (본다)

승휘   더는, 태영 아씨를 흉내 내는 구덕이로 살지 말거라.

더는, 언제 정체를 들킬까 전전긍긍하지 말고,

진짜, 태영이가 되란 말이다.

태영   ...

승휘   진짜 옥태영이라면, 진실을 밝혀내야지.

그래서 복수를 해야 하지 않겠느냐?

태영   (보다가) 복수는, 하지 않을 것입니다.

다만, 모두 되찾을 것입니다.

—— **S#2 태영 친정집 태영 방 안 (D)**

태영, 밥을 먹는 승휘 앞으로 물을 놔 준다.

승휘, 그런 태영을 보다가 수저를 놓으면,

태영   더 드세요. 사흘 동안 아무것도 못 드셨다면서요.

승휘   너는 뭘 좀 먹었느냐? 얼굴이 더....

태영   (보면)

승휘   못생겨졌다.

태영   (보다가 저도 모르게 피식)

승휘   그래 웃어야지. 웃는 모습을 보니 좋구나.

태영   정말로, 절 응원하려, 사흘을 내리 달려오신 것입니까?

승휘   그럼 뭐, 나와 함께 떠나자 또 꼬시러 온 줄 알았느냐?

태영   예.

승휘   ... 뭐, 만석이가 그러라고 등 떠밀긴 했어.

플래시컷〉옥천 공터 일각 (D)

공연을 기다리는 사람들을 두고, 말 쪽으로 오는 승휘와 만석.

만석   가서 괜히 쉰소리나 나불대지 말고요. 딱 데리고 오세요. 구덕이.
승휘   뭘 어떻게 데려와 엄연히 혼례를 치른 유부녀를 보쌈이라도 하란
              말이냐?

의아한 듯, 둘 쪽으로 오는 사내들을 확인하고,
다급해지는 승휘와 만석.

만석   시아버지도 돌아가시고 남편도 사라졌다잖아요.
사내   어이 거기? 싸게 싸게 시작할 준비는 안 하고 어딜 가쇼?
만석   지켜 줄 사람도 없는데 계속 양반 행세하다가 들키기라도 하면
              어떡해요!
승휘   그렇지. (하며 말에 타면)
사내2   어어어~ 시방 우리 돈 다 받아 놓고 요로코롬 토끼면 거스기하재잉?
만석   빨리 가요!
승휘   다녀올 테니 뒷일을 부탁하마. 이랴!
사내   어이 천승휘 어딜 가! 으미 어째스까나잉, 이 느자구 없는 것들이!
만석   꼭 데려와요 꼭! (멱살 잡히면서도) 사랑은 쟁취하는 거야! 아자!

현재〉희미하게 웃는 태영.

승휘   너무 힘들면, 도망치는 것도 나쁘지 않다.
              그런다 한들 아무도 너를 원망하지 못할 것이야.
태영   ... 진실을 밝혀내고 복수를 하라신 지 한 식경도 지나지 않았습니다.
승휘   그리되면 얼마나 좋겠느냐만, 혹여라도 불가능한 일에 매달릴까
              걱정돼서. 아무리 니가 대단한 외지부라 해도,

어명을 되돌리긴 쉽지 않을 것이다.

태영   ...

승휘   한 번쯤은 이기적이어도 된다. 남편도 없는 마당에,

집안의 모든 짐을 너 혼자 짊어질 필요는 없어.

태영   ...

승휘   당분간은 전에 묵었던 여각에 있을 터이니 /

도겸E   형수님. 안에 계십니까?

놀라 마주 보는 둘. 승휘, 당황해 일어나려는데, 말리듯 보는 태영.

───── **S#3 태영 친정집 태영 방 앞 (D)**

문을 열고 나오는 태영, 봇짐을 등에 메고 서 있는 도겸을 본다.

태영   도련님? 왜? 이 봇짐은 뭐예요?

도겸   함경도에 먼 친척분이 계시다 들어 그리로 가려 합니다.

태영   (버선발로 내려와) 도련님, 그게 무슨, 어찌 이러십니까.

도겸   가게 해 주십시오. 저는 형수님의 짐이 되고 싶지 않습니다.

태영   짐이라니요 도련님.

도겸   아버지도 돌아가시고, 형님도 안 계시는데,

남과 다름없는 제가 어찌 형수님 댁에서 폐를 끼치겠습니까.

태영   남이라뇨, 이제 제 가족은 도련님밖에 없습니다.

도겸   (보다가) 저도 형수님밖에 없습니다.

(눈물 터지는) 저도 가고 싶지 않습니다.

태영   (안아 주며) 절대 못 갑니다. 절대로...

도겸   오늘만 울고 절대로 울지 않을 것입니다.

반드시 노력해서, 집안을 일으키겠습니다 형수님.

태영   (눈물 닦아 주며) 저두요. 저도 성씨 집안의 맏며느리로서,
반드시 아버님의 명예를 되찾아 집안을 지켜 내겠습니다.

—— **S#4 태영 친정집 태영 방 안 (D)**

살짝 열린 문틈으로, 둘을 보고 있는 승휘.
다 들은 듯, 조금은 씁쓸하고, 쓸쓸한 승휘에서... Out.

—— **S#5 규진 집 (이좌수 집) 이좌수 방 (며칠 후, D)**

골똘히 셈해 가며, 금의 수량, 값 등 출납 상황을 장부에 채우고 있는
이좌수. 문을 열고 들어오는 김씨부인을 보자, 슬쩍 장부를 덮고 좌탁
아래로 치운다.

김씨부인 어찌 제게 말씀도 없이 식솔들에게 손님 맞을 채비를 시키신 겁니까?
이좌수   아~ 오늘 박준기 대감께서 청수현에 들르신다. 연통이 왔길래.
김씨부인 (의심의 눈초리) 박준기 대감께서 청수현에는 왜요?
이좌수   대감의 본가가 근처인데 못 올 곳도 아니고 (하다가)
이 사람 설마, 내가 아직 금광에 미련을 뒀을까 봐 그러시오?
김씨부인 눈엣가시 같던 현감이 세상을 떴으니, 그런 생각을 해 볼 법도 하지요.
이좌수   박대감을 설득해 발견한 노두는 진작 조정에 보고했으니 염려 마시게.
안 그래도 잠채를 하는 무리들이 많아 나라의 곳간이 비었다는데,
내 어찌 그런 형편없는 유혹에 빠졌었는지, 참으로 부끄러워.
김씨부인 (계속 보는데)
이좌수   역당을 진압한 내 활약을 치하하러 오시는 거요. 사람 참.
김씨부인 ... 준비하지요.

이좌수	사돈 댁도 오시라 했으니 그리 아세요.

신경 쓰이는 듯, 스윽 이좌수의 좌탁을 보는 김씨부인에서...

───── **S#6 규진 집 (이좌수 집) 행랑 (D)**

바쁘게 음식 준비를 하는 막심을 졸졸 따라다니는 도끼.
거슬린다는 듯 보는 막심.

막심	왜 이리 걸리적거려? 내 팔꿈치에 꿀 발라 놨어?
도끼	우린 보이지 않는 끈으로 연결된 사이라 그러자녀.
막심	염병 같은 소리 허네. 뭐 내가 사고라도 칠까 봐?
도끼	아녀? 아씨 마님헌티 보내 달라고 덤비거나 도망칠 거 아녀?
막심	아녀, 안 그래도 억울하고 분해서 억장이 무너지실 것인데,
	나까정 괜한 짓 해서 걱정 보탤 일 있나?
도끼	어찌 그리 기특한 생각을 허는 겨어~ 이뻐 죽겄어.
막심	헌디 끝동아. 엄밀히 말하면 우린 옥씨 집안 재산 아녀?
끝동	아녀, 모든 법에 우선하는 것이 임금님 명이라, 어쩔 수 없구먼.
도끼	(답답한) 서방님 소식은, 아직 몰러?
끝동	몰러, 이 집은 솔거들을 절대 문밖에 못 나가게 하니, 통 알 길이 없네.
막심	(한숨으로) 대체 어디 계신디 현감 나리 소식도 못 듣고 계신 겨.
	참말로...
도끼	우리 아씨 마님 가여워서 워척혀. 매일 밤을 눈물로 지새면 워척혀.
막심	(잠시 생각하다가) 그르진 않으실 겨. 내 느낌적인 느낌이 그려.

S#7 감영 일각 (D)

감영 입구를 지키고 있는 문졸들. 이제나저제나, 기다리듯 서 있는 태영을 본다.

문졸1   (정면 보며 곁눈으로) 또 오셨네.

문졸2   (곁눈으로 보고) 엊그제 담 넘다가 걸린 마님 맞지?

문졸1   잘 지켜 봐, 또 무슨 짓을 할지 몰라.

문졸들, 태영에게서 눈을 떼지 않는데, 마침 급히 나오는 허종문과 군관들.

태영   (다급히 가며) 관찰사 영감.

군관들, 다가오지 말라는 듯 태영을 막아서면, 태영을 알아본 허종문.

허종문   (앞으로 나오며) 자네는, 성현감의 며느리 아닌가.

태영   아뢸 말씀이 있습니다.

허종문   (바쁘다는 듯 군관들을 보고, 빨리 말하라는 듯) 무슨 일인가.

태영   운봉산을 수색해 주십시오.

허종문   운봉산을 무엇 때문에?

태영   명주 상단에서 팔려 간 아이들이 분명 산에 있을 것입니다.
아버님께서 하시려던 일인데 /

허종문   허면, 새 현감이 부임해서 하면 될 일이지.

태영   아이들입니다. 무슨 일을 당할지 알 수 없습니다.

종사관   (급한) 가셔야 합니다. 영감.

허종문   (태영에게) 그보다 중한 일이 훨씬 많네. (가려는데)

태영   허면, 역모는 어떻습니까. 역모에 대한 말씀은 중하니, 드려도 되겠습니까?

허종문   (멈춰 서서 본다)

태영   어찌하여, 그토록 빨리 역모라 장계를 올리신 것입니까.

어찌하여, 역당의 증좌가 없는데도 역모라 단정 지으신 것입니까.

허종문   (다시 보채려는 군관에게 기다리라 손짓하고)

모여 있으면 역모로 처단한다는 방을 보지 못했더냐.

게다가 그 밀실에는, 목검들과 무예 서적들이 즐비했고,

그 역당은 문서들을 모조리 불태웠다.

역모를 도모한 흔적이 도처에 있었어.

태영   역모가 아닙니다. 그들은, 불쌍한 아이들을 도왔을 뿐이니 재수사를 /

허종문   증좌는, 아니면 증인이라도 있는가? 어찌 자네 말만 듣고 재수사를

하겠나?

태영   그곳에는 어찌 오신 것입니까? 혹시, 청수현 이좌수가 제보를 한

것입니까?

허종문   아니, 난 채방사 박준기의 제보를 받아 움직인 것이네. 대답이 다

되었나?

태영   (더 할 말이 없는, 참담한)

허종문   (가려다가) 몇 해 전, 자네 덕에 화적 떼를 잡아 관찰사에 재임할 수

있었네. 그런 자네가 내가 신임하던 성현감의 며느리가 되어 참으로

반가웠어.

태영   ...

허종문   이번 일은 나도 몹시 안타깝네. 허나,

복수심은, 명분이 될 수 없어.

태영을 두고 가는 허종문에서...

S#8 규진 집 (이좌수 집) 마당 (D)

한쪽에서 일하고 있는 막심. 들어오는 차춘식과 홍씨부인.
기다리던 김씨부인 목례하면, 차춘식 먼저 안으로 들어간다.

홍씨부인   아우~ 하루가 멀다고 잔치를 여시니, 문턱이 닳겠습니다.
　　　　　하긴, 꿈으로 얻은 집이 이리 대궐 같으니 나 같아도 자랑하고
　　　　　싶겠어요.
김씨부인   인연이 깊은 박준기 대감께서 방문하신다니 대접을 하는 것이
　　　　　도리이지요.
홍씨부인   암요. 그래야지요. 인연이 어디 보통 인연입니까~ 은인이지요~

김씨부인, 무슨 말이냐는 듯 보는데,
서둘러 들어가려던 홍씨부인, 막심을 본다.
고개를 숙이고 가려는 막심을 확 붙들고 얼굴을 들여다보는 홍씨부인.

홍씨부인   가만, 이년은, 백별감 댁 도령에게 꼬리치다 뒈진 꽃뱀 년의 어미
　　　　　아닙니까?
막심   (꾹 참고 고개를 숙이고 있는)
홍씨부인   아니 사부인, 어찌 이 재수 없는 년을 집에 두고 있는 것입니까?
　　　　　이년 때문에 우리 유향소의 체신이 바닥에 떨어진 걸 모르세요?
　　　　　이년 때문에 백별감 댁이 멸문지화를 당했다구요.
막심   ...
김씨부인   곧 손님이 오실 텐데, 이만 안으로 드시지요.
홍씨부인   (안 듣고) 안 그래도 옥태영이 얼마나 이를 갈고 있을 텐데,
　　　　　이년이랑 짜고 무슨 짓을 꾸밀지 모릅니다.
막심   (놀라서 보는) 아, 아니구먼유 마님. 죽은 듯이 있을 테니께 제발...
김씨부인   (듣고 보니 신경 쓰이는 듯 막심을 본다)

홍씨부인	사부인! 이년이 밥에 독이라도 타면 어쩌시게요.
막심	아, 아니어유 절대로, 절대로 그런 일 없을 거구만유.
홍씨부인	마침 궁촌리에 노비 장이 열린다 하니, 당장 내다 파세요!
막심	(엎드려서) 제발요 마님. 여기 있게 해 주세유.
	그래야 오다가다 아씨 마님 얼굴이라도 보고 소식이라도 들을 건디...
홍씨부인	지금 들으셨죠? 이년 분명 옥태영이랑 내통할 것입니다.
막심	내통이라니유. 절대 아니구먼유...

엎드려 빌고 있는 막심을, 생각하듯 보는 김씨부인에서...

───── **S#9 태영 친정집 앞 (N)**

힘이 빠져 터벅터벅 오는 태영. 이제나저제나 기다리다 달려오는
식솔을 본다.

태영	왜 그래? 무슨 일이야?
태영집식솔	그것이... 막, 막심이가...

───── **S#10 규진 집 (이좌수 집) 앞 (N)**

이좌수의 집 앞으로 놓여 있는 박준기의 가마. 기분 좋게 취한 박준기.
박준기를 배웅하러 함께 나온 이좌수와 김씨부인 곁으로 선 덕훈과
선희.

박준기	(덕훈에게) 우리 덕훈이! 자네, 얼마나 훌륭한 아버지를 두셨는지
	알아 몰라.

덕훈	압니다. 역당을 몰아내시고 청수현을 지켜 내신 아버지가,
	참으로 자랑스럽습니다.
이좌수	(뿌듯한 듯 덕훈의 어깨를 툭툭 치고)
박준기	자네 말이야. 한양에 오거든 나를 찾아오게. 내 든든한 뒷배가 되어 줄
	테니. 내, 자네 아버지와는 호형호제하는 사이니, 내가 큰아버지가
	아니겠나.

박준기와 함께 허허 웃는 이좌수를,
거슬리는 표정으로 보는 김씨부인.
일동, 박준기를 태운 가마를 향해 고개를 숙였다 일어나면,
상복 차림으로 황망하게 오고 있는 태영이 보인다.

선희	(막아서듯) 야심한 밤에 무슨 일이니, 여기가 어디라고.
태영	(이좌수와 김씨부인에게) 막심이를 팔 것이라 들었습니다.
이좌수	그래서.
태영	부탁드립니다. 막심이를 제게 보내 주십시오.
이좌수	그래? 허면, 값은 얼마를 쳐주겠느냐?
태영	얼마를 부르시던 드리겠습니다.
이좌수	노비 값인 열 냥. 거기에 네 집과 땅과 재산도 내놓는 것은 어떠하냐.
태영	(본다)
이좌수	왜, 그것으로도 네 노비 년을 대신하기엔
	턱없이 부족하다 잘난 척을 하지 않았더냐?
	아니면, 그때 꿇지 못한 무릎이라도 한번 꿇어 보던가.
김씨부인	이만 들어가시지요. (덕훈에게) 처를 데리고 이만 들어가거라.

태영, 보다가 무릎을 꿇으면 놀라서 보는 일동.
지나가던 양반들이나 거리에 있던 식솔들, 보는데...

김씨부인	무슨 짓입니까. 어서 일어나요. 어서!
	(이좌수에게) 일어나라 하세요! 아랫것들이 봅니다.
태영	부탁드립니다. 막심이만 돌려주신다면 언젠간 제가,
	반드시 좌수 나리를 돕겠노라 약속드리겠습니다.
이좌수	(어이없는) 이런~ 건방진 년, (덕훈에게) 들었느냐? 나를 돕겠다는구나.
덕훈	외지부라 나서지만 않았더라면, 역당인 악공은 진작에 처단당했을 터,
	그랬다면 현감이 그리 당하진 않았을 텐데, 어찌 자중하지 못하시오!
선희	그리도 들먹이던 법은 뒤로하고 무릎이나 꿇고 있다니...
태영	(괴로운) ... 제발 부탁드립니다...
이좌수	애당초 현감의 그늘이 아니었다면 아무것도 아니었던 주제에,
	감히 너 따위가 무슨 일로, 어찌 나를 돕겠다는 것이야?
	돌려줄 것이라고는 아무것도 없으니, 썩 물러가거라.

이좌수, 덕훈, 선희와 함께 들어가고, 보다가 들어가는 김씨부인.
일어나지도 못하고 있는 괴로운 태영에서...

───── **S#11 규진 집 (이좌수집) 행랑 (N)**

최대한 덤덤한 척, 짐을 꾸리고 있는 막심을 보며,

도끼	(괴로운) 한시도 눈을 떼선 안 됐었는디. 아이고 (가슴 치며) 나
	죽겠네.
막심	해마다 백이 기일 되거들랑, 백이 뿌린데 가서 술 한 잔만 따라 줘.
	팔려 가고 나면, 다신 못 돌아올 거 같으니께...
도끼	아우, 나 어떡혀. 너 가면 나는 워찌 살라고오...
막심	글고, 좀 살 만해지거든, 어떻게든 아씨 마님 꼭 챙겨야 혀, 알겄재?
	걱정 안 하시게, 나 아주 좋은 집으로 갔다 전하고. 이?

울지 말고, 술 먹지 말고, 내 생각... 많이 하지 말고, 이?

도끼   (손 붙들고) 우리 도망치자. 너랑 나랑 둘이 도망치자.

막심   평생 쫓기면서 살고 싶은 겨?

도끼   아니믄 나도 같이 가, 나도 팔려 갈 거여.

막심   같은 집으로 팔려 간단 보장이 없자녀.

도끼   그, 근가? 워메 워척혀...

끝동   (들어오며) 아씨 마님 밖에 계시디야.

막심   왜! 어찌 아시고! 어떤 썩을 것이 아씨 마님 귀에 전한 겨!

끝동   오셔서, 이 잡것들 앞에 무릎 꿇고 빌었다는구먼.

도끼   (괴로움으로 가슴 치는) 워메. 워메! 이게 뭔 일이여.

—— **S#12 규진 집 (이좌수 집) 앞 (새벽녘)**

밖으로 나오던 김씨부인.
밤을 지샌 듯, 아직도 문밖에 선 태영을 본다.

김씨부인   (놀라는) 계속, 여기 있었던 겁니까.

태영   ... 부탁드립니다. 제발...

김씨부인   (보다가) 안 된다면 어쩌려고...

태영   ... 따라가야지요. 어떻게든 제가 데려와야지요...

김씨부인   ...

태영   제게는, 어미와 다름없는 소중한 사람입니다.

          ... 더는, 소중한 사람을 잃을 순 없습니다.

막심E   아씨 마님...

태영, 보면, 작은 보따리를 들고 선 막심이다.

태영	막심아...
막심	지가 집으로 가려고 했는디, 워째 아침부터 오셨어유.
태영	집으로 가다니?
막심	(김씨부인을 향해 넙죽 큰절하며) 참말로 감사합니다요 마님.
태영	무슨...
김씨부인	데려가게. (막심에게) 가서 잘 뫼시거라.
태영	저, 정말이십니까?
막심	(부둥켜안고) 아이고... 다시는 못 보는 줄 알았네.
태영	(같이 끌어안고) 막심아... (김씨부인에게) 참으로 감사합니다.
	제가 이 은혜는, 반드시 갚겠습니다.
김씨부인	(짠한 듯 보는)

─── **S#13 유향소 자모당 (D)**

홍씨부인	내다 파시라 했더니, 돌려보내셨다구요?
김씨부인	사부인 뜻대로 한 것이지 않습니까.
홍씨부인	(어이없다는 듯) 예?
김씨부인	내 집에 뒀다가 무슨 일을 당할지 걱정이 되더라구요.
홍씨부인	그래요 뭐, 그깟 노비 하나쯤, 돌려줘도 되지요. 그만큼 빼앗았으니.
김씨부인	(본다) 빼앗다니요? 전하께 포상으로 하사받은 것입니다.
홍씨부인	(푸훗, 웃음이 나는) 예~ 예~ 어련하시겠습니까.
김씨부인	(어이없는) 어찌하여 이리 비아냥대는 것입니까.
	할 말이 있으면 제대로 하세요.
홍씨부인	할 말은 없구요. 그냥, 이리도 눈치가 없으셨나 싶네요~
김씨부인	(거슬리는) ...

S#14 태영 친정집 마당 (D)

태영   저기, 운봉산에 함께 갈 사람을 좀 알아볼 수 있을까?

막심   (빨래 털다가 눈이 땡글) 서, 설마, 산에 있는 애들 구하러 가시게유?

태영   구하긴~ 아이들이 있다는 것만 알면, 관찰사께서 도와주실 것 같아서.

막심   (보다가 한숨) 말린다고 안 갈 사람도 아니고. 알아볼게유.
         장정들루다가.

태영   (손 붙들고) 니가 와서 너무 좋다. 도련님만 두고 가기가 엄두가 안
         났는데,

         같이 손 붙들고 흔들던 막심, 채비하고 나오는 도겸을 보더니 쉿~

S#15 태영 친정집 앞 (D)

         태영 집 근처를 서성이는, 삿갓을 눌러 쓴 승휘.
         누가 지나가면 지나가는 척, 갔다가 다시 왔다 하며 답답한,

승휘   얘는 사람이 기다린다는데, 기별이 없어 기별이 쯔.

         에잇, 하고 돌아서서 가는 승휘의 정강이를
         누군가 야무지게 걷어찬다. 아야! 하고 한 발로 깡충깡충 뛰는 승휘.
         보면, 분노에 차 씩씩대는 도겸이다.

도겸   왜 이제 오신 겁니까! 대체 어딜 갔다 오신 거예요!

승휘   야! 너 왜 때려! 왜 사람을 다짜고짜 때려! 아우 아파.

도겸   그까짓 게 뭐가 아프다고 오두방정이십니까 형님!

승휘   나 니 형님 아니거든요?

도겸	지금 장난하실 땝니까!
승휘	어허, 아니라지 않느냐! 난 널 몰라요!
도겸	예? (그럴 리가 없는데? 형님 맞는데?) 허면, 벗어 보십시오.
승휘	아니라면 아니지 뭘 벗으라 마라야? 콩만 한 도련님이? 어?
도겸	(진짜 아닌가?) 아닐 리가 없는데... 뒷모습 완전 똑같고,
	음성도 비슷한데. 정말 형님이 아니십니까?
승휘	(조금 짠한 듯 보다가) 내가 도령의 형님이라면,
	도령의 형님이 아니라고 할 이유가 있겠습니까?
도겸	(납득되는) 아...
승휘	사람을 너무 기다리다 보면, 닮았다 착각을 할 수도 있고.
도겸	(좀 기죽은 의심) 헌데 왜 이 집 앞에 계셨습니까?
승휘	지나가지도 못합니까. 뭐 여기가 전부 도령의 땅이오?
도겸	(그렇지 싶은) ...
승휘	확인도 안 하고 사람을 그리 야무지게 후려 패다니 원.
도겸	그것은, 죄송합니다. 제가 형님께 너무 화가 나서 그만...

꾸벅 인사하고 가는 도겸, 그래도 수상하다는 듯 휙, 돌아본다.
승휘, 아니라는 듯 고개를 저으면, 알겠다는 듯 가는 도겸.

승휘	(혼잣말) 참으로 씩씩하고 똘망똘망한 도련님일세.
	(하면서도) 아우 아파. (돌아서려는데 누군가 승휘 등짝을 쫙!)
	아! 왜 또 때려 왜!
만석	(한쪽 눈 밤탱이 된 채로) 뭐를 또 때려요. 한 대 때렸구만.
승휘	너 얼굴이 왜 그래. 맞았느냐? 괜찮은 것이야?
만석	참 나, 제가 이렇게 됐으면, 그쪽은 어떻게 됐겠어요.
승휘	어떻게 되긴, 아무렇지도 않겠지.
만석	맞아요. 나만 뒈지게 처맞았어요.
승휘	돈 욕심 좀 그만 내라니까, 환불해 주지 그랬어!

만석	내가 안 해 줬겠어요? 찢어지는 심정을 꾹꾹 눌러 가면서 환불해
	줬는데도! 천승휘 데려와서 공연 약속 지키라고, 난리난리.
	예인들 싹 다 담보로 잡아 놓고 나만 놔 줬어요. 천승휘 잡아 오라고.
승휘	정말 큰일이구나. 어찌하여 이놈의 인기는 하늘 높은 줄을 모르는
	것인지.
만석	됐고, 빨리 가요. 구덕이랑은 얘기 잘된 거죠? 짐 싸서 나온대요?
승휘	(눈 둘 데가 없는)
만석	(눈치챈) 하아...
승휘	어린 시동생이 있더라고.
만석	(몰랐던) 예?
승휘	아버지도 돌아가시고, 형님도 집을 나가고,
	하루아침에 혼자 되어 구덕이 친정에 같이 있는데,
	어떻게 걜 두고 구덕이만 쏠랑 데려가. 안 그래?
만석	(한숨만 나오는) 에휴...

—— **S#16 유향소 학당 마당 (D)**

쉬는 시간, 놀고 있는 학동들을 보며 그냥 앉아 있는 도겸 곁으로
앉으며,

웅이	나는 네가 삼년상을 지내야 해서 학당에 못 나오는 줄 알았다.
도겸	형님이 돌아오시면 지낼 것이다. 내가 안 왔으면 했느냐?
웅이	왔으면 했다. 니가 있어야, 니 핑계로 장원 안 할 게 아니냐?
	니가 없으면 어머니께서 나더러 장원하라고 하실 것이 분명하니.
도겸	(미소) 다행이구나. 가까운 형수님 댁에 몸을 의탁했으니,
	매일 나와 열심히 학문을 닦으마.
웅이	난 니가 너무 가엾다. 현감 나리는 아무 잘못도 없는데 집도 뺏기고.

도겸	현감의 자리가 그런 것이다. 역당의 수괴를 놓쳤으니, 책임을 져야지.
웅이	에이, 현감 나리 눈 가리려고 애심각에 누명 씌운 건데 무슨 역당이야.
도겸	(본다) 어?
웅이	전에 들었는데, 좌수 어른께서 뭘 감추고 있는 모양이더라고.
도겸	(다시) 어?
웅이	(본다. 내가 무슨 말을 한 거지) 어?
도겸	너 방금 뭐라 한 것이야?
웅이	(수습하려는) 아무 말도 안 했다.

얼른, 다른 학동들 곁으로 가 버리는 웅이를 보는 도겸에서...

―――― **S#17 태영 친정집 마당 (N)**

태영	다시 한번 말씀해 보세요. 이좌수가 뭘 감춰요?
	아니, 웅이가, 정확하게 뭐라 했습니까?
도겸	(기억하듯 또박또박) 현감 나리 눈 가리려고
	애심각에 누명 씌운 건데 무슨 역당이야, 이리 말했습니다.
태영	... 눈을 가리려고...
도겸	하도 이상해서, 무슨 소린지, 다시 물으니,
	절 위로하려고 지어낸 말이라 하긴 했는데, 자꾸 신경이 쓰입니다.
태영	(끄덕이고) 막심이가 부추전을 아주 맛있게 지졌는데,
	먹으면서 서책 보세요, 잠시 좀 다녀올게요. 아셨죠?

―――― **S#18 규진 집 (이좌수 집) 김씨부인 방 또는 일각 (N)**

복잡한 심경으로 앉아 있는 김씨부인. 들리는,

홍씨부인E   이리도 눈치가 없으셨나 싶네요~

뭔지 모르겠는지 답답한데 떠오르는,
플래시컷〉 S#5 이좌수 방
쓰던 장부를 좌탁 아래로 넣던 이좌수.
현재〉 자리에서 일어나는 김씨부인에서...

────   **S#19 관아 옥사 (N)**

다급히 오는 태영. 초췌한 몰골로 갇혀 있는 병방을 본다.

태영   병방. 괜찮으시오...
병방   (천천히 고개를 든다) 아씨 마님... 현감 나리는 잘 모셨는지요.
태영   (끄덕이고 주변을 보고, 작게) 아무래도 내 짐작이 맞는 듯하네.
병방   예?
태영   이좌수가 아무리 아버님과 반목하는 사이였다고는 하나,
         누명까지 씌워 아버님을 몰아갈 이유가 없을 거라 생각하면서도
         자꾸 마음에 걸려 이상했는데, 이제야 그 이유를 알겠어.
병방   (보면)
태영   이좌수는, 아버님의 눈을 가리려고 한 것일세, 그래서
         명주 상단 아이들 찾는 것을, 운봉산 수색을 막으려고 한 것이야.
병방   (듣고 보니) 운봉산 수색을 하기 전날 밤에, 역모라 제보가 들어왔지요.
태영   아버님을 말리기엔, 역모만 한 것이 없었을 테니까...
         애심각에서 훈련을 한 지는 꽤 되었고, 어쩌다 알게 되었던 모양이네.
병방   아씨 마님께서는, 알고 계셨습니까? 정말로 역모가 아닙니까?
태영   그렇네. 그것은 내가 정확히 알고 있어. 다만 증좌가 없을 뿐...
병방   (보다가) 이좌수가 무엇을 감추려 했는지는 모르겠으나,

역당의 낙인을 가진, 해강이를 벤 사람은, 이좌수가 맞습니다.

태영   (본다) ... 역당을 없앤 게 아니라, 역당이 아니라는 증좌를 없앤
       거였군...

─────   **S#20 규진 집 (이좌수 집) 이좌수 방 안 (N)**

이좌수   (막 문을 열고 들어온) 기어이, 찾아냈구만.
김씨부인   (좌탁 근처에 서서 장부를 든 채, 충격인) 금을, 캐고 계셨습니까.
       기어이 박준기 대감의 개가 되었느냐 말입니다!
       그것도 (장부를 흔들며) 사돈에게 돈을 빌려서요?
이좌수   (뻔뻔해지기로 한) 아니 아니, 순서가 잘못됐소.
       돈을 빌린 담보로 사돈을 맺은 것이지요.
김씨부인   어찌 이런 짓을 저지를 수 있습니까!
이좌수   다 덕훈이가 줄을 잡기 위해서 /
김씨부인   덕훈이 핑계 대지 마세요! 덕훈이는 스스로 할 수 있었단 말입니다!
이좌수   그래서요. 이제 와서 뭘 어쩌자고~
       그냥 눈 딱 감고 호의호식하면 될 일이지 어찌 소란이야!
김씨부인   나리!
이좌수   부인 말대로 눈엣가시 같던 현감이 죽었는데 무슨 걱정이냐고!
김씨부인   설마... 현감을 없애려 일부러 누명을 씌운 것입니까?
이좌수   그랬다 한들, 증명할 길은 없을 테니 걱정 마시게.
김씨부인   (무슨 소리냐는 듯 보면)
이좌수   증좌가 될 애심각의 악공은 내 손으로 없앴으니까.
김씨부인   (충격인) 나, 나리!

홍씨부인   뭘 그리 열불을 내십니까. 이미 엎질러진 물인데.

김씨부인   어떻게 이런 일에 돈을 대고 동조를 할 수 있습니까!

           이 일이 들키기라도 하면 어찌 되는지 모르세요!

홍씨부인   왜 들켜요? 부인만 조용히 계시면 되지 않습니까?

김씨부인   당장 광산을 철수하고 조정에 고할 테니 그리 아세요.

홍씨부인   그랬다간, 양가 집안은 물론 애들까지 해를 입을 텐데요?

           기어이 우리 사위 앞길을 막아야 속이 시원하겠어요?

김씨부인   (어쩌지 못하는, 고통스러운)

홍씨부인   (웃고) 참으로 사돈을 맺어 놓길 잘했습니다.

김씨부인   (차마 말이 안 나오는)

홍씨부인   그냥, 모르는 척하세요. 여태도 모르셨잖아요.

           그러니 죽은 현감 방에서 다리 뻗고 주무셨겠지요.

김씨부인   (그랬구나 싶은, 끔찍한)

홍씨부인   아무것도 모르고, 옥태영한테 노비 년을 돌려주면서

           선심 쓰시는 모양이 어찌나 우습던지.

김씨부인   (그랬구나 싶은, 괴로운)

——— S#22 장터 (D)

대장간에서 뭔가를 받아 나오는 태영. 휙, 돌아보면,

승휘가 휙 숨는다.

승휘, 고개를 뿅 내밀고 보면, 태영이 없다.

어디 갔지, 하는 얼굴의 승휘.

빠르게 걸으며 사람들 틈을 보지만 태영은 없다.

낭패라는 듯 돌아서는데,

앞에서 빤히 승휘를 보고 있는 태영.

화들짝 놀라 엄마야 하는 승휘.

태영 그걸 미행이라고 하시는 겁니까?

승휘 미행이라니, 수행을 하는 것이다.

태영 제가 수행이 필요해 보이십니까?

승휘 넌 어쩜 그렇게 나 따위 안중에도 없는 것이냐?

태영 (바쁘게 가며) 제가 지금 경황이 없지 않습니까.

승휘 (따라가며) 또 어딜 가는데! 잠깐 잠깐! 나 뭐 하나만 묻자.

태영 (가며) 물어보십시오. 제가 좀 바빠서요.

승휘 널 기다리는 동안 얻은 정보에 의하면 말이야.

     애심각에서 역모를 꾸민 악공이, 보통의 사내랑 다르다며?

태영 (본다) 궁금한 것이 그것입니까?

승휘 아니, 그 악공과 네 낭군의 관계가 궁금하다.

태영 (본다)

승휘 왜 그 악공에게 있다는 역당의 낙인이, 너의 낭군에게도 있었을까?

태영 (주변을 흘깃 보고 작게) 어디 가서 절대 그런 말씀 하시면 안 됩니다.

승휘 어떤 거? 낙인이 있는 거? 아니면... 보통의 사내와 다르다는 거?

태영 (보는 데서) ...

───── **S#23 일각 인적이 드문 곳 (D)**

앉아 있는 태영과, 왔다 갔다 하는 승휘.

태영 우린, 서로의 비밀을 지켜 주기로 약조하고 혼례를 했습니다.

승휘 그러니까 넌 왜 대체 니가 노비였다는 사실을 밝혔냐고 왜!

태영 그럼 뭐, 속이고 혼례를 하란 말씀입니까?

천지신명께 드리는 맹세를 거짓으로 했다가 천벌받으면,

책임지시겠습니까?

승휘   천벌은 그자가 받아야지! 비겁하게 저 혼자만 살겠다고 떠났다고!

태영   서방님은, 지키고 돌봐야 할 아이들이 있어 떠난 것입니다!

승휘   니 서방이 지켜야 할 사람은 너야!

너는 니가 우선순위가 아닌데 속상하지도 않아?

태영   속상해할까요? 저 울까요? 그러지 말라고 응원하러 오셨던 거

아닙니까?

승휘   (말문 막히는) 그랬지! 그치만!

태영   그리고, 제가 누구랑 혼례 하던 도련님이 무슨 상관이십니까?

승휘   왜 상관없어. 난! 누구보다 니가 행복하길 바라는 사람인데.

태영   (보다가) 이만 가 보겠습니다. 제가 지금 계획이 있어서요.

승휘   뭔데, 내가 도와줄게.

태영   위험한 일입니다.

승휘   그니까 도와줄게! 지금 너 도울 사람 나뿐이잖아.

백면지 한 장도 맞들면 가볍다는 말 모르느냐?

제발 뻗대지 말고 좀 도와 달라고 하거라.

태영   지난번에 도와주신 일만으로도 차고 넘칩니다.

제발 더는 저를 위해, 목숨을 걸지 말아 주세요.

목례하고 가 버리는 태영을 답답한 듯 보는 승휘에서...

───── **S#24 규진 집 (이좌수 집) 사랑채 (D)**

홍씨부인   (앉으며) 부인께서 유서를 남기고, 사라지시다니요?

이좌수   (유서를 손에 쥔, 참담한)

홍씨부인   (빼앗아 읽는)

차춘식	속이 많이 상하셨던 모양입니다. (궁금한) 뭐라 써 있습니까.
홍씨부인	자식들에게 해가 가는 걸 원치 않으니, 우리 죄를 짊어지고 죽겠답니다.
차춘식	아이고... 이를 어쩝니까.
이좌수	조용히 사람을 풀어 찾아봐야지요.
홍씨부인	그러다 사위가 알게 되면요! 절대 안 됩니다.
이좌수	(그렇겠군. 머리가 아픈) ...
홍씨부인	(종이를 구겨 버린다) 제가 소문을 내지요. 동네 사내놈이랑 눈이 맞아 가출했다 하겠습니다.
차춘식	(인상) 그건 너무 망신스러운 일이 아닙니까.
이좌수	(안 내키는) 어찌 그런...
홍씨부인	이 정도는 되어야, 사위가 수치심이 들어 찾지 않을 겝니다.
이좌수	(좀 걸리긴 하지만 설득되는)
차춘식	헌데... 행여라도 마음이 바뀌어, 어디 가서 말이라도 하시면...
홍씨부인	어디 가서 누구한테 말을 해요? 새 현감은 부임도 안 했는데요?
차춘식	현감 며느리요. 난 사실, 그 여자가 아는 게 제일 무섭습니다.
홍씨부인	제까짓 게 이제 와서 안다고 한들, 무슨 수가 있겠습니까. 그깟 노비 년 하나 돌려받자고 무릎까지 꿇었는데요.
차춘식	하긴...
홍씨부인	현감도 죽었겠다, 서방도 사라졌겠다. 식솔들도 다 뺏겼으니, 이제 조선 팔도에 그 여자 도와줄 사람은 아~무도 없을 겝니다.

─── **S#25 규진 집 (이좌수 집) 마당 (N)**

도끼의 등을, 어깨를, 머리까지 밟고 담을 넘는 끌동.
도끼, 잘 다녀와. 하고 돌아서다 지켜보고 있는 수노를 보고 식겁.

수노	시방 담 타고 나간 거, 끝동이여?
도끼	아이고, 들켜 부렀네. 허허...
수노	이 사람이, 이 집은 솔거들 문밖출입 안 되는 거 몰러?
	당장 마님께, 아니, 나리께 알려야겠네.
도끼	(막아서서) 거 집안도 싱숭생숭헌디, 괜히 일 키우지 말어.
	괜히 말했다가 단속 못 한 자네꺼정 매타작을 당하면 워쩌. 이?
수노	그건 그려.
도끼	끝동이가, 한창 기운 펄펄하고 피가 끓는 나이잖여.
	혼례를 약속한 처자가 물레방앗간에서 기다린다는디 워쩌겄어.
수노	그려어?
도끼	(어깨동무 하며) 가서 나랑 음양곽주나 한잔 찌끄리자고.
	나도, 내 짝지가 없으니께 솔찬히 쓸쓸하구먼.

───── **S#26 물레방앗간 (N)**

주변을 스윽 살피고, 물레방앗간으로 들어오는 끝동.
뻐꾹~ 하면, 저쪽에서도 뻐꾹~ 한다. 끝동, 소리 나는 쪽으로 가면,
임신했던 여 관노, 봉순 애비, 구씨 등, 동네 노비들 우르르.
다들 은밀, 비장...

구씨	운봉산 산천도여. (내밀며) 내가 운봉산 약초꾼 때 만든 거구만.
	쉬어가는 움막이랑 폐가들까정 싹 표시되었으니 솔찬할 것이여.
끝동	오메. 이 귀한 것을. 참말로 큰 힘이 되겠네. 고맙구먼.
구씨	내가 고맙지. 아씨 마님 덕분에 덕흥사에 뺏겼던 전답도 찾았는디.
끝동	(여 관노를 보며) 자네는, 그 봉수꾼이라는 오래비랑 얘기 잘됐는가?
여 관노	이, 봉우리마다 다님서, 뭔 낌새가 있으면 냅다 불을 싸지르기로 혔어.
끝동	그려, 고맙네. 다들, 저짝이 낌새 못 채도록 입 관리 철저히 하고,

저짝서 낌새가 있음 나헌티 바로 알리고, 알겄재?

일동   (비장하게 끄덕이는)

───   **S#27 태영 친정집 태영 방 안 (N)**

봇짐을 싸고 있는 태영. 산천도를 들고, 막 들어와 앉는 막심.

막심   (산천도 주며) 끝동이 다녀갔어유. 얘기 잘됐다네유.

태영   (받아 들고 넘겨 본다) 다들 정말 고맙다.

       아, 근데 끝동이 그렇게 돌아다녀도 괜찮은 거야?

막심   좌수 부인 일로 집안이 뒤숭숭하께. 출입이 좀 한갓진가 봐유.

태영   (조금 차가운) 부인께서는, 아직 소식 없으신 거지?

막심   참말로 난 믿어지지가 않아유. 절대 그럴 분이 아니실 거 같은디.

태영   대체 뭐지... (거기 신경 쓸 때가 아닌) 막심아. 도련님 좀 잘 부탁할게.

막심   여기 걱정은 마시라니께유. 그나저나,

       기껏 사람들 모으라더니, 이제 와서 왜 혼자 간다 그러셔유.

태영   여럿이 다녔다간 눈에 띄기 쉬울 것이야.

       게다가, 청수현에서 사람이 비면 분명, 의심 살 것이고.

       증좌만 손에 쥐면 바로 내려올게. 너무 걱정 마.

막심   참말로 혼자 괜찮으시겠어유?

태영   (본다) 나 혼자 아니야.

막심   (무슨 소린가 싶은)

───   **S#28 마을 끝 (새벽녘)**

허리춤에 칼을 차고 간편한 복장에 봇짐을 한 태영. 홀로 걷는데,

태영의 곁으로 합류하는 무복 차림을 한, 승휘다.

빠르게 걷는 둘에서.

——— S#29 운봉산 초입 (D)

태영, 산을 오르다 승휘를 본다. 승휘, 왜 보냐는 듯 보면,

태영 　그리 입으시니 영락없이 서방님과 닮아서요.

승휘 　자세히 보아라. 내가 네 서방보다 훨씬 낫지.

　　　닮긴 어디가 닮았다고 (하다가 나무에 부딪힐 뻔) 오우야.

태영 　예. 안 닮았네요.

승휘 　(옆으로 와 걸으며) 그러는 너야말로 영락없는 사내 녀석 같구나.

태영 　그리 보인다니 다행입니다.

승휘 　그러고 보니, 우리 처음 만났을 때도, 너는 사내로 변복을 하고 있었지.

　　　패랭모를 쓰고 지두를 팔았었다. 엄청난 폭리를 취해 가면서.

태영 　네 도련님은, 콧물을 질질 흘리던 난봉이였구요.

승휘 　하하, 맞다 난봉이. 그러고 보니 우리에게도 추억이 꽤 있구나.

　　　그날 나는 너에게 관자를 주었고, 우린 첫 마음을 나누었지.

태영 　(멈춰 서서) 무슨 마음을 나눠요? 기억을 왜곡하지 마십시오.

승휘 　거 야박하게, 반가움에 추억을 좀 더듬어 본 것을.

태영 　(이상하게 본다) 더듬긴 뭘 더듬습니까?

승휘 　아니, 그런 더듬더듬이 아니잖아! 너 알면서 /

태영 　좀 떨어져서 와 주시겠습니까? 저는 유부녀입니다.

승휘 　너 진짜 순수하게 도와주려는 이 갸륵한 마음을 곡해하지 말아 줄래?

태영 　솔직히 말씀드리면 그다지 도움 될 거라 기대하지는 않습니다만.

승휘 　두고 보거라. 이 산을 내려왔을 땐 분명 내게 고맙다 할 테니.

태영 　(걱정인) 지금 우리가 뭘 하러 가는지는 알고 계신 거죠?

승휘	(급 냉철한) 청수현 유향소의 이좌수는 운봉산에서 꾸미는 일을 숨기려,
	애심단을 역당으로 몰아, 네 집안의 모든 것을 빼앗았다. 하여,
	이좌수가 왜, 도대체 무엇을 감추려 했는지 운봉산을 수색해,
	아이들을 찾아내고, 애심단이 무고하다는 증좌 또한 찾아
	네 집안의 명예를 회복하려 한다.
태영	(뭐지... 싶은)
승휘	(뿌듯) 나 완전 종사관 같았지? 요즘 수사물을 써 보는 중이었거든.
	(잘난 척) 이것이 바로 매소두(魅召頭) 연기라는 것이다.
	(뒷짐 지고) 엣햄~
태영	(따라가며) 처음 들어봅니다. 매소두(魅召頭) 연기요?
승휘	도깨비 '매', 부를 '소', 재능 '두'. 마치 도깨비처럼
	여러 사람으로 변해가면서 연기하는 재능을 말하는 것이지.
태영	지어낸 거죠?
승휘	응. 너만 지어내라는 법 있느냐?

가는 승휘를 어이없이 보다가 따라가는 태영에서...

───── **S#30 운봉산 일각 (D)**

이름 모를 야생화들이 지척에 피어 있어 장관을 이루는 운봉산.
태영, 가려다가, 바위에 걸터앉아 산천도를 보는, 호흡 가쁜 승휘를
본다.

태영	설마, 벌써 쉬시는 겁니까?
승휘	쉬다니, 산천도를 분석하고 (호흡) 있는 거 안 보이느냐.
태영	(와서 근처에 걸터앉으며) 수사물을 쓰신다 하셨습니까?
승휘	관심 가져 줘서 고맙구나. 글과 공연을 함께 준비할 것이다.

물론 내가 주인공이지. 훤칠한 외모와 빼어난 무술 솜씨,
초인적인 통찰력으로 범죄 행동을 분석할 뿐 아니라,
능수능란한 화법으로 결정적 증좌를 얻어 내는
한성부 포도청 소속의 종사관이 바로 나다.

태영   헌데 그 종사관 나리,
           (산천도를 뒤집어 주며) 지도도 똑바로 못 보시네요.

승휘   (지도를 살피는) 아?

태영   이런 데서 발 연기가 티가 나는 겁니다.
           (가며) 매소두 연기는 무슨. 쯔쯔. 도움이 안 돼 도움이.

승휘   (노려보다가) 두고 보거라. 이 산을 내려갔을 땐 분명 내게 /

태영   빨리 오십시오!

승휘   간다!

────── **S#31 운봉산 작은 암자 (D)**

들어오는 태영과 승휘.
플래시컷 〉 S#19 관아 옥사 (N) [연결]

병방   운봉산 초입에 있는 작은 암자에,
           현감 나리께서 남기신 증좌가 있습니다.

────── **S#32 운봉산 작은 암자 방 안 (D)**

태영과 승휘, 죽은 듯 누워 있는 해강을 보는 위로,
플래시컷 〉 4부 S#56 관아 일각 (N) [연장]

좌수	그 무슨 일보다, 가장! 우선시해야 할 것이오.
규진	(곁에 선 병방에게) 운봉산 수색을 중지하게.

병방, 참담한 얼굴로 끄덕하다가, 해강의 움직이는 손끝을 본다.
놀라 규진을 보면, 규진도 본 듯, 허종문과 이좌수 모르게 병방에게
끄덕하는...
현재〉 태영, 안타까운 얼굴로 해강 곁에 앉은 스님을 본다.

태영	좀 어떠합니까.
스님	피를 너무 흘렸습니다. 언제 깨어날지... (모르겠다는)

──── **S#33 운봉산 작은 암자 일각 (D)**

밖으로 나오는 승휘와 태영.

승휘	해강이는 스님께서 잘 돌봐 줄 것이니,
	어서 올라가자. 이제 아이들을 찾아야지.
태영	(걱정으로) 도련님, 그 칼, 혹시 다룰 줄 아세요?

승휘, 보란 듯 칼을 뽑아 하늘로 한 바퀴 휙 돌리고 멋지게 자세
잡는다.

승휘	공연을 한 적이 있어, 칼춤은 자신 있다.
태영	(근처의 짚 더미 묶음을 가져와 들고는) 한번 쳐 보세요.
승휘	너, 다칠 텐데?

태영, 해 보라는 듯, 보면, 승휘, 퍽! 내리치지만 잘려 나가지 않는다.

승휘	이게 내가 베어 본 적은 없어 가지구.
태영	다시, 자세 한번 잡아 보시겠습니까?

승휘, 다시 자세를 잡으면,
태영, 발목의 방향과 칼날의 각도를 만진다.

태영	(다시 짚 더미를 들고) 단전에서 힘을 끌어 올리세요.
	칼끝에 그 힘을 넣는다 생각하시고, 단숨에 내리쳐야 합니다. 다시!

승휘, 집중하더니, 저도 모르게 기합을 으아압! 하고 휘두르면,
뎅강. 잘리는 짚 더미에 놀라는 승휘.

승휘	이게 되네?
태영	사병을 마주치면, 그렇게 하시는 겁니다.
승휘	사, 사람을 베라고? 우리 수, 수색만 하는 거 아니었어?
태영	운이 나쁘면, 사병들에게 들킬 수도 있으니까요.
승휘	몇 명이나 있을까 사병. 하나? 둘?

─── **S#34 운봉산 채광장 (D)**

여러 명의 사병들. 일하고 있는 아이들을 감시하면서 일을 돕고 있다.
긁히고 다쳐 피가 덕지덕지한 채로, 좁은 갱내에서 노두를 집어내고,
고인 물을 퍼내는 아이들과, 캔 노두를 수레에 싣고 있는 춘삼이와
사병. 수레를 밀다 넘어지는 춘삼에게 일어나! 하며 채찍을 내리치는
지행수에서...

—— **S#35 규진 집 (이좌수집) 사랑채 (D)**

이좌수, 마주 앉아 차를 마시는 허종문을 긴장으로 보고 있다.

이좌수 　모처럼 오셨는데 부인이 출타 중이라 접대가 변변치 않습니다.

허종문 　아... 부인에 대한 소문은 들었습니다.

이좌수 　... 제가 부덕한 탓이지요... 헌데 어쩐 일로...

허종문 　궁금한 게 있어서 말입니다.

이좌수 　(뭐냐는 듯 보면)

허종문 　내 그때는 경황이 없어 미처 생각지 못했습니다만, 박준기 대감은
　　　　 청수현 사람도 아닌데, 어찌 애심각의 역모 정보를 알았을까요?
　　　　 그리고 좌수께선 어찌 아시고, 적시에 애심각으로 오신 겁니까?

이좌수 　어찌 아셨는지는 저도 모르나, 제게 연통을 주셔서 간 것이지요.

허종문 　박준기 대감께서는 병판 대감과도 막역한 사이라 들었는데...

이좌수 　... 예. 뭐 저도 그 얘기는 들었습니다. 헌데 그건 왜...

허종문 　(말 돌리듯) 그나저나 집이 참 좋습니다.
　　　　 들어오는 대청마루에서 보니, 운봉산이 한눈에 들어오더군요.

—— **S#36 기방 또는 박준기 집 사랑채 (N)**

이좌수 　운봉산을 들먹이는 걸 보면, 뭔가 눈치채고 떠보는 게 아닐까요?

박준기 　그 여우 같은 자가, 조용히 넘어갈 리 없을 거라 예상은 했네.

이좌수 　행여라도 군을 움직여, 운봉산을 수색하기라도 하면 어쩝니까.

박준기 　이미 감영에 사람을 붙였어. 군이 움직이면 바로 알 수 있을 게야.

이좌수 　(안도하는) 역시, 한 수 앞을 내다보십니다.

박준기 　너무 염려 말게. 자네 뒤엔 내가 있고, 내 뒤엔 병판이 계신데.
　　　　 뭐가 그리 두려운가. 방해되는 것들은 다 없애 버려~ 내 책임질 테니.

이좌수 (침을 꿀꺽) 그래도 어수선하니, 산에 연통을 넣어 놓는 것이...
박준기 (끄덕이는) 그래. 뭐, 조심해서 나쁠 거야 없지.

──── S#37 운봉산 폐가 안 (N)

막 들어와, 방바닥에 손을 대 보는,

태영 따뜻한가? 불을 때긴 했는데...
승휘 (발가락이 아픈지 열심히 주무르며) 내가 한다니까.
태영 할 줄 모르시잖아요.
승휘 어 미안... 가르쳐 주면 배우마. 나 잘 배우지 않더냐.
태영 (한쪽에 봇짐을 풀면 나오는 주먹밥 두 덩어리) 됐습니다.
승휘 인적이 드물어 화적 떼도 없는 산이라더니, 더러 폐가가 있네.
태영 인근에 몇 채 더 있는 걸로 보아, 초입에는 사람들이 좀 살았었나
        봅니다.
승휘 초입이라니, 중턱도 넘게 올라왔다.
태영 (주먹밥 두 개 중 큰 덩이를 종이에 싸서 내밀며) 이게 마지막이에요.
        내일부터는 먹을 걸 직접 구해야 합니다.
승휘 재밌겠구나. 우리 내일 일은, 내일 생각하고,
        (받지 않고, 작은 덩이를 맨손으로 쥐고) 니가 큰 거 먹거라.
        (맛있게 먹는) 음~ 아주 단짠단짠이 끝내주는구나.
태영 방금, 발가락을 만지셔서 그런 게 아닐까요?
승휘 그래서 간이 잘 배었구나. 어디 네 것도 좀 만져 주랴.
태영 (막고) 저는 싱겁게 먹습니다.
승휘 (보란 듯이 더 맛있게 먹는다)
태영 (미소로 보다가) 내일부터는 산이 가파르고 돌길입니다.
        이 봉을 넘어도 또 봉우리가 끝없이 나올 것이구요.

무장한 사병들도 언제 마주칠지 알 수 없습니다.

승휘   무슨 말이 하고 싶은 것이냐.

태영   오늘까지 동행해 주신 것도 큰 힘이 되었으니,

        날이 밝으면 내려가시는 게 좋을 듯해요.

승휘   됐거든? 너 내 칼춤 솜씨를 보지 못했더냐?

태영   정말로 죽을 수도 있어요 도련님.

승휘   겁주지 말거라. 나 지금 즐기는 거 안 보이니?

태영   폐가에서 주먹밥 한 덩어리 드시고 뭐가 즐거우신지.

승휘   넌 여기가 폐가로 보이고, 우리가 먹은 게 주먹밥 같지?

태영   예?

승휘   여긴 아늑한 주막이다. 산을 오가는 사람들이 쉬어가는 곳이지.

        너랑 나랑 들어오면 주모가,

        (여인 목소리로) '어서 오시오~' 하면서, 우리 둘을 보더니,

        (여인 목소리로) '부부요? 그럼 한방을 써야겠네?

        아니어도 어쩔 수 없어~ 우리 집엔 방이 하나뿐이거든 호호호.' 하겠지.

태영   (미소)

승휘   그러고는 이 방에 앉은 우리에게 커다란 암탉을 한 마리 잡아 줄

        것이다.. 그러면 너랑 나랑 허겁지겁 얼굴에 뭐가 붙는지도 모르고

        나눠 먹을 것이야.

        태영, 얘기에 빠져들어 한쪽을 보면,

        닭이 차려진 상 앞에 마주 앉은 승휘와 태영.

승휘E   난 아마 커다란 닭 다리를 뜯어 내, 후후 불어 식혀서 너에게 줄 것이다.

        승휘, 커다란 다리를 하나 뜯어 후~ 불어 내밀면,

        왕~ 하고 베어 먹는 태영.

        더없이 행복해 보이는 자신의 모습을 보다가

슬며시 미소를 짓는 태영.

승휘 어떠냐. 지금도 네가 먹은 것이 주먹밥 같으냐?

태영 ... 도련님은 참으로 대단한 이야기꾼이십니다.

    이런 상황에서도 저를 웃게 만들고, 시름을 잊게 하시니까요.

승휘 거봐라. 내가 있어 다행이지. 그러니 내려가라고 하지 마.

태영 ... 예.

승휘 어때, 조금 더 들려 주랴. 내 오늘은 너만의 전기수가 되어 주마.

태영 (그러라는 듯 끄덕인다)

승휘 그러다 밤이 되면, 주막에 오가던 손님도 찾아들고,

    우린 단둘이 방에서 밤을... 보내게 되겠지.

태영 (어이없는)

승휘 허면 너는 (흉내) '저는 유부녀입니다!' 하면서 베개로 방을 나누고는,

    (흉내) '이 베개를 넘어오시면 당장 관아에 발고할 것입니다!' 할 테고.

태영 (웃고) 허면 도련님은, (흉내) '어허~ 사람이 자다 보면,

    베개 정도야 넘어갈 수 있지.' 하실 테구요.

승휘 제법이구나? 그렇게 우린 티격태격하다가

    베개를 사이에 두고 잠이 드는데,

    하필이면 밤사이 군불이 꺼져 버린 거야.

한쪽에 베개를 사이에 두고 잠든 태영과 승휘.
태영, 추운 듯, 몸을 옹그리다가 승휘 쪽으로 돌아눕는다.

승휘E 자다가 한기가 들었던 너는, 너도 모르게,

    내게 꼭 붙어, 잠을 청하게 되겠지.

승휘 쪽으로 돌아누운 태영. 승휘의 옆구리를 파고든다.
가만히, 환영을 보고 있는 태영과,

그런 태영을 바라보는 승휘.

승휘   ... 난 너와 이렇게, 살고 싶다.

태영   (천천히 승휘를 본다.)

승휘   (태영을 보며) 사는 게 뭐 대단할 게 있겠느냐,

보잘것없는 것을 나눠 먹고, 형편없는 농에 웃어 가며,

비가 오면 네 머리에 손을 얹어 비를 막아 주고,

네 얼굴에 그늘이 지면, 곁에서 웃게 해 주마.

태영   ...

승휘   너무 애쓰고, 치열하지 않아도, 행복할 수 있어.

태영   ...

승휘   그러니 우리, 이 산을 내려가거든 /

태영   어서, 주무세요. 도련님.

(일어서서) 다행히 이 폐가에는 방이 한 칸 더 있네요.

나가는 태영을, 부르지도 못하고, 서글프게 바라보는 승휘.

───── **S#38 운봉산 폐가 다른 방 (N)**

방으로 들어와 문을 닫고, 벽에 기대서는 태영.

흔들리지 않으려, 마음을 다잡으려는 듯, 심호흡을 해 보지만.... Out

───── **S#39 운봉산 채광장 (D)**

광산으로 올라오는 사병1. 지행수에게 급히 다가가 귓말을 한다.

지행수, 다른 사병들에게 턱짓하면, 사병들, 아이들을 광에 넣고

잠근다.

지행수   다 챙겨라. 일단 다들 철수한다.

사병들, 수레의 노두들을 자루에 담고, 쌓인 노두 자루들을 어깨에 짊어진다.

사병2   헌데 다 내려가면 애들은 누가 챙깁니까?
지행수   언제 재개할지 모른다. 데리고 내려가 봤자 짐만 될 테고,
        필요하면 다시 구하면 될 일이야. 뭐, 운 좋으면 살아들 있겠지.
        아? 아닌가? 차라리 죽는 게 운이 좋은 건가?

혼자 껄껄 웃으며 앞장서는 지행수를 따르는 사병들에서...

───   **S#40 운봉산 일각 (D)**

빼곡한 송림 사이로 경사가 가파른 돌길을,
날다람쥐처럼 오르며, 나무 기둥에 표식을 새기는 태영.
재채기 소리에 돌아보면, 흩날리는 송홧가루를 손으로 휘저으며,
겨우 나무들을 붙잡고 바위를 붙잡고 기듯이 오는 승휘.
태영, 주변을 살피다 튼튼한 나뭇가지를 하나 주워 내민다.
승휘, 받더니 지팡이처럼 짚어가며 오른다.

태영   빼어난 무술 솜씨를 가진 종사관 나리께서
       산을 오르는 재주는 없으신 모양입니다.
승휘   송홧가루 때문이다. 예인은 코도 예민한 법이지.
태영   (근처에 앉으며 산천도를 본다) 곧 소나무 숲이 끝나니 힘내세요.

승휘	거기까지 못 가겠다. (앉으며) 헌데, 넌 어찌 이리 산을 잘 타는 것이야.
태영	(미소) 아버지 찾으려 하도 산을 헤매고 다녀서요.
	게다가, 제가 원래 못하는 것이 없지 않습니까.
승휘	함께 다니니 너의 재수 없는 면도 보고 참으로 좋구나.
태영	헌데 이 험한 산에 애들을 왜 데려온 걸까요?
승휘	(콧물 닦으며) 어디 있는지도 모르는데,
	왜 데려왔는지를 내가 어떻게 알아.
태영	콧물만 닦지 마시고, 추론을 좀 해 보십시오.
	길이 여러 갈래라 어디로 가야 할지를 모르겠단 말입니다.
	초인적인 통찰력으로 범죄 행동을 분석하시는 종사관 나리.
승휘	어디... (생각해 보는) 아이들이 있다면, 먹고 자는 공간도 있을 테고,
	때맞춰 음식을 공급하려면 사람들이 산을 오갔을 터이니,
	(하다가 바닥을 보고 고개를 들더니) 저쪽 방향이다.
태영	아무 소리 하시기 있습니까?
승휘	아무 소리라니, 산에서 길을 잃어버리면 질경이를 따라가라는 말이 있어.
태영	(본다) 예?
승휘	사람들이 다니는 곳에는 질경이가 자라거든.
	(쪼그리고 앉아) 사람들의 발길에 의해 번식하는 질경이는,
	수없이 짓밟힌 탓에 끈질긴 생명력까지 지녔다. 보아라...

태영 보면, 승휘의 앞쪽으로 쭈욱 나 있는 질경이.
태영, 질경이를 보고, 그럴싸하다는 듯, 승휘를 본다.

승휘	왜, 이 종사관 나리에게 반하기라도 한 것이냐.
태영	암만 모자란 사람도 밥값은 하는구나, 싶어서요.

올라가는 태영을 보며, 이죽거리는 승휘에서...

S#41 운봉산 개울가 (D)

작살을 들고 살기등등한 얼굴로 어딘가를 노려보고 있는 승휘.
던진다. 보면, 무릎까지 바지를 걷어 올리고 개울에 들어가
고기를 잡는 승휘다.
승휘와 다르게 태영은 촥! 물고기를 맨손으로 건져낸다.
놀라는 승휘.
경과〉 물고기 손질을 해 보는 승휘. 물고기와 눈이 마주칠까 봐 눈을
질끈. 태영, 물고기를 빼앗아 나무 꼬챙이를 푹 꽂으면
우욱 하는 승휘.
경과〉 노릇하게 구워진 생선을 맛있게도 먹는 태영을 보다가,
제 손에 든 생선을 후후~ 불어 식히더니 태영에게 내미는 승휘.
태영, 못 본 척 제 것만 먹는다. 웃으며 제 것을 먹는 승휘.
경과〉 손을 씻은 승휘, 물을 털고 돌에 걸터앉는다.
눈에 들어오는, 막 세수를 해 말갛게 된 태영의 얼굴.

태영	(주변을 경계하듯 보며) 시선이 너무 느끼하신 거 아닙니까?
승휘	연기를 하는 것이다. 난 지금, 위기에 처한 여인을 돕는 종사관이거든.
태영	관직 사칭은, 형률 383조에 의거 도 3년에 처해집니다.
승휘	관직 사칭이 아니라, 소설적 허용이라 하는 것이다.
태영	(어이없는데)
승휘	그 여인은, 본디 노비였으나, 우여곡절 끝에 양반이 되었어.
태영	또 제 얘깁니까? 제 얘기 아니면 쓸 게 없으세요?
승휘	지금은 니가 영감을 주고 있으니까. 좀 들어 보거라 좀.
	그리고 그 여인은, 자신의 첫사랑이자 정인인 종사관과
	똑같은 얼굴을 한, 위험한 비밀을 가진 사내와 혼례를 했다.
태영	도련님!
승휘	왜~ 어느 대목이 못마땅한 것이냐?

태영	첫사랑? 정인이라뇨? 누구 맘대로요?
승휘	너 진짜, 하나만 물어보자. 하필이면 왜 그자였어?
	왜 하필이면 나와 똑같은 얼굴을 한 사내와 혼례를 했냐고.
태영	우연일 뿐입니다.
승휘	(보다가) 운명일지도 모르지.
태영	(보면) 무슨 뜻입니까?
승휘	혹시 아느냐, 지난번에도 그랬듯,
	내가 너의 서방을 대신할 날이 올지도.
태영	(어이없는) 농이 지나치십니다.
승휘	너 왜 나더러 함께 오자고 했어?
	싫다더니 다시 도와 달라고 청한 이유가 뭐냐고.
	내심 나랑 단둘이 시간을 보내고 싶었던 거 아냐?
태영	맞습니다.
승휘	(뜻밖이라는 듯) 응?
태영	저는 여전히, 저를 향한 도련님의 마음은 아쉬움이라 생각합니다.
	본디 사람은, 갖지 못하는 것에 더욱 의미를 두는 법이니까요.
	이렇게라도 저와 함께 있다 보면,
승휘	너를 향한 내 마음이 줄어들 거다?
태영	적어도 제가 특별한 여인이 아님은 알게 되시겠지요.
승휘	참으로 바보 같구나. 난 니가 더욱 특별해졌는데.
태영	(보다가 한숨으로) 예. 참으로 바보 같았네요.
	(가며) 별 도움도 안 되시는데 괜히 모셔와서 짐만 되시니까요.
승휘	야, 질경이 찾은 게 누군데!
태영	어서 오세요. 해 지기 전에 움막에 도착해야 합니다.
승휘	(가며) 두고 보거라. 이 산을 내려왔을 땐 분명 내게 고맙다 할 테니.

태영, 가면서 한번 주변을 둘러보면,

개울 너머 다른 봉우리 / 일제히 몸을 숙이는,

보따리를 짊어진 사병들과 지행수다.

올라가는 둘을 보는 지행수에서...

───── **S#42 청수현 일각 으슥한 공간 (N)**

이좌수   산을 수색하는 게 분명하더냐?

지행수   그래 보였습니다요. 안쪽 봉우리까지 온 걸 보면, 예삿일은 아닙죠.

이좌수   관찰사가 움직였다면 연통이 왔을 것인데...

지행수   무장은 했으나 군관은 아닌 듯했습니다.

이좌수   혹시, 계집이더냐?

지행수   다른 쪽 봉우리라, 자세히 보진 못했습니다요.

이좌수   고작 단둘이서, 산을 뒤지고 있다니 겁도 없이.

지행수   그자들이 행여라도 광산을 찾아내기라도 하면 어쩝니까요?

이좌수   찾아내지 못하게 하면 될 게 아닌가. 없애 버려.

지행수   (미소로) 그러실 줄 알고 이미, 일러두었습죠~

───── **S#43 운봉산 움막 일각 (N)**

조용히 숲을 뒤지고 있는 사병들.

나무들에 숨은, 나뭇잎을 덮은 움막을 보지 못하고 지나가는데...

사병들 지나가고 나면,

한쪽에서 조용히 걸어와 움막으로 들어가는 태영.

S#44 운봉산 움막 안 (N)

나무를 등지고 작게 지어진 앞이 열려 있는 움막.
안에 가마니 정도가 깔려 있을 뿐. 아무것도 없는데...
태영, 따온 계절 과일을 앉아 있는 승휘에게 건넨다.

태영	(작은 소리로) 먹어도 되는 열매입니다.
승휘	(작게 속삭이며) 근데, 왜 속삭이느냐.
태영	소리를 듣고 산짐승이 올 수도 있고,
	사람 발길이 있는 곳이니 조심해야죠.

승휘, 과일을 슥슥 옷에 닦더니 망설임 없이 베어 물었다가 그대로
뱉는다.

태영	써요?
승휘	시다.
태영	(베어 먹고 인상을 쓰며) 덜 익었네요.
	그래도 드세요. 목이라도 축이셔야죠.
승휘	(내려놓고 누우며) 불을 못 피우니 별이 보이는구나.
태영	(함께 하늘을 본다) 그러네요.
승휘	어쩐지 오늘 밤은, 쉽사리 잠들 수 없을 것 같아...

경과〉(새벽) 새근새근 잘도 자는 승휘. 혼자다.
칼을 쥐고, 근처를 경계하고 있는 태영. 움막으로 온다.

태영	도련님, 이제 가셔야 합니다.

흔들어 깨우려다가, 곤히 잠든 승휘의 얼굴을, 가만히 바라보는

태영에서...

───── **S#45 운봉산 움막 일각 (D)**

뒤로, 다시 지나가던 사병들.
밤에는 보이지 않던 움막을 발견하고 손짓한다.
천천히 다가오는 사병들. 칼을 뽑아 들고 움막으로 오면, 비어 있다.
사병2, 바닥에 먹다 뱉은 열매를 보더니, 끄덕이고 빠르게 간다.

───── **S#46 운봉산 봉우리 근처 (D)**

앞서던 승휘, 돌아보면 의아한 얼굴로 멈춰 서 있는 태영.

승휘	왜 그러는 것이냐?
태영	지천에 쇠뜨기입니다.
승휘	흔한 것이 아니냐.
태영	쇠뜨기에는 특별한 능력이 있다 들었습니다.
승휘	능력?
태영	예. 쇠뜨기는, 금을 저장하는 능력이 있어,
	금광의 채산성을 가늠하는 지표로 이용됩니다. (떠오르는)
허종문E	난 채방사 박준기의 제보를 받아 움직인 것이네.
태영	채방사가 하는 일을 아십니까.
승휘	채방사라면 지방의 특산물과 노두를 탐사하는 관리가 아니냐.
	노두라면 광물 (하다가) 여기, 금이 있다는 말이냐?
태영	그래서 아이들이 필요했던 거예요. 노두를 캐려면...
승휘	체구가 작아야 하니까... 제대로 찾아왔구나.

태영	아이들이 있을 거예요. 어서 가야 합니다.

하고 돌아서는데, 사병들, 둘을 보고 있다. 놀라 보는 태영과 승휘.

사병1	어딜 급히 가려는 게요? 이 뒤로는 아무것도 없는데.
태영	그저 지나는 길입니다. 좀 비켜 주시겠습니까?
사병2	낯이 익은 년이로구나. 전에 현감이랑 있던 년 맞지?
사병1	이렇게 된 이상, 비켜 줄 수가 없겠는데?
승휘	그럼 뭐 다른 쪽으로 가는 수밖에.

하고 뒤를 도는데, 뒤쪽에도 서 있는 사병들.

태영	뭘 숨기는 것이냐. 금이라도 캐고 있는 것이냐?

사병들, 대답인 양, 일제히 칼을 뽑는데,
승휘, 칼을 뽑으려는 태영의 손을 툭, 치면, 보는 태영.
승휘, 한쪽을 힐끗 보면, 따라 보는 태영.
사병들 틈으로 빈 방향이 보인다.
태영, 승휘를 향해 살짝 눈짓하면
동시에 달리기 시작하는 태영과 승휘.
잡아! 소리와 함께 쫓는 사병들.

—— **S#47 운봉산 일각 나무 뒤 (D)**

태영과 승휘. 쓰러진 나무를 뛰어넘고,
전력으로 내달리며 숲을 통과한다.
달려오던 태영과 승휘, 커다란 나무 뒤로 몸을 숨긴다.

달려오던 사내들 지나가면,

방향을 틀어 오던 방향으로 달리는 둘의 뒤,

그제야 발견하고 저쪽이다! 하는 사병1.

─── **S#48 운봉산 일각 수풀 및 절벽 (D)**

죽기 살기로 달리던 둘. 승휘, 갑자기 멈춰 선다.

태영   왜요 도련님. 어서 가셔야 해요.

승휘   이런 식이면 언젠간 붙잡힐 거야. 머리를 쓰자.

          내가 시선을 돌릴 테니 곧장 달려가거라. 어서.

태영   안 됩니다. 절대요! 시간만 끌지 않습니까!

이쪽으로 오는 사내들이 보이자, 다시 달리는 태영과 승휘.

사병들과 거리가 점점 좁혀질 무렵, 마침 나타나는 수풀.

태영과 승휘 들어가면, 따라 들어오는 사병들.

태영과 승휘, 수풀을 뚫고 나서면 갑자기 뻥 뚫린 시야.

아래로는, 거친 물줄기가 흐르고 있는 절벽이다.

태영과 승휘, 어쩌나 싶은데, 수풀을 뚫고 나오는 사병들.

절벽을 확인하고 히죽 웃으며 다가온다.

승휘   수가 너무 많은데?

태영   그래도 싸워 봐야지요. 이대로 죽을 순 없습니다.

승휘   (아래를 힐끗 보며) 이쪽이 가능성이 크다.

태영   무슨 가능성이요.

승휘   살아서 이 산을 내려갈 가능성.

태영, 무슨 소린가 생각할 틈도 없이,
승휘, 태영의 손을 잡고 뛰어내린다.
놀라 보는 사병들. 뛰어내리지 못하고 쫓아! 하며
아래로 내려가는데...

———— **S#49 운봉산 물속 (D)**

풍덩 소리와 함께 물속으로 빠지는 태영과 승휘.
승휘, 바로 헤엄쳐 올라가는데, 태영, 발버둥을 친다.
태영, 호흡을 내뱉더니, 몸에 힘이 빠지고 아래로 점점 내려가는데,
올라가던 승휘, 돌아보고 바로 내려온다.
승휘, 태영의 팔을 붙들어 당긴다.
의식을 잃은 태영을 한 팔로 안고, 한 팔로 헤엄쳐
위로 올라가는 승휘.

———— **S#50 운봉산 일각 (D)**

뛰어내린 절벽의 반대편으로 태영을 데리고 나오는 승휘.
태영을 물에서 끌어내 반듯하게 눕히고, 축 늘어진 태영의 볼을
두드린다.

승휘 구덕아. 눈 떠 봐. 어서 일어나거라.
      (주변을 살피고 어깨를 흔들며) 구덕아. 구덕아?

승휘, 두려움으로 가슴에 귀를 대 보고,
떨리는 손가락을 코 밑에 대 보고, 다시 어깨를 흔들어 보다가,

한 손으로 태영의 코를 막고 숨을 훅 들이쉬더니
태영에게 숨을 불어 넣는다.

승휘   구덕아. 제발. 이러지 마.
        너 나한테 이러는 거 아니야.
        (한 번 더 숨을 불어 넣고) 제발 구덕아.

태영의 입에서 왈칵, 물이 나오고 숨을 내쉰다. 안도하는 승휘.
겉옷을 벗어 태영을 감싸 안아 들고 급히 숲으로 간다.

───── **S#51 운봉산 일각 바위 밑 (N)**

눈을 뜨는 태영. 걱정으로 태영을 보고 있는 승휘를 본다.

태영   도련님.
승휘   괜찮느냐?
태영   예.
승휘   너는... 너! 못하는 게 없다며!
        뭐든 다 하면서 왜 헤엄을 못 치는 거야!
태영   그러게요. 저도 제가 헤엄을 못 치는지 몰랐습니다.
승휘   너 이제 내가 도움이 안 된단 말 하지 말거라. 내가 너를 구했어.
태영   구한 게 아니라 (입을 덜덜 떨며) 죽일 뻔하신 거죠.
승휘   추운 것이냐? (마른 잎을 쓸어와 덮어 주며)
        그자들이 찾아낼까 봐, 움막까지 가지 못했다.
        불도 피울 수 없으니 옷을 말릴 수도 없고 어쩐다.
태영   도련님도... 추워 보이십니다.
승휘   (태영의 이마에 손을 대고) 이마가 불덩이 같구나.

태영	무슨 사내 손이 이리 부드럽습니까.
승휘	네가 아프긴 아프구나. 그런 소릴 다 하고.

어디선가 산짐승 소리에 주변을 둘러보는 승휘.

승휘	산짐승이 있는 모양이다.
태영	혼자 내려가세요. 도련님.
승휘	뭐?
태영	이대로면 체온이 떨어져 둘 다 죽게 될 것입니다.
승휘	너와 한날한시에 죽게 된다면, 더없는 기쁨이지.
태영	... 제가... 욕심을 냈어요.
	제가 해낼 수 있을 거라고 생각했습니다.
승휘	내 잘못이다. 내가 너를 말렸어야 했는데....
태영	(승휘의 손을 잡고) 충분히 말리셨어요.
	포기하고 떠나자고도 하셨구요. 그때,
	못 이기는 척, 그리했으면 좋았을 텐데...
승휘	(손을 꼭 잡고) 정신 차리거라. 응?
	거의 다 했다. 니가 다 찾았어.
	광산과 아이들의 위치만 찾아내서 관찰사께 알리자 응?
태영	그리... 해 주시겠습니까.
	(눈을 감으며) 저는 한숨 자야겠어요.
승휘	눈을 뜨거라. 잠들면 안 돼. 제발.
	제발 눈을 뜨거라. 제발...

승휘의 손을 잡았던 태영의 손에서 힘이 풀린다.
승휘, 괴로운데, 뒤에서 들리는 부스럭 소리.
승휘, 개의치 않고 태영을 보며...

승휘   먼저 가서 기다리거라. 내 곧 뒤따라가마.

         이내 다가오는 발들, 승휘와 태영을 감싸면...
         승휘, 천천히 일어서서 돌아선다.

승휘   난, 이제 잃을 게 없다. 허나, 이대로 죽긴 아쉬우니,
         (칼을 뽑아 하늘로 한 바퀴 휘둘러 자세 잡고는)
         마지막으로 칼춤이나 춰 보자꾸나.
         (발목의 방향과 칼날의 각도를 스윽 바꾸고) 와라.

6
부

S#1 운봉산 산채 움막 안 (D)

눈을 뜨는 태영. 어디지 일어나 앉다가, 무릎 꿇고 보는 사내에
화들짝.

돌석	아씨 저예유. (볼에 낙인을 보이며) 저 돌석이예유.
태영	(알아보고 어리둥절한) 돌석아. 너 어떻게 여기 있어?
돌석	그때 아씨 덕분에 도망치다, 산채 사람들을 만나 눌러앉았구먼유.
태영	그랬구나. 잘 지내 보여 다행이다. 헌데 내가 어떻게 여기...
돌석	일전에 누가 근처서 무장한 사내들을 봤다 해서유. 아무래도 우덜이 도망자들이다 보니, 보초를 섰는디. 물에 빠진 사람이 있다길래 걱정돼서 가 봤거든유.

플래시컷〉엔딩씬 (돌석 시선)
짐승 가죽으로 옷을 해 입은, 산채 사내 몇, 두리번거리며 찾고 있다.

돌석	여 있으면 얼어 죽는디. 대체 워딨는 겨? 제대로 본 겨?
승휘E	먼저 가서 기다리거라. 내 곧 뒤따라가마.

돌석과 산채 사내들, 소리가 들리는 방향으로 간다.
누워 있는 태영 앞으로 앉은 승휘를 본다. 무슨 일인가 싶은데...

| 승휘 | 난, 이제 잃을 게 없다. 허나, 이대로 죽긴 아쉬우니,
(칼을 뽑아 하늘로 한 바퀴 휘둘러 자세 잡고는)
마지막으로 칼춤이나 춰 보자꾸나. 와라! |

멍하니 승휘를 보는 사내들. 그중 나이 지긋한 할배 하나가,

할배	(귓구멍 쑤시고) 시방 춤을 춘다 그런 겨?
산채사내1	이, 칼춤을 춘디야. 좋은 구경하겠네.
승휘	네, 네놈들은 누구냐! 화적 떼냐?
돌석	이 산엔 화적 떼 없는디. (승휘 뒤로 보더니) 거그는 괜찮으신가?
승휘	(경계) 가, 가까이 오지 말거라!
돌석	(태영의 얼굴을 알아본다) 아, 아씨?

현재 〉

돌석	조금만 늦었으면 큰일 날 뻔하셨어유.
태영	그랬구나, 널 만나다니 정말 다행이야.
돌석	어찌 이 산에 계신지는, 그 나리께 다 들었구먼유.
태영	헌데... 그분은 어딜 가셨어? 내려가셨니?
승휘E	내가 어찌 너를 두고 간단 말이냐!

─── **S#2 운봉산 산채 일각 작은 마당 (D)**

옹기종기 둘러앉은 산채 사람들 앞으로 선 승휘. 작은 공연을 하고
있다.

승휘　　너 없는 세상은 나에겐 빛이 없는 암흑과 같고, 내일이 없는 죽음과
　　　　같다.

　　　　나오는 태영과 돌석. 승휘, 여인의 목소리를 내기 시작한다.

승휘　　부디 가십시오 도련님. 가셔서 꼭 장원 급제하세요.
　　　　날마다 별을 보며, 날마다 달을 보며, 도련님을 생각하겠습니다.

　　　　여인들은 눈물을 찍고, 아이들은 그저 재밌다고 깔깔대고 각자
　　　　즐긴다.

돌석　　태어나 이런 진귀한 구경은 참말로 첨이구먼유.

　　　　푹 빠져서 승휘의 이야기를 듣고 보는 사람들과 승휘를 보는
　　　　태영에서...

─── **S#3 운봉산 산채 일각 (D)**

산채사내1　일단 이짝 봉우리는 아녀. 꼭대기꺼정 내가 싹 훑었구먼.
할배　　　절벽 있는 봉우리가 맞다니께, 내가 사병 봤다 했자녀.
승휘　　　허면 그리로 가 보겠네.
태영　　　(돌석 보며) 가 볼게. 잘 지내거라.

돌석	우리도 같이 갔음 싶은디유 아씨.
태영	무슨 소리야. 아니다. 괜히 위험할 수 있어.
할배	우리 돌석이 살려 주신 분이람서유. 허면 우리도 도와야재.
산채사내1	거가 확실한 거만 알믄, 냅다 토끼믄 되잖아유? 안 그려?
태영	(미안함과 고마움, 걱정이 앞서는)
승휘	(태영에게) 거절할 때가 아닌 거 같다. (모두에게) 다들 고맙네.
돌석	무사히 돌아오믄, 춘향이가 어찌 되었는지, 뒷얘기도 꼭 들려주세유. 나리.
승휘	그러마.
할배	칼춤도 좀 보여 주면 좋겠는디.
일동	(웃참)
승휘	(민망한데)
태영	저는, 먼저 가서 기다릴 테니, 곧 뒤따라오세요.

못 참고 웃는 산채 사람들. 태영도 웃으면, 승휘, 노려보는...

───── **S#4 운봉산 일각 (D) [몽타주]**

태영과 승휘, 바위 위로 올라오고 나면,
그 뒤로 성큼 올라오는 돌석과 산채 사내들.
각자 농기구나 죽창 정도를 단단히 움켜쥐고
비장하게 태영과 승휘를 따른다.
일각 / 돌석의 수신호에 따라 조용히 숲을 지나는 일동.
개울가 / 일동, 주변을 살피며 개울을 건넌다.
승휘, 중심을 잃고 비틀, 하면, 손을 뻗는 태영.
승휘, 태영을 보다가, 내민 손을 맞잡고 함께 간다.

—— **S#5 운봉산 일각 / 다른 봉 일각 (D)**

다리를 쉬듯 앉은 산채 사람들. 싸 온 열매와 감자 등을 나눈다.
할배, 근처에 앉아 쉬는 태영과 승휘에게도 나눠 준다.

돌석   좀 쉬고들 계세유. 먼저 가서 보고 올 테니께.

돌석, 휙 휙, 산을 올라가고, 나머지는 쉬는데...

승휘   (먹는 태영을 보다가) 근데 너 그 말 진심이야?
태영   (보면) 무슨 말이요?
승휘   내가 떠나자고 했을 때,
        못 이기는 척, 그랬으면 좋았겠다 말했던 거.
태영   ... 제가요?
승휘   기억 안 나는 척하기는.

태영, 시선을 피하는데, 어디선가 새소리에 보면, 위에서 돌석.
소리를 내 일동을 부르고 있다. 양팔을 들어 크게 동그라미를 한다.
조용히 하라는 수신호에, 다들 긴장으로 복면을 하고, 올라가는 데서...

—— **S#6 운봉산 채광장 일각 (D)**

한쪽에 숨어, 광산 쪽을 살펴보는, 일동.
보초소는 있으나 보초병은 없고, 연장이나 공구가 널려 있자,
안으로 들어가 본다.

돌석   둘러봤는디 개미 새끼 한 마리 안 보이더라구유.

승휘	우리가 산을 뒤지는 걸 알았으니, 행여 들킬까 몸을 숨긴 모양이다.
태영	정말로... 금을 캐고 있었네요...
산채사내1	글게유. 이짝 봉우리에서 이런 짓을 하고 있는 줄은 몰랐네유.
승휘	그나저나 빈 광산이면, 누구 짓인지 알 수가 없을 텐데.
돌석	그러게유. 애들도 싹 데리고 가 버렸나 본디.

태영, 낭패다. 승휘, 한쪽에 있는 자물쇠가 밖으로 잠긴 창고를 본다.
승휘가 손을 흔들면 다가오는 태영. 귀를 대 본다. 살짝 두드려 본다.

춘삼E	(기어 들어가는) 배고파요. 제발 물이라도 좀 주세요...
태영	(놀라서) 여기 아이들이 있어요!

다들 연장을 들고 몰려들어 자물쇠를 때려 부순다.
이윽고 문이 열리면, 굶다 지쳐 쓰러진,
몸 곳곳의 생채기가 덧나 참담한 몰골의 아이들이다.
충격으로 보는 태영과 승휘. 아이들을 하나씩 꺼내면,
산채 사람들, 급히 물과 먹을 것을 먹인다.

태영	(감자를 두 개 쥔 춘삼을 본) 니가 춘삼이구나. 맞지?
춘삼	(알아본다) 전에 봉순이랑 애들 구해 간 분이시쥬?
태영	널 데리고 온 사람들의 얼굴을 알아볼 수 있겠니?
춘삼	(끄덕이면)
승휘	됐다. 어서, 어서들 데리고 내려가자.
지행수E	가긴 어딜가아~

일동, 보면, 숨어 있다가 우르르 나와 광산 입구를 막아선 사병들.

지행수	(앞으로 나오며) 절벽에서 뛰어내렸다더니 역시 살아 있었네.

함정 파 놓길 잘했다 야~

승휘와 노인, 아이들을 숨기고, 앞으로 서는 태영과 산채 사람들.

지행수   뭐야, 이 오합지졸들은.

사병1   골짜기에 숨어 사는 도망자들 같습니다.

지행수   왜 붙어먹은 거야? 알 수가 없네. 진작 없애 버리라니깐! 아 귀찮아.

태영   누구냐. 아이들을 사들여 잠채를 하라 시킨 자가.

지행수   그것만 시킨 줄 아느냐? 네년을 없애라고도 했어.

태영   그것이 이좌수냐!

지행수   들어가서 잘 생각해 보거라. (사병들에게) 뭣들하고 있어.
　　　　싹 다 잡아서 같이 가두고 불 질러 버려라!

태영, 달려드는 사병들과 칼부림을 하고,
산채 사내들도 죽을힘을 다해 싸운다.
승휘와 할배, 뒤에 숨는 아이들을 한쪽으로 몰아 놓고,
승휘가 막아서면, 오는 사병1.
승휘, 허공에 칼을 휘둘러 자세를 잡으면,
뭔 무술이지? 당황하는 사병1.
승휘, 발과 칼의 각도를 다잡고 이야압! 하며 달려들어
사병1의 칼을 쳐 낸다.
아이들, 멋있다. 이거이 칼춤이구먼 하는 할배.
승휘, 다시 칼을 다잡고 막아선다.
／ 수세에 몰리고 있는 태영과 산채 사람들.
사병2, 돌석에게 칼을 치켜들면,
이를 본 승휘, 달려와 사병2를 발로 차 버린다.
승휘, 넘어진 돌석을 당겨 세우는데,
이를 본 사병3. 달려와 승휘에게 달려들면,

이를 본 태영, 놀라서 도련님!

승휘, 소리에 사병3의 칼을 받아치지만 역부족이다.

도우러 달려오는 태영. 윽. 소리와 함께 뒤로 넘어진다.

지행수가 던진 줄에 목이 걸린 태영. 윽윽 하는 태영을

미친 듯이 끌고 가는 지행수. 태영, 숨이 막혀 오는데,

지행수, 줄을 놓고 단검을 뽑아 괴로워하는 태영에게 들이댄다.

태영, 겨우 고개를 돌려 보면, 승휘도 산채 사람들도, 밀리고 있다.

좌절...

지행수   이만하면 애썼다. 아주, 재밌었어.

승휘, 그제야 태영을 본다. 지행수, 단도를 치켜들고 그만 가거라!

승휘, 안 돼! 하는데, 지행수, 씨익 웃으며 태영의 목을 그으려는데,

손에 쥔 칼이 떨어진다. 아야! 하고 보면, 제 팔에 꽂힌 화살. 뭐야 하고
보면,

여기저기서 휙휙 소리와 함께 날아온 화살들이 사병들에게 박힌다.

쓰러지는 사병들. 태영, 놀라서 보면, 종사관, 군관들과 함께 선
병방이다.

태영   (안도와 반가움의) 병방!

병방   (멀리서) 늦어서 송구합니다. 아씨 마님.

종사관   모두 잡아들여라!

군관들, 반항하는 사병들을 칼로 하나씩 제압해 나가고,

산채 사람들 안도한다.

승휘, 태영에게 달려와 제 옷을 찢어

줄에 쓸리고 칼에 베인 태영의 목을 감싼다.

승휘	괜찮아?
태영	도련님. 생각보다 솜씨가 좋으십니다.
승휘	피 나잖아. 아무 말도 하지 말거라...

군관들에게 제압되어 무릎을 꿇리는 지행수와 사병들.
병방, 태영에게 오면, 태영, 승휘에게 가 보라는 듯 본다.
승휘, 자리를 피하듯 아이들 쪽으로 가면, 병방, 힐끗 승휘를 보는데...

태영	어찌 여길 온 겐가. 설마 파옥이라도 한 것인가?
병방	(미소로) 관찰사 영감께서 은밀히 내보내 주셨습니다.
태영	관찰사 영감께서?
병방	예. 아씨 마님께 신세를 갚아야 하신다며...
태영	헌데 이 넓은 산에서 어찌 이리 금세 찾은 겐가.
병방	댁에 식솔에게 봉수대 얘기를 들었습니다. 다행히 올라오는 길에...

병방, 손으로 하늘을 가리키면, 언젠가부터 휘날리고 있던 연기...

태영	(고마움으로 연기를 보다가) 이제... 아버님의 억울함을 풀 수 있을까?
병방	(울컥하는) 예... 이제 이좌수는, 독 안에 든 쥐나 다름없습니다.

───── **S#7 규진 집 (이좌수 집) 이좌수 방 (D)**

침상에 누워 있는 이좌수를 일으키는 덕훈과, 미음을 떠먹이는 선희.
고까운 듯 보고 있는 홍씨부인 곁으로 민망한 차춘식.

선희	아버님, 제발 한술이라도 뜨셔요.
덕훈	이해할 수도, 용서할 수도 없습니다. 어찌 어머니께서 이러실 수가...

이좌수   다 내 탓이다. 그저 바깥일에만 신경을 쓰다 보니...

홍씨부인   (어이없이 보는) ...

───── **S#8 운봉산 폐가 일각 (D)**

군관들에게 끌려 내려오는 지행수와 부상당한 사병들.
아픈 아이들 두엇을 업고 있는 군관과 병방. 태영과 승휘도,
돌석과 산채 사람들도 아이들과 내려오는데, 폐가들이 보인다.

태영   (병방에게) 곧 날이 질 터인데, 아이들이 발이 느려서,
       아무래도 아이들과 하루 묵어가야 할 듯하네.

병방   허면, 저희는 아픈 아이들을 데리고 먼저 가겠습니다.

태영   (돌석을 보이며) 이자들에 대해서는...

병방   (끄덕이며) 함구할 테니, 염려 마십시오. (돌석에게) 도와줘서 고맙네.

돌석 꾸벅하면, 가자! 하고 내려가는 병방과 지행수 일행.
폐가로 들어가는 아이들, 우물을 보고 우르르 간다.

태영   (승휘에게) 잠시, 바람 좀 쐬고 오겠습니다.

승휘   혼자 괜찮겠느냐.

태영   혼자 있고 싶어요.

가는 태영을 걱정으로 보는 승휘에서...

S#9 운봉산 근처 폐가 일각 (해 질 녘)

마음을 가라앉히고 생각을 정리하려는 듯,
해가 지도록 바위에 앉아 있는 태영.
이윽고 일어서다가, 목에 상처가 아픈지 인상을 쓰고 돌아서 가는데,
근처 바위 위에 보이는 신발 한 켤레. 태영, 뭐지 싶은데...
일각 / 바위에서 위태롭게 서 있는 김씨부인.
회한이 가득한 얼굴로 서 있다가 눈을 감는다.
뛰어내리려는데, 누군가 당겨 뒤로 확 넘어진다.
놀라서 보면, 분노로 보고 있는 태영이다.

태영   왜 여기서 이러고 있는 것입니까.

김씨부인   어떻게... 왜 여기...

태영   여기 이좌수가 숨겨 놓은 광산이 있으니까요!

김씨부인   (결국 들켰구나, 눈을 감는)

태영   (원망과 분노) 어떻게... 어떻게 이런 짓을 할 수가 있습니까. 어떻게!
             그저 호의호식을 위해, 죄 없는 사람들을 역당으로 몰다니요.
             (치미는) 이것 때문에 아버님이... 우리 집안이!

김씨부인   ... 미안하네...

태영   알고 있었습니까! 다 알고! 미안해서 내게 막심이를 돌려준 겁니까!

김씨부인   아니... 나는 몰랐어. 아무것도 몰랐어. 그러니 나를 죽게 내버려두거라.
             난 내 아들에게 해를 입힐 수 없어... 아무 증언도 할 수 없다.

태영   증언 따위 필요 없습니다! 증인은, 충분하니까!

김씨부인   (무슨 말이냐는 듯 보는)

충격으로 주저앉는 김씨부인의 눈앞에, 참담한 몰골로 잠든 아이들...

태영　이좌수가 사들여, 잠채에 동원했던 아이들입니다.

　　　그러니 결코 죽지 마세요. 살아서, 이 아이들에게 죗값을 치르란

　　　말입니다!

김씨부인　(죄책감으로 어쩔 줄 모르는) ...

──── **S#11 차춘식 집 사랑채 (D)**

이좌수　(앉으며) 지, 지행수가 가, 감영에 잡혀 오다니 그게 무슨 말입니까.

차춘식　저도 막 들은 소식입니다. 관찰사께서 직접 심문을 하신다니 어쩝니까.

홍씨부인　이럴 게 아니라 어서 박준기 대감에게 연통을 넣으세요.

　　　그자를 즉시 없애야 할 것입니다!

하는데 문이 벌컥 열린다. 셋, 놀라서 보면, 덕훈이다.

이좌수　더 덕훈아.

덕훈　대체, 무슨 일들을 꾸미신 것입니까!

홍씨부인　사, 사위 왜 이러세요. 우린 아무 짓도 하지 않았어요. 정말입니다.

덕훈의 옆으로 서는 김씨부인을 보고 경악하는 일동.

김씨부인　왜요, 귀신이라도 보셨습니까?

이좌수　부, 부인...

덕훈　어찌, 이런 추악한 짓들을 하실 수 있단 말입니까.

이좌수	더, 덕훈아. 내, 내 말 좀 들어 보거라.
홍씨부인	그래요. 이왕지사 이렇게 된 거, 같이 머리라도 맞댑시다!
	다 같이 망할 순 없잖아요! 빠져나갈 구멍을 찾아야죠 사부인~
김씨부인	닥치세요!
홍씨부인	(움찔)

─── **S#12 운봉산 작은 암자 (D)**

일어나 앉은 해강. 제게 미음을 떠먹이는 태영을, 물끄러미 본다.

─── **S#13 운봉산 작은 암자 일각 (D)**

뭔가 끄적이고 있는 승휘. 그 옆으로 앉는 태영.

태영	뭘 그리 쓰십니까.
승휘	물에 빠진 여인을 구하고, 사병들과 맞싸워 아이들도 구해 낸,
	뛰어난 종사관의 무용담을 기록하는 중이다.
태영	(피식 웃는) …
승휘	해강이, 저 아이는, 증언을 해 주겠다 하더냐?
태영	(옆으로 앉으며) 쾌차하거든, 이대로 도망치기로 했습니다.
승휘	그리하면, 누명은 어찌 벗으려고?
	아이들은 이좌수가 잠채를 했다는 증언밖에 못 할 것인데.
태영	이좌수를 잡아들여 고신이라도 해야지요.
	아버님의 명예를 훼손하고 우리 집안의 모든 것을 빼앗고,
	저까지 죽이려고 했으니, 그자를 참형에 처할 법은 몇 가지나 됩니다.
승휘	… 결국, 이 소설의 결말은, 외지부 여인의 복수극이 되겠구나.

태영	...
승휘	어찌 되었든, 장하다. 결국 이뤄냈으니...
태영	사람들의 도움이 없었다면, 저도 못 해냈을 것입니다.
승휘	그래, 네가 베풀었던 마음들이 너에게 와 너를 돕더구나.
태영	(본다)
승휘	산천도를 얻었고, 돌석이를 만났고, 관찰사께서는 병방을 보내 주셨고, 때마침 봉수대에서 연기가 피어오른 것도, 다, 네가 베풀었던 마음이지.
태영	(그랬나 싶은) ...
승휘	우리 구덕이는, 사람의 마음을 움직일 줄 아는 따뜻한 마음을 가졌어.
태영	... 저더러, 그자를 용서라도 하라는 말씀이세요? 전, 절대 그럴 수 없습니다. 거기까진 바라지 말아 주세요...
승휘	... 나는 그저, 네가 잘 아는 법을, 무기로 사용하지 말았으면 좋겠다. 네가 그저 집안의 명예를 되찾고 싶었다는 것만, 기억했으면 해.
태영	(대답 못 하겠는) ...

───── **S#14 박준기 집 앞 (N)**

안절부절못하며 기다리고 있는 이좌수와 덕훈.
이좌수, 출타했다 돌아오는 박준기를 보고 달려간다.

이좌수	대, 대감, 큰일 났습니다.
박준기	(이미 들은) 이 밤에 무슨 일인가.
이좌수	지, 지행수가 관찰사에게 잡혀 왔다 합니다.
박준기	그래서.
이좌수	그자가 입을 열면, 끝장이 아닙니까. 허니, 사람을 써서 /
박준기	난 도무지 자네가 무슨 소릴 하는지 모르겠군 그래.
덕훈	(이럴 줄 알았다 싶은, 절망의) ...

이좌수   대, 대감... 뒷, 뒤처리를 해 주시기로 하셨잖습니까...
박준기   (보다가 가까이 다가와서) 어디 가서 그런 소릴 하면 말이야.
        자네부터 처리될 것이네. 명심하게. (덕훈에게 차갑게) 모시고 가게!

        박준기, 덕훈과 이좌수를 두고 들어가 버리면, 주저앉는 이좌수에서...

─────   **S#15 규진 집 (이좌수 집) 앞 (새벽녘)**

        채비하고 나와 선, 이좌수와 김씨부인과 덕훈.
        배웅을 나온 듯한 홍씨부인과 차춘식과 선희.

태영E   설마, 자수를 하러 가시는 것입니까?

        일동, 배웅 나온 막심, 채비한 도겸과 함께 선 태영을 보고, 식겁한다.

이좌수   너, 너도 서, 설마 의송에 나가는 것이냐. 나를 발고하러?

        태영, 도겸에게 들릴까 싶은지 막심을 보면,
        조금 떨어지는 막심과 도겸.

태영   (와서) 자수라니요 (김씨부인에게) 분명, 죗값을 치르라 했을 텐데요.
김씨부인 (할 말이 없는데)
덕훈   광산을 반납하고, 캐낸 금 또한 모두 반납할 것이오.
        아이들에게도 충분한 값을 치렀으니 /
태영   충분한 값? 부모와 떨어져 강제로 팔려가,
        언제 돌덩이에 끼어 죽을지도 모르는 산꼭대기에서,
        채찍에 맞고 굶어 가며 버텼던 참담함이 돈 몇 푼으로 충분합니까!

이좌수	그럼 뭘 더 어째야 갚는단 말이냐. 반납하고, 토해 내고, 돈 줬으면 됐지 뭐!
태영	죄가 그것뿐입니까? 그 추악한 탐욕을 숨기려 저지른 짓은요! 죄 없는 사람들에게 역모의 누명을 씌우고, 아버님께 저지른 짓은요!
이좌수	난 모르는 일이야! 그건 지행수도 모르는 일이야. 아무리 잘난 너라도, 그 일은 밝혀내지 못할 것이다. 난, 자백 따위 하지 않을 것이니까.
김씨부인	나리!
이좌수	왜! 내가 뭘 그렇게 잘못했는데!
태영	그래요. 그리 뻔뻔하셔야지요. 절대로 사죄하지 마세요. 그래야, 피눈물을 쏟아 내도록 당신을 갈기갈기 찢어 버려도, 내가 죄책감이 없지요.
이좌수	(침 꿀꺽)
태영	내 손으로 반드시, 아버님의 원통함과 억울함을 풀고, 그간 우리가 겪었던 고통을, 몇 곱절로 돌려 드리지요. 하마터면, (김씨부인 보며) 용서해 드릴 뻔했습니다.

차갑게 가는 태영을... 두려움으로 보는 일동에서...

───── **S#16 충청 감영 재판장 (D)**

중앙으로 마련된 판관석에 앉아 있는 관찰사 허종문. 양옆으로는,
충청 각 현의 현감이 앉아 있다. 양 끝으로 장엄히 도열한 나졸들.
각 현의 소송 관계인들 앞을 향해 앉아 있고, 이좌수와 김씨부인,
덕훈이 보인다.
조금 떨어진 곳, 도겸과 앉은 태영. 멀리 뒤로, 부채로 가린, 승휘와
만석.

| 서리 | 다음은, 새 현감이 부임 전인 청수현에서 올라온 의송 사안입니다. |
| | (단자를 허종문에게 내밀며) 먼저, 성가 도겸의 의송 단자입니다. |

태영과 도겸. 앞으로 나간다.

도겸	저는, 역모를 방관했다는 이유로 관직을 삭탈당하고 가산을 몰수당한,
	청수현의 전 현감이신 제 아버지, 성규진의 명예 회복을 청합니다.
허종문	청하는 근거가 있는 것이냐.
도겸	증인이 있사옵니다.

도겸, 끄덕하고, 태영을 보면, 태영, 뒤를 돌아본다.
두려움에 떠는 이좌수. 사람들의 시선을 따라 뒤를 보면, 나오는 해강.
떠오르는, **플래시컷〉 4부 S#55 애심각 애심원 정원 (D)**
해강을 칼로 내리치는 이좌수에서...
현재〉 충격으로 으억! 하며 넘어질 뻔하는 이좌수를 붙들어 주는 덕훈.
그런 이좌수를 스쳐 지나가 태영의 옆으로 서는 해강.

해강	저는, 윤가 해강이라 하옵니다.
	저는, 보시는 것과 달리, 사내입니다.
사람들	(웅성웅성 여인인 줄 알았네, 사내가 저 꼴이라니 망측해라)
해강	세상에는, 저처럼 남들과 다른 사람들이 더러 있지만,
	낳은 부모조차도, 수치스럽다는 이유로 죽이거나, 버립니다.
	저는, 누구에게도 보호받지 못하는, 저처럼 불쌍한 아이들을
	평생 보호하기로 마음먹고, 제 어깨에 마음 심(心) 자를 찍었을 뿐,
	결코 역당이 아닙니다.
허종문	역당이 아니라면, 어찌하여 군사 훈련을 한 것이냐.
해강	사람들이 저희를 언제나, 함부로 대하기 때문입니다.

말하는 위로, 플래시컷〉 4부 S#43 애심각 (N)
도령1, 해강의 앞섶을 풀어 헤치고, 마구 더듬는다.
반항하던 해강, 가슴에서 은장도를 꺼내 겨눈다.

현재〉

해강	함부로 때리고, 함부로 학대하고, 함부로 죽이려 들 때,
	스스로를 지킬 수 있도록 가르친 것뿐, 군사 훈련이 아니었습니다.
허종문	... 허면, 불태운 문서들은 무엇이냐. 무엇을 숨기려고 했던 것이야.
해강	아이들의 명단이었습니다. 아이들을 보호하는 것이, 제 일이니까요.
허종문	허면, 내가 애심각에 갔을 때, 이 모든 것을 밝혔으면 되었을 것을,
	어찌하여 입을 다물었다가 이제야 나타난 것이냐.
해강	제가 역당으로 죽기를 바랐던 자의 칼에 맞았기 때문입니다.
허종문	누구냐. 너를 베어, 진실을 감추려 했던 자가.

덜덜 떨려오는 이좌수. 김씨부인도 각오한 듯, 눈을 감는데...

해강	(곁으로 선 태영을 한 번 보고) 기억나지 않습니다.

놀라 보는 이좌수와 김씨부인. 마주 보는 승휘와 만석.

허종문	이 모든 너의 말을 어찌 진실이라 증명할 수 있느냐.
해강	저는, 저의 생사에 대한 조정의 하교를 기다리던 중에 부상당했습니다.
	그 회답에 따라, 저는 유배를 가거나, 참형을 당할지도 모릅니다.
	허니, 몸을 회복한 순간 도망쳤더라면, 목숨을 연명할 수 있었겠지요.
	허나, (태영을 본다) 저를, 사람으로 대해 주신 분을 저버릴 수 없었고,
	이대로 도망치면 평생을 억울하게, 역당으로 숨어 살아야 하기에,
	목숨을 걸고 이 자리에 섬으로서 제 진실을 증명하겠습니다.
현감들	(귓속말을 하다 허종문을 향해 끄덕이면)

허종문	(태영을 본다) 더 고할 것은 없는가.
태영	... 그러합니다.

허종문도, 이좌수도, 김씨부인과 덕훈도 의아한데...

만석	끝이에요? 왜, 왜 저것만 말해요?
승휘	(옅은 미소로) 무기를 휘두르지는 않겠다는 것이지.
만석	(답답 터지는) 아 뭐래~
허종문	윤가 해강을 근거로, 재조사를 할 것이다.
	전 현감이 직무유기가 아니라 판단되면,
	재고를 청하는 장계를 할 것이니, 돌아가서 기다리거라. 다음.

고맙다는 듯 해강을 보는 태영.
목례하고 떠나는 해강을 데리고 가는 포졸.

서리E	이어, 청수현 유향소의 좌수, 이가 충일의 의송 단자입니다.

허종문이 단자를 받아 읽는 동안, 돌아오는 태영과 도겸을 마주쳐
나오는 이좌수.

허종문	(읽고, 분노가 차오르는) 자수를 하겠다?
이좌수	그, 그러합니다.
허종문	무슨 죄를 지었는지, 낱낱이 고해야 할 것이다.
이좌수	... 저는... 우연히... 운봉산에서 노두를 발견하였으나,
	즉시 조정에 고하지 않고, 금을 캐는 광산을 꾸렸습니다만...
현감들	(놀라서 웅성거리는)
이좌수	그 죄를 깨닫고 반납하오니, 부디, 참, 참작을 해 주시옵소서.
현감 하나	(허종문에게) 잠채를 하다 감영에 잡혀 와 조사를 받고 있는

	명주 상단의 행수가, 저자의 지시를 받은 것이 아닙니까!
이좌수	죄를 스스로 고하오니, 널리 아량을 베풀어, 차, 참작하여 주시옵소서.
허종문	(엄하게 보다가) 전하께서 금령을 제정하였음에도 광산을 설치하고
	자매 문기를 허위로 꾸려 아이들을 노역에 동원한 죄를,
	감히 용서받겠다는 것이냐!
덕훈	(다급한) 관찰사 영감, 죄를 지었으나, (말이 잘 나오지 않는) 아니,
	중죄를 저질렀다 하나 스스로 뉘우치면, 감형을 받을 수 있다
	들었사온데 /
허종문	(분노의) 감형을 노리고 자수한 것을 모르는 줄 아느냐!
	내, 노두를 발견한 자가 따로 있는 것을 짐작하는 바이나!
이좌수	(공포로 본다)
허종문	혼자 그 모든 벌을 받겠다면, 원하는 대로 해 줄 것이다.
이좌수	(두려움과 공포로) 과, 관찰사 영감. 제, 제발 살려 주십시오.
덕훈	과, 관찰사 영감. 부디 노여움을 거두시고, 법대로 행하여 주시옵소서!
허종문	법? 그래, 내 법대로 하마. 율관은 즉시,
	법문에서 이자의 죄를 모조리 찾아 가져오거라.
태영	외지부 옥태영, 청수현 이충일 좌수의 변호를 청합니다.

보는 사람들, 놀라서 보는 김씨부인과 덕훈. 이좌수는 이게 뭔가
싶은데...

허종문	정녕 저자의 외지부를 하겠다는 것인가.
태영	... 그러합니다.
만석	아니 왜에?
승휘	...
허종문	저자가 현감에게 오명을 씌운 것을 알면서도 고하지 않더니,
	이제는 저자를 변호하겠다?
태영	... 허락해 주십시오.

허종문	(보다가 들어나 보자는 듯) 외지부 옥태영의 변론을 허한다.
태영	(앞으로 나서서) 금령에도 광산을 꾸려 관유물을 절취한 죄는,
	국가의 재산을 횡령한 것과 다름없으니, 전례의 왕명에 따라,
	전신에 징표를 새겨, 사형을 시켜, 목을 잘라, 효시함이 마땅합니다.

사람들, 웅성거리고, 이좌수 놀라 어쩔 줄 모르는데,
김씨부인, 무슨 생각인지 모르겠다는 듯 태영을 본다.
걱정으로 보는 승휘.

태영	게다가, 문서를 위조해 아이들을 노역한 죄는 형률 298조,
	약취유인죄에 해당해 이 또한 장 100대에 처할 중죄입니다.
만석	그럼 그렇지~
승휘	(걱정되는)
이좌수	뭐... 뭐 하는 거야! 그, 그만두지 못해!
허종문	조용히 못 하겠느냐!
태영	허나 (호흡을 한 번 하고) 명례율 25조, 두 건의 죄가 한꺼번에
	발각되면, 그중 하나의 죄에 따라서만 처벌하라 하였으며,
	명례율 24조, 만일, 자수하는 경우에는
	처벌을... 면제한다 되어 있사옵니다.

사람들 웅성거린다. 허종문, 율관을 보면,
율관, 법문을 뒤지며 끄덕인다.
안도하는 김씨부인과 덕훈과 이좌수.
짜증 나는 만석과, 잘했다는 듯 보는 승휘.

허종문	아무리 법문이 그렇다 한들 사안의 중요성에 따라,
	벌할 수 있는 권한이 내게 있다는 것도 알고 있느냐?
태영	... 허나 관찰사 영감, 각 지방 도처에서 일어나는 잠채로 인해

조정의 곳간이 축나 금령을 내렸으나, 단속이 쉽지 않사옵니다.

이런 때에 자수한 이충일에게 중벌을 내리신다면,

누구도 뉘우치지 않고 두려움에 감추기만 할 것입니다.

허종문   (일리가 있는)

태영   아울러, 이충일은 이미 광산을 반납하였고,

그 일가는 채집한 금 또한 모두 수거하여 반납하였고,

노역한 아이들에게도 그 삯을 지급하였습니다.

허종문, 덕훈과 김씨부인을 본다. 아직, 내키지 않는데...

태영   옛말에 이르기를,

호생지덕(好生之德)이 백성들의 마음에 두루 미친다 하였으니,

특별히 형법을 굽히시어 너그러이 사면의 은덕을 베푸신다면,

그간 탐욕에 눈이 멀어 악행을 좇았던 자들도, 허물을 뉘우칠 것이며,

이는 곧, 부국을 이루고, 백성이 윤택해지는 길일 것이옵니다.

현감들, 귓속말을 한다. 몇은 끄덕이고...

이좌수와 덕훈과 김씨부인, 승휘와 만석, 각자 감정으로 보는 데서...

─── **S#17 감영 일각 (D) [몽타주]**

감영에서 의금부로 압송되는 지행수와 사병들.

옥고를 치르고, 고문까지 당해 꼴이 말이 아닌데,

지행수에게 누군가 돌을 던진다. 아파 죽겠는 지행수, 보면, 춘삼이다.

그 뒤로, 봉순이와 산에 있던 아이들, 그 부모들, 침을 뱉고 돌을

던지는데,

그 뒤로, 포승줄에 묶인 해강을 데리고 나오는 옥졸,

포승줄을 풀어 준다. 풀려나 어색하게 홀로 걸어 나오는 해강,
기다린 듯 서 있는 태영을 보는 데서... Out.

———— **S#18 태영 친정집 마당 (얼마 후, N)**

대청마루에 앉은, 태영과 도겸과 막심.

도겸   아버지께서 명예를 되찾으셨는데 왜 그런 뚱한 얼굴을 하는 것이냐?

막심   이해가 안 가서 그래유. 뭐 하러 그런 작자 외지부는 해 줘 가지구.
            그까짓 좌수 면직이 말이 되냐구유! 우린 콩 한 쪽도 돌려받지
            못했는디!

도겸   이좌수가 면직만 명받은 걸 어쩌겠어~

막심   아니 그니까 그 죄를 낱낱이 고했어야지이~ 아우 답답혀.

도겸   너무 속상해 말거라. 내 꼭 더 좋은 집을 사 주마.

막심   (보다가) 참말이쥬? 약속하시는 거쥬?

     그때 마당으로 들어오는 술에 잔뜩 취한 이좌수.
     놀라 보는 태영과 막심과 도겸. 이좌수, 휘청대며 다가오면,
     막심, 도겸을 숨겨 한쪽으로 피해 서고, 태영, 이좌수에게 간다.

태영   무슨... 일이십니까.

이좌수   옥태영 너!

태영   (보면)

이좌수   (죽일 듯이 보다가) 너 왜 날 도왔어! 니가 뭔데!

태영   ... 아무것도 아닌 제게 도움받아 자존심이 상하신 것입니까?

이좌수   그래! 가증스럽게 감히 니가, 날 능욕하고! 동정하고! 용서해?

태영   용서? 누가 용서를 했다는 것입니까.

이좌수	뭐?
태영	해강이의 입을 막고 역모의 누명을 씌운 일.
	아버님에게 오명을 씌워 모든 것을 빼앗은 일.
	진실을 알아내려는 나를 죽이려고 한 일!
이좌수	...
태영	결코 용서한 것이 아닙니다. 그저 고하지 않았을 뿐.
이좌수	그러니까 왜 고하지 않았느냐 말이다! 어디서 건방지게 위선을 떨어!
태영	... 막심이를 돌려받았으니까요.
막심	(놀라서 본다)
태영	막심이를 돌려주면, 은혜를 갚겠다, 반드시 돕겠다, 약조했으니까요.
막심	아니, 대체... 내가 뭐라고...
도겸	(막심을 꼬옥 끌어안는다)
이좌수	허면, 그것으로 된 것이 아니냐. 고하지 않으면 그걸로 끝낼 것이지!
	대체 왜! 니 입으로, 나를 살린 것이냐. 왜 내 외지부까지 한 것이냐고!
태영	그것은, 나의 뜻이 아닙니다.
	아버님의 뜻입니다.
이좌수	(본다) ... 뭐?

―――― **S#19 관아 집무실 (D) [플래시컷]**

언젠가 맑은 날, 관아 집무실에 마주 앉았던, 규진과 태영.

규진	아가, 반드시 명심해야 할 일이 있단다.
태영	(보면) 예 아버님.
규진	약자를 돕겠다는 네 마음이 그릇된 것은 아니나,
	법은 약자를 위해서만 존재하는 것이 아니다.
	법 앞에선 누구나 평등해야 해. 죄인이라 할지라도.

태영	(내키지 않는) 제 원수라도 말입니까?
규진	(미소로) 그럼. 그래야 참된 외지부니라.
태영	(보다가) 예... 하늘 아래, 신분 고하를 막론하고,
	그게 누구든, 법에 따라 평등하게 변호하겠습니다.

기특하다는 듯 태영을 바라보는, 더없이 따뜻한 규진의 미소에서...
현재〉힘없이 듣고 선 이좌수. 다리가 풀려, 무릎을 툭 꿇는다.

태영	아버님은, 제가 복수하길 바라지 않으셨을 겁니다.
	저를 죽이려 한 원수일지라도, 법의 보호를 받도록,
	변호하길 바라셨을 것입니다.
이좌수	...
태영	그럼, 이만 돌아가 주십시오. (돌아서려는데)
이좌수	(모든 걸 내려놓듯) 가산과, 식솔들을 모두 돌려주마.
막심	(놀라 입을 막는)
태영	(본다)
이좌수	그거면 (일어서서) 외지부를 해 준 대가로 충분하겠지...

힘없이 돌아서는 이좌수를 보는 태영에서...

───── **S#20 차춘식 집 사랑채 (N)**

굳은 얼굴의 덕훈과 앞으로 앉은, 선희, 홍씨부인, 차춘식.

홍씨부인	집을 돌려주다니요! 누구 맘대로!
덕훈	우리가 어찌 그 집에서 살 수 있단 말입니까.
홍씨부인	그럼 팔아야지! 그걸 팔아야 광산에 댔던 우리 돈이라도 챙기지요!

선희	어머니! 제발 그만 하세요.
차춘식	그래요 부인, 그, 그만합시다. 이러다 우리 선희 소박맞겠어요.
홍씨부인	우리 선희가 왜요! 사위, 우리가 뭘 그리 잘못했다고 이럽니까!
덕훈	제 어머니에 대한 추문을 퍼트리셨지요?
홍씨부인	(말문이 턱 막히는)
덕훈	제발, 부끄러운 줄 아십시오.
홍씨부인	(미치고 팔짝 뛰겠는)

——— S#21 규진 집 앞 (D)

규진의 이름이 적힌 위패를 든 도겸과, 태영. 뒤로 따르는 막심.
맞이하듯 줄지어 나와 선 식솔들과, 한마음으로 보고 있는 사람들.
위패를 든 도겸과 태영이 다가오자, 식솔들, 맞이하듯 절을 하고,
도겸, 눈물을 참으며 지나가면, 보는 사람들도 눈시울이 뜨겁다.

| 도끼 | (감격으로 눈물을 훔치며) 우리 아씨 마님 참말로 장하셔유. |
| 끝동 | 현감 나리, 이제 편히 눈 감으셔유... |

멀리, 뿌듯하기도 하고, 아쉽기도 한 얼굴로 보고 선, 승휘와
만석에서...

——— S#22 규진 집 대청마루 (D)

마루에 앉아, 운봉산을 보고 있는 태영과 도겸.

| 도겸 | 얼마나 고생이 많으셨습니까. 형수님. |

	저는, 아무 도움이 되지 못해 죄스럽습니다.
태영	그런 말 마세요. 우린 가족이지 않습니까.
도겸	저는, 반드시 장원 급제해서, 형수님의 자랑이 될 것입니다.
태영	(미소로) 지금도 충분히 자랑스럽습니다. 도련님.
도겸	저는 앞으로... 형수님을 위해 살 것입니다. 형수님은 제게, 누이이자, 친구이자, 어머니이자, 제 모든 것이니까요.
태영	(기특하고 고마운) ...

S#23 연못가 일각 (D)

홀로 서 있는 승휘. 다가오는 태영을 본다.

태영	해강이는 다행히 자유의 몸이 되어 무사히 떠났습니다. 서방님이 계신 곳으로 가서, 집안의 소식을 전할 것이라 해요.
승휘	허면, 네 서방은 곧 돌아오겠구나.
태영	예.
승휘	거참 보면 볼수록 날로 먹는 비겁한 자로군.
태영	(옅은 미소)
승휘	어쨌든, 모든 것을 되찾다니, 참으로 장하다.
태영	... 모두, 도련님 덕분입니다. 참으로, 고맙습니다.
승휘	거봐. 산을 내려올 때쯤이면, 나한테 고맙다 할 거라고 했지?
태영	(보다가) 도련님은, 사람들을 행복하게 만드는 힘이 있으세요.
승휘	...
태영	산채에서 공연하는 도련님의 모습이, 참으로 좋아 보였습니다. 그리고... 마지막으로 도련님의 공연을 볼 수 있어서, 행복했습니다...
승휘	(보다가 끄덕이고 손을 내민다) 가져왔느냐,
태영	(관자 주머니를 올려놓고, 어쩐지 아쉬운)

이거 가져가시면 살림살이 좀 나아지세요?

승휘   (꺼내서 추억하듯 그저 보고 있다)

태영   이걸 꼭 가져가셔야겠습니까?

승휘   가져가야지. 구덕이 유품인데.

태영   (본다)

승휘   나를, 나로 살게 해 주었던,

          내가 몹시도 연모했던. 여인이었다.

태영   ...

승휘   (보다가) 앞으로 다시는 아씨 마님을 찾지 않겠습니다.

          그러니, 부디, 행복하십시오. 외지부 마님.

          (목례하고 가려는데)

태영   ... 그, 종사관 나리께 좀 전해 주시겠습니까.

승휘   (보면)

태영   그 종사관 나리는, 그 여인의 첫사랑이 맞습니다.

승휘   ...

태영   처음엔, 신분과 처지가 달라 외면했고,

          그다음엔, 해야 할 일 때문에 거절했지만...

          주신 선물을 늘 간직했고 추억했고 그리워했노라... 전해 주세요.

승휘   (보다가 끄덕이고) 완벽한, 결말입니다.

승휘, 목례하고 먼저 돌아선다.

보다가 돌아서는 태영. 멀어지는 둘에서... Out.

—— **S#24 청수현 외지부 집무실 (D) [자막 7년 후]**

조금 커진 사무실, 양반 평민 할 것 없이 의뢰인들 줄지어 앉아 있고,

조수1, 의뢰인 앞에서 방문 사안을 받아 적어 법률 서적 쪽의

조수2에게 주면,

방문 사안에 맞는 책을 뒤지는 조수2. 책을 찾아 방문 사안과 함께

끝동에게 내민다.

조수장인 끝동, 방문 사안과 책을 받아 들고 안쪽으로 가면,

잔뜩 쌓인 문서 앞에 앉아 회의 중인 장외지부와 더욱 우아해진 태영.

그 앞으로 책과 방문 사안을 놓고 앉는 끝동.

태영   오종근 참봉 댁, 양자 파양 건은 장외지부가 맡아 줘.

        (끝동이 준 사안을 보며) 감나무 집 육동이가 산 소가 쌍생아를

        낳았어?

끝동   예. 근디 팔았던 장사치가 두 마리 값을 내라 한다네유.

태영   이건 태어난 시점을 조사해 봐야 할 것 같은데, 오늘은 안 될 것 같다.

장외지부 왜요? 오늘 무슨 일 있으세요?

        하는데, 밖에서 들리는, 꽹과리 소리.

        어 왔다 하고 뛰어나가는 태영과 끝동.

───   S#25 청수현 거리 (D)

        마을 입구로 경쾌하게 울려 퍼지는 꽹과리, 북, 장구 소리.

        동네 사람들, 함박웃음으로 서 있고, 그 틈에 선 도끼와 막심.

        저만치 오는 태영에게 어서 오라는 듯 손짓하는데,

        다가오는 유가 행렬. 말을 타고 늠름하게 오고 있는,

        초록 복색에 어사화가 달린 복두를 쓴 도겸이다.

        도겸, 태영을 발견하자 환한 미소로 내려와 태영에게 뛰어오는데...

        훤칠한 키와 턱 벌어진 어깨, 근사한 청년으로 성장한 도겸이다.

태영	도련님 오셨습니까!
도겸	(태영을 품에 꽉 안고) 보고 싶었습니다!
태영	(민망해서) 어머, 사람들이 봅니다 도련님~
도겸	봐야죠! 제가 형수님 덕분에 장원 급제를 했는데요.

도겸, 태영을 홀렁 안아 들고 빙빙 돌고, 태영, 내려 놓으라고 난리다.
도끼, 막심, 끝동이도 껴서 얼씨구 좋다 지화자~ 덩실덩실 춤을 추고,
사람들 틈에,

| 홍씨부인 | 자기 자식도 아니고, 시동생 입신양명시킨 게 무슨 대수라고. |
| 김씨부인 | 청수현에서 장원 급제라니, 게다가 우리 학당 출신이니 겹경사지요. |

경사 났네, 경사 났어~ 좋아하는 사람들 틈에,
태영을 업고 도는 도겸에서...

───── **S#26 규진 집 (이하 태영 집) 대청마루 (D)**

도겸, 큰지막한 비단 보자기 매듭을 풀자 쏟아지는 선물들.
식솔들, 뭐가 내 건가 싶어 까치발로 들여다보면서 손을 비벼 대는데...

도겸	자~ 이건, 최고급 대나무를 한땀 한땀 깎아 만든 붓 통, 형수님 거.
태영	(받아 들고) 잘 쓸게요 도련님~
막심	그려~ 글지. 찬물도 우아래가 있으니께.
도끼	그럼 담은 나것네? 똥물도 파도가 있으니께?
도겸	(하나 더 꺼내며) 다음 거는 옥으로 만든 서책갈피, 이것도 형수님 거.
	(또 꺼내며) 이것도~ 형수님 거. 산수화의 달인이 그린 거예요.
끝동	(김샌) 여그 다~ 마님 건가 보네.

도겸	(끝동 보며) 아 맞다. 이건~ 청금석으로 만든 꽂이.
	(태영 보며) 이것도~ 형수님 거.
끝동/도끼	(그럴 줄 알았다는 듯, 같이) 이것도~ 형수님 거.
막심	가자, 냉수 먹고 속이나 차리자. 애저녁에 기대한 우덜이 맹추여~
태영	뭘 이렇게나 잔뜩 사 왔어요?
도겸	형수님 생각날 때마다 하나씩 샀죠. (식솔들에게) 어디 가느냐!
	저~기 담벼락 앞에 세워둔 수레로 가 보거라.

도끼, 막심, 끝동, 어? 하더니 담벼락으로 뛰어가서 수레에 덮인 천을
들친다. 한가득 들어 있는 옷, 신발, 신기한 먹거리 등 선물 가득에
환호하고 춤추고 난리. 도겸, 근처의 식솔들도 데리고 간다. 나눠 주는
도겸을 흐뭇하게 보는 태영에서.

───── **S#27 태영 집 일각 노회 밭 (D)**

스무 평 정도의 정원처럼 꾸며진 노회 밭을 가꾸고 있는 태영과 도겸.

태영	기왕 장원 급제했으면 입궐을 해야지. 왜 지방관을 자원하셨습니까?
도겸	섭섭합니다. 형수님과 최대한 가까이에 있으려고 얼마나 졸랐는데요.
태영	(웃고) 자모회 회장님께서 학당 선배로 가르침을 좀 부탁하셨어요.
	청수현 첫 장원 급제이니, 다들 한마음으로 기뻐해 주시더라구요.
도겸	(끄덕이고 보다가) 형님은... 당연히 소식 없으신 거죠?
태영	새삼스럽게.
도겸	진짜 어디 가서 무슨 변이라도 당하신 건지.
	기억 소실이 아니라면, 도통 이해가 가질 않습니다.
	마냥 기다리지 마시고 좀 찾아보자니까요 형수님~
태영	돌아올 때가 되시면, 돌아오시겠죠.

도겸	어디로 갔는지, 언제 돌아올진 몰라도, 왜 갔는진 아시잖아요.
태영	...
도겸	저 어른 되면 말해 주신다면서요.
태영	아직 어른이 아닙니다. 장가를 가셔야 어른이지요.
도겸	예?
태영	낙점되어서 연통이 오려면, 몇 달은 걸릴 텐데, 지금이 딱 좋겠습니다.
도겸	싫습니다.
태영	오~ 장원 급제했으니 이제 막 나가시겠다?
도겸	그런 뜻이 아니지 않습니까.
	맨날 공부하느라 형수님이랑 놀지도 못했는데.
	저 형수님이랑 같이 할 일, 백 가지 적어 놨단 말입니다.
	산보도 가야지, 단풍 구경도 가야지, 맛집 탐방도 가야지.
태영	그걸 왜 저랑 하세요. 아리따운 낭자랑 하셔야지요~
도겸	제 눈엔 형수님이 제일 아리땁습니다.
태영	정말, 시킨 대로 안 하실 겁니까?
도겸	(한숨) 해야지요. 형수님은 제게 누이이자, 친구이자,
	어머니이자, 제 모든 것이니까요.
태영	(같이) 어머니이자, 제 모든 것이니까요.
	그 말 좀 그만하세요. 귀에 딱지 앉겠습니다.
도겸	어렸을 땐 좋아만 하시더니.
태영	그건 어렸을 때죠! 어디 가서 특히! 여인들 앞에서 절대 하지 마세요.
	마마 도령 소리 듣습니다. 아셨죠?
도겸	마마 도령은 또 뭡니까? 맨날 아무 말 지어내시고 진짜.

——— **S#28 유향소 자모당 (D)**

김씨부인	성장원이, 학당의 도움에 보답하는 차원에서,

우리 학동들에게 장원 급제 요령을 지도해 주신다 합니다.

부인들　　(좋은) 어머~ 네. 잘됐습니다~ 회장님 최고십니다 호호~

다른부인　아, 웅이 도령도 들으셔야겠네. 제일 도움이 되지 않겠습니까.

홍씨부인　(노려보고) 근데 참~ 이상하지 않습니까?

다른부인　뭐가요?

홍씨부인　아니~ 남녀가 유별한데 어찌 저리 시동생을 안고 업고 난리냐구요.

김씨부인　업어 키운 시동생인데 한 번 업힐 수도 있지요. 전 부럽더이다.

홍씨부인　그 정도가 아니었잖아요. 오매불망 그리워한 정인인 줄 알았다니까요?

김씨부인　*쯔쯔쯔쯔*, 어찌 좌수 부인께서 그리 채신머리가 없으신지.

홍씨부인　(잠시 주눅이 들었다가) 아무튼 제 말은, 그 집으로 시집가는 처자는
　　　　　형수 시집살이가 어마어마할 거다 뭐 그런 거죠.

다른부인　하긴, 형수가 장원 급제까지 시켰으니...

홍씨부인　그럼요. 어찌 그런 집에 딸을 시집보내겠어요.
　　　　　안 그래요?

부인들　　(그럭저럭 그냥 수긍하는) 네~

이씨부인　(달려 들어오며) 성장원이 장가를 간답니다.
　　　　　매파가 혼인을 원하는 처자들의 사주단자를 받겠대요!

홍씨부인　일 없네요. 누가 그 집에 간다고, 아니 그렇습니까?

다른부인　(일어나며) 아니, 갑자기 소피가. 아우, 뒷간에...

다른부인2　(일어나며) 어머, 제가 급한 볼일이 있는 것을 잊고.

다른 부인들도, 우르르 일어나서 신나게 달려 나가면,
이죽거리는 홍씨부인.

────　**S#29 청수현 거리 (D)**

오랜만이라는 듯, 이곳저곳 둘러보며 산책하듯 걷는 도겸.

부러 양껏 꾸미고 차려입은 듯,

도겸에게 선보이듯 지나는 양반댁 규수들.

자기들끼리 소곤거리고 깔깔대다가

한 명을 괜히 밀어서 앞에 세우기도 하는데...

도겸, 예의 있게 가벼운 인사 정도로만 답례하고 걷는데,

도겸을 툭, 치고 가는 미령.

도겸 (자기도 모르게 놀라서) 아!

달리듯 가던 미령, 소리에 휙 돌아본다.

꾸며 입은 여식들과 달리 수수한 차림이지만,

하얀 피부의 서글서글한 눈매.

미령 (급한지 멈춰 서지도 않고) 아, 죄송합니다.

다시 급히 가는 미령의 옷에서 노리개가 바닥으로 툭 떨어진다.

주워 드는 도겸. 미령을 보는데, 노리개를 떨군지도 모르고 가는 미령.

도겸 저기요. (못 듣고 가자 따라가며 조금 크게) 이보시오!

미령 (다시 본다) 죄송하다 했는데 못 들으셨구나. 죄송합니다. (다시 간다)

도겸 그게 아니라, 거기 좀 서 보시오.

미령 (서서 본다) 죄송하다고 두 번이나 말씀드렸는데, 어찌 이러십니까?

도겸 사과를 받으려고 부른 것이 아니라 /

미령 다른 용건은 관심 없습니다. 그럼. (간다)

도겸 아니 사람 말하는데, 그리 잘라먹는 게 어딨습니까.

    (황급히 붙들고) 이보시오 낭자.

미령 이거 놓으세요. (뿌리치고) 형률 355조.

    위력으로 타인을 속박하면, 장형 80대의 벌을 받습니다!

도겸	(당황스러운) 그런 걸 어찌 아십니까?
미령	대답해 드려야 할 이유 또한 없습니다.
	(가려다가 손가락 들고) 따라오지 마십시오!

가 버리는 미령을 보고 선, 넋이 나간 도겸의 손에 남은, 미령의
노리개...

───── **S#30 청수현 외지부 집무실 (D)**

태영	(여전히 바쁜, 앞을 보지도 못하고 방문 사안을 보며) 다음 분?
미령	(꾸벅 인사하고) 저는, 의창현에서 온, 차가 미령이라 하옵니다.
태영	예. (미령의 방문 사안을 보며) 이웃의 진태라는 자가,
	피부 발진을 이유로 하루아침에 일하던 주막에서 쫓겨났다?
미령	예. 분명 전염되지 않는 증세임에도, 쫓겨난 것뿐만 아니라,
	이전에 일한 품삯조차 받지 못했다 합니다.
태영	그러니까 지금, 이웃 대신, 발고를 하려는 것입니까?
미령	예. 쫓겨난 것도 가여운데, 품삯조차 받지 못해 참으로 분합니다.
	남의 재물을 강제로 탐한 자에 대한 벌이 있다 들었사온데.
태영	(보다가) 전염이 되지 않는 것은 확실합니까?
미령	(문서 주며) 예. 발진이 시작되면 보름 동안 격리했고,
	옮기지 않는다는 문서를 의원님께 받아 왔습니다.
태영	정말 잘하셨네요. (받아 들고) 제가 확인을 좀 해 봐도 되겠습니까?
미령	물론입니다. 외지부로서 사실 확인은 필수가 아니겠습니까?
태영	(신기하다는 듯 보는 데서) ...

S#31 의창현 미령 집 마당 일각 (D)

양반댁이라기엔 낡고 초라한 집. 이리저리 보는 태영.
마당 위 평상에 옹기종기 모여 가려워하고 있는 피부 발진 환자들.
약을 발라 주고 돌봐 주고 있는, 미령과 아버지.
조금 떨어진 곳에서 그런 미령을 보고 서 있는 태영.

끝동   (들어오며) 이 동네 발진 환자들은 다 이 댁에 있다는디요?

태영   응. 여기서 모두 함께 격리하고 있는 모양이야.

끝동   형편이 좋아 뵈지도 않는디 대단허네. 그쥬.

        (미령 보며) 암만 그래도 양반인디, 천것들하고 저리 살도 부대끼고.

태영   그러게.

끝동   살다 보믄 참, 우리 마님 같은 분들이 더러 있더라구유.

태영   끝동아. 저 아가씨에 대해서, 좀 알아봐 줄래?

끝동   어떤 방향으로 알아볼까요?

태영   외지부로 어떨까 해서.

끝동   오오~ 일손도 부족한디. 자질이 있으신가 함 알아볼게유.

피곤한데도 웃음으로, 최선을 다해 사람들을 돌보던 미령.
이쪽을 보는 태영을 보자. 감사한 미소로 꾸벅 인사한다.
거리를 두듯, 살짝 목례하는 태영에서...

S#32 태영 집 대청마루 (다른 날, D)

막심, 잔뜩 쌓인 사주단자를 하나씩 태영에게 주면,

태영   (사주단자 들고) 이 여식은 학당 교수님의 질녀입니다.

	서예와 문학, 거기다 그림까지, 골고루 지성을 갖췄어요.
막심	울 도련님이랑 대화가 아주 통할 것 같으시네유.
도겸	(보며) 어쩐지 좀 지루할 것 같지 않습니까? 딱 질색인데.
태영	(다른 단자 들고) 이 여식은~ 신찰방 댁 둘째 여식인데요.
도겸	(본다) 어쩐지, 어릴 적 잔병치레를 했을 것 같은 느낌적인 느낌.
태영	(단자 하나 들고) 아! 이 여식은 그 유명한, 최진사 댁 셋째 딸입니다.
막심	딸부잣집 셋째는 기냥 평생을 평탄하게 살 팔자를 타고 났다던디~
도겸	팔자는 좀 사나워야 제맛이거든?
태영	협조 안 할 겁니까.
막심	간만에 회초리 좀 갖다 드려야 쓰겠네에~
도겸	아 몰라 그냥 골라 주세요. 형수님 닮은 사람으로.
막심	하이고~ 조선 팔도에 그런 사람이 워딨데유?
태영	칭찬이지?
막심	암만유~
도겸	아님 혼례 안 할 겁니다~ 형수님이랑 평생 살 거예요.
태영 / 막심	(어이없는데)
미령E	계십니까~

소리에 보면, 서 있는 미령이다.

막심	누, 누구세유?
도겸	(의아한) 여긴 어떻게...
미령	(당황해서) 여긴 어떻게...
도겸	날 찾아오신 겁니까?
태영	날 찾아오신 겁니다.
도겸	(태영을 본다) 예?
태영	(미령에게) 맞지요?
미령	예. (문서 내밀고) 진태의 계약 문기를 가져오라셨는데,

대송 사무실은 오늘 쉬신다기에, 찾아뵈었습니다.

태영   (가서 받고) 괜찮습니다. 헌데 (도겸을 보고) 도련님과는 어찌...

도겸   아 그것이 (하다가 제 옷 춤에 넣어 놨던 노리개를 내민다) 이거.

미령   (놀라서) 어머! 이걸 어떻게 갖고 계세요?

도겸   지난번에 흘리셔서, 언제 또 마주칠지 몰라 지니고 있었습니다.

미령   (그제야) 그럼, 그때 이것 때문에 저를, 따라오셨던 것입니까?

태영   (도겸을 본다) 그랬어요?

도겸   (민망한) 예. 모르고 그냥 가시기에...

미령   정말 감사합니다. 돌아가신 할머니께서 주신 소중한 유품이거든요.

도겸   다행이네요.

미령, 도겸에게 활짝 웃어 주면, 멋쩍은 도겸.
그런 둘을 흥미롭게 바라보는 태영과 막심에서.

───── **S#33 의창현 미령 집 일각 (N)**

짐을 들고 태영을 따라 걷는 도겸.

도겸   형수님, 대체 어디까지 가시는 겁니까.

태영   언제는 저랑 산보 가고 싶다 하시더니,

도겸   좋죠. 좋은데, 대체 이건 뭔데 이렇게 무거워요?

태영   아, 피부 발진에 좋은 약재랑 노회를 넉넉히 넣었어요.

        노회가 열 내리고, 상처 아무는 데 좋더라구요.

도겸   이 많은 노회를 누굴 다 주려구요?

태영   한두 해 전에 의창현으로 왔다는데, 평판이 좋더군요.

도겸   아니, 대체 누가요.

태영   다 왔습니다. 저 집이에요.

도겸, 보면, 보따리를 들고 밖으로 나오는 미령.

도겸, 미령을 보고 놀라 저도 모르게 휙 돌아선다.

미령, 주변을 보는데, 뒤로 돈 도겸에게 가려진 태영.

미령, 둘을 눈치채지 못하고, 급히 어디론가 조심스럽게 간다.

도겸   (의아한) 날도 어두웠는데... 어딜...

태영   (조금 걸리는) ... 그러게요...

─── **S#34 의창현 으슥한 골목 (N)**

조심스러운 발걸음. 빠르게 걷는 미령.

주변을 경계하며 미령이 가고 나면, 골목으로 오는 태영과 도겸.

도겸   (좀 불편한) 이리 따라가도 되는 것인지.

태영   (마음에 걸리는지) 돌아갈까요?

도겸   (미령을 보다가) 어? 저 집으로 들어갑니다...

─── **S#35 초가집 담벼락 너머 (N)**

미령, 방 안으로 들어가고 나면, 담벼락 너머로 오는 태영과 도겸.

갑자기 들리는 아기 울음소리에 마주 본다.

─── **S#36 초가집 방 안 (N)**

갓 태어난 아가를 안고 어르고 달래고 있는 미령.

그 앞으로, 미령이 가져온 죽을 허겁지겁 먹고 있는 아기 엄마.

미령   아가~ 울지 말거라. 엄마가 뭘 좀 먹어야 너 먹일 젖이 나오지. 응?
아기엄마   (그제야 미령을 본다) 감사합니다.
미령   (손목과 목에 멍을 보고) 멍이 늘었네? 또 맞은 것이냐?
아기엄마   (부끄러운지 몸을 가리고 들어올까 싶어 밖을 경계하는데)
미령   걱정 말고 어서 먹거라. 오는 길에 네 남편은 보지 못했다.
아기엄마   고맙습니다. 아씨 덕분에 살아유 참말로 고맙습니다.
미령   이리 굶고 있을 것을 아는데 이제야 와서 미안해.
         발진 환자들을 돌보느라 바빴다. 내일은 미역을 좀 얻어 올게.
         (하다가) 어머~ 효자로구나 (아기 눕히며) 새근새근 잠이 들었어.

——— S#37 초가집 담벼락 너머 (N)

태영과 도겸, 기특한 미소로 있다가, 이만 가자는 듯 가려는데,
문 쪽으로 휘청휘청, 가는 술에 잔뜩 취한 사내.
돌아보면 초가집으로 들어간다. 둘, 걱정으로 돌아보는데...

——— S#38 초가집 마당 (N)

마침, 밖으로 나오는 미령과, 배웅하듯 나온 아기 엄마.
문 앞에 선 남편을 본 아기 엄마 당황하고, 미령은 노려본다.

사내   (미령을 본다) 뭐야. 왜 또 왔습니까~
미령   어찌 툭하면 아내에게 손을 대는 것이오!
사내   아니 근데, 뭔 상관인데! 맞을 짓을 하니까 맞는 것이지!

담벼락 너머 / 걱정인 태영과 도겸. 태영, 들어가 보라는 듯. 그때,

미령E　그래? 허면 너도 한 번 맞아볼 테냐?

당황스러운 듯 마주 보는 태영과 도겸.
마당 안 / 근처의 빗자루를 단단히 거머쥐는 미령.

사내　야, 그거 안 내려놔?
미령　왜, 맞을 짓을 해서 맞아야 한다면, 먼지 나게 맞을 사람은 바로 너야!

사내, 죽일 듯 달려들면, 미령, 이야압 하며 빗자루를 드는데,
빗자루와 사내를 양손으로 제압하는 도겸. 놀라 보는 미령.

미령　(눈이 땡글) 도, 도련님?
도겸　(미령에게) 어찌 이리 무모하십니까. 다치면 어쩌시려고.

담벼락 너머 / 그런 둘을 보고 선 태영에서...

S#39 청수현 외지부 집무실 (D)

미령　지난번 가져다주신 노회는 정말로 도움이 되었습니다.
태영　도움이 되었다니 다행입니다.
지난번 우리에게 의뢰한 그 주막에 대한 송사는
손이 바빠 처리가 늦어지고 있으니까 /
미령　아, 재촉하러 온 것이 아닙니다. 아무래도 바쁘신 듯하여,
제가 주막에 찾아가 외지부를 고용해 송사할 것이다 했더니,
글쎄 진태가 그동안 일한 품삯을 돌려주었지 뭡니까.

태영	어찌 그리 당차십니까. 어찌 되었든 참으로 다행입니다.
미령	그래서 말씀입니다, 외지부 마님.
	일손이 부족하시면, 제가 도와 드리면 안 될까요?
	저도 마님처럼, 사람들을 돕고 싶습니다.
태영	(보면)
미령	빨리 배우는 편이고, 몸도 아주 튼튼하니, 뭐든 시켜만 주세요.
태영	(보다가) ... 그럼, 한번 배워 보시겠습니까?

──── **S#40 의창현 미령 집 마당 (N)**

기분 좋은 얼굴로 들어오는 미령.
기다리고 있는 환자들을 보자, 주머니를 꺼내 돈을 나눠 준다.
받은 사람들의 발진과 아이 엄마의 멍 등을 닦아 주는 미령부.

미령	(같이 닦아 주며) 다들 도와줘서 정말 고마워.
	(미소로) 얘기 새어 나가면, 어떻게 되는지, 알지?

가는 사람들을 배웅하는 미령과 미령 부에서... Out.

──── **S#41 청수현 외지부 집무실 (D)**

진술서 검토 중인 태영과 끝동.
미령, 장외지부에게 업무를 배우고 있다.

태영	아, 끝동아 (작게) 돌석이네 산채에 찬거리 보냈니?
끝동	이번 달 것은 아직유. 지난번에 남았다고 천천히 오랬어유.

태영	그래? 아~ 오늘 좀 한가하니, 밀린 문서 좀 정리할까?
끝동	밀린 거 없어유. 미령 아씨가 이미 끝장을 내 버렸구만유.
태영	(미령을 보며) 그랬습니까?
미령	아, 기록문이 날짜별로만 정리가 되어 있어,
	찾기 쉽도록 사건 종류별로도 정리해 놓았습니다.
끝동	칸마다 목차도 만들어 놓으셨구유. (미령에게) 아씨 최고!
태영	(미령 보며) 어찌 시키지도 않은 일을 그리도 알아서 잘하십니까?
미령	(그저 웃고) 저, 말씀 편하게 해 주세요.
태영	(미소) 그럼, 그럴까?
도겸	(들어오며) 오늘 왜 이리 한가하십니까~
태영	도련님.
도겸	(등 뒤에 숨겼던 꽃을 내밀며) 오다 주웠습니다.
태영	(받고) 이리 꽃 받아 보는 거, 오랜만이네요.
	아, 마침 한가한데, 우리 산보 나갈까요?
도겸	듣던 중, 반가운 소립니다.
태영	(미령에게) 같이 가자꾸나.

미령, 약간 어색하게 보면, 태영, 가자는 듯, 데리고 나간다.
머쓱한 듯 따라가는 도겸에서...

─── **S#42 청수현 장터 (D)**

나란히 걸으며 구경 중인 태영과 미령을 따라 걷는 도겸,

태영	(뒤의 도겸을 흘깃 보고) 나는 잠시 가 볼 곳이 있으니, 천천히 오렴.

태영, 가 버리자, 자연스럽게 나란히 걷게 된, 어색한 도겸과 미령.

미령	송구합니다. 저 때문에 방해되시죠?
도겸	방해랄 게 있나요. 아, 외지부 일은 할 만하십니까?
미령	예. 열심히 배우고 있습니다. (가는 태영 보며)
	그러다 보면, 마님을 조금이라도 닮을 수 있을까요?
도겸	(본다)

일각 / 좌판을 꾸린 책쾌를 찾아오는 태영.

책쾌	(알아보고) 아이고, 마님, 또 오셨네.
	찾으시는 천승휘 신간 아직 안 나왔는데요.
태영	왜지? 벌써 2년이 넘도록 왜 집필을 안 하시는 게야?
책쾌	배가 불렀나 보죠. 요즘은 공연도 안 한대요.
태영	(신경 쓰이는, 가려다가 놓인 책을 본다) 어? 종사관과 여인?

태영, 책을 들어 지은이를 보면,
'천승휘'가 아니라 '설랑'으로 되어 있다.

책쾌	(빼앗아 내려 놓고) 아서요. 이거 마님 취향 절대 아니에요.
태영	왜 그러느냐?
책쾌	너~무 야해. 아주 그냥, 좀 그래~ 뭐, 그래서 잘 나가긴 하지만요~
태영	(돌아서며) 쓰지 말란다고 진짜 안 쓰셨나 보네...

아쉬운 듯 돌아서는 태영을 스치며 급히 가는 짐을 가득 실은 손수레.
태영을 기다리고 선 미령과 도겸을 향해 달린다.
태영이 놀라 부르려는데,
다가오는 수레를 본 도겸, 손을 뻗어 미령을 피하게 한다.
어색해 얼른 떨어지는 둘을, 흐뭇하게 보는 태영에서...

S#43 태영 방 안 (N)

태영 거하게 한 잔 마시고, 크으~ 내려 놓으면, 인상 쓰는 막심.
태영, 보란 듯 막심이 찢어 놓은 지짐을 손으로 홀랑 먹으면,

막심   아 왜 이려요 진짜. 마님이 체통 머리 없이.
태영   왜에~ 나 너랑 있을 때만큼은 (다리 쭉 뻗고) 나로 살고 싶다.
막심   (괜히 뒤 보고) 아유! 참말로 누가 들으면 워쩔라고.
태영   (또 마시고) 아 좋다,
막심   (속상한) 이러고 사는 게 뭐가 좋다고.
태영   왜 뭐 사는 게 별건가? 이런 거 먹고 /

하다가 퍼뜩 떠오르는, **플래시컷** 〉 5부 S#37 폐가 안 (N)

승휘   (태영을 보며) 사는 게 뭐 대단할 게 있겠느냐,
       보잘것없는 것을 나눠 먹고, 형편없는 농에 웃어 가며,
       비가 오면 네 머리에 손을 얹어 비를 막아 주고,
       네 얼굴에 그늘이 지면, 곁에서 웃게 해 주마.

현재 〉 태영, 갑작스러운 기억에, 옅은 미소.

막심   왜, 말하다 말고 왜 그래유?
태영   ... 그냥, 술 한잔하니, 갑자기 옛 추억이 떠오르네. 주책이다...
막심   (짠하게 보는) ...
태영   (말 돌리듯) 미령이 어때? 보면 볼수록 내 눈엔 괜찮아 보이는데?
막심   괜찮음 뭐 해유. 도련님이 오로지 형수님밖에 모르는디.
태영   내가 보기엔 도련님도 조금 관심이 있어 보여.
막심   그럼 뭐, 매파헌티, 사주단자 좀 받아 오라고 혀요?

태영	응. 그러자.
막심	에휴. 도련님 장원 급제시켜~ 장가보내~
	시상에 이런 며느리가 워딨대유. 서방님도 없는디.
태영	아우~ 또 그 소리다 또.
막심	부인네들 걸핏하면 모여서 뭐라는지 알아유?
	서방이 바람나서 진작 딴살림 차렸네. 밤마다 서방 기다리다
	허벅지에 바늘을 (하다가 입을 때리고) 미쳤나 봐, 이놈 주둥이.
태영	남정네 살 냄새 그립겠네~ 더 늙기 전에 보쌈이나 당하지. 뭐 이런 말?
막심	(속상하고 짠한) ...

—— **S#44 태영 방 안 (N)**

촛불 아래 앉아, 편지를 쓰고 있는 태영.

태영E	서방님... 도련님의 혼사를 서두르려 합니다.
	헌데, 이 중한 결정을 저 혼자 해도 될까요?
	내달이면, 아버님의 기일이 일곱 번째가 되는데,
	언제쯤 기별을 주실지, 언제쯤 돌아오실지...
	(잠시 쉬었다가) 잘 지내시리라 믿고,
	저는 제 도리를 다하고 있겠습니다. 아내로부터.

서신을 접는 태영.

—— **S#45 태영 집 윤겸 방 안 (N)**

서신을 들고 들어오는 태영. 잠시 서서 방을 둘러본다.

주인이 오랫동안 방문하지 않아 어쩐지 서늘해 보이는 방 안.

태영, 문갑으로 다가가 열면, 그간 태영이 쓴,

한가득 쌓인 보낼 곳 없는 서신들 위로,

한 통이 더 얹어지는 데서... Out.

———— **S#46 태영 집 일각 (D)**

누군가의 시선에, 출근하는 태영과 끝동 보인다.

태영과 끝동이 갑자기 멈춰 서면, 같이 멈춰 서서 숨는 누군가.

끝동, 태영을 향해 급똥의 몸부림을 하더니 어디론가 달려가는데...

(태영 시선) 어디선가 시선이 느껴져 휙 돌아보는 태영.

골목으로 휙 들어가면 따라 들어오는 누군가.

태영	(기다렸다가 전력으로 목에 당수 날리고) 웬 놈이냐!
만석	(커억, 말이 안 나오는) 나, 나. (얼굴 가리고) 때리지 마세요!
태영	어머! 만석아! 괜찮아?
만석	(숨이 돌아오는) 괜찮겠니? 장가도 못 가고 저세상 갈 뻔했네.

———— **S#47 일각 조용한 곳 (D)**

태영	도련님이 옥에 갇히시다니 왜?
만석	도련님 아니고 이제 예술단 단장이시니까, 단장님. 아무튼,
	남의 공연장에 낫 들고 뛰어 들어가서 다 죽여 버린다고 난동 부렸어.
태영	뭐?
만석	그쪽은 사과하고 피해 보상하면 합의해 준다는데,
태영	근데?

플래시컷 〉 옥중의 승휘. 분노로 눈이 돌아 이쪽을 보며,

승휘 　사과나 보상 따위, 해 줄 생각 추호도 없으니, 차라리 날 죽여라.
　　　안 그러면 내가 반드시, (손가락으로 목 긋고) 널 죽인다.

현재 〉 어이없는 태영.

만석 　그러니 폭행에 협박에 살인미수까지... 평생 옥살이하게 생겼어~
　　　나 진짜 안 오려고 했거든? 나 여기 온 거 알면, 나까지 죽인다고 할
　　　거야.
태영 　...
만석 　당연히 냉큼 못 가겠지. 넌 유부녀니까,
　　　근데, 걱정 마. 단장님 혼인하셨어.
태영 　(보면)
만석 　혼인뿐이야? 아주 똑 닮은 아들도 낳고 잘 사신다?
태영 　(담백한) 그랬구나. 잘됐다.
만석 　그럼~ 잘됐지. 이제 너한테 털끝만큼도 마음 없으니까 제발 좀
　　　도와주라. 진짜로 우리 옛정을 생각해서, 너 진짜 단장님이 많이
　　　도와줬잖아 응? 딱, 공적으로다, 외지부만 좀 해 줘. 응?
태영 　(그래도 망설여지는, 뭐라 말하려는데) ...
만석 　아니! 지금 말하지 마. 생각 더하고 여각으로 연통 줘.
　　　제발 부탁한다. 아니 부탁드립니다. 외지부 마님. 제발요. 살려 주세요!

—— **S#48 여각 일각 (N)**

출타했다 돌아가던 도겸, 여각 입구에 선 만석을 지나쳤다가 다시 본다.
목을 빼고 태영을 기다리듯 서 있는 만석. 도겸 떠오르는,

플래시컷〉5부 S#15 태영 집 앞 (도겸 시선)

승휘와 멀어지던 어린 도겸, 휙, 담벼락 끝에 숨어서 본다.

승휘의 등짝을 후려치는 만석. 승휘랑 실랑이한다.

현재〉 만석이 기억난 듯, 보는 도겸에서...

───── **S#49 태영 집 서재 (N)**

도겸   익천을 가신다구요?

태영   네. 제 오랜 벗이, 외지부가 필요하다네요.

도겸   허어~ 충청도를 벗어난 송사는 매번 거절하시는 형수님께서요?

         그뿐인가요? 과거 시험 보러 가는 완전 소중 시동생도 안 따라가시고,

         할머님도 오라버니도 본가에 오셔야 만나시는 형수님께서,

         그 번화한 곳에?

태영   7년 전에, 아니, 그보다 훨씬 오래전부터 제게 많은 도움을 주신

         분이라...

도겸   7년 전에, 그분을 뵌 적 있습니다. 형님과, 아주 많이 닮았던 분 맞지요?

태영   (보면)

도겸   오늘, 여각에서 그 일행을 보았거든요.

태영   (끄덕이는) 맞습니다. 그분이, 제 오랜 벗이에요.

도겸   (보다가) 돌아오시면, 그 사연 좀 들려주시겠어요?

태영   (보다가 끄덕인다) 정말, 제가 가도 되겠어요?

도겸   예. 대신 꼭 돌아오셔야 합니다.

태영   (미소로) 당연하죠.

S#50 익천 바닷길 (D)

청나라 사람들, 분주한 상인들, 부두 노동자로 북적이는 항구.
배에서 내려 걷는 태영과 만석. 태영, 쓰개치마를 쓰고 주변을 살피면,

만석	야. 여기 한양에서 멀어. (하다가) 아니지. 마님. 염려 놓으세요.
태영	혹시 몰라. 소혜 아씨가 청수현까지 찾으러 왔었다니까?
만석	못 알아봐. 니가 어딜 봐서 그 옛날 구덕이야.
태영	(그래도 좀 조심스러운데)
만석	(내내 묻고 싶었던) 저기, 니 너 그, 서방님 어떻게 된 거야?
태영	... 들었어? (머쓱한) 정말 몰랐구나?
만석	당연하지. 단장님, 너랑 그렇게 헤어지고 나서,
	이제 구덕이는 죽었다면서, 마음으로 삼년상 치르고,
	청수현 쪽으로는 소피도 안 봤어.
태영	그럼, 계속 모르시게 해 줘. 나 진짜 외지부로 온 거다?
만석	아니, 어떻게 된 거냐고. 대체 어딨는 건데! 니 서방!
태영	나도 잘 /

하는데 태영의 눈에 들어오는,
사람들에 가렸다 보였다 하는, 윤겸의 얼굴.

태영	(눈을 떼지 않고) 단장님, 옥사에 계신 거 맞아?
만석	당연하지. 나올 생각 1도 없는 양반이야. 지금.

만석이 말 끝나기도 전에 홀린 듯 걷는 태영.
만석, 뭐야 하며 따라온다.
태영, 차마 입에서 나오지도 않는 서방님을 중얼거리며, 급히 간다.
막는 사람들을 밀치며 가면, 만석, 따라오며 죄송합니다. 하고...

태영, 번듯하게 차려입은 사내 몇과 대화 중인 윤겸과 점점
가까워지는데,
이내, 사내들과 함께 어디론가 이동하는 윤겸을 보는 태영.

태영 서... 서방님... 서방님... (크게) 서방님!

소리에 이쪽을 보는 사람들, 윤겸도 이쪽을 본다. 태영을 본다.
태영, 반가움으로 눈물이 그렁해지는데, 윤겸, 얼굴이 천천히
굳어진다. 태영, 윤겸에게 가려는데, 윤겸, 몸을 돌린다.
완전히 태영에게서 돌아선다.
충격으로 멈춰 서는 태영. 가는 윤겸을 믿어지지 않는 듯 보다가,
달리기 시작한다. 만석도 따라 뛰는데...
배 위 / 태영, 배에 따라 타면, 막아서는 사공. 태영, 밀치고 들어간다.
뒤로 따라 타며 사공에게 얼마면 돼! 돈을 쥐여 주는 만석.
태영, 사람들 사이를 헤치다 보면 보이는 윤겸의 얼굴.
태영, 반가움으로 가는데, 이내 배 끝이다. 당황해서 보면,
건너편 배에 탄 윤겸이다. 출발해 멀어지는 윤겸이 탄 배.
태영, 더 가려 하면, 태영이 배에서 떨어질까 붙드는 만석.
태영, 떠나 버리는 배와 외면한 윤겸을 보며, 주저앉더니,
오래 참았던, 서러움이 터지는 데서...

7
부

S#1 익천 바닷길 배 위 (D)

태영의 눈에 들어오는, 사람들에 가렸다 보였다 하는, 윤겸의 얼굴.

태영   **서... 서방님... 서방님... (크게) 서방님!**

소리에 이쪽을 보는 사람들, 윤겸도 이쪽을 본다. 태영을 본다.
태영, 반가움으로 눈물이 그렁해지는데, 윤겸, 얼굴이 천천히
굳어진다. 태영, 윤겸에게 가려는데, 윤겸, 몸을 돌린다.
완전히 태영에게서 돌아선다.

배 위 / 태영, 배에 따라 탄 사람들 사이를 헤치다 보면 배 끝이다.
당황해 건너편 배에 탄 윤겸을 보는 태영. 멀어지는 윤겸의 배.
태영, 주저앉더니, 오래 참았던, 서러움이 터지는 데서...

S#2 익천 바닷길 일각 (D)

한적한 곳, 머리가 헝클어진 채, 아무렇게나 앉아 있는 태영.

만석	진짜 니 서방 맞아? 잘못 본 거 아냐?
태영	(허망한) 눈이 마주쳤는데, 날 알아봤어.
만석	(어이없는) 근데 왜, 아니 저 개새끼가!
태영	어떻게 그럴 수 있을까. 어떻게... 얼마나 기다렸는데...
	얼마나 걱정했는데, 저렇게 멀쩡히, 잘 지내면서.
	어떻게, 연통 한 번을 안 할 수가 있어...
만석	(안타까운, 뭔가 말할까 싶은) 저기 구덕아.
태영	(못 듣고) 내가... 정말 별소리를 다 들어 가면서도 참았는데...
	내가... 얼마나 힘들게 다 되찾았는데...
만석	(말하려다 말고) 알지... 내가 다 알지...
태영	항상 집안보다 대의가 우선이었어도...
	가족보다 중요한 일이라 하셨으니까.
	참고, 또 참고, 나는 원래 천한 노비니까...
	나는, 아무 자격 없는 것 같아서, 찾지도 못하고,
	그냥 기다렸는데... 또 떠나 버렸어...

아프게 보는 만석, 허망한 태영에서 Out.

S#3 익천 관아 옥사 일각 (D)

머리를 매만지고 추스르는 태영. 옥졸에게 돈을 쥐여 주고 오는 만석.

태영	(심호흡을 몇 번 하고) 나 괜찮아?

만석	어.
태영	부탁인데 만석아.
	오늘 있었던 일. 말씀드리지 말아 주라. 응?
만석	돌겠다 진짜.

───── **S#4 익천 관아 옥사 (D)**

옥사 안, 등을 돌리고 선 승휘. 그 앞으로 다가오는 만석과 태영.

만석	단장님.
승휘	(돌아보지 않고) 왜 또 왔어! 그냥 내버려두라니까.
만석	(작게) 니가 말해. 나 간다.
태영	(승휘를 보다가) 저 왔어요...

소리에 설마 하며 천천히 돌아보는 승휘. 눈앞의 태영을 바라보다가...

승휘	... 꿈인가 했다.
태영	(애써 미소로 보면)
승휘	잘 지냈느냐. 행복하게?
태영	(보다가) 예...
승휘	(끄덕이고) 다행이다.
	(하다가 정신이 드는지) 아, 이러지 않기로 했지.
	(시선을 피하고) 잠시 결례를 범했습니다.
	(입구 쪽을 보며) 만석아! 만석아 이리 오너라!
태영	(왜 저러나 보는데)
만석	(달려와서) 왜요. 오붓하게 대화하시지 저는 왜 찾으세요.
승휘	남녀가 유별한데, 어찌 반가의 부인과 마주 대화할 수 있겠느냐.

만석	그럼 뭐 어쩌라구요. 발이라도 쳐 드려요?
	뭐 통성명이라도 하시겠어요?
	(태영에게) 인사하시지요. 이쪽은 예인단 유담패의 단장님이시구요.
	이쪽은 청수현에서 단장님을 구하러 오신 외지부 마님이십니다.
태영	(목례하면)
승휘	(만석에게) 니가 모셔 온 것이냐.
	이곳은 한양에서 가까워, 마님께서 위험해질 수도 있는데!
만석	그러게 누가 이렇게 갇혀서 고집 피우시래요?
	며칠 뒤면 2년 만의 공연인데 날릴 순 없잖아요.
승휘	돈독 오른 놈.
만석	그럼 뭐 이대로 평생 옥살이하실 겁니까?
	저더러 그 꼴을 보라구요?
승휘	꼴?
만석	예~ 꼴. 아주 못 볼 꼴.
승휘	(잡으려고 손을 뻗는) 너 이리 안 와? 이게 콱 그냥.
만석	(휙 피하고) 그러니까 나오시라구요. 그까짓 깽값 좀 물어내고
	눈 딱 감고 무릎 한 번 꿇으면 봐준다는데 왜 이리 버티세요?
승휘	내가 왜 무릎을 꿇어! 내 영혼을 도둑질한 것은 그놈이다!
태영	(만석에게) 도둑질을 하다니, 그게 무슨 말이야?
만석	자기가 쓴 책 훔쳐 갔다고 저러시는 거야. 종사관과 여인.
태영	종사관과 여인이라면, 그 설랑이라는 신인 소설가가 쓴 책?
승휘	그 (태영을 보고 말하려다가 만석에게) 그 책은 내가 쓴 것이다.
	내가 7년 전에 쓴 것이야. 허니, 종사관과 여인은 내 것이다.
	그리 부인께 전하거라!
만석	(태영에게) 들었지?
태영	(만석에게) 헌데, 책쾌 말로는, 그 책 엄청 별로라고 하던데...
승휘	(태영에게) 그것은! (하다가 만석에게) 내가 쓴 것이 아니다!
	종사관과 여인은 내가 쓴 것이 맞으나, 내가 쓴 것이 아니기도 하지.

그러니까 내 것인 듯, 내 것 아닌, 내 것 같은 그런 것이다. 전하거라!

만석   그니까 뭐냐면, 설랑이란 놈이 단장님 책을 훔쳐서
          엄청 막 야~하게 바꿔 버렸다~ 그 소리야.

태영   대체 뭐가 얼마나 막 야~하길래.

승휘   모르셔도 된다 전하거라.

만석   내가 설명해 줄게.

승휘   하지 마.

만석   그게 말이야.

승휘   야!

———— **S#5 무대 [플래시컷]**

빈 무대 위로 걸어 나오는, 반은 종사관, 반은 여인 복장의 설랑,
우스꽝스럽게 이리저리 다니는 위로,

만석E   (2배속) 그 자식이 말이야. 장터에서 고기 좀 썰던 백정 놈인데,
          단장님이 글이며 재주며 가르쳐 주고, 대역도 시켜 줬단 말이야.
          근데 돈 욕심에 책을 훔쳐서 이 지랄을 하는 거야.

붉은 조명이 탁 켜지고, 옷을 촥 잡아당기면,
드러난 속곳도 남녀 반반 복장.
만석의 대사에 맞춰 입을 벙긋대며 열연하는 설랑.

만석E   (여인 목소리로) 저는 유부녀입니다. 넘어오시면 관아에 발고할
          거예요~
          (사내 목소리로) 서방도 없는데 내가 뜨겁게 채워 주는 건 어떠하냐 응?
          (여인 목소리로) 하아~ 그래요. 저도 사내가 그리웠습니다.

(옷고름을 풀며) 차라리 하룻밤 나리를 허락하지요.
(바지를 풀며) 내 오늘 밤 너를 뜨겁게 데워 주마.

설랑, 양손으로 이쪽저쪽 비비며 오흥흥 혼자 발광하는데,

태영E   (못 봐 주겠는) 미친 거 아냐?
만석E   가만있어 봐. 나올 때 됐어.

말 끝나자마자 야 이 미친 새끼야 하며 튀어나와
설랑에게 달려드는 승휘.
놀라 자빠진 설랑 위로 올라타 낫을 마구 찍어 대면
이리저리 피하는 설랑.

승휘   (낫을 바닥에 콱 꽂아 놓고 설랑의 멱살을 쥐고)
이 은혜도 모르는 추악한 놈아. 니가 감히 내 여인을 모욕해!
내 오늘 너를 이 자리에서 죽일 것이다! (목을 흔들며) 으아아아!

———— S#6 익천 관아 옥사 (D)

만석   그러다 그만 이리되신 거지.
승휘   (아직도 분이 가라앉지 않는데)
태영   잘하셨네요. 저라면 죽였을 텐데.
만석 / 승휘   (무섭다는 듯 보는)
태영   제가 해결 방법을 찾아보겠습니다.
승휘   (만석에게) 해결할 방법이 없을 것이라 전하거라!
만석   저기 그 전하거라 좀 그만하시면 안 돼요?
그냥 내외하는 선에서 두 분이 대화하시면 안 되겠어요?

태영	왜 방법이 없다 하십니까? 원본을 도둑맞았기 때문입니까?
승휘	그렇지요. 이미 훔쳐서 없애 버렸을 텐데 무슨 수가 있겠습니까.
	그러니 이만 돌아가세요. 부인께서 괜한 걸음을 하셨습니다.
태영	허면 계속 옥사에 있다가 처벌을 받겠단 말씀입니까?
승휘	부인께서 어려움에 처했을 때 제가 목숨을 걸고 도운 것은 맞습니다만,
	구태여 무리해 그 빚을 갚진 마세요. 받은 거로 하겠습니다.
태영	그리 생색을 내 주시니, 이번에 꼭 갚아야겠습니다.
	단장님을 위해서가 아니라, 부인과 아이를 위해서입니다.
	가족도 있으신 분이 어찌 이리 무책임하게 옥에 계신다는지.
승휘	(태영에게) 내가? 내가 부인과 아이가 있어?
태영	만석이가 분명 그리 말을...

하다가 만석을 보는 승휘와 태영. 만석, 딴 데 보고 있다.

승휘	어서 진실을 말씀드리거라.
만석	(태영에게) 그래, 거짓말이었어. 그래야 니가 와 줄 거 같아서...
태영	... 그럼 그다음 말도 다 거짓말이야?
만석	어, 구덕이는 죽었다면서 마음으로 삼년상 치르고,
	청수현 쪽으로는 소피도 안 본다는 말 다 거짓말이야.
	너만 생각하고 너만 그리워하고 늘 니가 곁에 있는 것처럼 대화하고 /
승휘	적당히 말씀드리거라 적당히!
태영	(보다가)... 세상에 내놓지도 않을 책을 뭐 하러 쓰신 것입니까.
승휘	... 기억하려고 썼습니다. 언젠가 늙어 모두 잊혀질까 봐.
	추억하고, 기억하고, 나 혼자 간직하려고, 써 놓은 것인데...
태영	(보는 데서) ...

S#7 익천 관아 조악한 집무실 (D)

거만하게 앉은 현감. 외지부 옷을 차려입은 태영을 보고 있다.

현감	반가의 부인께서 외지부라니... 어디서 오셨다고 했지?
아전	청수현이라던가. 어디 먼 시골구석 같은데...
현감	헌데, 저 천한 전기수와 무슨 사이라도 되시오?
아전	뻔하지 않습니까? (낄낄대는)
태영	(보다가) 잡아들이셨을 때 호패를 확인 안 하셨습니까?
	옥에 갇힌 사람은, 경기 관찰사를 지낸
	송자 병자 근자 대감의 자제이신
	서인 도령이라는 것을 아셨을 텐데요.
현감	아 보긴 봤는데, 본인이 자기는 송서인이 아니라던데?
아전	지가 아니라는데 우리가 뭘 어째요?
현감	그 호패도 위조한 것일 수도 있고.
태영	호패를 위조하는 것이 얼마나 중죄인지를 모릅니까.
	의심된다면 당장 그것이 위조인지, 아닌지 조사를 하셨어야지요.
	게다가, 살인이나 강도죄가 아닌 이상, 보방도 가능했을 터인데,
	이리 구류해 방치하며 결옥 기한을 늘리고 체송하는 이유는,
	형조에 보고하는 날짜를 맞추기 위한 것으로 봐도 되겠습니까.
현감	(침을 꿀꺽, 고쳐 앉는)
태영	대감께서 집안의 장남이 이리 고초를 당하신 것을 아신다면,
	나라의 녹을 먹는 현감의 직무 태만을
	눈감아 주실지 저는 모르겠습니다.
현감	뭐... 그 뭘 어찌 도와 드리면 되실는지...

S#8 익천 관아 마당 (며칠 뒤, D)

승휘와 함께 서 있는 태영. 포졸들에게 잡혀 오는 설랑.

설랑   대, 대체 내가 무슨 죄를 지었다고 잡아 오는 것이오!

태영   천승휘의 소설을 절도해 표절한 죄로 발고당한 것일세.

설랑   표 뭐? 뭐야 이 여자는, 내, 내가 뭘 절도했단 말입니까!

태영   현감 나리 증좌를 제출하니, 대조해 주십시오.

          (책 한 권을 건네며) 이것은, 저자가 쓴 소설이며,

          (다른 한 권을 건네며) 이것은 그 원본입니다.

설랑   뭐, 원본이라니? 그게 어디서 났단 말입니까!

          현감 나리, 그 그것은 결코 원본이 아닙니다!

태영   어째서 원본이 아니라 단정하는 것인가.

          네가 훔쳤으니까? 아니면, 훔쳐서 없앴으니까?

설랑   그... 그것은...

현감   험~ 증좌를 대충 비교해 본바, 양이나 질로 보아,

          한눈에 보기에도 이것이 원본이 맞다.

설랑   그, 그것은 둘 다 제가 쓴 것입니다.

          제가 쓴 원본을 제가 각색한 것이란 말입니다!

태영   현감 나리, 두 사람에게 다시 써 보게 할 것을 청합니다.

설랑   (놀라 보는)

태영   새로 쓴 것을, 갖고 계신 원본과 비교하면 되실 것이옵니다.

현감   붓과 종이를 두 사람 앞으로 가져오너라.

설랑   그, 그걸 그걸 어떻게 다 기억한단 말입니까!

승휘   정말로 네가 쓴 글이라면, 저절로 기억되었을 것이다.

          수없이 퇴고를 했으니, 애쓰지 않아도 외워졌을 터.

설랑   ...

승휘   토씨 하나 빼 놓지 않고, 천 번이고 만 번이고 쓸 수 있어야,

비로소 네 작품이 된다 가르치지 않았더냐!

어쩔 줄 모르는 설랑과 승휘 앞으로 놓이는 종이와 붓.

승휘   (설랑에게) 이 자리에서 네가 원본을 다시 쓸 수 있다면,
           내가 너에게 사과하고, 이 글의 소유권을 너에게 주마.

           설랑은 어쩔 줄 모르고, 승휘는 여유 있게 써 내려간다.
           설랑, 어떻게든 써 보려다가 마구 그으며 발악한다.

설랑   내가 어떻게 써 어떻게!
현감   네 이놈! 책을 훔친 게 맞으렷다!
           여봐라! 저놈을 당장 장 30대에 처하라!

           포졸들, 냉큼 설랑을 끌고 가 엎으면 안 돼! 발악하는 설랑.
           현감, 직접 내려와 승휘의 포승줄을 풀어 주면,
           고맙다는 듯 태영을 보는 승휘에서...

―――― **S#9 익천 관아 앞 일각 (얼마 후, D)**

           승휘를 기다리고 있는 만석과 평상복에 쓰개치마를 눌러 쓴 태영.

만석   나 진짜 그 책 내용을 다 기억하고 있으실 줄 몰랐다.
           너를 향한 마음이 단장님 자신을 구하신 거야. 그지?
           나 지금 내가 말하고도 너무 낭만적이었어.
태영   단장님 나오시면 가 볼게 만석아.
만석   진짜, 돌아갈 거야? 너 가 봤자 서방도 없잖아.

태영	가족이 있잖아. 내가 그 집안 제일 어른이거든?
만석	서방도 없이 무슨. 시동생 다 키웠으면 됐지.
	언제까지 독수공방하면서 불행하게 가짜 인생 살래?
태영	... 내가 불행해?
만석	당연하지. 7년 동안 너는 안중에 없고 모르는 척하고 버린 놈 말고!
	7년 동안 매일 너만 생각하고 그리워한 사람이랑 살라구!
태영	저기, 단장님 나오신다.

만석, 달려가서 승휘에게 두부를 떠먹인다.

승휘	(일단 한 입 받아먹고) 근데 두부는 왜 주는 거야?
만석	모르겠어요. 언젠간 사람들이 그럴 것만 같은 느낌이 들어서.
태영	표절본은 필사본까지 모두 거둬들이고,
	공연은 못 하게 조처한다 합니다.
승휘	감사합니다. 외지부 마님 덕분에, 다시 이리 (해를 보며) 해를 봅니다.
태영	실은, 제 힘만은 아닙니다.
만석	(약간 눈치 보이는)
승휘	(만석에게) 무슨 소리야?
만석	그게... 대감께서 신원 보증을 해 주셨어요.
승휘	(싫은) 야, 너 내가 그것만큼은 하지 말랬지!
	난 송서인이 아니라 천승휘라고 했지!
태영	제가, 청수현에서 출발하기 전에 연통을 드렸습니다.
승휘	(본다) ... 무슨 수를 썼길래 현감이 그리 벌벌 기나 했더니,
	최고의 외지부가 방법이 그것뿐이었습니까?
만석	(말리듯) 단장님~
태영	그게 그리 역정 내실 일입니까? 대감께 감사하시면 될 일을.
승휘	집안 망신시키지 말라고 찾아와서 손찌검까지 하신 분입니다.
	(비꼬는) 망신당하실까 봐 빼 주라신 것도 예, 감사해야겠지요.

태영	대감께서 직접 오셨습니다.
승휘	(본다. 뭐지 싶은)
만석	대감마님이랑 막역하신 조대감 기억하시죠?
	그 본가가 여기라 잠시 머물고 계신다 해요.
승휘	어쩌라고.
태영	찾아뵙고 인사라도 드리시는 게 어떠실지.
승휘	됐습니다. 가 봤자 좋은 소리 못 들을 것이 뻔한데.
만석	마님도 돌아가시고, 많이 늙으셨더라구요.
승휘	됐다지 않느냐. 괜히 갔다가 문전박대나 당하지.
태영	그렇더라도 가서 뵙는 것이 도리 /
승휘	도리는 부인이나 많이 지키시지요.
만석	(헉!)
태영	(노려보다가) 저는 이만 가 보겠습니다.
승휘	(만석에게) 모셔다 드리거라.

태영, 보다가 먼저 돌아서서 가면, 반대쪽으로 가는 승휘.

만석	아, 아니... (양쪽을 보다가, 승휘에게)
	이렇게 보내실 거예요? 7년 만에 봤는데?
승휘	(어째야 할지 모르겠는) 그럼 뭐. 니가 어떻게 해 보든가.
만석	아 진짜. (태영에게 가며) 너 못 가.
태영	(돌아본다) 왜?
만석	(급조한) 배, 배가 고장 났어.
태영	(안 믿어지는) ...
만석	진짜야! 아랫 지방으로 가는 배들이 다 물이 새서, 며칠 보수한대.
태영	거짓말인 거 알거든?
만석	(도와 달라는 듯 승휘를 보면)
승휘	나도 그리 들었습니다.

보는 태영과 만석. 얼른 가는 승휘.

만석	(태영에게 와서) 야, 풀고 가자. 응?
태영	(생각하는) ...
만석	하루 이틀 늦는다고 시골구석에서 뭐 일 날 것도 아니고.
	며칠 뒤면 단장님 공연 있으니까, 그거라도 보고 가 응?

승휘, 가다가, 오나? 하고 돌아본다. 보는 태영에서...

─── **S#10 청수현 나루터 일각 (D)**

나루터에서 내리는 사람들이 잘 보이는 자리에 자리 깔고 앉은 막심.
그 곁으로 앉아서 싸 온 음식을 먹고 있는 도끼,

도끼	막심아. 마님 워딜 가신 겨?
	내, 마님께서 이 충청도를 벗어나는 것을 한 번도 본 일이 없는디.
	암만 중헌 사건도 장외지부 나리 보내지, 마님은 안 가시잖여?
막심	넌 몰라도 돼야. 그 한 많은 인생 알아 봤자 속만 쓰릴 테니께.
도끼	내 속 걱정해 주는 겨? 고맙네.
막심	야, 니는 뭐 소풍 나왔냐? 왜 따라와서 이게 다 뭔 지랄이여.
도끼	허면 위험하게 아녀자를 혼자 두란 말이여?
막심	인생 혼자여.
도끼	인생 함께여.
막심	쉰소리 말고 좀 가!
도끼	때 되면 오실 건디 뭘 맨날 나와서 이러고 있는지 모르겠네.
막심	... 평생 기다려도 좋으니께 안 오시믄 더 좋을 거 같기도 허고.
도끼	뭔 소리여. 왜 안 오셨음 좋아?

| 막심 | 와 봤자 독수공방 과부 신세니께. |
| 도끼 | 그야 글치... |

—————— **S#11 유향소 자모당 (D) [수정]**

김씨부인	각자 자제분들과 상의해서 과거 시험 응시 과목을 알려 주시면,
	도움받을 곳들로 견학을 준비해 보겠습니다.
일동	(반가운) 감사합니다 회장님~
홍씨부인	춘이현 소식 들으셨어요?
일동	(본다)
홍씨부인	글쎄 과부가 자결해서 열녀문을 받았는데,
	자결이 아니라, 자결을 당한 것이라지 뭡니까?
이씨부인	쉬쉬하긴 해도 흔한 일 아닙니까, 헌데, 무슨 방법을 썼답니까?
홍씨부인	보쌈꾼한테 몹쓸 짓을 시켜서, 수치심으로 자결하게 했대요~
일동	어머~
김씨부인	대체 어느 가문에서 그런 짓을 한답니까.
홍씨부인	가문이 아니라, 춘이현 전체가 짜고 쳤답니다.
일동	(놀라는)
다른부인	대체 왜요?
홍씨부인	우리 좌수 나리께 듣기로는, 앞으로는 열녀가 나면,
	글쎄 마을 전체에 혜택을 준다지 뭡니까~
다른부인2	어머~ 열녀문 혜택을 마을 전체에 다요?
홍씨부인	네~ 다요! 세금 면제는 물론이고,
	좋~은 혼사도 많이 들어올 뿐 아니라, 현감도 고과 성적을 올려 주고,
일동	(어머 어머)
홍씨부인	마을 전체 과거 응시자에게 가산점도 준다 합니다.
이씨부인	허면, 우리 마을에서는 좌수 부인께서 열녀문이 제일 필요하시겠네요~

웅이 도령, 성장원처럼 장원 급제까진 못해도,

합격이라도 좀 해야지 않겠습니까?

일동	(그렇겠다고 웃는)
홍씨부인	(일동을 노려보는)
김씨부인	(듣다못해서) 어찌, 반가의 부인들이,

이런 참혹한 일에 웃음을 보일 수가 있습니까. 제발, 자중들 하세요!

일동, 입을 다물고, 본전도 못 건지고 마음만 상한 홍씨부인에서...

──── **S#12 차춘식 방 안 (N) [수정]**

홍씨부인, 온갖 짜증으로 쾅쾅 들어와 앉으면,

차좌수	(서책 읽다가) 거 살살 좀 다니시오. 좌수 부인이 체통 없이.
홍씨부인	좌수 부인이면 뭐 합니까. 맨날 무시만 당하는데.
차좌수	그렇긴 하지요.
홍씨부인	(째려보고) 아니 솔직히,
	좌수 부인이 자모회 회장이어야 하는 거 아닙니까?
	좌수 부인도 아니면서 왜! 자모당을 꿰차고 앉아 있냐구요!
차좌수	그야, 자모회를 만든 게 사부인이니 그렇지요.
홍씨부인	그걸 누가 모릅니까!
차좌수	묻기에 대답한 것을.
	그리 열 내고 다닐 시간에 웅이 학업에나 좀 신경 쓰시오.
	부인이 그리 무시당하는 이유가 다 우리 웅이가
	과거 급제를 못 하고 저 모양 저 꼴이라서가 아니오.
홍씨부인	자꾸 아는 얘기 하실 겁니까!
차좌수	(움찔)

홍씨부인	성도령은 왜 하필이면 장원 급제까지 해서
	더 비교돼서 아주 죽겠습니다.
차좌수	(호응하는) 에휴.
홍씨부인	하여간 벼락 맞을 청수현엔 왜 과부도 없어.
	과부라도 있으면 우리도 뭔 수를 내서라도 열녀문을 받을 텐데.
차좌수	거참 어떻게 된 게 그리 꼼수밖에 모르는 것입니까.
홍씨부인	그게 어찌 꼼수입니까? 나라에서 정한 것을?
차좌수	꿈 깨세요. 청수현엔 과부가 없으니,
	열녀문 받을 일도 없소이다~

—— **S#13 차춘식 집 일각 (N)**

마당으로 나와 뒷간 쪽으로 가려던 홍씨부인.
누군가의 인기척에 놀라서,

홍씨부인	누구냐! 웬 놈이야!
송씨부인	(밝은 쪽으로 나오며) 그간, 강녕하셨는지요.
홍씨부인	어머... 배, 백별감 부인?

—— **S#14 차춘식 집 홍씨부인 방 (N) [수정]**

차를 마시는 송씨부인을 빤히 보는 홍씨부인.

홍씨부인	그간 어찌 지내셨어요~ 백도령이 그렇게 유배받고,
	같이 야반도주한 소식만 들은지라...
송씨부인	(본다)

홍씨부인	어머 혹시 백도령 유배가 풀려 돌아오신 것입니까?
송씨부인	(잔 내려놓고) 우리 도광이는... 얼마 전에, 세상을 떴습니다.
홍씨부인	(놀라는) 어머나...
송씨부인	(고통을 참는) ...
홍씨부인	허면, 벼, 별감 나리는 잘 계시지요?
송씨부인	... 나리께서도 몇 해 전 돌아가셨지요.
홍씨부인	(말문이 막히는) ...
송씨부인	(가라앉히듯 다시 차를 마시는데)
홍씨부인	... 헌데, 이 야심한 밤에 저를 찾아오신 연유는...
송씨부인	옥태영은 서방도 없이 시동생을 장원 급제시켰던데요.
	어찌 웅이 도령은 그 모양인지...
홍씨부인	(기분 나빠서) 아들도 없고 멸문한 주제에, 별소릴 다 하시네.
송씨부인	제가, 열녀문을 받아 드리지요. 제 복수만 도와 주신다면.
홍씨부인	(본다) 보, 복수라니요. 어머, 설마...
	옥태영에게 복수하려고 돌아오신 것입니까?
송씨부인	그것이, 제가 지금까지 살아 있는 유일한 이유니까요.

─── **S#15 외지부 집무실 (D) [수정]**

미령, 앉아서 소지를 쓰고 있는 도겸을 보다가,
제 책상의 책 몇 권을 도겸 앞으로 스윽 밀어 준다.

도겸	이게 뭡니까?
미령	발령 전에 백성들의 고충을 느껴 보고 싶다셨잖아요.
	도움이 될 만한 송사들을 좀 모아 놓았습니다.

끝동, 흥미롭게 보는데,

밖에서 시끄러운 소리 들리며 사무실 문이 벌컥 열린다.
서로 머리채 잡고 들어오는 홍식과 덕삼. 다들 놀라 보면,

덕삼   소지 좀 써 주십시유! 내 이놈 새끼를 당장 관아에 발고할라니께!

홍식   아이고 참말로 억울해 죽겠네유. 제 외지부 좀 해 주세유!

        경과〉 덕삼 앞으로 앉은 도겸과, 홍식 앞으로 앉은 미령.

덕삼   (도겸에게) 그니께 홍식이 이놈이 울 누이를 덮쳤다니께요.

홍식   (끼어드는) 아니 니는, 뭔 그런 숭악한 오해를 하는 겨 참말로!

덕삼   너 우리 누이 과부라고 쉽게 본 거잖여.

         니가 과부 보쌈한 놈들이랑 뭐가 달러!

홍식   니 우째 나를 그런 끔찍한 놈들이랑 같은 취급을 하는 겨!

미령   (홍식에게) 여기 보고 얘기하세요.

도겸   (덕삼에게) 계속하거라.

덕삼   (도겸에게) 간밤에 큰 아재네서 일손 돕고 동이 터서 들왔는디.

         글쎄 저 홍식이 새끼가 울 누이 옆에 떡 하니 누워 코를 골더라구요!

홍식   (미령에게) 탁주 한잔 걸치고 오다가 헛갈렸다니께유!

덕삼   (끼어드는) 그리 떳떳하면 멀쩡히 문으로 들어오지 왜 담을 넘어!

홍식   거야 마누라가 맨날 빗장을 걸어 놓게 그날도 그런 줄 알고 넘어갔지!

미령   어허! 조용조용!!

도겸   소장을 써 줄 테니 관아로 가거라.

미령   잠시만요 도련님. 서로 오해를 한 모양인데 융통성을 좀

         발휘하시지요.

도겸   (소장을 쓰려 하며) 법보다 융통성이 우선인 줄은 몰랐네요.

미령   (붓을 빼앗으려 하며) 조사를 좀 하신 후에, 진행하시죠.

도겸   (안 뺏기려 하며) 조사는 지금 하고 있습니다만.

미령   (붓 빼앗고 일어나며) 좀 따라 나오시겠습니까?

미령, 먼저 나가면, 도겸, 어이없네 하며 따라 나간다.
몹시 흥미로운 끝동에서...

────── S#16 주막 (D) [수정]

탁주를 둘러 마시고 크아. 하는 미령을 어이없이 보는 도겸.

도겸 지금, 뭘 하시는 것입니까.

미령 주모 이모~ 여기 탁주 한 동이 더 내 주시게~

주모 (탁주와 전을 주며) 아씨가 참으로 싹싹허시네~

미령 여기 전이 (손으로 찢으며) 그리 맛이 기가 막히다며?

      (도겸에게) 좀 드셔요.

      (주모에게) 홍식이가 이 집 단골이라 하더라고.

도겸 (그저 뭐 하는 건가 싶은) ...

주모 아 홍식이. 갸는 거즘 우리 집에서 살다시피 하쥬.

미령 낮이라 손님도 없는데 목축이면서 얘기 좀 더 해 주겠나?

주모 (냉큼 앉고) 지도 한잔 사 주시는 거예유?

미령 (따라 주며) 여기 도련님께서 사 주실 거야.

도겸 (어이없지만) 많이 들게나.

미령 홍식이 말인데, 엊그제도 여기 들러서 술 마셨다지?

주모 (마시고 내려놓고) 아이고 말도 마셔유. 그날은 네 동이나 마셨어유.

미령 네 동이나? (안주 먹여 주며) 그럼 집도 못 찾아가는 거 아닌가?

미령이 하는 짓을 흥미롭게 보고 있는 도겸에서...

——— S#17 거리 / 골목 / 담벼락 (N) [수정]

살짝 취해 비틀거리는 미령을 걱정으로 따라 걷는 도겸.
누가 볼까 조심스러운데, 힐끗대고 보는, 지나가는 사람 몇.

도겸   술도 취해서 이 밤에 어딜 간다고 이럽니까.
미령   술에 취해서 밤에 와 봐야 알 수가 있다구요.
도겸   대체 뭘요.
미령   (멈춰 서서) 보세요. 여기가 홍식이, 저기가 덕삼이 집 담입니다.
도겸   (본다) 구별이 잘 안 가긴 하네요.

미령, 한쪽 다리를 뻗어 담 위로 말 타듯 올라앉는다. 당황스러운 도겸.
미령, 냉큼 내려오더니, 옆집 담벼락으로 가서 또 올라탄다.

도겸   지, 지금 뭘 하시는 겁니까?
미령   앉아 보니 두 담벼락 높이가 똑같습니다.
       탁주를 네 동이나 마셨으면 헛갈릴 법하겠지요?
도겸   멀쩡한 문을 두고 담을 넘었다니까요.
미령   맨날 술을 잔뜩 마시고 들어오니 홍식이 처가 문을 잠궈 놨다잖아요.
       아까 주모가 하는 말은 어디로 들으신 겁니까~
도겸   귀로 들었지요.
미령   귀가 있으셨습니까?
도겸   (어이없는)
미령   평생을 함께한 이웃입니다.
       이런 작은 일까지 송사로 해결해선 안 돼요.
       외지부 마님이라면, 분명 이리 결정하셨을 겁니다. 아니 그렇습니까?
도겸   (그랬을 거 같은...)
미령   도련님은 정, 이해, 용서, 배려, 화해, 이런 단어 모르세요?

도겸	(보다가) 알겠어요. 알겠으니 이만 내려오시지요.
미령	(보다가) 잘 생각하셨습니다~ (엄지 내밀고) 최고!

도겸, 어이없는지 피식 웃는다. 내려오려는 미령에게 손을 내밀면,
미령, 손을 잡지 않고 냉큼 내려오다 비틀거리면 잡아 주는 도겸에서...

S#18 으슥한 골목 (N) [추가]

주변을 살피며 오는 미령.
기다리고 있는 덕삼과 홍식, 주모에게 돈을 나눠 주며,
쉿, 하는 데서... Out.

S#19 익천 예인단 숙소 마당 (D)

외지부 옷을 입고, 나오는 태영. 누굴 찾듯 두리번거리다가.
공연을 준비하며 동작을 맞춰 보는 예인단 틈에,
독무를 연습 중인 승휘를 본다.
몰입해 발 디딤을 여러 번 해 보는 승휘를 가만히 보는 태영.
승휘, 목이 마른지 물을 마시다 태영과 눈이 마주친다.

승휘	(물이 흐른 턱을 닦고) 왜요.
태영	만석이가 어디 있나 해서요.
승휘	오늘은 무대 장치 때문에 늦을 터인데, 왜 찾으십니까?
태영	잠시 볼일이 있는데, 가리개를 하나 빌릴 수 있을까요?
승휘	무슨 볼일이길래 나가려 하십니까. 위험한데...
태영	아... (둘러대듯) 근처에 식솔들 선물을 살 만한 곳이 있을까

둘러보려구요.

승휘　근처에 재밌는 물건 파는 곳이 있는데...

　　　가 보시겠습니까? (화해 청하듯) 같이?

태영　아닙니다. 어딘지만 알려 주시면, 혼자 가겠습니다.

승휘　하도 복잡한 곳이라, 설명이 어렵습니다.

태영　머리가 좋아 알아들을 수 있습니다.

승휘　제가 머리가 나빠서요.

태영　(보는 데서)

───── S#20 익천 예인단 숙소 분장실 (D)

걸려 있는 옷과 장신구 등을 구경하고 있는 태영.

승휘, 장신구 쪽에서 가리개들을 골라 태영 얼굴에 대 본다.

하나를 골라 양손에 고리를 들고 태영 귀에 대 주며 얼굴을 본다.

태영, 불편해서 살짝 얼굴을 빼는데...

승휘　(표정 보고) 쪼여요? 길이가 안 맞나? 불편하십니까?

태영　불편하죠. 단장님께서 제게 이리 존대를 하시니.

승휘　반가의 부인이신데, 응당 존대를 해야지요.

태영　허면, 같이 안 나가겠습니다. 너무 불편하네요.

승휘　도무지. 어쩌라는 것인지.

태영　... 잠시, 구덕이가 살아 돌아온 것으로 하시지요.

승휘　(보다가) 그래...

　　　꿈속에서 너를 만났다 생각하마.

태영　...

───── **S#21 익천 한산한 거리 또는 바닷길 (D)**

함께 가리개를 하고 걷는 태영과 승휘.
자유로운 듯, 심호흡하며 앞서 걷는 태영을 보는 승휘...

태영	쓰개치마 없이 이리 활개 치고 다닐 수 있다니.
	(새처럼 날갯짓이라도 하며) 참으로 자유롭습니다.
승휘	(보다가) 도망친 구덕이를 찾아 헤맬 때,
	윤조라는 이름을 지었었다.
태영	예?
승휘	만약에, 구덕이를 다시 만나게 된다면,
	구덕이라는... 슬픈 이름 말고, 새 이름을 주고 싶었거든.
태영	(보다가) 높을 '윤' 새 '조'입니까?
승휘	응. 어디에도 갇혀 있지 말고, 묶여 있지 말고,
	자유롭게 하늘 높이 날라는 뜻이지.
태영	... 구덕이 죽은 지 벌써 7년이 넘었습니다.
	왜, 여태 혼례도 안 하시고 혼자이신 것입니까.
승휘	(걸어가며) 내게 이번 생은, 구덕이 하나면 족하니까.
	다른 여인은 내게, 의미가 없다.
태영	(아프게 보는 데서) ...

───── **S#22 익천 잡화점 (D)**

여러 신기한 물건들이 있는 잡화점 안으로 들어오는 태영과 승휘.
둘, 들어오면 문을 닫아 주는 주인. 태영과 승휘. 가리개를 내린다.
태영, 청을 통해 들여온 진기한 물건들을 눈이 휘둥그레 구경하는데...
태영, 지구본을 돌려 보거나, 찌그러진 거울 앞에 서서 웃음이 터진다.

자명종 소리를 들어 보고, 안경을 써 보기도 하고,
모빌을 구경하는 해맑은 태영을 보고 있는 승휘.

태영	(망원경으로 보며) 왜 그리 보십니까.
승휘	담아 두려고. 내 눈 속에, 내 맘속에.
태영	...
승휘	그래야. 꿈에서 깨도, 기억할 수 있을 테니까.

태영, 보다가 손발이 오그라든다는 듯 어후... 하면 웃는 승휘에서...

──── **S#23 익천 거리 (D)**

태영이 산 물건들을 손에 들고 걷는 승휘와 태영.
태영, 멈춰 서면 돌아보는 승휘.

태영	근처에 잠시 들를 데가 있으니, 먼저 들어가세요.
승휘	어딜 가려고?
태영	그 짐은 제 방에 좀 넣어 주시겠습니까?
승휘	아는 동네도 아니면서 어딜 가겠다는 것이냐, 위험하게.
태영	(가리개 가리키며 미소로) 염려 놓으세요.
승휘	(내키지 않는지 버티고 선)
태영	저 어디 안 갑니다. 금방 다녀올게요.
승휘	(보는 데서) ...

──── **S#24 조대감 집 일각 (D)**

태영, 긴장되는 듯, 알아볼세라, 잘 가려졌나 가리개를 만져 보는데,

송병근   (나와서) 누군데 나를 찾는 것인가.
태영   아. 안녕하십니까. 대감마님, 저는,
    송서인 단장님의 외지부입니다.

송병근, 태영을 빤히 본다. 태영, 설마 알아볼까 싶어 불안한 데서...

──── **S#25 청수현 일각 / 개천가 일각 (N)**

개천을 가로지르는 다리 위, 매달린 각양각색의 연등이 밤을 밝히고,
가족끼리, 벗끼리, 유등에 소원을 적어 물에 띄우는 중인데,
줄 선 사람들에게 등을 나눠주는 하인들 곁에서,
아무에게나 잔소리하는,

차좌수   아무 소원 쓰지 말고, 청수현에 단비가 오길 기원하시게. 아셨는가!
    나라에서 시키신 일이니, 좌수의 명대로 바르게 행해야 할 것이야!

순서를 기다리고 선 도겸 곁으로 선 미령.

도겸   무슨 소원 적으셨습니까?
미령   외지부 마님께서 무사히 돌아오시길 바란다고 썼습니다.
도겸   (본다) 저랑, 같은 소원 쓰셨네요.

미령, 이씨부인과 딸의 적대적인 시선에 슬며시 도겸 곁을 벗어나면,

이씨부인, 딸을 밀어 도겸 곁으로 세운다.
도겸, 무시하고 미령에게 가 버린다.

이씨부인   (열 받는) 저 여인은, 청수현 사람도 아닌데 왜 참석을 하는 건지 원.

홍씨부인   뭐, 청수현에서 일하면, 청수현 사람이라고 봐도 되겠지요.
          두 사람이 찰싹 붙은 걸 보니, 이만 포기하셔야겠습니다.

이씨부인   포기라니요? 둘이 혼례를 치른 것도 아닌데. (딸에게 간다)

김씨부인   또 무슨 심경의 변화가 오셨길래 태세 전환을 하는 것입니까?

홍씨부인   어머~ 그건 또 무슨 말씀이세요. 제가 언제요~
          (슬쩍 혼잣말) 귀신같기는.

노려보는 여식들과 부인들을 지나, 한쪽에 서는 미령.

미령   (따라오는 도겸에게) 왜 제 쪽으로 오시는 것입니까?

도겸   우린 같은 식구가 아닙니까. 그러니 같이 있는 것인데...

미령   도련님이 이러시면 제가 불편해집니다.

도겸   제가 불편하십니까? 왜요?

미령   아 진짜 융통성만 없으신 줄 알았더니. 눈치도 없으시네.

도겸   내가 없는 게 그리 많은지 몰랐네요. 다 가진 줄 알았는데.

미령   (한 발 떨어지며) 아우 좀 저리 좀 가십시오.

도겸   (다가가며) 싫습니다.

조금 떨어진 곳, 등을 들고 조르르 서서,
둘을 보고 있는 도끼, 막심, 끝동.

도끼   도련님 말이여, 암만해도 미령 아씨헌티 맘이 있는 거 아녀?

끝동   그걸 워떡하면 이제야 알 수 있는 겨?

도끼   뭐여, 나만 몰랐던 겨?

++ **387** ++   7부

막심	(걱정) 도끼가 눈치챈 거믄, 청수현 사람들이 다 알겠는디?
끝동	글게 말여. 아씨들이 하도 째려봐서 미령 아씨 뚫어지겄어.

무섭게 보는 이씨부인이 불편한 듯 도겸에게 등 내밀고,

미령	함께 좀 띄워 주시겠어요?
	저는 시선이 따가워서 이만 가 봐야 할 것 같습니다.

S#26 경사로 (N)

걸어가던 미령, 뒤로 따라오는 도겸을 힐끗 보고, 경사로를 본다.
미령을 보고 내려오는 유등이 잔뜩 실린 수레를 보고, 얼굴이
어두워진다. 미령, 결심한 듯 올라가면,
수레 주인, 겨냥하듯 도겸을 향해 손을 놓는다.
도겸을 향해 달리는 수레를 보는 미령. 자신을 향해 오는 수레를
모르는 도겸. 미령, 도저히 안 되겠는지, 저도 모르게 달려 내려간다.
도련님 피하세요! 하는 미령.
사람들 뭐야 하고 사내들 몇 수레를 잡아 속도를 늦추려는데,
피하려는데 발이 돌에 끼어 벗어나지 못하는 도겸.
그사이 미령, 수레보다 빨리 내려와 도겸 앞을 급히 막아선다.
수레를 막으려 하지만 깔려 버리는 미령. 사람들 비명.
식솔들, 놀라 달려오고, 도끼와 끝동, 도겸을 도와 수레를 밀면,
미령을 꺼내는 막심. 도겸, 얼른 미령을 안고 낭자, 낭자! 흔든다.
사람들 구경하듯 둘러서 있는데,
안 되겠다는 듯 훌렁 미령을 안아 드는 도겸.
미령을 안고 달리는 도겸과,
바닥의 신발과 등 등을 챙겨서 따르는 식솔들.

도겸을 바라던 여인들과 부인들, 닭 쫓던 개마냥, 쳇 하고 돌아선다.

───── **S#27 익천 공연장 일각 (D 또는 N)**

승휘의 공연이 한창이다.
만석과 함께 예인단복을 입고, 가리개를 하고, 맨 앞에 앉은 태영.
승휘의 동작 하나하나에 반응하는 부인들을 신기하고 뿌듯하게 보는
태영. 때때로 뒤를 돌아 누군가를 찾는 듯하다가,
승휘의 대사가 시작되자 집중한다.

승휘   저처럼 천한 사람들은, 조금 잘하고 못하고가 중하지 않습니다.
        어째서 그러하단 말이냐. (목소리 바꿔서) 사는 게, 힘드니까요.
        이런 걸 보는 동안에, 한시름 잊는 겁니다.

        태영, 떠오르는, **플래시컷〉1부 S#23** 패랭모를 쓴 구덕과 함께 앉은
        승휘.

태영   우리한테는 오지 않을, 행복한 날들을 상상하면서 대리 만족하는
        게지요.
승휘   (본다) 니가 내게 참으로 큰 깨달음을 주는구나.
        (손을 붙들고) 내 너를 좀 더 알고 싶구나. 넌 뭘 하며 살고 싶으냐.
        네 가슴을 뜨겁게 하는 것은 무엇이냐. 네 꿈은 무엇이냐.
태영   제 꿈은...

        현재〉

승휘   바다!

푸른 천을 든 예인들 도열하고,

푸른 너슬 부채로 바꿔 쥔 승휘가 부채질한다.

푸른 천들 파도치듯 흔들리고,

마치 바다가 된 듯 승휘가 함께 춤을 추는데...

보던 태영, 혹시나 하고 다시 돌아보는데, 사람들 틈에 선, 송병근 대감.

다행이다 싶은 태영과, 아버지가 보는 걸 모르고 열중하는 승휘에서...

───── **S#28 익천 예인단 숙소 마당 (N)**

공연 악기들과 의상들이 널브러져 있는 마당의 평상 위.

유담패 예인들이 둘러앉아 술판을 벌이고 있다.

얼큰하게 취한 유담패 예인들, 흥겨운 틈에 태영도 끼어 앉아

술을 잘도 받아 마시고 있다.

승휘	어찌 이리 술을 잘 마시는 것이냐?
태영	잊으셨습니까? 저 뭐든지 잘하거든요?
승휘	잘났다. (안주 물려 주며) 이거나 먹거라.
만석	(일어서서 수저로 그릇 두드리며) 다들 주목! 다음 공연이 잡혔다는 소식.
승휘	야, 방금 끝났는데 뭘 벌써 공연을 잡아?
만석	어허! 어디 예조의 명을 어기려는 것입니까!
일동	(무슨 소리야 웅성)
만석	글쎄! 오늘 예조 참판께서 우연히! 우리 공연을 보시고는! 우리더러 문화 사절단이 되어 조선을 빛내 달라지 뭡니까!
태영	(놀람과 기쁨으로 승휘를 본다)
승휘	야, 이게 대체 무슨 소리야?
만석	우리더러 청나라에 가서 공연을 해 달래요.

예인들, 좋아 환호한다. 이게 다 단장님 덕분입니다! 덩실덩실.
만석도 승휘를 일으켜 세우고 덩실덩실 춤을 춘다.
예인들, 태영도 일으켜 세우고, 다들 기쁜 데서...

───── **S#29 익천 정자 / 숙소 일각 (N)**

작은 상에 술을 놓고 부어라 마셔라 하고 있는 태영과 만석.
가위바위보 해 가면서 서로 마시기 하고 난리다. 그저 보는 승휘.

태영	진짜 한 잔도 안 드실 겁니까?
만석	야 아서, 단장님 술 한 잔만 마셔도 완전 끽!
태영	에휴. 쯔쯔쯔. 하여간 구덕이만 못 해요.
만석	야, 구덕아. 너도 가자 청나라.
승휘	(본다)
태영	아이구우~ 우리 만석이 취했구나!
만석	너 이러고 있으니까 완전 예인단 같잖아.
	우리랑 다니면, 들킬 일도 없어. 돌아가지 말고 우리랑 살자.
	너 어차피 청수현 가 봤자 거기 니 서방도 없 /
태영	(안주 넣어 주며) 안주 먹자. 우리 쇠똥이~
만석	(빼고) 쇠똥이라고 부르지 말랬지!
	너 확 단장님한테 말해 버린다?
승휘	뭘?
태영	아, 제 방에 종사관과 여인 새로 쓰신 원본 갖다 두셨더라구요.
	감사합니다. 재밌게 읽겠습니다 단장님.
승휘	그거 아닌 거 같은데?
만석	만약에 말입니다~
태영	(하지 말라는 듯) 야.

만석	(단숨에) 만약에 얘 서방이 7년 전에 집 나가서
	여태 안 돌아왔으면 어떠시겠어요?
태영	(놀라서 말이 나오지 않는)
승휘	그게, 무슨 소리야?
태영	그러게요. 너 미쳤어? 왜 이상한 소릴 하고 있어.
만석	그냥~ 만약에. 가정해 볼 수도 있는 거 아닙니까~
승휘	(뭔가 말하려다가) 아버지?

태영, 돌아보면, 일각에서 두리번거리는 송병근.
태영, 놀라 얼른 돌아앉아 가리개를 한다.
송병근, 승휘와 만석을 발견하는데...
만석, 넙죽 절을 하고, 승휘, 태영을 가리면서 걸어간다.

만석	아 놀래라. 여긴 어떻게 오신 거지?
승휘	(송병근에게 다가와서) 아버, 아니, 대감마님...
송병근	(입이 안 떨어지는, 그저 물끄러미 보는)
승휘	쫓겨난 서자 주제에 신원 보증을 요청해 송구했습니다.
	집안을 욕보이지 않으려, 이름도 바꾸고 얼굴도 가려 봤습니다만,
	제 몸에 대감마님의 피가 흐르니 어쩔 수 없었네요.
송병근	인사를 받자고 온 것은 아니고...
승휘	아. 한 대 치러 오신 것입니까.
송병근	(보다가 어렵게) ... 보고 싶어서 왔다...
승휘	(뜻밖이라는 듯)
송병근	... 모질게 굴어서, 내내 미안했다.
	변명 같지만, 서호 어미가 원해 어쩔 수 없었어.
승휘	...
송대감	몇 해 전, 서호 어미가 죽기 전에 내게 그러더구나.
	자기가 죽으면 냉큼 서인이 찾아갈 사람이라고.

평생 서인이만 그리워해 못내 서운했다고...

승휘 ...

송병근 그래서 더 너를 찾지 못했는데,

   네 소식을 받고 나도 모르게 왔어.

승휘 ...

송병근 예까지 와서도, 볼 용기가 없었는데,

   네 외지부가 찾아와, 공연을 봐 달라 부탁하더구나...

승휘 ...

송병근 (보다가) 참으로 잘 봤다.

   너는. 네 어미를 참으로 많이 닮았더구나.

승휘 (울컥하는) ...

송병근 이리 떠돌지 말고 집으로 오거라. 서인아.

   얼굴도 가리지 말고, 이제는 네 이름으로 살아.

승휘 왜, 이러시는 겁니까. 왜 이제 와서...

송병근 넌... 내 아들이니까.

승휘 ...

송병근 누가 뭐래도, 송씨 집안의 장남이니까.

승휘 (복잡한) ...

만석 (감격적인 듯 입을 막고 선)

태영 (등 돌린 채, 기쁜) ... 잘됐다...

─── **S#30 익천 예인단 숙소 태영 방 안 (N)**

예인 옷을 벗고, 양반 부인의 옷으로 갈아입는 태영.

벗어 놓은 예인 옷을 잘 정리한 위로, 쓰던 가리개도 올려놓는다.

한쪽에 놓인 종사관과 여인 책도 잘 묶어, 선물 보따리 옆에 놓는데...

승휘E	안에, 있느냐.
태영	예.
승휘	(문을 벌컥 열고) 벌써, 짐을 싸는 것이야?
태영	대감마님께서는요. 잘 모셔다 드린 것입니까?
승휘	(털썩 앉으며) 어이가 없다. 늙어 노망이 나신 게지.
태영	(본다) 술을 드셨습니까?
승휘	딱 두 잔 마셨다.
태영	(보다가) 좋으시죠?
승휘	좋긴...
태영	노망이 났어도 좋으니, 저는, 아버지 한 번 뵈면 좋겠는데...
승휘	(미안한 듯 보는) ...
태영	천륜이지 않습니까. 그간 섭섭했던 마음 푸시고,
	저리 찾아오신 대감마님의 마음을 저버리지 마세요.
승휘	(보다가) 아버지와 만나게 해 주려고, 남았던 것이야?
태영	... 싫다셨는데 주제넘은 짓을 해 송구합니다.
승휘	너, 우리 집에도 드나들었는데,
	아버지가 알아보시기라도 하면 어쩌려고 위험하게...
태영	... 이리 좋아하시는 모습이, 보고 싶어서요.
승휘	(보다가) ... 아까 만석이 말이, 만약이 아니면 좋겠다.
태영	예?
승휘	니 서방이... 여태 안 돌아왔다면 좋겠다고.
태영	그랬다면요.
승휘	붙들어야지. 지금 너를.
태영	... 붙들어서 어쩌시게요.
	(쓸쓸한 미소로) 첩이라도 삼아 주시겠습니까?
승휘	니가 왜 첩이냐!
태영	저는, 청수현을 벗어나면, 도망 노비 구덕이지 않습니까.
	단장님께서는 이제 송씨 집안의 장남이시구요. 게다가,

단장님 한양 댁 지척에는 제 주인인, 소혜 아씨가 사십니다.

승휘   안 해! 누가 송서인 한대? 내가 안 하면 되잖아.

그리고 너도! 구덕이 말고, 윤조로 살면 되잖아!

태영   제가, 단장님 곁에서 뭘 할 수 있겠어요.

승휘   ... 꼭, 뭘 해야만 하느냐?

그냥 내 옆에 있어 줄 순 없어?

태영   ... 예. 저는... 외지부가 좋습니다.

승휘   (보다가 벌렁 누우며) 치사해.

난... 너만 곁에 있다면, 다 버릴 수 있는데...

태영   (아프게 보다가) 그건, 제가 싫습니다.

승휘   (속상한 듯 눈을 감는)

태영   (애써 가볍게) 저는 이제 옥태영으로 돌아가 열심히 살겠습니다.

그러니, 단장님께서는, 조선을 빛내는 최고의 전기수가 되어 주세요.

승휘, 취기가 오르는 듯, 기어와 태영의 다리를 벤다.
태영, 당황해 밀어내려 하면, 승휘, 태영의 손목을 잡고는,

승휘   잠시만... 제발... 잠시만 이렇게 있자...

태영, 가만히 잡힌 손목을, 잠든 승휘를, 바라보는 위로,

승휘N   다시는 오지 않을, 꿈같은 시간이었다.

경과〉(D)

눈을 뜨는 승휘. 혹시나 해서 옆을 보지만, 태영은 없다.
태영이 남긴, 옷과 가리개를 쓸쓸히 바라보는 승휘 위로,

승휘N   꿈에서 깨고 나면, 나는 또 혼자가 되겠지.

운명은 반드시, 우리를 또 갈라놓을 것이고,
너는 너대로, 나는 나대로, 살아갈 테니까...

────── **S#31 배 위 (해 질 녘, D)**

종사관과 여인, 마지막 장을 읽고 있는 태영.
멀찍이 앉아 멀리 보고 있는 만석.

승휘N   허나 나는 이 기억을 붙잡아,
남은 평생 너를 그리워하며,
기나긴 어둠을 버텨 내려 한다.
내 태양은 이제 저물었으니...

책장을 덮고, 저무는 해를 바라보는 태영에서...

────── **S#32 청수현 나루터 (해 질 녘, D)**

내리는 태영, 돌아보면,
배에 앉은 채, 잘 지내라는 듯 보는 만석.
태영, 홀로 내려온다. 어디선가 들리는 마님! 소리에 보면,
환한 얼굴로 정신없이 달려오며 마구 손을 흔드는 막심이다.

막심   (달려오며) 시상에! 어찌 위험하게 혼자 온대유.
내가 따라갈걸! 이리 줘유. 뭔 짐이 이리 많 /

와락 끌어안는 태영을, 어이구, 하며 마주 안아 주는 막심.

태영	왜 기다렸어. 내가 안 돌아오면 어쩌려고.
막심	안 돌아오면 안 돌아오는 대로 또 좋쥬.
태영	안 돌아오긴, 내가 갈 데가 어딨다구.
막심	왜 이려, 뭔 일 있었어유?
태영	아니, 아무 일도 없었어. 반가워서 그래.

대답에도, 걱정으로 태영을 보며 다독여 주는 막심에서...

———— **S#33 태영 집 서재 (N)**

도겸	안색이 좋지 않으십니다.
태영	여독이 가시지 않아 그렇죠.
도겸	예상보다 늦으셔서 생각이 많아지려던 중이었습니다.
태영	무슨 생각이요. 돌아오는 배가 고장 나, 늦어진 것을.
도겸	에이~ 전 또, 형님과 꼭 닮은 형수님의 오랜 벗이라는 분과,
	무슨 일이라도 생기신 건 아닐까, 조금 기대했습니다.
태영	저... 이 집에서 쓸모가 없습니까?
도겸	예?
태영	형님도 안 계시고, 도련님도 이제 어른이신데, 제가 필요 없나 해서요.
	그래서, 무슨 일이라도 생겨서 돌아오지 않길 바라신 건가 해서요.
도겸	형수님. 어찌 제 농을 이리 심각하게 받으세요.
	제게 섭섭한 게 있으신 것입니까?
태영	(보다가 피식 웃고) 저도 농입니다 농.
도겸	형수님. 저는 형수님 없이는 살 수 없습니다.
	제가 어찌 자랐는데요. (눈물까지 그렁) 형수님은,
	이 집의 주인이시고, 제 어머니십니다.
태영	아이 농이라니까요! 이래서 어찌 장가를 가시려고.

도겸	예?
태영	그럼 안 가시게요? 과년한 처자 집을 들락거린다면서?
도겸	아 진짜. 막심이 내가 말한다니까 홀랑 말해 버렸나 보네요.
태영	미령 낭자가 많이 다친 건 아니라 하니, 참으로 다행입니다.
도겸	형수님은 어떠신데요. 허락해 주시겠습니까?
태영	자기가 다칠 걸 알면서도 수레 앞으로 뛰어든 사람입니다.
	그만큼 도련님을 아껴 준다는데, 반대할 이유가 있나요.
	도련님은요, 죄책감이나, 책임감 때문만은 아니시지요?
도겸	물론입니다. 함께 지낼수록, 제 짝으로 맞다 생각되었습니다.
	게다가... 제게 소중한 형수님을 저만큼이나 좋아하는 것 같아서요.
태영	참... 다행이고, 고마운 소리네요.

───── **S#34 의창현 미령 집 (D)**

좁고, 낡은 방 안에 앉아 있는 태영과 도겸.
어쩔 줄 모르고 앉은 미령.

미령	어찌 이 누추한 곳에 오신 것입니까.
태영	팔 좀 보자꾸나.
미령	(붕대로 묶은 팔을 감추며) 아 정말 별일 아닙니다.
	그냥 좀 긁힌 겁니다.
도겸	바닥에 쓸려 끌려가는 바람에,
	상처들에 기와 혈이 몰려 염증이 심합니다.
태영	외상에 능한 의원을 알아봐야겠어요 도련님.
	상처가 얼른 아물고 새살이 돋아야 혼례를 치르지요.
미령	(놀라) 혼례라니요. 마님 안 됩니다!
태영	설마, 도련님에게 마음이 없는 것이야?

미령	아뇨. 아닙니다. 그것은 절대 아닙니다. 허나,
태영	(미소로) 그럼 되었다.
	온 김에 사돈을 뵙고 가야겠는데, 밖에 계시지?
미령	(붙들 듯) 마님, 저희 집안은 보시다시피 한미한 정도가 아닙니다.
	결코 혼례를 올릴 형편이 못 되는 부족한 집안이구요. 게다가.
	(망설이다가) 밖에 계시는 분은 제 친아버지가 아닙니다.
태영/도겸	(보면)
미령	저는... 어렸을 때, 먼 친척이었던 양아버지께 보내졌습니다.
	아무리 양반이라고는 하나 결코 도련님께 어울리지 않습니다.
도겸	(안타깝게 보는) 그것을 왜 이제야 말씀하시는 것입니까.
태영	(손을 붙들고) 참으로... 고생이 많았겠다.
미령	(두 사람을 보는)
태영	앞으로는 좋은 날만 있을 거야. 그렇죠 도련님?
도겸	그럼요. 제가 잘하겠습니다.
미령	... 정말, 어찌들 이러십니까...

———— **S#35 유향소 자모당 (D)**

김씨부인	이리 오랜만에 얼굴 보니 참으로 반갑네. 다녀온 일은 잘되었는가.
태영	걱정해 주신 덕분에요.
	(작은 선물 하나씩) 기념품을 좀 사 왔습니다.

홍씨부인, 냉큼 열어 보면 가죽 공책. 김씨부인도 같은 공책.

홍씨부인	아니, 나더러 이걸 뭘 어디에 쓰라고 참 나.
김씨부인	(맘에 드는, 손으로 쓸어 보는) 세상에...
홍씨부인	(눈으로 욕을 그냥) 아주 언제부터 저리 죽이 착착.

태영	아 회장님, 좌수 부인.
	조만간, 저희 도련님의 혼례를 치를까 합니다.
	의창현에 차가 여식으로, 홀아버지를 둔 양녀입니다.
김씨부인	(신경 쓰이는) 양녀라...
태영	내세울 만한 가문은 아니나,
	인품이 훌륭하고 도련님도 마음을 두셔서요.
김씨부인	(걱정되는) 무릇 혼례는 인륜지대사인데,
	본가가 어떤 가문이었는지, 좀 알아봐야 하지 않겠나.
홍씨부인	어므나~ 제가 그런 말을 했으면 분명~ 천박하다 하셨을 텐데...
김씨부인	(태영에게) 신중하게 새 사람을 골라야 한다 그런 뜻이었네.
태영	미리 상의드리지 못한 점 송구합니다.
홍씨부인	어련히 알아서 잘 골랐을까요.
태영	(고맙게 보는)
김씨부인	(태영에게) 마음 쓰지 말게. 내가 괜한 말을 했어.
	(홍씨부인에게) 모처럼 바른말을 해 주셨습니다.
홍씨부인	(조금 찔리지만) 모처럼 칭찬~ 감사합니다.

———— **S#36 의창현 일각 (N)**

미령, 뒤를 살피며, 조심스럽게 간다.
마을 끝, 외딴 허름한 집으로 들어간다.

———— **S#37 의창현 외딴 허름한 집 송씨부인 처소 (N)**

밖을 살피고 문을 닫는 미령. 앉으면, 마주 앉아 있는 송씨부인.

미령	혼례 날을 잡았습니다. 어머니.
송씨부인	대체 왜 수레 앞으로 뛰어든 것이냐!
	운이 좋아 그 정도지 크게 다치기라도 했으면 어쩔 뻔했어.
	어느 가문에서 몸이 성치 않은 처자를 부인으로 맞겠냐 말이다!
미령	아... 저도 모르게 그만...
	도련님께서 다치시면 그게 더 큰일일 듯하여.
송씨부인	어리석기는, 안 그래도 장원 급제를 해 혼처가 밀려드는 판국에,
	사지 육신에 문제라도 생겨야 네가 안주인이 되기에 유리할 것 아니냐!
미령	... 어찌 됐든, 다행히 혼인하게 되지 않았습니까...
송씨부인	그 집에 들어가면, 지금보다 열 배, 스무 배, 더 조심해야 할 것이다.
	옥태영을 처단할 때까진, 절대,
	네가 백씨 가문의 딸임을 들켜선 아니 될 것이야.
미령	예. 염려 놓으세요.
송씨부인	(손 붙들고) 너만 믿는다.
	너만이 우리 집안의 희망이야. 알겠니?
미령	예. 어머니. (마음을 다잡듯) 제가 반드시,
	우리를 이렇게 만든 옥태영에게 복수할 것입니다.
송씨부인	마음을 주지 말거라. 무슨 말도 믿지 마.
	그년의 뱀 같은 세 치 혀를 가장 조심하도록 해.
미령	(끄덕이는)

—— **S#38 태영 집 신방 (D)**

혼례복을 입고 앉은 미령의 앞에 앉아서,
단장이 잘되었는지 확인하는 태영. 물끄러미 보고 있는 미령.

| 태영 | 사돈댁, 남쪽 방이랑, 행랑이랑 |

	또... (어디더라) 아, 측간을 수리하기로 했어.
미령	예?
태영	식솔도 하나뿐이라 우리 집 식솔이, 둘, 가기로 했고.
	(미령 얼굴을 이리저리 돌려 보며)
	아, 아버님 옷 지어 드린 것은, 잘 맞으시던가?
미령	예... 어찌 직접 지으신 비단옷까지...
태영	(보며) 이리 따님을 바르게 키워서 보내 주셨는데 보답을 해야지.
미령	제가 너무 염치가 없습니다. 마님...
태영	마님이라니, (미소로) 오늘부터는 형님이야. 동서.
미령	... 형님...
태영	다 됐다. 참으로 곱다.
미령	... 감사합니다.
태영	잠시만 (하더니, 홍실 팔찌를 채워 준다) 내가 만든 거야.
	(제 손목을 보이며) 나도 있어.
미령	이게... 뭡니까.
태영	우리가, 피를 나눈 자매는 아니지만,
	동서도 자매와 같은 인연이니까.
미령	...
태영	앞으로, 무슨 일이든, 내게 의지해.
	내가 친정어머니처럼, 친언니처럼, 돌봐 줄게.
	우리 서로 아끼고 의지하면서, 잘 지내 보자. 동서.

미령, 보다가 끄덕이면 미소로 보는 태영.
미령, 마음이 조금, 불편해지지만 다잡는 데서...

S#39 태영 집 마당 (D)

차일과 병풍을 친 마당 한가운데, 청색, 홍색의 촛대와 솔가지와
대나무, 정갈하게 차려진 대례 상을 사이에 두고 혼례복을 차려입은
도겸과 미령.
구경꾼들 틈에는, 자모당 부인들과 양반들 보이는데,
김씨부인, 둘러보다가 눈에 들어오는 송씨부인.
응? 해서 다시 보면, 사라지고 없다.

홍씨부인   왜요?
김씨부인   방금, 백별감 부인을 본 듯하여.
홍씨부인   (살짝 당황해서) 그럴 리가 있습니까? 그 여자가 여길 왜 와요.
김씨부인   (그래도 다시 구경꾼들 틈을 보는데)
홍씨부인   잘못 보신 겁니다~ 노안 오시는 거 아닙니까?

다시 혼례에 집중하는 김씨부인을 안도로 보는 홍씨부인.
뿌듯하게 바라보는 태영과 눈이 마주치면, 작게 목례하는 도겸.
태영, 감격해서 눈물이 그렁하면,
고생했다는 듯 토닥여 주는 막심에서...

S#40 태영 집 윤겸 방 안 (N)

윤겸 방으로 들어와, 둘러보는 태영.
지나다 열린 문으로 보는 막심. 들어온다.

막심   밤중에 서방님 방엔 왜 또 와 계신대.
아 나 좀 봐유. 이제 큰 서방님이라 불러야 허네.

에휴... 오늘 혼례 보셨으면 참 좋으셨을 텐디.

태영   이 방을... 좀 치울까 싶어.

막심   왜유?

태영   ... 이젠, 안 돌아오실 것 같아서.

막심   갑자기 왜 그런 생각을 하고 그래유.

      자식 같던 도련님 장가보내니까 허전해서 그래유?

태영   ... 그냥...

쓸쓸하게 둘러보는 태영에서... Out.

───── **S#41 태영 집 신방 (다음 날, D)**

일어나 앉아, 치장하는 미령. 뒤로, 옷을 차려입은 도겸을 본다.

도겸   잠시, 형수님과 얘기를 나누려 합니다.

미령   문안 함께 가시지요 서방님.

도겸   오늘만요. 내일부터는 함께해요 부인.

도겸, 홀로 나가면, 다시 면경을 보는 미령의 얼굴, 차갑다.

송씨부인E 혼례 하거든 그 집에서 일어나는,

         모든 일을 내게 알려야 할 것이야.

밖을 보는 미령에서...

——— **S#42 태영 집 서재 (D)**

마주 앉은 태영과 도겸.

태영   어찌, 초야를 보내자마자 이러시는지.
도겸   약속은 약속이 아닙니까. 이제 약속 지키세요 형수님.
         형님이 왜, 무슨 일로, 집을 나가셨는지, 말해 주세요.
태영   (못 피하겠는 한숨이 긴) 어디서부터 설명을 해야 할지 어렵습니다.
도겸   형님... 보통의 사내와는, 좀 다른 분이셨지요?
태영   (놀라서 본다. 부인도 못 하고, 차마 답하지 못하는)
도겸   제 짐작이 맞았네요. 설마설마했는데...
태영   ...
도겸   거기서부터 말씀해 주시면 됩니다.

——— **S#43 태영 집 복도 (D)**

조심스럽게, 천천히, 살금살금 걷는 미령.

——— **S#44 태영 집 서재 (D)**

도겸   (화가 나 있는, 얘기를 다 들은) 제 심정은, 아버지와 같습니다.
         형님의 상황, 대의. 그 무엇도, 저는, 이해도, 용서도, 되지 않습니다.
         아무리 그랬어도, 돌아왔어야지요. 돌아올 수 없으면,
         연통이라도 넣었어야지요! 돌아가신 게 아니라면,
         그랬어야 마땅합니다.
태영   (달래듯) 작은 서방님...

도겸	... 어찌 이리, 어떻게 이렇게, 외로운 길을 택하신 것입니까.
태영	제가 외로울 틈이 어딨습니까. 얼마나 바쁜데요.
도겸	... 정말... 형님은, 돌아오지 않으실까요?
태영	(보다가 끄덕이는) ... 네.

───── **S#45 태영 집 복도 끝 서재 앞 (D)**

쟁반을 들고 나타나는 막심. 서재 앞을 힐끗 본다.
멀고 어두컴컴해 시야 확보가 잘 안 되는,

막심	거기 누구여? 이?

급히 사라지는 미령을 알아보지 못하는 막심에서...

───── **S#46 태영 집 신방 (며칠 후, D)**

아침 햇살에 눈을 뜨는 도겸. 잠든 미령을 미소로 본다.
일어나려다가 뭔가를 짚고 아야! 하는 도겸.

미령	(눈을 뜨고) 왜 그러세요. 서방님.

도겸, 뭐지 싶어 이부자리를 열면, 지푸라기로 만든 인형.
일어나 앉는 미령. 도겸이 든 인형을 본다.
도겸, 인형을 살피다 뒤를 보면, 종이가 하나 꽂혀 있다.

미령	(뽑아서 펼쳐 본다. 저주 부적) 제 이름입니다.

도겸   ... 대체 이게 무슨...

경과〉 저주 인형을 손에 들고 있는 태영. 부적을 펼쳐 본다.

태영   부부간의 금실이 나빠지게 하고, 무자식을 기원하는 저주입니다.
도겸   대체 이게...
미령   ...
태영   누가 신방에 이런 짓을...
끝동E   크, 큰 마님! 작은 서방님! 이를 워째, 크, 큰일 났구먼유.
일동   (보는)

───── **S#47 태영 집 마당 (D)**

무슨 일이냐는 듯 달려 나오는 식솔들.
대청마루로 나오는 태영과 도겸.

태영   무슨 일이야 끝동아. 왜 그래.
끝동   그것이... 그것이 우쩐대유. 글쎄, 큰 서방님께서.
도겸   형님이 왜? 형님 소식이 있느냐?
도끼   아 빨리 말을 햐! 속 터지겠네.
끝동   큰 서방님 시신이 발견됐대유.
일동   (놀라는 데서)

───── **S#48 유향소 마당 (D)**

홍씨부인   (달려 들어오는) 들으셨습니까! 글쎄,

성장원의 형님이요. 옥태영 서방이 죽었답니다.

일동   (놀라 보는)

이씨부인   어머... 7년이나 기다렸는데, 송장으로 돌아왔단 것입니까?

김씨부인   (걱정되는)

홍씨부인   예~ 지금 시신을 확인하러 갔다는 걸 보니, 과부 확정입니다.

───── **S#49 관아 검안소 (D)**

태영과 도겸, 들어오면, 현감과 아전, 오작인과 서 있다.
그 앞으로 한가운데 가마니로 덮어 놓은 시신 한 구가 보인다.
형님... 하며 차마 다가가지 못하는 도겸. 이를 악물고 눈물을 참는데...
결심한 듯 먼저 다가서는 태영. 떨리는 손으로 가마니를 열어 보는
데서...

8
부

S#1 관아 검안소 (D)

가마니로 덮어 놓은 시신 앞에 서 있는 도겸과 태영.
결심한 듯 다가서는 태영, 떨리는 손으로 가마니를 열어 보는데...

태영   (설마) 시신이 많이 부패하여,
        얼굴을... 알아볼 수가 없습니다.

도겸   호패는 없었습니까?

현감   호패는 없었으나, 이름이 새겨진 물건이 있었소이다.

태영, 보면, 엉망이 된 손수건이다.
도겸, 얼른 받아 펼쳐 보면, 한쪽 귀퉁이에 수 놓인 이름.
허억 하는 도겸. 태영도 살짝 놀라는데...

현감   여러 사안으로 보아 귀댁의 성윤겸이 유력하니,
        시신을 수습해 장례를 치르시지요.

도겸	(비통한)
태영	(믿어지지 않는 듯 오작인에게)
	시신을 돌려, 어깨를 좀 보여 주겠나.

오작인, 현감을 보면, 현감, 그러라는 듯...
태영, 확인하듯 시신의 어깨를 살펴보는데...

—— **S#2 태영 집 앞 (D)**

막심	이를 워쩌. 참말로. 장례라도 준비를 해야 하는 겨?
도끼	아이고... 우리 큰 마님. 이제 참말로 과부 돼 버리신 겨? 어헝...
막심	좀 있어 보자. 확실한 거 아니께.
도끼	관아에서 큰 서방님 시신이라 했다는디?
막심	시방 현감은 우리 큰 서방님 뵌 적도 없는디!
도끼	그건 그려. 가만있어 봐, 아니 이것들이 그냥 아무나 들이대는 거여?
막심	출싹대지 말고 있어 봐. 마님께서 잘 확인해 보시겠지.

—— **S#3 관아 검안소 (D) [S#1 연결]**

태영, 시신의 드러나는 어깨를 본다. 아무것도 없이 깨끗한 어깨.

태영	이 시신은 제 서방님이 아닙니다.
현감	그럴 리가 있소?
도겸	(태영을 본다) 어찌 그리 생각하십니까. 형수님.
태영	서방님은, (어깨를 가리키며) 이곳에, 상흔이 있습니다.
현감	7년 전의 상흔이라면, 다 나았을 것이 아니오.

태영	도려내지 않으면, 사라지지 않을 상흔입니다.

정말인가 하는 도겸을 안심시키듯. 끄덕여 주는 태영.

태영	게다가 서방님은, 신장이 여섯 자가 넘는 장신입니다.
도겸	(손을 보며) 무예로 다져진 손도 아니네요.
현감	어찌 그것만으로 성윤겸이 아니라 확신할 수 있겠소?
태영	마치 이 시신이 내 서방님이어야 한다는 것처럼 말씀하십니다?
현감	여기, 이렇게 (손수건 보이며) 물건이 있지 않소.
태영	흔한 손수건에 이름을 수놓은 것뿐이지 않습니까.
	(보며) 호패를 숨기는 것만큼이나 쉬운 일이지요.
현감	(보다가) 혹시, 과부로서의 앞날이 막막해
	남편이 아니라 부정하고 싶은 것은 아니오?
도겸	이보시오 현감! 지금 그 말은,
	나 또한 내 형님의 시신을 모른 척한다는 것이오?
현감	아니, 그것은 아니나...
태영	부패해 연고를 알 수 없는 시신을 쉽게 처리하려는 게 아니라면,
	다시 제대로 조사하세요. 이 시신은 내 서방님이 아닙니다.
도겸	한 번만 더 내 형수님과 우리 집안을 모욕한다면,
	그땐 결코 참지 않을 것이니 그리 아시오.
현감	(이를 악무는)

───── **S#4 태영 집 앞 (D)**

열심히 달려오는 끝동. 이제나저제나 기다리는 도끼와 막심을 보며
양팔을 머리 위로 들어 가위표를 하면 안도하는 도끼와 막심.

끝동	(숨차서) 키, 키도 다르고, 뭐, 다 다르댜. 아니랴.
막심	내 그럴 줄 알았다니께.
끝동	아니 헌디, 아침에 신방에서 저주 인형이 나왔다는 기, 뭔 말이여?
도끼	그것이 뭔 소리여?
막심	뭔 인형?
끝동	나도 몰러. 나 신찰방 댁 울금이헌티 들었는디?

—— **S#5 관아 일각 (D)**

관아에서 나오는 도겸과 태영.
잠시 멈춰서 심호흡하는 도겸을 걱정스럽게 보는 태영. 등을 쓸어준다.
도겸, 괜찮다는 미소로 태영을 보는데,
그런 둘을 보며 수군대는 여인들. 태영, 뭐지 하고 보면,
근처의 사람들 모두, 둘을 보며 수군대고 있다...

—— **S#6 유향소 자모당 (D)**

김씨부인	(명단을 보며) 허면, 무과 희망하는 학동은, 훈련원과 청사를 견학하고,
	문과를 희망하는 학동은 대책문 대비를 위해, 외지부 집무실을
	방문해서 /
이씨부인	근데 회장님~ 외지부 집무실 가는 건 좀...
	문과 견학은, 다른 데로 가면 안 되나요?
김씨부인	왜죠?
이씨부인	아무래도요 소문도 좀 그렇고.
김씨부인	또 무슨 소문 말입니까.
	관아의 시신은, 성장원의 형님이 아니라 들었습니다만.

홍씨부인	아니긴요. 아니라고 우긴 거죠~
이씨부인	그 소문뿐만이 아닙니다. 글쎄 신방에 저주 인형을 넣었대요.
김씨부인	뭐라구요?
홍씨부인	어머, 동서를 질투해서 애도 못 들어서게 할 건가 보네요.
김씨부인	(어이없는)

—— **S#7 태영 집 서재 앞 / 서재 (D)**

밖을 내다보고 문을 닫는 끝동. 앉으면,
앞으로 앉아 있는, 태영, 도겸, 미령, 막심, 도끼.

태영	신방에 인형이 있었단 얘기가 소문이 돌았단 말이야?
막심	예. 청수현에 모르는 사람이 없을 지경이라니께유.
도끼	워찌 우덜도 모르는 얘기가 동네에 소문이 났을까유.
도겸	그 방엔, (태영과 미령 보며) 우리 셋밖에 없지 않았습니까.
미령	...
막심	(어쩔 줄 모르다가) 저기... 내가 설마해서 말을 안 헌 게 있는디.
일동	(보면)
막심	실은 얼마 전에, 두 분 계신 서재 앞에서 엿듣는 사람을 봤어유.

플래시컷〉 7부 S#45 복도 끝 서재 앞 (D)
급히 사라지는 미령을 알아보지 못하는 막심에서...
현재〉 도겸과 마주 보는 태영. 긴장을 숨기려는 미령.

도끼	참말여? 아 니는 그걸 왜 이제 말혀~
막심	그땐 그냥... 누가 지나가던 길인가 보다 했지.
끝동	글믄 누가 신방을 엿듣고 인형 소문을 낸 거 아녀?

막심	이상허네유. 우리 식구들은 참말로 어디 가서 입 싸게 안 놀리는디.
도겸	문제는 소문낸 사람을 찾는 게 아니야.
	신방에 저주 인형을 넣은 사람을, 찾아야지.
식솔들	(암만유. 맞아유. 하는데)
미령	혼례 때 사람들이 워낙 많이 드나들지 않았습니까.
태영	(생각하다가 안심시키듯) 그래. 괜히 식솔들 의심하지 않을 테니,
	입단속만 좀 부탁하네.
일동	(알겠다는)

———— S#8 태영 방 안 (D)

인형을 앞에 두고 앉은,
심란한 태영과 도겸을 보고 있는 미령.

도겸	(태영에게) 우리가 서재에서 나눈 형님 얘기도,
	누군가 혹시 엿들었을까 염려됩니다.
태영	못 들었나 봅니다.
미령	(본다)
도겸	어찌 그리 생각하십니까.
태영	들었다면, 지금보다 훨씬 더 시끄러웠을 테니까요.
도겸	그렇겠네요.
미령	두 분 말씀 나누시는데, 제가 있어도 되는지.
태영	무슨 소리야 동서. 이제 우리 가족인데 같이 상의해야지.
	지난번 서재에서 나눈 얘기는, 우리 서방님 일이라 그랬어.
미령	예...
도겸	(그래도 걱정되는) 누가, 작정하고 우리 집안을 해하려는 것이
	아닐까요. 무연고 시신을 형님이라고 몰아간 일도 수상하구요.

태영	동네 이상한 소문이 도는 게 하루 이틀이 아니지 않습니까.
	이번엔 장난치고 좀 짓궂긴 했습니다만...
	(미령의 불편한 얼굴을 보며) 많이 놀랐겠네. 동서.
미령	예? 예...
태영	괜히 나 때문에 미안하네.
미령	... 아, 아닙니다. 형님...
도겸	(손 잡고) 미안합니다 부인...
미령	아, 아닙니다. 서방님... 전 괜찮습니다...
태영	(안심시키듯) 염려 마세요. 제가 알아볼게요.
미령	(긴장해, 태영을 보는) ...

───── **S#9 관찰사 집무실 （D）**

업무 중인 허종문,

| 이참군E | 어사 영감. 옥외지부 마님 오셨습니다. |
| 허종문 | (반가운) 모시게. |

문이 열리고 이참군(이전 병방)과 함께 들어오는 태영.

허종문	이게 얼마 만인가, 의금부로 간 이후로는 처음인가.
태영	예. 감영으로 파견을 오셨다기에, 인사를 드릴 겸,
	상의드릴 게 있어 왔습니다.
허종문	(보는) 무슨...
태영	누군가 저를 과부로 몰아가려는 듯합니다.
허종문	대체 누가...

───── **S#10 김씨부인 방 안 (D)**

김씨부인, 저주 인형을 살펴보고 있다. 앞으로 앉은 태영,

김씨부인	어찌 이런 짓까지...
태영	혹시 짚이시는 게 있으실까요.
김씨부인	자네 식솔들이야, 워낙 사이가 좋으니 이런 짓을 할 리 없고...
	자극적인 소문을 즐기자고 벌이기엔 너무나 위험한 장난인데...
태영	제가, 외지부를 하며 적을 만든 때문인가 싶어서요.
	제게 원한을 가진 누군가가, 저를 몰아가는 듯해서.

김씨부인 퍼뜩 떠오르는,
플래시컷〉 7부 S#39 태영 집 마당 (D)
김씨부인, 둘러보다가 눈에 들어오는 송씨부인.
현재〉 흠칫하는 표정의 김씨부인.

태영	어찌 그러십니까.
김씨부인	성장원의 혼례식에서, 송씨부인을 본 듯하네.
태영	송씨부인이라면, 백도령의 모친 말씀이십니까?
김씨부인	자네에게 원한을 가진 사람임은 분명하지.
태영	유배를 간 후론 소식을 듣지 못했습니다.
김씨부인	내가 잘못 본 것일 수도 있네.
태영	(걸리는) 예...

───── **S#11 유향소 집무실 (D)**

엄하게 둘러앉아 있는 유향소 양반들. 중앙으로 앉은,

차춘식	나 차춘식이 좌수로 있는, 우리 유향소의 정기 회합에서
	자네 형수의 행실이 청수현의 미풍양속을 해친다는 안건이 거론되었네.
도겸	(본다) 예?
양반1	아녀자인 자네 형수가 외지부를 하며 외간 사내들과 어울리지 않나.
양반2	얼마 전엔 여인이 오랜 시일 외박도 했고 말이야.
일동	쯔쯔쯔...
도겸	외지부 일을 하러 출장을 다녀오신 것입니다.
차춘식	우리 유향소에서는, 자네 집안 걱정이 이만저만이 아니야.
도겸	무슨 걱정 말씀이십니까.
차춘식	이 사람 시치미 떼기는, 자네 형수가, 동서를 질투해
	위험한 짓을 하지 않았나!
도겸	(어이없지만 참는)
차춘식	지금부터라도 문밖출입을 삼가고 자숙토록 시키게나.
양반1	이제 성가의 가장은 자네이니 집안을 이끄는 것도 자네가 해야지.
도겸	저희 형수님은, 몰락할 뻔했던 우리 가문을 일으켜 세우시고,
	저를 장원 급제까지 시킨 우리 집안의 어엿한 총부이십니다.
차춘식	거참, 애비 닮아서 따박따박.
	내가 이런 말까진 하고 싶지 않았는데.
	자네가, 형수와 사통한다는 소문까지 있단 말이네.
도겸	유향소의 좌수라는 분께서, 터무니없는 유언비어로 어수선한 향촌을
	가라앉히시지는 못할망정 이리 휘둘리셔서 되겠습니까!
차춘식	그래서 지금 내가 가라앉히고 있지 않나!
	혼례도 치렀고, 낙점되면 관직에 앉을 텐데, 자네도 앞날을 생각해야지!
도겸	제 앞날은 제가 알아서 할 테니, 염려 놓으시지요!
	이만 일어나겠습니다. (일어서서 가는데)
차춘식	자네가 정 이런다면, 강제 제약을 가할 것이네.
	어디 죄인인 과부가 문밖출입을 한단 말인가!
도겸	(멈춰 서서 본다) 지금... 과부라 하셨습니까?

차춘식	뭐, 그 시신이 형님이 아니라 부인했다는 말은 들었네만.
도겸	제 형님이 아닙니다!
양반1	7년 넘게 돌아오지 않았으면, 죽은 거나 다름없지 않겠는가.
차춘식	아니면~ 부인이 과부 취급당하도록 돌아오지 않는 이유라도 있나 말일세.

도겸, 분노로 부들부들 떨려오는 데서...

───── **S#12 태영 집 서재 (N)**

끝동에게 뭔가를 당부하고 있는 태영.

| 태영 | (작게) 끝동이 잘할 수 있지? |
| 끝동 | (작게) 암만유. 염려 붙들어 매셔유. |

───── **S#13 태영집 서재 앞 (N)**

귀를 대고 서 있는 미령. 잘 안 들린다.

미령	형님, 안에 계십니까?
태영E	안에 있네.
미령	좀 나와 보셔야 할 듯합니다.

S#14 태영 집 마당 (N)

대청마루에 선 결연한 도겸과 마당에 줄지어 선 식솔들.
무슨 일인가 해서 나오는 태영과 미령과 끝동.

도겸   (다 모였다 싶은지 둘러보고) 이 집은 누구의 것이냐.

일동   (어리둥절해서 서로를 보면)

도겸   누구의 것이냐!

도끼   (일단 대답) 일단 제 것이 아닌 것은 확실혀유.

막심   (쉿)

태영   왜 저러시지?

미령   잘 모르겠습니다 형님.

도겸   이 집은! 저기 계신 내 형수님! 큰 마님의 것이다!

끝동   암만유. (호응하라는 듯 일동을 보며) 그렇구 말구유.

도겸   7년 전, 우리 집안은 누명을 쓰고, 처절하게 무너졌었다.

어린도겸E   아버지, 아버지!

떠오르는, 플래시컷 〉 4부 S#67 규진 집 마당 (D)
쓰러지는 규진과 오열하는 태영과 도겸, 식솔들...
현재 〉 일동, 떠오르는 기억에 숙연해지는데...

도겸   돌아가신 아버지를 대신해, 부재중이셨던 형님을 대신해,
        아무것도 할 수 없었던 어린 나를 대신해.
        집안의 명예를 되찾은 것은, 바로 큰 마님이시다!

일동   (진심 어린) 그럼유. 암만유. 맞아유!

도겸   돌아가신 아버님의 위패를 들고, 이 집으로 돌아오던 날 나는
        결심했었다.

플래시컷〉6부 S#21 규진 집 앞 (D)

규진의 이름이 적힌 위패를 든 도겸과, 태영.

어린도겸E   저는 앞으로... 형수님을 위해 살 것입니다.

현재〉 다들 그때가 떠오르는데...

도겸   차마 입에도 담을 수 없는 말들로, 형수님을 모욕하는 지금!
         형수님을 지킬 수 있는 방법은 단 하나,
         바로! 형님이 돌아오시는 것이다.
         따라서 나는 내일 아침 동이 트는 대로 형님을 찾아 나설 것이다.
태영   (놀라서) 작은 서방님.
일동   옳소! 그래야재! 찾아옵시다! 진작 그랬어야 하구먼유!
도겸   가자!
태영   (난처한) 다들 왜 이러느냐.

─────── **S#15 태영 방 안 (N)**

태영   정말 이리 말썽 피우시겠어요? 곧 낙점입니다. 게다가 신혼이세요.
         동서, 좀 말리지 않고 뭐 하고 있어.
미령   저도 아주버님이 오셔야 한다 생각합니다.
태영   동서까지 왜 이래 진짜.
도겸   고맙습니다 부인. 이리 제 맘을 헤아려 주시니, 어찌나 예쁘신지.
         제가 정말 장가 하난 잘 간 거 같습니다 형수님.
태영   정말 둘 다 이러깁니까?
도겸   반드시 낙점 전에 오겠습니다.
태영   글쎄 안 오신다니까요. 찾아도 소용없을 거라구요.

도겸	대체 왜 그리 단정적으로 말씀하시는 겁니까.
태영	돌아오실 거면, 절 보고도, 외면하실 리 없었겠지요.
도겸/미령	(본다) 그게 무슨...
태영	... 지난번, 익천포에서... 어디론가 떠나시는 서방님을 뵈었습니다.
도겸	... 헌데, 형님이, 형수님을, 외면했단 말입니까. 대체... 왜...
미령	(저도 모르게 안타깝게 보는) ...
도겸	그 얘기를 왜 이제야 하시는 거구요.
태영	... 지금처럼 속상해하실까 봐요. 그러니 가지 마세요.
	작은 서방님 상처받는 거 저 싫습니다.
도겸	(보다가) 어디로 가야 하나 했는데, 익천으로 가면 되겠습니다.
태영	작은 서방님...
도겸	반드시, 모셔 오겠습니다. 멱살을 쥐고서라도. 모셔 올 것입니다.

———— **S#16 태영 집 행랑 (D)**

담담하게 봇짐 챙겨 주고 있는 막심.

도끼	나 없어도 밥 세 끼 든든히 챙겨 묵어.
막심	나 원래 밥 세 끼 든든히 챙겨 묵는디.
도끼	괜히 나루터 나와서 목 빼고 기다리지 말고. 이?
막심	그럴 일은 없지만, 아무튼 고맙다. 작은 서방님 따라간다 해 줘서.
도끼	난 말여, 우리 작은 서방님 보면, 아직도 애기 같어.
	해 질 녘이면 동구밖에 앉아서 큰 서방님 기다리다가
	눈물을 뚝뚝 흘리믄 내가 둥가둥가 업어 오고 그랬잖여.
	그런 애기 서방님을 워찌 혼자 보내겄어.
	내가 가서 잘 모실랑게 너무 염려 마.
막심	(보자기 하나 주며) 야, 생선포 말린 거랑 미숫가루 좀 넣었어.

　　　　　작은 서방님 거는 바깥 봇짐에 넣어 놨으닝께 이건 됐다 너 챙겨 묵어.

도끼　　니는 가만 본믄, 말은 얼음장인디 맘은 구들장이여.

막심　　큰 서방님 꼭 찾아서 모셔 와. 꼭. 제발 우리 마님..

　　　　　더는 외롭지 않게 좀 모셔 와. 응?

도끼　　(보다가 가슴 팡팡 치고) 분부대로 할라니께! 나 믿지?

막심　　(끄덕이고) 모셔 올 때까정 집에 오지 마. 알겠지?

도끼　　... 어? 어...

막심　　(새끼손가락 내밀고) 약속.

도끼　　이. (걸고 다짐하듯) 약속...

───　　**S#17 나루터 (D)**

　　　　　떠날 채비를 한 도겸과 도끼.

　　　　　배웅하듯 나와 있는, 태영과 미령과 막심.

　　　　　도겸, 팔 벌려 미령을 안아 준다.

　　　　　살짝 당황해 시선을 돌리는 태영과 막심과 도끼.

　　　　　도끼, 막심에게 팔 벌려 보지만 밀어 버리는 막심.

막심　　다 크셨네. 작은 마님 계신디서

　　　　　큰 마님 덥썩 안으실까 봐 걱정했더니.

태영　　(걱정 근심 가득)

도겸　　(팔 풀고) 내 팔베개 없어도 괜찮겠어요?

미령　　예. 베개 잘 베고 잘 테니 염려 마세요.

　　　　　도겸, 태영을 본다. 깊게 목례하면, 마주 목례하는 태영.

　　　　　배로 향하는 도겸과 도끼를 보고 선 태영과 미령, 막심.

　　　　　태영, 미안한 듯 미령의 손을 꼭 잡아 준다. 보는 미령에서...

───── **S#18 의창현 송씨부인 처소 (N)**

홍씨부인 아휴. 눈 피해서 한밤중에 오느라 혼났네요.

송씨부인 어려운 걸음 하셨네요. 일은 잘되셨습니까.

홍씨부인 예~ 따님은 안에서, 우리 좌수 나리가 밖에서 쌍방으로 밀어붙이니,

          냉큼, 제 형님을 찾는다고 떠났지 뭡니까 호호호호.

          저도 있는 소문 없는 소문 다 내서 과부라 몰아붙였구요.

송씨부인 잘하셨습니다. 집안에 사내가 없어야, 일을 치르기가 쉽지요.

홍씨부인 헌데, 현감은 관아의 시신을 어디서 구한 것이랍니까?

          송씨부인, 대답 안 하고. 홍씨부인 무안한 듯, 초라한 방을 둘러본다.

홍씨부인 이번 일이 잘되면, 팔자 좀 펴시겠습니다.

송씨부인 덕분에 그리되면, 보답은 톡톡히 하겠습니다.

홍씨부인 우리 청수현이야 바라는 건 열녀문 하나뿐이지요~

송씨부인 염려 놓으시지요.

홍씨부인 그나저나, 참으로, 따님도 대단하십니다.

          저주 인형을 신방에 스스로 넣다니요.

송씨부인 딸은, 어미와 한마음 한뜻 아니겠습니까.

홍씨부인 헌데... 옥태영의 자결은 어떻게 위장하실 것입니까?

송씨부인 (그저 잔인한 미소로) ...

───── **S#19 태영 집 신방 (N)**

          미령 홀로 앉아 있는데, 동서~ 하며 문을 열고, 보는 태영.

미령   (놀라 일어나며) 형님, 이 밤에 어쩐 일이십니까.

태영	(베개를 보이며) 나랑, 같이 자면 어떤가 해서.
미령	예? 아...
태영	(들어오며) 요즘 보쌈꾼들 때문에, 어사 영감까지 파견 오시지 않았나.
	동서 혼자 자는 게 너~무 걱정이라. 내가 지켜 주려 하네.
미령	아, 저는 괜찮습니다. 형님.
태영	(털썩 앉으며) 내가 안 괜찮네.
미령	(불편한 듯 옆으로 앉으면)
태영	실은, 보쌈꾼 얘기 핑계일세. 내가 맨날 혼자 자서 쓸쓸했거든.
미령	... 형님은, 아주버님이, 밉지 않으세요?
	7년 만에 뵈었는데도 외면하셨다니 믿어지지가 않습니다.
태영	(누워서) 밉지. 원망스럽고. 너무 섭섭하고 분하네.
	다 나한테 맡기고 가 버려 놓고, 그렇게 모른 척하시다니.
미령	...
태영	나 서방님 미울 때마다 보내지도 못할 서신을 잔뜩 썼어.
	욕을 한가득 써서, 서방님 방에 넣어 놨으니, 나중에 보여 주겠네.
미령	(미소)
태영	근데 나, 서방님 미워도 이해는 해. 아무도 이해해 주지 않는,
	외롭고 의로운 길을 가셨는데, 자세한 사연은 몰라도,
	나라도 이해해 드려야 하지 않겠나. 나는 어쨌든, 부인이니까...

눈을 감는 태영을, 가만히 보는 복잡한 시선의 미령에서...

—— **S#20 익천 포구 (며칠 동안, D) [몽타주]**

부두 / 세곡을 운반하는 지게꾼들과 상인 등의 얼굴을 확인하는
도끼와 도겸.

어선 안 / 밧줄과 어망을 점검하면서 출항 준비 중인 어부들을 붙들고,

키는 요롷고 피부는 희고, 눈썹은 어떻다 설명하는 도끼와, 윤겸의
용모파기를 보이며 물어보는 도겸. 어부들 다들 모르겠다는 듯...

난전 / 각종 농산물이나 약재, 수산물 등을 팔고 있는 상인들, 보부상
등. 분주한 사람들 틈을 비집고 다니며 윤겸의 용모파기를 보여 주는
도겸과 도끼,

여각 안 / 방마다 헤집다 쫓겨나는 도겸과 도끼. 바닥으로 자빠지는
도끼. 서러움이 몰려오고 일으켜 주는 도겸도 막막하기만 한데...

──── **S#21 익천 포구 일각 (시간 경과, N)**

아무렇게나 걸터앉은 도겸과 도끼.
도겸, 수평선을 허망하게 바라보며 깊은 한숨.

도끼	벌써 며칠째인지 모르겠네. 아무리 뼈 빠지게 댕겨도 찾을 길도 없고... 혹시유. 얼마 전에 바다에서 작살난 배가 있다던디, 거 타신 건 아니겠쥬?
도겸	난파된 배에 조선 사람은 없다 했잖아. 설마 그럴 일은 없을 거야.
도끼	허면, 여기 배들이 청나라도 가고, 왜나라도 가고 이양선인가 서양배들도 들락거린다는디... 그걸 타고 떠나신 건 아닌지...
도겸	(그런가 고민되는) ...
도끼	(우렁찬 꼬르륵 소리에) 월레? 워디서 나는 소리여.
도겸	니 배에서 나는 소리다.
도끼	참말로 기다리는 배는 소식이 없는디, 이 배는 왜 이리 기별이 자주 오는지.

S#22 익천 주막 (N)

한쪽에 자리 잡고 앉아 있는 승휘와 만석.

만석   (따발따발) 청나라는요, 길이 판판해서 수레가 엄청 다닌대요.
        짐 싣고, 사람 태우는 거 말고도 쓰임새가 수백 가지라는데요.
        밥그릇 하나도, 숟가락 하나도, 비까번쩍하게 고급지고,
        사람들 때깔도 차원이 다르대요. 아, 빨리 가구 싶다.

승휘   사전 답사는 너랑 나랑 둘만 다녀오래?

만석   둘이라뇨~ 수행하는 사람들도 보내 준답니다.
        사람은 역시 성공하고 봐야 돼.
        (음식이 나오면) 거 가리개 좀 벗으세요.
        대감마님께서 장남으로 인정해 주신다는데,
        이제 그 잘난 얼굴도 가리지 마시고, 서인 도령으로 사셔야죠.

승휘   (가리개 풀고 내려놓으며) 버릇이 돼서... 가리는 게 편하구나.

만석   ... 구덕이 떠난 지가 언젠데 계속 이러고 계실 거예요?

승휘   (입맛 없는)

만석   평생 안 볼 생각하셔 놓고, 어쩌다 한 번 보셨으면 좋으셔야지.

승휘   (음식 보다가 울컥하는) 그렇게 갈 줄 알았으면, 맛있는 거라도 좀
        먹일걸.

만석   (환장하겠는) 걔 이제 노비 아니에요. 얼마나 잘 먹고 살 건데~

옆자리에 식사하던 사람들 일어나고 나면,
너머로 보이는 도겸과 도끼. 식사 중이다.

도끼   (국밥 그릇째 마시고 내려놓으며) 쿠아~ 살 것 같네.

도겸   거짓말하지 말거라. 반도 안 찼으면서, 뭐 더 시켜 먹어라.

도끼, 뭐 먹을까나~ 하며 다른 손님들 밥상 위를 보다가

승휘가 먹고 있는 상에 눈이 간다. 음식을 보고 호오~ 하다가

승휘를 본다.

도끼, 보고, 눈을 비비며 다시 보다가, 점점 눈이 커지며, 서, 서방님!

승휘와 만석, 우리 보고 하는 소린가? 하고 본다.

승휘를 본 도겸도 놀라서 벌떡 일어났다가, 승휘 옆의 만석을 보고...

아... 아니네...

도끼	(정신없이 가서) 큰 서방님!
승휘	나?
도끼	(끌어안고) 아이구. 큰 서방님, 천지신명님 감사합니다.
	벼락 맞아 객사하셨나 물고기 밥이 되셨나
	장례도 못 치르고 저승길 가셨나 월매나 걱정했는데!
승휘	(당황) 노, 놓고, 놓고 얘기하시오. 숨 막힌다 놔라! 마, 만석아 나 좀.
만석	야! 놔라! 니네 큰 서방 아니고 우리 단장님이거든?
	뭐가 이렇게 힘이 세!
도겸	도끼야. 그만해. 형님 아니시다.

일동, 도겸을 본다. 도끼는 뭔 소리냐는 얼굴이고,

승휘와 만석은 너는 또 누구냐는 얼굴인데...

도겸	(목례하고) 7년 전에 도움 주셨던, 형수님의 벗 아니십니까.
승휘 / 만석	(동시에) 아! 시동생!
도끼	(어리둥절, 접수 안 됨)
승휘	(일어서 도겸에게 오며) 어찌 이리 자라신 것이오. 못 알아봤습니다.
도겸	7년 전에도 느꼈지만, 저희 형님과 정말 많이 닮으셨습니다.
도끼	이게 시방 뭔 소리대? 나만 못 알아듣는 거여?
만석	어, 너만 못 알아듣는 겨어~ 씨이그러워 죽겠네.

도끼	뭐여? (몸 부러 크게 키우며) 이 쥐방울만 한 쥐 새끼는.
만석	어쭈? 야, 쥐방울만 한 쥐 새끼한테 쥐어 터지고 쥘쥘 짜 볼래?
승휘	헌데, 어찌 형님을 찾으시는 것이오?
도겸	일전에 형수님께서 이곳에 오셨을 때 형님을 보셨다 하셔서요.
만석	(아... 이를 어쩌나 싶은데)
승휘	그게 무슨 소린지.
도끼	무슨 소리긴유! 출타하신 지 7년이나 되셨잖아유.
	하~도 안 오시니께 우리가 모시러 온 거 아녜유!
승휘	7년 동안이라니, 허면 그때 이후로 안 돌아왔단 말이오?
	(충격 혼잣말) 그 만약에가 만약이 아니라 진짜였단 말이야?
도겸	(씁쓸하게 보는) ...
도끼	그니께! 빨랑 큰 마님한테 가자구유!
	큰 서방님 안 계셔서 큰 마님이 월매나 수모를 당하고 계신디!
	완전 과부 취급을 당하고 계시다니께유!
도겸	그만하거라. 도끼야. 형님이 아니라지 않느냐. 이만 가자.
도끼	아니 왜유우! 참말로 우리 서방님이 아녜유?
만석	아니라니까! 딴 데 가서 찾으라고!
	저기 어? 저기! 그 청나라 가 보던가.
도겸	(본다) 청나라?
승휘	너... 뭐 아는 얘기가 있어?
만석	그게... (하다가 도겸에게) 그때 외지부 마님이랑 같이 뵀었는데,
	제 기억으로는, 청으로 가는 교역 상선에 타고 계셨어요.
승휘	(만석을 본다)
도겸	배로 청을 갈 수 있소? 육로가 아니라?
만석	예. 한시적으로 뱃길이 열렸다 들었어요.
도겸	아, 고맙네. (승휘에게) 큰 도움이 되었습니다.

도끼, 그사이에도 눈을 비비고, 승휘를 앞뒤로 살피고 와... 말도 안 돼.

도겸, 승휘에게 목례하고, 도끼를 데리고 나가면, 어쩌지 하며 승휘를
보는 만석.
전에 없이 무섭도록 차갑게 만석을 보다가 나가 버리는 승휘에 가슴
철렁하는 만석.

───── **S#23 익천 일각 (N)**

만석   (가는 승휘를 붙들며) 단장님...

승휘   ... 언제 본 거야. 나한테 오다가 본 거야. 가다 본 거야.

만석   오다 본 거요.

승휘   근데, 근데 왜, 왜 그 자식,
         집으로 안 돌아가고 청으로 갔다는 거야?

만석   ... 그 개새끼가, 구덕이를 못 본 척 하더라구요.

승휘   뭐? 알아본 건 확실해?

만석   예! 구덕이 진짜 많이 울었어요.
         나 걔 그렇게 우는 거 처음 봤어요.

         플래시컷〉 7부 S#1 익천 배 위 (D)
         태영, 주저앉더니 오래 참았던, 서러움이 터지는 데서...
         현재〉

승휘   왜 울어 왜! 7년이나 내버려둔 것도 모자라서,
         모른 척까지 한 놈 땜에 뭐 하러 우냐고.

만석   분하니까요! 망한 집구석 살려 놔, 서방도 없이 저리 시동생을 키워 놔,
         과부 취급당하면서도 꾹 참고 며느리 도리하고 살았는데
         모른 척하고 가 버리니 얼마나 섭섭했겠냐구요!

승휘   (속 터져 죽겠는) 그럼 그 꼴을 당하고 와서 날 도왔다는 거냐?

어후 진짜. 난 그것도 모르고, 너는 왜 말을 안 했어 왜!

만석   말했잖아요! 7년 동안 구덕이 서방이 안 돌아왔음 어쩌겠냐고
          했잖아요!

승휘   만약이라며!

만석   만약이죠! 만약 아니면 어쩌게요!
          뭐 다 때려치우고 찾아가게요? 데려오게요?

승휘   그래! (어딘가 가려 하며) 지금이라도 가야겠다.

만석   (붙들고) 아 아서요 좀! 진짜 정신 좀 차리세요!

승휘   과부 취급받는다잖아! 어떻게 그렇게 둬!

만석   그러니까 저렇게 동생이 찾으러 왔겠죠.

승휘   (미치겠는)

만석   걔 이제 가족이 있다구요.
          그때도 지금도 단장님 따라 훌렁 안 된다구요.
          그뿐입니까? 단장님도 이제 성씨 가문의 장남이시잖아요.

승휘   (괴로운) ...

만석   제발요. 이제 안 된다구요. 구덕이가 선택한 거예요.

승휘   (괴로운) 이 바보 같은 게, 그리 힘들게 살았으면서,
          내게 행복하게 잘 살았다고 거짓말을 했어...

만석   ... 너무 걱정 마세요. 구덕이는 외지부가 있잖아요.

가슴 아픈 승휘에서...

——— **S#24 외지부 집무실 (D)**

의뢰인이 없어 한적한 집무실. 태영, 문서를 보며 기록하고 있다.
소쿠리를 내려놓고 김 나는 감자를 나누는 막심을 돕는 미령. 저도
모르게 한숨.

막심	월래. 새색시가 우째 이리 한숨을 쉰대유.
	(감자 내밀고) 요즘 잡숫는 것도 영 신통찮으시고.
태영	그뿐이야? 잠도 잘 못 자고, 안색도 안 좋고, 말수도 없어졌네.
미령	제가 그렇습니까?
막심	서방님이 그리우니께.
태영	곧 돌아오실 테니 너무 외로워 말게 동서.
미령	형님은 외롭지 않으세요?
막심	말해 뭐 해유. 외롭구 말구.
태영	아니거든? 내가 외로울 틈이 어딨겠나.
	(기록문 보이며) 이렇게나 내가 필요한 사람들이 있는데.
미령	그게 뭔데요? 뭘 그리 쓰십니까?
태영	내가 맡았던 사건들 기록문. 인생 전체가 달라질 수 있는 일이니,
	혹시라도 실수가 없었는지 돌아보려고 다 기록해 놨네.
	(내밀며) 동서도 도움 되겠다. 한번 읽어 봐.
미령	(받고) 헌데, 어쩌다 외지부가 되신 거예요?
태영	음... 우리 백이의 억울함을 풀고, 막심이를 구명하려고.
미령	(막심이를 본다)
막심	... 우리 딸이... 백별감 댁 때문에, 억울하게 죽었거든유.
미령	그랬구나... 근데, 어떻게... 억울했는데?
막심	(어렵게 떠올리는) ... 우리 백이헌티 몹쓸 짓을 허고,
	길에 매달아 놓고... 자결이라고 꾸몄다니께유.
미령	(믿어지지 않는) ...
태영	... 난 항상 백도령이, 마음에 걸려.
미령	(보면)
막심	그니께유. 참말로 안 됐쥬.
	뭔 죄가 있다고 유배를 갔는지...
	부모 잘못 만난 죄밖에 없는디.
미령	그게... 무슨...

막심	우리 백이헌테 몹쓸 짓을 시킨 사람은, 그 부모였거든유.
미령	(놀라 보는) 헌데 왜 백도령이 유배를 간 거야?
태영	자식 된 도리로 부모의 죄를 밝힐 수 없었던 백도령이,
	자신이 한 짓이라며 거짓 자백을 했거든...

태영, 속상한 막심이의 등을 쓸어 주고...

미령, 손을 뻗어, 기록문의 첫 장을 넘겨보는 데서...

———— **S#25 송씨부인 방 (D)**

미령	제게 거짓말을 하신 것입니까?
송씨부인	거짓말이라니, 내가 무슨 거짓말을 해?
	아무 죄 없는 내 아들이 옥태영 때문에 살인 누명을 썼다.
	천한 노비 하나가 팔자 고치려고 순진한 네 오라비를 꼬시다가,
	자결했을 뿐이라고 내 몇 번을 말하느냐!
미령	(손에 든 기록문을 보이며) 사건 기록문을 가져왔어요.
	노비 백이는, 자결로 위장되었다, 라고 되어 있습니다.
송씨부인	아니라고!
미령	기록에 의하면 오라버니가 말하기를...
	(기록 보며) 백이는 제 정인이었습니다.

플래시컷 〉 3부 S#39 관아 (D)

도광	(사람들에게) 백이는, 제가 어려서부터 연모한 여인입니다.
송씨부인	너 미, 미쳤어?

현재 〉 기록을 빼앗아 마구 찢는.

송씨부인	다 거짓이야. 다 거짓이라고!
	네 오라비는 그깟 노비 년을 연모한 적 없어!
	감히 그딴 년과 놀아난 적 없다고!
미령	... 그게 싫으셔서, 백이를 없애라, 시킨 것입니까?
송씨부인	(못 참고 말해 버리는) 그래!
	난 돌석이에게 백이 년을 보쌈해 능욕하라 시켰다.
	그 꼴을 직접 보면 네 오라버니가 정신을 차릴까 했어.
	헌데 네 오라버니가 거짓 자백을 한 것이다.
미령	어머니 죄를 뒤집어쓰기 위해서요?
송씨부인	밝혀지지 않을 수 있었어. 오작인도 없었고, 증좌는 없었어!
	헌데, 그 옥태영이 돌석이 놈을 빼돌리고 네 오라비를 꼬셨다!
	그 뱀 같은 년이 세 치 혀로, 우리 집안을 무너뜨린 거라고!
미령	(동의되지 않는) ...
송씨부인	너 설마, 너마저 그년의 혀에 놀아난 것이냐?
	어딜 감히 어미에게 외지부 짓을 하고 있어!
미령	과부 보쌈 사건으로 수사 중이라는데,
	자칫 들키는 수가 있어요 어머니.
송씨부인	너만 조용히 하면 아무도 모를 것이다.
미령	(괴로운) 서방님이 없는 동안, 독이라도 먹이라시지,
	차라리 빨리 하라 하시지, 어찌 보쌈까지 하라는 것입니까.
송씨부인	난 옥태영을 백이 년이랑 똑같이 길에 매달아 버릴 것이다.
미령	(숨이 막히는)
송씨부인	욕보인 채 발가벗겨 숨이 붙어 있을 때 길에 버릴 것이야.
	그렇게 아끼는 천것들 앞에서 온몸이 찢여 발겨진 고통을 느껴 보라지.
	아무리 독한 옥태영이라 해도, 그 꼴을 당하면 죽고 싶을 것이다.
미령	... 그리하면 열녀문은 받을 수 없는 게 아닙니까.
송씨부인	열녀문? 난 열녀문 따위 상관없다.
	그 핑계로 어리석은 청수현 사람들을 모은 것뿐이야.

미령   (충격인) ...

송씨부인   (무섭게 보는) 그년만 사라지면,

         그 집도, 네 서방도, 다 네 것이다.

         네 서방이 돌아오기 전에, 처리하면 돼.

미령   저는... 멈추고 싶습니다.

송씨부인   내 모든 계획을 실행한 것은 너야.

         이제 와서 발을 뺄 수 있을 것 같으냐.

         네가 저지른 짓들을 옥태영이 알면, 널 내버려둘 것 같으냐?

미령   (괴로운) ...

송씨부인   강하게 마음먹거라. 실수 없이 해내야 할 것이야.

———   **S#26 태영 집 신방 (백중날 아침, D)**

         태영이 준 팔찌를 손으로 만져 보고 있는, 무거운 얼굴의 미령.

송씨부인E 내 모든 계획을 실행한 것은 너야.

         이제 와서 발을 뺄 수 있을 것 같으냐.

         결심한 듯, 팔찌를 풀고, 자리에서 일어나는 미령에서...

———   **S#27 태영 집 마당 (백중날 오후, D)**

         놀러 나갈 준비를 하고 있는 식솔들.

         보자기에 탁주, 먹거리들을 싸 들고 상기된 얼굴로 서 있으면,

         맛있는 거 사 먹어~ 재밌게 놀고 와~ 하며 돈을 주는 태영.

         멀리서 보고 있는 미령 위로,

송씨부인E 백중날이 되어 식솔들이 모두 나가고 나면, 일을 실행해야 한다.

모두 나가고 나면 문을 단단히 걸어 잠그는 태영을 보는 미령.

경과〉태영 집 마당 (백중날 밤, N)

문 앞으로 다가오는 미령.

송씨부인E 해초가 되면, 문을 열거라.

미령, 문을 열면, 험악한 인상의 보쌈꾼들, 문 앞에 서 있다.

───── **S#28 태영 방 안 (백중날 밤, N)**

책을 보며 앉아 있는 태영. 문이 열리고 들어오는 미령을 본다.
미령 뒤로 들어와 서는, 보쌈꾼들.

태영 네놈들이구나. 무고한 과부를 보쌈해 간음하는 놈들이.

보쌈꾼들, 마주 보고 씨익 웃는다.

태영 죄 없는 여인들을 자결로 몰아넣은 죄가 얼마나 큰지 모르느냐,
네놈들은, 형률 제390조에 의해 교형에 처하게 될 것이다.

보쌈꾼1 조용히 따라갑시다~

태영, 보면, 보따리를 펼치고, 씨익 웃으며 다가오는 보쌈꾼들에서.

───── **S#29 의창현 송씨부인 처소 (백중날 밤, N)**

초조한 듯 서서, 왔다 갔다 하는 송씨부인. 열리는 문을 보며,

송씨부인　어찌 되었느냐. 숨은 붙어 있더냐?

하는데, 들어오는 태영을 보고, 혼비백산하는 송씨부인.

태영　　　오랜만입니다. 부인.
송씨부인　니, 니가 어떻게...

───── **S#30 태영 집 신방 (백중날 아침, D) [S#26]**

태영이 준 팔찌를 손으로 만져 보고 있는, 무거운 얼굴의 미령.
결심한 듯, 팔찌를 풀고, 자리에서 일어나는 미령에서...

───── **S#31 태영 방 안 (백중날 아침, D)**

식솔들 줄 돈을 세어 놓고 있는 태영. 들어오는 미령을 본다.

태영　　　아침부터 왜?
미령　　　(무릎을 꿇고, 팔찌를 놓는다) 저는, 이 팔찌를 받을 자격이 없습니다.
태영　　　왜? 자네가, 우리 집안에 계획적으로 접근했기 때문에?
미령　　　(본다)
태영　　　아니면, 송씨부인의 딸이기 때문에?
미령　　　... 어찌... 다, 알고 계셨습니까...

S#32 김씨부인 방 (D) [플래시컷, S#10 편집]

김씨부인, 저주 인형을 살펴보고 있다. 앞으로 앉은 태영,

태영   제가, 외지부를 하며 적을 만든 때문인가 싶어서요.
김씨부인   성장원의 혼례식에서, 송씨부인을 본 듯하네.
태영   송씨부인이라면, 백도령의 모친 말씀이십니까?
김씨부인   자네에게 원한을 가진 사람임은 분명하지.

S#33 태영 집 서재 (N) [플래시컷, S#12 / S#13 변형]

끝동에게 뭔가를, 당부하고 있는 태영.

태영   (작게) 백도령의 유배지에 좀 다녀와야겠다.
         (작게) 끝동이 잘할 수 있지?
끝동   (작게) 암만유. 염려 붙들어 매셔유.
미령E   형님, 안에 계십니까?
태영   안에 있네.

S#34 태영 집 마당 일각 (D) [플래시컷]

끝동   (봇짐 멘, 막 들어온, 주변 살피고 작게) 백도령이, 자결을 했다는디유.
태영   ... (안타까운) ... 송씨부인은 유배지에 있었어?
끝동   아뉴. 혼롓날 보셨다기에 혹시나 혀서 근처를 싹싹 찾아봤는디,
         의창현 구석탱이에 버려진 집에 계시더라구유.
태영   (짚이는) 의창현?

—— **S#35 김씨부인 방 (D) [플래시컷]**

태영   혹시, 송씨부인에게 여식이 있었을까요?

김씨부인   (생각하는, 기억나는) 그때는 어린 여식들을 집에만 둘 때라,

    얼굴도 이름도 잘 기억나진 않지만,

    분명 어린 딸이 하나 있었네. 헌데 왜?

태영   송씨부인이, 왜 혼례식에 왔는지 알 듯합니다.

김씨부인   (보면)

태영   자기 딸의 혼례식이었어요.

—— **S#36 태영 집 (백중날 아침, D) [S#31 연장]**

미령   (본다) ... 알고 계셨으면서, 왜 저를 그냥 두셨습니까.

태영   이렇게 스스로 찾아오길 기다렸네.

미령   ...

태영   어디서부터, 어디까지, 꾸민 건가. 하나부터 열까지 다?

미령   ... 송구합니다. 어떤 벌이라도 달게 받겠습니다.

태영   진심은... 하나도 없었던 게야?

미령   이제 와서 무슨 말을 한들, 다 변명일 듯하여...

태영   ...

미령   저는, 어머니의 말을 믿었습니다.

    형님 때문에 아무 죄 없는 오라버니가 억울하게 유배를 갔다 믿었어요.

    어려움을 모르고 살던 제가, 어느 날 갑자기 부모님께 버려져,

    낯설고 궁핍한 집에서 양녀로 살아야만 했던 이유가,

    다 형님 때문이라고 믿었습니다.

태영   내가... 참으로 미웠겠구나...

미령   ... 제 미움은, 이제 갈 곳을 잃었습니다.

진실을 알게 된 순간, 제 마음은 비어 버렸어요.

태영　그렇다 한들, 이리 포기하면, 자네 어머니의 복수는...

　　　어찌 되었든, 딸이라면 응당 어머니를 도와야 하는 게 아닌가.

태영　(보는)

미령　어머니는 복수하실 자격이 없으십니다.

　　　우리 집안이 멸문한 이유는,

　　　오라버니가 그리된 이유는,

　　　어머니의 그릇된 마음 때문이었으니까요.

태영　(보다가) 일단 자네는...

미령　(처분을 기다리듯 본다)

태영　어머니가 시킨 대로 하게.

미령　예?

태영　나는, 내 집안을 지킬 테니까.

─────　**S#37 태영 집 마당 (백중날 오후, D) [S#27 변형]**

놀러 나갈 준비를 하고 있는 식솔들.

보자기에 탁주, 먹거리들을 싸 들고 상기된 얼굴로 서 있으면,

맛있는 거 사 먹어~ 재밌게 놀고 와~ 하며 돈을 주는 태영.

멀리서 보고 있는 미령 위로,

송씨부인E　백중날이 되어 식솔들이 모두 나가고 나면, 일을 실행해야 한다.

태영E　끝동이는, 근처에 계신 참군 나리께 연통을 넣을 것이야.

태영. 마지막으로 끝동에게 쪽지를 건네면, 끄덕하고 가는 끝동.

모두 나가고 나면 문을 단단히 걸어 잠그는 태영을 보는 미령.

경과〉태영 집 마당 (백중날 밤, N)

문 앞으로 다가오는 미령.

송씨부인E   해초가 되면, 문을 열거라.

미령, 문을 열면, 험악한 인상의 보쌈꾼들, 문 앞에 서 있다.

——— **S#38 태영 방 안 (백중날 밤, N) [S#28 연결]**

서책을 보며 앉아 있는 태영. 문이 열리고 들어오는 미령을 본다.
미령 뒤로 들어와 서는, 보쌈꾼들.

태영   죄 없는 여인들을 자결로 몰아넣은 죄가 얼마나 큰지 모르느냐,
        네놈들은, 형률 제390조에 의해 교형에 처하게 될 것이다.
보쌈꾼1   조용히 따라갑시다~

태영, 보면, 보따리를 펼치고, 씨익 웃으며 다가오는 보쌈꾼들에서.
연결〉

태영   네놈들 뜻대로 될 성싶으냐.
태영E   염려 말게. 그땐 이미, 참군 나리가 당도해 있을 테니...
태영   준비되셨습니까.

말이 끝나자, 태영의 뒤, 병풍을 찢고 나오는 이참군과 군관들.
놀라는 보쌈꾼들. 태영, 얼른 미령을 데리고 한쪽으로 피하면,
문밖으로 도망치는 보쌈꾼들을 쫓는 이참군과 군관들.

S#39 태영 집 마당 (N)

달려 나오는 보쌈꾼들. 놀라 멈춰 선다.
마당에 막아선 군관들과, 앞으로 나오는 허종문.
보쌈꾼들, 낭패라는 듯 포기하면,
쫓아 나와 잡아들이는 이참군과 군관들.
밖으로 나오는 태영. 허종문과 목례하는 데서...

S#40 의창현 송씨부인 처소 (백중날 밤, N) [S#29 연결]

들어오는 태영을 보고, 혼비백산하는 송씨부인.

송씨부인   니, 니가 어떻게...

연결 〉

태영   어찌, 딸에게, 이런 끔찍한 짓을 시킬 수 있습니까.
송씨부인   너 기어이, 내 딸까지 꼬여 낸 것이냐!
　　　　　내 집안을 망하게 하고 내 아들을 죽게 한 것도 모자랐어!
태영   아니, 백도령을 그리 만든 건 당신입니다.
　　　　우리 백이를... 죽게 만든 것도 당신입니다.
송씨부인   아니야! 네 노비 년이 내 아들을 죽였다!
　　　　　그년이 죽어서도 내 아들을 꼬여 냈다고!

옥씨부인전　　　　　**++ 442 ++**

S#41 백도광 유배지 방 안 (과거, D)

밥상을 들고 들어오는 송씨부인 눈앞에, 대롱대롱 흔들리는 발.
충격으로 위를 올려다보면, 밧줄에 목을 매 죽은 도광이다.
송씨부인 상을 던지고 달려든다. 아들아 안 돼! 하는데...
도광의 손에서 하얀 돌이 툭 떨어진다.

S#42 의창현 송씨부인 처소 (N)

미어지는 태영...

송씨부인   숨이 끊어질 때까지 그 돌을 놓지 않았다.
       (주저앉아 우는) 유배만 끝나길 기다렸는데, 그랬으면 됐는데...
태영   (아프게 보다가) 이제 그만, 놓아 줄 순 없겠습니까.
       이제 그만, 백도령을, 백이 곁으로 보내줄 순 없겠습니까.
송씨부인   닥쳐! 닥치란 말이다!
태영   나에 대한 미움을 버리라는 것이 아닙니다.
       남은 자식을 위해 부디, 멈추라는 것입니다.
       마음속에 미움만 품고 살았던 미령이가 가엾지도 않습니까.
송씨부인   (천천히 본다) 미령이가, 한 짓을, 다 알고도 하는 얘기냐.
       그년이 다 계획한 것이다. 그년이 다, 꾸며 낸 것이야.
태영   (보다가 참담한) ... 내가 모르길 바랬어야지요.
       모두 당신이 한 짓이라 하고, 당신 딸은 그저
       시키는 대로 한 것이라 했어야지요. 어찌 감싸 주지는 못할망정.
       하나뿐인 딸을 복수의 도구로만 이용하려는 것입니까.
송씨부인   내 딸이니까! 내 거니까! 딸은 원래 어미와 한뜻인 것이야.
태영   (보다가) 남은 삶을, 미령이를 위해 살아 줄 순 없는 겁니까.

송씨부인   아니, 남은 삶은, 너를 찢어 죽이는 데 쓸 것이다.

태영   (보다가) ... 다시는 나와 내 집,

내 가족에게 접근해선 안 될 것입니다.

참아 주는 것은, 이번이 마지막이니까.

———   **S#43 차춘식 사랑채 (N)**

차춘식   보쌈이라니, 열녀문이라니! 이게 무슨 소립니까.

김씨부인   모르는 일이시라는 겁니까.

차춘식   당연하지요! 난 과부면 과부답게, 자중하라 조언한 것뿐인데!

김씨부인   (홍씨부인을 본다) 좌수 나리께도 비밀로 한 것입니까?

홍씨부인   (우물쭈물)

차춘식   부인!

홍씨부인   난 그냥 소문만 좀 낸 것뿐입니다! 소문만 내 주면 과부 만들어서

열녀문 받게 해 준다 약조했단 말입니다!

김씨부인   송씨부인이 열녀문을 받아 무슨 이득이라고.

어찌 그리 어리석습니까.

홍씨부인   (할 말이 없는) 나까지 속일 줄 알았겠습니까!

김씨부인   그런 일을 알았으면 내게 가장 먼저 알렸어야지요!

아무리 웅이 도령의 과거 급제가 중하다 한들

어찌 이런 끔찍한 일에 동조를 한단 말입니까.

홍씨부인   자꾸 무시하니까 그런 게 아닙니까!

차춘식   부인! 진짜 간이 배 밖으로 나왔소이까!

안 그래도 그 일로 안핵어사가 파견됐다는데!

잘못됐다간 내 좌수 자리까지 위태롭단 걸 모릅니까!

S#44 태영 집 앞 (N)

돌아오는 태영, 집 앞에 선, 미령을 본다.

미령	인사라도 드리고 가야 할 듯하여.
태영	... 어머니께 돌아갈 생각인가.
미령	(보다가) 아뇨. 어머니는, 제 배신을 용서치 않을 것입니다.
태영	한 가지만, 물어보겠네.
미령	(보면)
태영	... 작은 서방님을 구하러 수레에는 왜 뛰어들었나.
	자네가 잘못될 수도 있었을 텐데.

플래시컷〉7부 S#26 경사로 (N)

미령, 도저히 안 되겠는지, 저도 모르게 달려 내려간다.
도련님 피하세요! 하는 미령.
피하려는데 발이 돌에 끼어 벗어나지 못하는 도겸.
미령, 도겸 앞을 급히 막아선다.

현재〉

미령	그때부터였나 봅니다. 제 마음이 흔들렸던 게.
태영	...
미령	아무리 미워하려고 해도, 자꾸만 미움을 잊었습니다.
	모두들, 저를 조금도 의심하지 않고 아껴 주셨으니까요.

플래시컷〉7부 S#38 미령에게 팔찌를 채워 주는 태영.
플래시컷〉8부 S#17 미령을 안아 주는 도겸.
플래시컷〉8부 S#19 베개를 들고 웃는 태영.

미령	한 번도 받아 보지 못한 사랑을 받아 몸 둘 바를 몰랐습니다.
	짧은 시간이었지만, 참으로 행복했고, 충분히 감사했습니다.
	무엇보다, 형님을 닮아 가려고 노력하는,
	제 모습이 너무, 좋았어요.
태영	...
미령	부디, (숙여 인사하고) 강녕하십시오. (돌아서려는데)
태영	(보다가) ... 미안하네 동서.
미령	(돌아본다) 예?
태영	사랑만 받아도 모자랐을 나이에, 부모와 생이별을 하고,
	나를 향한 미움과 원망으로 버텨야 했던 어린 동서가,
	참으로 안타깝고 가슴이 아프네.
미령	...
태영	내가, 동서의 어린 시절을 보상해 주면 안 되겠나.
	나를 향한 미움이 떠나, 동서의 마음이 텅 비었다면,
	그 마음, 그동안 못 받았을 사랑으로 채워 주고 싶네.
미령	... 저를... 용서하시는 것입니까?
태영	용서라기보다는,
	앞으로 동서가 행복해진다면,
	내가, 백도령에게 덜 미안할 것 같아서.
미령	...
태영	그리하면 백도령이,
	이제야 만났을 우리 백이한테, 잘해줄 것 같아서.
미령	...
태영	그리 해 주겠나.
미령	... 제가, 떠나지 않는다면,
	어머니가 가만 계시지 않을 것입니다.
태영	(손목에 팔찌를 채워 주며) 내가 약속하지 않았나.
	내가 친정어머니처럼, 친언니처럼, 돌봐 주겠다고.

미령	... 형님...

신나게 놀고 돌아오는 식솔들. 술 마셔서 발그레한 끝동과 막심.

태영	이 일은 우리 둘만 알자. 알겠지?
미령	(걸리는, 불편해 어쩔 줄 모르는)
태영	(식솔들에게) 어서 와, 재밌었어?
끝동	끝동이 등장! 마님들! 우덜 기다리신 거예유?
태영	우리 끝동이 취했네?
끝동	(막심이 가리키며) 여가 더 취한 겨~ 도끼 아재를 월마나 찾던지.
막심	시끄러! (주머니에서 꽃이 두 개를 꺼내며) 자~ 우리 마님들 선물.
	둘이 자매처럼 나란히 하나씩 혀요.
	(태영 꽂아 주며) 자~ 우리 큰 마님. 맨날 우리 백이랑만 붙어 다녔는디,
	(미령 꽂아 주며) 나란~ 히 둘이 있는 거 보면, 얼마나 마음이 놓이는지.
미령	(미안하고 고마운) ...
태영	놀고 먹고 오라고 준 돈을 이거 사느라 다 쓴 거야?

자 들어가자~ 하며 들어가는 식솔들.
미령, 차마 따라 들어가지 못하면,
미령의 손을 잡아끄는 태영과 미령의 손목에 팔찌... Out.

─── **S#45 청나라 거리 (N)**

청국인들, 과일, 어물 등이 실린 수레를 끄는 상인들,
호객 행위를 하는 상점 여리꾼 등, 뭔가를 사 들고 빠르게 걷는
도겸에서...

─── **S#46 청나라 숙소 (N)**

뒤로 문을 닫고 앉으면, 누워 있던 도끼, 겨우 일어난다.

도겸　　　좀 일어나 보거라. 배를 좀 채우고, 약재를 받아 왔으니 먹어 보자.

도끼　　　어유... 그것 땜에 나댕겨 오신 거예유? 혼자 위험하게.

　　　　　도겸, 음식을 풀어서 도끼에게 쥐여 주고, 동그란 환도 하나 꺼내는데...

도끼　　　청국 약재는 함부로 먹지 말라 했어요 작은 서방님.
　　　　　글씨, 그거 잘못 먹고 정신을 칵~ 잃으면,
　　　　　잡아다 죽을 때까지 일 시키고 바다에 내버린대유.

도겸　　　(자기도 찜찜한지 환을 내려놓는다)

도끼　　　(배가 꾸르릉) 아 참말로 뭘 잘못 처먹어서 이러는지 모르겠네.
　　　　　(못 먹겠는지 내려놓고) 우덜은 입맛 없으면 돼지는 건디.

도겸　　　(걱정으로) 한 입만 더 먹어 보거라.
　　　　　여기까지 오는 게 아니었는데, 내 객기로 너까지 고생이구나.

도끼　　　여비도 거의 떨어졌는디, 참말로 걱정이네유...

도겸　　　조금만 더 찾아 보자. 조금만 더.

도끼　　　그러지 마시구, 날 밝으믄 배 타고 돌아가셔유.
　　　　　이제 낙점도 받으셔야 하고, 다들 걱정하실 테니께.

도겸　　　무슨 소리야. 너는 어쩌게.

도끼　　　지는... 막심이하고 새끼손가락 걸었구만유.
　　　　　지가 남아서 큰 서방님 꼭 찾아 돌아갈 테니께. 먼저 가셔유.
　　　　　지야 여서 막노동이라도 해서 여비 벌면 되니께.

도겸　　　... 난 여전히 형수님께 아무 도움도 되지 못하는 것이냐.

도끼　　　뭔 말씀을 그리헌대유. 우리 집안의 대들보인디.

도겸　　　대체... 어디 계신 것인지.

도끼	설마, 그 쥐방울만 한 놈이, 그짓말을 한 건 아니것쥬?
도겸	그들은, 형수님의 오랜 벗이야. 그럴 리 없다.
도끼	마님 오랜 벗이면, 큰 마님이 청수현 오시기 전에 아시던 벗인가...
도겸	나도 자세한 건 몰라. 7년 전 형수님을 도우셨다는 것밖에.
도끼	그러셨구나. 참... 고마우신 분이네유.
도겸	어찌나 닮으셨는지, 형님인 줄 알고 냅다 정강이를 차 버렸었다.
도끼	그니께유. 저도 그냥 끌어안고 울고불고 아주 난리를 쳤잖아유.
	지는유. 살믄서 단 한 번도 그리 닮은 사람을 본 적이 없어유.
	어물전 백서방이랑 백목수도 쌍생아인디,
	그래도 야는 야고, 갸는 갸다. 알아볼 정도는 되거든유?
도겸	기운이 다르시다.
도끼	기운이유?
도겸	그렇게밖에 설명을 못 하겠네. 아무튼 좀 달라.
도끼	난 진짜 전~혀 모르겠더라구유. 아마 막심이도 모를 겨.
	서방님 대신 그분 모셔가도, 아~무도 모를 겨. 안 그려유?
도겸	(웃고) 형수님은 아시겠지.
도끼	그럴까유?
도겸	(일어나며) 먹고 좀 쉬고 있거라.
	마지막으로 셔통 쪽으로 좀 뒤져 보게.
도끼	아 아서유! 거는 아주 험한 곳이라던디!
도겸	알겠다. 다른 쪽으로 갈게. 괜한 걱정 말고 쉬고 있어.

————— **S#47 청나라 셔통 뒷골목 (N)**

거리 / 길 양옆으로 붉은색 꽃등과 간판으로 가득 메운 홍등 거리.
비틀거리는 취객, 호객꾼의 흥정인지, 모를 언어로 고성들이 오가는
험한 분위기.

도겸, 거리를 걸으며, 사람들에게 윤겸의 용모파기를 보여 주지만
모른다는 손사래들.
도겸, 사람들 틈에 윤겸을 본 듯, 급히 가서 어깨를 돌려세우면,
뭐야 하며 인상을 쓰고 때리려는 듯 주먹을 드는 사내.
도겸, 미안하다는 듯 자리를 벗어나는데...
술집 / 마작을 하는 변발 사내들. 과한 분장의 기생들.
들어오는 도겸을 일제히 본다. 도겸, 눈 마주치는 사람들을 살피는데,
여인 하나 다가와 뭔가 먹으라고 내밀면, 거절하는 도겸. 무슨 소린지
모를 말들로 도겸에게 삿대질을 하는 사내. 겁주듯 일어서면,
급히 자리를 벗어난다.
골목 / 도망치듯 들어와 숨을 몰아쉬는 도겸.
골목 안으로 들어가려다 시야가 어둡자 돌아 나가려는데,
이미 막아서 있는 험악한 무리들. 당황하는 도겸.

도겸	비, 비키시오.
사내1	봐, 조선 도련님이라니까.
사내2	(봇짐을 확 빼앗아 다른 이에게 던진다)
도겸	어찌 같은 조선인들끼리 이러는 것이냐!
사내1	너 (도겸 손의 용모파기를 빼앗아) 누굴 찾아다니는 것이냐?
도겸	이리 내놓지 못하겠느냐! 내놔!

하는데, 사내, 윤겸의 용모파기를 보란 듯 좌악~ 찢어 바닥으로
버린다.
도겸, 주우려 하면 발로 차려는 사내. 도겸, 탁 막아 내고 일어선다.
사내들 도겸에게 달려들고, 도겸, 제법 받아치며 사내들을 제압하는데.
뒤에서 후려치는 사내2의 몽둥이에 쓰러지고 만다. 밟히는 도겸...

| 사내1 | 여비는 잘 쓰겠습니다 도련님. |

사내2   너 괜히 조선에서 도망친 사람들 찾다가 뒈지는 수가 있어.
         이쯤하고 얌전히 돌아가 알겠냐?

         겨우 몸을 일으키지만,
         봇짐을 휘휘 돌리며 사라지는 사내들을 쫓지 못하겠는 도겸.
         겨우 기어가, 윤겸의 용모파기를 주워, 소중히 품는 데서...

────   **S#48 청나라 여각 일각 (N)**

         겨우 들어오는 만신창이의 도겸.
         조선인으로 보이는 장사치와 어깨가 부딪혀
         통증으로 으억... 하며 용모파기를 떨군다.
         도겸, 주우려고 손을 뻗는데,
         장사치, 반으로 찢어진 용모파기를 줍다가, 슬쩍 맞춰 보고, 갸우뚱.

도겸   고맙습니다.
장사치   이거 김씨 아닌가?
도겸   (본다) 아, 아는 얼굴입니까?
장사치   맞는 거 같은데 김씨.
도겸   어디, 어디 있습니까.

────   **S#49 청나라 상단 하역장 같은 (N)**

         하역장 쪽으로 달려오는 도겸. 수레나 지게로 짐을 옮기고 있는 일꾼 몇.
         담벼락에 앉아 쉬고 있는 일꾼 몇. 도겸, 일꾼들의 얼굴을 살피는데...
         없다... 도겸, 괴로움으로 이 사람 저 사람 다시 보지만... 없다...

포기해야 하나 돌아서려는데,

앞을 가렸던 지게가 사라지고 나면,

멀찍이... 남루한 행색으로 짐을 들어 옮기는 윤겸이다.

믿어지지 않는 얼굴로 윤겸을 부르지도 못하는 도겸.

짐을 들고 방향을 돌리다 도겸을 보는 윤겸.

자기를 보고 선 도겸을 알아보지 못한 듯,

몸을 돌리다가, 다시 도겸을 본다.

설마 하고 도겸을 보는 윤겸.

알아본 듯, 짐을 툭, 떨군다.

도겸	저, 알아보시겠어요?
윤겸	...
도겸	형님...
윤겸	(복잡한데)
도겸	이제 집으로 가요...

웃는지 우는지 모를 도겸을,

복잡하게 바라보는 윤겸에서... Out.

──── **S#50 차좌수 집 사랑채 (D) [수정]**

'내훈' 첫 장을 펴고, 필사하고 있는 홍씨부인. 잘 안 된다. 짜증.

차춘식	내훈 필사라니, 꼴 좋습니다.
홍씨부인	(노려보는)
차춘식	부인께서 이러고 계시니 동네에 아~무 소문도 안 돌지 뭡니까.
	자모당 출석도 당분간 금지당했으니, 입에 거미줄 좀 치겠습니다.

이제는 제발 엉뚱한 짓 좀 그만하고, 조용~히 자숙하세요.
별일 없이 끝난 것을 천만다행으로 아시고.

홍씨부인 근데 말입니다. 좀 이상하지 않습니까?

차춘식 뭐가요.

홍씨부인 송씨부인은 분명 제게 소문을 내 달라 했거든요?

차춘식 그뿐입니까! 나와 유향소를 부추겨 성장원을 내보냈지요!

홍씨부인 허면, 관아의 시신은, 누굴 부추긴 걸까요?

차춘식 (본다)

홍씨부인 설마, 현감한테도 열녀문 받아준다 꼬신 건가?

차춘식 (침을 꿀꺽)

───── **S#51 공간 (N)**

한쪽 눈에 안대를 한 지행수. 다급히 들어온다.
열녀문 요청, 상납 수결서 등을 정리하던 박준기.

박준기 뭐야. 부르지 않으면 절대 오지 말라지 않나!

지행수 사안이 다급하여.

박준기 (보면)

지행수 청수현 때문에 일이 좀 꼬였지 뭡니까. 어르신~

박준기 (본다) 청수현?

지행수 예. 그 청수현.

박준기 뭐가 꼬였단 것이야.

지행수 글쎄, 과부도 없는 청수현 현감이, 알아서 과부를 만들겠다며
열녀문을 받겠다기에, 보쌈꾼을 보내 줬는데,
그만, 어사한테 싹 다 잡혀갔지 뭡니까~

박준기 (쾅 치고) 뭐야? 어쩌다가!

지행수	그게 참, 글쎄 그 과부 년이, 함정을 팠다지 뭡니까요.
박준기	(어이없는)
지행수	염려 마십쇼. 보쌈꾼들이야 이미 입막음을 했습니다요.
	헌데, 어르신. 그 함정 판 과부 년이 누군지 아십니까?
박준기	설마... 청수현이라면, 그 외지부 년이냐?
지행수	예. 어르신의 금덩어리들을 모두 앗아간 년이요.
	죽도록 처맞다가 눈깔이 터져 (제 안대 가리키며)
	절 이 꼴로 만든, 그~ 옥태영이더라굽쇼~
박준기	(수결 문서를 뒤지다가) ... 청수현 현감 오달성을, 불러들여라.
지행수	(잔인한 미소로) 예~

───── **S#52 외지부 집무실 (D)**

여전히 안 내키는 듯, 못마땅하게 둘러보는 이씨부인.
한쪽에서 학동들을 위해 간식을 준비하고 있는 미령과 막심.

태영	견학하러 방문하는 학동들이 몇 명쯤 될 예정입니까?
김씨부인	여섯이네.
태영	생각보다 많습니다.
김씨부인	질문이 아주 많을 듯하니, 각오하시게.
태영	좀 긴장됩니다.
이씨부인	(바깥쪽을 보며) 올 때가 됐는데?
E	(들어오는 요란한 소리에)
김씨부인	아, 오나 봅니다.

하는데, 문이 열리고 들이닥치는 포졸들과 현감 오달성.

오달성	지금부터 이곳을 폐쇄할 것이니, 다들 나가시오.
태영	이게 지금, 왜들 이러십니까?
포졸	모두 나가시오!

어리둥절한 일동과 포졸들, 뒤로 들어오는 오달성.

오달성	지금부터 하나도 남김없이 밖으로 꺼내 불태워라!

포졸들, 예! 하며 서책과 문서 등을 모두 꺼내 밖으로 나간다.
무슨 짓이냐며 항의하는 태영과 김씨부인. 아랑곳하지 않는 포졸들.
막심과 끝동, 이러지 말라고 포졸들을 말리다 바닥으로 밀쳐지고...
태영, 소중한 것들이 엉망이 되는 것을 보며, 정신을 못 차리는데...

───── **S#53 외지부 집무실 앞 (D)**

사람들 무슨 일인가 싶어 잔뜩 모여 구경하고,
포졸들 물건들을 다 밖으로 꺼내고, 뜯어말리는 일동.
미령, 포졸들을 말리다가 구경꾼 틈에서, 송씨부인을 본다...

김씨부인	대체! 무슨 연유로 이런 짓을 하는 것입니까!
오달성	과부 옥씨는 들으시오!
태영	나는 과부가 아니오!
오달성	관아의 시신을 각 고을의 현감과 관찰사까지 복검한 결과,
	성가 규진의 장남인 성윤겸으로 확정되었소이다.
일동	(놀라는)
태영	누, 누구 맘대로 그자가 내 서방이란 말입니까!
	아니라 하지 않았소. 그자는 내 서방이 아니오!

오달성	어찌 부인이 하늘 같은 지아비를 외면한단 말이오!
미령	그것이 외지부랑 무슨 상관이라고 이곳을 부순단 말입니까!
오달성	지조와 절개를 지켜야 할 과부가, 어찌 바깥일을 한단 말이오!
	앞으로 과부 옥씨는, 외부 활동은 물론 문밖출입도 금할 것이며,
	즉시 남편의 시신을 수습하여 예를 다해 삼년상을 치르도록 하라!

그사이 협탁도 책장도 모두 들고 나와 버리는 포졸들.
문서와 집기 등을 다 던져 놓고 기름을 마구 붓는다.
막심과 끝동 바닥을 치며, 이러지 마유. 하는데...
포졸, 횃불을 들고 온다. 받아 드는 오달성.
불을 붙이려는데 팔을 붙드는 태영.

태영	지금 멈추면, 이 무례를 용서할 것이오.
오달성	뭐라?
태영	책임지지 못할 행동을 하지 말라 경고하는 것입니다.
오달성	감히 현감을 겁박한다? 여봐라!
	옥씨를 당장 관아로 끌고 가라!

다들 놀란다. 포졸들 태영을 붙들고 끌고 간다.
다들 어쩔 줄 모르는데, 오달성, 불을 붙여 버린다.
불이 타오르자, 사람들 비명을 지르고, 불구덩이 너머 보이는,
웃고 있는 송씨부인을, 노려보며 끌려가는 태영에서...

· 별책 부록 ·

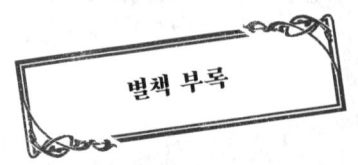

❖ 　　대부분의 소품은 소품팀에서 완성도 높게 제작해 주시지만, 여기에 별책 부록처럼 모아 놓은 소품들은 소품 제작 전에 조감독님께서 작가실에 미리 요청한 것들입니다. 태영이 외지부 업무에 필요한 서류, 승휘의 책, 감정이 담긴 서신, 또는 스토리상 중요한 장치가 되는 소품들입니다. 제작 시 대필 선생님께 맡겨야 하는 일정도 있고, 책처럼 제작 시간이 더 걸리는 경우가 많아 미리 만들어 전달하는 방식으로 진행했습니다. 공문서나 장부, 재판 관련 기록문은 주채영 자문 선생님께 도움을 많이 받았습니다.

✦✦✦✦

—— **2부 S#36 별당 마당 (D)**

백이　　이 책의 남자 주인공이 양반인데!
　　　　장터에서 지두를 팔던 여인을 만나서, 사랑에 빠진 거예유.
　　　　영감을 얻은 게 고마워서 자기 머리에 관자 하나를 똑 떼 준 거쥬.

　　　　구덕, 놀라서 보다가 백이의 책을 본다.
　　　　제목, 하늘만 허락한 사랑. 지은이, 천승휘. 구덕, 책을 마구 넘겨
　　　　보는데,

백이　　근데 하필! 그 여인이! 자기랑 혼담이 오가던 아씨의 노비!
구덕　　(그 부분을 읽으며) 말도 안 돼.

오방색 깃발이 바람에 나부끼는 저잣거리 공터에 북소리가 묵직하게 울려
퍼지고, 찢어질 듯 날카로운 태평소 소리가 공연의 서막을 알렸다. 신명 나는
놀이판이 펼쳐지며 사람들 저마다 덩실덩실 어깨춤을 추니, 산 위의 뭉게구름도
둥실둥실 춤을 추었다. 모두가 흥겨워 정신을 빼 놓고 즐기는 사이로, 마음에도
없는 혼담으로 속이 수런한 도령 하나가 있었으니, 제 어미의 눈을 피해
변장까지 하고 공연을 구경 중이더랬다.

그때 패랭모를 쓴 장사치가 지두를 팔고 있는 것이 눈에 띄어 다가갔더니,
말본새가 거칠긴 하나 얼굴선이 부드러운 것이 딱 봐도 남장한 여인이더라. 묘한
재미가 있어 몇 마디 나눠 보았더니 재주가 비상하고 영민하다던, 제 자신과
혼담이 오가던 여인의 노비더란다. 공연을 지루하게 보던 도령이 하는 말이,
수준이 낮아 차마 눈 뜨고 볼 수가 없는 공연이구나, 하니, 그녀가 대답하되,
저처럼 천한 사람들은, 조금 잘하고 못하고가 중하지 않습니다. 도령이 다시,
어째서 그러하단 말이냐, 물으니, 그녀가 다시 대답하기를, 사는 게, 힘드니까요.
이런 걸 보는 동안에, 한시름 잊는 겁니다. 우리한테는 오지 않을, 행복한 날들을
상상하면서 대리 만족하는 게지요. 그저 글을 쓰고, 그림을 그리고, 춤을 추는
게, 왜 좋은지 몰라, 늘 갈피를 못 잡고 헤맸던 도령은 그녀의 그 말이, 참으로
신통하고 인상 깊어 머리가 맑아지니, 영감이 트이는 순간이요, 완전한 깨달음의
순간이었다. 큰 고마움에 망건에 달린 옥 관자를 선물로 주었더니, 두 손으로
귀하게 받기에 그제야 그녀를 자세히 보았는데, 단장하지 않아도 광채가 나는,
밤하늘이 품은 별빛 같더라. 그 별빛이 가슴에 들어와 영롱하게 일렁이니 황홀한
정신을 겨우 진정하였다.

그렇게 그녀를 갑작스럽게 보낸 도령은, 며칠 내내 그녀의 고운 말소리가 귓가를
맴돌고, 작은 몸짓과 표정이 눈앞에 계속 아른거리니 꿈에서라도 만나볼 수
있을까, 빈방에 누워 눈이라도 감아 보는데, 그리움은 더 선명해질 뿐, 잠이 통
오지 않자, 일기장에 몇 자 적어 보며 둘 데 없는 마음을 달래 보았더랬다.

어느 날 우연히 다시 만날 수 있을까 고대하던 차에, 그녀와 당황스러운 재회를

하였으니, 아버지 생신연에 몰래 숨어들어 일하던 그녀가 제 아씨에게 들켜 도망친다는 곳이 도령의 별당이었던 것이다. 금세 아씨가 어찌 알고 쫓아 오니 그녀가 놀라서 숨는다는 곳이 하필, 도령 방의 병풍 뒤였는데, 숨겨 놓은 그림과 악기들 사이로, 도령의 일기장이 펼쳐져 있어 그녀가 저도 모르게 읽어 보기를, 하필이면, 태어나 처음으로 내 마음을 흔들어 버린 이가, 혼담이 오간 여인의 몸종이라니. 운명의 장난이 따로 없구나. 내 너와 같은 신분이었다면, 곧바로 내 마음을 고백했을 텐데... 오늘은 어쩐지, 밤이 깊도록, 잠이 오지 않는다. 일기를 보고 크게 놀라 일기장을 들고 다시 보는데, 병풍 너머에선 도령이 제 주인아씨와의 혼담을 단호히 거절해 버리는 것이 아닌가. 그때 야속하게도 손에 든 일기가 툭 떨어져 소리가 나 버리니 정신이 아찔한데, 어쩌할 틈도 없이 아씨의 손은 이미 병풍을 젖히고 있었더랬다. 도령은 무척이나 난감한 기색이고, 주인아씨의 분한 마음은 하늘을 찌를 듯이 격렬하더라.

✦✦✦✦

───── **4부 S#12 저자 (얼마 후, D)**

장을 봤는지, 광주리를 들고 오는 막심과 도끼.
사람들이 모인 곳을 본다.
병방과 군졸 둘, 방을 붙이고 있다.
둘, 뭐야 하면서 사람들 쪽으로 가면,

❖　　　**사회적 거리 두기 방에 쓸 내용**

금일부터 사회적 거리 두기를 시행하여 5인 이상의 사적 모임이 일체 금지된다.
만일 이를 어길 시에는 역당으로 간주하여 국법에 따라 엄히 처벌할 것이다.

++++

───── **4부 S#19 태영 집무실 안 (D)**

태영   (문서 보며) 어머님께서 덕흥사에 전답을 증여하신 게 맞네요.
구씨   *아이고... 워째 워찌 그런 수결을 하신 겨.* 정신도 오락가락하신디...

❖   **구씨 어머니의 전답 증여 수결 문서 내용**

내가 나이가 들어 평소에 즐거운 일이 없고 나날이 근심과 번뇌가 늘어났으나,
덕흥사에서 정성으로 기도를 올리면 이루어지지 않은 소원이 없다 들어 날마다
덕흥사로 믿음의 발걸음을 하였더니, 넘치는 평안과 위로를 얻었다. 그 기쁨이
크고 스스로 진정할 수 없으니, 답(畓) 3두락을 덕흥사에 증여하여 나의
고마움을 표하고자 한다.

재주(財主) 김경심
필집(筆執) 이지탁

++++

───── **4부 S#24 저자 일각, 외지부 출근길 (D)**

봉순 부   제발 우리 봉순이 좀 돌려 주세유 제발유.
사병   글쎄 이거 놓으래도! 자식을 팔 땐 언제고 돌려 달라 난리야!
봉순 부   파, 팔다니요! 내가 왜 내 딸을 팔아! 장사 가르친다며!
          배불리 먹여 준다고 데려가 놓고 왜 애를 가둬 놓고 안 주냔 말이야
          이것들아!

사병2   (종이 던지며) **니놈이 수결한 문서다.** 가자!
봉순 부   (매달리며) 이놈들아! 내 새끼 내 놔!

❖   **봉순 부 자매 문기 내용**

명주 상단의 지동춘 행수 앞에서 글로써 밝힙니다. 죽음의 세월을 살아 낼
방도를 찾을 수 없으니, 도저히 자식을 부양할 수 없는 처지입니다. 부득이 5냥을
받고 제 딸 봉순이를 노비로 팔겠습니다. 또 이후 자식이 생기면 그 아이 또한
영원히 노비로 팔겠습니다. 만약 훗날 이에 대해 말이 나오거들랑 이 문서를
관아에 제시해 바로잡을 일입니다.

주복삼

++++

───   **4부 S#32 관아 내실 (N)**

규진   (시간계서를 보이며) 누군가 내게 **시간계서**를 보냈더구나.
태영   (본다) 무슨 내용입니까.
규진   명주 상단에서 내게 사람을 붙였다 한다.
         내가 없는 틈을 노려서, 아이들을 거래한다는 정보야.

❖   **시간계서 내용**

명주 상단에서 불법 입적한 아이들을 매매할 예정.
현감 출타 시에 매매하기 위하여 현감에게 미행꾼을 붙임.

++++

────── **6부 S#13 운봉산 작은 암자 일각 (D)**

태영   뭘 그리 쓰십니까.

승휘   물에 빠진 여인을 구하고, 사병들과 맞싸워 아이들도 구해 낸,
        뛰어난 ***종사관의 무용담***을 기록하는 중이다.

❖   **승휘가 끄적이는 종사관 무용담의 부분 내용**

보초소는 있으나 보초병은 없고, 채광장은 연장이나 공구들이 널려 있을 뿐,
고요한 적막이 흘렀다. 그때 자물쇠로 굳게 잠긴 창고 문 사이로, 아이들의
고통스러운 신음이 가느다랗게 새어 나왔다. 나와 내 여인은, 다급히 꽉 잠긴
자물쇠를 연장으로 때려 부쉈고, 이윽고 문이 열렸는데... 눈앞에 펼쳐진 광경은,
너무나 비참하고 끔찍했다. 몸 곳곳에 상처를 입거나, 굶다 지쳐 쓰러진 아이들은
처참하고 참담한 몰골을 하고 있었다.
아이들에게 급히 물과 먹을 것을 먹이고 그곳에서 탈출하려는 찰나, 근처에
숨어 있던 사병들이 순식간에 광산 입구를 포위하였다. 아이들을 한쪽으로
몰아넣는 사이, 일제히 시퍼런 칼을 뽑아 드는 사병들. 내 심장이라도 찌를 듯
서 있던 적들은, 무자비하게 달려들었지만, 내 몸은, 내 칼은, 본능적으로 공격을
받아치며 반격을 노렸다. 이내, 적들은 춤을 추듯 허공을 가르는 내 장검에
시선을 빼앗겼고, 경계가 무너진 틈을 타 한 놈씩 제압해 가는데...

✦✦✦✦

───── **6부 S#24 청수현 외지부 집무실 (D) [자막 7년 후]**

조금 커진 사무실, 양반 평민 할 것 없이 의뢰인들 줄지어 앉아 있고,
조수1, 의뢰인 앞에서 ***방문 사안***을 받아 적어 법률 서적 쪽의
조수2에게 주면,
방문 사안에 맞는 책을 뒤지는 조수2. 책을 찾아 방문 사안과 함께
끝동에게 내민다.

❖　　　**방문 사안들 – 왜 방문했는지 간단히 사안을 적은 메모지**

감나무 집 육동 / 매수한 소의 쌍생 송아지 출산으로 소 값 인상 요구된 사건.
오종근 참봉 댁 / 사촌 형제의 자식 오지상을 양자로 들였다가 다시 파양하려는 건.
이정렬 선비 댁 유씨부인 / 병든 딸을 돌보지 않은 사위 임수필에게 딸의 일부
재산이 상속된 사건.
어물전 갑석이 / 어머니의 묘소가 이웃 장씨네 조상 묘에 의해 침범받아 묘지
이장을 요구하는 건.

✦✦✦✦

───── **6부 S#30 청수현 외지부 집무실 (D)**

태영　　(여전히 바쁜, 앞을 보지도 못하고 ***방문 사안***을 보며) 다음 분?
미령　　(꾸벅 인사하고) 저는, 의창현에서 온, 차가 미령이라 하옵니다.
　　　　(중략)

태영	(보다가) 전염이 되지 않는 것은 확실합니까?
미령	(문서 주며) 예. 발진이 시작되면 보름 동안 격리했고,
	옮기지 않는다는 문서를 의원님께 받아 왔습니다.

❖ **미령의 방문 사안**

의창현의 차가 미령 / 이웃의 진태라는 자가 피부 발진을 이유로 하루아침에
일하던 주막에서 쫓겨난 사건.

❖ **의원이 준 문서 내용**

환자 진태의 진료 기록

피부에 붉은 반점들이 나타나고 가려움증을 호소하니, 처음엔 전염성 발진
질환인 홍역이 의심돼 보름 동안 격리시키며 살펴보았으나, 붉은 반점 위에
하얗고 거친 각질이 쌓이는 것으로 보아 홍반성 건선으로 판단된다. 건선은
호흡이나 접촉을 통해서 전염되는 질환이 아닌 면역 질환이기에 격리를 즉시
해제하였고, 청열해독(淸熱解毒)을 시키면서 어혈(瘀血)을 제거하는 약재를
처방하였다.

의원 허태엽

✦✦✦✦

─── **6부 S#41 청수현 외지부 집무실 (D)**

*진술서 검토 중인 태영*과 *끝동.*

미령, 장외지부에게 업무를 배우고 있다.

❖　　　　태영이 검토 중인 진술서 내용

이정렬 선비 댁의 유씨부인 진술서

남편과 나의 재산을 세 남매에게 상속해 주었는데, 둘째 딸이 자식도 없이 일찍
사망했다. 사위 임수필은 딸이 죽을병에 걸려 몇 년을 앓았음에도 돌보지 않다가,
곧 죽음이 임박하다는 소식을 듣고 딸 집에 있는 가재(家財)를 자기 종의 집으로
몽땅 옮기고는 딸이 죽은 날에야 겨우 얼굴을 보였다. 나 역시 병에 걸려 몇
달을 죽을 날만 기다렸는데도 찾아오기는커녕 사람을 보내 문안하지도 않았으니
이리도 무정할 수가 없다. 둘째 딸에게 내려 주었던 재산을 모두 돌려받아야
마땅했으나 딸의 제사 명목으로 상속 재산의 일부인 노비 4구와 밭 15두락을
사위에게 허급해 주었다. 헌데, 사위가 딸의 소상(小祥)이 지나기도 전에 재혼을
하였으니, 사위에게 허급했던 재산을 전부 돌려받고 싶다.

＋＋＋＋

───　　**7부 S#15 외지부 집무실 (D) [수정]**

미령, 앞서서 **소지를 쓰고 있는 도겸**을 보다가,
제 책상의 책 몇 권을 도겸 앞으로 스윽 밀어 준다.

도겸　　이게 뭡니까?
미령　　발령 전에 백성들의 고충을 느껴 보고 싶다셨잖아요.
　　　　도움이 될 만한 송사들을 좀 모아 놓았습니다.

저자에서 채소전을 운영하는 박장현

삼가 다음과 같이 아룁니다. 엎드려 살펴보건대 매매의 법은 반드시 시기의
선후로 판단하며, 시기는 반드시 문권으로 증험합니다. 제가 지난해에 논
2마지기를 인근에 사는 강춘식으로부터 사들인 바 있습니다. 그런데 아랫동네에
사는 홍상원이 강춘식에게 빌려준 돈 20냥과 그에 대한 이자로 이 논을 대신
차지하였다며 억지로 빼앗으려 합니다.

허나, 지난해 강춘식이 제게 논을 팔아넘길 때 이와 관련된 언급은 없었으며,
홍상원이 이 논을 차지하고 있었다는 문권(文券)을 가지고 있지도 않습니다.
진실로 이러한 불충한 행패를 견줄 곳이 없으나, 사력(私力)으로 막기
어렵습니다. 전후 사정을 잘 참고하셔서 홍상원을 징벌하는 처분을 내려 주시고,
공증 문서에 관인을 찍어 발급해 주셔서 다시는 폐단이 일어나지 않도록 해
주십시오.

＋＋＋＋

─────　**7부 S#8 익천 관아 마당 (며칠 뒤, D)**

승휘　　　(설랑에게) 이 자리에서 네가 원본을 다시 쓸 수 있다면,
　　　　　내가 너에게 사과하고, 이 글의 소유권을 너에게 주마.

　　　　　설랑은 어쩔 줄 모르고, **승휘는 여유 있게 써 내려간다.**
　　　　　설랑, 어떻게든 써 보려다가 마구 그으며 발악한다.

아늑한 주막 위로 휘영청 밝은 달이 뜨자, 무수히 많은 별이 달빛 아래로
숨어들었다. 주막에 오가던 손님도 잦아들었고 우린 단둘이 밤을 보내게 되었다.
따뜻해진 구들장의 열기 때문인지, 나를 빤히 보는 너의 눈동자 때문인지, 가슴이
터질 듯이 뛰어 내색하지 않으려 애썼지만, 쉽사리 되지 않았다. 비록 너에게
닿을 수도, 너를 만질 수도 없지만, 그저 함께라는 이유 하나만으로, 이 작고
비루한 방 한 칸이, 오색 빛 찬란한 낙원이 되었다. 동시에, 모질게도, 독하게도,
가 버리는 이 시간이 참으로 애달프기도 했다. 이 내 마음, 아는지 모르는지,
풀벌레 우는 소리가 창망히 울려 퍼졌다. 다음 생에는, 날마다 너와 이리 마주
앉아 웃을 수 있을까. 너의 볼에, 입술에, 입 맞출 수 있을까.

++++

───── **7부 S#31 배 위 (해 질 녘, D)**

종사관과 여인, 마지막 장을 읽고 있는 태영.
멀찍이 앉아 멀리 보고 있는 만석.

❖ **『종사관과 여인』 마지막 장**

다시는 오지 않을, 꿈같은 시간이었다. 꿈에서 깨고 나면, 나는 또 혼자가 되겠지.
운명은 반드시, 우리를 또 갈라놓을 것이고, 너는 너대로, 나는 나대로, 살아갈
테니까... 허나 나는 이 기억을 붙잡아, 남은 평생 너를 그리워하며, 기나긴
어둠을 버텨 내려 한다. 내 태양은 이제 저물었으니...

++++

─── **8부 S#24 외지부 집무실 (D)**

미령   그게... 무슨...

막심   우리 백이헌테 몹쓸 짓을 시킨 사람은, 그 부모였거든유.

미령   (놀라 보는) 헌데 왜 백도령이 유배를 간 거야?

태영   자식 된 도리로 부모의 죄를 밝힐 수 없었던 백도령이,

        자신이 한 짓이라며 거짓 자백을 했거든...

        태영, 속상한 막심이의 등을 쓸어 주고...

        미령, 손을 뻗어, 기록문의 첫 장을 넘겨보는 데서...

❖   **미령이 보는 태영의 백이 사건 기록문**

산 초입에서 백이가 목을 맨 채 숨져 있는 것을 도끼와 막심이 발견하였다.
관아의 오작인은 검시한 결과 자결한 것이라 소견을 제시하였으나, 윗마을
오작인은 사망의 연유는 뇌좌상이라며 시신 검수가 조작되었음을 증명하였다.
노비 백이는, 자결로 위장되었다.
막심은 평소 백이를 따라다녔던 백도광을 살인범으로 추정하여 백도광의 거처로
찾아갔다가, 백도광의 모친 송씨부인에게 몽둥이로 폭행을 당하였다. 나는
백이를 살해하고 자결로 위장한 백도광 일가를 관아에 발고하였고, 백도광의
일가는 모두 추포됐으며 재수사가 진행되었다.
오작인은 백씨 일가의 지시로 시신 검수를 조작하였음을 진술하였으나, 백도광
일가는 살인을 부인하며 무고를 주장하였고, 노비 막심은 무고한 양반을 능욕한
죄로 발고되어 추포되었다. 자백한 오작인이 간밤에 혀를 깨물고 자결하였는데,
백씨 일가가 범죄의 증좌를 없앤 것으로 추정되었다.

또한, 백씨 일가는 판결 전에 발고를 취소한다면 막심이를 풀어 주고 죽은 백이의 몸값을 준다며 합의를 시도, 살인을 자백한 것이나 다름없다 판단하였다.

백이의 유품에서 백이도 백도광을 연모했던 흔적이 뒤늦게 발견되었고, 백씨 일가의 노비 돌석이 찾아와 사건의 진실을 고하였다. 송씨부인이 돌석에게 백이를 보쌈해 겁탈하라 지시하였고, 그 장면을 백도광이 보게 하여 백이를 포기하게 하려 했다.

계획과 달리 백이는 돌석을 밀다가 뒤로 넘어져 돌부리에 머리를 박고 사망하였고, 백도광은 그 뒤에 도착하여 송씨부인이 돌석에게 시킨 일을 알게 되었다. 간음으로 위협한 죄는 참형이니, 백도광은 부모님의 죄를 증언할 수 없다 하였다.

재판 당일. 백씨 일가는 살인죄가 증명되지 않아 무혐의 판결이 내려지고, 막심은 살인죄로 발고한 당사자가 아니므로 무고죄에 대한 처벌은 받지 않았으나, 양반 모욕죄로 장 10대에 처하였는데, 그때 백도광이 백이를 죽였다고 고하였다.

백도광이 말하기를, 백이는 제 정인이었습니다. 백이는, 제가 어려서부터 연모한 여인입니다. 제가 백이를 불러내 함께 떠나자 했는데 싫다고 거절하기에 화가 나서 죽여 버리고 자결로 위장했습니다.

백도광은 살인을 자백하였으니 구금 후 절차에 따라 재판을 받게 되었으며, 유배령을 받았다.

· 대본 코멘터리 ·

❖　　　**대본 코멘터리에 앞서_**

시간 관계상 편집된 영상들을, 대본으로만 보여 드릴 수 있어서 못내 아쉽습니다.
방송과 대본을 비교하며 한 줄 한 줄 사라진 대사들을 찾아 못 보신 장면을 상상해
보시는 것도 묘미가 될 듯합니다.

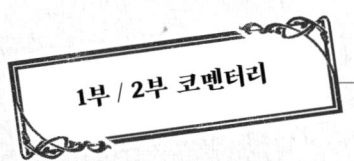

2022년 5월-9월 집필

1부

—— **S#1 옥사 (N) 마지막회 첨부**

▶   초고의 첫 씬은, 옥사에서 수의를 갈아입는 사내의 뒷모습이었습니다.
어깨에 낙인이 있는데, 그게 승휘인지 윤겸인지 모르는 것이었지요.

++++

—— **S#10 서인 방 안 (D)**

쇠똥   진짜 이게 다 뭡니까요! 이러니 온갖 잡것들이 도련님더러
       광인이네 광증이네 떠들어 대는 거 아닙니까!
서인   대체 누가! 누가 그런 칭찬을 한단 말이냐.

▶   "치다 치다 내 상 치르겠네." 방송에 나온 쇠똥이 첫 대사는
애드립입니다. 재원 배우가 당시에 만석이의 결말을 몰랐는데 찍은 걸 보고 정말
깜짝 놀랐던 기억이 납니다. 재원 배우도 생각지도 못하고 친 대사였는데 말이
씨가 되었다고 하더군요.
이 장면에서는 무예를 하지 않아 승휘의 손이 부드럽다는 설정이 있고, 11씬에는
술이 약하다는 설정이 있는데, 후에 윤겸이 아니라 승휘라는 것을 밝혀내는
장치로 사용하려고 미리 심어 놓은 것입니다. 결정적이기엔 좀 부족하다 싶어서
송홧가루 알러지를 생각해 냈고, 5부, 6부를 집필하던 중 다시 1부로 돌아가
20씬에 알러지 설정을 추가했습니다.

++++

───   **S#13 뒷마당 일각 (D)**

구덕   (집게손가락을 천천히 들어 올린다)
개죽   뭐, 입 닥치라고?
구덕   신호야. 기회는 단 한 번뿐이라는 뜻이지.

▶   구덕이가 집게손가락을 들어 보이는 장면은, 〈어벤져스 : 엔드게임〉에
나온 '닥터 스트레인지'의 손가락 장면을 차용했습니다.

++++

───   **S#23 언덕 위 (D)**

서인   (생각하는) 하루하루를 수고한 사람들에게 행복을 준다...

잠시라도 시름을 잊게 해 준다...

구덕   그게 예인들이 가진 힘 아니겠습니까.

▶   〈옥씨부인전〉을 집필하는 동안, 예인이자 작가인 승휘를 통해 제
목소리를 많이 담아낼 수 있어서 즐거웠습니다. 위 대사는 제가 드라마를 쓰는
이유이기도 하기에, 더욱 아끼는 대사입니다.

++++

——— S#49 충청도 괴산 일각 (일주일 뒤, N)

지쳐서 걷고 있는 둘. 맞은 부위들이 곪아 제대로 걷지도 못하는 구덕.
그러면서도 기침하는 개죽을 붙들어 부축하며, 힘겹게 걷는다.

▶   감독님께서는 구덕이 시절을 반드시 겨울에 담아내고 싶어
하셨습니다. 노비들의 가혹한 삶을 차가운 눈과 함께 더욱 처절하게 그려내자!
하시면서, 대본에는 없던 설산과 눈밭, 그리고 얼어붙은 물길을 가로지르는
장면들을...

++++

——— S#59 방 안 (N)

호종E   주인장 계시오.

놀라서 보는 구덕과 끝분. 누구지 싶다. 구덕에게 숨으라는 듯,

대본 코멘터리

구덕, 벽 쪽으로 숨으면, 끝분, 슬쩍 문을 열고 보면, 호종 두 사람.

▶   괴산 주막으로 찾아온 사내 둘은 누구인가. 답은, 옥필승 대감
일행의 선발대인 호종 두 명입니다. 감독님께서 위기감을 주시려고 화적 떼처럼
보이도록 찍으셨는데! 방송 당시 지인들께 제일 많이 들은 질문이었습니다.
개죽이가 살아 있냐는 질문과 함께.

✦✦✦✦

───── **S#63 일각 (D)**

태영   난 가졌기 때문에 우월한 것이 아니라,

          가졌기 때문에 책임을 져야 한다고 생각해.

          나는 아무 노력 없이 많은 것을 가졌으니,

          그렇지 못한 사람들을 돕는 것이 이치에 맞다.

▶   구덕이가 끝까지 실천하려 했던 '진짜 태영'의 가치관을 드러내는, 이
드라마를 관통하는 핵심 대사라고 생각합니다.

✦✦✦✦

───── **S#66 방 안 (N)**

태영   (미소로) 우리 이거 같이 보자.
구덕   이게 다 뭐예요?
태영   선물. (작은 화분을 꺼내며) 이건, 노회라는 거야.

아라비아에서 온 화초란다. 약초로도 쓰이는데, 아주 강인해,

우리 할머니처럼. 그래서 이건, 할머니 선물이고,

나머지는 식솔들 거야.

▶　　　마지막 청수현의 토지 재판에 쓸 작물을 첫 회부터 넣고 싶었습니다. 메마르고 척박한 땅에서도 강인하게 뿌리내릴 수 있는 약초를 떠올리다 선인장을 생각하고 조사했는데 동의보감에서 알로에를 발견했고, 직접 알로에를 주문해 작업실에서 키우며 자구를 내는 방법과 재배법을 익혔습니다. 지금도 잘 자라고 있습니다.

대본 코멘터리

2부

─────── **S#5 옥필승 대감 집 태영 방 (D) [1부 엔딩씬]**

백이   아씨 살 깊은 데까지 열이 차서 식히지 않으면 큰일 난대유...

          이거, 도끼 아재가 송주현에 석빙고까지 가서 어렵게 얻어 왔구만유.

구덕   (뭔가 말하려는데)

백이   그래두 깨어나셔서 천만다행이어유.

          상을 치르고도 열흘 넘게 깨어나질 않으셔서,

          (울먹) 진짜 이대로 아씨까정 보내는 줄 알고 얼마나...

▶   백이 대사 중에 나오는 송주현은 노지설 작가님의 tvN 드라마 〈백일의 낭군님〉의 주요 배경이 된 가상의 지역입니다. 제가 〈백일의 낭군님〉의 광팬이었던 터라, 작가님의 허락도 없이 세계관을 연결했습니다. (대본집을 내기 전에야 전화를 드려서 허락 없이 연결한 것을 사죄드렸어요!) 3부에서 등장하는

옥씨부인전

반정으로 왕이 되었다, 라는 설정이나 가뭄으로 인해 강제 혼례를 치르는 상황
또한 〈백일의 낭군님〉과 동일한 요소입니다. 그리고 〈백일의 낭군님〉에서 최대
악당으로 활약한 좌상 김차언이 〈옥씨부인전〉의 숨겨진 악당인 좌상과 같은
인물이라는 점도 연결 고리입니다.

++++

——— S#18 태영 집 부엌 (N)

끝동   아, 도련님 찬합 아씨가 가져다 드리시면 좋겠는디?

도끼   맞어, 아씨 아직, 도련님 뵙지도 못하셨잖여?

구덕   (존재를 모르는) 도련님? 무슨... 도련님?

일동   (잉? 하는 얼굴로 본다)

막심   (알려 주듯) 오라버니유.

구덕   아, 오라버니.

막심   예. 아씨 오라버니는 찬자 영자 도련님.

▶   태영의 오라비인 옥찬영은 처음부터 등장하지 않는 것으로
설정되었습니다. 끝까지 모습을 드러내지 않는다는 점도 재밌는 선택이라
생각했어요. 등장하지 않는 인물이라도 서사가 마련되어 있기에 그 설정을 풀어
드리자면, 찬영이는 삼년상 동안 태영과 가까이 지냈고, 상기가 끝난 후 할머니와
함께 한양으로 올라가 공부에 전념한 끝에 급제도 하고 혼례도 치렀습니다.
몇 해 뒤, 할머니는 돌아가시기 전, 찬영에게 태영이가 구덕이라는 사실을 밝혔고
만약 구덕이의 정체가 드러날 경우 반드시 친동생이라 증언하라는 유언을
남겼습니다. 구덕이가 면천을 받은 후, 찬영은 할머니의 뜻을 이어 구덕이를 옥씨
가문의 양녀로 입적시켰고, 옥씨의 성을 내렸습니다.

대본 코멘터리

++++

─── **S#25 충청 감영 (N)**

포졸 곁에 꽁꽁 묶인 채,
무릎을 꿇고 앉은 삼만이와 천복이와 화적 떼 몇,
충청도 관찰사 허종문과, 충청도 일대의 현감들, 서 있는데...

▶ 　　허종문 대감이 처음 등장하는 장면입니다. 이때 관찰사로 막 부임한
허종문은 구덕이의 도움으로 충청도 일대의 화적 떼를 소탕하며 큰 공을 세웠고,
이를 계기로 승승장구할 발판을 마련하게 되었지요. 모든 관직을 새로운 배우로
캐스팅하기에는 현실적인 여건도 부족했고, 관직에 따라 배우가 계속 바뀌면
시청자들에게도 혼란을 줄 수 있기에, 자문을 거쳐 허종문이 자연스럽게 관직을
이동하는 것으로 설정하였습니다.
허종문은 관찰사에서 중앙 관직으로 자리를 옮긴 후, 안핵어사로 파견되었으며,
마지막에는 동지사로 승진해 구덕이 사건의 위관으로 임명되어 추국까지 맡게
됩니다. 일당백을 해 주신 종태 배우님께 감사드립니다. 감독님은 종태 배우의
목소리가 하늘에서 들리는 것 같은 특별한 울림이 있다고 하셨어요.

++++

─── **S#34 청수현 장터 여각 (D)**

쇠똥　　(두리번거리며) 이 인간. 또 갔네 또 갔어.

▶ 　　보시다시피 제가 쓴 대사는 한 줄입니다. 재원 배우가 현장에서
예인단과 호흡하며 이 외의 대사를 만들어 원테이크로 찍었습니다. 재원

배우와는 10년 전 함께 일했었는데 그때도 제 대본과 합이 잘 맞았어요. 이번엔 좀 더 자유롭게 연기할 수 있도록 대본을 열어 놓았는데 매번 감탄했습니다.

++++

────── **S#37 장터 공연장 일각 (D)**

공연의 문을 여는 북소리가 "둥, 둥, 두둥" 울리고,
작은 북소리들이 음률을 고조시키더니, 태평소의 멜로디가 얹어진다.
그때, 비칠 듯 말 듯 한 흰 천으로 눈 밑을 가리고,
너풀거리는 긴 저고리와 바지인 듯 치마 같은 바지를 입고,
너슬 부채를 펼친 채 허공을 가르며 등장하는 승휘에 사람들 탄성.
잘게 부서지는 북소리에, 승휘의 유려한 춤사위가 이어지자,
그저 얼굴을 알아보려던 구덕이도 공연에 집중하게 되는데...

▶   편성 확정 전 연출자를 찾는 과정에서 이 장면은 1부 첫 만남 장면과 함께 가장 큰 우려를 받은 장면이었습니다. 다른 장면으로 대체하거나 씬의 규모를 축소하자는 의견이 오갔지만, 진혁 감독님이 확정되신 후 수정하지 않고 잘 살려서 찍어 보고 싶다고 결정하셨고, 완벽한 공연으로 구현되었습니다. 사실 이 장면 때문에라도 남자 주인공 캐스팅이 쉽지 않았습니다. 여주 중심의 서사인데 성 소수자 역할과 1인 2역, 무술, 춤, 노래까지 배워야 할 것이 많았고, 그럼에도 초반 비중은 적어서 정말 쉽지 않았습니다. 하지만, 어느 날, 다 되는 영우 배우가 나타났을 때 느꼈습니다. 그래, 천상계 전기수는 배워서 되는 게 아니구나, 하늘이 내려야 하는 거구나, 싶었습니다.

++++

───── **S#61 태영 집 마당 (N)**

구덕　　(충격으로 다가가며) 백이야... 백이야... 백이 왜, 왜 이래?

　　　　(주저앉아) 니가 왜 이러고 있어 백이야? 응?

　　　　(식솔들 보며) 대체 이게 어떻게 된 거야? 어떻게 된 거냐고!

도끼　　아침부터 안 보여서, 그냥 그런가 보다 했는데...

　　　　막심이가 이상하게 심장이 왈랑거린다고 혀서... 찾으러 나갔는디...

▶　　　백이는 구덕이의 과거를 투영하고, 현재의 운명을 바꾸는 상징적인
인물이었습니다. 첫 리딩 날, 모든 배우가 서아 배우를 구경할 정도로 사랑스럽게
연기했던 기억이 납니다. 서아 배우는 짧은 등장에도 강렬한 존재감으로
태영이의 서사를 완성해 주었습니다. 깊은 여운을 남겨준 윤서아 배우와 백이를
사랑해 주셔서 감사합니다.

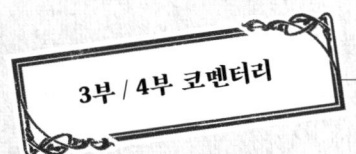
3부

─── **S#19 관아 안 내동헌 일각 (D)**

담에서 휙, 뛰어내린 태영, 기둥으로 촥, 숨는다.
포졸들이나 식솔들이 지나가고 나면 나와서 걸으며 지리를 익힌다.
빠르게 걷다가 다가오는 누군가를 보고 들킬세라 얼른 숨으려다가,
응? 하는 얼굴로 다가오는 사람을 보면,
승휘와 똑같은 얼굴의 윤겸이다.
다가오던 윤겸도 어리둥절한 표정으로
자신을 바라보는 태영을 보는데...

▶   윤겸이가 본격적으로 등장하는 장면입니다. 이전까지는 주변 동태를
살피는 정도의 움직임이며, 승휘의 공연 또한 마을의 잔치라 지나다 들른 것뿐,
어떤 의도도 속내도 없었습니다. 윤겸이의 모티브가 되었던 『유연전』속 유유는,

왜소한 체격에 수염이 없고 여성과 같은 음성을 내는 등, 생물학적으로 여성성을
강하게 지닌 인물로 묘사되고 있지만, 〈옥씨부인전〉에서는 도플갱어라는 장치를
활용하기 위해 그 설정을 해강에게 넘겼습니다.

그럼에도 윤겸이 성 소수자라는 설정은 꼭 가지고 가야 했습니다. 구덕이가
이성적으로 사랑하는 사람은 단 한 사람. 승휘여야만 했기에, 처음부터
삼각관계는 전혀 고려되지 않았습니다. 『유연전』은 워낙 널리 알려진
이야기였고, 시청자들이 윤겸이 성 소수자임을 쉽게 알 것이라 예상했었습니다.

✦✦✦✦

────── **S#21 규진 방안 (N)**

규진   한낱 노비의 목숨도 귀히 여겨 구명하려 애쓰더구나.

도겸   참으로 올곧은 여인입니다.

윤겸   사건의 진실을 밝혀내실 수 있으시겠습니까?

규진   쉽지 않을 것이야. 저들이 외지부까지 사들여
             내 수사를 방해하고 있으니...

▶   윤겸은 가족과의 대화를 통해 태영이 한낱 노비를 동무로 여긴다는
사실을 알게 되고, 유향소의 문제를 시정 요청한 인물도 태영이라는 사실을 알자
인간적 호감을 느낍니다. 나아가, 태영이 노비 막심이를 구명하고 백이의 억울한
죽음을 바로잡는 모습을 지켜보며, 윤겸은 태영에게 기대를 품었을 것입니다.
혹여 해강이처럼 자신의 동료가 되어 줄 수도 있지 않을까, 자신의 존재를 이해해
줄 수도 있지 않을까 하는 작은 희망도 함께 품었지요.

++++

─── **S#24 다른 골목 (D)**

태영   출생의 비밀이 있는 것이 아니라면,
        두 분은 도불경오(圖佛警敖)인 듯합니다.

윤겸   도불경오?

태영   베낄 '도(圖)', 비슷할 '불(佛)', 놀랄 '경(警)', 현혹될 '오(敖)'
        마치 분신처럼 똑같이 생긴 자란 뜻이지요.

윤겸   그런 말은 처음 들어 봅니다.

태영   그러시겠죠. 제가 지어낸 말이니까요.

▶   초고에 표현된 도불경오는 태영이 만들어 낸 말이 아니라, 기존 소설 속에 나오는 사자성어로 표현되었습니다. 태영이가 그 소설을 말하며 도불경오는, '마주치면 둘 중 한 사람은 죽는다.'는 대사를 했는데, 너무 큰 스포일러 같아서 수정했습니다.

++++

─── **S#39 관아 (D)**

관아를 잔뜩 메우고 있는 유향소의 양반들, 부인들,
일반 백성들과 노비들.
중앙으로 나오는 규진 앞으로, 백별감과 송씨부인과 백도광과 외지부.

▶   집필 중간에 세트를 확인하느라 유일하게 방문했던 촬영 현장입니다. 관아를 재현할 만한 적절한 장소가 많지 않아, 미술팀이 심혈을 기울여 제작한

    대본 코멘터리

소중한 세트였죠. 재판이 이루어지는 공간이 필요했고, 관아, 감영, 의금부 등
다양한 장소가 필요했기 때문에, 하나뿐인 세트를 조명과 배경을 바꿔 가며 다른
공간처럼 연출해야 했습니다.

즉, 막심이가 재판을 받던 청수현 관아와 태영과 승휘가 고문받던 의금부는
동일한 공간이었습니다. 재판 장면은 단 한 장면만 촬영하는 데도 하루가
걸렸습니다. 등장인물과 대사가 많아 모두에게 엄청난 체력 소모를 요구하는
장면들이었죠. 재판 장면을 쓸 때마다 너무 죄송해서 촬영장 방향으로 사죄의
인사를 했었어요.

＋＋＋＋

───── **S#44 충주 포목점 예복 전문점 (얼마 후, D)**

만석   그게요, 나랏님께서 음양의 조화를 맞춰야 비가 온다면서,
       양반 처녀 총각을 무조건 혼인시키라 명을 내렸더라구요.

승휘   (본다)

만석   그러니 저렇게들 혼례복을 맞춘다고 난리예요. 뭐 안 하면,
       집안 어른을 데려다 장을 50대를 친다나 뭐라나.
       근데 뭐 하늘님이 양반 평민을 어떻게 구별하신다고,
       우린 사람도 아닌가 꼭 그렇게 양반끼리만 하라고 그래? 쯔.

승휘   ...

만석   하겠죠 뭐. 구덕이도. 그죠. 이제 양반이니까.

승휘   (옷을 내려놓고 가만히 마음을 다스리는)

만석   참 그래요. 어쩌다 이렇게 신분이 뒤바꼈는지.

승휘   그러게... 참으로 얄궂은 운명이로구나.

▶   초고는 혼례복을 맞추러 온 태영이와 새 옷을 맞추러 왔던 승휘가

마주치는 장면으로 썼었습니다. 만나서 서로의 마음을 숨긴 채 혼인을 축하해 주는 장면이었습니다만, 4부에 태영의 결혼식을 보는 승휘의 감정을 더 끌어 올리기 위해 수정되었습니다.

4부

————— **S#2 일각 (N)**

윤겸	날 한번 구해 준다고 약조하셨지요?
태영	(본다) 예.
윤겸	허면, 나와 혼인을 해 현감의 며느리가 되세요,
	낭자에게 가장 안전한 피난처가 될 것입니다.
태영	(본다)
윤겸	그것이 낭자도, 나도 사는 길이라 생각되어서요.
	그리된다면, 누군가 낭자를 알아본다고 해도 그저,
	현감의 며느리와 닮았다며 넘어가면 그뿐일 것입니다.
	아시다시피 세상엔, 똑같이 생긴 사람이 더러 있으니까요.

▶ 윤겸이는 애당초 누구와도 혼인할 생각이 없었습니다. 도겸이가

있으니 집안의 대는 도겸이가 이으면 된다 생각했는데, 뜻하지 않게 왕명으로 인해 강제 혼례를 해야 하는 상황을 맞이한 것이지요. 왕명을 지키지 않으면 규진이 곤장을 맞게 되는지라, 어쩔 수 없이 아버지가 정해 준 상대와 혼인해야 하나 보다 생각했습니다. 따라서 유향소와의 상생을 위한 정치적 이유의 혼인도 상관없었지요.

그러던 중, 태영이 마땅한 혼처가 없어 억지로 혼례를 치러야 한다는 사실을 알게 됩니다. 화적 떼 사건으로 몹쓸 짓을 당했다는 소문도 있고, 규진과의 염문설까지 번지고 있기에, 태영이 승휘를 연모하는 것을 알면서도 상관없이 청혼하지요. '니가 혹시 남편감이 필요하다면, 내가 남편이 되어 줄게. 우리 일단 이 위기는 피하고 보자. 우리 대화도 통하고 난 인간적으로 네가 좋은데, 우리 서로 싫어하지 않으면 이런 혼인도 괜찮지 않겠니?' 이런 의도였지요.

윤겸의 상황을 모르는 태영이는 그런 윤겸이 이해되질 않았습니다. 때마침 나타난 소혜를 보니 두려움이 앞서 이를 윤겸에게 고백하게 됩니다. 태영이는 자신이 노비이면서 양반 행세를 하며 숨어 사는 상황을 말했음에도 윤겸이 혼인을 재차 청했을 때는 기꺼이, 감사히 받았을 것입니다. 윗마을 장생원 댁의 장필주보다야 백번 나았고, 무엇보다 존경하는 현감 댁의 며느리였으니까요. 게다가 태영인 후사를 두려워했고, 또 마음에 다른 사내인 승휘를 두었고, 그 역시 윤겸이 알고 있었기에 윤겸이 성 소수자라는 것도 상관없었습니다. 만일 윤겸이 성 소수자가 아니었다면, 윤겸이는 구덕이의 정체를 알고도 혼인을 청하지는 않았을 것입니다. 그것이 윤겸이가 승휘와 다른 점이라고 생각합니다.

++++

—— **S#10 애심각 애심원 정원 (N)**

해강   혼례도 하셨는데 부인께 들키면 어쩌시려구요.
      부인께서는... 하시는 일을 모르시지 않습니까.

대본 코멘터리

윤겸   조심해야겠지. 들키지 않게...

▶   초고에서 애심단원은 윤겸이와 해강이 말고도 치료를 담당한 의원과
학업을 담당한 문관이 더 있었습니다만, 다소 위험해 보이고 미스터리한
윤겸이를 강조하느라 다 빠지게 되었습니다.

++++

─── **S#11 규진 집 윤겸 방 안 (N)**

조심스럽게 들어오는 윤겸. 옷을 갈아입으려 웃옷을 벗는데,
어깨에 선명하게 心 글자가 마치 낙인처럼 찍혀 있다.
누가 볼세라, 문을 보고 빠르게 옷을 입는 윤겸에서... Out.

▶   낙인을 새긴 이유 - 초고에는 애심단에 익명의 후원자들 설정이
있었습니다. 청수현에는 애심각 뒤로 만든 애심원, 감영 근처에 지은 안전 가옥이
있었습니다. 이 장소들을 유지하고, 거기에 더해 아이들을 먹이고 입히려면
후원이 필요했습니다. 그들은 윤겸이 혼인하면 애심단을 버릴 것이란 생각에
지원을 끊으려 했고, 그들의 신뢰를 얻기 위해 애심단을 지키겠다는 맹세의
증표로 윤겸은 낙인을 새겼습니다.

++++

─── **S#19 태영 집무실 안 (D)**

태영   (문서 보며) 어머님께서 덕흥사에 전답을 증여하신 게 맞네요.

구씨　　아이고... 워째 워찌 그런 수결을 하신 겨. 정신도 오락가락하신디...

▶　　의뢰인 구씨의 치매 노모 에피소드는, 14부에 노회 땅 재판에 쓰려고
선행된 씬입니다. 구씨는 5부에 운봉산 산천도도 가져다주는 꽤 서사가 있는
인물입니다.

++++

────　**S#20 거리 (D)**

도겸　　저는 그저 학당에 떡을 돌려 주셔서 감사 인사를 드리러 온 것인데...
태영　　왜 세책례 장원하셨단 말씀을 안 하신 것입니까?
도겸　　형수님은, 형님의 소중한 부인이시지 않습니까.
　　　　돌아가신 제 어머니의 빈자리를 채우려 애쓰지는 마세요.
태영　　(짠하게 보다가) 제가 아무리 노력한들, 그 자리가 채워지겠습니까.
　　　　아직은 어른이 필요한 때인데, 아버님은 늘 내동헌에서 주무시고,
　　　　서방님도 별시 준비로 훈련원에 계시니, 뭐든 제게 말해 주세요.
　　　　제가 돕겠습니다.

▶　　초고에서는 상당히 길었던 씬인데 분량상 축소되었습니다. 이야기를
조금 풀어 드리자면, 어느 날 도겸이가 웅이를 쥐어 패서 웅이 코피가 터지고
태영이가 학당에 불려가는 사건이 발생합니다. 도겸이가 세책례에서 장원을
했는데 어머니가 없어서 떡을 못 돌리냐고 놀리다가 웅이가 도겸이에게
얻어맞았어요. 홍씨부인은 우리 웅이가 무슨 틀린 말을 했냐 엄마 없는 건 맞지
않냐 엄마 없이 커서 애가 이 모양이다 땍땍댔겠지요. 그 일 이후로 태영이는
도겸이의 학부모로 학당과 자모당에 드나들게 되는데, 자모당 부인들은 집을
자주 비우는 윤겸이와 아이가 생기지 않는 태영에 대해 수군거립니다. 마침 학당

운동회가 벌어지자 태영이는 온갖 몸을 쓰는 경기에서 부인들을 자빠트리고
대승리하고 김씨부인은 슬쩍 웃는 장면들이 있었습니다.

++++

───── **S#25 명주 상단 입구 일각 (D)**

태영 이래야 움직임이 편하잖아. 끝동이 잘할 수 있지?

끝동 끝동이 잘 못해유. 저 진짜 못해유!

태영 잘해야 될 거야. 양반 행세하다 들키면 사지가 찢겨 죽는다.

끝동 (헉)

서기 어찌 오셨습니까.

끝동 (권위 있는 목소리) 이곳에, 청나라 휘숙 선생의 그림이 있다

　　　들었네만. 나는 송주현에서 온 박철규라고 하네.

서기 (아래위로 보고) 이리 들어오시지요.

▶　　16부까지 집필을 마친 후에 수정 회의차 촬영장에 들렀었는데, 마침
끝동이가 이 씬을 연기하려고 대기 중이었습니다. 양반 복장을 한 끝동이가
어색해하던 모습이 기억나네요. 저는 대본에 박철규라 이름을 지었는데 끝동이가
즉석에서 진혁 감독님의 이름으로 연기했습니다. 감독님도 모르셨다가 깜짝
놀라셨지요, 끝동이 잘해유.

++++

———— **S#45 관아 옥사 (N)**

가만히 앉아 있는 해강. 앞으로 선 태영을 향해,

해강   ... 저는, 사내의 몸을 가졌으나, 여인이라 생각하며 살았습니다.

             그래서인지, 음성도 변하지 않고 수염도 자라지 않더군요.

태영   ...

해강   사내아이들과 어울리지 못하고, 늘 맞고, 희롱당하는 저를...

             부모님은 집안의 망신이라 여겼습니다. 그러다 결국,

             제게 비상을 먹여 산에 버렸지요.

해강모E   어찌 너 같은 것이 태어났단 말이냐.

해강E   어머니... 제발 살려 주세요.

해강모E   차라리 태어나지 말았어야 해. 죽거라. 제발 죽어.

▶   개인적으로 삭제되어서 조금 아쉬웠던 해강이의 대사들입니다.
애심단은 동'성애' 보다는 성 '소수자'라는 것에 초점을 맞췄습니다. 초고에서의
윤겸이는, 훈련관이던 아버지를 따라다니던 훈련원 소년 시절, 함께 수련했던
무관을 동경했습니다. 헌데 그 무관이 성 소수자라는 사실을 들켜 훈련원
동료들에게 맞아 죽는 사건을 바로 눈앞에서 목격하게 되지요. 그리고,
그 처참한 장면을 말리기는커녕 묵인하는 아버지 규진을 보며 충격을
받습니다. 조선에서 성 소수자는 추하고 역겹고 맞아 죽어 마땅한 괴물 같은
존재였으니까요. (모티브의 유유도 성 소수자임을 들켜 아버지와 갈등을 겪다가
집을 나갔지요.) 사춘기였던 윤겸은 그 일 이후로 자신의 존재를 혐오하게
됩니다. 어머니도 안 계셨으니 아무에게도 털어놓지 못하고 고립되어 갔지요.
그러다 산에 버려진 해강을 발견하고 죽어 가는 해강의 목숨을 구하게 됩니다.
그때 윤겸은 처음으로 자신이 살아야 할 이유를 찾았다고 생각했습니다. 해강이

                    대본 코멘터리

관아에 잡혀갔을 때 윤겸이는 해강을 향한 사람들의 말이 자신을 향한 것처럼 아팠을 것입니다. 많이들 궁금해하셨는데 해강이는 윤겸이의 정인이 아닙니다. 동료이지요. 윤겸이는 자신이 동경했던 무관이 죽은 이후로 감정을 비웠습니다. 자신이 가져선 안 될 마음이라 여겨 그 누구도 사랑할 수 없었습니다.

＋＋＋＋

――――― S#46 관아 (D)

태영   경묘년 8월 열이틀. 소문리에 사는 남춘길에 대한 판결 기록입니다.
임금님께서 이르기를 음양인 남춘길은 병자이니 추국하지 말고
외지로 보내 홀로 있게 하라, 하셨습니다.

▶   태영이 내미는 음양인 남춘길의 판례는, 실제로 조선 시대 양성을 다 가졌던 사방지라는 실존 인물의 이야기입니다.

＋＋＋＋

――――― S#61 충청 감영 일각 / 공터 일각 (D)

군관   (막아서며) 당장 옷을 벗거라.
승휘   갑자기?

      군관, 칼을 뽑으면, 놀라서 냉큼 바지를 내리는 만석.
      일동, 만석을 보면, 아닌가 싶은지 얼른 다시 입는 만석.

▶   저는 바지를 냉큼 벗자고 대본에 썼는데, 쓰면서도 조금 올드하다
생각했어요. 만석이가 상의 탈의를 해 줘서 좋은 선택이라고 칭찬했습니다.

++++

─── **S#70 태영 친정집 별당 마당 (D)**

승휘   더는, 태영 아씨를 흉내 내는 구덕이로 살지 말거라.
　　　더는, 언제 정체를 들킬까 전전긍긍하지 말고,
　　　진짜, 태영이가 되란 말이다.
태영   …
승휘   이 말을 해 주려고 사흘 밤낮을 달려왔다.
　　　그러니, 어울리지 않는 약한 모습 치우거라.
　　　네 입으로 결코 역모가 아니라 하지 않았느냐.
　　　니가 진짜 옥태영이라면, 이러고 있었을까?
　　　진짜 옥태영이라면, 진실을 밝혀내야지.
　　　그래서 복수를 해야 하지 않겠느냐?
태영   (보다가) 복수는, 하지 않을 것입니다.
승휘   (보면)
태영   다만, 모두 되찾을 것입니다.

강해진 태영의 눈빛을 보며, 이제 되었다는 듯 태영을 보는 승휘에서…

▶   전 회차 통틀어 단 한 번 엔딩이 밀렸던 회차입니다. 태영이에게
모두 맡기고 애심단을 위해 배를 타고 떠나는 윤겸이와, 중요한 일을 뒤로한 채
태영에게 달려오는 승휘로 대비되는 구성이었는데, 러닝 타임이 모자라 승휘가
오는 부분이 다음 주인 5부로 밀려 많이 아쉬웠습니다.

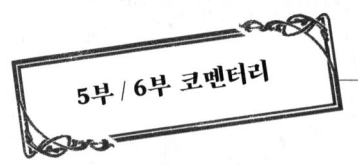
5부

───── **S#19 관아 옥사 (N)**

태영   병방. 괜찮으시오...

병방   (천천히 고개를 든다) 아씨 마님... 현감 나리는 잘 모셨는지요.

태영   (끄덕이고 주변을 보고, 작게) 아무래도 내 짐작이 맞는 듯하네.

병방   예?

▶   3부에서 윤겸과 대련을 한 병방 이씨는 중인 신분으로 성규진의
오랜 수하입니다. 훈련원에서도 함께 지냈고 윤겸의 어린 시절도 잘 알고 있는
친밀한 사이입니다. 6부 광산 잠채 사건 때 공을 세운 것으로 인정받아 허종문의
눈에 들어 직임을 받아 참군이 되었다가 16부에는 종사관까지 임명되셨습니다.
〈옥씨부인전〉 사상 최대 신분 상승을 이룬 인물입니다.

++++

───── **S#30 운봉산 일각 (D)**

이름 모를 야생화들이 지척에 피어 있어 장관을 이루는 운봉산.
태영, 가려다가, 바위에 걸터앉아 산천도를 보는, 호흡 가쁜 승휘를
본다.

▶　　　운봉산 수색할 시기에 한여름이 시작되어 다들 고생이 많았습니다.
감독님은 지문 하나도 놓치지 않으시고 최선을 다해 준비하셨지요. 이름 모를
야생화가 지천으로 폈다는 지문 때문에 한 달 넘게 야생화를 찾으러 다니시기에,
제발 그 야생화라는 단어를 잊어 달라고 부탁을 드렸습니다만 기어이
찾아내셨습니다. 다행히 한 번 찾으신 장소는 마르고 닳도록 쓰시더라구요. (첫
키스 장소입니다.) 5부에 언급된 질경이와 쇠뜨기도 구해다 산에 심어 촬영한
것입니다.

++++

───── **S#41 운봉산 개울가 (D)**

승휘　　혹시 아느냐, 지난번에도 그랬듯,
　　　　내가 너의 서방을 대신할 날이 올지도.

태영　　(어이없는) 농이 지나치십니다.

▶　　　너무 스포일러라서 편집당한 대사입니다.

　　　　　　　　　　대본 코멘터리

++++

—— **S#51 운봉산 일각 바위 밑 (N)**

승휘   난, 이제 잃을 게 없다. 허나, 이대로 죽긴 아쉬우니,

           (칼을 뽑아 하늘로 한 바퀴 휘둘러 자세 잡고는)

           마지막으로 칼춤이나 춰 보자꾸나.

           (발목의 방향과 칼날의 각도를 스윽 바꾸고) 와라.

▶   5부 엔딩씬에 음악 감독님은 '헌정 연서'를 깔고 싶어 하셨지만, 저와 감독님은 승휘가 비장해 보여야 한다고 말렸습니다.

6부

───── **S#15 규진 집 (이좌수 집) 앞 (새벽녘)**

이좌수   왜! 내가 뭘 그렇게 잘못했는데!

태영   그래요. 그리 뻔뻔하셔야지요. 절대로 사죄하지 마세요. 그래야,
               피눈물을 쏟아 내도록 당신을 갈기갈기 찢어 버려도,
               내가 죄책감이 없지요.

▶   이좌수를 용서하는 에피소드에 대해서 답답하다는 회의가
있었습니다만, 우리가 드라마에서 보여 줘야 할 이야기는 분노의 표출이나
복수가 아니라, 용서와 화해의 손길, 서로를 보듬는 따뜻한 마음이며, 이렇게
베푼 마음들이 돌아와 후에 태영이가 도움받게 될 것이라고 설득했습니다.
그래도 너무 답답하다는 황보상미 EP님의 의견이 있어서 추가된 대사가 바로
위의 태영의 대사입니다.

          대본 코멘터리

그리고 17씬에 지행수에게 돌을 던지는 것도 EP님의 의견이었습니다. 항상
물렁한 저를 단단하게 만들어 주신 EP님께 감사드립니다.

++++

─────── **S#16 충청 감영 재판장 (D)**

이좌수　　(두려움과 공포로) 과, 관찰사 영감. 제, 제발 살려 주십시오.
덕훈　　　과, 관찰사 영감. 부디 노여움을 거두시고, 법대로 행하여 주시옵소서!
허종문　　법? 그래, 내 법대로 하마. 율관은 즉시,
　　　　　법문에서 이자의 죄를 모조리 찾아 가져오거라.
태영　　　외지부 옥태영, 청수현 이충일 좌수의 변호를 청합니다.

▶　　　구덕이는 분명 중죄인입니다. 주인을 해하고 도망친 노비니까요. 그런
구덕이가 아이러니하게도 양반 부인이자 외지부가 되었다 해서, 죄인을 벌하거나
사적인 복수를 해서는 안 된다고 생각했습니다. (주인이었던 김낙수를 탄핵하는
재판을 승휘와 유향소에 맡긴 이유입니다.) 제도권 안에서 판관이 올바른
판단을 내리도록, 법을 근거로 평등하게 변론하는 것이 외지부가 된 구덕이의
목표였습니다.
처음 만났을 때 지연 배우가 제게 〈옥씨부인전〉이 어떤 이야기냐 물었습니다.
저는 '죄인인 구덕이가 천신만고 끝에 용서받는 이야기.'라고 말했던 기억이
납니다. 그리고 영우 배우에게는, 이토록 가혹하고 고단한 구덕이의 여정
속에 천승휘는 '한결같이 구덕이를 사랑했고, 목숨 걸고 지켜낸 수호자이자
구원자'라고 말했습니다.

++++

───── **S#23 연못가 일각 (D)**

태영　　　이걸 꼭 가져가셔야겠습니까?

승휘　　　가져가야지. 구덕이 유품인데.

태영　　　(본다)

승휘　　　나를, 나로 살게 해 주었던,

　　　　　내가 몹시도 연모했던. 여인이었다.

태영　　　…

승휘　　　(보다가) 앞으로 다시는 아씨 마님을 찾지 않겠습니다.

　　　　　그러니, 부디, 행복하십시오. 외지부 마님.

　　　　　(목례하고 가려는데)

태영　　　… 그, 종사관 나리께 좀 전해 주시겠습니까.

승휘　　　(보면)

태영　　　그 종사관 나리는, 그 여인의 첫사랑이 맞습니다.

승휘　　　…

태영　　　처음엔, 신분과 처지가 달라 외면했고,

　　　　　그다음엔, 해야 할 일 때문에 거절했지만…

　　　　　주신 선물을 늘 간직했고 추억했고 그리워했노라… 전해 주세요.

승휘　　　(보다가 끄덕이고) 완벽한, 결말입니다.

▶　　　저는 대본에 눈물 흘린다는 표현을 잘 넣지 않는 편인데요.
대본은 담백하게 쓴 것 같은데, 지연 배우도 영우 배우도 너무 울어서 놀랐던
장면입니다. 덕분에 많은 시청자께서 함께 아파해 주시고 많이 사랑해 주신 장면
같습니다.

++++

────── **S#27 태영 집 일각 노회 밭 (D)**

태영　오~ 장원 급제했으니 이제 막 나가시겠다?

도겸　그런 뜻이 아니지 않습니까.
　　　맨날 공부하느라 형수님이랑 놀지도 못했는데.
　　　저 형수님이랑 같이 할 일, 백 가지 적어 놨단 말입니다.
　　　산보도 가야지, 단풍 구경도 가야지, 맛집 탐방도 가야지.

태영　그걸 왜 저랑 하세요. 아리따운 낭자랑 하셔야지요~

도겸　제 눈엔 형수님이 제일 아리땁습니다.

▶　분량 문제로 촬영분이 삭제되어 아쉬웠던 씬입니다. 노회 밭에서
형수님한테 애교 부리는 도겸이, 정말 귀여웠습니다.

++++

────── **S#29 청수현 거리 (D)**

도겸　(자기도 모르게 놀라서) 아!

　　　달리듯 가던 미령, 소리에 획 돌아본다.
　　　꾸며 입은 여식들과 달리 수수한 차림이지만,
　　　하얀 피부의 서글서글한 눈매.

미령　(급한지 멈춰 서지도 않고) 아, 죄송합니다.

다시 급히 가는 미령의 옷에서 노리개가 바닥으로 툭 떨어진다.
주워 드는 도겸. 미령을 보는데, 노리개를 떨군지도 모르고 가는 미령.

▶   모든 것을 계획했던 미령이가 유일하게 계획하지 않았던 도겸이와의
첫 만남입니다. 우여곡절이 많았지만 둘의 첫 만남만큼은 운명 같았으면 하는
마음이었어요.

+ + + +

─── **S#50 익천 바닷길 (D)**

배 위 / 태영, 배에 따라 타면, 막아서는 사공. 태영, 밀치고 들어간다.
뒤로 따라 타며 사공에게 얼마면 돼! 돈을 쥐여 주는 만석.
태영, 사람들 사이를 헤치다 보면 보이는 윤겸의 얼굴.
태영, 반가움으로 가는데, 이내 배 끝이다. 당황해서 보면,
건너편 배에 탄 윤겸이다. 출발해 멀어지는 윤겸이 탄 배.
태영, 더 가려 하면, 태영이 배에서 떨어질까 붙드는 만석.
태영, 떠나 버리는 배와 외면한 윤겸을 보며, 주저앉더니,
오래 참았던, 서러움이 터지는 데서...

▶   오래전 4부작을 했던 경험 말고는 장편 사극을 처음 써 보는지라,
저는 대한민국에 사극 촬영장이 많고 당연히 배도 많은 줄 알았습니다. 배가
거의 없고 낡아서 탈 수 없다는 소식에 당황한 기억이 떠오르네요.
처음 계획한 16부의 배경은 도성 근처의 괴질촌이 아니라 병자들의
섬이었습니다. 한데 이때쯤, 배 촬영이 어렵다는 소식에 괴질촌으로 변경하게
되었지요. 태영이가 나라도 외면한 백성인 병자들을 구해 내 몇 척의 배에 싣고
맨 앞에 있는 배의 뱃머리에 서서 돌아오는 장면을 상상했습니다. 이 장면도

대본 코멘터리

배 두 척이 어긋나게 지나가는 것을 썼는데, 배가 없어서 구현하지 못했습니다.

윤겸이가 태영이를 외면한 이유에 대해 설명을 드리자면 – 7년 전, 역당의 누명을 쓰고 청수현을 떠나야 했던 윤겸이는 감영 근처의 안전 가옥에 몸을 숨기고 있던 아이들과 합류해 미리 준비해 두었던 함경도 안변의 안전 가옥으로 향했습니다.

이후, 의송 심판을 받고 풀려난 해강도 안변으로 찾아왔는데, 윤겸은 규진의 사망 소식을 듣고 큰 충격에 빠집니다. 더불어, 태영의 노력으로 집안이 누명을 벗고 명예를 회복했다는 소식에 죄책감에 사로잡혔겠지요. 돌아가 아버지의 삼년상을 치르고, 장남이자 남편으로 해야 할 역할을 해야 한다는 마음과, 맹세한 대로 애심단을 지켜야 한다는 책임감 사이에서 깊이 갈등합니다. 자리만 잡고, 이것만 해 놓고... 등등, 돌아가지 못할 이유는 늘어만 갔습니다. 아이들뿐 아니라 도망 노비와 유랑민까지 흡수하게 되면서, 지켜야 할 사람이 많아 늦어지고 있다는 서신은 보낼 염치도 없었을뿐더러, 혹여 서신이 분실되기라도 하면 애심단과 집안이 위험해질 것도 우려했지요.

그렇게 시간이 흐르면서, 윤겸에게 가족은 점점 희미한 존재가 되어 갔습니다. 해강이에게 이미 집안이 안정을 찾았다는 말을 들었기에 태영이에 대한 믿음으로, 별일 없을 거란 생각으로, 버텼겠지요. 후원자를 잃은 윤겸은 상인들의 물건을 위탁받아 팔며 애심단 운영 자금을 마련하고 있었는데, 윤겸과 해강이 자리를 비운 사이, 안변의 애심단원은 관군에게 모두 도륙을 당하고 윤겸과 해강은 쫓기는 신세가 되었습니다. 안변의 수령에게 상납 수결을 받고 열녀문을 내리며 좌상의 곳간을 불리던 박준기가, 함경 감영에 꼬리가 밟히자 관찰사의 눈을 돌리기 위해 이미 알고 있던 애심단의 정보를 흘려 역당으로 몰아간 것이지요. 7년 전 청수현에서와 똑같은 방식으로 당한 것을 깨달은 윤겸은 무너졌습니다.

그때부터 윤겸은 박준기를 쫓기 시작했고, 박준기를 없애는 것이 아버지와 집안에 대한 복수이자, 애심단에 대한 복수라고 여겼습니다. 그가 사라지는 것이 새로운 세상에 한 걸음 다가가는 것이라 생각했지요. 당시 박준기는 청나라 사신단에 포함되어 있었습니다. 윤겸은 예조에서 예술단을 섭외해 공연할 것이라는 정보를 알고 공연을 틈타 그를 제거하기 위해 미리 청나라로 건너가 잠복하기로 합니다. 익천 포구에서 태영을 만났을 당시, 윤겸은 상인으로 위장한 상태였습니다. 태영을 알아보았지만, 위험에 빠뜨릴까 봐 전심을 다해 모르는 척하고 청으로 떠납니다. 하지만, 예조에서 뒤늦게 승휘의 공연을 보고 청나라 공연단을 유담패로 교체했고, 승휘가 사망을 위장하고 태영에게 가면서 공연이 무산되어, 윤겸은 박준기를 처단할 기회를 잃게 되고 맙니다.

대본 코멘터리

2023년 11월-2024년1월 집필

7부

―――――― **S#4 익천 관아 옥사 (D)**

태영　　(승휘를 보다가) 저 왔어요...

　　　　소리에 설마 하며 천천히 돌아보는 승휘. 눈앞의 태영을 바라보다가...

승휘　　... 꿈인가 했다.
태영　　(애써 미소로 보면)
승휘　　잘 지냈느냐. 행복하게?
태영　　(보다가) 예...
승휘　　(끄덕이고) 다행이다.

▶　　　같은 얼굴인데도 태영이를 모른 척하는 윤겸과, 태영이를 반가워하는

승휘의 대비를 위해, 행복하게 지냈냐는 질문에, 그렇다고 거짓말을 하는
태영이를 6부 엔딩으로 넣으려다가 분량 때문에 포기하고 7부로 넘겼는데,
지나고 보니 조금 아쉽습니다.

++++

────── **S#5 무대 [플래시컷]**

만석E   (2배속) 그 자식이 말이야. 장터에서 고기 좀 썰던 백정 놈인데,
            단장님이 글이며 재주며 가르쳐 주고, 대역도 시켜 줬단 말이야.
            근데 돈 욕심에 책을 훔쳐서 이 지랄을 하는 거야.

▶   초고에서는 만석이의 상상으로 태영이와 승휘가 설랑의 숙소로
잠입해 증거물인 책의 원본을 찾아내려는 개구진 장면들이 있었는데, 촬영
일정과 장소 문제 등으로 수정하게 되었습니다. 태영이가 기녀 복장을 했었어요.

++++

────── **S#8 익천 관아 마당 (며칠 뒤, D)**

승휘   (설랑에게) 이 자리에서 네가 원본을 다시 쓸 수 있다면,
            내가 너에게 사과하고, 이 글의 소유권을 너에게 주마.

            설랑은 어쩔 줄 모르고, 승휘는 여유 있게 써 내려간다.
            설랑, 어떻게든 써 보려다가 마구 그으며 발악한다.

          대본 코멘터리

설랑	내가 어떻게 써 어떻게!
현감	네 이놈! 책을 훔친 게 맞으렷다!
	여봐라! 저놈을 당장 장 30대에 처하라!

▶　　이 씬은 본 방송 때 처음 보게 되었는데요. 남성 반, 여성 반으로
분장해서 공연한다는 설정을 제가 해 놓고도 수염이 반만 있는 설랑의 설정
디테일에 엄청나게 웃었습니다. 15부에 설랑이 주요 증인으로 등장했을 때
많은 시청자가 놀라셨음을 압니다. 〈옥씨부인전〉에 나오는 재판에서 유일하게
태영이가 용서하지 않은 인물이 설랑인데요, 아마도 표절한 책을 거둬들이고
수익을 반환하고 재발 방지 서약 정도로 끝냈더라면, 설랑이 앙심을 품고 마지막
회에 증인으로 나타나지는 않았을 것입니다.

✦✦✦✦

─────　**S#32 청수현 나루터 (해 질 녘, D)**

　　내리는 태영, 돌아보면,
　　배에 앉은 채, 잘 지내라는 듯 보는 만석.
　　태영, 홀로 내려온다. 어디선가 들리는 마님! 소리에 보면,
　　환한 얼굴로 정신없이 달려오며 마구 손을 흔드는 막심이다.

▶　　30씬~32씬 - 한 호흡으로 이별 장면을 쓰다가, 나루터에서 기다리고
있는 막심이를 보자마자 제가 울컥했던 기억이 납니다. 저라면, 익천에서
돌아오지 않았을 텐데, 다 내려놓고 승휘 따라 다녔을 텐데... 누구보다 제가 가장
구덕이에게 가혹한 시선을 보내야 해서 늘 미안했습니다.

S#19 태영 집 신방 (N)

태영   근데 나, 서방님 미워도 이해는 해. 아무도 이해해 주지 않는,
      외롭고 의로운 길을 가셨는데, 자세한 사연은 몰라도,
      나라도 이해해 드려야 하지 않겠나. 나는 어쨌든, 부인이니까...

▶   윤겸이가 미움받을 것은 알고 있었습니다. 의도한 부분도 있었구요.
시청자가 태영이의 마음과 동화되길 바랐기에, 윤겸이의 사정을 숨겼습니다.
만약 윤겸이 이 이상으로 이해된다면, 그런 윤겸이를 끝내 기다리지 못하고
승휘에게 마음을 여는 태영이나, 태영을 흔든 승휘가 미워 보였을 테니까요.
저는 태영이가 성가의 총부로서 한 치의 흠도 없는 인물로 보이길 바랐습니다.
모두가 한마음으로 윤겸이를 미워하더라도 태영이만큼은 윤겸이를 이해해
줬으면 하는 바람을 담은 대사였습니다.

++++

───── **S#24 외지부 집무실 (D)**

미령   (받고) 헌데, 어쩌다 외지부가 되신 거예요?

태영   음... 우리 백이의 억울함을 풀고, 막심이를 구명하려고.

미령   (막심이를 본다)

막심   ... 우리 딸이... 백별감 댁 때문에, 억울하게 죽었거든유.

미령   그랬구나... 근데, 어떻게... 억울했는데?

막심   (어렵게 떠올리는) ... 우리 백이헌티 몹쓸 짓을 허고,

              길에 매달아 놓고... 자결이라고 꾸몄다니께유.

미령   (믿어지지 않는) ...

태영   ... 난 항상 백도령이, 마음에 걸려.

미령   (보면)

막심   그니께유. 참말로 안 됐쥬.

              뭔 죄가 있다고 유배를 갔는지...

              부모 잘못 만난 죄밖에 없는디.

▶   정말 쓰기 어려웠고 여러 번 고쳐 썼던 장면입니다. 전달해야 할 정보는 많은데 할애된 지면은 한정적이었고, 감정의 깊이는 깊은데 대사 톤이 중구난방이라 쉽지 않았습니다. 결국, 세 배우의 출중한 연기와 연출력으로 완성된 장면이라 부끄럽습니다.

++++

───── **S#39 태영 집 마당 (N)**

달려 나오는 보쌈꾼들. 놀라 멈춰 선다.

마당에 막아선 군관들과, 앞으로 나오는 허종문.

보쌈꾼들, 낭패라는 듯 포기하면,

쫓아 나와 잡아들이는 이참군과 군관들.

밖으로 나오는 태영. 허종문과 목례하는 데서..

▶   주어진 시간이 많지 않고 촬영 공간도 부족해 여러 감독님께서 머리를
맞대고 마법을 부린 장면입니다. 좁은 세트 안에서 롱테이크로 찍어 낸 최고의
액션 장면이라고 자부합니다.

++++

───── **S#44 태영 집 앞 (N)**

미령   한 번도 받아 보지 못한 사랑을 받아 몸 둘 바를 몰랐습니다.
        짧은 시간이었지만, 참으로 행복했고, 충분히 감사했습니다.
        무엇보다, 형님을 닮아 가려고 노력하는,
        제 모습이 너무, 좋았어요.

태영   ...

미령   부디, (숙여 인사하고) 강녕하십시오. (돌아서려는데)

태영   (보다가) ... 미안하네 동서.

미령   (돌아본다) 예?

태영   사랑만 받아도 모자랐을 나이에, 부모와 생이별을 하고,

대본 코멘터리

나를 향한 미움과 원망으로 버텨야 했던 어린 동서가,
참으로 안타깝고 가슴이 아프네.

▶   미령 역할로 연우 배우를 점찍었지만, 캐스팅을 위해 설득이
필요했습니다. 당시 대본이 4부뿐이라 미령이는 아직 대본에 등장도 하지 않은
상태였지요. 결국, 제가 직접 연우 배우를 만나 캐릭터와 스토리를 설명하기로
했는데, 이 씬을 설명하다 제가 눈물을 글썽였고, 연우 배우가 출연을
결심했습니다. 아무짝에도 쓸모없던 저의 갱년기가 캐스팅에 도움이 되었던
기적의 순간입니다.

++++

───── **S#52 외지부 집무실 (D)**

태영   견학하러 방문하는 학동들이 몇 명쯤 될 예정입니까?
김씨부인   여섯이네.
태영   생각보다 많습니다.
김씨부인   질문이 아주 많을 듯하니, 각오하시게.
태영   좀 긴장됩니다.
이씨부인   (바깥쪽을 보며) 올 때가 됐는데?
E   (들어오는 요란한 소리에)
김씨부인   아, 오나 봅니다.

하는데, 문이 열리고 들이닥치는 포졸들과 현감 오달성.

오달성   지금부터 이곳을 폐쇄할 것이니, 다들 나가시오.
태영   이게 지금, 왜들 이러십니까?

포졸   모두 나가시오!

▶   초고에는 학동들이 외지부를 방문해서 태영이에게 온갖 질문을
합니다. 귀여운 장면이었으나 뒤에 나올 폭력적인 장면에 대처하기가 어려워
축소되었습니다.

✦✦✦✦

─────── S#53 외지부 집무실 앞 (D)

태영   지금 멈추면, 이 무례를 용서할 것이오.
오달성   뭐라?
태영   책임지지 못할 행동을 하지 말라 경고하는 것입니다.
오달성   감히 현감을 겁박한다? 여봐라!
           옥씨를 당장 관아로 끌고 가라!

       다들 놀란다. 포졸들 태영을 붙들고 끌고 간다.
       다들 어쩔 줄 모르는데, 오달성, 불을 붙여 버린다.
       불이 타오르자, 사람들 비명을 지르고, 불구덩이 너머 보이는,
       웃고 있는 송씨부인을, 노려보며 끌려가는 태영에서...

▶   8부 엔딩에 가짜 윤겸이 돌아오기로 구성되어 있었습니다. 따라서
초고에서는 외지부가 불타기 직전에 도착하는 가짜 윤겸으로 집필했는데, 보다
극적인 상황에 돌아오는 것이 어떨까 싶어서 오달성과 더 갈등하다가 장례를
치르던 중에 돌아오는 것으로 수정하기로 했습니다. 마침 오달성 역할에 양준모
배우님이 캐스팅되셔서 저는 신이 활활 났습니다.

◆

"난 가졌기 때문에 우월한 것이 아니라,
가졌기 때문에 책임을 져야 한다고 생각해.
나는 아무 노력 없이 많은 것을 가졌으니,
그렇지 못한 사람들을 돕는 것이 이치에 맞다."

옥씨부인전 |대본집| 1

초판 1쇄 발행   2025년 4월 7일
초판 2쇄 발행   2025년 5월 20일

지은이   박지숙
펴낸이   김상희

총 괄   이수일
편 집   최시연
디자인   이새미
마케팅   이재영
관 리   김근혜, 최길성, 정태식
제 작   이지프레스

펴낸곳   BIRDBOX
주 소   경기도 고양시 일산동구 정발산로24 웨스터돔1 910호
전 화   031-935-4577
팩 스   031-943-1543
등 록   2019년 4월 8일 제 406-2019-000034호
I S B N   979-11-990751-8-4 (04810)
         979-11-990751-6-0 (04810) (세트)

BIRDBOX는 주식회사 콘텐트리의 단행본 브랜드로 다양한 K 콘텐츠 책을 펴냅니다.
이 책에 대한 의견이나 오탈자 및 잘못된 내용에 대한 수정 정보는 주식회사 콘텐트리의 홈페이지로 알려 주십시오.
홈페이지 https://korea.contentree.fun/

+ 작가 소개

어쩌다 운이 좋아 드라마 작가가 되었습니다.

작가가 된 지 20년 만에 영광스럽게 대본집을 가져 봅니다.

하루하루 수고한 이들이 잠시나마 시름을 잊을 수 있도록,

위로와 웃음을 줄 수 있는 드라마를 쓰며 살겠습니다.

박지숙.

KBS 〈제주도 푸른 밤〉

KBS 〈도망자 이두용〉

MBC 〈히어로〉

MBC 〈내 생애 봄날〉

TV조선 〈엉클〉

그리고,

JTBC 〈옥씨부인전〉

《 록씨부인전 》로 사랑을 베푸시고
기억해주신 모든분들께 감사드립니다
시간이 지날수록 의미있고 감독적인
작품이 되길 바라며
웃게다 희망을 준 이야기가 되었길
바랍니다 항상 행복하세요 ^^

       - 록태연. 구덕이

         이지연

안녕하세요

록씨부인전의 작가 ○○입니다

한 사랑 함에 분투합니다

           최영희

         ♡ ♡

안녕하세요!

빠두 강연됐습니다. 성경을 연기하는 동안 유난히나 행복하고
찼어었던 것 같아요. 사랑 차는 세상이기게 사랑으로 상처받는
마음들, 선과 선연에게 기대어 사랑에게 화해받는 따뜻한
온기있는 세상 속에 살아가뫼 합니다. 서로한 성녀 간처럼
이타적이여 소신있고 굳건하게 살아갈게요. 늘 건강하시고
행복하세요. 사랑해요. 안녕♡

- 김재민. 성겸 올림 -

안녕하세요 옥석목인것을! 이경이! 연우입니다
우선 방영내내 함께해주시던 검은 사랑 속에서 진심으로 감사합니다
대답을 받으여 우가 웠고, 늘 다음 대답을 기대반, 기다린 기억이 납니다
여러분라 그분 감정을 공유할수있강게 너무나 행복합니다 ♡
대연감을 통해 더 전하게! 더 오래 기억되길 바랍니다

감사해습니다 !! ♡

-연우-

옥씨부인전

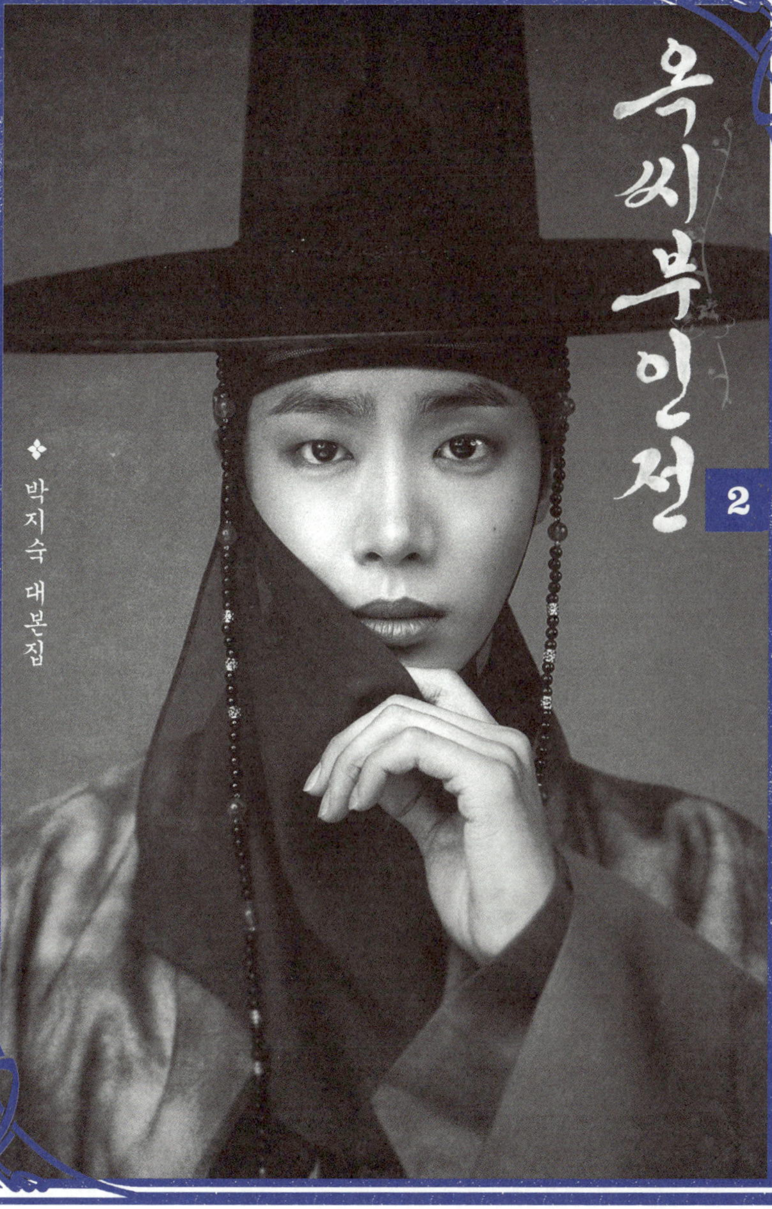

옥씨부인전

2

◆ 박지숙 대본집

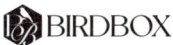
BIRDBOX

일러두기

1 이 책은 박지숙 작가의 드라마 대본 집필 형식을 최대한 반영하여 편집되었습니다.

2 드라마 대사는 오탈자와 띄어쓰기 같은 기본적인 교정·교열을 제외하고, 원문 모두 입말임을
  감안하여 한글 맞춤법에 맞지 않더라도 그대로 실었습니다.

3 쉼표, 마침표는 물론 말줄임표, 빗금(/), 물결표(~)와 같은 문장 부호도 등장인물의 성격이나
  해당 장면의 긴장감 혹은 분위기를 최대한 살리려는 작가의 의도라 생각해 그대로 살렸습니다.

4 1-1, 2-2, 3-3과 같이 대번호에 연결된 숫자는 같은 장소인데 편집을 나누거나, 후반에 추가가
  되어서 씬 넘버를 엉키지 않게 하려는 등 다양한 의도를 담고 있습니다.

5 대본 이외의 글에서 소설은 겹낫표(『 』)로, 짧은 글이나 기록은 낫표(「 」)로, 영화나 방송은
  홑화살괄호(〈 〉)로 표기하였습니다.

6 이 책은 작가와 촬영팀, 배우가 공유한 작가의 최종 대본입니다.

───── **이름도, 신분도, 남편도 모든 것이 가짜였던 여자의 진짜 이야기**

구더기처럼 살던 천한 노비의 딸은 어떻게 양반의 정실부인이 되었을까? 만인의
부러움과 존경을 받으며 명예와 사랑을 모두 쟁취하지만, 결국엔 진실 앞에
내던져진 여자의 진가쟁주담(眞假爭主談).

───── **살기 위해 도망친 노비 & 사랑을 좇는 로맨티시스트**

왕좌를 차지하려는 사내들의 정치극도, 여성들의 궁중 암투극도 아니다.
탐관오리를 벌하는 민초 영웅의 이야기도, 기록될 만한 위인의 이야기도 아니다.
반상의 법도가 준엄하고, 귀천의 자리가 엄격했던 조선 시대. 인권도, 지위도
없던 여자 노비의 치열한 생존기이며, 그 여인을 지키기 위해 열망했던 모든 것을
버린 한 사내의 지극한 사랑에 대한 기록이다.

───── **너희 중에 죄 없는 자가 먼저 돌로 쳐라**

옥태영의 인생을 대신 살고 사람들을 속인 구덕이는 요망한 악녀였을까? 가짜
신분인 채로 살았지만 진짜에게 인정받은 삶이었다면, 그 삶을 보다 가치 있게
일궈 냈다면, 그들은 면죄부를 받을 수 있을까? 단지 옳고 그름으로 이분될 수
없었던 그들의 이야기 속으로 들어가 본다.

실제 이야기 – 돌아온 가짜 남편

1542년 프랑스에서 벌어진 남편이 뒤바뀐 실제 사기 사건과, 1607년 조선 선조 때 실제로 벌어진 가짜 남편 사건을 모티브로 한다. 판사 쟝드코라스가 기록한 「마르탱게르의 귀환」과 백사 이항복이 사실을 바탕으로 쓴 소설 『유연전』을 재해석한다.

차례

✦

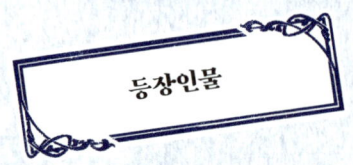

구덕이 / 옥태영 (임지연)

거창한 출생의 비밀 따위 없다!
노비 부모 사이에서 태어난 찐 노비

김낙수 부녀의 모진 학대를 견디며 하루하루를 버텼다. 천한 신분임에도 태생이
영민한 덕에 글쓰기, 셈하기는 물론 일머리, 운동 신경, 손재주마저 뛰어난
능력자이며, 어려운 상황에서도 남을 먼저 돕는 따뜻한 성미까지 겸비하여
주변에서도 늘 도움이 따르는 편이다. 열심히 돈을 모아 아버지와 도망쳐
바닷가에서 사는 것이 구덕의 유일한 꿈.
애당초 사내들에겐 관심도 없었고 노비 팔자를 자식에게 물려주고 싶지도
않았는데 아씨와 혼담이 오간 서인의 집에 숨었다가 주인어른과 합방할 위기에
처한다. 아버지 개죽과 간신히 도망치지만, 개죽은 홀연히 사라지고 주막에서
일하며 아버지를 기다리다 운명의 아씨 옥태영을 만난다. 평생을 모셨던 소혜
아씨와는 너무도 달랐던 태영 아씨. 짧은 시간에 다른 세상을 배우고, 옥씨
가문의 양녀가 되기로 하지만 하필이면 그날 밤 화적 떼의 습격을 받게 된다.
그렇게 홀로 살아남아 청수현에 도착한 구덕은 가짜 옥태영이 되어 제2의 삶을
살게 되는데...

'나는 내가 지켜야 할 사람을 지킬 것이다.'

송서인 / 천승휘 (추영우)

명문 송대감 댁의 맏아들인 줄 알았으나
사실은 기녀에게서 태어난 서자?

서책을 읽고 글공부를 하기보다는 소설책을 읽으며 공상과 망상을 즐기고,
무예를 연마하기보다는 그림을 그리거나 악기 연주와 춤사위를 즐긴다. 부모님의
미움을 받아 별당에서만 처박혀 있어 광인으로 불리지만 사랑 앞에서는 물불
가리지 않는 조선 최고의 로맨티시스트다.
전기수의 공연을 보러 나왔다가 노비 구덕이를 만나 영감을 얻고 고작 단 한
번의 만남으로 영혼까지 송두리째 흔들려 연모한 것도 모자라 도망친 구덕이를
잊지 못해 방방곡곡을 찾아 헤매는 외사랑 장인.
서자라는 출생의 비밀을 안 후 쫓겨나다시피 해 이름도 천승휘로 바꾸고 얼굴도
가린 채 전기수가 되어 전국을 떠돌며 살아간다. 어미를 닮아 출중한 예술성,
가리개로도 감출 수 없는 꽃 미모, 돈도 인기도 쓸어 모으는 천상계 전기수
천승휘지만 오로지 승휘의 마음에는 구덕이뿐이다. 그런 구덕이 자신과 꼭 닮은
사내와 혼인한다는 소식에도 연모의 마음은 쉽게 접히지 않는데...

'내 오늘은 너만의 전기수가 되어 주마.'

성윤겸 (추영우)

송서인과 같은 얼굴, 다른 느낌!

새로 부임한 청수현 현감 성규진의 맏아들이다. 생김새는 승휘와 구별할 수
없을 정도로 똑같으나 결이 전혀 다르다. 빼어난 용모도, 압도적인 신체 조건도
같으나 윤겸이 훨씬 더 근사해 보이는 이유는 출중한 무예 실력에서 나오는

남자다움, 절대 가볍지 않은 목소리와 더불어 뛰어난 학식 수준과 깊고 따뜻한 그의 심성 덕분일 것이다. 양반가의 적장자인데다 기방 근처에는 출입도 하지 않으며 오로지 학당의 도령들이나 사내들과만 어울린다는 소문까지 더해져 청수현의 규수들은 너나 할 것 없이 눈독을 들이는 최고의 신랑감이지만 사실 윤겸에게는 말 못 할 비밀이 있다.

성도겸 (김재원)

> 어렸을 때부터 쭉- 형수님 바라기!
> 일찍 철이 든 성씨 가문의 둘째 아들

청수현 현감 성규진의 작은아들로, 윤겸의 하나뿐인 동생이다. 집안에 위기가 닥쳤을 때, 봇짐을 둘러메고 먼 친척의 집으로 가려던 어린 도겸. 그런 그를 붙잡고 곁을 지켜 준 건 오로지 태영뿐이었다. 마침내 집안의 명예와 가산을 되찾는 태영을 보며 그는 결심한다.
'영원히 형수님을 위해 살 것이다. 형수님을 위해서는 목숨도 걸 것이다.'
도겸에게 있어 태영은, 엄마이자, 누나이자, 연인이자, 유일한 친구였다. 도겸의 삶에 가장 중요한 사람은 형수님이었다. 그렇게 7년을 죽기 살기로 태영의 자랑이 되기 위해 애썼고 온 동네 양반 댁에서 모두 탐낼 만큼 훌륭한 청년이 되었다. 혼처를 찾던 그때 태영의 심성을 빼닮은 여인 '미령'이 나타난다. 상냥하면서도 당찬, 낯설지 않은 그 모습에 어쩐지 자꾸 마음이 간다.

차미령 (연우)

> 의창현에서 온 미모의 여인!
> 그러나 누구에게도 밝힐 수 없는 그녀의 비밀

수려한 외모와 고운 심성을 지닌 의창현 출신의 여인이다. 그저 노리개를 돌려주려던 도겸을 대차게 거절했던 것처럼 의외의 당찬 모습은 사람들을 놀라게 하지만... 이 또한 그녀의 반전 매력일 뿐이다. 미령은 외지부 집무실에서 태영을 처음 마주한다. 의뢰인으로서 이웃의 사건을 대신 발고하러 갔던 그녀는 증거가 될 자료들을 손수 수집하고, 관련 법령을 찾아보는 등 사건 해결에 누구보다도 적극적이다. 이타적이고 똑 부러진 그녀에게서 자신의 모습을 발견한 태영. 미령은 그 마음을 꿰뚫고 외지부 일을 돕고 싶다고 말한다. 기쁜 마음으로 미령을 반갑게 맞이하는 태영과 자연스레 그녀와 가까워지는 도겸인데... 모든 것이 미령의 계획대로 되고 있다. 준비는 끝났고, 시작은 이제부터다.

❖ 옥태영 주변 인물 ❖

막심 (김재화)

백이의 모친으로 옥태영 일가의 찬모이자 수노. 입이 무겁고 정이 많으며, 한씨부인의 총애를 받고 있어 집안에서 태영의 정체를 알고 있는 유일한 인물이다. 엄마처럼 보살핀 태영이 그저 남편한테 사랑받고 토끼 같은 자식들 낳아 평범하고 행복하게 살길 바랐건만 무자식에 독수공방 신세가 되자 괴롭다. 그럼에도 태영이의 행복을 위해서라면 무슨 일이든 한다. 목숨조차도 내어 줄 수 있다.

도끼 (오대환)

막심의 동무이자 노비 동료. 나이는 많으나 철도 눈치도 없고 말귀마저 어두우나 어쩐지 짠해 미워할 수 없는 아재이다. 착한 마음씨 하나로 막심의 막말과 하대를 매일 같이 견뎌 내고 일편단심 그녀에 대한 박력 터지는 순애보를 보여 준다. 오로지 막심과 태영을 위해서만 움직이는 충성스러운 하인.

끝동이 (홍진기)

동네 정보통으로 모르는 게 없다. 흠이 있다면 입이 좀 가볍다는 것. 사실 여부 상관없이 소문을 듣고 나르는 데 귀재다. 발 빠르고 일머리가 뛰어나 태영과 함께 외지부 집무실에서 일을 하고 막심과 도끼를 부모처럼 따른다.

백이 (윤서아)

태영의 몸종. 태어날 때부터 얼굴이 하얗고 예뻐 백이라 불렸다. 천진난만하고 쾌활하며, 호기심이 왕성하고 애정이 많다. 청나라에서 돌아온 후 바깥출입을 하지 않는 태영의 유일한 동무이며 자신을 막역하게 대해 주는 태영을 전심으로 아끼고 사랑한다.

한씨부인 (김미숙)

옥씨 가문을 지키고 있는 강하고 현명한 '진짜 옥태영'의 할머니. 사람에 대한 통찰력이 뛰어나고, 신념이 확고하다. 어지간한 일에는 눈 하나 깜짝 않을 정도로 꼿꼿하며 아랫사람들에겐 보수적이고 엄격하기도 하지만, 내 사람만큼은 제대로 챙기는 속정 깊은 인물이다. 구덕이가 가짜 태영임을 알지만, 그녀의 영민함을 알아보고 태영이 준 선물이라 생각해 손녀로 받아들인다.

옥태영 (손나은)

편견 없고 마음 따뜻한 청나라에서 온 아씨. 옥씨 가문의 귀하디귀한 딸로 태어났고 편견 없이 따뜻했던 어머니의 앞선 가르침과 딸 바보인 아버지의 사랑을 듬뿍 받으며 금지옥엽으로 자랐다. 기품 있는 몸짓과 말투를 가진 타고 난 양반집 딸이지만, 더 넓은 세상과 일찍 떠난 어머니에게 보고 배운 것들로 새로운 미래와 변화에 대한 열망이 가득하다. 외지부가 되어 어려운 사람을 돕는 게 그녀의 유일한 꿈이다.

옥필승 (송영규)

옥태영의 아버지.

김소혜 (하율리) ───────────────────────────────

김낙수가 애지중지하는 딸이자 구덕의 아씨. 머리가 나쁘고 흉포하다. 제 할 일을
모조리 몸종 구덕에게 떠넘겨 오히려 구덕에겐 뭐든 배울 기회가 됐다. 그토록
무시하고 부리던 구덕에게 모욕을 당하고 평생을 똥소혜라 불리며 마땅한
혼처를 찾지 못한다. 구덕에 대한 복수심으로 도망친 그녀를 찾기 위해 수단과
방법을 가리지 않는다.

김낙수 (이서환) ───────────────────────────────

개죽과 구덕의 주인이자 소혜의 아버지이다. 재산은 풍족하나 출신이 변변치
못해 명예를 갈망하는 졸부로, 자존심과 체면을 목숨만큼 중요하게 여기며,
폭력적이고 잔인하다.

개죽이 (이상희) ───────────────────────────────

김낙수 일가의 노비이자 구덕의 아버지. 병들고 아프기까지 한 상황이 미안해
구덕과 도피하던 중, 홀로 도망친다.

끝분이 (김정영) ───────────────────────────────

충청도 괴산 일각에서 주막을 운영하는 주모. 개죽과 구덕의 도피를 돕는다.

❖ 송서인 주변 인물 ❖

쇠똥이 / 만석 (이재원)

서인의 몸종이자 둘도 없는 친구. 서인이 먼 길을 떠나 승휘로 살게 되었을 땐 그의 곁을 지키기 위해 이름마저 만석이로 바꾼다. 전기수 천승휘의 공연단을 이끄는 행수로서 맡은 일을 톡톡히 하며, 청산유수 입담과 뛰어난 친화력으로 주변 사람들에게 호감을 사는 인물이다. 어찌 보면 가벼워 보이지만 의리 빼면 시체인 인물. 승휘의 일편단심 사랑을 겉으론 못마땅해하지만 사실 누구보다 응원한다.

송병근 (허준석)

경기 관찰사 출신인 서인(승휘)의 아버지.

차씨부인 (이진희)

송병근의 부인이자 서인(승휘)의 어머니.

❖ 성윤겸 주변 인물 ❖

성규진 (성동일)

청수현의 새 현감이자 윤겸의 아버지. 풍채가 당당하여 위엄을 풍기면서도 남자다운 외모에 너그러운 성품까지 갖췄지만, 외압에 휘둘리지 않고 공명정대한 판결만을 내려 유향소의 견제 대상이기도 하다. 아끼던 태영을 첫째 며느리로 맞이하고, 아들보다 터없이 애정한다.

✦ 유향소 주변 인물 ✦

김씨부인 (윤지혜)

유향소 이충일 좌수의 부인이자, 자모당 일인자. 흐트러짐 없이 고고하고 품위 있으며, 중립적이고 올곧은 성품인지라 누구에게도 딱히 곁을 주지 않는 차가운 이성의 소유자이다. 아들인 덕훈이를 훌륭하게 키워 내 출세시키는 것이 유일한 목표.

홍씨부인 (정수영)

유향소 차춘식 대감의 부인이자, 민첩하고 꾀가 많아 머리 회전이 빠른 기회주의자. 남편 차춘식을 손아귀에 넣고 주무르는 집안의 실세로, 딸 선희를 윤겸에게 시집보내려 했으나 그를 태영에게 뺏기자 이를 박박 간다.

송씨부인 (전익령)

청수현 별감 백남기의 부인이자 백도광의 어머니. 포악하고 잔인한 성품으로 막말을 일삼으며, 지식이 얄팍하고 무식한 데다 교양과 품위가 부족하다. 자기 성질을 못 이겨 천박하고 추악한 민낯이 자주 드러나기도. 노비들을 짐승 취급하여, 그들에게 저지르는 만행은 소름이 끼칠 정도로 잔악무도하다.

이충일 (김동균)

관아보다 권세가 높았던 유향소의 좌수. 그동안 청수현의 공납을 빼돌리며 떵떵거리며 살았다. 규진이 새 현감이 된 뒤로 수탈의 길이 막혀 가세가 기울자 무슨 일이든 사사건건 방해하는 규진에게 분노한다.

차춘식 (윤희석)

돈만 많고 머리는 나쁜 유향소의 대감. 홍씨부인에게 잡혀 살지만, 막무가내인 그녀를 가끔 혼내기도 한다. 귀가 얇고 순진한 성격으로 이좌수의 꾐에 넘어가

문제를 일으키기도.. 늘 후회를 달고 사는 눈물도 정도 많은 인물이다.

백남기 (백승현)

청수현의 별감이자 백도광의 아버지. 송씨부인의 끔찍한 만행들을 거들고,
집안의 명예를 위해서라면 이기적인 행동도 서슴지 않는다.

이덕훈 (최경훈)

유향소 이충일 좌수와 김씨부인의 아들. 존경했던 아버지가 추악한 일을
벌였다는 사실에 혼란스러워한다.

백도광 (김선빈)

청수현 별감 백남기와 송씨부인의 아들. 태영의 몸종 백이를 어렸을 때부터
연모하나, 집안의 반대로 이를 숨긴다.

차선희 (최다혜)

유향소 차춘식 대감과 홍씨부인의 딸. 청수현의 소문난 미색으로 어머니의
성격을 빼닮아 출세에 대한 욕심이 있다.

❖ **그 외 사람들** ❖

박준기 (최정우)

유희춘 병조 판서의 손발. 권모술수에 능하고 표리부동하다.

지동춘 (신승환)

명주 상단의 행수. 박준기에게 충성을 다한다. 거침없고 뻔뻔스러운 언행의 소유자.

S#	씬 넘버(Scene Number). 하나의 씬은 동일 장소, 시간에 전개된 여러 샷의 영상이 모인 하나의 장면을 말한다. 여기서는 각 씬마다 낮은 D(Day)로, 밤은 N(Night)으로 표기해 시간대를 표현했다.
N	내레이션(Narration). 화면 밖에서 들리는 소리로, 등장인물의 독백 등이 여기에 포함된다.
E	이펙트(Effect). 효과음을 뜻하며, 주로 화면 밖에서 들리는 음향이나 대사 등이 이에 해당된다.
Out	'Black Out'처럼 마치 화면이 꺼지는 듯한 느낌으로 끝나는 장면을 말한다.
플래시컷	Flash Cut. 화면과 화면 사이에 삽입된 장면으로, 여기서는 회상 혹은 상상이거나 현재가 아닌 컷을 삽입할 때 사용됐다.
인서트	Insert. 새롭게 삽입된 장면을 뜻하며, 줄거리와 크게 상관은 없지만 상황을 좀 더 명확하게 하고자 할 때 사용된다.
몽타주	Montage. 따로 촬영한 화면을 붙여 하나의 긴밀한 장면 혹은 그러한 내용을 만들 때 쓰인다.

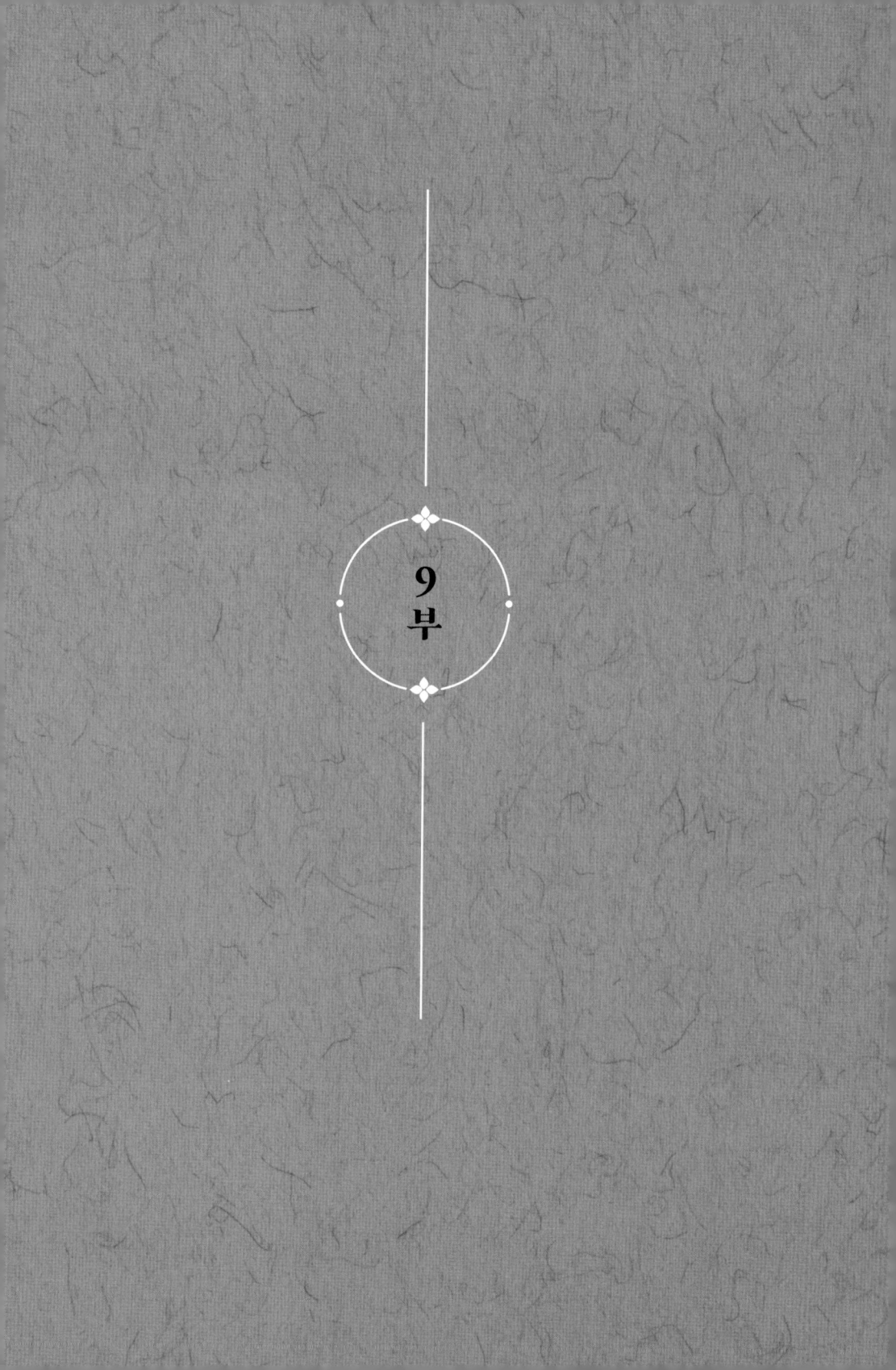

9부

S#1 관아 앞 (D)

양팔이 붙들린 채 끌려가는 태영,
놔라! 뿌리치고 저항하다 바닥으로 넘어진다.
이러지 말라며 말리는 김씨부인과 미령. 끝동과 막심.
태영, 다시 끌려가느라 신발이 벗겨지고 무릎이 긁히고 찢기는데...
사람들 이게 무슨 일인가 싶어 놀라 따라오고,
보다 못한 김씨부인, 어디론가 간다.

미령	(막아서며) 당장 놓지 못하겠소! 함부로 대하지 마시오!
오달성	함께 잡혀 들어가고 싶은 것이오?
태영	(사이, 끝동에게) 어사 영감께 알려.
끝동	(끄덕이고 냅다 뛴다)
막심	말로 하시지 위째 이러신대유. 차라리 지를 잡아가셔유.

막심, 포졸을 붙들면 뿌리치는 포졸.

막심, 바닥으로 넘어지면 붙드는 미령.

태영 　막심아 괜찮아? (미령에게) 동서, 걱정 말고 돌아가 있게. 응?

오달성, 관아로 들어가고 포졸들 태영을 끌고 들어간다. 문이 쾅.
닫힌 문 앞에서 넋을 놓고 어쩌나 싶은 미령과 막심에서...

―――― **S#2 관아 마당 (D)**

바닥으로 내팽개쳐지는 태영, 오달성을 노려보다가, 꼿꼿하게
일어선다.

태영 　대체 무슨 생각으로 이런 극악한 짓을 하는 것이오.
　　　어찌, 한 마을의 수령이라는 자가, 왈짜패들이나 할 짓을 한단
　　　말입니까!
오달성 　그러게 왜! 백성들 앞에서 감히! 현감의 명을 거역하는 것이요!
태영 　현감의 명이, 어명이라도 됩니까?
　　　조선 법에 현감 심정 상해죄라도 있는 줄 아십니까?
오달성 　(보는) 뭐요?
태영 　타인의 기물을 훼손하고, 불을 지르고,
　　　무고한 사람을 위력으로 결박해 끌고 오는 등,
　　　합당한 근거도 없이 공권력을 사유하면, 처벌받는 법은 있습니다만.
오달성 　나는, 인륜을 어지럽힌 자를 벌해
　　　청수현의 기강을 바로잡으려는 것이오.
　　　부인은, 관습법에 따라, 강상죄를 지은 것이나 다름없소이다.
태영 　강상죄?
오달성 　부부 된 도리를 저버리지 않았소?

태영	도리를 저버리다니, 난 단 한 순간도 내 도리를 저버린 적이 없소이다!
오달성	계속 이리 우기면, 받아들일 때까지 가두는 수밖에.
태영	시신의 검안 기록지를 보여 주시오.
오달성	(본다) 감히 공문서를 보자는 것이오?
태영	기록지는 응당 가족에게 제공되어야 하는 것임을 모르시오?
오달성	...
태영	복검을 했다더니, 설마, 거짓입니까?
오달성	(다가와 무섭게) 그 입을 조심해야 할 것이오.
태영	날 과부로 만들어 열녀문을 받기 위해,
	설마, 살인까지 한 겁니 /

오달성, 태영의 얼굴을 때린다. 맞아서 쓰러지는 태영.

오달성	(포졸들에게) 당장 옥에 가둬라.
태영	(말도 안 된다는 듯 오달성을 보는 데서) ...

───── **S#3 차춘식 집 마당 (D)**

대청에 선 차춘식과 옆으로 선 홍씨부인.

김씨부인	존경받는 반가의 부인을, 백주에 짐승처럼 끌고 갔습니다.
	외지부 집무실에 불까지 질렀는데, 이리 계실 것입니까!
홍씨부인	(작게) 어머나, 좋은 구경 놓쳤네.
김씨부인	당장 관아로 가 현감에게 항의하셔야 합니다.
	현감이 사대부 위에 군림하도록 둬선 아니 됩니다.
	유향소는 부덕한 수령을 감시해야 함을 모르십니까!
차춘식	지난 회합 때 우리는, 현감과 의견을 같이하기로 하였소이다.

김씨부인	뭐라구요?
차춘식	남편의 시신을 모른 체하고 장례와 삼년상을 거부하다니,
	실로 부덕한 짓이 아니오~
홍씨부인	그럼요. 암요.
김씨부인	(둘을 보다가) 신속하게 방도를 찾아내지 않는다면,
	사부인이 송씨부인과 결탁해 청수현에 보쌈꾼을 불러들였단 사실을,
	만천하에 알릴 것입니다. 알겠습니까!
홍씨부인	(참다 참다) 해 보시던가요!
차춘식	(말리듯) 부, 부인...
홍씨부인	못 하시니까 내훈 필사나 하라 했겠지요. 안 그렇습니까?

서로 노려보는 둘에서...

───── **S#4 옥사 (N)**

축축한 흙바닥, 온갖 벌레들이 기어 다니는데,
맞아 벌겋게 부풀어 오른 볼의 태영, 생각하듯 서 있다.
둘러보듯 지나던 오달성. 태영을 보고 멈춰 선다.

오달성	저런~ 누추해서 앉지도 못하시니 어쩝니까.
태영	(보는데)
오달성	밖에 저 시신을 수습해 삼년상을 치르고,
	평생 문밖출입을 금하고 수절한다. 하시면 내보내 드리지요.
태영	이리된 이상, 내가 옥에서 죽기를 바래야 할 것입니다.
오달성	아, 그것도 나쁘지 않겠소이다.
	남편의 죽음을 받아들이지 못하고 미쳐버린 처가,
	옥사에서 울부짖다 죽으면, 열녀문 받기에 안성맞춤이지요~

태영	송씨부인이 혼자 저지른 일이 아닐 거라 생각은 했습니다만,
	현감도 연루되었다는 것을 정확히 알게 되었소이다.
오달성	도무지 무슨 소린지 알 수가 없구려~
태영	게다가, 이리 함부로 구는 것을 보니,
	뒷감당해 줄, 꽤 든든한 뒷배도 있는 모양입니다.
오달성	그리 큰소리를 친다 한들, 부인을 도울 사람은 없을 것이오~
태영	내 걱정은 마시고, (차가운 미소로) 현감의 안위나 걱정하시지요.
오달성	(보다가 옥졸에게) 그 누구도 만나게 해선 안 된다.
	물도 한 모금도 줘선 안 될 것이야. (가며) 얼마나 버티나 봅시다.

가는 오달성을 보는 태영에서...

─── **S#5 태영 집 마당 (N)**

한데 모여 있는, 식솔들, 근심 걱정인데...

막심	대체, 현감 나리가 왜 저리 쌍심지를 켜고 큰 마님 못 잡아먹어 안달인 겨.

미령, 떠오르는, 플래시컷 〉 8부 S#53 외지부 집무실 앞 (D)
미령, 포졸들을 말리다가 구경꾼 틈에서, 송씨부인을 본다...
현재 〉 미령, 설마 이것도 엄마 짓인가 나가 보려는데,
마침, 끝동이 뛰어 들어온다.

미령	어찌 되었느냐. 어사 영감은 뵈었어?
끝동	한양으로 가 버리셨대유. 듣자 하니 보쌈꾼 다 잡아 들였다고,
	수사도, 감찰도, 다 끝났다는구만유.
막심	허믄 관찰사께라도 말씀을 드려 보지...

끝동	안 해 봤었어? 문졸들헌티 막혀서 암것도 못 했구먼.
막심	(그제야 끝동이 얼굴 보고) 얻어터진 겨?
끝동	뒈질 뻔했구먼.
미령	고생했다 끝동아. (모두에게) 나 좀 나다녀 올게.
막심	이 밤에 어딜 가시려구유.

미령, 나가려고 대문을 여는데, 문 앞에 선, 송씨부인.
송씨부인, 한걸음 들어오면, 미령, 놀라 뒷걸음질하고,
식솔들 송씨부인을 보는데,

막심	저, 저게 누구여...
끝동	오, 왐마.. 여긴 왜 오셨대...
송씨부인	미령아... (울먹이며) 어미다...
막심 / 끝동	(충격인)
송씨부인	(미령의 두 손을 붙들더니 끌어안고) 우리 미령이 맞지, 곱게도 자랐구나.
막심	이게 지금 뭔 소리대... 시방 저 둘이.
끝동	모, 모녀지간이라는 겨?
송씨부인	(미령의 얼굴을 붙들고) 네 오라비가 죽었다.
	우리 도광이가, (막심을 보며) 유배를 못 견디고 세상을 떴어...
막심	(놀라 보는)
송씨부인	가진 것도, 갈 곳도 없어서, 네 친정에 갔더니, 세상에~
	이 집으로 시집을 왔다기에 얼마나 놀랐는지 모른다.
막심	(머리가 복잡한) ...
송씨부인	(미령에게) 안으로 들어가서 그간 밀린 얘기를 하자꾸나.
미령	(어이없이 보면)
송씨부인	오랜만에 온 어미를, 이리 세워 두는 것은 법도가 아닌 것이야.

미령, 보다가 어쩔 수 없다는 듯, 먼저 들어가면, 따라가는 송씨부인.
주먹 쥔 채 노려보고 있는 막심을 슬쩍 돌아보며,

송씨부인　먼 길을 오느라 시장하니, 밤참을 내오너라.

가는 둘을 아무 말도 못 하고 보고 있는 식솔들에서...

──── **S#6 부엌 (N) [추가]**

밥을 차리는 막심을 보고 선 끝동.
막심, 손에 든 것을 와당탕 떨어뜨린다.

끝동　괘, 괜찮은 겨?
막심　나 시방 머리통이 복잡시러서 뭣부터 해얄지를 모르겄다.
　　　확 가서 쥐어 뜯어 버려야 되는 겨? 내쫓아야 되는 거 아니냐고!
끝동　(말리는) 아 있어 봐~ 암만 그래도 작은 마님 모친이시라잖여.
막심　부, 분명히, 복수하러 온 거여. 그지? 맞지?
　　　당장 알려야 혀, 둘이 모녀지간인 걸, 큰 마님께 알려야 헌다고!
끝동　나더러 알아보라고 하셨던 거 보면, 아마 아실 겨...
막심　(보는 데서) ...

──── **S#7 태영 집 신방 안 (N)**

송씨부인　(신나 들어오는) 식솔들은 아무것도 모르는 모양이구나.
　　　옥태영이 네 잘못을 다 숨기고, 다 비밀로 해 준 모양이지?
미령　어머니의 잘못도 비밀로 해 주셨지요.

송씨부인	(매섭게 보며) 뻔뻔한 년, 어미를 배신하고 너만 이런 집에서
	발 뻗고 자니 좋더냐? 짐승만도 못한 년.
미령	보쌈 사건이 끝이 아니었습니까? 외지부 집무실을 폐쇄하고
	형님을 옥에 가둔 것도, 어머니가 꾸미신 것입니까.
송씨부인	일부러 접근해서 혼인하고, 이 집의 모든 일을 엿들어 전하고,
	제 손으로 저주 인형을 넣고, 옥태영을 과부 만드는 데 일조한 년이,
	이제 와서 형님 형님, 피를 나눈 자매마냥 떠받드는 꼴이 아주
	가관이구나.

──── **S#8 태영 집 신방 앞 (N)**

충격으로 듣고 선 막심. 밥상을 든 손이 덜덜 떨리는데...

미령E	어머니가 저를 속이셨지 않습니까.
	형님께서, 오라버니에게 누명을 씌웠다면서요!

──── **S#9 태영 집 신방 안 (N)**

송씨부인	이년이 어디 감히 어미에게 큰소리를 치는 것이야!
미령	(보다가) 저를, 한순간이라도 자식으로 여긴 적은 있으십니까.
	저를, 그저 복수에 이용하려고 찾아오셨던 것이지 않습니까.
송씨부인	그래서, 천륜을 끊기라도 하겠다는 것이냐?
미령	이 집에 들어오면서, 제 손을 잡고, 안아 주시며,
	(아프게 보며) 우리 미령이라고 불러 주셔서... 좋았습니다.
	그게 거짓이라는 걸 알면서도... 저는 그저 /
송씨부인	나약한 소리 하지 말거라.

문이 버럭! 열리자, 보는 송씨부인과 미령.
상을 들고 들어오는 막심이다.

송씨부인   다 엿들은 것이냐?

막심   (말하지 않고 상을 놓는다)

송씨부인   악연도 인연이라던가~ 내가 네년의 주인이 될 줄 누가 알았겠느냐.

미령   이 집의 주인은 형님이십니다. 드신 후에 의창현으로 돌아가세요.

송씨부인   어찌 이리 어미에게 모질게 구는 것이냐. 너만 여기서 지내고,
           나를 그 차디찬 곳으로 내쫓으면, 사람들이 뭐라 하겠어!

미령   (막심에게) 날이 밝는 대로, (갑자기 눈앞이 핑 돈다. 겨우)
           모시고 함께 나갈게. 염려 말거라.

막심   (붙들어 주는)

송씨부인   나가다니. 우리가 나가면, 이 집은 어찌 되라고?

막심   (보다가) 지는유, 마님 마음이... 이해가 가는구먼유.
           애지중지 키운 생때 같은 내 새끼... 앞세운 지 벌써 7년이 지났는데도,
           매일매일 눈앞에서 왔다 갔다 함서, 어매, 어매 하고 부르니께요.

송씨부인   (노려보면)

막심   (마주 보며) 내 새끼 죽게 만든 사람,
           백 번이고 천 번이고, 쳐 죽이고 싶지유. 암만유.

송씨부인   그래서.

막심   허지만유. 그런다 한들,
           우리 자식들이 살아 돌아올 것도 아니잖아유.

송씨부인   (따귀를 때리고) 어디서, 네년의 천한 딸년이랑,
           내 자식을 비교하는 것이야. (다시 손을 들면)

미령   그만 하세요!

막심   괜찮아유. 치세유. 분이 풀리실 때까정 치세유.

송씨부인, 작정한 듯, 막심을 또 때리는데, 막아서는 미령.

미령, 다시 때리려는 송씨부인의 팔을 잡는다. 뿌리치는 송씨부인.
미령, 맥없이 바닥으로 넘어지면, 놀라 미령을 붙드는 막심.
미령, 어지러워서 눈이 잘 떠지지 않는데...

막심	괜찮으셔유? (이마를 짚고) 워매... 워찌 이리 불덩이여.
송씨부인	심신이 그리 허약해서야 어찌 안주인 노릇을 하겠느냐.
미령	(본다, 말도 안 나오는) ...
송씨부인	염려 말고 푹 쉬거라. 집안일은 이 어미가 맡아줄 테니,
	(나가며) 오늘부터 안방은 내가 쓰마.

대꾸도 못 하고, 내가 왜 이러지, 숨을 몰아쉬는 미령을
걱정으로 보는 막심에서...

─── **S#10 옥사 (N)**

캄캄하고 음침한 옥사 안. 지저분한 깔개 위에 앉은 태영.
칸칸마다 음식이나 사식을 넣어 주는 옥졸, 태영을 지나친다.
입이 바짝 마르고 목이 타는 태영. 포기하고 옆으로 눕는다.

태영	(다가오는 쥐들을 보며)
	내가, 니들 무서워할 줄 알아? 나 구덕이야.

저리 가라는 듯 손을 휘젓다가, 눈을 감는 태영에서...
경과〉 다음 날 (D)
잔뜩 웅크리고 잠들었던 태영, 이상한 느낌에 눈을 뜬다.
몰려든 쥐들이, 다리에 난 상처를 뜯어 먹고 있다.
태영, 얼른 털어 내면,

살점이 떨어져 나간 부위에 고름이 차 있다.

걱정으로 상처를 보는 태영에서...

─── **S#11 태영 집 마당 (D)**

대청마루에 서서, 밥상을 바닥으로 엎어 버리는 송씨부인.

조아린 식솔들.

송씨부인　조반을 다시 올리거라. 어디, 상한 음식을 내온 것이야!

일동　(그럴 리가 없는데 하면서도 조아리면)

송씨부인　(한 명씩 손짓하며) 넌 당장 이것들을 치우고, 조반을 다시 올려라.

너는 대청마루를 치우고 격자 하나하나 광을 내도록 해.

(막심에게) 너는 부엌 찬기들을 모두 꺼내 씻고,

집안의 모든 이부자리를 빨아 말리거라.

막심　(가만히) 예...

식솔 하나　그, 그걸 다유?

송씨부인　새 식구가 왔으니 응당 그래야지.

찝찝해서 쓸 수가 없지 않느냐.

일동　(한숨인데)

송씨부인　(가려다가) 아, 뒷마당의 저 풀들도 다 뽑거라!

막심　노, 노회를 뽑으라구유? 그, 그것만은 /

송씨부인　아니면 네년 눈알을 뽑아 버릴까?

끝동　(막아서며) 암유, 해야쥬. 지가 뽑아 버렸습니다유.

송씨부인　앞으로 내 명을 어기면, 얼굴에 모두 낙인을 찍을 것이다!

다들, 두려움으로 보는 데서...

S#12 태영 집 신방 안 (D)

퍼뜩, 눈을 뜨는 미령. 안색이 좋지 않다.
일어나지도 못하는데, 밥상을 들고 들어오는 막심.

막심   사람 보내 놨으니께 곧 의원이 올 거구먼유.
죽 쒀 왔으니께, 한 술 뜨셔유. (일으키며) 한 술이라도 뜨셔야 /

하는데 밥상을 보고 우욱, 하는 미령. 놀라 보는 막심.
미령도 놀라, 손가락을 꼽아 보더니, 막심을 본다.

막심   (당황해 본다) 서, 설마... 작은 마님, 설마... 회임 /
미령   (입을 막는다) 쉿. (고개 흔들며) 절대...

막심, 밖을 한 번 보고, 끄덕이는 데서...

S#13 태영 방 안 (D)

마음에 드는 듯, 태영의 방을 한 번 둘러보는 송씨부인.
태영의 쓰개치마를 이것저것 걸쳐 보다가, 패물함에 눈이 간다.
열어 뒤지다가, 화려한 가락지를 골라 작은 주머니에 담는 데서...

S#14 차춘식 집 홍씨부인 방 안 (D)

송씨부인, 화려한 가락지를 홍씨부인에게 건네면, 휘둥그레~

홍씨부인	어머나, 빛깔도 고와라~ 근데, 이걸 왜 제게 주십니까?
송씨부인	그간 제게 힘을 보태 주신 것에 대한 감사 표시입니다.
홍씨부인	(얼른 끼고) 아무튼, 축하드립니다.
	열녀문은 못 받았지만, 부인은 뜻을 이뤘네요~
송씨부인	열녀문은 받게 될 테니 기다리세요.
홍씨부인	어머, 또, 무슨 수가 있는 겁니까?
송씨부인	여인의 몸으로 옥고를 버티는 게 어디 쉬운 일입니까.
	숨이 끊어지면, 그럴싸한 이유를 대고 열녀문을 받으면 되지요.
홍씨부인	(호기심 어린 눈빛으로) 혹시요~ 저 말고, 현감도 부추기신 것입니까?
송씨부인	적당히 아시는 게 좋아요. 너무 많이 알면, 위험해지십니다.
홍씨부인	헌데, 자모회에서 탄원서를 쓴다던데요~ 괜찮을까요?
송씨부인	그전에 옥태영이 먼저, 죽지 않겠습니까~

───── **S#15 관아 입구 (N)**

문졸들, 관아 정문 앞을 지키고 서 있는데, 다가오는 막심과 끝동.
또 왔냐는 듯 난처한 문졸들에게 막심, 보자기에 싼 찬합을 쥐여 준다.

문졸	외지부 마님은 사식 안 된다니까.
막심	아유, 사식 아녜유. 나리들 드시라구 가져온 거구먼유.
문졸	글쎄 아무리 이래도 면회 못 시켜 줘. 이만 가거라.
끝동	면회랑 사식만 안 되는 거믄,
	(쪽지를 내밀며) 이거는 전해 주실 수 있쥬?
막심	(간절한) 부탁드려유 예?

난처한 듯 마주 보는 문졸들에서...

S#16 옥사 (N)

기력 없이 벽에 기대앉아, 식은땀을 흘리고 있는 태영.
걱정으로 치마를 들춰 다리를 보면, 염증으로 곪아 부어오른 다리.
태영, 손으로 목과 이마에 흐르는 땀을 닦고 벽에 기댄다.
의식이 혼미해지는 태영의 눈동자에, 불길이 치솟는다.
／ 활활 불타오르던 외지부 집무실. 울부짖던 자신의 모습이
보이는데,
／ 천장과 기둥, 무너지는 굉음이 들리며, 시뻘건 불길로 바뀐다.
그리고, 불길 속에 보이는, '진짜 태영'...
환영 속의 진짜 태영을, 아씨... 불러 보는 태영.
떠오르는, **플래시컷** 〉 1부 S#68 주막 뒤편 (N)

구덕 아씨... 아씨...

진짜태영 너는 꼭 살아... 꼭 살아서, 너의 꿈을 이루렴...

현재 〉 눈을 감은 채,

태영 예... 살아서 꼭, 꿈을 이루겠습니다...

눈을 뜨는 태영, 정신이 돌아온다.
힘없던 눈빛에, 기운이 차오른다.
문득 손끝에 만져지는 쪽지 하나.
태영, 뭔가 싶어 펼쳐 보면,

막심E 백도령 모친이 집에 들어왔어유.

태영, 잠시 생각하다, 심호흡을 한다. 지나는 옥졸에게,

9부

태영	현감을 모셔 오시게.

경과 〉 힘겹다는 듯, 조아린 태영을, 비웃고 선 오달성.

태영	서방님의 시신을 수습해, 삼년상을 치르고 수절하지요.
오달성	곡기 며칠 끊으니, 사태 파악이 좀 되십니까?
태영	(힘겨운 척) 그러합니다. 내보내 주시겠습니까?
오달성	나가시면, 여기서 있었던 일은 함구하셔야겠지요?
태영	여부가 있겠습니까. 과부는, 아무리 억울한 일에도 입을 열어선 안 되는 것이지요.
오달성	(만족스러운 듯 보다가 옥졸에게) 열어 드리거라.

조아렸던 태영의 표정, 싸늘하게 굳어지는 데서...

──── **S#17 관아 앞 (D)**

태영의 독기가 가득한 얼굴.
상복(참최)을 입은 채, 절뚝이며 걸어오고 있다.
태영의 뒤, 빈 관을 든 식솔들과 미령,
상복을 입고 따르며 곡을 하는데...
잔뜩 몰려서 구경 중인 사람들 틈에
참담한 김씨부인과, 만족스러운 송씨부인.
관아 앞으로 나와 선 오달성, 태영 일행을 맞이한다.

오달성	어서, 지아비의 시신을 수습해 장례를 치르시오.
김씨부인	(어이없는) 대체, 저자가 어찌 저리 도를 넘는 것인지.

태영, 오달성을 보고, 가마니에 덮인 시신 앞으로 가서 서면,

식솔들, 관아 앞에 놓인 시신 옆으로 가, 관을 내려놓는다.

끝동이 가마니를 열자, 부패한 시신이 드러나는데,

사람들 시선을 돌리고...

식솔들 몇, 함께 시신에 수의를 입히고, 염포로 잘 묶어서,

관에 옮겨 넣는 동안,

오달성   이제야 인륜을 저버렸던 부덕함이 덮어지겠소이다.

차춘식   진작 저랬어야 하거늘.

양반   헌데 어찌 서방이 죽었는데 눈물 한 방울을 안 흘리는지 쯔쯔쯔.

태영, 이를 악물고, 관을 향해 한 번 절하면, 식솔들 함께 절한다.

태영, 일어서는데, 분함으로 눈물이 절로 차오른다.

참아 내고 다시 손을 올리지만, 절하지 못하는데,

이씨부인   절 한 번 더 하면, 이제 드디어 과부 확정이네요~

홍씨부인   받아들일 줄 몰랐는데, 천하의 옥태영도, 죽는 건 무서웠나 봅니다~

오달성   앞으로 과부 옥씨는! 삼년상을 치르고, 사당에만 기거해야 할 것이오.

바깥출입 또한, 금할 것이며, 더 이상 청수현에 외지부는 없을 것이다!

식솔들, 분함으로 눈물이 터지고,

태영, 팔을 올린 채, 절하지 않고 버티는데...

오달성   어서 절하지 않고 무엇 하는 것이오!

강제로 꿀려야 말을 듣겠소이까! 여봐라!

태영, 어쩔 수 없다는 듯, 절하려는 순간,

윤겸E 대체, 누구에게 절을 하고 있는 것입니까!

태영, 멈추고, 소리 나는 곳을 본다.
웅성웅성하는 사람들. 소리 나는 쪽을 보며, 양쪽으로 갈라지면,
중앙으로 걸어 나오는 윤겸이다.
태영, 믿어지지 않는 눈으로 윤겸을 본다.

막심 (알아보고) 워매! 워매 서방님 큰 서방님!
도끼 (튀어나와서) 막심아! 나 약속 지켰다.

식솔들 좋아서 달려 나온다. 큰 서방님! 펄쩍거리고 난리다.
당황해 보는 양반들과 오달성, 송씨부인은 놀라 뒷걸음까지 치는데...

차춘식 아니, 이, 저리 멀쩡히 살아 있었네.
홍씨부인 가, 가만. 이게 지금 어떻게 되는 거예요?

안도하는 미령의 곁으로 다가오는 도겸.
미령, 목례하면 끌어안는 도겸.
그런 둘을 보는 송씨부인. 모두를 노려보다 들어가 버리는 오달성.
태영, 여전히 믿어지지 않는다는 듯 윤겸을 보는데,

윤겸 내가, 왔습니다... 부인.

소리에, 버텼던 힘이 빠져 주저앉으려는 태영을, 안아 드는 윤겸.
태영을 안아 들고, 도끼의 안내로, 사람들 사이로 앞서가면,
따르는 식솔들에서...

S#18 태영 집 사당 (D)

작은 사당 안, 하얀 도포로 갈아입는 윤겸과 도겸.
윤겸, 규진의 주독 앞에서 향을 피운다.

도겸   아버지... 형님이 오셨습니다.

절하는 윤겸을 보는,
사당 밖 / 태영과 미령.
태영, 생각보다 덤덤히 다시 절하는 윤겸을 보는 데서...

S#19 태영 집 윤겸 방 안 (N)

제 방을 둘러보는 윤겸. 함께 들어와 선 도겸과 태영.

도겸   뭐 떠오르는 것이 있으십니까?
윤겸   (본다) 아니, 아무것도... 기억나지 않는구나.
        (태영에게) ... 미안합니다 부인.
태영   기억나는 처음이, 어디서부터입니까?
윤겸   두어 달 전이지요. 눈을 떠 보니,
        청나라 바닷가에 누워 있었습니다.
        장사치들이 타는 배가 난파해 떠밀려 온 듯했지요.
태영   ... 제가 봤던 배가, 청으로 가는 배였나 봅니다.
윤겸   호패도 없고, 저를 아는 이도 없고,
        청에는 왜 갔던 건지조차 알 수가 없고,
        조선말을 하니, 조선으로 가야겠다 싶어,
        뱃삯을 벌려고 막일을 하던 중에,

도겸	제가 형님을 찾아낸 것이지요.
태영	(둘을, 긴가민가한 시선으로 보다가) 그러셨군요.
윤겸	부인께서, 제게 화가 많이 나신 듯합니다. 이리도 차가우신 것을 보니...
도겸	제가 오는 길에 말씀 드리지 않았습니까. 형님. (미소로) 기억나지 않으시는 게 다행이시라구요.
윤겸	하긴, 7년을 떠나 있었다니, 나도 믿어지지가 않는구나.
도겸	형수님, 형님께서 이리 오셨으니, 노여움을 푸세요.
태영	기억을 잃지 않았다면 돌아오시지 않을 분입니다. 기억이 돌아오시면, 다시 떠나실 게 분명하구요.
윤겸	다신 그런 일은 없을 것입니다. 내 약조하리다.

다정하게 말하는 윤겸을 보다가, 손을 잡는 태영.
태영, 윤겸의 손바닥을 뒤집어, 쓸어 본다. 떠오르는,
플래시컷〉 5부 S#51 운봉산 일각 바위 밑 (N)

승휘	(태영의 이마에 손을 대고) 이마가 불덩이 같구나.
태영	무슨 사내 손이 이리 부드럽습니까.

현재〉

태영	그동안, 무예를 게을리하진 않으셨나 봅니다. 굳은살이 여전한 걸 보니.
윤겸	제가, 무예가 뛰어납니까?
도겸	그럼요. 저랑 꼭 겨뤄 보셔야 합니다. 형님.
윤겸	글쎄... (살짝 난처한) 기억이 날는지 모르겠구나.
태영	(보다가) 피곤하실 텐데 이만 주무세요.

나가는 태영을 따라 나가며, 윤겸에게 목례하는 도겸.

————— **S#20 태영 집 도겸 방 안 (N)**

들어오는 태영. 뒤로 들어오는 도겸의 손을 당겨,
이곳저곳을 살피더니, 목 뒤랑 얼굴도 이리저리 본다.

도겸   아이~ 왜 이러십니까 형수님.

태영   다친 것입니까? 흉이 왜 이리 생긴 것이에요.

도겸   다 큰 사내가 이 정도 다치는 게 무슨 문제가 되겠습니까.

태영   대체 어디까지 가서 어찌 모셔 온 것입니까.

도겸   형님 이제 어디 안 가시니, 그 얘기는 차차 하시고,

       날이 밝는 대로 현감 저자를 우선 발고할 것입니다.

       저도 없는데 감히 가짜 형님의 장례를 치르게 하다니,

       절대로 가만두지 않을 것입니다.

태영   갖은 수모를 당하면서도 그자에게 굴복한 이유는 따로 있습니다.

도겸   (보는) 계획이, 있으신 것이옵니까?

태영   (끄덕이고) 잔치를 열어 주세요.

       향원들과 현감도 초청해 주시구요.

도겸   (알겠다는) ...

태영   안 계신 동안, 장모님이 오신 것은 들으셨지요?

도겸   식솔들에게 듣기만 했습니다. 지금 가서 뵈어야지요.

태영   잠시 쉬고 계세요. 제가 오시라 하겠습니다.

9부

—— S#21 태영 집 행랑 (N)

막심   (탕약 달이며) 큰 서방님이, 기억 소실이라고?

도끼   이. 배 사고 땜시, 머리에 심한 충격을 받으셨디야~

막심   아이구 시상에, 그래서 집도 못 찾아오신 거였네 아이구~

        허면, 머리에 한 번 더 심한 충격을 받으시믄, 기억이 돌아오실라나?

        아니지, 감히 서방님 머리를 후려칠 수도 없고,

        확! 놀래키면 기억이 돌아오실라나?

도끼   그래 보든가.

막심   끝이여?

도끼   뭐가?

막심   일반적으루다가 내가 이리 말하믄,

        니는 두 배 세 배 더 너줄 너줄 떠들다가,

        한 대 처맞을 소리로 끝나는기 정상인디. 왜 변한 겨?

도끼   변하긴 뭘 변햐, 먼 길 댕겨오느라 힘들어 그러자녀~

막심   (와락 끌어안고) 그려그려, 수고혔어. 고생 많았어. 이?

도끼   (어색한 듯 밀어내며) 아이참, 왜 이려~ 남사시럽게.

        (하다가 기억난) 헌디, 저 쳐 죽일 백도광이 모친이 대체 왜 여깄는 겨?

막심   말하자면 길어~

—— S#22 태영 방 안 (N)

태영이 탕약을 마시는 동안,

치료해 놓은 태영의 다리를, 걱정으로 싸매고 있는 미령.

태영, 약그릇을 내려놓으면, 편강을 먹이는 미령.

그런 미령을 보는 송씨부인.

아무렇게나 풀어 놓았던 제 짐을 다시 보따리에 싸는데...

태영, 들쑤셔진 제 옷들과 반쯤 열린 패물함을 둘러보다가,

태영	내가 살아 돌아와 아쉬우시겠습니다. 게다가 남편까지 왔으니, 과부로 몰아가긴 텄는데, 혹시, 또 다른 계획이 더 있으신 것입니까?
송씨부인	그런 말 마시게. 사돈... 난 정말, 보쌈꾼을 산 게 전부일세...
미령	(환멸로 보는) ...
태영	(보다가) 내가 없는 동안, 안방을 쓰고, 내 물건을 훔치고, 식솔들을 함부로 부리고, 내 장례까지 준비를 하셨더라구요?
송씨부인	이 큰 집에 어른이라곤 미령이 혼자라, 도우려 한 것이네. 자네가 그러지 않았는가, 남은 삶을 미령이를 위해 살아 달라고. 나, 난 그 말을, 자네 말을 따르려고 온 것뿐이야.
미령	어찌 그리...
태영	오늘은 늦었으니, 내일 잔치가 끝나면, 의창현으로 돌아가세요.
송씨부인	(버티려는) 쓸 만한 세간 하나 없이 초라한 곳에 사돈이 살면, 자네에게 흠이 되지 않겠는가. 허니 여기 /
태영	곧, 지내실 만한 곳을 마련해 드리지요.
미령	그러지 마십시오. 형님. 당장 서방님께 모두 말씀 드리고 함께 나가겠습니다.
송씨부인	어리석긴. 그랬다간 네 서방이 얼마나 상처를 받겠느냐.
태영	그래 동서. 말하지 않는 게 좋겠네.
미령	(무슨 생각인가 태영을 보는)
태영	(미령에게 끄덕하고, 송씨부인에게) 우리 악연은, 사위에게 잘 설명하세요. 원수니, 복수니, 보쌈이니 들먹이는 것은, 무덤을 파시는 일이 될 겁니다.
송씨부인	알겠네. 잘 말할 터이니, 그 일을 아는 사람들 입단속이나 해 주시게.
태영	오늘 밤은, 사위 방에서 지내시면 됩니다. 곳곳을 뒤지셨을 테니, 방은 아시겠지요?

송씨부인, 얼른 일어나 알겠다는 듯, 보따리를 들고 나간다.

S#23 태영 집 복도 (N)

나오는 송씨부인의 분한 얼굴.
분노를 참지 못해 손이 부들부들 떨려온다.
심호흡을 하고 걸어가는 데서...

S#24 태영 방 안 (N)

미령   (작게) 어찌 당장 어머니의 죄를 밝히지 않는 것입니까.

태영   자네 어머니인데 정말 그래도 괜찮겠나.

미령   ... 죄를 지으셨으니, 응당 벌을 받아야지요.

태영   (보다가 끄덕인다) 알겠네.

미령   무슨... 계획이라도 있으신 것입니까.

태영   (보다가) 자네 어머니와 현감, 단둘이 만든 일이 아니네.

        현감이 내게 한 짓으로 보아, 뒷배가 있는 듯해.

미령   (그렇겠다 싶은, 끄덕이는) ...

태영   지금, 자네 어머니와 현감을 잡아들이면,

        단순히 복수를 위한 사건으로 묻히고 말 것이네.

미령   그렇다 해도, 서방님을 속이고 계속 있을 수는 없습니다.

태영   동서 /

하는데 문을 열고 들어오는 도겸을 긴장으로 보는 태영과, 미령.

태영   벌써 장모님을 만나 뵌 것입니까.

도겸	(앉으며) 예.
태영	뭐라시던가요?
도겸	외지부를 하다 보면, 적이 생길 수도 있는 법이라며,
	옛일은 다 잊고 잘 지내자 하셨습니다.
미령	(어이없는)
도겸	형수님께서 험한 일을 당하신 동안,
	부인을 도와 집을 돌보셨다 하기에 어찌나 감사하던지요.
미령	(못 참고) 서방님. 드릴 말씀이 있습니다.
태영	내가 말할게 동서.
미령	(보면)
도겸	무슨...
태영	동서가 회임을 했습니다.
도겸	예? (반가운) 부인...
미령	(놀라 태영을 본다)
태영	(미령을 보며) 참으로 귀한, 성씨 가문의 소중한 핏줄이 아닙니까.
미령	... 형님...
태영	몸이 안정될 때까진, 작은 서방님만 아셔야 합니다.
도겸	예. (미령 손을 잡는다) 참으로 미안합니다.
	이런 중에 집을 비웠다니요.

걱정으로 보는 미령을, 괜찮다는 듯 보는 태영에서...

——— **S#25 태영 집 도겸 방 안 (N)**

생각하듯 왔다 갔다 하는 송씨부인.

분을 견디지 못하고, 보따리로 간다.

보따리를 열어 작은 함을 꺼내, 뚜껑을 열면, 환약이 한 알 들어 있다.

가만히 보다가 결심한 듯, 환을 입에 넣으려다가, 멈춘다.

이대로 죽을 수 없다는 듯, 천천히 밖을 보는 데서...

───── **S#26 태영 집 윤겸 방 (N)**

지나가던 태영, 열린 문틈으로,

촛불을 켜둔 채, 앉아 있는 윤겸을 본다.

태영	(들어오는) 피곤하실 텐데, 어찌 주무시지 않고 계셨습니까.
윤겸	(편지 묶음을 보이며) 부인의 지난 7년을 읽었습니다.
태영	... 그걸 찾아내셨습니까.
윤겸	아버지의 삼년상을 치르고, 도겸이를 장원 급제시키고, 혼례까지...
	그 많은 집안의 대소사를 홀로 감내했을 부인의 7년을 생각하니,
	미안하다는 말은 참으로, 부족하고 또 부족한 듯합니다.
태영	이리 오셨으니 되었습니다.
윤겸	헌데, 시신이 내가 아닌 걸 알았다면서,
	무슨 마음으로 장례까지 치르려 한 것입니까.
태영	그래야 살아 나올 수 있었으니까요.
윤겸	...
태영	제가 살아야, 부당하게 죽임을 당하는 과부들을 구하지 않겠습니까.
	누구에게도 보호받지 못하고, 죽음을 종용당하는 과부들이,
	더는 열녀문이란 이름으로 희생되지 않도록 막을 것입니다.
윤겸	(그윽하게 바라보다가 미소) ... 참으로, 강한 분입니다.
태영	(그렇게 바라보는 윤겸을 의아하게 보다가)
	잠들기 힘드시면, 술이라도 한잔하시겠습니까.
윤겸	아, 제가 술을 즐겼습니까.
태영	예. 취하진 않으셨지만요.

플래시컷〉 7부 S#30 예인단 숙소 태영 방 안 (N)

털썩 앉는 승휘, 취기가 올라 붉게 상기된 얼굴이다.

태영   (본다) 술을 드셨습니까?

승휘   딱 두 잔 마셨다.

현재〉

태영   허면, 즐기시던 술을 가져오라 이르겠습니다.

윤겸   (살짝 당황하는) 아, 아닙니다. 내일 잔치가 있다는데,
            손님을 맞으려면 오늘은 이만 쉬는 게 좋겠습니다.

태영   (보는 데서) …

—————   **S#27 태영 집 마당 (N)**

태영   (앞에 선 끝동에게 작게) 한양에 좀, 다녀와야 되겠다.

끝동   (당황) 하, 한양에유? 잔치 준비 안 허구요?

태영   급히 확인할 일이 있어.

—————   **S#28 태영 집 복도 (N)**

작은 함을 들고 방 밖으로 나오는 송씨부인.
아무도 없나 두리번거리다, 어디론가 가려는데,
기둥 뒤에서 나오는 막심. 놀라는 송씨부인.

송씨부인   (함을 숨겨 쥐고) 기척도 없이 왜 숨어 있는 것이야!

막심	요강 넣어 드렸으니 뒷간 가실 일도 없고,
	밤참이랑 자리끼도 넣어 드려서 필요하신 것도 없으실 텐디.
	밤말 엿듣거나, 수상한 짓 할 생각 아니시믄, 기냥 안에 계세유.
송씨부인	내일이면 나갈 것이니, 이리 감시할 필요 없다.
막심	감시라니유. 지켜 드리는 것인디~
	밤바람이 차서 고뿔 걸리시믄 큰일잉께, 얼른 드가셔요~

문을 쾅. 닫고 들어가는 송씨부인을 보는 막심에서...

──── **S#29 태영 집 주방 (D)**

활기찬 주방, 신나게 잔치 음식 준비를 하고 있는 식솔들.

식솔	같은 일을 혀도 이리 즐거울 수가 있는 겨?
식솔2	글게 말이여~ 지옥이랑 천당을 왔다 갔다 하는구먼.
식솔	잔치만 끝나믄 나가신다니 살 것 같구먼~

──── **S#30 태영 집 마당 (D)**

마당에 넓게 마주 보고 일렬로 줄지어진 손님맞이용 방석과 소반들.
태영의 지시에 맞춰 준비하고 있는 식솔들 모두 흥겹다.
어디선가 들리는 헛! 기합 소리에 보는 태영에서...

—— **S#31 태영 집 뒤뜰 (D)**

태영, 살짝 절룩이며 걸어 와 보면,

윤겸과 도겸, 목검으로 겨루기 중이다.

도겸이 호기롭게 초반 기선 제압을 하고,

윤겸, 자유자재로 검을 휘두른다.

유심히 보는 태영. 떠오르는,

플래시컷〉5부 S#33 운봉산 작은 암자 일각 (D)

짚더미를 든 태영. 해 보라는 듯 보면,

승휘, 퍽! 내리치지만 잘려 나가지 않는다.

현재〉절도 있게 목검술을 하는 윤겸을 보는 태영.

둘, 대련을 마치고, 서로 인사하다 태영을 본다.

윤겸   (환한 미소로) 부인.

도겸   형수님, 형님 무예는, 여전히 뛰어나십니다.

태영   그러게요. 기억을 잃으셨다는 말씀이 무색하십니다.

윤겸   워낙 수련을 많이 해서, 몸이 기억하나 봅니다.

태영   이제 손님 맞을 준비들 하셔야지요.

—— **S#32 태영 집 마당 (D)**

반듯하게 차려입고 선 도겸과 윤겸. 들어오는 손님들을 반갑게
맞이하고 있다.

항원들 태세를 전환해 반가운 듯 윤겸의 등을 치고, 손을 잡고,

대체 어디 있었던 게야, 돌아왔으니 되었네. 아버님도 반가울 것이야.

등등.

태영과 미령도 부인들을 맞이하고 있다.

자모회 부인들도 좋으시겠어요. 얼마나 다행입니까~ 정도로
들어온다.

태영, 새침 떨며 인사하는 홍씨부인의 손에, 화려한 가락지를 본다.

태영   (도겸에게 다가가) 사부인을 모셔 오세요.
        잔치인데 온 가족이 즐겨야지 않겠습니까.

경과〉

앉은 부인들, 송씨부인을 안내해 자리로 오는 도겸을 본다.
홍씨부인, 송씨부인을 피해 김씨부인 옆으로 찰싹 붙으면,
도겸, 송씨부인을 이씨부인 곁으로 앉히고,

도겸   제 장모님이십니다. 전에 이곳에 사셨다 하니,
        안면들은 있으시겠지요. 잘 부탁드립니다.

홍씨부인   (작게) 사위는 아무것도 모르는 모양입니다.

송씨부인   이리 다시 부인들을 뵙다니, 참으로 기쁘네요.
        아시다시피, 집안끼리 악연이 있었습니다만, 어쩌겠습니까.
        (멀찍이, 다정한 도겸과 미령을 보며)
        하늘이 저리 둘을 이어 놓았으니, 받아들여야지요~

김씨부인   그래요. 부디 묵은 감정 내려놓고 사시길 진심으로 바라지요.

송씨부인   예~ 사위를 아들이라 생각하고 살려 합니다.
        근처에 좋은 거처를 내 준다 하니, 놀러들 오세요.
        (하다가, 홍씨에게) 가락지가 참으로 화려하고 곱습니다~

홍씨부인   (가락지 얼른 빼서 품에 넣으며) 내가 미쳤지. 이걸 왜 끼고 와서는.
        (김씨부인에게 작게) 근데 무슨 생각으로 저 양반을 집에 둔 걸까요?
        무슨 험한 짓을 꾸밀지 모르는데요.

김씨부인   왜요, 내게 듣고 저리 또 전하시게요?

홍씨부인   (할 말 없는) …

이씨부인	어머, 현감입니다~ 어떻게 이 자리에 올 수가 있대요?

하는 소리에 보면,
머쓱하게 들어오는 오달성. 맞이해 함께 오는 차춘식.
둘, 태영을 향해 다가온다. 도겸, 태영에게 가려고 하면 붙드는 미령.
사람들, 뭐라나 들으려는지 조용해지고, 관망하듯 보는 윤겸.

차춘식	(오달성을 쿡 찌른다) 어서 부인께 사과를 하세요.
	(귀에 대고) 무릎이라도 꿇어야 할게요.
오달성	(예를 다해) 참으로, 결례를 범했소이다. 부인.
	저는 정말 그 시신이 부인의 부군이라 생각했지 뭡니까.
	관아 앞에 이름이 떡하니 새겨진 손수건과 함께 있었으니,
	어느 누가 그리 생각하지 않을 수 있었겠습니까~
차춘식	아무리 그렇다 한들, 부인을 옥에 가둔 것은, 경을 칠 일이 아니오~
오달성	(얼굴로 욕하는)
태영	아닙니다 좌수 나리. 그럴 수도 있는 일이지요.
일동	(의외라는 듯 본다)
차춘식	참으로 바다와 같은 아량이시오. 허허허허.
오달성	그, 그러게나 말입니다. 몸은 좀 어떠십니까.
태영	보시다시피, 절뚝이 신세가 되었지 뭡니까.
일동	(당황)
태영	(차게 보다가) 농입니다. 농.

태영이 먼저 호호 웃으면, 사람들 모두 따라 웃는다.

태영	이리 기쁜 날, 지난 일들을 들먹여 무엇하겠습니까.
	다 잊고 잘 지내자는 뜻으로 모셨으니, 그저 즐기시지요.
홍씨부인	오랜만에 서방 왔다고, 입이 찢어지네요~

이씨부인	그러게나 말입니다~ 역시 여인은, 사내가 있어야 하나 봅니다.
	오뉴월 서리라도 내릴 줄 알았더니, 저리 헤실거리는 걸 보세요.

그 말에 안도하는 듯한 송씨부인을 힐끗 보는 김씨부인.

오달성	(태영에게 슬쩍) 아 헌데 그 시신은 어쩌셨습니까.
태영	아, 그 시신. 누군지 몰라도, 참으로 안타깝지 뭡니까.
	하여, 양지바른 곳에 잘 묻어 드렸습니다. 그래도 되지요?
오달성	아, 예~ 잘하셨습니다.

안심한 듯, 신나게 술을 들이켜는 오달성을, 차게 보는 태영 위로,

—— **S#33 태영 집 일각 (전날 밤, N) [플래시컷]**

시신이 담긴 관을 수레에 싣는 군관들.

태영	시신을 복검해 주세요. 열녀문 사건과 관련한 살인 사건입니다.
	보쌈꾼을 잡아들였다 하여 결코 수사를 중지하셔선 아니 됩니다.
이참군	어사 영감께서도 보쌈꾼들은 꼬리에 지나지 않는다 하셨습니다.
태영	(안도하는)
이참군	상부의 중지 명이 있어, 은밀히 하시려는 것이니 염려 놓으세요.
태영	일이 틀어졌으니, 반드시 공범을 만나지 않겠습니까.
	현감이 방심하도록 유도할 터이니, 뒤를 밟아 주세요.

S#34 태영 집 마당 (현재, D)

사람들과 건배를 하고 술을 마시는 오달성. 힐끗 태영을 본다.
다 잊은 듯, 윤겸 곁에서 꽃처럼 웃는 태영을 안도한 듯, 보다가.
슬쩍 송씨부인을 보고 눈짓을 하고는 자리에서 일어선다.

일각 / 조심스레 다가오는 송씨부인을 확 당기는 오달성.

오달성	(이를 악물고 작게) 성윤겸이 살아 돌아올 일은 절대 없다면서!
송씨부인	그러니까 옥태영을 옥에 가뒀을 때 죽였어야지요! 나도 낭패가 아닙니까!
오달성	됐고, 부인 말만 믿고 일을 꾸몄다 이리됐는데, 어찌 책임질 것이오!
송씨부인	뭘 책임진란 말이오? 현감이야 조용히 넘어가면 될 일이지요.
오달성	(목을 콱 쥐고) 열녀문 주면 상납한다는 수결을 했는데! 열녀문을 못 받으면 난 두 배로 손해잖아!

모퉁이 / 듣고 서 있는 태영.
일각 /

송씨부인	(겨우) 그건 거기 가서 해결하셔야지요. (숨이 막혀) 놔, 죽일 셈이오!

콱, 놓으면, 캑캑이는 송씨부인.
오달성, 모퉁이를 돌아 나오면, 이미 태영은 없다.
경과〉마당 / 술자리가 무르익은 가운데,

차춘식	(윤겸에게) 자네, 한마디 해야 하지 않겠는가.
향원	(거들 듯) 그래, 자네 위한 잔치인데 한마디해야지~

도겸, 걱정으로 윤겸을 보면, 윤겸, 괜찮다는 듯 끄덕인다.

윤겸, 자리에서 일어나면, 차춘식 쉬~ 하고, 사람들 윤겸을 본다.

음식을 나르던 태영, 걱정으로 윤겸을 보는데...

윤겸   부득이한 사고로 기억이 소실된 터라,

        한 분 한 분 기억하지 못해 송구합니다.

        다들 제 이웃이자, 동무이셨을 터인데,

        저는 기억하시는 모습 그대로인지요.

일동   (다들 끄덕이면)

윤겸   본의 아니게 부부 된 도리를 지키지 못하였고,

        아버지의 장례도 치르지 못한 불효자가 되었으니,

        참으로 부끄럽습니다.

향원   기억을 잃은 것을 어찌하겠나.

차춘식   이제라도 어서 후사를 보아 아버지께 효도하면 될 일일세.

일동   (웃으며 암 그래야지)

윤겸   (웃는 향원들을 보다가) 지난 7년 동안,

        제 아내는 제 빈자리를 채워 가문의 총부로 최선을 다했고,

        외지부로서도 청수현을 위해 지대한 노고를 하였더군요.

        허나 정작 제 아내가 억울한 옥살이를 하고,

        애먼 시신으로 제 장례까지 치를 뻔했을 때는

        모두가 외면하셨다니, 참으로, 통탄을 금할 길이 없습니다.

        오달성, 침을 꿀꺽, 차춘식 기침하고, 부인들도 민망한 듯 보는데...

        식솔들, 속이 시원하다는 듯 윤겸을 본다. 태영 옆으로 와 서는 막심.

막심   세상에, 워찌 말씀이 청산유수래유.

윤겸   이제 성가의 장남인, 이 성윤겸이 돌아왔으니,

        그간 우리 일가에게 흉포한 짓을 저질렀던 자들의 죄를

하나하나 따지고 낱낱이 고해 엄히 벌하고 싶습니다,

일동   (난처해 어쩔 줄 모르겠는)

윤겸   만! 너그러이 용서한 아내의 뜻을 헤아려,

이 분개함은 깨끗이 지우도록 하겠으니,

잔치를 새 시작으로, 잘 지내 보시지요.

일동, 차분하면, 차춘식부터, 그래야지 암. 그럽시다~

하면 향원들도 그럽시다. 그런 의미에서 손뼉을 치는 사람들...

윤겸, 자리에 앉으면 냉큼 받게! 술을 권하는 차춘식.

태영, 잘도 받아 마시는 윤겸을 빤히 보는데,

막심   시상에 월매나 든든한가 모르겠네.

그간 뭔 일을 하셨길래 목소리가 저리 우렁차지신 것인지.

귀한 예인 공연 보는 것 같네유. 그쥬~

태영   그렇지? 막심이 눈에도, 그리 보이는 것이지?

막심   예?

태영, 윤겸을 보는데,

윤겸, 사람들 속에서 태영을 찾아내 눈을 마주친다.

술잔을 들고 나 잘했지 하듯 미소 짓는 윤겸을 바라보다가,

태영   (막심에게) 합방을 좀 준비해 줄래?

막심   (좋아서 입을 막고 끄덕이는) 예!

S#35 태영 방 안 (N)

단장을 하고 있는 태영. 옆에서 이부자리를 챙기랴,

옆으로 술상을 챙기랴, 콧노래 부르랴 바쁜 막심.

태영   왜 그렇게 신이 났어~

막심   그러게유~ 내가 합방하는 것도 아닌디, 왜 이리 신이 난데유?

        나이도 있는디 늦기 전에 회임하시면 더 바랄 게 없겠네~ 호호

        작은 마님이랑 사이좋게 같이 낳고 기르믄 두 배로 좋겠네유.

태영   동서 좀 잘 챙겨 줘. 회임 초기라 잘 살펴 줘야 해.

막심   아이구~ 예~

태영   사돈은 잘 가셨나?

막심   예~ 작은 서방님이 모셔다 드렸어유.

        앓던 이도 쏙 빠지고, 큰 서방님도 오셨으니, 나 이제 원 없어유~

태영   (긴장으로 옅은 한숨)

막심   왜유, 오랜만이라 긴장되세유?

태영   어? 어. 뭐 아무래도.

막심   하긴 7년 만인디, 그러실 만도 허지. 아이고, 춘화집이라도 준비할 것을.

        가만있어 봐. 지가 좀 알려 드릴게유.

태영   뭘 알려 줘~ 됐어.

막심   있어 봐유.

막심, 한쪽으로 치워진 좌탁에서 종이 한 장과 붓을 들고 온다.

막심   잘 봐유. 이 종이는 서방님의 몸뚱이고,

        이 붓은 마님의 입술이여. 이?

태영   이?

막심   마님 입술로다가 서방님 몸뚱이에다 막 칠을 하라구유. 이렇게.

        (붓을 입에 물고 종이에 막 그리며) 난도 치고, 글자도 쓰고,

        막 휘젓는 겨~ (아래위로 그어 대며) 위아래 위위 아래.

하다가, 어느새 옆에 서 같이 보고 있는 윤겸 보고 화들짝.
막심, 민망하게 웃으며 나가면, 술상 앞으로 앉는 윤겸.

윤겸   도끼가 가 보라 하여 건너왔습니다.
태영   오늘, (술을 한 잔 따르며) 고생이 많으셨습니다.
윤겸   (마시고 본다) 부인이야말로, 참으로 고단수구나 했습니다.
태영   저도 한 잔 주시지요.
윤겸   (따르며) 헌데, 어찌 부인은 나를 부르지 않는 것입니까.
태영   (보면) 예?
윤겸   한 번도 서방님이라 부르지를 않으시기에.
태영   (한 잔 쭉 들이켜고는) 서방님이 아니시니까요.

윤겸. 무슨 소리냐는 듯 보면,
태영, 잔을 탁, 내려놓더니 술상을 옆으로 치운다.
가만히 보는 윤겸의 손을 잡아 이불 위로 당긴다.
태영, 먼저 누워 당기면, 태영 위로 눕는 윤겸.
태영, 힘으로 방향을 돌려 윤겸 위로 올라탄다.
윤겸, 당황해 숨을 들이쉬며, 부인, 처, 천천히...
태영, 무시하고 재빠르게 윤겸의 옷을 벗기고 보면,
윤겸의 어깨에 선명하게 찍힌, 心 낙인이 보인다.

태영   (의아한) 이게 왜...
윤겸   (몸을 일으키고) 혹시 이 낙인이 뭘 뜻하는지 아십니까?
         내 몸에 있기는 한데, 대체 이것이 무엇인지 몰라서요.
태영   (보다가) 말씀드릴 수 없습니다.

태영, 일어나려 하면, 붙드는 윤겸.

윤겸	내가 서방이 아니란 말은 무슨 뜻입니까?
태영	(보다가) 기억을 잃은 서방님은, 서방님이 아니란 뜻이었습니다.
	기억을 찾으세요. 낙인의 비밀은, 직접 기억해 내셔야 합니다.

일어서는 태영을 보는 윤겸. 옷을 추스르며 복잡한 태영에서...

──── S#36 흑진 상단 안 (얼마 후, D)

지행수	옥태영의 남편이 돌아오다니요. 갑자기?
오달성	(사복 차림의) 나도 돌아올 줄 몰랐네.
지행수	아니이! 어르신께서 열녀문 줄 테니, 없애라셨지 않습니까~
오달성	어찌 관아에서 반가의 여인을 없애란 말인가~
지행수	뒷감당해 주신다는 어르신의 약조를 못 믿으신 것입니까?
오달성	그, 그럴 리가 있는가.
지행수	참, 골치 아프게 되었습니다요. 그년이 가만있을 리가 없는데.
오달성	염려 말게, 서방이 돌아와 완전히 잊은 듯했네.
지행수	헌데 무슨 일로 오신 것입니까요?
오달성	저기, 어르신께 내 수결 문서를 돌려받을 순 없겠는가?
지행수	(어이없는) 지금, 뭐라굽쇼?
오달성	열녀문을 못 받았는데, 상납을 할 순 없지 않겠나?
지행수	나리 때문에 꼬리 밟혀서, 어르신이 수사 막느라 얼마나
	개고생하셨는지는 알고 하시는 말씀이신 게지요?
오달성	(난감한) 나도 살아야지 않겠나.
지행수	살아 계신 걸 다행으로 아셔야지요~
	어르신께서는, 하시는 일에 방해가 되면,
	(목을 손가락으로 그으며) 끽.
오달성	(침을 꿀꺽)

지행수	아시겠습니까? (다시 한번 목을 손가락으로 그으며) 끽.
오달성	아, 알겠네. 이만 돌아갈 테니, 없던 일로 하게...

—— **S#37 흑진 상단 앞 (D)**

인적이 드문 곳의 작은 초가. 조악한 현판 하나 걸린 흑진 상단.
나오는 오달성을 배웅하듯 나오는 지행수. 침을 찍, 뱉는다.
멀리서 보고 있는 이참군에서...

—— **S#38 어사 집무실 (D)**

태영	지행수요? 7년 전 금광 사건 때, 아이들을 매매했던,
	명주 상단의 그 지행수 말씀이십니까?
허종문	(끄덕이고) 그자가, 인력 사무소를 꾸려, 보쌈꾼을 댄 것이 아닐까 하네.
태영	현감이, 열녀문을 조건으로 상납을 약속했다는 수결을 언급했습니다.
	지행수가 이 일의 우두머리는 아니지 않겠습니까?
허종문	조정에 배후가 있을 것으로 보고 있네.
	내게 열녀문 사건을 중지하라는 외압이 들어왔어.
이참군	하여, 지행수를 밟아, 배후를 알아내려 합니다.
태영	(끄덕이는) 예.
허종문	자네, 현감인 오달성에게 고초를 겪었다 들었네.
	처벌할 명분이 여러 가지인데, 정말 두고 보겠는가.
태영	예. 처벌할 날이 분명 있을 것입니다.
	지금의 마음으로 그자를 벌했다간,
	영감의 움직임이 알려질 수 있습니다.
허종문	이리 힘이 되어 주니, 참으로 든든하네.

태영	과찬이십니다. 어사 영감.
허종문	그나저나, 성현감의 장남이 돌아왔다니 다행이네.
이참군	참으로 뵙고 싶습니다만, 저도 기억을 못 하시겠지요?
태영	(미소로) 기억을 찾는 대로, 두 분께 인사 올리겠습니다.

S#39 외지부 집무실 앞 (D)

윤겸과 도겸. 나란히 서서 고민하듯 보고 선 곳,
부서져 너덜거리는 문짝. 바람에 힘없이 삐걱거리고,
불에 타다 만 집기 무더기들이 한쪽에 있는 흉물스러운 외지부
집무실이다.

S#40 외지부 집무실 안 (D)

엉망인 내부를 정리하고 치우고 있는 일꾼들과,
지시하며 함께 일하고 있는 윤겸과 도겸.

윤겸	기름에 젖은 협탁이나 책장은 밖에 널어 바짝 말리도록 하지.
도겸	(일꾼에게) 멀쩡한 서책들을 골라 한쪽으로 보관하게.
	거기 창을 좀 열어 주겠나.

막 들어오는 태영, 윤겸과 도겸, 일꾼들을 본다.

도겸	형수님! 몸도 좋지 않으신데 어딜 다녀오십니까.
태영	어사 영감과 참군 나리를 뵙고 왔습니다.
윤겸	앞으로는 함께 다니시지요.

태영	(본다) 예. 참군 나리께서, 뵙고 싶어 하십니다.
	두 분이 가까운 사이셨거든요.
윤겸	아, 예. 그랬다니 저도 뵙고 싶네요.
태영	(도겸에게) 작은 서방님은 왜 이러고 계십니까.
도겸	예?
태영	여기는 저희가 할 테니, 동서에게 가 보세요.
	회임 중에 섭섭하면, 그 마음이, 평생 간다 합니다.
도겸	허면, 두 분, 오붓하시게 저는 이만 물러가겠습니다~

도겸, 가고 나면, 태영, 책들을 정리하는데,
어디선가 들리는 콧노래에 보면,
일하며 콧노래를 흥얼거리는 윤겸이다.
이상하다는 듯 보는 태영을 보는 윤겸.
시선을 느낀 윤겸, 콧노래를 멈춘다.
이상하다는 듯 보는 태영에서...

─── **S#41 태영 집 신방 안 (D)**

배냇저고리를 만들고 있는 미령의 다리를,
정성스레 주물러 주고 있는 도겸.

미령	집무실 복구는 좀 어떻습니까. 돕지 못해 송구합니다.
도겸	부인은 그런 생각 말고, 태교에만 힘쓰세요.
	스승의 10년 가르침보다, 어머니 열 달 기르심이 낫다지 않습니까.
미령	그런 말은, 어디서 들으신 겁니까?
도겸	태교신기에 나오는 말입니다.
미령	(미소로) 또 좋은 말은 없습니까?

도겸	(기억해 내는) 부부는, 매일 공경하는 마음으로 서로를 대하고,
	헛된 욕심이 마음에서 싹트지 않게 하며,
	나쁜 기운이 몸에 붙지 않게 해야 한다.
미령	(끄덕이는)
도겸	그리고, 무엇보다 가장 중요한 것은
	외지부 집무실 복구에 마음 쓰지 않고 편히 지내는 것이다.
미령	(눈을 흘기는) 지어내신 거죠?
도겸	예~ (웃고 미령 배에 손을 얹고) 어? 방금 움직인 것 같습니다.
미령	(웃는) 아닐 겁니다. 아직 태동이 느껴지기엔 이릅니다.
도겸	진짜 움직였습니다! 영특한 아이라
	이 아버지를 알아보는가 봅니다.
미령	(갑자기 인상을 쓴다)
도겸	왜요. 왜 그러십니까? 입덧입니까?
미령	며칠 전부터 방에서 좀 기이한 향이 나서요.
도겸	기이한 향? (하다가 떠오르는) 아!

미령, 보면, 도겸, 선반 한쪽으로 놓인 술병을 가져온다.
미령, 도겸이 병을 가까이 가져오자. 다시 우욱 한다.

도겸	당장 치워야겠습니다.
미령	그게 무엇입니까? 청에서 가져오신 술입니까?
도겸	아? 장모님께서 주신 것인데...
미령	(본다) 예?
도겸	며칠 전, 바래다 드렸을 때 주셨습니다.

—— **S#42 송씨부인 처소 방 안 (며칠 전, D) [플래시컷]**

초라한 방을, 걱정스럽게 둘러보고 있는 도겸.

도겸   최대한 빨리, 지내실 만한 곳을 알아보겠습니다.

송씨부인   (차게 보다가) 내가, 자네에게 줄 것이 있네만.

도겸   (미소로) 무엇입니까?

송씨부인   이제 자네 형님도 돌아왔으니,

           (보따리 안의 함을 열어 환을 꺼내 건네며)

           자네 형수님도, 우리 미령이도, 후사를 가져야지 않겠나.

도겸   (민망한) 아...

송씨부인   사내들에게 아주 영험한 약일세.

           술에 넣어, 형님과 오붓하게 둘이서 들게나.

도겸   (미소로) 감사합니다 장모님.

송씨부인   괜히, 부정 탈 수도 있으니, 비밀로 하고.

도겸   예.

—— **S#43 태영 집 신방 안 (D)**

도겸   하여, 술에 넣어 놓은 것인데, 그만 깜빡하였습니다.

미령   (떨려오는)

도겸   오늘이라도 형님과 마셔 없애야겠습니다.

미령   이리 주세요. 제가 두 분께 술상을 봐 드리겠습니다.

도겸   아닙니다. 역하다면서요.

미령   괜찮습니다. (받고는 한쪽에 놓고) 저는 이만, 눕고 싶은데,

           제 맘이 편하게, 서방님이라도 외지부 집무실 가셔서,

           좀 도와주시면 안 될까요?

| 도겸 | 참 나, 다들 절 못 쫓아내 안달이신 듯합니다. |
| 미령 | ... 그럴 리가 있겠습니까... |

―――― **S#44 태영 집 부엌 (D)**

막심, 새참 소쿠리를 들고 나가면,
술병을 들고 들어오는 미령, 은수저를 꺼낸다.
설마 하는, 떨리는 마음으로, 은수저를 술병에 넣었다 꺼내는데,
점점, 검게 변하는 은수저를, 충격으로 보는 미령에서...

―――― **S#45 외지부 집무실 (D)**

빨아 말린 붓들을 줄지어 말리고 있는 태영.
수리가 끝난 책장을 올려 세우고 있는 도겸과 윤겸을 본다.
태영, 시선을 돌리려다 문득, 윤겸의 소매가 눈에 들어온다.
짧은 소매... 태영, 의아한 듯 윤겸을 아래위로 보는데,
윤겸의 신발 뒤꿈치가 헐겁다.
막심, 마침 새참을 들고 들어와 소쿠리를 내려놓고.

| 막심 | 새참 좀 들고 하셔유. (윤겸에게 주며) 여 우리 큰 서방님 먼저~ 참, 새 망건은 방에다 넣어 뒀어유. 이제 편하실 거예유. |
| 윤겸 | (새참 받으며) 그래 고맙다. |

막심, 도겸에게도 주고, 태영 옆으로 앉으면,

| 태영 | (작게) 망건은 왜? |

막심	왜 속삭이신대유? (같이 속삭이며) 전에 쓰시던 게 작아서유.
태영	(본다)
막심	망건만이 아녜유. 팔다리도 살짝씩 짧지 뭐예유?
	다 큰 어른인데도 자라신 건지, 아님 7년 동안 옷감이 삭은 건지 /
태영	(말 끝나기도 전에 가 버린다)
막심	아니, 나 말 안 끝났는디...

—— **S#46 태영 집 부엌 (D)**

선반에 놓인 작은 양념 단지들을 열어 보는 태영.
작은 단지 하나를 챙긴다. 마침 밖으로 지나가는 도끼.

태영	도끼야.
도끼	(화들짝, 과하게 놀라는) 예? 예! 예 큰 마님.
태영	지금 외지부 집무실로 가서,
	큰 서방님 다리로 나오시라고 해. 아무도 몰래.
도끼	예? 예. 왜유 아니. 예.

—— **S#47 다리 (D)**

기다리고 선 태영, 오는 윤겸을 본다.
윤겸, 잠시 멈춰 서서 다리를 바라보다가, 태영에게로 올라온다.

윤겸	어찌 이런 곳에서 보자 하셨습니까. 부인.
태영	(보다가) 혹시, 이곳이 기억나십니까?
윤겸	아뇨. 그냥, 느낌이 익숙하고 정겨워서요.

우리가 종종 들리던 곳인가 봅니다.

태영 아뇨. 우리는 이곳에 함께 온 적이 없습니다.

윤겸 예에... 헌데 왜 여기로...

태영 고백을 한 가지 하려구요.

윤겸 고백이요?

태영 예. 이곳은, 제 정인과 추억이 서린 곳입니다.

윤겸 (본다) 정인... 이요?

태영 저는, 혼례 전에, 정인이 있었습니다.

      그분은, 손이 부드럽고, 춤사위가 뛰어나시고,

      많은 사람을 위로하는 뛰어난 예인이셨지요.

윤겸 ...

태영 그리고, 송홧가루에는 재채기를 하는 분이셨습니다.

윤겸 예?

태영, 손에 쥐고 있던 노란빛의 송홧가루를 후~ 하고 분다.

윤겸의 얼굴로 휘~ 날리는 송홧가루. 가루가 사라지고 나면,

태영을 바라보던 윤겸의 얼굴, 멀쩡하다가, 콧구멍이 움직인다.

윤겸, 코를 막으면, 태영, 못 막게 손을 붙들면, 푸에췌! 하는 승휘다.

태영, 그럴 줄 알았다는 듯, 손수건을 건네면,

코를 닦으며 태영을 보는 승휘.

승휘 (포기한 듯) 언제 알았느냐. 콧노래 불렀을 때?

      아 진짜, 본능을 못 숨기다니. 그때 아차 싶었느니라.

태영 콧노래가 아닙니다.

승휘 그럼 뭔데?

태영 눈빛.

플래시컷 〉 S#26 윤겸 방 (N)

윤겸   (그윽하게 바라보다가 미소) ... 참으로, 강한 분입니다.

플래시컷 〉 S#34 태영 집 마당 (D)

윤겸, 사람들 속에서 태영을 찾아내 눈이 마주친다.
술잔을 들고 나 잘했지 하듯 미소 지어 주는 윤겸.

태영E   저를, 그런 눈으로 바라보는 분은,
　　　　단장님밖에 없으니까요.

현재 〉

승휘   역시, 재채기와 사랑은 숨길 수 없는 법이구나.

태영   재밌으십니까?

승휘   어?

태영   뭐 기억 소실? 지금 이걸 장난이라고 치세요?

승휘   미안...

태영   청나라 공연은 어찌하고 오신 것입니까!

승휘   그건, 시일이 좀 밀렸으니, 걱정 안 해도 된다.

태영   어떻게 작은 서방님까지 속이신 것입니까?

승휘   어? 어... 그것이... 나를 보더니, 다짜고짜 형님이라 하기에.

태영   (미치겠는)

승휘   사연을 들어 보니 네가 너무 힘들게 지낸다기에 그리했다.
　　　　(생각해 보니) 아니, 너 진짜 내가 안 왔으면 큰일 날 뻔했잖아!

태영   그랬으면 오시자마자 제게 말씀을 하셨어야지요!
　　　　어떻게 (낙인 찍힌 어깨를 팡 치고) 이것까지 찍고!
　　　　이리 능청맞게 사기를 치신단 말입니까!

승휘	아파, 아직 안 아물었단 말이다.
태영	(어이없는) 대체 술은 어찌 마신 것입니까?
승휘	신선불취단라는 영험한 약이 있다. 그거 먹으면 안 취하더라고.
태영	(의아한 듯) 허면 무예는요? 그건 도무지 방법이 없었을 텐데.
승휘	그건, 7년 전 운봉산에서, 네게 도움 되지 못한 게 마음에 걸려서,
	언제든 그런 날이 또 오면, 그땐 꼭 널 지키고 싶어서,
	그때부터 열심히, 연습한 것이다.
태영	(보는) ...
승휘	미안하다. 이만 화 풀 거라. 응?
태영	얼마나 위험한 짓인지 정말 모르세요?
	가짜라는 게 알려지면 어찌 되는지 모르시냐구요!
승휘	왜 몰라, 알지... 미안하다니까?
태영	돌아가세요.
승휘	어?
태영	어서 돌아가서 공연 준비하시라구요.
	얼마나 중한 공연인데 연습을 쉬고 이러고 계십니까!
승휘	(보다가) 알겠다. 외지부 집무실만 다 고치면, 갈게.

태영, 보다가 돌아서 가 버린다.
가 버리는 태영을, 조금은, 서운하게 보는 승휘에서...

S#48 태영 집 일각 (D)

돌아오는 태영. 기다리고 서 있는 끝동을 본다.

태영	끝동아! 어떻게 벌써 온 것이야?
끝동	아 그것이, 말씀대로 한양 송대감 댁 가는 길에,

우연찮게 이리 오던 그 집 식솔을 만나 가지구.

그 댁 도련님 소식을 전해 들었구먼유.

| 태영 | 알아, 거기 안 계시대지? |
| 끝동 | 그것이... 직접 들으셔유. |

태영, 보면, 한쪽에 서서 보고 있는 만석이다. 꾸벅하는 만석.

─────── **S#49 조용한 공간 (D)**

태영	너 왜 내려온 거야?
만석	너는 왜 사람 보냈는데?
태영	왜겠니?
만석	들켰니?
태영	그럼 안 들키겠니?
만석	들킬 줄 알았어.
태영	어떻게 속일 수 있을 거라고 생각을 했어?
만석	... 속아야 돼.
태영	무슨 소리야?
만석	단장님 돌아가셨거든.
태영	뭐라는 거야 진짜.
만석	이제 세상에 천승휘는 없다고.
	단장님, 청으로 가는 배에서 돌아가셨어.
태영	만석아, 너 지금 무슨 소리를 하는 거야?
만석	... 바보야, 조정에서 정한 청나라 공연을
	바꿀 수도, 미룰 수도, 거역할 수도 없어서.
	이렇게 되면 영원히 돌이킬 수 없다는 거 알면서도,
	단장님은, 오로지 널 지키려고, 자길 죽이고 여기에 온 거라고.

태영   (충격으로 보는) ....

───── **S#50 외지부 집무실 앞 (D)**

넋이 나가 걸어오는 태영.
열심히 외지부 집무실을 고치는 승휘를 본다. 위로,

만석E   얼마나 위험한 일인지 알면서도,
들키면 죽음이라는 거 알면서도,
너 지킬 수 있다면 자긴 상관없대.
그니까, 쫓아내지 말고 받아 주라.
이제 그 사람, 진짜 네 서방님이야.

기척에 바라보는 승휘. 머쓱한 미소를 짓고 있다.
그런 승휘를 바라보는, 이제 어쩌나 싶은 태영에서...

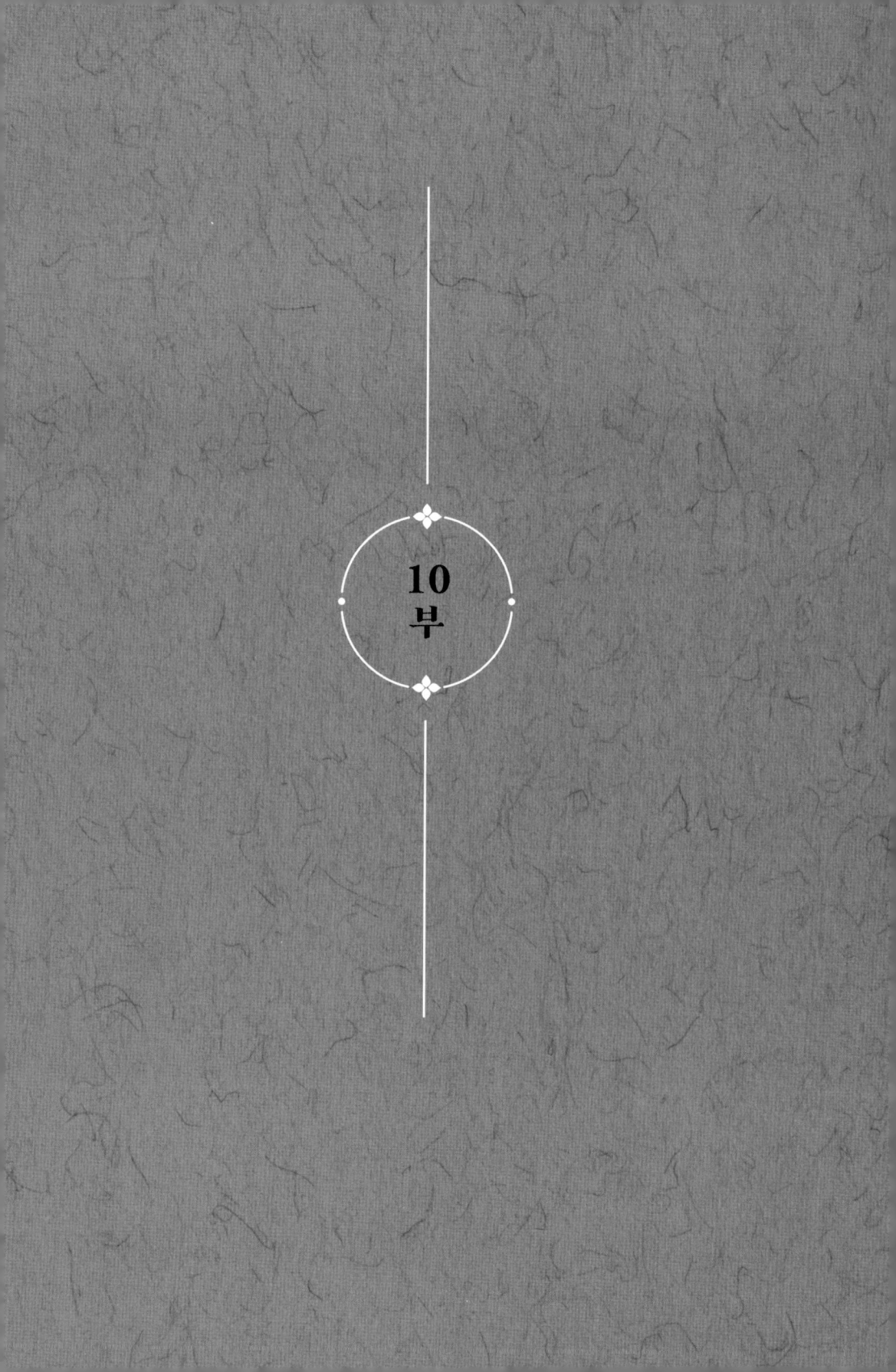

10
부

S#1 다리 (D) [9부 S#47 편집]

태영, 손에 쥐고 있던 노란빛의 송홧가루를 후~ 하고 분다.
윤겸, 코를 막으면, 태영, 못 막게 손을 붙들면, 푸에취! 하는 승휘다.

태영	청나라 공연은 어찌하고 오신 것입니까!
승휘	그건, 시일이 좀 밀렸으니, 걱정 안 해도 된다.

S#2 조용한 공간 (D) [9부 S#49 편집 / 연결]

태영	어떻게 속일 수 있을 거라고 생각을 했어?
만석	속아야 돼. 단장님 돌아가셨거든.
태영	뭐라는 거야 진짜.
만석	바보야, 조정에서 정한 청나라 공연을
	바꿀 수도, 미룰 수도, 거역할 수도 없어서.

이렇게 되면 영원히 돌이킬 수 없다는 거 알면서도,

단장님은, 오로지 널 지키려고, 자길 죽이고 여기에 온 거라고.

태영, 충격으로 보다가 **연결**〉

태영	왜 안 말렸어 왜! 왜 이렇게 되도록 뒀어어!
만석	야! 내가 무슨 수로 이겨! 3 대 1인데.
태영	(본다) 3 대 1이라니?
만석	뭐야 다 들켰다며~
태영	설마, 작은 서방님이랑 도끼랑, 다 같이 짠 거야?
만석	어? 음...
태영	(돌아 버리겠는)

───── S#3 외지부 집무실 앞 (D)

걱정과 초조함으로 기다리고 서 있는 도겸과 도끼.

누가 들을세라 목소리를 낮추며, 둘이 머리를 맞대고,

도겸	설마, 형수님께서 눈치채신 건 아닐 게야.
도끼	아니긴유. (흉내) 큰 서방님을 다리로 나오시라고 해! 이러셨다니께유.
도겸	(걱정으로) 저기 형님, 오신다.

승휘, 난감한 듯한 표정으로, 다가온다. 이번엔 셋이 머리를 맞대고,

도겸	(불안한) 어찌 되셨습니까.
승휘	홀랑 들켰다.
도겸 / 도끼	(어쩌나 싶은 탄식) 하~

도끼	낯빛이 저승길 댕겨오신 것마냥 질리신 걸 보니, 단단히 혼나셨나 보네.
승휘	어찌나 혼쭐을 내던지, 하마터면 바지에 소피를 지릴 뻔했느니라.
도겸	뭐라셨습니까.
승휘	... 예상했던 대로, 떠나라 하더군.
도겸	안 될 말입니다. 제가 잘 말씀드려 보겠습니다.
승휘	아니네. 자네들까지 함께한 일인지는 모르는 듯하여,
	내가 자네들을 속인 거로 했으니, 들키지 않게 조심들 하게.
도끼	예? 지는 기냥 이참에 싹 다 들켜 버렸음 좋겠는디.
	행여라도 말실수할까 봐 입 닥치고 있으려니 입에 곰팡내도 나는 거
	같고, 원제 들킬까 몰라 심장 터질 것 같구먼유.
	이러다 막심이가 속은 거 알믄 /
막심	(어느새 끼어 있는) 알믄 뭐.
일동	(각자 놀라는)
막심	대체 뭘 숨기는디 이러실까나. 말씀을 안 하시믄 벨 수 없지,
	큰 마님께 알리는 수밖에. 워딜 가셨을까나 (배에 힘 주고) 큰 마 /

막심 입을 막는 도끼. 도겸과 윤겸, 막심을 양쪽에서 안아 들고 안으로
들어간다.

─── **S#4 외지부 집무실 안 (D)**

히야~ 하며 승휘를 신기하다는 듯 이리저리 보는 막심.

막심	우째 사람이 이리, 틀에 넣고 찍어 낸 것마냥 닮을 수가 있대유?
도끼	그치이! 나두 첨에 봤을 땐 세상이 나만 속이고 있는 건가 했다니께~
승휘	(막심에게) 미안했네.
막심	(눈을 찡긋거리며) 큰 마님헌티 관자 주신 분 맞쥬? 예인 천승휘.

승휘	(놀라서) 날 아는가?
막심	알다마다유. 우리 백이가 월마나 좋아했는디...
승휘	하긴, 조선 여인이라면 천승휘를 모르는 게 더 이상할 걸세.
막심	워쩐지~ 잔치 때 목청이 쩌렁쩌렁하신 게, 딱 공연 보는 거 같더라니~
승휘	이리 재능을 못 숨겨서야 원.
도겸	막심아, 반드시 비밀로 해야 한다.
막심	걱정 마셔유. 지는 암것도 못 들었구먼유.
승휘	이리 몰려 있다 또 들킬라. 난 이만 내려가 보겠네.
막심	(가는 승휘를 보며) 걸음걸이도 닮았어~

S#5 외지부 집무실 앞 (D) [9부 엔딩씬 연결]

넋이 나가 걸어오는 태영.

열심히 외지부 집무실을 고치는 승휘를 본다.

기척에 바라보는 승휘. 머쓱한 미소를 짓고 있다.

그런 승휘를 바라보는, 이제 어쩌나 싶은 태영에서... **연결〉**

승휘	(일어나서) 오, 오셨습니까. 부인.
	화나서 집으로 가신 줄 알았는데.
태영	손님이 오셨거든요.

승휘, 무슨 소린가 해서 보면,

태영의 뒤로 쫄쫄 따라오는 만석을 보고 눈이 커진다.

――― **S#6 태영 집 마당 (D)**

끝동 (둘러보며) 다 워딜 간 겨? 맨날 뭐 빠지게 싸댕기는 건 난디,
    정작 중한 일은 나만 모르는 것 같은, 느낌적인 느낌...

――― **S#7 외지부 집무실 안 (D)**

아예 계단 쪽으로 물건을 쌓아서, 문단속 철저히 하는 막심.
상석에 앉은 태영 앞으로 긴장해 앉은 남자 넷. 끝으로 앉는 막심.

도끼 니는 왜 내려온 겨?

만석 남 이사. 신경 끄셔~

막심 누구세유?

만석 (목례하며) 여기 계신 천승휘 단장님의 식솔이자,
    예인단 유담패의 행수인 만석이라 합니다.

승휘 (그만 말하라고 쿡 찌르면)

태영 (무섭) 어디서 처음 만난 것입니까.
    동시에 대답해야 할 것입니다. 하나, 둘, 셋!

넷 익천!

태영 거기서 마주쳐 꾸민 일들인 것입니까.

도끼 아녜유. 거서는 그냥 우연히 마주치기만 혔어유.

태영 (도겸에게) 자초지종을 말해 보세요.

도겸 여기 만석이가, 형님이 청으로 가셨다기에, 건너갔습니다.

도끼 글쎄 청에 가서, 지가 뭐 잘못 처먹었는지 설사병 나서 뒈질
    뻔했구먼유.

막심 시상에 그랬어?

도끼 이~ 말두 말어, 야 진짜 내가 니한테 해 줄 말이 월마나 많은디,

입 근질거리는 거 참느라 환장할 뻔했어어~

만석	눈치 좀 챙겨라.
태영	그래서요. 청에서 형님을 못 만나셔서 이리하신 것입니까.
도겸	만났습니다.
태영	(본다)
막심	아니 헌디 왜 큰 서방님이 안 오시고...

—— **S#8 청나라 상단 하역장 같은 (N) [8부 S#49 연결]**

설마 하고 도겸을 보는 윤겸. 알아본 듯, 짐을 툭, 떨군다.

| 도겸 | 형님... 이제 집으로 가요... |

웃는지 우는지 모를 도겸을, 복잡하게 바라보는 윤겸에서...

연결〉

도겸, 한 걸음 다가가면, 뒷걸음치는 윤겸.

당황해 보는 도겸. 윤겸, 돌아서서 가 버리는데,

도겸	(달려가 붙들고) 대체 왜 이러시는 것입니까. 형님! 형수님도 이런 식으로 외면하고 모른 척하신 것입니까!
윤겸	(주변 살피고 작게) 조용히 하거라.
도겸	...
윤겸	지금 들켰다간, 그간 준비한 일이 수포로 돌아갈 수 있다.
도겸	대체, 그게 무슨 말입니까. 무엇을 준비하시는데요!
윤겸	더 알려 하지 말거라.
도겸	이래서 7년이나 돌아오지 않은 것입니까! 아무리 대의가 중요한들, 어찌 장남이 집안을 팽개칠 수 있습니까.

아버지께서 돌아가셨단 말입니다 형님!

윤겸   (흔들리지 않고) 중요한 일이 있다지 않느냐!

도겸   형님에게 중요한 일은 가족을 지키는 일입니다.

        제발 돌아가요. 형수님께서 고초를 겪고 계십니다.

윤겸   스스로 이겨내실 것이다. 지금까지 해 온 것처럼.

도겸   어찌 이리 무책임할 수 있습니까! 어찌 이리 /

윤겸   (말 자르고) 난, 성윤겸이 아니다!

        난, 아버지도 부인도 아우도 없어.

도겸   뭐라구요?

윤겸   (가다가 돌아본다) 난 다시는 돌아갈 수 없다.

        네 형님은 죽었다 생각하거라.

충격으로 보는 도겸의 발 앞에 호패를 툭, 던지고 사라지는 윤겸.

―――   **S#9 외지부 집무실 안 (D)**

간직하던 호패를 올려놓는 도겸.

태영, 허망한 듯, 가만히 호패를 본다.

도겸   돌아오는 길에, 단장님을 다시 만나게 되었습니다.

만석   단장님과 저는, 청에 공연하러 떠나려던 참이었구요.

―――   **S#10 익천포 숙소 입구 (D)**

만석   (나오며) 주막 가서 국밥 한 그릇 말아 먹구 가면 딱 맞을 거 같아요.

나가려던 승휘와 만석. 지칠 대로 지쳐 오고 있는 도겸과 도끼와
마주친다.

만석	아이고, 못 만나셨나 보네...
승휘	어찌 되었소.
도끼	그것이...
도겸	(목례하고 들어가는데)
만석	못 만났어?
도끼	만났는디... 같이 안 오신다 하셔서.
승휘	뭐?
도겸	(돌아보고 도끼에게) 들어오거라. 도끼야.
만석	우리도 가요 단장님.
도끼	저기, 좀 도와주심 안 되시겠어유?
만석	야.
도끼	벗이람서유. 잠깐만 딱 가셔서 얼굴만 비추시믄 안 되시겠어유?
	살아 계시다고만 보여 주믄, 우리 마님, 과부 신세라도 면할 것인디.
만석	야, 되도 않는 소리 말고 가라 어? (승휘 끌며) 가요. 얼른.
도겸	들어오라지 않느냐.
도끼	(시무룩) 예...

발길이 안 떨어지는 승휘를 끌고 가는 만석.
도끼도 도겸도, 아쉬움으로 승휘를 보는 데서...

─── **S#11 거리 (D)**

승휘	(가다 서는) 공연 미루자 조금만.
만석	안 되는 거 아시잖아요. 조정의 명을 제가 무슨 수로 미룹니까.

전라도 공연 때처럼, 미뤘다고 몇 대 맞고 끝날 일이 아니라구요.

가서 말씀드리면 저 참형당해요. 제가 죽기를 바라세요?

말씀만 하세요. 죽으라시면, 제가 죽을게요.

승휘　그래, 죽으면 되겠구나. 니가 아니라 내가.

만석　예?

승휘　내가 죽으면, 공연을 못 한다 해도 납득하겠지.

만석　진짜 끔찍한 소리 마세요.

결심한 듯 돌아서 가는 승휘를 보며, 미치고 팔짝 뛰겠는 만석에서...

───── **S#12 숙소 안 (D)**

마주 앉은 승휘와 도겸. 각자 주인 곁으로 앉은 도끼와 만석.

도끼　그게 참말이세유? 죽은 척을 하시고 같이 가신다구유?

승휘　그러지 않고서는, 내가 갈 수 있는 방도가 없네.

도겸　일을 잠시 미루실 순 없는 것입니까.

만석　어명입니다. 미룰 수 없어요 나리. 그러니, 제발 좀 말려 주세요. 예?

도겸　(승휘에게) 아무래도 무리 같습니다.

만석　감사합니다...

도끼　제발 도와주신다 하실 때 눈 딱 감고 그리하셔요. 예?

만석　너 진짜, 그만 안 해! 이게 지금 장난인 줄 알아?

도끼　니 눈엔 내가 지금 장난치는 거로 보이냐?

　　　내가 오죽하믄 이러겠어 오죽하믄!

도겸　(승휘에게) 말씀만으로도, 참으로 힘이 되었습니다.

　　　제가 돌아가 최대한 형수님을 지킬 테니, 더 늦기 전에 어서 가십시오.

만석　(일어선다) 가요. 얼른 가요. 얼른 일어나요 제발!

배 놓치면, 진짜 우리 끝장이라구요.

제발요 단장님! 제발 정신 좀 차려요!

승휘   (도겸에게) 내가, 원하는 것이니, 부담 갖지 마시오.

만석   (미치겠는)

도겸   솔직히 말씀드리면, 아무리 벗이라 한들,

           이렇게까지 하시려는 이유를 모르겠습니다.

승휘   (보다가) 난, 자네 형수님이 혼인하기 전부터, 오랫동안 연모해 왔소.

도겸 / 도끼   (놀라는)

만석   (에라 모르겠다 포기한 듯 바닥에 누워 버린다)

승휘   고초를 당하고 있다 생각하니, 견딜 수가 없어서...

도겸   (가만히 승휘를 본다) ... 정말, 이래도 괜찮으시겠습니까.

도끼   된 겨! 막심아, 우리 서방님 모시고 집에 간다!

만석   (누운 채로) 들키면 다 죽음인 건 아시는 거죠?

도끼   (걱정인 듯 도겸을 본다)

도겸   내가 내 형님이라는데, 들킬 이유가 있겠느냐.

도끼   맞어, 이리 똑같은디 뭔 수로 들킨대유.

승휘   남의 삶을 연기하는 것이 내 직업이라,

           들키지 않고 잘할 수 있으니 염려 마시오.

만석   (벌떡 일어나서) 다 속여도, 마님은 못 속일걸요?

셋   (그런가 싶은)

만석   7년 동안 왜 안 돌아왔냐 물으면, 뭐라 답하시게요?

           아는 사람 있습니까?

도겸 / 승휘   (생각하는데)

도끼   기억 소실이라믄 되잖여?

도겸, 승휘, 오~ 그렇네. 그러면 되겠구나 끄덕이는데,

열 받아서 못 참고 도끼 머리통을 한 대 치는 만석.

도끼, 만석의 상투 확 잡으면, 저도 잡으려는 만석. 안 잡히고...

도겸	(뭔가 떠오른) 아... 문제가 하나 있습니다.
도끼 / 만석	(그 상태로 보면)
도겸	형수님 말씀으로는, 형님 어깨에 상흔이 있다 했습니다만,
	제가 그것이 무엇인지를 알 수가 없어서.
만석	(다행인) 저런, 그럼 안 되겠네요. 제일 먼저 그 상흔부터 확인할
	것인데.
도끼	그냥, 아무 자국이나 만들면 되잖아유!
만석	되겠냐!
승휘	상흔이 아니라, 동그란, 낙인이오.
일동	(본다)
승휘	가운데, 마음 心 자가 새겨져 있었지요.

도끼, 만세하고, 좌절하는 만석. 결연한 승휘를 보는 도겸에서...

―――― **S#13 숙소 다른 방 (N)**

울어서 코가 빨갛게 된 만석에게 제 호패를 건네는 승휘.

만석	진짜... 진짜 너무 하세요. 이걸 저더러 어쩌라구요!
승휘	아버지께 가져다 드려. 시신은 발견 못 했다 전하고...
만석	(미치겠는)
승휘	구덕이 덕분에, 아버지 뵈었으니 되었다.
	니가 좀, 곁에서 잘 챙겨 드려. 부탁하마.
만석	어떻게 이렇게까지 해요. 어떻게 이렇게 천승휘에 미련이 없냐구요!
	예인으로의 삶은, 아무 의미 없었습니까!
승휘	구덕이가 내 삶에 더 큰 의미인 것이겠지.
만석	제발, 조금만 더 생각해 봐요. 제발요~

승휘	머뭇거리면, 못 가게 될까 봐.
만석	그럼 저는요? 성윤겸으로 사시면, 저는 평생 안 보신다는 거잖아요!
승휘	그럴 리가 있어? 종종 만나자 응?

괴로운 만석을 달래 주듯 쓰다듬어 주는 승휘에서...

───── **S#14 공간 (N)**

으슥한 곳, 기술자, 승휘가 그려온 心자 문양을 본다.
기술자 끄덕하면, 승휘, 상의를 벗어 위치를 알려 준다.

도겸	이 문양을 어찌 아시는 것입니까.
승휘	전에도 한 번, 대신 행세한 적이 있었소이다.
도겸	마주친 적이 있으셨군요.
승휘	그땐, 예상도 못 했소이다.
	내가, 이 문양을 새기고, 자네 형님으로 살게 될 줄은.

기술자, 헝겊 뭉치를 내밀면, 받아 드는 승휘.
도겸, 새기려는 기술자의 손을 붙든다. 보는 승휘.

도겸	정말, 이리하시겠습니까.
	이리하시면, 돌이킬 수 없을 것입니다.
승휘	돌이키지 않으려고 하는 일이오.

승휘, 말을 마치고, 헝겊을 입에 물면,
기술자, 승휘의 어깨에 낙인을 새기기 시작한다.
고통을 참는 승휘를 보는 결연한 도겸에서...

다들 숙연한데...

도겸 자신의 일을 위해서 가족을 버린 사람은, 제 형님이 아닙니다.

 형수님을 위해, 자신의 인생을 희생하신 이분이, 제 형님입니다.

막심 (옷깃으로 눈물을 훔치는) 시상에 참으로 감사해유.

도끼 그러니께. 시상 그 누가 이래 줄 수 있었어유.

막심 안 오셨으면, 엉뚱한 사람 장례 치르고,

 평생을 사당에서 수절하믄서, 외지부도 못 할 뻔했는디.

도끼 마님, 아무 염려 마셔유. 잔치까정 열었는디 안 들켰잖아유.

도겸 들킬 리가 없습니다 형수님. 제가 인정하는 한, 제 형님이십니다.

 다들 말 없는 태영을, 처분을 기다리듯 보고 있는데...

태영 ... 이렇게 저를 생각해 주는 마음.

 참으로, 고마워 몸 둘 바를 모르겠습니다.

일동 (기대의)

태영 허나 저는, 이를 받아들일 수 없습니다.

도겸 허면 돌아갈 곳도 없는 형님을, 정말 내보내시겠단 말씀이십니까.

태영 어찌, 그럴 수 있겠습니까. 저 때문에 일생의 꿈을 포기하셨는데,

 저도 다 포기해야 공평하겠지요...

일동 (무슨 말인가 싶은)

태영 주변 정리를 하는 대로, 함께 청수현을 떠나겠습니다.

일동 (놀라 본다)

도겸 형수님. 얼마나 노력해서 일군 집안인데, 떠나신다는 것입니까.

태영 그러니까요. 얼마나 노력해서 일군 집안인데요.

 집안의 총부로서, 집안이 잘못되는 것은 막아야지요.

	가족 모두가 결탁해, 거짓된 삶을 살 수는 없습니다.
일동	(할 말이 없는) ...
태영	아버님께, 부끄러움 없는 며느리로 살아왔습니다.
	서방님께, 부끄러움 없는 아내로 살아왔습니다.
	어떤 상황에서도 제 도리를 해 왔다 자부했는데,
	서방도 아닌 사내를 안방에 들이고 말았습니다.
도겸	형수님...
태영	이제는, 작은 서방님께서 집안을 잘 이끌어 주세요.
	(일어서며) 외지부 집무실 복구는, 멈추세요. 이곳은,
	이대로 문을 닫는 것이 옳습니다.
일동	(어쩌나 싶은)

―――― **S#16 태영 집 마당 (D)**

들어오는 태영을 따라 들어와 붙드는 도겸.

도겸	형수님. 제가 잘못했습니다. 노여움 푸세요.
태영	노엽다니요. 저 때문에 이런 일까지 하시다니...
	거짓말도 잘 못하시는데, 숨기시느라 얼마나 애쓰셨어요.
도겸	(보다가 두 손을 붙든다) 떠나셔도 됩니다. 형수님.
태영	(보면)
도겸	형수님이 안 계신 삶을 생각해 본 적도 없지만,
	정말 원하신다면, 기쁜 마음으로 보내 드리겠습니다.
	형수님이 행복해지는 선택이라면 얼마든지 지지하겠습니다.
	하지만, 집안에 해가 될까 봐, 아니면 도리 때문에,
	억지로 떠나시는 것은 절대로 안 됩니다.
태영	무슨 말인지 알겠습니다.

도겸	(끌어안는) 형수님 마음, 힘들게 해서. 정말. 죄송합니다.
	허락 없이 큰일을 만들어, 정말 죄송합니다 형수님.
태영	(등을 쓸어 주는) 동서가 봅니다. 알겠으니 그만 하세요.

─── **S#17 태영 집 행랑 (D)**

밥을 맛있게도 먹는 만석을, 못마땅하게 보는 도끼.

도끼	니 솔직히 말혀. 일부러 들킬 작정으로 온 거지?
만석	나 오기 전에 이미 들켰거든?
막심	그려~ 이미 마님이 눈치채시고, 끝동이를 한양에 보내셨다자녀.
도끼	이제 워쪄. 정말로 나가 버리실 기세인디...
만석	야, 나가면 뭐 어때~ 오히려 좋지~
	언제 들킬까 전전긍긍하면서 사는 것보다 훨 낫지.
막심	그려 청수현 있다가 들켜서 집안이 박살 나느니~
만석	팔도 유람이나 하면서 행복하면 장땡이지~
도끼	왜 초면에 장단 맞추고 그려? 거슬리게.
만석	(막심에게) 그대도 나와 함께 가지 않겠소?
막심	워딜유?
만석	팔도 유람~ 난, 단장님 몸종이니, 평생 모실 것인데 그대는?
막심	워메! 맞네! 생각해 보니 나는 마님 몸종이니께 같이 가야지!
도끼	뭐, 뭐여. 뭔 소리여! 뭐 미친 겨!

짐 싸자! 하며 나가는 막심을 어이없이 보는 도끼.
황당해서 만석을 보면, 양쪽 귀 잡고, 메롱 하는 만석에서.

S#18 태영 방안 (D)

태영, 뭐부터 해야 할지 몰라, 짐이라도 싸려는데,
눈치 보듯 마주 앉아 있는 승휘.

승휘   (무슨 말이라도 해 보려고) 부인.

태영   (야무지게 베개 던지고) 뭐가 부인입니까!

승휘   (턱, 받고, 작게) 그럼 어떡하라고 구덕이라고 불러?
       있는 동안은 존대를 해야 할 거 아냐~

태영   어떻게 이런 불효를 할 수 있습니까!
       대감마님 심정이 어떨지 생각은 해 보셨어요?

승휘   넌 왜 그렇게 매사에 남 생각만 하는 것이냐?

태영   남 생각해서 인생을 버린 사람은 단장님이십니다!

승휘   세 번이나 졸랐어. 나랑 함께 떠나자고.
       헌데 넌 세 번 다, 거절했지. 왜?
       여기 네가 지켜야 할 네게 소중한 가족이 있고, 네 꿈이 있었으니까.
       난 네가 여기 갇혀 있다 생각했는데, 넌 여기가 나보다 소중했던 거야.

태영   …

승휘   그래서 내가 왔어. 네게 소중한 것들 지키게 해 주고 싶어서.
       난, 너만 곁에 있다면 다 버릴 수 있었으니까.

태영   그건 제가 싫다 하지 않았습니까!

승휘   싫어도 어쩌겠느냐, 돌아갈 수 없는 강을 건넌 것을.

태영   그래요. 드디어 원하는 대로 함께 떠나니 좋으시겠습니다.
       (작게) 죽은 척하고 도망친 천승휘랑 도망 노비 구덕이로
       평생 같이 쫓기면서 벌 받듯이 살아 보자구요.
       참, 행복도 하겠습니다. 서로 안 죽이면 다행이지요.

승휘   그니까 안 나가면 되잖아. 너한테 소중한 거 다 여기 있잖아.

태영   소중하니까요. 그래서 떠나려는 것입니다.

속이고 숨기고 사는 게, 쉬운 일인 줄 아십니까.

저 하나 거짓인 것도 이미 죽을 죄인데,

어떻게 가족들까지 위험하게 만들 수 있겠습니까.

승휘   그래, 떠나면 가족이야 가끔 와서 본다고 쳐.

근데 외지부는, 너 정말, 외지부 그만둬도 되겠어?

태영   어차피... 그 또한, 진짜 태영 아씨의 꿈일 뿐입니다...

안타깝게 보는 승휘에서...

S#19 태영 집 신방 (D)

조심스럽게 들어오는 도겸. 비어 있는 이부자리를 본다.

어디 갔지? 의아하게 보는 도겸에서...

S#20 의창현 송씨부인 처소 (D)

송씨부인 앞에 독이 든 술병을 콱, 놓는 미령. 송씨부인, 보면,

미령   이걸, 왜, 제 서방님께 주신 것입니까?

설마, 서방님을... 죽이려 하신 것입니까?

송씨부인   (본다) 그래. 옥태영이 제일 아끼는 것이지 않느냐.

남편도 없이 자식처럼 키운, 장원 급제한 시동생.

미령   (충격으로 보는) 어, 어떻게...

송씨부인   그년의 몸을 찢어발기려다 실패했으니,

마음을 찢어발겨 지옥을 사는 마음이 어떤지 알려 주려 한 것 /

미령   제발, 그만!

비명과 함께 술병을 벽에 던져 버리는 미령을, 노려보는
송씨부인에서.

───── **S#21 태영 집 마당 (N)**

의아한 듯 나오는 도겸. 만석에게 이불을 전해 주고 있는 막심과
도끼를 본다.

도겸   (대청에 서서) 혹시, 작은 마님 못 봤느냐.

막심   안에 안 계세유?

태영   (뒤로 나오며) 동서가, 방에 없습니까?

도겸   네. 집 안 어디에도 없는 것을 보니, 아무래도 친정엘 갔나 봅니다.

막심   우덜 전부 외지부 집무실에 가 있어서, 아는 사람이 없는디.

도끼   지가 행랑 가서 물어볼게유.

도겸   아니다, 밤이 늦었으니, 내가 가 보마.

도겸, 신을 신고 나서려는데 넋이 나가 들어오는 끝동.

막심   끝동아, 니 작은 마님 어디 계신지 알어?

끝동   그것이 (하며 태영을 본다)

태영   왜 그래. 무슨 일 있어?

끝동   ... 일이 있긴 헌디...

도끼   말을 햐~ 왜 그려~

끝동   그려, 어차피 동네 소문 다 나서, 알게 되실 것인디.

도겸   무슨 일이냐. 어서 말하거라.

끝동   저기... 작은 마님이, 잡혀가셨대유.

일동   (놀라 본다)

태영	그게 무슨 말이야. 대체 왜?
끝동	그것이. 작은 마님께서, 사돈 마님을, 사, 살해하셨다고...

일동, 충격으로 보는 데서...

S#22 태영 집 윤겸 방 안 (N)

승휘	(이불 받으며) 무슨 소리야. 살인 사건이라니.
만석	이 집 작은 마님이, 자기 친정어머니를 죽였대요.
승휘	뭐?
만석	그분이 글쎄, 마님한테 복수하려고 돌아온 거래요.
	작은 마님도 작정하고 작은 서방님한테 접근해서 혼례를 한 거구요.
	문제는, 작은 서방님만, 이 모든 일을, 전혀~ 모르셨다는 거.

승휘, 걱정으로 보는 데서...

S#23 태영 집 도겸 방 안 (N)

참담한 얼굴로 앉은 도겸을 걱정으로 보고 있는 태영.

태영	동서는 말하려 했습니다. 다 말하고 떠난다는 걸 제가 붙들었어요.
도겸	(아프게 보는) 일부러 접근했으니,
	제게 정도 없었나 봅니다. 그리 쉽게
	죄를 고하고, 그리 쉽게 떠난다 했다니요.
태영	(걱정으로) 작은 서방님...
도겸	정말로 살인을 한 것일까요.

태영	(모르겠는) 날 밝는 대로,
	대체 어찌 된 일인지, 자세히 알아보겠습니다.
도겸	... 저는... 못 가겠습니다.

나가 버리는 도겸을, 걱정으로 보는 태영에서...

────── **S#24 태영 집 신방 (N)**

우두커니 서 있는 도겸. 선반에 장식된 나무 기러기 한 쌍을 본다.
견디지 못하고, 장식품들을 손으로 다 쓸어 버린다.
나뒹굴고 깨지는 물건들을 보며, 괴로운 도겸에서...

────── **S#25 감영 옥사 (N)**

벽에 기대앉은 미령.
눈물이 흐르는 데서... Out.

────── **S#26 감영 검험 공간 (D)**

잘 덮인 시신 앞으로 선 태영과 이참군.

태영	송씨부인입니까.
이참군	아닙니다. 일전에 가져와 복검을 했던 시신입니다.
태영	아...
이참군	시약 검험으로, 짓이겨진 얼굴에서... 노비 낙인이 발견되었습니다.

| 태영 | (본다) 서, 설마. (충격으로 시신을 본다) 도, 돌석이... |

플래시컷〉 6부 S#1 운봉산 산채 움막 안 (D)

| 돌석 | 아씨 저예유. (볼에 낙인을 보이며) 저 돌석이예유. |

현재〉 괴로운 태영.

태영	돌석아... 돌석이였어... (하다가) 송씨부인 짓이 분명합니다.
	낙인을 찍은 사람이, 송씨부인이었습니다.
이참군	알고 있습니다. (투서를 내밀며) 어제, 투서가 왔거든요.
태영	(받는다)
이참군	시신은, 송씨부인의 식솔이었던 돌석이다.
	송씨부인이 원한으로 돌석이를 살해했다...
태영	(복잡한 표정으로 투서를 보는)
이참군	하여, 송씨부인을 잡아들이러 갔는데,
	(다른 쪽 시신을 열어 보이면, 송씨부인) 이미, 죽어 있었습니다.

누워 있는 송씨부인의 시신을 분노로 보는 태영에서...

—— **S#27 감영 옥사 (D)**

넋이 나가 앉아 있는 미령. 문이 열리는 소리에 보면,
들어와 마주 앉는 태영이다. 미령, 시선을 피하는데...

| 태영 | 몸은 좀 어떤가. |
| 미령 | ... 이제 서방님도 다 알게 되셨지요? |

태영	(보다가 끄덕이는) 응.
미령	... 저는, 이제 더 살고 싶지 않습니다. 허니, 제 변호는 하지 말아 주세요.
태영	동서. 대체 왜... 혼자 어머니를 찾아간 것이야.
미령	(말 못 하겠는)
태영	말해 줘. (손을 붙들고) 내게 다 털어놓게... 응?
미령	... 어머니가, 서방님께 독을 주셨습니다.
	서방님과 아주버님을 죽이려 했어요...
태영	(충격인) ...
미령	그게... 전부가 아닙니다...
태영	(보는 데서) ...

S#28 운봉산 산채 (과거, D)

복면한 괴한들, 도망치는 아낙과 아이들 등을, 가차 없이 도륙하고
있다. 도망치라는 외침과 살려 달라 공포의 비명이 뒤섞여
순식간에 아수라장이 된 산채. 연장을 찾을 틈도 없어
맨몸으로 맞서는 할배와 산채 식구들, 죽어 나가는데...

돌석	대체 왜 이래유! 누구여! 당신들 누구여! (비명) 왜 이랴!

복면 사내, 다가와 돌석을 후려친다.
겨우 일어난 돌석을 꿇어 앉히는 복면 사내.
모두 숨이 끊어져 조용해진 산채를 보며, 절규하는 돌석 앞에
나타나는 송씨부인.

돌석	마, 마님? 여긴 어떻게...
송씨부인	진작 죽었어야 할 천한 놈이. 옥태영이랑 붙어먹더니

이리도 멀쩡히 살아 있었구나.

돌석 (끔찍한) 이게 다, 마님이 시킨 짓이에유?

어떻게... (처절한 분노로) 어떻게 사람이 이럴 수 있 /

복면 사내, 돌석의 목에 밧줄을 걸어,

몸부림치는 돌석의 숨통을 끊어 버린다.

복면을 벗는 사내, 오달성이다. 손수건을 내미는 송씨부인.

송씨부인 성윤겸의 이름이 새겨진 손수건입니다.

오달성 (받고 돌석 얼굴 살피며) 헌데 이놈, 얼굴에 낙인이 있지 않소.

송씨부인 얼굴을 짓이겨 버리면 될 게 아닙니까.

─── **S#29 감영 옥사 (현재, D)**

태영 ... 산채 사람들을 모두... 죽였다는 것이야?

미령 (어렵게 끄덕이는)

태영 그래서... 그래서 자네가 어머니를 죽였나.

미령 ... 예.

태영 (보다가) 어떻게?

미령 독을... (보지 않고) 먹였습니다.

태영 (보다가) 아니, 자네 어머니는, 교살당하셨네.

미령 (보는 데서) ...

─── **S#30 의창현 송씨부인 처소 (전날 낮, D)**

미령 (절망의) 아무리 형님이 밉다 한들,

어찌 그런 일까지 저지를 수가 있어요!

대체... 대체 무엇이 어머니를 이토록 잔인하게 만든 것입니까.

무엇이 이토록 어머니를 괴롭히는 것입니까.

송씨부인　　... 내 차지여야 했다. 다 내 차지여야 했어...

플래시컷〉 6부 S#25 청수현 거리 (D)

도겸, 태영을 발견하자 환한 미소로 내려와 태영에게 뛰어오는데...

훤칠한 키와 턱 벌어진 어깨, 근사한 청년으로 성장한 도겸이다.

도겸, 태영을 홀렁 안아 들고 빙빙 돌고, 태영, 내려놓으라고 난리다.

연결〉

송씨부인 방향 / 숨어 행복한 태영을 보고 있는 송씨부인의 눈에,

송씨부인 환상 / 송씨부인을 홀렁 안아 들고 빙빙 도는 백도광 위로,

송씨부인E　　내 아들만 살아 있었다면, 내가 그 자리에 있었을 것이다.

플래시컷〉 7부 S#39 태영 집 마당 (D)

혼례식, 뿌듯하게 바라보는 태영과 눈이 마주치면,

작게 목례하는 도겸.

연결〉

송씨부인 방향 / 다른 쪽에 숨어 행복한 태영을 보고 있는 송씨부인의

눈에,

송씨부인 환상 / 혼례 하는 도광을, 뿌듯하게 바라보는 송씨부인. 위로,

송씨부인E　　내 아들만 살아 있었다면, 나도 행복했을 것이야.

현재〉 송씨부인을 아프게 보는 미령.

송씨부인　　... 부러웠다. 나는 그년 때문에 아들을 잃고 이리도 괴로운데,

그년은 서방까지 돌아와 좋아하는 꼴을 보니 더 참을 수가 없었어...

미령　이제... 그만해요 어머니...

　　　　오라버니도, 그러길 바라실 것입니다...

송씨부인　(본다) 나를 좀 멈춰다오... 나도, 나를 멈출 수가 없구나...

미령　(손을 붙들고) 저랑 같이 관아에 가서 자수해요 어머니.

　　　　현감의 죄를 말하면, 정상 참작을 해 줄 것입니다.

　　　　제가 최선을 다해 어머니 외지부를 하겠습니다.

　　　　유배를 가시던, 옥살이를 하시던, 제가 평생 모실게요. 어머니...

송씨부인　(보다가 끄덕이며) 그래. 그러마. 알겠으니, 물을, 좀 떠다 주겠느냐.

미령　(보다가 희망으로 끄덕이는)

─── **S#31 감영 옥사 (현재, D)**

미령　그것이, 마지막으로 본 어머니의 모습이었습니다.

　　　　물을 가져왔을 때는 이미... 돌아가신 후였습니다.

태영　...

미령　차라리, 잘됐습니다. 이제, 다 끝났으니까요...

　　　　어머니도, 이제 편안해지셨을 것입니다. 허니,

　　　　어머니가 지은 죄에 대한 벌은, 제가 받겠습니다.

태영　(보다가) 아니... 자네 오라버니도 부모님 벌을 대신 받았는데,

　　　　자네마저, 어머니의 죄를 뒤집어쓰도록, 내가 두고 볼 것 같은가...

보는 미령에서...

군관들에게 포박되고 있는 오달성.
사람들, 구경하듯 잔뜩 몰려 손가락질하고 난리다.

이씨부인	그니까 현감이 백별감 부인이랑 짜고 노비를 죽여서,
	옥씨의 남편이라 우기고 과부로 몰았었다는 거죠?
다른부인	네~ 열녀문 받아서 고과 성적 올리려고 그랬나 봅니다.
이씨부인	백별감 부인은 그렇게 복수가 아니라 우기더니~
다른부인	헌데, 백별감 부인은, 딸이 죽인 게 아니라면서요? 누구랍니까? 현감?
김씨부인	글쎄요. 저자가 끌려가면, 연루된 모든 자들이 밝혀지겠지요.
홍씨부인	(그 말에 아무 말도 못 한 채, 벌벌 떨며 듣고 있다) …
오달성	구경났느냐! 다들 썩 들어가지 못할까!
차춘식	어디 살인을 저지르고 큰소리야!
오달성	(멈춰 서서) 누가 그래! 누가! 당장 놓지 못하겠느냐! 이거 놔라, 놔!
	아무 죄도 없는 나를 왜 끌고 가는 것이야!!!

군관이 오라는 듯 확 잡아당기자, 자빠지며 관모가 벗겨지는 오달성.
왜 이래! 미친 게냐! 반항하다가 상투까지 풀어지며 봉두난발.
오달성, 일어나지 않고 엉덩이로 버티며 발악하면,
군관들 안 되겠다는 듯 질질 끌고 가는데,
손목이 당겨져 앞으로 넘어지는 오달성.
오달성 앞으로 보이는 발. 올려다보면, 태영이다.
구경하고 선 승휘와 만석.

오달성	(반가움으로 무릎으로 기어가서) 지금부터 내 외지부를 해 주시오.
	(군관에게) 외지부! 내가 외지부를 구했다. 묵비권을 행사할 것이야!
	(해 놓고 태영에게) 해 줄 거지요? 새로 시작하자며~ 다 용서한다며.

태영	(경멸로 보는) … 거절하겠소.
오달성	야! (했다가 발 붙들고) 제발, 날 좀 도와주시오 제발.
태영	그래도, 현감과 나의 인연을 생각해,
오달성	(기대로 보면)
태영	현감의 혐의를 좀 짚어 드리자면,
	형률 제420조, 죄 없는 자를 감금하여 심문한 죄,
	호율 제104조, 타인의 물건을 훼손한 죄, 형률 제407조 방화죄,
	그리고, 형률 제305조 살인죄로, 참형입니다.
오달성	(절망의) … 아아아!

말을 마치고 승휘와 만석 쪽으로 걷는 태영에서…

───── **S#33 태영 집 도겸 방 (N)**

누워 있는 도겸의 이마를 짚어 보는 태영.

막심	(물수건을 짜서 건네며) 내도록 기척이 없으셔서 들여다 봤더니만…
태영	(이마에 올리고) 여독도 풀리기 전에 이런 일을 겪었으니, 병나실 만도 해.
막심	큰 마님, 날 밝으믄, 저랑 같이 가유.
태영	동서 걱정되는구나. 그래 같이 가자.
막심	그게 아니라, 지가 사돈 마님을 죽였걸랑유.
태영	(본다) 어?
막심	지가 그날 가서 콱 찔러 죽였구만유.
	지는 죽일 만한 이유도 충분하잖아유. 안 그려유?
도겸	(들었는지, 눈을 떠서, 말리려는 듯 막심을 본다)
태영	그런 생각 하지 마 막심아.
막심	작은 마님이, 너무, 불쌍해서 그래유…

애까정 가졌는디, 그 험한 옥사에서...

도겸　　(괴로운 듯 눈을 감는) ...

막심　　암만 무작시러웠다 해도 어미가 죽은 걸 봤으니,

　　　　세상에 그 속이 워떨지, 참말로, 가여워 우째유.

태영　　내가, 최대한 노력해 볼게...

──── **S#34 의창현 일각 (D)**

앞서가는 태영을 따라 걷는 승휘.

승휘　　같이 좀 가시지요 부인. 걸음이 어찌 그리 빠른지.

태영　　(눈을 흘기면)

승휘　　(작게) 있는 동안은 남편 행세를 해야 할 게 아니냐.

　　　　(크게) 아무리 외지부라 한들, 어찌 부인을 홀로

　　　　험한 살인 사건 현장 조사를 보낼 수 있겠소.

　　　　내 이제, 무예도 뛰어나니 호위로도 좋지 않겠소이까~

태영　　이 일만 해결하고, 청수현을 떠날 것입니다.

승휘　　첫 사건이 제수씨의 오라버니 사건이었는데,

　　　　마지막 사건이 제수씨의 사건이라니, 의미 있군요.

태영　　계시는 동안, 성씨 가문 장남 노릇을 좀 해 주시지요.

승휘　　무엇을 할까요. 말씀만 하시면 따르지요.

태영　　작은 서방님 좀 위로해 주시겠습니까.

승휘　　(보다가 끄덕이는) ...

깨진 술병과, 쏟아진 술. 나동그라진 물그릇과 물로 엉망인 바닥에,
군관들의 발자국까지 어지러운 방 안을 유심히 살피는 태영.

승휘 　이게 지금 도, 독술이라는 거지? 와~ 나 죽을 뻔한 거야?
태영 　예. 옥태영의 서방으로 사는 것도 만만한 일이 아니지요?

승휘, 무섭다는 듯, 몸을 부르르 하는데, 태영, 조악한 병풍 뒤를 본다.

승휘 　뭘 찾는 것이냐.
태영 　송씨부인이 돌석이를 죽였다는 투서를 받고 잡으러 온 군관들이,
　　　이 병풍 뒤에 들어왔을 리는 없겠지요?
승휘 　군관들이 들이닥쳤을 때, 사돈은 이미 사망해 있었다며?
　　　시신을 수습하고, 제수씨를 데려가는데 병풍 뒤야 안 갔겠지.
태영 　헌데 왜, 여기 발자국이 있는 걸까요.

승휘, 가서 보면, 바닥에 흙 발자국... 마주보는 둘에서...

—— **S#36 송씨부인 집 일각 (D)**

태영 　(근처를 돌아보며) 헌데, 사돈이 살해된 시각에 현감은 관아에
　　　있었습니다.
승휘 　뭐, 누군가에게 죽이라 지시했겠지요.
태영 　누가 그런 지시를 순순히 따르겠습니까?
승휘 　돈만 주면, 그런 일을 하는 자들은 찾기 쉽지 않습니까?

그때 승휘 눈에 들어오는 반짝이는 무언가. 작은 나무 쪽으로 가는 승휘.

태영	지행수라면, 할 수 있지 않겠습니까?
승휘	(일어서서) 만일 짐작대로 현감에게 보쌈꾼을 댄 자가 지행수라면,
태영	돌석이를 살해한 게 밝혀져 현감이나 송씨부인이 잡혀가면 위험하다 생각해서 살인을 할 수 있지 않겠습니까?
승휘	헌데 말입니다. 지행수, 그자가 끼기엔, 좀, 작은 가락지 아닙니까?

태영, 승휘가 보여 주는, 화려한 가락지를 보는 데서...

—— S#37 차춘식 집 홍씨부인 방 (D)

홍씨부인 앞으로, 화려한 가락지를 내려놓는 태영.
곁으로, 무슨 일인가 앉은 김씨부인과 차춘식.

태영	이 가락지는 제 것인데, 잔치 때 보니, 좌수 부인께서 지니고 계시더군요.
차춘식	뭐요. 훔친 것이오 부인?
홍씨부인	아닙니다! 난 그 여자한테 받은 거라구요.
김씨부인	(어이없는) 대체 무슨 대가로 받은 것입니까?
홍씨부인	아니 그게. 그니까.
태영	송씨부인 집에는 왜 간 것입니까?
차춘식	부인이 그 집에 갔어요?
태영	이 가락지가, 그 집에 떨어져 있더군요.

차춘식과 김씨부인, 놀라 홍씨부인을 보면,
어쩔 줄 모르는 홍씨부인에서...

───── **S#38 태영 집 도겸 방 안 (N)**

술상을 놓고 마주 앉은 승휘와 도겸.

승휘 우리 아우께서, 두문불출하신다기에.

도겸 머리가 복잡해, 서책을 좀 읽고 있었습니다.

승휘 장원 급제자는 역시 다르네. 머리 복잡하면 술인데.

승휘, 따르려다가 술 냄새를 맡아 본다. 혀끝을 대 본다. 보는 도겸.

승휘 들었는가, 자네 안사람 덕에 우리가 목숨을 건졌다지.

도겸 (차가운) 누구로부터 말입니까. 부인의 어머니로부터요?

승휘 (따라 주며) 7년이나 떨어져 살았다지 않나.
      제수씨는 그저, 어머니 말을 믿었던 것이겠지.

도겸 (한 잔 마시고, 말 돌리는) 형수님께는...
      원치 않으시면 떠나시지 말라 말씀드렸습니다.

승휘 잘했네. 나도 같은 생각이야. 나만 없으면, 들킬 위험도 없는데,
      이제 과부 신세도 면했으니, 나만 떠나면 되지 않겠나.

도겸 아마도 함께 떠나시려고 하실 것입니다.

승휘 그 얘긴, 우선, 자네 안사람을 무사히 데려온 후에, 얘기해 봄세.

도겸 다시, 그 얘기입니까.

승휘 가 봐야지 않겠나. 자네 안사람에게...

도겸 ... 제게 일부러 접근했습니다. 저는 속아 혼례까지 했구요.
      저만 속지 않았어도, 이런 일은 없었을 것입니다.

승휘	(갑자기 배시시 웃는다)
도겸	(의아한)
승휘	갑자기 내 생각이 나서 웃었네. 일부러 속이고 접근했다기에...
도겸	아... (저도 모르게 같이 미소)
승휘	(보다가) 장원 급제한 자네 처가 되려고,
	여인들이 줄을 섰을 터인데, 제수씨와 혼례 한 이유가 뭔가.
도겸	... 모르겠습니다 이젠. 그 어떤 것도, 다 계획인 듯하여...
승휘	머리만 써서 접근했으면, 마음을 못 느꼈으면,
	자네 형수는 결코 혼례시키지 않았을 것이네.
도겸	...
승휘	제수씨는 어머니 명대로 자네와 혼례 하려고,
	진심을 다해, 자네에게 마음을 줬을 것이야.
	그게 자네와, 자네 형수에게 보였을 것이고.
도겸	...
승휘	7년 전, 자네 형님이 떠나고, 이 집안이 풍비박산이 났을 때,
	자네 형수는, 자네 때문에 함께 떠나자는 나를 거절했어.
도겸	(본다)
승휘	오로지, 이 집안과 자네의 평안함이,
	자네 형수의 기쁨이고 자랑이 아니겠나.
	자네가 행복하지 않으면, 자네 형수도 행복할 수 없을 것이네.
도겸	(보는 데서) ...

───── **S#39 태영 집 신방 (N)**

조심스럽게 들어오는 도겸. 엉망이 된 방을 본다...

떠오르는, **플래시컷〉 6부 S#29 청수헌 거리 (D)**

도겸이 놀라서 아! 하는 소리에, 돌아보는 미령.

수수한 차림이지만, 하얀 피부의 서글서글한 눈매.

플래시컷〉 7부 S#39 태영 집 마당 (D)

정갈하게 차려진 대례 상을 사이에 두고 혼례복을 차려입은 도겸과 미령.

플래시컷〉 9부 S#41 신방 안 (D)

미령의 배에 손을 얹고 기뻐하던 도겸.

현재〉 미령이 만들어 놓은 작은 아기 옷을 보는 도겸.

텅 빈 방에 홀로, 괴로운 도겸에서...

───── **S#40 송정 (D)**

홀로 앉아 있는 미령. 사람들 소리에 도겸을 찾듯 돌아보지만...

뒤에는, 오달성의 가족들과 구경꾼들뿐이다. 미령, 실망스러운데

들어오는, 태영, 승휘, 막심, 만석, 도끼. 끝동...

다들 미령을 응원하듯 본다.

태영, 다가와 미령의 옆으로 앉아 손을 꼭 잡아 준다.

송사 개시 북소리와 함께 각 현 현감들, 나와 앉는데,

송관인 관찰사 나와 서서,

관찰사   (현감들에게) 송가 미옥의 살인 사건은, 열녀문 사건과의 연관으로
파견 중이신 안핵어사께서 직접 진행하도록 할 것이네.

나오는 허종문을 보고 놀라 일어서는 현감들.

허종문, 중앙 상석에 앉아, 태영과 목례한다.

경과〉

허종문   차가 미령은, 모친을 살해했다 자백하였을 뿐 아니라

모친을 살해할 만큼 증오했음을 진술하였으므로,

살해의 동기는 충분하다. 이에, 외지부는 변론하라.

태영   외지부 옥태영, 아뢰옵니다.

차가 미령은, 모친에게 독을 먹였다 자백하였으나,

(검험서 내밀고) 검험 결과 송가의 사인은, 밧줄에 의한 교살이옵니다.

차가 미령은 모친의 사인을 몰랐을 뿐 아니라,

가해자에게 흔히 있을 저항흔도 존재하지 않습니다.

허종문   헌데 어찌하여, 모친을 죽였다 자백을 한 것인가.

미령   … 사람을 죽인 어머니가, 스스로 목숨을 끊어 버렸으니,

어머니가 지은 죄에 대한 벌을, 제가 받고자 한 것입니다…

태영   송가는 살해당하기 전, 오달성과 함께 노비 돌석이 등을 살해했고,

돌석이의 시신을 이용해 소인을 과부로 몰았음을 자백하였습니다.

돌석이를 살해한 혐의로 잡혀 온 오달성을 불러 주십시오.

경과〉

오달성   전 정말 무슨 말을 하는지 모르겠습니다. 영감.

태영   (어이없다는 듯) 예가 어디라고 거짓을 말하는 것이오!

오달성   진짜요! 어느 날 관아 앞에 시신이 버려져 있었고

본인의 이름이 써진 손수건이 있었다고 몇 번을 말합니까!

태영   (보다가) 그 손수건 또한, 송가가 만든 것이 아니오!

오달성   나, 난 모르오!

태영   어사 영감, 오달성은, 돌석의 시신이 복검 중인 것을 알게 되자,

송가가 잡혀 오면 공범임이 밝혀질 것이 두려워,

송가를 살해하고 송가가 범인이라 투서를 보낸 것입니다.

오달성   아니야! 어사 영감! 이것은 모함이고 억측입니다!

태영   (오달성에게 종이 한 장을 보인다) 현감이 작성한 것이 맞소?

오달성   마, 맞소.

태영	(종이를 허종문에게 주며) 이것은, 본인이 인정한, 청수현 관아 문서입니다. 감영으로 왔던, 투서의 필체와 대조해 주십시오.

당황하는 오달성. 전달된 공문서와 투서들을 비교하는 현감들.
관찰사 끄덕이면,

오달성	(괴성) 아닙니다! 그것은 제가 쓴 것이 아닙니다!
허종문	네 이놈! 어찌 나라의 녹을 먹는 관리가, 백성을 살해할 수 있단 말이냐!
오달성	피, 필체는 얼마든지 조, 조작할 수 있지 않습니까!
태영	허면, 수결은 누구에게 한 것이오!
오달성	수, 수결? 그, 그걸 어떻게 안 것이오?
태영	내 집 잔치에서 현감과 송가와 나눈 얘기를 들었소이다.
오달성	(분노하는) 너... 그래서 일부러 나를 용서한 척 잔치에 초대한 것이냐! 이런 영악한!
허종문	말을 삼가지 못할까!
태영	어사 영감, 여기 오달성은 열녀문을 제안한 송가의 꼬임에 빠져, 자신의 사리사욕을 채우기 위해, 무참히 살인을 저질렀을 뿐 아니라! 그 시신을 소인의 남편이라 우기며, 소인을 과부로 몰았고, 보쌈꾼들에게 소인을, 처참하게 능욕하라 지시했사옵니다.
구경꾼들	(웅성웅성)
오달성	아니야! 아니라고! (어쩔 줄 모르다가 저도 모르게) 어사 영감! 제가 보쌈꾼을 동원한 것이 아니라, 상납 문서에 수결하면 보쌈꾼을 대 주고 열녀문을 만들어 준다기에...
허종문	누구냐. 네게 그런 약속을 하고 수결을 받은 자가.
오달성	그, 그것은... (두려움으로)
허종문	바른대로 말하지 못할까!
태영	송가를 살해한 진범으로 잡혀 온, 지동춘과의 대질을 요청합니다.

오달성 (놀라 보는) 뭐? 그, 그자가 잡혀 왔어?

허종문 지동춘을 당장 끌고 오너라.

경과〉

지행수 진짜~ 말도 안 되는 소립니다요.

저 같은 놈이, 무슨 수로 열녀문을 내 드립니까요.

수결은 뭐고 보쌈꾼은 또 무슨 쌈 싸 먹는 소리이신지. 통 모를~

물론, 인력이야 제공하지만, 걔들이 가서 뭔 짓을 하는지 제가 어찌

압니까요.

허종문 둘이, 모르는 사이다?

지행수 / 오달성   (마주 보고) 예. 모릅니다.

허종문 오달성의 뒤를 밟아, 둘이 만나는 모습을

수차례 목격한 군관이 있음에도 거짓을 말할 것이냐!

지행수 / 오달성   (놀라 보는)

지행수 아니~ 저희가, 안면이 있다고 치겠습니다요.

헌데 그게, (태영 보며) 내가 송가인지 뭔지를 죽였다는 증거가

됩니까요?

태영 (보다가) 어사 영감, 청수현의 홍가 수희를, 증인으로 요청합니다.

어느새, 방청석에 차춘식과 서 있던 홍씨부인, 앞으로 나온다.

놀라는 식솔들과 지행수. 뭐야, 난 모르는 여잔데? 하는 얼굴.

홍씨부인, 태영 마주 보는 위로, **플래시컷〉 S#37 [연장]**

홍씨부인 나는 그냥 그 가락지 돌려주러 간 겁니다!

차춘식 (안도하는) 그럼 그렇지. 왜 생사람을 잡습니까!

김씨부인 헌데 왜 그리 잘못한 사람처럼 불편하신 겝니까?

홍씨부인 그게 아무래도 내가, 살인자를 본 거 같아서...

일동	(놀라는)
김씨부인	허면, 진작 말을 했어야지요!
태영	부탁드립니다. 용모파기를 그리고, 증언해 주신다면,
	성장원에게 웅이 도령의 급제를 도우라 하겠습니다.
홍씨부인	(김씨부인을 보며) 자모회 회장 자리도 주세요.
차춘식	(말리듯) 부, 부인.
김씨부인	그러지요.
태영	(당황해 보면) 회장님.
김씨부인	자네 동서부터, 살리고 봐야 할 게 아닌가.
홍씨부인	(완전 신난)

S#41 송정 (D)

홍씨부인	(지행수를 가리키며) 저자입니다. 저자가 바로 범인입니다!
태영	확실합니까.
홍씨부인	예~ 제 두 눈으로 똑똑히 봤습니다.
	솔직히 한 번 보면, 기억에 남을 몰골이 아닙니까~
지행수	아 진짜 뭔데요! 난 진짜 모르는 일이라니까요!
태영	기억이 안 난다면, 내가 그날 일을 떠올려 주겠네.

플래시컷〉 송씨부인 처소 (사망 당일, D)

손에 가락지를 쥔 홍씨부인, 마당으로 들어서려는데,
방 안에서 언성을 높이며 싸우는 듯한 소리가 들리자 엿듣는다.

태영E	송가에게 받았던 가락지를 돌려주러 들렀던 홍씨부인은,
	송가와 그 딸이 다투는 상황을 엿듣게 되었습니다.

안에서 누군가 나오는 소리에 얼른 마당의 나무 뒤로 숨는다.
밖으로 나온 미령, 주방으로 가 물동이를 들고 밖으로 나간다.

태영E   그러다 차가 미령이 물을 뜨러 자리를 뜨자
송가를 만나러 안으로 들어가려 했으나,

플래시컷〉송씨부인 처소 (사망 당일, D)
홍씨부인, 나무 밖으로 나가려는데, 문으로 들어오는 지행수.
놀라 다시 나무 뒤로 숨는 홍씨부인. 지행수, 주변을 살피고,
댓돌의 신발 한 켤레를 확인하고, 뒷춤에서 밧줄을 꺼내,
신발 신은 채로 들어간다. 놀라 보는 홍씨부인.
가락지가 떨어지는 것도 모르고 허둥지둥 간다.

태영E   지동춘이 들어가는 것을 본 홍씨부인은, 그만,
두려움에 자리를 떴습니다. 그리고 방으로 들어간 지동춘은.

플래시컷〉송씨부인 방 안 (사망 당일, D)
송씨부인을 목에 밧줄을 걸어 죽이고 있는 지행수.
송씨부인, 손톱으로 지행수의 손등을 뜯어내다가.
이내 축 처지는 데서...

태영E   무참히, 송가의 목을 졸라 살해했습니다.

플래시컷〉송씨부인 처소 (사망 당일, D)
밖에서 누군가 들어오는 기척에 놀라 병풍 뒤로 숨는 지행수.
들어온 미령, 물그릇을 떨어뜨리고, 어머니! 하는데...
슬쩍 내다보는 지행수. 밧줄을 다시 움켜쥐는데,
밖에서 문을 확 여는 군관들에, 다시 숨는 데서...

현재〉

허종문   군관들이 갔을 때도 저자가 거기 있었단 말이냐.

태영   군관들이 조금만 늦었더라면, 여기 있는 차가 미령도,
　　　　저자에게 목숨을 잃었을 것입니다.

지행수   진짜 말도 안 되는 억측입니다!

태영   (종이 내밀며) 이것은 병풍 뒤의 발자국을 그린 것입니다.
　　　　미리 제출된 저자의 신과 비교하시고, 저자의 손등 상처와,
　　　　죽은 송가의 손톱 속 살점을 비교하여 주십시오.

지행수   (손을 감추고, 흔들리는 시선의) ...

태영   또한 저자는 7년 전, 아이들을 납치 감금하고 학대해,
　　　　잠채에 이용한 죄로 큰 벌을 받았음에도 뉘우침이 없이,
　　　　또다시 큰 죄를 지었으니, 가중 처벌하셔야 할 것입니다.

지행수   아닙니다 난 아니라고!
　　　　(하다가, 오달성을 가리키며) 저자가 시킨 것입니다!

오달성   너, 미친 것이냐!

허종문   여봐라, 지동춘과 오달성을 당장 옥에 가두고,
　　　　여죄를 자백할 때까지, 물 한 방울 줘선 아니 될 것이다.

안돼! 제발! 하며 끌려가는 오달성과, 오열하는 오달성의 가족.
홍씨부인에게, 손가락으로 목 긋고 죽여 버린다! 하며 끌려가는
지행수.
홍씨부인 아악! 무서워서 차춘식 뒤로 숨는다.

태영   어사 영감, 차가 미령은, 송가를 살해한 범인이 아닙니다.
　　　　오히려, 돌석이를 살인한 오달성과 송가를 증언했을 뿐 아니라,
　　　　보쌈꾼과의 결탁을 제게 알려 어사 영감께서 잡을 수 있도록
　　　　도왔습니다.

허종문	(보다가) 차가 미령을, 무죄 방면하니, 돌아가도 좋다.
식솔들	(안도하는데)
승휘	진짜, 멋있지 않느냐.
만석	(박수치며 감동의) 그니까요.

하여, 차가 미령을, 방면해 주시기를 간곡히 청하는 바입니다.

태영, 미령을 식솔들에게 데리고 오는데, 가지 않으려는 미령.
태영, 돌아보면, 못 가겠다는 듯 고개를 도리도리한다. 그때,

도겸E 부인...

소리에, 보면, 언제 왔는지, 언제부터 보고 서 있던 도겸이다.
다들, 다행인 미소...

도겸 늦어서 미안합니다.

손을 내미는 도겸을 보는 미령에서...

──── **S#42 어사 집무실 (D)**

이참군	오달성은, 이미 횡령 전적으로 파직 위기였습니다.
허종문	누군가, 지행수를 통해 파직 위기의 현감들에게 접근해,
	상납 수결을 받고 보쌈꾼을 보내준 것으로 보고 있네.
태영	아마도 지행수는, 누군가의 충실한 망나니일 뿐이겠지요.
이참군	헌데, 지행수의 입에서, 배후의 이름이 나올까요?
태영	지행수는 7년 전 금광 사건 때도 입을 열지 않았습니다.
	차라리 놓아주고 뒤를 밟음은, 어떠신지요.

이참군	어찌나 신출귀몰한지, 잘도 미행을 따돌려, 몇 차례나 놓쳤습니다.
허종문	자네 혹시 오달성을 설득해 볼 수 있겠나.
태영	오달성이 배후를 자백한다면, 정상 참작을 해 주실 수 있으시겠습니까.
허종문	(끄덕이고, 이참군에게) 오달성을 데려오게.
이참군	예.

———— **S#43 옥사 (D)**

중앙에 통로를 두고 각 옥사에,
손이 앞으로 묶여 앉아 있는 지행수와 오달성.
서로 노려보며 말을 섞지 않는데,
들어오는 이참군. 오달성을 데려가려는데,

지행수	아시죠? 입을 열면 (손가락으로 목을 긋고) 끽~
오달성	(무시하고 가려는데)
지행수	송정에서 보니까~ 현감 나리 가족들, 오붓하시고 보기 좋더라굽쇼~
오달성	(두려움으로 보는 데서) ...

———— **S#44 어사 집무실 (D)**

허종문	내, 열녀문을 이용한 원한 살인까지 계획되고 있음을 전하께 고해, 앞으로 더는 무고한 과부들이 살해되는 일이 생기지 않도록, 더 엄중한 심사를 거쳐 심사숙고하도록 바로잡을 생각이네.
태영	허나, 아직 배후를 잡지 못하셨는데 노출하시면 그자들이 숨을 수도 있지 않겠습니까.
허종문	(미소로) 죄를 벌하고, 악인을 처단하는 것도 좋겠지. 허나,

그 죄를 더 짓지 못하도록 멈추는 것도 큰 의미가 있지 않겠나.

태영　(보다가 끄덕이는)

허종문　이게 다 자네가 명분을 만들어 준 힘이네.

태영　한낱 여인의 말에도 귀를 기울여 주시니 감사할 따름입니다.

그때, 참담한 얼굴로 들어오는 이참군. 옷에 피가 묻어 있다.

이참군　영감! 오달성이, 혀를 깨물었습니다.

놀라 보는, 허종문과 태영에서...

───── **S#45 감영 일각 (D)**

밖으로 나오는 태영. 태영을 툭, 밀치고 가는 지행수.

지행수　어이쿠~ 우리 외지부 마님. 지켜보겠습니다요~

손가락 두 개로, 태영과 자신의 눈을 번갈아 가리키다가,
눈이 하나라는 걸 깨닫고,
손가락 하나로 태영과 자신의 눈을 번갈아 가리킨다.
태영을 기다리고 있던 승휘. 그런 지행수의 손가락을 잡아 위로
꺾는다.

지행수　아아아아! 누, 누구! 왜, 왜 이러십니까!

승휘　반가워서 (손가락 하나 마구 꺾어 흔들며) 오랜만이다. 응?

태영　(어이없이 웃는) ...

―――― **S#46 유향소 마당 (D)**

잔뜩 들뜬 유향소 향원들과 부인들, 양민들로 발 디딜 틈 없는 마당.
중앙으로 잔뜩 거들먹 한 표정의 차좌수가 교지를 들고 서 있고,
그 앞으로 선 태영. 구경꾼들 틈에 승휘와 만석과 식솔들.

차좌수	어험! 청수현 현감을 지낸 성규진 가문의 총부 옥태영은,
	무고한 인명을 죽음으로 내몰았던, 위장 열녀문 사건을 척결하는 데에,
	노고와 공적이 매우 크니, 마땅히 상을 내릴 만하다. 그 포상으로!
일동	(기대로 보면)
차좌수	청수현에는 문려(門閭)를 세워 정표하도록 할 것이며,
일동	(놀라며 좋아하는)
차좌수	그리고! 백성들에게는 호(戶)마다 면포 한 필을,
	그리고, 옥태영에게는 채색 비단 열 필을 하사하노라.
다른부인	이게 웬일입니까. 청수현에 문려라니요~
이씨부인	그러게요! 앞으로 열녀문 받기도 어려워졌다는데, 완전 수지맞았습니다!
만석	(좋아하는 사람들 보며) 동서도 구해~ 살인범도 잡아~
	청수현에 명예까지 높여 주고~ 우리 외지부 마님,
	마지막 사건을 아주 거창하게 해치웠네요~
승휘	(생각에 잠긴) ...

―――― **S#47 운봉산 일각 (D)**

돌무더기 몇 개 위로, 마지막 돌을 얹는 승휘.
떠오르는, **플래시컷〉 6부 S#2 운봉산 산채 일각**
푹 빠져서 승휘의 이야기를 듣고 보는 사람들과 승휘를 보는
태영에서...

현재〉 묵념하듯 서 있던 태영과 승휘. 운봉산을 보는 데서...

───── **S#48 자모당 (D)**

김씨부인   외지부를 그만두고 청수현을 떠난다니, 그게 무슨 말인가.

태영   ... 오랜만에, 서방님이 오셨으니, 팔도 유람이나 다닐까 해서요.

김씨부인   (섭섭하고, 아쉬운) ... 나는, 자네 이 선택이, 좀 실망스럽네.

태영   (본다)

김씨부인   자네가, 여인의 몸으로 외지부를 하며, 큰일들을 이뤄 내,
         청수현의 여식들도 학당에서 함께 공부하도록 용기를 주었네.
         게다가, 아직 많은 사람들이 자네의 도움을 필요로 하는데 어찌...

태영   ...

김씨부인   남을 돕기만 하는 삶을 강요하고 기대한 것은 아니네, 다만,
         유람을 간다는 자네가 그리 기뻐 보이지가 않아서 그래...

태영   (보다가) 송구합니다. 저 때문에, 자모당 회장직까지 물러나셨는데...

김씨부인   ... 그것은, 계속해야 하지 싶네. 좌수 부인께서 못 하시겠다 하여...

태영   예?

김씨부인   지행수인가 그자가 풀려났으니, 무서워서 문밖출입을 못 하겠다지 뭔가.

         피식 웃는 태영과, 따라 웃는 김씨부인에서...

───── **S#49 박준기 공간 (D)**

         조아리고 선 지행수를 보고 있는 박준기.

지행수   아주, 미행을 따돌리느라 애먹었습니다요.

박준기	그년 때문에 열녀문 계획이 틀어져, 좌상께서 실망이 이만저만이 아니시네.
지행수	그러게요. 7년 전 병판 대감이실 때도 그년 때문에 금광을 뺏기셨는데...
박준기	(본다)
지행수	그래도 좌상과 어르신이 들키지 않아 다행이지 않습니까. 저야 이리 풀려났고, 오달성은 스스로 목숨을 끊었으니깝쇼.
박준기	...
지행수	제가 누누이 경고를 했거든요. 어르신께서는, 하시는 일에 방해가 되면, (목을 손가락으로 그으며) 끽. 이라고.
박준기	잘 알고 있군.

박준기. 지행수 뒤로 선 수하를 본다.
수하, 지행수가 놀랄 틈도 없이 칼을 꺼내 지행수의 목을 그어 버린다.
지행수, 끽소리도 못 내고 바닥에 쓰러진다. 철철 흘러나오는 피.

| 박준기 | 계집년 하나를 처리 못 해서 쯔. 치워! |

─── **S#50 공간 (D)**

박준기	(들어오며) 오래 기다리셨습니까.
김낙수	아이고, 무슨 말씀이십니까. (일어나 맞이하며) 어서 앉으시지요. (누군가에게) 일어나서 인사를 드리지 않고 뭐 하고 있는 것이야. 이리 버릇이 없습니다.

박준기, 앉으면, 차가운 얼굴로 마주 앉아 있는 사람, 소혜다.

S#51 태영 방 안 (D)

짐을 싸고 있는 태영. 외지부 옷을 본다. 싸지 않고 놓는다.

태영   ... 외지부는, 이제, 아씨가 아니라,
        제 꿈이 되었나 봅니다. 이리도, 아쉬운 것을 보니...

S#52 외지부 집무실 앞 (D)

손을 잡고 끌다시피 가는 승휘를 따라가는 태영.

태영   여긴, 왜 오자는 것입니까.
승휘   떠날 때 떠나더라도, 마지막 인사는 해야 하지 않겠느냐.

        하는데, 어쩐 일인지 집무실 앞으로 사람들이 북적거린다.
        태영, 멈춰 서서 보면, 일꾼들이 외지부 집무실을 수리하느라 바쁘다.

태영   제가 수리를 멈추라지 않았습니까.
승휘   내가 한 일이 아니다.

        태영, 무슨 소린가 해서 보면,
        나이 지긋한 양반 사내. 태영에게 다가온다.

양반   (손을 붙들고) 참으로 감사합니다. 외지부 마님...
        덕분에... 열녀문에 희생된 내 딸이...
        이제야 편히 눈을 감을 수 있겠습니다.
        저기, 다른 유가족들도 다녀가셨습니다.

태영, 보면, 집무실 문 앞에, 색색깔 꽃이나 한과, 떡 등
정성껏 포장한 음식이 놓여 있다. 보는 태영에서...

— **S#53 청수현 거리 (D)**

천천히 걸어가는 태영과 승휘.
상물인 면포를 수레에 싣고 가는 사람들, 태영을 보면, 크게 인사한다.

백성   외지부 마님은, 우리 청수현의 자랑이십니다!
백성2 내 말이유. 마님 덕분에 우리까지 은전을 누리니, 영광입니다요~

미소로 보는 태영을, 보는 승휘.

승휘   왜, 천승휘를 죽이면서까지, 왔냐고 물었지?
태영   (보면)
승휘   이리, 좋아하는 모습을 보고 싶어서...
태영   (보는 데서) ...

— **S#54 다리 위 (D)**

승휘   무슨 말을 하려고 또 여길 오자 했느냐.
태영   (본다. 입이 안 떨어지는)
승휘   할 준비가 되면 말하거라. 기다릴 테니.
태영   한 번만...
      딱 한 번만, 욕심내도 되겠습니까.
승휘   (알면서) 무엇을.

태영	... 단장님을... 진짜 남편 삼아, 여기 살면서,
	제가 하고 싶은 거 하면서, 살아도... 될는지...
승휘	(보다가) 하늘 아래 모든 사람은 평등하다면서,
	어찌 너에게만 이리 가혹한 것이냐.
	남들 돕지만 말고, 그만 희생하고, 그만 용서하고,
	제발, 너 하고 싶은 대로 살아도 된다.
태영	저는... 아시지 않습니까. 저는, 노비 구덕입니다.
승휘	(보다가) 난... 네가 노비일 때부터 존경했다.
태영	(보면)
승휘	노비면서도 글을 배우고,
	지두를 팔아 돈을 벌어 도망칠 궁리를 했지.
태영	...
승휘	주어진 삶에 머물지 않고, 주인에게 똥물을 끼얹고
	부당한 삶을 탈출했어. 그렇게 스스로 개척해 낸 소중한 삶이다.
태영	...
승휘	네가 가질 자격, 충분해. 이건 너의 삶이다.
태영	(보다가) 허면, 단장님의 꿈은요. 저를 위해 모두 포기하셨는데,
	제가 어찌 혼자 행복할 수 있단 말입니까.
승휘	(보다가) 난, 내 인생 최고의 무대에 뛰어든 것이야.
	내가 주인공이 되어, 너와 부부로 살고 있으니,
	이 또한 꿈을 이룬 것과 다름없지 않겠느냐.
태영	...
승휘	(손을 붙들고) 언젠가 들킨다면, 우린 죽음을 면치 못하겠지만,
	단 하루라도 더, 네 남편으로 살 수 있다면, 죽음은 두렵지 않다.
	아니, 사실 지금 죽어도 여한이 없을 정도로,
	살아온 날 중에 이 며칠이 가장 행복했다.
태영	...
승휘	그러니, 우리, 들키지 말자.

네가, 구덕이가 아니라 태영이인 것처럼,

나 또한 이제, 천승휘가 아니라, 성윤겸이다.

태영	(보다가, 어렵게 끄덕인다)
승휘	허면, 한 번, 불러 보거라, 내가 누구라고?
태영	(보다가 어렵게) ... 서방님...

그런 태영을, 미소로 보는 승휘에서...

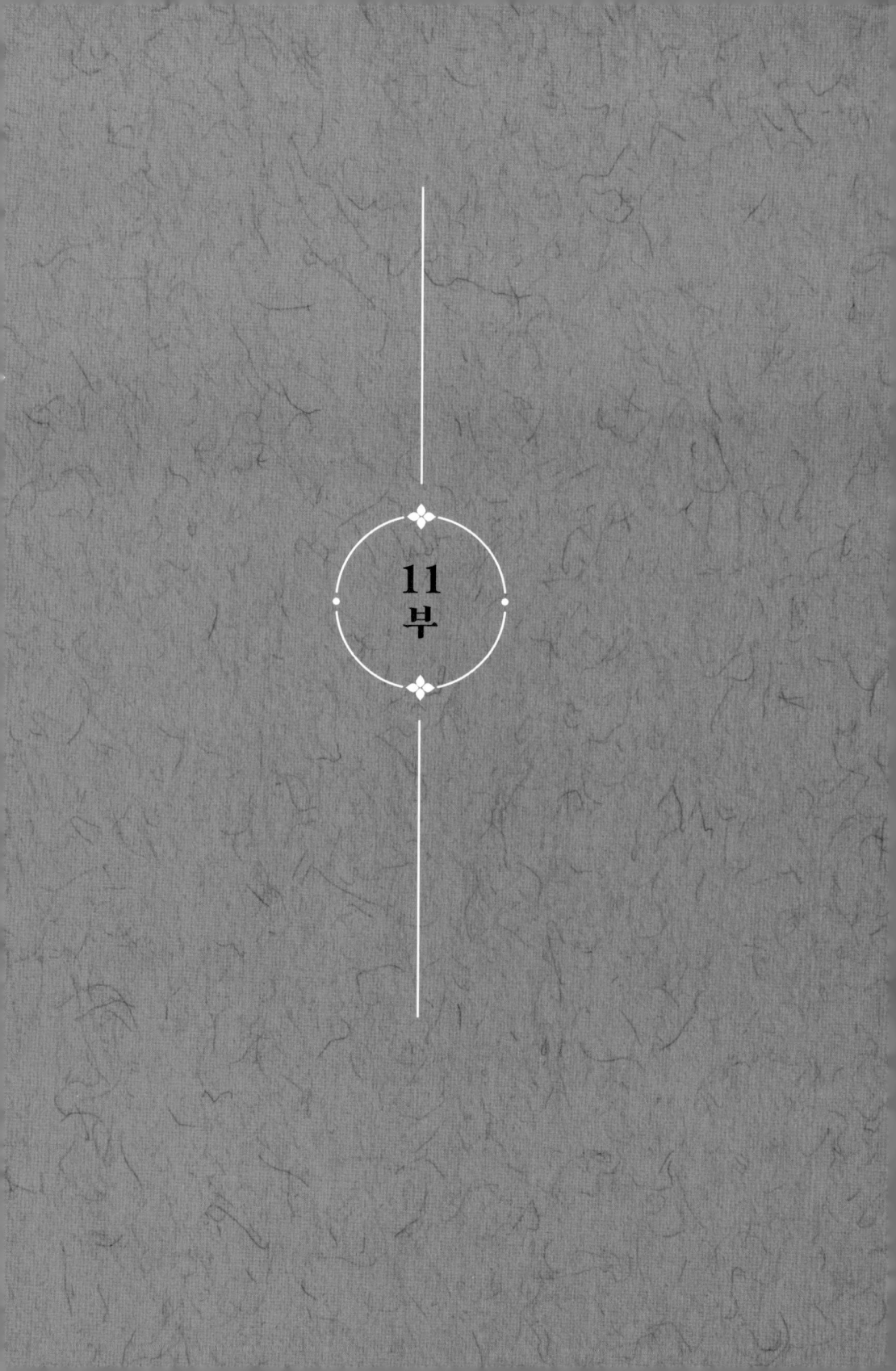

11
부

S#1 청수현 거리 (D)

한껏 들뜬 발걸음으로, 의기양양하게 걷는 승휘.

승휘   (지나가는 행인에게 반갑게) 안녕하시오! 성가 윤겸이라 하오.

           (괜히 악수하며) 하늘이 참으로 화창하지 않소이까.

행인   (하늘 한 번 보고) 그냥 그런디.

승휘   거 사람~ 감성이 그리 메말라서야~

           (하다가 지게꾼을 보고) 어! 발밑 조심하게나.

목례하고 가는 지게꾼의 등에 대고 잘 가라고 손도 흔들어 준다.

태영, 신나 걷는 승휘를 어이없이 보며 조금 떨어져 걷고 있다.

승휘, 갑자기 뒤를 돌아 태영을 본다. 태영, 왜 저러지 멈칫하면...

승휘   어느 날, 그녀가 내게로 와, 나를...

플래시컷 〉 10부 S#54 다리 위 (D)

태영   (보다가 어렵게) ... 서방님...

현재〉

승휘   하고 불렀다.
태영   ... 예?
승휘   암~ 서방님이고 말고. 내가 부인의 서방이오.

하하하하 웃으며 한 바퀴 돌 기세의 승휘를 어이없이 보는 태영.

승휘   (갑자기 코를 킁킁 향기 맡으며) 이 청수현에서는,
            부인 때문인지, 꽃향기를 머금은 달콤한 향이 납니다.
태영   거름 냄새이옵니다.
승휘   아? 그렇군요. 그런들 어떠합니까. 이리 향긋한 것을.
            자, 제 곁으로~ 이리 오세요. 함께 걸읍시다. 어서요~

태영, 어쩔 수 없이 승휘 곁으로 걸으면,
사람들, 보기 좋다는 듯 목례하고 지나가고,
한없이 기쁜 승휘를 보며, 조금은 걱정스러운 태영에서...

——— **S#2 태영 집 서재 (D)**

태영과 승휘 앞으로 모여 앉은,
도겸, 도끼, 막심, 만석. 무슨 말을 하려나 싶은데,

승휘	(벅찬) 우리 (태영을 한 번 보고) 이 집을 떠나지 않기로 했네.
일동	(놀라 보면)
만석	안 떠나면요, 그럼 여기 눌러 사신다구요?
태영	(모두에게 머쓱하게 끄덕이는)
도끼	워매! 잘되었네! 막심아~ 인제 우리 (끌어안으며) 안 찢어져도 되는 겨?
막심	(도끼 밀고 태영 끌어안고) 워매~ 좋아라.
태영	(조금 민망해 도겸을 보는데)
도겸	참으로 잘 생각하셨습니다. 형수님.
만석	(걱정인) 괜찮을까요?
도끼	안 괜찮을 게 뭐가 있는디. 이미 이 청수현 바닥에서는 큰 서방님이신디.
태영	(승휘 보며) 그래도 조심해야 할 것입니다.
승휘	염려 마시오 부인. 내 결코 들키지 않게, 한 치의 흠 없이, 완벽하게 해낼 터이니.

의기양양한 승휘, 기뻐하는 일동에, 조금은 걱정스러운 태영에서…

─── **S#3 태영 집 도겸 방 안 (D)**

마주 앉은 태영과 도겸.

도겸	어찌 그리 마음이 복잡하십니까.
태영	제 표정 보면 마음이 보이십니까?
도겸	그럼요~
태영	허면, 무슨 마음인지 맞혀 보세요.
도겸	음~ 결정을 번복하신 게 조금 면목이 없으시고, 또, 이 결정이 집안에 폐가 될까 염려되시지요.

태영	역시, 뭐든 장원 급제감입니다.
도겸	제가 형님을 모셔 온 건, 결코 집안을 위해서가 아니었습니다.
	오로지, 형수님만을 위해서였습니다.
태영	(본다) ...
도겸	처음으로, 형수님 스스로를 위한 결정인 거 아닙니까?
태영	(그런가 싶은) ...
도겸	앞으로는 다른 걱정 마시고, 형수님의 행복을 위해 사세요.
태영	그 말은, 이제 작은 서방님 걱정은 하지 말란 소리인가요?
도겸	예. 쉽지야 않겠지만, 잘 극복할 테니, 너무 염려 마세요.
태영	동서가, 어디 갔는지는 알고 계시지요?
도겸	... 예.

── S#4 운봉산 일각 (D)

외딴곳에 막, 마련된 듯, 흙도 채 마르지 않은 작은 봉분 하나.
그 앞에 절을 하고, 참담한 얼굴로 서 있는 미령을,
멀찍이 지키고 선 여종과, 곁으로 선 끝동에서...

── S#5 청수현 거리 (D)

집으로 돌아가고 있는 미령과 끝동, 여종 하나.
마주 오던 이씨부인과 엄씨부인, 미령을 보더니,

이씨부인	어머. 안 쫓겨난 모양입니다?
엄씨부인	그러게 말입니다. 나 같으면 살인자 딸이랑은 하루도 못 살 듯한데.
이씨부인	이럴 게 아니라, 이사를 보내던가 해야 하는 게 아닙니까?

무서워서 한동네에서 어떻게 사냐구요.

다 들리는 미령, 쓰개치마를 푹 눌러쓰고, 걸음을 서두르고,
속상한 듯 따라가는 끝동에서...

—— S#6 태영 집 도겸 방 안 (D)

외출하려는지, 옷을 갈아입으려던 도겸, 미령, 막 들어와 도우려는데,

도겸	(돌아서며) 두세요. 혼자 할 수 있습니다.
미령	(차가운 도겸을 본다)
도겸	(마저 입으며) 잘 다녀오신 겝니까.
미령	예. 신경 써 주신 덕분에, 어머니를 잘 모셨습니다.
도겸	형님과 형수님께서, 그리하자 하신 것입니다.
미령	... 예. (벗은 옷을 받으려 하며) 이리 주세요.
도겸	너무 애쓰실 필요 없습니다. 제게 마음도 없으실 텐데.
미령	... 제 마음을, 다 아시는 듯 말씀하십니다.
도겸	(본다) 별로 알고 싶지 않습니다.
미령	... 저는 밉더라도, 아이에게는 좋은 아버지가 되어 주세요.
도겸	염려 마세요. 아이 아버지로서는 부족함 없이 노력할 것입니다.
	허니 부인께서도, 아이를 위해 최선을 다해 주세요. (나가려는데)
미령	송정에 나오신 연유는, 저를 집으로 데려오신 연유는,
	오로지, 아이 때문이신 것이지요?
도겸	(본다) 달리 무슨 연유가 있겠습니까.
	부인이 따라오신 이유도, 아이 때문이지 않습니까?
미령	(대답하지 않는)
도겸	... 부탁 하나 하겠습니다.

미령	(보면)
도겸	형님께서 7년 만에 돌아오셨는데,
	우리 일로 내외분께서 기쁨을 누리지 못하셨습니다.
미령	... 송구합니다.
도겸	앞으로는 두 분께서, 우리에게 신경 쓰지 않으시도록,
	겉으로라도 잘 지내는 척해야 할 것입니다.
미령	... 척이요?
도겸	부인께서 잘하는 것이지 않습니까. 마음 없으면서도, 있는 척하는 것.
미령	...
도겸	허면, 쉬십시오. 별시 준비로 유생들을 도와야 하니,
	낙점 전까지, 서원에서 지낼 것입니다.

나가는 도겸을 아프게 보는 미령에서...

───── **S#7 태영 집 도겸 방 앞 (D)**

자책하는 표정으로 서 있는 도겸.
다시 들어가려다가, 그냥 가는 데서...

───── **S#8 태영 방 안 (D)**

마주 앉은 미령과 태영.

태영	어머니는, 잘 모셔 드렸나.
미령	예. 감사하고 송구합니다.
태영	차마, 가 볼 수는 없었던 마음, 이해해 주게.

미령	이해라니요. 저라도 당연히 그랬을 것입니다.
태영	많이 힘들겠지만, 어머니에 대한 원망과 미움은 잊도록 해.
	자네에게도, 배 속 아이에게도 좋지 않네.
미령	... 예 형님. 이 아이는 꼭, 행복한 아이로 자라게 하겠습니다.
	서방님처럼, 형님처럼, 훌륭하고 좋은 사람으로, 키울 것입니다.
태영	... 정말 고맙네. 강하게 마음먹어 줘서.
미령	(끄덕이고) 서방님은 서원으로 나가신다 하니, 제가 잘 챙기겠습니다.
태영	(보다가) 공부만 해서 그런가, 뒤끝이 있고, 좀 꽁한 구석이 있네.
미령	(보다가 슬며시 웃는다) 서방님이요?
태영	응. 꾸지람을 듣거나, 맘이 좋지 않으면 혼자 틀어박혀서 글을 읽곤
	했어.
미령	(미소로) 그러신 것 같지는 않았습니다. 유생들 별시를 돕는다셨어요.
	제게도 최선을 다해 좋은 아버지가 되시겠다 하셨구요.
태영	그래 주면야 다행이고...

───── **S#9 자모당 또는 김씨부인 방 (D)**

김씨부인	동네 사람들이 뭐라 떠들든, 신경 쓸 거 없네.
	무죄 방면되고, 자네와 성장원이 받아들였는데 무슨 상관인가.
태영	강단 있게 버텨 내고 있긴 합니다.
김씨부인	자네 동서더러, 날 좀 본받으라 하게.
태영	(보면)
김씨부인	7년 전 운봉산 노두 사건으로 청수현에서 온갖 망신을 당하고,
	덕훈 아버지와 떨어져 사는데도 누가 감히 내 뒷말을 하던가.
태영	(난감하고 어이없게 보는)
김씨부인	(웃고) 내 할 일만 잘하면, 누구도 뭐라 못 한다, 그 말이네.
	(하다가) 아, 자네 동서, 자모회에 들어오라 하게.

태영	예?
김씨부인	아이를 가진 부인들과 친교를 나누면 좋지 않겠나.
태영	(조금 신경이 쓰이는) 다른 부인들께서 반대하지 않겠습니까?
김씨부인	무슨 상관인가. 내가 자모회장인데. 게다가,
	좌수 부인께서 두문불출해 뒷말들이 길게 가지도 않을 걸세.
태영	(미소로) 항상 이리 신경 써 주셔서 참으로 감사드립니다 회장님.
김씨부인	나야말로, 자네가 청수현에 남기로 해 얼마나 고마운지 모르네.
태영	회장님께서 조언해 주신 덕분에, 마음을 다잡았습니다.
김씨부인	허면, 바로 외지부 사무실을 열 것인가?
태영	예. 그래야지요. 왜 그러십니까?
김씨부인	외지부를 하는 것도 중요하지만, 자네 나이도 있는데 어서 후사를
	봐야지.
태영	(난처한) 예?
김씨부인	어찌 그리 새색시처럼 부끄러운 것이야.
태영	짓궂으십니다.
김씨부인	하긴 새색시와 다를 바 없겠네. 그치?
태영	(민망해서) 어머, 가 봐야겠습니다.

허둥대는 태영을 보며, 웃는 김씨부인에서...

———— **S#10 태영 집 윤겸 방 안 (N)**

장부를 넘겨 보고 있는 승휘. 들어오는 태영을 본다.

승휘	드디어, 내 순서가 된 것입니까?
태영	그러게요. 제가 이리~ 바쁩니다.
	헌데, (승휘 앞의 장부를 본다) 장부를 보고 계시는 것입니까?

승휘	예. 집안일로 부인 흠 좀 잡으려고 본 것인데, 나무랄 데가 없네요.
태영	(뿌듯한 미소)
승휘	바깥사람 도움도 없이, 외지부 일에, 안주인 일에,
	대체 얼마나 바빴던 것입니까. 하루도 쉬신 적이 없네요.
태영	(그랬나 싶은)
승휘	앞으로는 제가 많이 도와 드릴 테니, 좀 편해지세요.
태영	... 예.
승휘	걱정거리가 있으면 내게 다 털어 놓으시구요.
태영	흠. 걱정이 뭐가 있나.
	아, 작은 서방님 낙점이 늦어져 좀 걱정되긴 합니다.
	빨리 결정이 되어야, 타지에서 동서와 조용히 지낼 수 있을 듯해서요.
승휘	매관매직이 성행한다 하니, 아무래도 순서가 밀리나 보네요.
태영	예, 지방 수령 자리는, 수탈에 유리하니 탐내는 자가 많을 텐데,
	청수현에 어떤 자가 부임할지, 그것도 참으로 걱정이 되구요.
승휘	우리 성장원이 암행어사가 되어 다 때려잡으면 좋으련만.
	(하다가) 아 영감이 떠오릅니다. 제목은 어사와 외지부.
태영	(보면)
승휘	어사인 시동생과 외지부인 형수가,
	부패한 탐관오리들을 척결하는 것이지요.
태영	(보다가) 공연은 못 하시더라도,
	필명을 바꾸고 소설을 쓰시는 건 어떨까요?
	이대로 그만두시기엔, 서방님의 재주가 너무나 아깝고 아쉽습니다.
	얼마나 많은 사람들이 위로받고 힘을 얻었는데,
	저 때문에 그만두시다니요...
승휘	에이~ 내 글을 보아 왔던 사람은 대번에 나인 줄 알 것입니다.
	행여라도 천승휘가 죽은 척하고 여기 사는 게 알려지면 안 되지
	않겠습니까.
태영	그러게 왜! (하다가 한숨)

승휘	(미소로) 이미 건널 수 없는 강을 건넜는데 어쩌겠습니다.
태영	이리 사시면, 무료하지 않으시겠습니까?
승휘	무료하다니요. 능력 있는 부인을 위해,
	열심히 내조하는 애처가 선비 역할이 얼마나 즐거운데요.
태영	허면, 선비님은 새벽부터 부지런하셔야 하니 (일어서며) 이만 주무세요.
승휘	가신다구요?
태영	예. 왜요?
승휘	아, 아닙니다.

나가는 태영을, 의아하게 보는 승휘에서...

S#11 태영 집 행랑 (N)

행랑에 옹기종기 앉아, 탁주를 나누는 막심, 도끼, 만석, 끝동.

막심	자 새 식구를 맞이하는 뜻으로다가~ 다들, 찌끄려~
일동	(부딪히고) 찌끄려~
끝동	(만석에게) 헌디, 한양 송대감 댁 식솔이, 왜 우리 식구가 되는 겨?
만석	너무 단도직입적으로 물어보니까 할 말이 생각이 안 나네.
끝동	그쥬? 나가 솔찬히 똑 부러지는 구석이 있지.
도끼	맞어, 야가 청수현에서 젤 가는 똑쟁이여.
막심	그니께 송대감 댁 그건 나는 모르겄고,
	이짝은 그니께 큰 서방님이 나가 계신 동안 모셨던 식솔이다~
	그리 알어.
끝동	허믄 큰 서방님이랑 원제부터 같이 지냈는디유?
	큰 서방님 기억 소실이라 가지구 두어 달 전 일밖에 기억이 안 나시는디,
	그전부터 알았음 그간 어디 계셨는지 뉘신지 그짝이 진작 알았을 거

아녀?

일동 (본다)

만석 (감탄) 똑쟁이 맞네.

끝동 거 물 타지 말고, 자초지종을 말해 보라니께유?

시방 이 집구석에서 나만 모르게 뭔 일이 진행되고 있는 겨?

막심 (잔 콱 놓고) 니가 알아 뭣 혀! 어른들이 그렇다믄 걍, 근가 부다 햐!

끝동 (보다가) 근가 부네~ 아이 반갑구먼유. 자 찌그려~

일동 (건배하고) 찌그려~

도끼 거 올해 나이가 몇인 겨. 이제 한 식구 되었으니께 서열을 정해야지

않겄어?

끝동 (만석 보며) 딱 봐도, 서른 중반인디?

막심 그려, 어려 보이니께 나는 막심 아지매라고 불러.

만석 아지매라니! 한 잔 받으시지요. 누이!

막심 어머 누이~ 오호호호~

끝동 왐마 누이~ 호호호호~

도끼 허면 내한테는 형님이라고 해야 쓰겄네.

만석 형님은 무슨. 야, 나 나이 많아. 워낙 동안이라 그렇지.

도끼 니가 암만 많아도 나보다 많겄냐?

만석 너 진짜 까불다 강냉이 털린다. 수선 한번 받아 볼래?

막심 (뒤로 넘어가는) 워매! 웃겨 내 배꼽 워디 도망간 겨!

도끼 이게 시방 웃겨?

끝동 웃겨, 한양 형님, 농도 멋지게 해 부네~

만석 (멋지게 팔 휘돌리고 서양식 인사)

도끼 (만석에게) 야 너 나이 몇이냐니까!

만석 궁금해? 어떻게, 호패 깔까?

도끼 까! 까! 당장 까!

막심 까긴 뭘 까! (도끼에게) 월매나 자랑할 게 없음 나이 자랑이냐! 이?

만석 자 우리 누이. (한 잔 따르고) 이리 팔 끼워 봐요. (러브샷 하며) 자.

이렇게.

막심 워매~ 이것은 뭐대~

만석 연모짠이라는 겁니다. 누이.

끝동 왐마 연모짠, (혼자 팔 감아 보며) 한양서 유행인 겨?

깔깔대는 셋을 보며, 욱심이 치미는 도끼에서...

―――― **S#12 태영 방안 (N)**

태영, 들어와 잘 준비를 하려는지 옷을 벗으려는데,
베개 안고 이불 속에서 나오는 승휘. 태영, 놀라서 발을 치켜들면,

승휘 (팔로 막고) 어 납니다! 부인.

태영 (얼른 옷을 여미며) 예서 뭐 하시는 겝니까?

승휘 뭐 하긴요. 야심한 밤인데, 잠을 청하고 있었지요.

태영 왜 서방님 방을 두고 여기서 주무신단 말씀입니까?

승휘 모르는 척하는 것입니까? 아니면, 모르시는 것입니까?

태영 무엇을요?

승휘 아니 설명을 해야 압니까?

태영 (못 알아듣는) 예?

승휘 거참, 우리는 부부로 살기로 했지요?

태영 그랬지요.

승휘 부부는 응당 한 이불을 덮어야 않습니까?

태영 한 이불이요? 어머나.

승휘 뭐가 어머나?

태영 대체 무슨 오해를 하신 것입니까?

승휘 오해라니? 무엇이 오해란 말입니까?

태영	제가 부부인 척 살자 하였지, 언제 부부로 살자 하였습니까?
승휘	그 말이 그 말이지요!
태영	참으로, 이리 말귀가 어두워서 어쩌십니까?
승휘	내가 말귀가 어두워? 살다 살다 그런 말은 처음 듣습니다!
태영	처음 들었을 리가요. 들었어도 못 알아들으셨겠지요. 말귀가 어두우시니.
승휘	(욱)
태영	정식으로 혼례를 한 사이도 아니고, 어쩔 수 없이 부부 행세를 하는 것인데, 어찌 한 이불을 덮자는지 참으로 능구렁이가 따로 없으십니다.
승휘	능구렁이 아니고! (생각해 내는) 나는! 우리의 안위를 위해 이러는 것이오.
태영	안위요?
승휘	다른 사람을 연기할 때 흉내만 내면 가짜라는 걸 금세 들킨다, 내 누누이 말하지 않았습니까. 진짜 부부가 되어야 자연스럽지요.
태영	말귀는 어두우신데 말씀은 참으로 청산유수십니다.
승휘	칭찬을 할 건지 욕을 할 건지 둘 중에 하나만 하시지요.
태영	아무튼 안 됩니다. (베개 쥐어 주며) 누가 보기 전에 어서 나가세요.
승휘	아우가 나를 이 집에 들였다는 것은, 이 방도 허락한 것과 진배없지요.
태영	(본다) 허면, 제 허락은 필요 없다는 말씀이십니까?
승휘	(보다가) 내가 졌습니다.
태영	어서 가세요.
승휘	(일어서서 가려다가 버텨 보려는) 그럼 손만 잡고 잡시다.
태영	싫습니다.
승휘	됐습니다. 내 치사해서. (나가며) 나중에 후회하기 없습니다.
태영	예.
승휘	(나가다 보며) 나중에 딴소리하기 없습니다.
태영	예!

나가는 승휘를 어이없이 보다가, 저도 모르게 미소가 번지는
태영에서... Out.

———— **S#13 태영 집 도겸 방 안 (D) [추가]**

도겸, 서책을 챙기며 나갈 채비를 하는데, 찬합 들고 들어오는 미령.

미령　　(보자기로 싼 찬합을 내밀며) 출출할 때 드실 것 좀 챙겼습니다.

도겸　　애쓰실 필요 없다 하지 않았습니까.

미령　　(본다) 잘 지내는 척하자 하지 않으셨습니까.

도겸　　(보다가 받아 든다, 나가려는데)

미령　　자모회에 가입해 자모당에 나가기로 했습니다.

도겸　　(본다) ...

미령　　앞서 아이를 키우신 부인들께 조언도 듣고, 배울 것들도 /

도겸　　꼭, 그리하셔야겠습니까?

미령　　(본다) 아이를 위한 일입니다.

도겸　　(내키지 않는) 말이 많은 동네가 아닙니까.

미령　　... 제가 나다니는 것이 싫으신 것입니까.

도겸　　괜한 말들로 부인께서 상처를 받으면, 아이에게도 좋지 않을 듯하여.

미령　　(보다가) ... 예. 형님께 잘 말씀드리고, 집에만 있겠습니다.

나가는 도겸을 속상한 듯 보는 미령에서...

———— **S#14 태영 집 복도 (D)**

기분 좋은 듯, 소반을 들고 오는 막심.

S#15 태영 방 안 (D)

태영, 단장하며 나갈 준비를 하고 있는데, 들어오는 막심.

태영   어찌 벌써 조반을 준비한 것이야? 지금 나가려던 참인데.

막심   그리 됐어유. 녹두죽이니께 좀 드셔 봐유.

태영   (반가운) 녹두죽?

막심   큰 서방님께서 마님 좋아하시는 거 뭐냐고 물으시더니,
       만들라 하시고, 직접 간도 보셨어유.

태영   그러셨어? (한 입 떠먹고 미소로) 음~ 아우 짜.

막심   (웃고) 그쥬?

태영   (먹으며) 그래도 맛있네. (웃고) 아 맞다.
       우리 추수하기 전에 곳간 정리 다시 해야 하니,
       식솔들한테 수량 좀 꼼꼼히 세 달라고 해 주겠어?

막심   (미소로) 이미 싹~ 끝냈슈~ 큰 서방님께서.

태영   어?

S#16 태영 집 마당 (이른 아침) [플래시컷]

식솔들 명단을 들고 선 승휘와, 일렬로 선 식솔들.
승휘, 한 명씩 호명해, 각각의 이름과 얼굴을 익히고, 지시한다.

막심E   간밤에 글씨 식솔들 이름이랑 성정까지 세세히 물어보시더니,
        새벽닭 울자마자, 싹 불러서 집안일 안배를 다 새로 하셨구먼유.

S#17 태영 집 창고 일각 (아침) [플래시컷]

마당에 펼쳐져 있는, 호미, 괭이, 쟁기 등의 농기구.
하나씩 꼼꼼히 날의 마모 상태나, 손잡이 등을 확인한다.

막심E 그뿐 아녀유. 부엌에 숟가락 개수부터, 광에 농기구덜까지,

현재⟩

막심 온갖 살림살이를 다 점검하고 장부에 꼼꼼히 기록하셨다니께유.
태영 (어이없는)
막심 앞으로는, 큰 마님께서 외지부 일에만 집중허실 수 있게,
      집안일을 덜어 주겠다 하셨어유. 워찌나 든든한지...
태영 (고마운) ...

S#18 태영 집 마당 (D) [도겹 / 미령 씬 삭제]

승휘의 지시대로 세간살이를 옮기고 치우는 등
분주하게 움직이는 식솔들.
채비를 하고 대청에 서서 어리둥절하게 보고 있는 태영.
채비하고 곁에 선 끝동.
뒤주를 들고나오는 도끼와 만석.
만석 힘들어 뒤주에 앉으면 일으키는 도끼.

승휘 (뒤주를 꼼꼼히 살피며) 보아라, 여기 금이 갔구나.
      곡식들이 습기를 머금을 수 있으니, 얼른 손보자꾸나.
      (손가락질하며) 저기, 대들보에 갈라진 곳이 보이지?

	또 저기 저 서까래도 그렇고, 더 삭기 전에 손을 봐야겠다.
도끼	안 그래도 큰 마님께서 수리해 줄 일꾼들을 부르라셨는디.
승휘	그래? 앞으로는 절대 큰 마님이 신경 쓰지 않도록,
	집에 문제가 생기면 모두 내게 말하거라.
도끼	예! 큰 서방님.
승휘	(그제야 태영을 보고) 좋은 아침입니다 부인. 이제 나가십니까.
태영	어찌 이리 아침부터 바쁘신 것입니까.
승휘	이제 시작입니다. 내 꼼꼼히 둘러보고 손볼 것이니 염려 마세요.
태영	아, 저와 함께 출근하지 않으시겠습니까?
승휘	아닙니다. 부인. 제가 법문을 아는 것도 아니고,
	괜히 부인 바쁘신데 따라갔다가 걸리적거리기만 하지요.
태영	허면, 다녀오겠습니다.
승휘	아 잠깐만, 오랜만에 출근하는데 긴장되시지요?
태영	제가요?
승휘	(작게) 나도 무대 설 때마다 그런 걱정을 했거든요.
	떨리고 긴장이 될 때는, 이렇게 하시면 됩니다.

태영 무슨 소린가 해서 보면, 갑자기 태영의 양손을 맞잡는 승휘.
식솔들, 뭐 하려는 건가 하고 보는데...

만석	(뭐 할지 아는) 아 난 못 보겠다. (간다)
승휘	(심호흡하고) 난 대단해. 난 최고야.
태영	... 예?
승휘	따라 하세요. 난 대단해. 난 최고야.

보고 있던 식솔들도 민망해서 사라지고 나면,
눈을 반짝이며 보는 승휘를 피하지 못하고,

태영	(작게) 난 대단해...
승휘	난 최고야.
태영	... 난 최고야...
승휘	말하는 대로 될 것입니다.
태영	...

─── S#19 태영 집 윤겸 방 안 (D)

승휘, 용맹스럽게 전투적으로 밥을 떠 넣고, 반찬도 이것저것 집어서
맛나게 먹는다.

만석	공복이 필수 아니셨습니까? 관리도 포기하시는 거예요?
승휘	(작게) 이젠 예인도 아니지 않느냐. 이런 날을 늘 꿈꿨다.
	완전 꿀맛이야~ 우리 막심이, 밥상계의 금손이 따로 없구나.
막심	(뿌듯한) 다 큰 마님 어깨너머로 배운 거구먼유.
만석	맞아요. 우리 마님이 원래 노비 시절부터~
승휘	(먹다가 멈추고 보는)
만석	음식 솜씨가 아주 기가 막혔 (하다가 멈칫)
승휘	너, 지금 미친 것이냐?
만석	(당황) 와, 저 진짜 돌았나 봐요. 어떡하지.
	(막심 보며) 그게 누이, 그게 무슨 말이냐면요.
승휘	(막심에게 설명하려는) 그러니까 그게 /
막심	걱정 마셔유. 지도 알고 있으니께. 지 예상대로 두 분도 알고
	계셨구만유.
만석 / 승휘	(안도)
승휘	여기선, 막심이 자네만 알고 있는 것인가.
막심	예. (쉿)

만석	와 나 십년감수했네. 나 어떡하지. 나 어디 가서 실수하면 어떡하죠?
막심	기냥, 우리 마님이시다~ 하고 생각하믄 그냥 나는 되던디.
만석	한 수 배웁니다 누이. 저도 그럴게요.
막심	그려~ 행여라도 들키면, 우린 다 죽는 겨.
승휘	그래도 막심이가 있어 부인이 외롭지 않았겠네.
막심	지야 뭐 도움이 되나유. 그 길고 외로운 시절을 홀로 버티다
	이리 좋은 날을 맞았으니, 참말로 기쁠 뿐이구먼유.
	이제 합방만 하시면 소원이 없는디.
승휘	(잘 먹다가 안 삼켜지는) ...

──── **S#20 태영 집 마당 (D)**

한쪽에 머리를 맞대고 대화하고 있는 만석과 막심.

만석	분명 어젯밤에 대차게 까였다니까요~
막심	후사가 생길까 봐 겁나서 그러시는가 보네...
	그래서 혼례도 안 하려고 버티셨다니께.
	(누가 들을라 작게) 아무래도 출신이 그렇다 보니께.
만석	대 이을려구 양자도 들이는 세상에 별걱정을 다 하시네.
막심	내 말이~
만석	누이, 혹시 집에 긴 장대 같은 거 있을까요?
막심	장대야 어느 집이든, 있겠지. 헌디 그건 왜?
도끼	(끼어들고) 뭔디 니들끼리만 쑥덕이는 겨?
만석	아 놀래 너는 왜 응큼하게 기척을 안 해?
도끼	지금 했잖여. 아 뭔 얘기 중이냐니께?
막심	니는 몰라도 돼야.
도끼	(삐지는)

─── **S#21 외지부 집무실 (D)**

끝동, 의뢰인들을 줄 세워 들여보내고, 태영은 상담 중이다.

태영   지난번 관아에 정정을 요청하라 했는데 처리가 안 됐다는 것인가?

이씨   예~ 그 망할 현감이 차일피일 미루다 잡혀가서 뒈지는 통에.

태영   (어쩌나 싶은)

이씨   지는 이제 워째유 마님. 전답도 없는디,

        호방 나리며 유향소며, 세금은 내야 한다 저 난리고,

        어린 새끼들이 며칠째 굶어서 다 죽게 생겼다니께유.

        그때 마침, 보자기에 싼 찬합을 들고 들어오는 막심.

        밥이다~ 신나서 받으러 가는 끝동.

        태영, 찬합을 가로채 이씨에게 건네며,

태영   이거 가져가서 아이들과 나눠 먹게나.

        전답 일은 최대한 빨리 해결해 줄 테니, 좀 기다려 주고.

이씨   아이고, 감사합니다유 마님. (들고 나가며) 참말로 감사해유.

        끝동, 시무룩하면, 주머니에서 감자나 주먹밥 꺼내 주는 막심.

        태영, 앉으면, 막심, 옆구리에 낀 병을 올려놓고.

막심   요거는 안 뺏겨서 그나마 다행이네.

태영   이건 뭐야?

막심   큰 서방님이 마님 말씀 많이 하셔서 목 아플 거라고,

        도라지 차를 챙기셨구먼유.

태영   (미소로)

막심   글고, 이것두 전해 주라셔유.

막심, 편지를 건네면, 뭐냐는 듯 받아 열어 보는 태영.

플래시컷〉 태영 집 윤겸 방 (잠시 전, D)

편지를 써 내려가고 있는 승휘. 위로,

승휘E   간밤의 나의 서투름을 용서하세요. 부인.

어찌하여 나의 마음은 언제나 부인의 마음을 앞서가

어서 오시라 보채는 아이 같은지, 참으로 부끄럽습니다.

현재〉 미소로 편지를 읽고 있는 태영 위로,

승휘E   앞으로는 절대 재촉하지 않을 것이니 염려 마세요.

다만 부인께서 부르시면, 언제고 버선발로 달려가겠습니다.

태영   (피식 웃고, 편지를 접으면)

막심   (따라 웃으며) 뭐라시는디 그리 웃으셔유?

태영   아니, 그냥... 버선발로 달린다기에.

막심   이?

태영   (미소) 아무리 급해도 그렇지, 양반이 체통 없이 무슨 버선발로 달려. 그치?

막심   (그저 같이 웃으며) 그려유.

───── **S#22 태영 집 신방 (N)**

미령, 천 사이에 솜을 누벼 아기 이불을 만들고 있는데,

좀 더운지 손 부채질을 한다. 그때, 서책을 들고 들어오는 도겸.

미령   (뜻밖이라는 듯) 무슨 일로 오신 것입니까?

도겸   (책을 보이며) 아기에게 시경을 읽어 주려 합니다.

미령	놓고 가시면, 제가 읽겠습니다.
도겸	아이에게 아버지의 목소리를 들려주려는 것인데,
	부인이 읽는 것이 무슨 소용입니까.
미령	제가 불편하면 아이도 불편하게 느낄 텐데요.
도겸	왜 신방에 들지 않는지, 형수님께서 걱정하길 바라십니까?
미령	...
도겸	그게 아니라면, 불편해도 참으세요. 책만 읽고 갈 것이니.
미령	(보다가 손 부채질을 하며) 대체 방이 왜 이리 더운 것인지.
도겸	아, 부인의 몸이 차면 아기에게 좋지 않을 듯하여,
	군불을 부지런히 때라 하였으니 아이를 위해 참으세요.
미령	(보다가) 저는 서방님께 그저, 배 속에 있는
	(한 번 더 부채질하고) 이 아이의 어미일 뿐이지요?
도겸	그렇소만.
미령	허면, 서방님 앞에 예의고 뭐고, 옷을 좀 벗어야겠습니다.

미령, 겉옷을 휙휙 벗는다. 살짝 당황해 돌아앉는,
어이없어서 웃음이 날락 말락 하는, 도겸에서...

——— S#23 외지부 집무실 앞 (N)

퇴근하려고 나오는 태영과 끝동. 기다리는 승휘를 본다.

승휘	이제 끝나신 것입니까. 부인.
태영	들어오시지 왜 밖에서 기다리셨습니까.
승휘	방해될까 봐요.
끝동	방해될까 봐 지는 먼저 갈게유~
태영	무슨 일이라도 있으신 것입니까?

승휘 일이라니요. 함께 걷고 싶어서 온 것이지요.

오다 보니, 별 보기 좋은 곳이 있더라구요.

—— S#24 청수현 일각 정자 정도 (N)

조잘조잘 떠드는 태영의 말을 열심히 들어 주고 있는 승휘.

태영 하여, 세금은 전답을 구입한 사람에게 매기도록 하고,

속히 환급을 처리해 달라 유향소에 요청하려 합니다.

아마도 전답을 산 주씨에게도 세금을 매겼을 것입니다.

(하다가) 지루하시지요?

승휘 무슨 그런 말씀을. 부인의 하루를 들으니, 종일 함께 있었던 것

같습니다.

태영 ...

승휘 아, 유향소에 전달할 민장은 내게 주세요. 제가 전달할 테니.

태영 정말, 그래 주시겠습니까?

승휘 그리고, 아이들이 굶고 있다는 이씨와,

군역이 이중 부과된 대풍현의 김씨에게 곡식을 빌려 주면 되지요?

태영 (본다) 대여 장부도 보신 것입니까?

승휘 거참, 외지부를 하신다기에 글을 모르고, 법문을 몰라,

억울한 일을 당하는 백성을 돕는 일이구나 했더니,

이리 자선 사업을 하고 계실 줄이야.

태영 다 돌려받을 것입니다. 그리고,

받을 만한 사람한테는 수임료를 톡톡히 받으니 염려 마세요.

승휘 나는, 부인을 잘 알고 있다 생각했는데, 알수록 새삼스럽게

훌륭하십니다.

태영 훌륭한 게 아닙니다. 저는, 힘들게 살아 봤으니,

저들이 힘들다는 걸, 아는 것뿐이지요.

승휘   (따뜻하게 보는 데서) ...

────   **S#25 태영 집 마당 (N)**

모여 서 있는, 태영, 승휘, 만석, 막심, 도끼, 끝동.

태영   서방님 방, 천장이 뚫렸다니 그게 무슨 소리야?

도끼   그니께유. 분명 멀쩡했는디, 꼭 누가 장대로 찌른 것마냥
       뚫렸다니께유.

태영   (승휘 보면)

승휘   (태영에게) 난 진짜 모르는 일입니다.

도끼   아무튼 간에 후딱 고쳐야 쓰겄네.

만석   (이 악물고) 천천히 고쳐, 천천히.

승휘   (난처한) 아 그럼 오늘은 어디서 잠을 청하지?

만석 / 막심   (기대하는 눈빛)

도끼   서재서 주무셔유. 거가 젤 너르니께.

만석 / 막심   (도끼 노려보는)

도끼   왜들 도끼눈으로, 도끼를 노려봐?

태영   제 방에서 주무세요. 저는 동서와 자겠습니다.

승휘   그럼 그럴까요?

막심   허이구~ 작은 마님이랑 작은 서방님께서, 언제 한방을 쓸 줄
       아시구유.

태영   그런가? 그럼 어떡하지?

끝동   지는 참말로 이 대화가 요상허네유.

일동   (보면)

끝동   두 분이 부부신디 한방을 쓰시믄 되잖어유. 안 그려유?

막심	그렇지! 내 말이 그 말이여!
태영 / 승휘	(마주 보는데)
끝동	그니께에~ 누가 들으면 가짜 부부인 줄 알겄어~
일동	(놀라서 본다)
끝동	(멀뚱) 왜유?
도끼	야 넌 뭔 말을 그리 혀! 누구더러 가짜라는 겨!
끝동	왜 화를 내는 겨? 내가 뭐랬다고?
만석	야 둘 다 그만해. (도끼 끝동 밀고 가고)
승휘	(태영에게) 부인, 안으로 드시지요.
태영	(어쩔 수 없이) 예...

───── **S#26 태영 방 안 (N)**

이불 두 채, 각자 이부자리에 어색하게 말똥말똥 누워 있는 승휘와 태영.

승휘	그러고 보니, 이리 둘이 함께 누워 보는 것이 얼마 만인지요...
태영	운봉산에서였으니, 아마도, 7년이 넘었지요.
승휘	그땐, 이리 부부로 같이 누울 줄 꿈에도 몰랐습니다.
태영	저두요.
승휘	운봉산 얘기가 나온 김에, 그 전부터 궁금한 게 있었는데, 부인의 의견을 좀 물어봐도 되겠습니까?
태영	어떤 의견이요?
승휘	그때 말입니다. 부인이 물에 빠졌을 때,
태영	(본다)
승휘	우리, 그때 입을 맞춘 것입니까?

플래시컷〉 5부 S#50 운봉산 일각 (D)

승휘　　구덕아. 눈 떠 봐. 어서 일어나거라.
　　　　(주변을 살피고 어깨를 흔들며) 구덕아. 구덕아?

승휘, 태영의 어깨를 흔들어 보다가, 한 손으로 태영의 코를 막고
숨을 훅 들이쉬더니 태영에게 숨을 불어넣는다.

현재〉

태영　　(벌떡 일어나 앉아) 생사의 갈림길에서 있었던 일을,
　　　　어찌 입맞춤이라십니까?
승휘　　나는 그저 물어본 것입니다. 만약에 우리가 입맞춤을 하면,
　　　　그것이 처음인지, 두 번째인지가 궁금해서요.
태영　　처음이겠지요.
승휘　　알겠소. 뿔딱지 내지 말고 어서 누우세요. 피곤하실 텐데.

태영, 눕더니, 승휘에게서 등을 돌린다. 눈을 감는데...
승휘, 잠이 오지 않는지 뒤척이다가, 엎드려 방을 구경한다.

태영　　자꾸 보스락거리실 것입니까?
승휘　　아 미안, 내 야행성이라, 잠이 쉽게 들지 않는군요.
태영　　허면 (눈 감은 채, 탁자를 가리키며)
　　　　제가 잠이 오지 않을 때 읽던 책이라도 읽으시겠습니까.

승휘, 탁자를 보면, 승휘가 그동안 쓴 책들이 놓여 있다.

승휘　　아니, 내 책들을, 잠을 청하려 읽었다니, 그리 지루했어요?

태영	그럴 리가 있겠습니까.
승휘	(낡은 책을 보며) 대체 얼마나 읽었기에 이리 낡은 것인지.
태영	(눈 감은 채로) 제가 불면증이 워낙 심해서요.
	읽으면 마음이 편안해지기에 읽고 또 읽고,
	그 책들을 벗 삼아 밤을 지새운 것이지요.
승휘	(보는 데서) ...

─── **S#27 김낙수 집 마당 (N) [플래시컷, 1부 S#39]**

멍석에 말려 소혜에게 맞고 있는 구덕을 덮는 개죽.
그런 개죽을 내리치는 소혜와, 오열하는 구덕.

─── **S#28 태영 방 안 (N)**

잠들었던 승휘, 악몽을 꾸며 울고 있는 태영의 신음 소리에 잠이 깬다.
놀라 얼른 태영 쪽으로 건너와 부인? 조심스레 흔들어 깨우는 승휘.
태영, 퍼뜩 눈을 뜨더니 일어나 앉는다. 얼른 눈물을 닦는다.

승휘	대체 무슨 꿈을 꿨기에 그리 슬피 우는 것입니까.
태영	... 소혜 아씨...
승휘	(본다)
태영	그리고, 아버지요...
승휘	(아프게 보면)
태영	... 돌아가셨겠지요?
승휘	(보다가) 어서 더 주무세요.
태영	... 잠이 올 것 같지 않습니다.

승휘　자주 이러는 것입니까?

태영　... 예.

승휘　이럴 때마다, 내 책을 읽은 것이구요?

태영　... 예.

승휘　(보다가) 허면, 내 운봉산에서처럼,

　　　부인만의 전기수가 되어 드리는 것은 어떠합니까.

태영　책을 읽어 주시게요?

승휘　그럴 필요 있습니까. 다 외우고 있는데.

태영　아...

승휘　어서 누우세요. 마음 바뀌기 전에.

태영, 누우면, 승휘, 눈을 감고, 심호흡을 한 후 읊기 시작한다.

승휘　모두가 흥겨워 정신을 빼 놓고 즐기는 장터 공연장에,

　　　변복까지 하고 구경 나온 도령 하나가 서 있더랬다.

태영, 눈을 감으면 떠오르는,

플래시컷〉 1부 S#21 공연을 구경 중인 승휘와 만석.

승휘E　마음에도 없는 혼담, 재미없는 공연으로 속이 수런한 찰나,

　　　패랭모를 쓴, 지두 장수가 다가오는 것이 아닌가.

다가오는 구덕.

현재〉 눈을 감고, 미소로 듣고 있는 태영. 그런 태영을 보며,

승휘　말본새는 거칠었지만, 얼굴선이 부드러운 것이,

　　　한눈에 봐도 여인이었다.

　　　(떠올리듯) 그날, 하늘에서는 눈이 내렸고,

도령은 여인에게 반하고 말았지.

플래시컷〉 1부 S#23 하늘에서 눈이 내리기 시작하고, 구덕을
바라보는 승휘. 위로,

승휘E   하필이면, 태어나 처음으로 내 마음을 흔들어 버린 이가,
혼담이 오간 여인의 몸종이라니. 운명의 장난이 따로 없구나.
내 너와 같은 신분이었다면, 곧바로 내 마음을 고백했을 텐데...

현재〉 어느새 잠든 듯한 태영을 안타깝게 보며...

승휘   오늘은 어쩐지, 밤이 깊도록, 잠이 오지 않는다.

승휘, 이불을 잘 당겨 태영에게 덮어 주는데,
잠결에 승휘 쪽으로 쪼그리듯 돌아눕는 태영.
승휘, 문득 보면, 승휘의 옷깃을 부여잡은 태영의 손.

승휘   (아프게 보며) 하루라도 편히 잠들길, 그리 바랐건만.
(머리카락 넘겨 주며) 어찌 이리 힘들게 살았던 것이냐...

──── **S#29 태영 집 마당 (D)**

한쪽에 앉아, 생각 중인 승휘.

만석   (슥슥 다가와 은밀하게) 제가 장대로 천장 뚫은 거예요. 잘했죠.
승휘   (본다) 너 혹시 한양 갔을 때, 소혜 아씨 댁 소식 좀 들은 게 있느냐?
혹시 (안쪽 보고 작게) 구덕이 아버지 소식, 잡혔는지 말이다.

만석	(작게) 안 잡히셨어요. 글고, 소혜 아씨는 시집간다던데요?
승휘	무슨 소리야. 여태 시집을 안 갔었다고?
만석	어떻게 가요. 혼담 오간 서방님은, 노비인 구덕이한테 뺏기고,
	머리에서 발 끝까지 똥물 뒤집어썼다고 똥소혜라고 불렸다는데...

—— S#30 김낙수 집 대청마루 마당 (D)

잔뜩, 화가 난 소혜 앞에서, 함을 풀어 보고 있는 김낙수.
김낙수, 청실홍실로 싼 혼서지는 대충 꺼내 던지고 예물들을 꺼내며
감탄한다. 비단, 명주, 황금 원앙, 오작노리개와 뒤꽂이 등,
고급 장신구들과 도자기 등. 하나씩 꺼내 내밀면,
마루 끝에 앉아 헝겊으로 잘 닦아 내려놓는 금복.

금복	아씨, 좀 보세요. 호판 대감께서 혼인 선물로 보내신 것입니다요~
소혜	(노려본다) 죽고 싶어? 첩으로 팔려 가는 거 뻔히 알면서 뭐 혼인?
김낙수	역시 호판이시라, 진귀한 물건을 많이도 보내셨구나 허허허허~
소혜	좋으십니까? 집 팔고 딸 팔아, 관직 구걸하니, 좋으시냔 말입니다!
김낙수	늙은 애비, 딸 덕에 말년 좀 편히 보내겠다는데 그리 속이 상하는
	것이냐.
소혜	아무리 그래도 어떻게 하나뿐인 딸을 그런 늙은이 첩실로 보낸단
	말입니까!
김낙수	어허! 늙은이라니!! 말조심해! 작금의 조선을 쥐고 흔드는,
	좌상 대감의 오른팔! 박준기 호판 대감이시라지 않더냐 어?
소혜	이게 다 구덕이 년 때문입니다. 내 이년을 찾기만 하면 /
김낙수	이제 그만 좀 하거라. 니가 그년 찾는다고 쓴 돈이 얼만지나 아느냐.
	조선 팔도를 샅샅이 뒤졌는데도 없는 걸 보면, 어디 가서 뒈졌어.
	그년.

금복	(거드는) 암요. 죽어도 벌써 죽었을 것입니다.
소혜	(노려보며) 니들이 도망치도록 돕지만 않았어도!
금복	아이고 아니라니까요. 또 이러십니다 아씨.
소혜	닥쳐!
금복	(움찔하면)
소혜	쩔뚝이 된 거로 모자라?
	너도 니 서방처럼 혓바닥 자르고 낙인 찍어 줘?

마당 / 얼굴에 낙인이 찍힌 채, 마당을 쓰는 꺽쇠를 보는 금복.

꺽쇠, 금복에게 아무 말 말라는 듯 벙긋대고, 그저 바닥을 쓰는데,

금복, 그런 꺽쇠를 보더니, 소혜에게 아니라는 듯 고개를 젓는다.

김낙수	이제 시집가서 호판이나 잘 뫼시거라. 지난 일은 다 잊고.
소혜	저도 잊고 싶습니다. 헌데, 잊고 싶어도 잊혀지지가 않아요.
	눈만 뜨면 아버지 얼굴에 그 상처가 그년을 떠오르게 하고,
	눈을 감으면 서인 도령과 붙어먹은 그년이 꿈에 보인단 말입니다!

─── **S#31 외지부 집무실 일각 정자 (N)**

나란히 앉은 승휘와 태영.

승휘	부인, 아~ 해 보세요.
태영	(영문 모르고 하라는 대로) 아?
승휘	(얼른 환 하나를 쏙 넣어 주며) 꼭꼭 씹어 드세요.
태영	(오물오물 씹다가, 써서 인상 찌푸리는) 이게 뭡니까?
승휘	불면증에 좋은 귀비환입니다.
태영	(삼키고) 어제는 서방님 덕분에 모처럼 잘 잤습니다.

승휘	지붕을 고칠 때까진, 매일 전기수를 해 드릴 테니, 편히 주무세요.
태영	아닙니다. 피곤하실 텐데 이제 안 해 주셔도 됩니다.
승휘	허면, 해 드리는 대가로, 제게 공부를 좀 가르쳐 주시겠습니까?
태영	공부요?
승휘	과거 시험을 볼까 하여.
태영	서방님께서요? 과거 시험을, 왜요?
승휘	그것이, 낮에 유향소에 들렀거든요.

———— **S#32 유향소 (D) [플래시컷]**

서류를 쌓아 두고 골머리가 아픈 차좌수. 앞으로 서류를 몇 장 더
내미는 승휘.

승휘	현감의 공석으로 처리가 늦어지고 있는 세금 관련 민장입니다.
	제일 급한 건부터 순서대로 정리하였으니, 속히 처리를 해 주시지요.
차좌수	뭐가 속히입니까! 별감도 갑자기 병을 얻어 공석이라,
	행정 업무도 마비되어 내 업무량 과중한 게 안 보이시오!
승휘	보입니다.
차좌수	환곡 미납자들이 속출해서 아전들도 아우성인데다,
	백성은 백성대로 납부 관련 민원이 계속 들어오는데,
	외지부까지 이래서야,
	아니 이 망할 현감은 왜 대체 부임을 안 하는지 원.
승휘	허면 이러실 게 아니라, 안정적인 조세 관리를 위해 방도를
	모색하시지요.
차좌수	방도? 무슨 방도.
승휘	이를테면, 저를 별감으로 선발해 도움을 받으시지요.
차좌수	어허 이 사람, 어디 관직도 없는 사람이 어찌 별감을 하겠다는 것이야.

승휘	그리 말씀하시는 좌수 어른도, 관직은 없는 것으로 압니다만?
차좌수	예끼! 나는 진사가 아닌가! 엄연히 과거에 급제한 사람일세!
	아무튼, 우리 청수현에는 나라님이 내린 문려도 있고,
	장원 급제자까지 나온 품격 있는 곳이니, 자네는 자격이 안 되네.
승휘	그 장원 급제자는 제 아우이고, 문려 또한 제 부인이 받은 것인데?
차좌수	이 사람 보게, 허면 자네 아우와 부인 덕을 보겠다는 것인가?
승휘	(자존심 상하는) ...

───── **S#33 태영 집 서재 (N)**

도겸	향원이면 별감 자격이 있는 것인데, 급제라니요. 얼토당토않은
	소립니다!
태영	제 말이요. 어부지리로 좌수 자리에 앉아 놓고, 대체 무슨 행패인지.
도겸	(일어서려는) 제가 좌수 어른께 좀 따지고 와야겠습니다.
승휘	그만두게. 그럴수록 자그마해진 내 자존심만 더 쪼그라들 뿐.
도겸	허면, 정말로 형님께서 별시를 보시겠단 말입니까.
승휘	그렇네. 내 보란 듯이 이번 생원 진사시에서 백패 받고 말겠어.
태영 / 도겸	(걱정으로 마주 보는)
태영	(조심스럽게) 헌데, 원체 학문에는 관심 없으시지 않습니까.
승휘	그렇기야 합니다만.
도겸	부소이독서학문(夫所以讀書學問)은 본욕개심명목(本欲開心明目)하여,
	이어행이(利於行耳)니라. 뜻을 읊어 보십시오 형님.
승휘	(노려보는)
도겸	형님의 수준이 어느 정도신지 정확히 알아야 하지 않겠습니까.
승휘	부소이독서학문. 무릇 글을 읽고 학문하는 까닭은... 본욕개심...
	뭐더라...
태영	소학도 못 외시면, 답 없습니다.

승휘	오래되어 기억이 안 날 뿐, 사서오경! 까지는 아니어도 논어는 뗐습니다.
태영	시험이 코앞입니다. 무리예요. 괜한 치기로 고생 마시고 /
승휘	내 칼날 공포증이 중증이었음에도 무예를 익혔습니다. 한다면 할 수 있는 사람이라는 것을 보여 드리지요.
도겸	허면, 서원으로 나오시겠습니까. 제가 돕겠습니다.
태영	아뇨, 제가 속성으로 돕도록 하겠습니다.
승휘	그래 주시겠습니까.
도겸	(승휘를 향해, 도리도리) 아 그것이...
태영	서방님께서 원하시는 일이면, 응당 제가 도와야지요.
승휘	그래요. 부인께서는 아우를 장원 급제시킨 업적이 있으시니, 웬만한 거벽들 못지않은 스승이 되지 않겠습니까.
도겸	감당하실 수 있겠습니까?
승휘	감당 못 할 게 뭐가 있는가.
태영	저를, 전적으로 믿으셔야 합니다.
승휘	믿습니다.
도겸	(걱정되는)

―――― **S#34 태영 방 안 (D)**

태영을 도와 벽에 일과표를 붙이는 승휘.
독서, 필사, 요점 정리, 토론, 출제 문제 학습, 오답 점검 등
새벽부터 밤늦게까지, 빼곡하게 적혀 있다.
열의 넘치는 태영에, 살짝 당황스러운 승휘.

S#35 태영 집 마당 일각 (D) [위치 변경]

달인 약재를 그릇에 쭉 짜서 내밀고 일어서는 막심.

만석   (받으며) 아니 갑자기 무슨 과거를 보신다고 저러시나 모르겠네.

막심   월매나 대견하셔. 이 총명탕 드시고, 장원하시면 좋겠네.

만석   그건 어려울걸요. (누가 들을라 작게) 있죠, 한양 송도령으로 사실
         때는요~

막심   (귀 대고) 응.

만석   그렇~게 대감마님께서 공부해라 해라 해도, 들은 척도 안
         하셨다니까요?

도끼, 멀리서 비질하며, 속삭이는 둘을 보며 천불이 치솟는...

S#36 태영 집 행랑 (D) [위치 변경]

도끼   (바닥에 철퍼덕) 저것들이 왜 툭하면 나만 쏙 빼고 비밀 얘기를 하는 겨?
         참말로 저 만석이 새끼 온 뒤로 편할 날이 없구먼. 아 복장 터져.

하는데, 손바닥에 뭔가 닿는다. 도끼 보면, 누군가의 호패다.

도끼   누가 이런 걸 흘리고 댕기는 겨.
         (주워 들고 본다) 가만있어 (더듬대며 읽는다) 소자, 동자, 소동이라...
         소동이면 소똥인가? 쇠똥인가? 이게 대체 누구 거여?

———— **S#37 태영 방 안 (D)**

아무 생각 없는 만석이 내미는 총명탕을 쭈욱 마시는 승휘.
편강 넣어 주는 만석.

태영   내일부터는 새벽닭이 울기 전에 공부를 시작하셔야 합니다.

승휘   예?

만석   허면, (쌤통이라는 듯) 고생하십시오 서방님. (나간다)

태영   하늘의 기운이 열리는 시간부터 공부를 하시면 흡수가 잘됩니다.

승휘   아 흡수... (하다가 작은 글씨를 짚으며) 이것은 (읽는다) 뒷간.

            아니 뒷간에 가는 시간도 정해져 있습니까?

태영   과거 시험은 하루 종일 치러지기 때문에

            미리 습관을 들이셔야 몸도 적응을 하지요.

승휘   와, 이리 철저한 준비로 우리 아우가 장원 급제를 했군요.

태영   별시까지 시일이 얼마 남지 않아 시간이 금이니,

            남보다 덜 주무시고, 남보다 더 공부하셔야 가능성이 있습니다.

            당분간은 외출을 금하시고, 집중하셔야 해요. 아셨지요?

승휘   예.

태영   자신 없으시면, 지금 포기하셔야 합니다.

승휘   (본다) 가진 건 자신감뿐이오.

태영   허면, 조흘강 대비를 위한 모의시험부터 볼 것이니,

            그전까지, 소학과 가례부터 다 훑으세요.

승휘   (끄덕이며) 예.

태영   다녀오면 매일 공부하신 것들을 확인하겠습니다.

승휘   (주먹 불끈) 예!

S#38 태영 집 뒷마당 노회 밭 (D) [위치 변경]

막심, 늘어진 노회 잎을 따 내고 정리하면 오는 만석.

막심	총명탕은, 잘 갖다 드리고 온 겨?
만석	예~ 근데 이게 뭐예요? 뭔 화초가 이리 우렁차게 생겼어?
막심	이거 노회라는 거여~
만석	노회? 와 이게 노회라구요? 와~ 나 이렇게 살아 있는 노회는 처음 보네?
	청에서 가루로 구해 와서 큰 의원이나 궁에서만 쓰는 약재라 들었는데.
막심	참말로 이거이 조선에 없어? 우덜은 이거 걍 먹기도 하고 바르기도
	하는디.
만석	아~ 그래서 누이 피부가 이리 빤닥빤닥 하신 거구나~

막심, 부끄러워서 툭 치면, 만석도 툭 친다.
마침 다가오는 도끼.

막심	암튼, 이 노회가 물을 많이 먹으믄 썩어서 뒤져 불거든.
	헌디 우리 청수현은 가뭄이 잦아선가 잘 자라더라고.
도끼	그려서 잘 자라남? 거름으로 소똥을 줘서 잘 자라는 것이재.
	아닌가? 쇠똥인가?
만석	(본다)
도끼	(빤히 보며) 니 생각은 워뗘 만석아?
	거름 하믄 소똥이여 아님 쇠똥이여?
막심	뭘 갑자기 와서 똥똥거려~
도끼	만석아. 앞으로 노회 밭에 소똥 뿌리는 건, 니가 혀라. 응?
만석	(보다가 짚이는) 너, 혹시 내 호패 훔쳐봤냐?
도끼	반말까지 마 이 자식아. 나보다 십 세나 어린 노무 새끼가.
만석	훔쳐봤냐고!

도끼	(호패 보이며) 뭘 훔쳐봐! 니가 흘렸지.
만석	(확 낚더니 간다)
도끼	야. 소똥아 워디 가냐~ 소똥아!
만석	(돌아보더니) 쇠똥이야!
도끼	(웃음 터지며) 어 그려 쇠똥아. 야 막심아~ 쟈 이름이 쇠똥이랴. 쿠흡~
막심	그게 뭐 워뗘서. 노비들 이름이 다 그렇지.
	사람 약점 잡아서 놀리기나 허고. (나가며) 니 참 못났다.

가 버리는 막심을 보며, 무안해서 서러움이 밀려오는 도끼에서...

─── S#39 차좌수 집 홍씨부인 방 안 (D)

핼쑥해진 홍씨부인을 걱정으로 보는 김씨부인.

김씨부인	언제까지 이러고 계실 것입니까.
홍씨부인	저 안 보니 좋으실 텐데, 뭐 하러 오셨답니까?
김씨부인	(약재 내밀고) 기력 회복에 좋은 약재이니 챙겨 드세요.
홍씨부인	병 주고 약 주고 참 나.
김씨부인	예? 제가 뭘요?
홍씨부인	이게 다 사부인 때문 아닙니까!
	자모회 회장 자리 준다는 말에 혹해서 증언했잖아요!
김씨부인	증언하는 대가로 달라고 하여 준다 하였지,
	제가 먼저 준다 하였습니까.
홍씨부인	어쨌거나요! 그자가 절 찾아내 죽일까 봐 한 발짝도 못 나가겠단
	말입니다.
김씨부인	그래서요! 별시가 코앞인데 웅이 도령을 이리 방치만 하실 것입니까?

홍씨부인	방치라니요? 서원에서 성장원한테 열심히 배우고 있는데요?
김씨부인	단 하루도 나오지 않았습니다.
홍씨부인	(충격의) 아니 이놈 새끼가.

───── **S#40 차좌수 방 (N)**

차좌수	웅이가, 서원이 아니라 (아이고 내 머리) 기방에 드나든다구요?
	내 이놈 자식을 당장 잡아다가 혼구녕을 /
홍씨부인	이게 다 나리 때문입니다!
차좌수	뭐요? 웅이가 기방 다니는 게 왜 나 때문입니까!
홍씨부인	나리 닮아 머리가 나빠 계속 낙방하니 술로 시름을 달래는 것이지요!
차좌수	내가 머리가 왜 나빠요! 내가 이래 봬도 5년 만에 진사시 합격한
	사람입니다!
홍씨부인	참으로 자랑입니다! 벼슬 한 번 못 해 본 주제에.
차좌수	부인! 거 말을 삼가지 못하겠소이까!
홍씨부인	사위는 대과 합격해 종사관씩이나 되고,
	동무였던 성도령은 장원 급제를 했는데! 우리 웅이는 진짜 어쩝니까!
차좌수	뭘 어째요. 당장 붙들어다 공부를 시키란 말입니다!
홍씨부인	그러지 말고, 대리 시험 봐 줄 거벽이라도 삽시다.
차좌수	아니 진짜 미치셨습니까?
홍씨부인	아! 현감 자리를 사는 건 어떠합니까.
	나리께서 다른 고을의 현감이 되시면, 청수현을 뜰 수 있잖아요.
차좌수	청수현을 왜 떠! 내가 이 청수현 유향소의 좌수인데!
홍씨부인	무섭단 말입니다! 언제 그 외눈박이가 죽이러 올지 몰라 무섭다구요!
차좌수	(보다가) 아 진짜, 부인 나대는 거 싫어서, 내가 이 말 안 해 줄라
	그랬는데.
홍씨부인	(본다) 뭘요?

차좌수	안심하세요. 지행수 그자는, 죽었다 하더이다.
홍씨부인	저, 정말요? 아니 왜요? 갑자기 벼락이라도 맞았답니까?
차좌수	글쎄, 감영 군관한테 들은 말로는... 윗선에게 꼬리가 잘렸다던가~
홍씨부인	윗선이요? 그게 누군데요?
차좌수	내가 어떻게 압니까아~

S#41 소혜 방 안 (N)

방으로 들어오는 박준기. 술상 앞으로 앉으면,
혼례복을 입은 채 앉아 있는 무표정한 소혜다.

박준기	부친께서 참으로 효녀를 두셨군.
	자네 덕분에 부친께서는, 원하는 자리를 얻게 되실 걸세.
소혜	(본다) 그게 어찌, 제 덕분이겠습니까. 저야 그저 덤이겠지요.
박준기	(보면)
소혜	관직을 내주는 대신, 한양 노른자 땅에 있는 집들을
	다 차지하시는 게 대감마님의 목표라 들었습니다.
박준기	(보다가 웃음이 나는) 술이나 한 잔 따라 보게나.
소혜	(술 따르고) 제가 대감마님의 첩이 되겠다 한 이유는,
	효녀라서가 아니라, 대감께서 힘 있는 분이시기 때문입니다.
박준기	(마음에 드는)
소혜	제게, 혼인 선물을 하나 해 주시겠습니까.
박준기	(보다가) 갖고 싶은 게 있으면, 말해 보게.
소혜	(용모파기 밀며) 사람을 좀 찾아 주시지요.

박준기, 용모파기를 펼쳐 보면,
구덕과 개죽의 얼굴이 같이 그려져 있다.

S#42 외지부 집무실 일각 (다른 날, D)

퇴근하고 있는 태영과 따라오는 끝동.

끝동 월매 만에 대낮에 해 떠 있을 때 퇴근하는지 모르겠네유~

태영 동서도 어제부터 몸이 안 좋다 하고. 서방님 공부도 좀 봐 드리려고.

하는데, 마주 오는 낯설고 험한 사내들 몇.
태영, 살짝 시선을 피하는데, 사내들, 지나간다.

끝동 왐마 뭐대? 첨 보는 것들인데.

태영 어디서 온 사람들인지, 뭘 하려는 건지 좀 알아봐 줄래?

야, 하고 빠른 걸음으로 가는 끝동.
사라지는 사내들을 걱정으로 보다가,
불길한 마음에 다급히 발걸음을 옮기는 태영에서...

S#43 태영 방 안 (D)

머리에 흰 끈까지 두르고, 열중하고 있는 승휘. 들어오는 도겸을 본다.

승휘 오~ 우리 성장원이 이 시간에 집에 웬일인가.

도겸 (앉으며) 부인이 몸이 안 좋다 하여, 걱정되어서요.

승휘 헌데, 이 방에 자네 부인이 있는가? 왜 이리로 와?

도겸 ... 부인이, 반겨 주지 않을 듯하여...

승휘 (어이없이 보는 데서) ...

S#44 태영 집 마당 (D)

급히 들어오는 태영. 마당을 살피다가 안으로 들어간다.

S#45 태영 방 (D)

태영   (급히 문 열고 들어오며) 서방님.

하는데, 승휘가 없다. 불안한 태영.

S#46 태영 집 서재 (D)

또 서방님, 하고 열어 보지만 비어 있다.

태영   대체 어딜 가신 거지?

S#47 태영 집 복도 (D)

태영, 다급히 걷는데, 마주 오는 미령.

태영   동서, 혹시 서방님 못 봤는가.
        내가 분명히 외출하지 마시라 하였는데, 집에 안 계시네.
미령   잠시 전에, 서방님과 함께 나가시는 걸 보았습니다.
태영   (안도하는) 아 그랬구나...
미령   왜요, 무슨 일이십니까.

태영	아니네. 아무것도 아니야.
미령	왜 그리 걱정을 하시는 것입니까...

S#48 주막 (N)

승휘	왜 그러긴, 좋아서, 그런 것이지.
도겸	(보면) 좋아서요?
승휘	좋으니 화가 나고, 좋으니 밉고, 안 그런가?
도겸	예. 좋은데 밉고, 보고 싶은데 보기 싫고, 보면 좋은데 보면 밉고, 참으로 미치겠습니다.
승휘	글을 쓸 때 말이야, 이야기를 만들 때. 여인들이 좋아하는 인물은, 그저 진심을 보이는 사내였네. 아무리 세상 능력 있고 멋진 사내 역할을 만들어도 가슴을 가진 사내가 아니면, 인기가 별로더라고.
도겸	(보는 데서)

S#49 태영 집 신방 (N)

미령이 만든, 배냇저고리와 아기 버선, 자그마한 좁쌀 베개와 강보
등을 구경하며,

태영	어찌 이리 솜씨가 좋은 것이야?
미령	혼례 전에, 생계가 마땅치 않아, 삯바느질로 양아버지를 봉양하였거든요.
태영	(안타깝게) 그랬구나... (하다가 아기 버선을 보며) 너무 앙증맞다...
미령	(그런 태영을 보다가) 형님도, 아이를 가지셔야지요.

참으로 훌륭하고 따뜻하신 어머니가 되실 것입니다.

태영   (보다가) ... 아이를 갖는다는 것은, 어떤 느낌인가?

미령   음... 서방님과 저를 이어 주는 느낌이지요.

          항상, 외롭고 힘들었는데, 항상, 함께 있으니, 너무 행복하고

          든든합니다.

태영   ... 그렇구나...

미령   온전히, 사랑을 주고받을 수 있는 존재가 생긴다는 것은,

          참으로 행복한 일이 아니겠습니까.

태영   (보다가) 행복하지만, 두려운 일 같아...

───── **S#50 주막 (N)**

승휘   뭐가 그리 두려운 게야.

도겸   제 마음을 알고도 저를 밀어낼까 봐, 겁이 납니다.

승휘   그깟 상처받을 때야 좀 아프겠지만, 뭐, 죽기야 하겠나.

도겸   (본다)

승휘   마음을 얻을 때까지 노력하게. 좋으면 그게 마땅하지.

도겸   ...

승휘   부모도, 명예도, 다 버리고 여기 와서,

          부인 곁에 서 있기에 내가 부족해 보일까 봐,

          이 나이에 소학이나 외고 있는 나도 있는데.

도겸   ...

승휘   자네 형수는, 예전에도, 지금도, 단 한 순간도 약한 모습을 보이지

          않았네.

도겸   늘 강하고, 현명하신 여장부셨지요.

승휘   나는 그것이 너무도, 안타깝고 애틋해.

          그렇게 살려고, 그렇게 보이려고,

얼마나 애썼을지 생각하면,

내가 너무 아파.

도겸   ...

승휘   나는 그저, 그 고단함을 덜어 주고 싶네.

밀어내면 어때, 내가 좋으니, 난 괜찮아.

무슨 취급을 당해도 좋으니, 함께 있고 싶어.

알겠다는 듯 보는 도겸에게 술을 따라 주는 승휘.

둘의 근처, 술을 마시며, 주변을 살피고 있는 사내들에서...

───── **S#51 태영 집 마당 (N)**

태영   (초조한) 왜 이리 늦으시지.

미령   그러게요. 생각보다 늦으십니다.

도끼   막심아, 내가 나가서 좀 찾아 볼까?

막심   (대답 안 하고 쌩하게 다른 쪽으로 가 버린다)

만석   (태영에게 작게) 설마 천승휘나 송서인을 찾는 건 아닐 겁니다.

분명 죽은 거로 알고 있다니까요. 장례까지 치렀는데.

그리고, 단장님을 찾으면 관군들이겠지. 추노꾼들이겠습니까?

태영   (작게) 추노꾼이면? 소혜 아씨가 나를 찾는 거면?

나랑 서방님 같이 있는 걸 보게 되면?

만석   어우, 그건 안 되죠~

그때, 들어오는 끝동을 본다.

끝동   그자들, 한양에서 온 추노꾼들이라는디유?

태영   (본다) 누굴 찾는지는 물어봤어?

끝동	워찌나 험악한지, 말 붙이니까 패 죽이려고 혀서. 못 물어봤어유.
태영	대체 서방님은 어딜 가신 거야.
끝동	오세유. 지가 모셔 왔는디?

보면, 조금 취한 도겸을 부축하고 오는 승휘다.

승휘	아이고, 다들 기다리신 것이오~
만석	아우 엄청 걱정하셨어요~
미령	(안도한 듯 들어가려는데)
도겸	부인!
일동	(놀라 보면)
도겸	나랑 얘기 좀 합시다.
승휘	그래, 대화를 하시게. 대화를.

도겸, 발그레한 얼굴로 들어가면, 따라 들어가는 미령.

도끼	막심아, 니도 나 좀 보자.

도끼, 일각으로 가면, 뭐야 하며 따라가는 막심.

태영	들어오세요. 서방님.

태영, 들어가면, 눈치 보며 따라 들어가는 승휘.

만석	뭐야, 이 심상치 않은 분위기는.
끝동	... 파국이여.

S#52 태영 집 일각 (N)

막심 왜 사람을 오라 가라여.

도끼 니 만석이 좋아허냐?

막심 그건 뭔 씨 발라 먹는 소리대?

도끼 아님 뭐여, 지난번엔 둘이 떠난다 했잖여?

글고 어? 니는 내 생각은 콩알만큼도 안 허고,

만석이 온 담부터는 나를 닭똥맹키로 거들떠도 안 보고!

막심 시방 이런 걸 니가 물어볼 자격이 있는 겨?

대체 니가 뭔데 나헌티 그딴 소릴 하는 겨?

도끼 그려, 말 나온 김에 허심탄회하게 야그해 보자.

난 니한테 대체 뭐여, 우린 시방 뭔 사이여! 이?

S#53 태영 집 신방 (N)

미령 그걸 지금 몰라서 물으십니까?

장원 급제도 하신 분이 우리가 무슨 사인지를 모르세요?

도겸 (얼굴이 발그레한) 말끝마다 장원 급제 들먹이는 것은,

비아냥이십니까?

미령 서방님, 어찌 그리 듣고 싶은 대로만 들으십니까?

도겸 뭐라구요?

미령 이러시니 제가 변명도 하지 않고 용서도 빌지 않는 것입니다.

무슨 말을 해도, 서방님 생각대로 해석하실 테니까요.

도겸 (보다가) 날, 좋아하긴 했습니까?

날, 사랑하긴 했어요?

미령 (보는 데서) ...

S#54 태영 방 안 (N)

잔뜩 예민한 얼굴로, 승휘가 공부한 것들을 거칠게 확인하는 태영.
눈치 보듯 앉아 있는 승휘.

승휘   오늘 버린 시간은 내일 보충할 터이니 너무 염려 마세요.

태영   (필사한 것을 거칠게 넘긴다)

승휘   쓴 것이 맘에 안 들면, 다시 백 번씩 필사하겠습니다.

태영   ...

승휘   우리 성장원이, 힘들다기에 잠시 말동무를 했어요~

        술은 한 잔도 안 마셨고, 그러니 마음 푸세요.

태영   ...

승휘   (보다가) 혹시, 외지부 집무실에 무슨 일이 있었습니까?

        아니면, 일도 바쁜데 내 공부까지 봐 주느라 힘들어 그럽니까?

태영   예. 힘이 듭니다.

승휘   그럴 줄 알았습니다. 나 혼자 할 테니, 신경 쓰지 마세요.

태영   그게 아니라...

승휘   그게 아니면 뭐가 힘듭니까. 말씀만 하세요. 내가 도울 테니.

태영   서방님이 이러실수록, 제 마음이 힘이 듭니다.

        제가 약해지는 게 겁이 납니다.

        기댈 곳이 생긴 게 싫어요...

승휘   (본다)

태영   같이 있으니, 너무 신경이 쓰입니다.

        차라리, 안 계실 때가 나았어요.

        저 혼자일 때가 나았어요...

승휘, 가만히 보다가 뭔가 말하려는데...
도무지 입이 안 떨어지는지, 그냥 자리에서 일어선다.

밖으로 나가는 승휘를 보지도 못하는 태영.
괴로운 듯 앉아 있다가, 내가 미쳤나 싶은지 일어선다.

──── S#55 태영 집 마당 (N)

나오는 태영. 둘러보는데 승휘는 없다.
태영, 어디 가셨지 하는데 막 마당으로 들어오는 끝동.

태영	끝동아, 서방님 못 봤어? 방금 나오셨는데...
끝동	아 그거이, 밖으로 쌩하고... 나가시던디...

태영, 놀라더니, 버선발로, 밖으로 달려 나간다.

──── S#56 거리 (N)

달리는 태영. 이쪽저쪽 보고 골목으로 달린다.
태영, 저도 모르게 서방님, 서방님. 하며 찾는데...
골목을 돌자, 추노꾼들과 승휘가 서 있다.

태영   (놀라서) 서방님!

보는 사내들과 승휘. 태영, 정신없이 달려와 승휘를 막아서서,

태영   네놈들은 누구냐! 서방님을 어디로 데려가려는 것이야!

태영, 바닥에 있던 돌을 쥐고, 달려들려 하며, 가! 가! 하면,

사내들, 어리둥절해 승휘를 보다가, 목례하고 간다.

태영   뭐, 뭡니까, 저자들이 누굽니까.

승휘   내가 부른 자들입니다.

태영   예?

승휘   부인의 아버지를 찾아 달라 했어요.

태영   (놀라 돌을 떨구는) ...

승휘   국경 너머와, 병자들의 마을까지 찾아 주는 자들이라 합니다.

태영   ...

승휘   아버지를 찾아야, 부인이 편히 잠을 잘 듯해서.

태영, 힘이 빠져 주저앉으려 하면, 부축하는 승휘.
엉망이 된, 태영의 버선을 본다.

승휘   저자들과 시간 약속이 되어 있어 급히 나오느라 말을 못 했네요.

태영   ...

승휘   걱정한 것입니까. 내가 잡혀가기라도 했을까 봐?

태영   ... 아뇨. 떠나셨을까 봐.

승휘   ...

태영   제가, 그리 말해서,

        화가 나서, 가신 줄 알았습니다.

승휘   내가 가긴 어딜 갑니까.

        아무리 못되게 말해 보세요. 내가 떠나나.

태영   ... 제가, 왜 이러는지 모르겠습니다.

        이런 사랑을 받아 본 적이 없어서, 이런 행복을 느껴 본 적이 없어서,

        이리 좋은 날들은 내 것이 아닌 것만 같아서, 잘못될까 봐,

        사라질까 봐, 깨어나면 다 꿈일까 봐,

        너무 두렵고 겁이 납니다.

승휘   ... 나두요...

태영   (본다) ...

승휘   나도 그렇습니다. 나도 늘 두렵고 겁이 나요.
         그러니까 우리, 싸우지 말고, 잘 지냅시다.
         갈 데도 없는 사람한테, 가라 하지 말고. 응?

태영   ... 가지 마세요.

승휘   (보면)

태영   ... 같이 있어 주세요. 서방님.

보다가 끄덕이는 승휘. 태영, 승휘에게 조심스럽게 한 걸음 다가가면,
기다렸다는 듯 꼭 안아 주는 승휘에서...

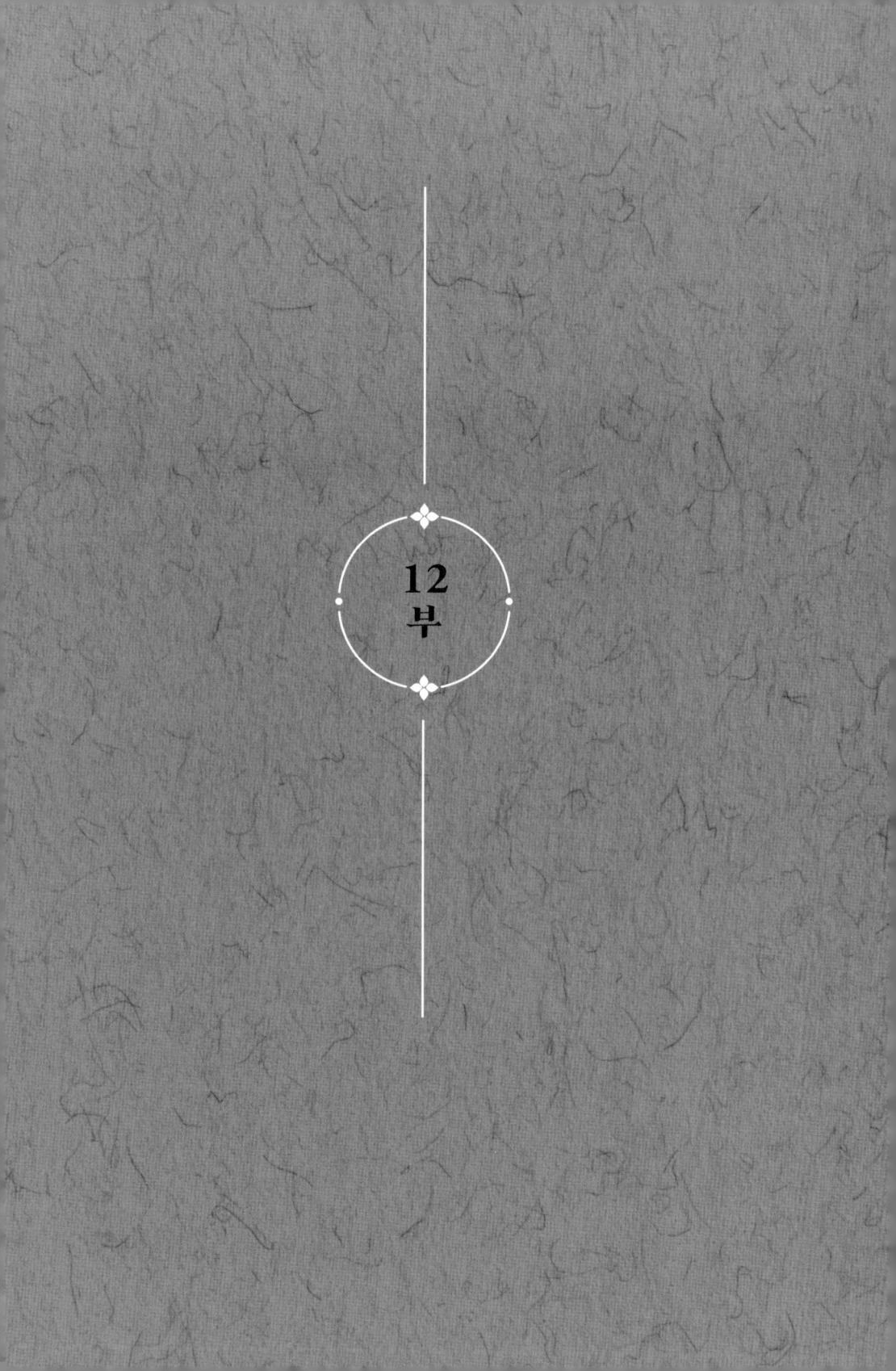

12
부

S#1 청수현 거리 (N)

꼭 끌어안고 있는 승휘와 태영. 이윽고, 팔을 풀고...

승휘 들어갑시다. 밤바람에 고뿔이라도 들까 염려됩니다.

태영 예.

승휘 (얼굴 들여다보며) 울었습니까?

태영 (부끄러운 듯 얼굴 피하며) 아닙니다.

승휘 (태영 발 보며) 아이구, 아무리 서방님이 좋아도 그렇지,

태영 (부끄러워 버선발을 감추려는 꼼지락)

승휘 마님이 체통도 없이 이리 버선발로 달려오다니요.

태영 오래전이긴 하나, 소혜 아씨가, 저를 찾으러 온 적이 있습니다.

승휘 여기, 청수현에요?

태영 예. 아마 아직도 전국 팔도를 뒤지고 있지 않겠습니까.

승휘 다 잊었을 것입니다. 시집가서 잘 산다 하니 염려 마세요.

태영 그래 주시면 다행일 텐데...

승휘	부인의 아버지도 내가 꼭 찾겠습니다.
태영	... 처음에는 직접, 그다음 몇 해는 사람을 써서 찾았으나,
	결국 찾지 못해서, 거의 포기하고 있었습니다.
승휘	조금 기다려 주세요. 내가 꼭 찾을 테니.
태영	(끄덕이고) 고맙습니다...
승휘	말도 없이 나와서, 이리 걱정시켜서 미안합니다.
	앞으론, 내 뒷간도 부인께 허락받고 가지요.
태영	...
승휘	... 허면 이제 우리 앞으로는,
	부부 행세 아니고, 부부인 것입니다.

태영, 보다가 그러자는 듯 끄덕이면,
승휘, 태영을 보다가, 갓끈을 풀더니 벗어 내민다.

태영	(받고) 왜요?
승휘	(뒤를 돌아서) 업히세요.
태영	아닙니다. 누가 보면 어쩌시려고.
승휘	누가 보면 어떻습니까, 내가 내 안사람 업는다는데,
	업는 게 싫으시면, 안고 갈까요?
태영	(난처한)

경과 〉 일각 / 태영을 업고 천천히 걸어오는 승휘.

승휘	나는 아마, 오늘 밤을 잊지 못할 듯합니다.
	이리 부인이 버선발로 나를 찾아 준 날이니까요.
	오래 걸릴 거라 생각하고 기대도 안 했는데...
태영	... 오래 기다리게 해서 송구합니다...

태영, 말하고 수줍어 등에 기대면,

기분 좋은 얼굴로 걷는 승휘에서...

——— S#2 태영 집 마당 (N)

태영을 업고 들어오는 승휘.

태영	이제 내려 주세요.
승휘	버선발이지 않습니까. 방까지 고이 모시지요.
태영	아닙니다. 식솔들이 봅니다.
승휘	시간이 늦어 아무도 없습니다~

하는데, 멀뚱히 서서 보고 있는 만석과 끝동.

태영, 민망해 얼른 내려오더니 급히 들어간다.

승휘, 끝동과 만석을 본다. 흐뭇하게 보고 선 둘.

승휘	왜 거기들 그러고 있는 것이냐.
만석	여긴 아직 전쟁 중이라 가지구요.
승휘	싸운단 말이냐? 허면 말려야지.
끝동	말리기도 참 거스기한 상황이라.

승휘, 궁금함으로 다가오는...

——— S#3 태영 집 일각 (N)

막심	니랑 나랑 뭔 사이긴 한솥밥 먹는 사이재!

도끼	그게 다여?
막심	다지 뭐여?
도끼	진짜 몰라서 묻는 겨?
막심	내가 뭘 물어? 니가 물었잖여?
도끼	내가?
막심	하여간에 씨잘머리 없이 질투나 하고 자빠졌고.
도끼	질투라니, 내가 뭔 질투를 혀?
막심	만석이 좋아하냐며!
도끼	좋아하잖여!

———— **S#4 태영 집 마당 (N)**

띠용한 얼굴로 만석을 보는 승휘.

승휘	너 때문에 싸우는 것이냐?
만석	아뇨? 저 진짜 모르는 일인데요?
끝동	형님이 연모짠 하고 누이누이 할 때 알아봤다니께유.
승휘	만석이 너, 처신을 어찌 한 것이야?
만석	아 진짜 오해라니까요. 제 있는 매력을 감출 수도 없고요.
	저 원래 친화력이 굉장한 거 아시잖아요.
	글고 누이도 저한테 그런 감정 없어요!
막심E	그래! 내가 만석이 좋아하면 어쩔래!
승휘/끝동	(만석 보면)
만석	미치겠네?

─── **S#5 태영 집 일각 (N)**

도끼　(상처) 참말이여?

막심　참말이거나 말거나, 니가 뭔 상관인디, 우리가 부부라도 되는 겨?

도끼　난 부부라고 생각하고 살았어!

막심　누구 맘대로! 암만 나무하다 발모가지 삐끗해서

　　　벼랑에 떨어져 하루아침에 가 버린 서방이라 혀도,

　　　난 엄연히 서방이 있는 몸인디, 내가 왜 니랑 부부여!

도끼　니가 그리 말하믄 나 참 섭하지. 백이도 내가 받았는디!

막심　아~ 긍께 니가 내 볼꼴, 못 볼꼴 다 봤으니께 내가 니 거라도 된다?

도끼　그럼 아녀?

막심　자꾸 되묻지 말고, 하고 싶은 말을 햐!

도끼　그걸 꼭 말로 해야 알어?

막심　말을 안 허믄 워찌 알어!

도끼　그걸 워떻게 말로 혀!

막심　말을 말자 말을 말어!

─── **S#6 태영 집 마당 (N)**

막심, 마당으로 나오면, 엿듣다가 뿔뿔이 흩어지는 승휘, 끝동, 만석.
버선 갈아 신고 막 대청으로 나오는 태영. 무슨 일인가 싶은데,
민망함으로 일동을 보고, 부엌으로 가려는 막심. 뒤를 따라 나와서,

도끼　(결심한 듯 눈을 감고 버럭) 나가 니를 좋아한단 말이여!

헉 해서 보는 일동. 막심, 어이없다는 듯 돌아보는데...

승휘	아이고...
만석	웬 공개 고백.
끝동	안 본 눈 사유.

막심, 노려보다 민망한 듯 부엌으로 가 버리면, 따라가는 태영.

| 도끼 | 왜! 이 말이 듣고 싶은 거 아녀! 너 거기 서 봐! |

따라가려는 도끼를 붙들어 말리는 승휘, 만석, 끝동에서...

——— **S#7 태영 집 부엌 (N)**

한쪽에 쪼그리고 앉아 버리는 막심. 태영이 들어오면, 피하듯
돌아앉는다.

태영	꿀이 어딨더라~
	(꿀단지 꺼내며) 작은 서방님, 꿀물 좀 타다 드려야지.
막심	(일어서서 오며) 지가 할게유. 이리 줘유.

한숨 쉬며, 꿀물 만드는 막심을 물끄러미 보다가, 히히, 웃는 태영.
막심, 태영을 보면, 웃음을 멈추는 태영. 다시 못 참고 미소.

| 막심 | 참말로, 망신스러워서 못 살겠네유. |

태영, 자꾸 웃으면, 자기도 어이없는지 따라 웃는 막심에서...

미령   형님 내외분께 들키지 않게, 잘 지내는 척 지내자 하실 땐 언제고,

                 왜 이제 와 제 마음이 궁금하신 것입니까.

도겸   대답해 주세요. 날 좋아하긴 한 겁니까, 아니면,

                 오로지 형수님께 복수할 생각으로, 내게 접근한 것입니까.

미령   (아프게 보는데)

도겸   변명하지도 말고, 용서 빌지도 말고,

                 그저 진실을, 아니, 진심을 좀 말해 주세요.

                 그깟 상처, 받아도 좋으니까, 말해 주세요. 부인...

미령   (괴롭게 보는데) ...

도겸   우리 처음 만난 거, 그 노리개 떨어뜨린 거...

                 우연입니까. 아니면... 계획한 것입니까...

         플래시컷〉 6부 S#29 청수헌 거리 (D)

         도겸을 툭, 치고 가는 미령. 도겸의 아~ 소리에 돌아본다.

         꾸며 입은 여식들과 달리 수수한 차림이지만,

         하얀 피부의 서글서글한 눈매.

         다시 급히 가는 미령의 옷에서 노리개가 바닥으로 툭 떨어진다.

         현재〉 절박하게 보는 도겸을 보다가,

미령   그땐 서방님이 성도겸인지 몰랐습니다.

                 그저, 급히 외지부 집무실로 가는 길이었을 뿐.

도겸   ...

미령   또요, 또 무엇이 궁금하십니까.

도겸   ... 형수님을, 닮고 싶다고 했던 것은요, 그것도, 진심입니까...

미령   ... 예. 당시에 가졌던 미움이나 원망을 떠나,

                 곁에서 함께 지내며 진심으로 존경하게 되었습니다.

───── **S#9 태영 집 신방 앞 (N)**

꿀물을 든 채, 들어가 말리지도 못하고,
돌아서지도 못한 채, 걱정으로 듣고 선 태영...

───── **S#10 태영 집 신방 안 (N)**

도겸	연등 행사 때는요, 일부러 수레에 뛰어든 것입니까...
미령	(아프게 보는)
도겸	나와 혼례 하려고, 내게 잘 보이려고, 일부러 내 목숨을 구하려고 계획한 것입니까.

플래시컷〉 7부 S#26 경사로 (N)
도겸을 향해 달리는 수레를 보는 미령.
자신을 향해 오는 수레를 모르는 도겸.
미령, 도저히 안 되겠는지, 저도 모르게 달려 내려간다.
도련님 피하세요! 하는 미령. 수레를 막으려 하지만 깔려 버리는 미령.
현재〉

미령	(보다가) 아뇨, 저도 모르게, 서방님이 다칠까 뛰어든 것입니다.
도겸	(안도하는) ...
미령	(보다가) 이리 힘드셔서, 어쩌십니까.
도겸	(자책하는) 저도 제가 왜 이리 못났는지 모르겠습니다.
미령	이리 하나하나 곱씹으며 괴로우신 줄은 몰랐습니다. 제가 어찌해야 마음이 괜찮아지실지도 모르겠습니다. 이런 상황에 찾아와 준 아이가 원망스러울 지경입니다. 아이만 없었더라면, 서방님께서 이리 미운 저를,

곁에 두실 필요는 없으셨을 텐데요...

하다가, 갑자기, 발 쪽을 본다. 숨이 멎듯 놀라는 미령.
도겸, 미령의 시선을 따라 보면, 미령의 발 사이로 흐르는 피.

미령   (괴성 같은) 안 돼! (주저앉는다)
도겸   (충격으로 어쩔 줄 모르는데)
태영   (소리에 놀라 문을 열고) 무슨... (피를 보고 충격)
미령   (본다, 부르듯) 형님!
태영   (달려가 와락 끌어안고 도겸에게) 어서요. 어서 의원을...
도겸   (정신없이 달려 나간다)
미령   형님, 저 어떡해요. (오열하는) 어떡해...
태영   (꼭 끌어안고) 괜찮을 거야. 괜찮아...

───── **S#11 태영 집 도겸 방 안 (N)**

서서 우왕좌왕 어쩔 줄 모르는 도겸을, 보고 있는 승휘.

도겸   (자책하는) 제가 미쳤었나 봅니다.
승휘   ... 다투기라도 한 것이야?
도겸   그저, 대화를 하고 싶었던 것인데...
        제가 술김에 그만, 몰아붙였나 봅니다.

괴로운 도겸을, 걱정으로 보는 승휘에서...

S#12 태영 집 신방 안 (N)

미령의 맥을 짚어 보며, 고개를 갸우뚱하는 의원.
걱정으로 보고 있는, 태영과 미령.

태영　어찌 그러는 것이오.

의원　그것이...

미령　아이가 잘못된 것입니까.

의원　아닙니다. 마님은, 달거리가 늦어진 것일 뿐,

　　　애초에, 회임을 한 것이 아닙니다.

당황하고 어리둥절해, 의원을 보는 태영과 미령.

미령　그, 그게 무슨 말입니까. 내가, 입덧으로 고생을 얼마나 했는데.

의원　아이를 절실하게 원하면, 몸이 아이를 가졌다 착각해,

　　　회임한 것과 같은 신체 증상이 나올 수도 있습니다.

태영　허면, 상상이었단 말인가?

그렇다는 의원을, 믿어지지 않는 듯, 허망하게 보는 미령에서...

경과〉 마주 앉아 있는 태영과 미령.

미령　(허탈한 미소로) 제가 정말 정신이 나갔었나 봐요 형님.

　　　어찌 이런 착각을 할 수 있는 것인지...

태영　그럴 수도 있지. 그런 일이 종종 있다고 나도 들었었네.

미령　온 식구가 신경을 써 주셨는데, 너무 송구합니다.

태영　그런 생각 말게. 자네만큼 속상한 사람이 어디 있다고.

미령　속상하긴요. 부끄러울 따름입니다.

태영　부끄럽다니...

미령	... 식솔들도 좀 모르게 해 주시겠습니까?
태영	(보다가 끄덕이고) 헌데, 작은 서방님이랑, 다툰 것이야?
미령	(본다)
태영	꿀물을 들여오다가 듣게 되었네,
미령	(보다가) 그간 서방님께서는 저를 믿지 못하셔서 많이 힘드셨나 봅니다...
태영	(한숨이 나오는)
미령	아이 때문에 버티고 계셨어요. 헌데, 아이마저 제가 거짓으로 꾸몄다고 생각하실 듯하니, 말씀 좀 잘해 주시겠습니까...
태영	(보다가 끄덕이는) ...

─── **S#13 태영 집 도겸 방 안 (N)**

승휘	(막 들은) 회임을 했다, 착각을 한 것이라구요?
태영	예. (도겸 보며) 그러니 행여라도 자책하진 마세요.
도겸	허면, 부인의 몸에는 이상이 없는 것입니까?
태영	예. 괜찮습니다.
도겸	다행입니다. 참으로 다행입니다.
승휘	제수씨는 좀 어떠합니까.
태영	괜찮다고 말은 하는데, 많이 힘들겠지요.
도겸	제가 잘 챙기겠습니다.
태영	말로만 그러지 마시구요.
도겸	(본다) 예?
태영	(보다가) 저는, 동서를 믿었기에 떠난다 할 때 붙들었습니다. 작은 서방님이 힘드실까 봐 일일이 말하지 않았던 것이구요.
도겸	... 예.
태영	헌데 어찌 작은 서방님은 동서를 믿지 못하셨어요?

믿지 못했다 해도, 송정에 나와 집으로 데려왔다면,

지난 일은 다 묻어 두고 최선을 다하셨어야지요.

도겸   ... 송구합니다.

태영   동서는 이번 일조차, 서방님을 속인 것이라 오해받을까 염려합니다.

도겸   (본다. 마음이 아픈) ...

―――― **S#14 태영 집 신방 안 (N)**

만들었던 것들을 정리하며, 눈물을 떨구는 미령.

발소리에 얼른 눈물을 닦고, 돌아누워 눈을 감는다.

조심스럽게 들어와 앉는 도겸. 한쪽에 정리된 아이 물건들을 본다.

안타깝게 보다가, 그 틈에서 작은 공책을 하나 발견한다. 열어 보면,

미령E   아가, 부족한 엄마에게 와 줘서 고맙구나.

         우리 만날 때까지, 부디 건강하게 잘 자라 주렴.

도겸   (아프게 한 장 넘기면)

미령E   아가, 오늘 아버지 목소리 잘 들었니?

         서원에 다녀오시느라 피곤하셨을 텐데도, 너에게 책을 읽어 주셨단다.

플래시컷〉11부 S#22 신방 (D)

미령   (뜻밖이라는 듯) 무슨 일로 오신 것입니까?

도겸   (책을 보이며) 아기에게 시경을 읽어 주려 합니다.

현재〉 그때가 떠올라 자책하는 도겸. 위로,

미령E   네 아버지는 청수현에서 처음으로 장원 급제를 하신 훌륭하신 분이야.

게다가 부족한 엄마를 용서하고, 이해해 주신 너그러우신 분이란다.

도겸, 죄책감으로 어쩔 줄 모르겠고...
돌아누운 채, 마음이 아픈 미령에서...

───── **S#15 태영 방 안 (N)**

잘 준비하고 앉은 태영과 승휘.

태영   저도 이리 허망한데 동서는 어떨까 싶어요.

승휘   아마도, 아이가 생기지 않으면, 성장원과 멀어지거나,

         이 집에서 나가게 될 거란 두려움이 만든 상상인 듯합니다...

태영   예. 동서는, 아이가 작은 서방님과 동서를 이어 주는 존재라 했어요.

승휘   성장원은 제수씨가 자신에게 마음이 없는 줄 알더라구요.

태영   (답답한) 그럴 리가 있겠습니까.

승휘   그러니까요. 잘 얘기했으니, 괜찮아질 것입니다.

         이런 일을 겪으면서 둘 사이가 더 단단해지겠지요.

태영   알아서 한다기에 맡겨 뒀더니 저리 탈이 났네요.

         (일어서려 하며) 좀 가 봐야겠습니다.

승휘   이 밤중에 어딜요? 신방에요?

태영   또 다투거나 할까 봐 염려돼서요.

승휘   둘이 다툰 건 어찌 아셨습니까?

태영   그야... 엿들었습니다.

승휘   (어이없는)

태영   일부러 그런 것은 아닙니다.

승휘   장가간 시동생 부부 일에 뭘 그렇게나 끼고 그럽니까.

태영   그야 제가 집안의 총부로서 혼인을 시켰고,

	둘 사이 갈등의 원인이 저와 엮였으니,
	제가 책임감 있게 해결하려는 /
승휘	아~ 우린 애 가지면 큰일 나겠다.
태영	(본다) 뭐라구요?
승휘	그니까 제 말은요.
태영	그 말은 지금 제가 작은 서방님을 잘못 키웠다 뭐 그런 말씀입니까?
승휘	잘못 키우다니요! 이 집안의 자랑인 성장원을~
태영	비꼬지 마세요. 제가 뭐 사랑을 주기만 하면서 키워서,
	작은 서방님이 받을 줄만 안다 그 말씀이잖아요.
승휘	아뇨~ 우리 성장원 받을 줄만 아는 사람 아닙니다~
	형수님 생각해서, 그 먼 청나라까지 목숨 걸고 다녀오지 않았습니까.
	그저, 감정에 좀 서툴다는 말을 한 것뿐이니, 속상해 마세요.
	절대 부인의 노고를 깎아내리려는 게 아닙니다. 다만,
태영	다만?
승휘	모든 걸 다 해 주려고 하진 마세요. 다 스스로 겪어야지요.
	실패도, 좌절도 겪어야 극복할 수 있습니다.
태영	...
승휘	조금의 아픔이나 불편함도 겪지 않길 바라는 마음이야 압니다만.
	애초부터 성장원이 상처받을까 봐 숨겼던 게 잘못입니다.
태영	(눈을 가늘게 뜨고 본다)
승휘	되게 맞는 말을 하는데, 재수가 없다. 그런 표정인데?
태영	맞습니다. 남의 감정을 잘 읽으시는 서방님.
승휘	(미소)
태영	왜 웃으십니까?
승휘	좋아서요. 부인이랑 이리 티격태격하니,
	진짜 부부 같고, 사람 사는 것 같아 좋습니다.
태영	진짜 부부가 되자마자 이리 폭풍 잔소리를 해 대다니,
	(베개 팡팡 치고 누우며) 그동안 입이 근질근질해서 어찌

참으셨답니까?

승휘 그니까요. 요 근질근질한 입, 뚫린 김에 한마디 더 하자면, 행여 도끼 막심이 일도 참견하려 하지 마세요.

태영 (참견하려 했던, 벌떡 일어나며) 아니 왜요~

승휘 다~ 그냥 두면 알아서 합니다. 그러니 그냥 두세요.

태영 아니 /

승휘 어허! 거기 신경 쓸 마음 있으면, 나 좀 신경 쓰세요. 딴 데 보지 말고 나만 보라구요. 아시겠습니까?

태영 (노려보다가 누워 버린다)

승휘 이리 오시면 안 됩니까?

태영 (돌아눕고) 안 됩니다.

승휘 (누우며) 알겠습니다~ 재촉하지 않아요.

누운 채로 괜히 흥. 하는 태영을, 미소로 보는 승휘에서...

S#16 유향소 일각 또는 거리 (D)

잔뜩 곱게 꾸민 홍씨부인. 모처럼 기분 좋은지, 가벼운 발걸음으로 콧노래까지 부르며 온다.

S#17 자모당 (D) [수정]

차를 나누는, 태영과 부인들.

이씨부인 참으로 오랜만에 뵙습니다. 좌수 부인~

엄씨부인 그러게요~ 한동안 문밖출입을 안 하시더니, 어쩐 일로 걸음을 하신

	겝니까~
홍씨부인	그럴 이유가 사라져서 말입니다.
	(태영에게) 그 외눈박이, 지행수가 죽었다지 뭡니까.
김씨부인	그래요?
태영	(걸리는) 어찌...
홍씨부인	저도 자세한 모릅니다~ 윗선에서 꼬리가 잘렸다네요.
태영	(신경 쓰이는데)
이씨부인	(태영에게) 아, 부군께서 과거를 보신다면서요.
태영	아 예. 별감이 되어, 청수현에 공헌하고 싶다 하시기에.
엄씨부인	(의아한) 언제부터 별감이 과거 급제해야 자격이 되었습니까?
김씨부인	저도 금시초문이긴 합니다만, 되면야 좋지 않겠습니까. 선비의
	도리인데.
홍씨부인	기억 소실이라면서요, 이번 별시가 얼마 남지도 않았는데,
	되시겠습니까?
김씨부인	기억을 잃었다 하여 지식까지 잃었겠습니까.
홍씨부인	(노려보는)
태영	어쩌다 보니, 저희 서방님이 웅이 도령과 선의의 경쟁을 하게 됐네요.
엄씨부인	결과가 참으로 기대됩니다.
이씨부인	그러게요~ 호호호호.
홍씨부인	(심경 복잡한데) ...
김씨부인	그나저나, 새 현감이 부임 첫날부터, 관기들을 모두 불러,
	관아에서 술판을 벌였다니, 참으로 걱정이 이만저만이 아닙니다.
태영	가뭄으로 인해, 올해 세금도 못 낼 듯하여,
	전답과 가대까지 파는 집이 속출하고 있는데 어찌 그런...
홍씨부인	우리 좌수께서, 대책 마련을 요청하신다 하니, 기다려들 보세요.

S#18 현감 집무실 또는 유향소 집무실 (D)

뒤돌아 밖을 보고 있는, 현감을 향해.

차좌수 　만수삼이요? 그것이 무엇입니까? 인삼이나 산삼 그런 것입니까?

김낙수 　(천천히 돌아보며) 촌구석이라 그런가, 역시 모르는 게 많습니다?

차좌수 　(마음 상하는) ...

김낙수 　만수삼은, 아주 귀하고 비싼 희귀 작물이외다.
　　　　오래도록 왕실에서만 의약 재료로 사용되다가,
　　　　최근 청국이나 왜국으로 수출하는 무역 품목으로 급부상하였지요.

차좌수 　헌데, 그것이, 청수현의 위기 대책과 어떤 연관이 있다는 것입니까?

김낙수 　(앉아서 가까이 보며) 나와 막역한 사이인, 함청현의 허순 선생께서,
　　　　만수삼 씨앗을 팔고 계십니다. 이게, 없어서 못 파는 것인데,
　　　　청수현에만 나를 봐서 특별히 팔겠다니, 참으로 고마운 일이지요.

차좌수 　(신중한) ...

김낙수 　위기만 극복해서야, 어디 청수현의 수장이랄 수 있겠습니까.
　　　　작은 투자로 청수현 백성들을 부농으로 만들 기회인데, 잡으셔야지요?

S#19 차좌수 방 (D)

홍씨부인 　헌데 가뭄으로 쌀도 안 나는 청수현에서 만수삼인지 뭔지가,
　　　　　자라겠습니까.

차좌수 　뭐 말로는, 가뭄의 영향을 적게 받는 작물이라 하더이다.
　　　　게다가 우리 청수현이 토질도 적당하고 통풍도 잘돼서 조건이 좋다나?

홍씨부인 　어머, 그럼, 좋은 제안 아닙니까~ 뭘 망설이세요?
　　　　　안 그래도 우리 웅이 족집게 과외 시켜 줄 거벽 구하느라
　　　　　있는 돈 다 써 버려서 세금도 못 내게 생겼는데~

차좌수	그러니까! 왜 허락도 없이 거벽을 구하고 그러시오!
홍씨부인	지금 옥태영 시동생도 모자라서, 옥태영 서방하고까지 경쟁해야 하는데, 우리 웅이가 또 떨어지면 좋겠습니까! 아무튼, 한다고 하세요. 만수삼 재배!
차좌수	... 그게, 뭔가 있잖아. 좀 쎄~ 해.
홍씨부인	쎄~ 해? 누가, 현감이요?
차좌수	(끄덕이고) 뭔가 느낌이 그래요. 아무튼, 내 신중히 고민해 볼 것이니, 부인은 못 들은 것으로 하세요.
홍씨부인	(눈이 또랑해지는, 머리 급 굴리는)

—— **S#20 외지부 집무실 일각 (D)**

외지부 집무실을 향해 걸어오는 태영.

백성	어! 저기, 새 현감 나리시다.

사람들, 허리를 숙이면, 태영도 고개를 숙인다.
여기저기 시찰하듯 걸어오는 김낙수, 태영을 지나면...
그제야 고개를 들고, 김낙수의 뒷모습을 힐끗 보는 태영에서...

—— **S#21 태영 집 마당 대청 (D) [축소]**

대청에서 공부하고 있는 승휘. 저절로 콧노래가 나오는데...

만석	그리도 싫던 공부를 하시면서, 콧노래가 다 나오시고.
승휘	너는, 아쉬움 없느냐, 내가 이리 사는 거.

만석	예인 그만둘 때야 아쉽기도 했고, 걱정도 했죠. 근데 뭐,
	(냅름 누우며) 이리 시골구석에 숨어 사니, 들킬 걱정도 없고 좋네요~
승휘	그래서, 막심이랑은 무슨 사인데.
만석	(벌떡 일어나) 아니 그냥! (작게) 마님 과거 일로 귓속말 좀 한
	것뿐이에요~
승휘	허면 도끼가 오해한 것이다?
만석	예~ 눈치가 진짜 더럽게 없더라구요.
도끼	(사다리 들고 오며) 서방님, 지붕 다 고쳤으니께,
	이제 서방님 방에서 주무셔도 되세유.
승휘	굳이?
만석	저 봐요.

그때, 찬합 챙겨 부엌에서 나오는 막심. 도끼를 보고 얼른 밖으로 나가
버린다.

도끼	(쏩쓸하게 보다가 만석에게) 니, 막심이헌테 잘해 줘라.
만석	갑자기 뭔 소리래?
도끼	막심이가 니 좋아하잖여. 내 둘의 행복을 빌어 줄라니께 잘혀 봐.
만석	아니 진짜 어이없네, 나 누이한테 감정 없다니까?
도끼	야 이 새끼야. 왜! 우리 막심이가 워디가 워뗘서!
	우리 막심이는! 마음이 솜이불처럼 따뜻한 여인이여.
만석	얼씨구.
도끼	그뿐여? 워찌나 지혜롭고, 워찌나 손끝이 야무진지 말도 못 혀.
	난 암만 힘들어도 막심이만 보믄, 걍 기분이 좋아진다고.
승휘	(보다가) 아니, 그 얘기를 간밤에 막심이한테 했어야지.
만석	그니까요. 왜 소 잃고 외양간에서 울부짖어?
도끼	아니 민망스럽게, 그런 것을 워떻게 직접 얘기를 혀요?
승휘	청수현 특색이냐? 아니면 이 집의 기운이 그런 것이냐.

어찌 사내들이 죄다 연애 능력이 이리 미달인 것이야?

만석 제 말이요.

승휘 (잠시 생각하다) 도끼야, 내 재능을 살려,

막심이의 마음을 사로잡을 방도를 일러 줄까 하는데, 따르겠느냐?

도끼 따 따르다마다유! 뭐든 좀 알려 주셔유~

———— **S#22 외지부 집무실 (D)**

찬합을 내려놓는 막심. 이것저것 펼치는 동안,

끝동 (문서 가져오며) 아랫마을 방씨가 맡기고 간 전당 문기구먼유.

태영 전당 기한도 안 끝났는데 이미 처분을 해 버렸다니 어쩐다...

막심 저기, 바쁘셔두, 좀 들고 일하셔유.

끝동 왐마. 뭐가 또 이리 많어. 큰 서방님께서 또 챙겨 보내신 겨?

막심 (찬합 풀며) 이. 기력에 좋은 거 챙기라셔서, 전어찜 좀 혔어.

태영 맛있겠네. 같이 들자.

끝동 (앉으며 막심에게) 저기, 서로 맘 알믄서 괜한 밀당으로

도끼 아재 피 말리지 말고, 정안수 떠 놓고 합방을 하믄 워떻겠어?

막심 (등짝 갈기고) 야가 어디 마님 앞에서 창피한 줄을 모르고.

끝동 내가 다 수런해서 그려! 아재 한숨 땜에 잠을 못 잤다니께!

워찌 방방마다 사랑싸움을 그리 해 대는지 나만 외로워!

막심 입 안 다물 겨?

태영 신방에서 오늘도 다투더란 말이야?

막심 아이구 아녜유. 작은 서방님 서원도 안 나가시고

내도록 같이 계시나 보던디?

태영 그래?

모로 누워 있던 도겸, 눈을 뜨는데, 이부자리가 비어 있자, 얼른
일어난다. 부인이 어디 갔지 싶어 둘러보는데,
좌탁 위로 보이는 편지. 펼쳐 보는데...

미령E   차마, 서방님의 얼굴을 마주할 자신이 없어, 서신을 남깁니다.

플래시컷〉 신방 안 새벽 (과거, D)

잠들어 있던 미령, 눈을 뜨면, 옆에 잠들어 있는 도겸.
미령, 태교 일기를 보다 잠든 듯한 도겸을 보며 마음이 아프다.

미령E   죄 많은 저를 가족으로 받아 주셨던 유일한 이유가 사라졌으니,
저는, 더는 이곳에 머물러서는 안 될 듯합니다.
이제 저로 인해 그만 힘들어하세요.

플래시컷〉 거리 (과거, D)

단출하게 짐을 꾸려, 인적없는 거리를 걷는 미령.
문득 멈춰 선다. 어디로 가야 할지 몰라 망연히 서 있다.

플래시컷〉 의창현 본가 앞 (과거, D)

들어가지 못하고, 돌아서는 미령에서...

현재〉 신방 (D)

편지를 쥐고 벌떡 일어나더니 뛰어나가는 도겸.

S#24 거리 (D)

미령이가 멈춰 섰던 곳에 멈춰 서는 도겸.
어디로 가야 할지 모르겠다.

S#25 의창현 미령 집 일각 (D)

달려와 담 너머를 보는 도겸.
평상에 앉아 서책을 읽는, 미령의 양부를 본다.
마당 안을 살피지만, 미령은 없다.
그때, 고개를 든 미령 부와 눈이 마주치는데...
반가움으로 보는 미령 부를 보며, 목례하는 도겸에서...

S#26 의창현 방 안 또는 마당 (D)

양부   (소반에 숭늉 한 그릇을 내밀며) 사위는 백년손님이라지...
　　　　마음은 닭 한 마리 잡아 주고 싶은데 손이 이리 볼품없어 미안하네.

도겸   기별도 없이 찾아온 것을요. 근처를 지나다, 어찌 지내시는지
　　　　궁금하여...

양부   내 생각을 다 해 주고 고맙네. 우리 미령이는, 잘 지내는가.

도겸   ... 예.

양부   (보다가) 언제였더라, 먼 친척이었던, 미령이의 모친이,
　　　　어느 날 갑자기 돌봐 달라며, 미령이를 버리다시피 놓고 떠났네.

플래시컷〉과거 / 예쁘게 차려입은 열두어 살의 미령.
보따리 하나 들고, 문밖만 보며, 하염없이 우는 미령을 달래는 양부.

양부E	울기만 하는 어린 여자아이를
	늙은 홀아비인 내가 무슨 수로 달래겠나.
	그저, 눈물 그치고 착하게 살면, 어미가 데리러 올 거라 말했지...
	그 뒤론, 어리광 한 번 없이, 홀아비인 내 뒷바라지만 하며 살았네.

현재〉환상 / 열심히 집안을 쓸고 닦고, 바느질까지 하는 어린 미령을, 아프게 보고 있는 도겸. 손을 뻗어 어린 미령의 머리를 쓰다듬어 준다.

양부	그랬으니, 어미가 찾아왔을 때 얼마나 기뻤겠나...
	또, 저를 두고 떠날까 봐, 그저, 시키는 대로 했던 것이지.
	(손 붙들고) 그 마음 헤아리고, 받아 줘서, 정말 고맙네...
도겸	...
양부	자네 댁 어른께서, 나까지 수시로 챙겨 주셔서,
	이토록 고생 없이 먹고 살고 있으니, 그 또한 염치없고.
도겸	아닙니다...

─── S#27 의창현 거리 (D) [추가]

어디로 가야 하나 난감한 도겸.
빨랫감을 이고 마주 오는 아낙들을 스치는데...

아낙1	참, 나 아까 미령 아씨 봤다?
도겸	(돌아본다)
아낙2	아버지 뵈러 오신 건가 부네?
도겸	(물어보려는 듯 따라가며) 저기...
아낙1	(못 듣고) 아녀~ 연풍각으로 들어가던디?
도겸	(멈춰 선다)

아낙2	참말로? 기방으로 들어가시더란 말여?

가는 아낙들을 망연히 보는 도겸에서...

———— S#28 연풍각 앞 (N 또는 D)

들어가는 사내들을 반기는 기녀들.
보고 선 도겸, 심호흡을 한 번 하더니, 성큼 들어간다.

———— S#29 연풍각 복도 (N 또는 D)

연풍각 복도를 걷는 도겸. 지나는 기녀들의 얼굴을 살피고,
열린 문틈으로 미령이 있나 살피는 도겸. 그때, 화려하게 치장한 기녀.

기녀	(팔짱을 훅 끼고) 처음 뵙는 분 같은데, 혼자 오셨습니까?
도겸	(불편한 듯 팔을 빼며) 사람을 찾고 있습니다.
기녀	아~ 누굴 불러 드릴까요? 영랑이? 소율이?
도겸	... 미령이... 차미령이란 여인이 여기 있습니까.
기녀	아~ 미령이~

기녀, 손끝으로 어느 방을 가리키며, 저~기 하는 데서...

———— S#30 연풍각 방 안 (N) [수정]

기녀들을 부둥켜안고 노닥이는 잔뜩 취한 사내들.

술상 위로 추가된 음식을 내려놓는 미령, 나가려는데,
막 들어오던 술 취한 사내1. 나가는 미령의 손목을 잡는다.

사내1   어딜 가느냐, 너도 이리 앉거라.

미령   (손목 빼며) 저는 기녀가 아닙니다.

사내2   (앉은 채로) 기방에 있음 기녀지! 야! 당장 앉아!

기녀   아이~ 왜들 이러실까~ 저랑 놀아요~ 나으리~

사내1   (가려는 미령을 거칠게 돌려세우며) 앉으라는 말, 못 들은 게야?

미령   기적에 올라가 있지 않은 여인을, 함부로 대해선 아니 될 것입니다.

일동, 오오~ 하면, 사내1, 강제로 미령의 허리를 부둥켜안는다.
미령, 이거 놓으시오! 하며 사내를 거칠게 힘껏 밀어내자,
사내1, 열 받는지 이년이! 하며 미령의 따귀를 때린다.
일동, 놀라서 보고, 미령, 사내를 노려보면,
이것 봐라~ 하며 다시 손을 드는 사내1를, 때려눕히는 도겸.
사내들 당황하고, 기녀들 뭐야 하는데... 미령을 데리고 가는 도겸.

사내1   (일어나서) 야! 내가 먼저 골랐어. 그년은 내 거야!

도겸   (가려다 오더니, 멱살을 쥐고) 말 조심해. 죽고 싶지 않으면.

사내1   야, 이거 안 놔! 너 뭔데!

도겸   나? 이 여인 남편.

당황하는 사내들. 기녀들 어머~ 한다.
멱살을 확 놓고, 미령을 데리고 나가는 도겸에서...

미령	여긴 왜 온 것입니까.
도겸	그걸, 몰라서 물으십니까.
미령	제가 이런 곳에서 일하는 것이 부끄러우십니까.
도겸	...
미령	혼인 전에도 이곳에서 바느질을 하고 음식을 했습니다.
	당장 의탁할 곳이 없어 머무는 것이니, 곧 옮기겠습니다.
도겸	왜 집을 놔 두고 이런 곳에 의탁한다는 것입니까.
	나와 기별이라도 하겠다는 것입니까?
	이깟 서신 하나로, 우리가 끊어질 사이입니까?
미령	(본다) 제가 그 집에서 쫓겨날 이유는 너무도 많습니다.
	아이도 없으니 책임감 갖지 마시고, 동정하지 마시고, 편히 내치세요.
	더는 저 때문에 힘들어 마시고, 기별을 청하시면 됩니다.
도겸	안 됩니다.
미령	제가 밉다면서요. 저 때문에 그리 힘드시면서, 대체 왜요!
도겸	내가 부인을 좋아하니까요.
미령	(본다)
도겸	일부러 접근을 했든, 무슨 짓을 했든, 누구의 딸이든!
	다 상관없이 내가! 부인을 사랑하니까요!
미령	...
도겸	아이 때문에 부인을 붙든 것이 아닙니다.
	아이 덕분에 부인을 붙들 수 있어 다행이었지요.
미령	...
도겸	솔직하게 말하지 못하고, 못나게 굴어 미안합니다.

미령, 도겸을 보다가, 눈물을 툭 떨구면, 끌어안는 도겸.

| 도겸 | 얼마나 힘들지 알면서 기댈 곳이 되어 주지 못하고,
부인을 아프게, 부인을 외롭게 만들어서, 정말 미안합니다. |

안고 있는 둘에서...

―――― **S#32 태영 집 복도 (N)**

신방으로 함께 들어가는 미령과 도겸을,
숨듯이 딱 붙어 서서 보고 있는 태영과 승휘.

| 승휘 | (속삭이는) 그것 보세요. 그냥 두면 알아서 한다지 않았습니까. |

안도하는 태영에서 Out.

―――― **S#33 태영 집 앞 (얼마 후, D)**

짐을 나르는 식솔들과 수레꾼들.
말과 가마를 채비하고 짐을 싣느라 분주하다.

―――― **S#34 태영 방 안 (D)**

앉은 태영과 도겸.

| 도겸 | 형수님 근처에 있고 싶었는데 홍문관이라니 당황스럽습니다. |
| 태영 | 다들 중앙으로 진출하고 싶어 하는데, 그런 말 마세요. |

도겸	우리 형수님, 보고 싶으면 어떡하죠...
태영	... 우리 애기 도련님... 언제 이리 늠름하게 자라신 것인지.
도겸	제가 봇짐을 매고 떠나려던 날, 기억하십니까.

플래시컷〉5부 S#3 태영 친정집 태영 방 앞 (D)

도겸	아버지도 돌아가시고, 형님도 안 계시는데,
	남과 다름없는 제가 어찌 형수님 댁에서 폐를 끼치겠습니까.
태영	남이라뇨, 이제 제 가족은 도련님밖에 없습니다.
도겸	(보다가) 저도 형수님밖에 없습니다.

현재〉 떠오르는지, 미소로 보는 둘.

도겸	그날 형수님께서 절 붙들어 주지 않으셨다면 지금의 저도 없었지요.
	한 치의 부족함 없는 사랑으로, 저를 키워 주셔서, 감사합니다.
	결코 형수님께 부끄럽지 않도록 살겠습니다.
태영	(보다가) 돌아가신 아버님의 뜻을 받들어 반드시,
	백성들에게 필요한 사람이 되어 주셔야 합니다. 아셨지요?
도겸	(보다가) 명심하겠습니다.

S#35 태영 집 앞 (D)

도겸과 미령을 배웅하러 나와 있는, 태영과 승휘와 식솔들.

도끼	(눈물로) 우리 작은 서방님, 언제 이리 장성하셔서,
	벼슬해서 한양 가시구, 참으로 장하고 기특혀서 눈물이 나네.
끝동	아이구~ 좋은 일로 가시는 것인디, 왜 눈물 바람이랴~

막심	(미령에게) 우리 작은 마님... 앞으로는 좋은 날만 있을 거구먼유.
미령	보고 싶을 거야... 나 보러 한양 꼭 놀러 와. 그리고, 형님 잘 부탁할게.
막심	(손 붙들고 끄덕이는) 염려 말고, 건강 잘 챙기셔유.

도겸, 승휘에게 온다.

도겸	과거 시험을 끝까지 돕지 못해 송구합니다.
승휘	(괜히) 그러니까, 나 걱정돼서 죽을 지경이네.
도겸	(미소로 보다가) 형님이 계셔서, 가는 마음이 가볍습니다.
승휘	집 걱정은 말고. 형수님 걱정도 말고.

도겸, 끄덕이면 어깨를 다독여 주는 승휘.
멀찍이 보고 선 태영에게 다가가는 미령.

미령	형님.
태영	(눈 못 보고) 응...
미령	저 이 팔찌, 절대로 빼지 않을 것입니다.
태영	(끄덕이고) 나도...
미령	(두 손을 잡고) 태어나서, 처음 받아 보는 마음이었습니다.
태영	... 기어이 나 울릴 셈인가.
미령	(끌어안고) 부디 강녕하세요 형님.
태영	(마주 끌어안고) 그래, 서방님이 속 썩이면, 언제든 연통하고...
미령	(미소로 풀고) 예.

말과 가마에 오르는 도겸과 미령을, 보고 선 식구들.
허전하고 울적한 태영의 어깨를 감싸 주는 승휘.
그리고 그 모습을 멀리서 지켜보는 누군가에서...

—— **S#36 자모당 (D)**

마주 앉아 차를 마시고 있는, 태영과 김씨부인.

태영   회장님 덕분에 한양에 좋은 거처를 마련했습니다.

김씨부인   자식처럼 지극정성으로 키웠는데, 멀리 보내니 허전하겠네.

태영   의뢰인도 많고, 서방님 과거도 며칠 안 남았으니,

           바쁘게 지내 보려 합니다.

김씨부인   그래 (하다가) 자네 참, 혹시 만수삼이라고 들어 봤는가.

태영   만수삼? 처음 들어 봅니다. 그게 무엇입니까?

김씨부인   나도 잘 모르겠네. 좌수 부인이 향원 부인들에게,

           만수삼 재배 사업에 투자를 권했다기에...

태영   (뭐지 싶은)

김씨부인   7년 전 광산 일로 형편이 어렵다 보니, 또 엉뚱한 꾀를 내려는 건가

           싶어서.

태영   좀 알아봐 드릴까요?

김씨부인   아니네. 과거도 코앞인데, 신경 쓰지 말게.

           별일이야 있겠나. 하도 허황한 사돈이라, 내 노파심에 물어본 것이네.

태영   (미소로) 예.

김씨부인   그보다 이번 진사시에, 자네 서방님 반드시 급제해야 할 듯해.

태영   (왜냐는 듯 보면)

김씨부인   좌수 부인이 자네 서방 낙방할 거라고 떠들고 다니거든.

태영   (어이없는) 어머...

—— **S#37 태영 방 안 (N)**

태영   (초조하게) 필독서도 다 읽었고, 당송팔대가의 문장도 백독백습을 했고,

시국관을 넓히기 위해 사서와 제자백가도 읽었으니, 남은 며칠은,

아, 모범 과문을 모은 초집을 읽어 보시는 게 좋겠습니다.

서방님의 운문은 다소 감정에 호소하는 편이라, 저어됩니다.

승휘　(조잘대는 태영을 가만히 보다가 손가락으로 볼을 꾹 찔러 본다)

태영　어머. (놀라서) 왜 이러십니까?

승휘　그냥, 찔러 보고 싶었습니다.

태영　공부에 집중하세요. 좌수 부인이 서방님 낙방을 기원한다지 않습니까.

승휘　(볼을 꼬집듯이 쥔다) 부담 주지 마세요.

태영　아. 놓으세요.

승휘　싫은데.

태영, 놓으라고 손을 밀고, 승휘, 다시 잡으려 하고,

둘이 투닥거리며 깔깔대는데,

소반에 밤참을 들고 들어오던 막심, 에구머니나 뒤돌면,

얼른 멈추고 떨어지는 둘.

승휘　와, 왔는가.

막심　(와서 조청과 가래떡 내려놓고) 밤참 좀 드시고 하시라고

　　　가져왔구먼유.

태영　고마워. (하다가 막심 머리에 작은 꽃이를 본다) 어머 너무 예쁘다.

막심　아 이거. 도끼가... 줘 가지구~ 오다 주웠다나.

태영　그래?

막심　아. (주머니에서 쪽지 보이며) 저기 잡숫는 동안,

　　　이것 좀 읽어 주시겠어유? 도끼가 줬는디 뭐라 씨부렁거리는지를

　　　몰라서.

태영　(열어 본다) 어머... 도끼가 연서를 썼어. 솜이불처럼 포근한 나의

　　　막심아 /

막심　(얼른 빼앗고) 왐마! 난 또 어물전에서 뭐 샀는지 계산한 건가 혔드만.

얼른 도망치듯 나가는 막심을, 미소로 보는 승휘와 의아한 태영.

태영   (승휘에게) 저더러 참견하지 말고 그냥 두라더니.

저방님이 도끼에게 시키셨습니까?

승휘   시키다니요. 구성, 각본, 연기까지 모두 제가 연출한 작품이지요.

플래시컷〉 서재 등 집안 곳곳 (D)

승휘의 지시로 도끼를 스타일링 하는 만석과 끝동.

얼굴에 오이를 붙이고, 죽염으로 누렁니를 닦아 주고,

코털을 뽑아 주고, 손톱 때를 벗기는 만석과 끝동. 서로 괴롭다.

열심히 궁리하며 서신을 쓰는 승휘의 곁에서,

팔굽혀 펴기를 하는 도끼.

깔끔한 옷을 골라 입혀 주는 승휘. 그윽한 미소, 근사한 미소,

멋들어진 미소 전수 중.

멀끔해진 도끼에게 예쁜 꽃이와 서신을 주는 승휘.

플래시컷〉 거리 큰 나무 일각 (D)

잔뜩 짐을 들고 오는 막심. 힘들어 죽겠는데

훌렁, 짐을 들어 주는 사람, 도끼다.

막심을 그윽하게 바라보는 도끼.

막심, 뭔가 달라졌다는 듯 도끼를 보는데...

손에 쥔 짐을 내려놓더니, 품에서 꽃이를 꺼내

막심에게 꽂아 주는 도끼.

그때 어디선가 날아오는 꽃가루...

나무 위에서 꽃가루 뿌리는 끝동과 만석.

막심, 뭐야 싶어서 도끼를 보면,

근사한 미소를 짓는 도끼에, 저도 모르게 심쿵...

현재〉 장면을 보기라도 한 듯 미소 짓는 태영.

태영 잘하셨습니다. 헌데, 하라는 공부는 안 하시고.

승휘 틈틈이 했습니다~ 아주 틈틈이.

태영 진심은 알게 되었다 해도, 그다음은 어찌해야 좋을지 모르겠습니다.

승휘 제가 과거에 급제하면, 소원을 하나 들어 주시겠습니까?

태영 갑자기요?

승휘 싫으세요?

태영 급제하시면, 들어 드리지요. 뭔데요?

승휘 그건 그때 가서 말씀드리지요.

태영 좀 드세요. 좀 쉬면서 하셔야지 탈 나겠습니다.

승휘 (입 벌리고) 아~~

태영 (보면)

승휘 공부하지 않습니까. 손이 자유롭지 않으니, 먹여 주세요.

태영 (어이없는 듯 보다가, 가래떡을 들어 내밀면)

승휘 (먹기 전에 확인) 이건, 소원 아닌 겁니다.

태영 알겠습니다.

승휘 조청 찍어서 줘요.

  태영, 조청을 찍어, 승휘에게 가래떡을 내밀면, 냠, 받아먹는 승휘.
  승휘, 자기도 가래떡을 들더니, 조청 찍어서 태영에게 먹여 준다.
  받아먹는 태영 입가로 조청이 스윽 흐르면,
  얼른 손끝으로 닦아 주는 승휘.
  태영, 승휘 손의 조청을 닦아 주려는데,
  승휘, 손가락을 제 입에 넣는다.
  눈이 마주치는 둘. 승휘, 손가락을 천천히 빼더니,
  태영을 빤히 보다가, 점점 가까이 다가가는데...
  태영, 올 것이 왔다는 듯, 눈을 감는다.

다가오다 문득. 멈추는 승휘.

승휘 (급히 떨어지며) 안 되겠습니다.

태영 (눈 감고 있다가 뜨고, 당황스러운) 예?

승휘 내 이러다 정신이 흐트러져 시험을 망칠까 우려됩니다.

태영 (정신 드는) 예. 일리 있는 말씀이십니다.

승휘 (책을 챙겨 일어서며) 지붕도 다 고쳐졌으니,

     시험 날까지만 각방을 씁시다.

태영 예?

승휘 행여라도 떨어지면 별감도 못 하고, 좌수 부인이 얼마나 놀리겠습니까.

     온 동네 사람들이 내 과거 시험에 주목하고 있는데, 망신당할 순 없지요.

     귀비환 꼭 챙겨 드시고, 편히 주무셔야 합니다. 아셨지요?

급히 나가는 승휘를 얼떨떨하게 보는 태영에서...

S#38 태영 집 윤겸 방 안 (N)

불을 찰싹찰싹 때리더니, 책을 보는 승휘.
모범 과문을 모은 초집을 읽는데 열중하는 데서...

S#39 태영 방 안 (N)

이부자리에 누운 태영, 달아오른 얼굴을 만져 본다.
이내, 눈을 감고 잠을 청하는데 잠이 잘 안 오는지 뒤척이다가.

태영 소 한 마리, 소 두 마리, 소 세 마리...

경과〉

태영   소 삼백스물여섯 마리, 소 삼백스물일곱 마리...

괴로운 듯 일어나 앉는 태영. 좌탁의 책을 가져와서 펼친다.

태영   (소리 내서 읽는) 모두가 흥겨워 정신을 빼 놓고 즐기는 장터
           공연장에
승휘   변복까지 하고 구경 나온 도령 하나가 서 있더랬다.

태영, 흠칫 놀라서 옆을 보면,
승휘가 머리를 괴고 옆으로 누워 눈을 찡긋.
태영, 눈을 깜빡이고 다시 보면, 비어 있는 이부자리.

태영   어머, 내가 미쳤구나. 미쳤어...

S#40 태영 집 윤겸 방 앞 / 방 안 (N)

베개를 들고 나오는 태영. 아니야 싶은지 도로 들어갔다가.
다시 나오더니, 누가 볼까 싶어 살금살금 윤겸의 방으로 오는데,
살짝 열린 틈에 승휘가 보이자, 얼른 숨었다가, 엿보는 태영.
집중해서 공부하고 있는 승휘를, 가만히 바라보며 미소 짓는
태영에서...

——— S#41 몽타주 [추가]

대청 / 서책을 읽다 졸고 있는 승휘를 보는 만석.
경과〉 마당 / 승휘, 웃옷을 벗고 엎드려 있으면, 찬물로 등목을 해
주는 만석. 태영, 제 방에서 나오다가 상의 탈의한 승휘에 놀라
다시 방으로 들어간다.

윤겸 방 안 / 승휘와 문답을 하고 있는 태영.

태영   (종이나 책을 보고 읽으며)
         중용의 천명지위성(天命之謂性) 솔성지위도(率性之謂道)
         수도지위교(修道之謂教)의 의미를 설명해 보시겠습니까?
승휘   (잠시 생각하듯 눈을 감았다가) 하늘이 명한 것을 성(性)이라 하고,
         성에 따르는 것을 도(道)라 하며, 도를 닦는 것을 교(教)라고 한다.
태영   (만족스러운) 허면, 논어의 학이시습지(學而時習之),
         불역열호(不亦說乎)의 의미는요?
승휘   배우고 때때로 익히면 기쁘지 아니한가.

         하는데, 승휘 코피를 뚝뚝 흘린다.
         놀라 제 손으로 승휘의 피를 막는 태영.
         승휘, 괜찮다는 듯 태영의 손을 밀다가, 두 손을 맞잡게 되자,
         얼른 떨어진다.

         마당 / 보름달이 뜬 새벽.
         장독 위에 물 한 대접 올리고, 눈을 감는 태영,
         중얼대며 기도하다 눈을 뜨면,
         옆으로 조르르 선 만석, 도끼, 막심, 끝동.
         모두 함께 눈을 감고 기도하면, 다시 눈을 감고 중얼거리는 태영.

기지개를 켜며 나오다가, 그 모습을 미소로 보는 승휘에서...

────── **S#42 시험장 앞 (며칠 뒤, D)**

심의를 입은 유생들과 가족들로 붐비는 시험장 앞.
수협관, 유생들의 소지품 중에 서책이 있는지 검색하고,
입문관은 녹명책을 보고 한 명씩 호명하며
시험장으로 들여보내고 있다.
한쪽으로, 담벼락에 엿이나 부적 등을 붙이고 기도하는 엄마들 사이,
웅이 입에 인절미를 넣어 주는 홍씨부인과 차좌수 보인다.
뒤에서 들리는 소란스러운 소리에 보면, '급제 기원' 종이를 들고,
응원하고 있는, 막심, 도끼, 끝동, 만석.
그 앞으로 긴장한 승휘와 태영.

태영   긴장하지 마세요 서방님. 최선만 다하시면 됩니다.
승휘   행여 낙방하더라도 너무 실망하지 마세요 부인.
태영   그런 자신 없는 소리 하실 때가 아닙니다.
       (승휘의 두 손을 붙잡고) 따라 하세요.
       난 대단해. 난 최고야.
승휘   난 대단해. 난 최고야.
태영   (끄덕이고) 말하는 대로 될 것입니다.

후우~ 깊은 심호흡을 한 뒤 시험장으로 들어가는 승휘를 보며,
급제 기원 성윤겸! 소리 지르는 식솔들과, 응원하듯 보는 태영에서...

S#43 시험장 안 (D)

장내 앞쪽으로 시관들 앉아 있고, 돗자리에 앉은 유생들 틈에 승휘.
시작을 알리는 북소리가 들리면, 시관이 시제를 게시한다.
시제 판에 쓰인,
'선천하지우이우(先天下之憂而憂) 후천하지락이락(後天下之樂而樂)'
일순 긴장감이 감도는데,
가만히 보다가, 붓을 드는 승휘, 침착하게 써 내려간다.
승휘 옆의 웅이, 답안을 쓰다가 막히는지
슬쩍 승휘의 시권을 훔쳐보다가, 감독관이 지나가면,
소매 안에서 조그맣게 접은 종이를 꺼내 베끼는 웅이.
그사이 승휘는 붓놀림이 점점 빨라지는 데서.

S#44 시험장 앞 (D)

시험 본 유생들과 가족들, 다들 당황한 듯 웅성대는 사이로,
시무룩한 웅이.

홍씨부인	(당황) 책문이라니! 시제 말고 책문이 또 있었단 말이냐?
웅이	예.
홍씨부인	아니, 진사시에 무슨 책문이 출제되고 난리야아!
차좌수	임금님께서 유생들에게 의견을 구하고 싶으시면 그럴 수도 있지요.

홍씨부인, 노려보고 승휘 쪽을 보는데,
이쪽도 분위기가 심상치 않다.

태영	진사시라 책문 대비를 따로 하지 않았는데, 어려우셨습니까?

승휘	모르겠습니다. 그냥, (긁적이며) 감정에 호소하는 글을 썼지요. 하하.

다들 걱정인데...

—— **S#45 시험장 안 (D) [추가]**

모여 앉아 답안들을 보며, 심사숙고하는 시관들.

—— **S#46 시험장 앞 (D)**

이제나저제나 하는 사람들,
그때, 관원이 나와 담벼락에 급제자 명단을 붙인다.
일제히 몰려드는 사람들, 희비가 엇갈리는데,
태영과 승휘도 명단을 유심히 살핀다.
사람들 틈을 막 비집고 들어온 홍씨부인, 눈에 불을 켜고 보다가,
벼락같은,

홍씨부인	붙었다! 어머! 우리 웅이 붙었습니다. 어헝헝.

좋아하는 차좌수와 웅이. 홍씨부인 나오지 않고, 명단을 뒤진다.

홍씨부인	가만, 성윤겸, 성윤겸. (끝까지 뒤지다가) 없어! 없네!

하고 돌아보면,
김빠져서 어이없이 홍씨부인을 보고 있는 태영과 식솔들.
태영, 괜찮다는 듯 승휘를 보는데,

승휘, 아쉬움으로 명단을 다시 본다.

홍씨부인   (깔깔대며) 내 뭐라 했습니까~ 진사시 아무나 붙는 줄 아십니까~

하는데, 관원 나와서, 급제자 명단 맨 앞에, 다른 한 장을 크게 붙인다.
사람들, 뭐야 싶어서 보면, 관원, 종이를 붙여 놓고 큰 소리로 읽는다.

관원   소과 진사시 장원, 성가 윤겸!

다들 놀라서 입이 쩌억. 장원?

만석   장원, 우리 서방님 장원이야. 장원이래요!
승휘   (십년감수) 아우 나 낙방한 줄 알았네.

식솔들, 비명을 지르며 날뛴다, 기뻐 마주 보는 태영과 승휘.
차좌수도 웅이도 와 잘됐다 기뻐하면, 짜증 나서 끌고 가는 홍씨부인.
도끼, 즐거워 막심을 끌어안으면, 받아주는 막심.
태영, 얼떨떨한 승휘를 와락 안아 주는 데서...

───── **S#47 태영 집 마당 (D)**

마당 한가운데, 푸짐한 술상을 각자 놓고 둘러앉은,
태영, 승휘, 만석, 도끼, 끝동. 술잔도 부딪쳐 가며 다들 기쁘다.

만석   가만있어 봐, 이거 그냥 이렇게 지나갈 일이 아니지 않나?
끝동   그니께! 장원 급제가 둘이나 나온 집안인디,
       현판이라도 걸어야 하는 거 아녀유 큰 서방님?

도끼	야 니는, 큰 서방님이 뭐여. 이제 큰 장원이셔. 큰 성장원~
승휘	거참, 그만들 하거라. 이러다 내 어깨가 하늘로 솟겠구나.
태영	(미소로) 그간 고생 많으셨습니다. 참으로 장하십니다.
승휘	(뿌듯한) 스승이 훌륭하니, 제자도 훌륭할 수밖에요,
도끼	(두리번거리다 찬 내오는 막심 앉히며) 앉어. 내가 할 테니께.
막심	고마워. 자, 우리 큰 서방님의 장원 급제를 축하하는 뜻으로! 찌끄려!
일동	(술잔 부딪히며) 찌끄려~
태영 / 승휘	(얼떨결에) 찌끄려~

술잔을 비우고 기분 좋아 보이는 식솔들을 흐뭇하게 바라보는 태영
눈에 들어오는, 도끼에게 팔을 걸어 도끼에게 연모짠을 시도하는
막심을 미소로 보는데,

승휘	아... 부인, 과거에 급제했으니, 제 소원 들어주셔야지요?
태영	그래야지요. 소원이 무엇입니까?
승휘	(작게) 과거 준비를 하느라, 미루고 미뤄왔던, 초야.
태영	(본다) 첫날밤 말씀입니까?

끄덕이는 승휘를 보는 태영에서...

───── **S#48 태영 방 안 (N)**

급히 막심을 끌고 들어오는 태영.

막심	아니 잠깐만유. 초야라니 뭔 말이대유. 여태 같이 한 이불 써 놓고, 인제 와서 초야라니, 허믄 여태? 이?
태영	아이~ 서방님 공부에 방해될까 봐 미뤄 둔 거야.

막심	아무리 그래두 글쥬. 가만있자 뭘 입는담.
태영	(숨겨 놨던 보따리를 하나 꺼내며) 이거로 입자.

태영, 보따리 펼치면, 고운 새 옷 한 벌과, 장신구들. 그리고 꽃신.

막심	아이구~ 준비를 무슨, 새색시 같이 해 놓으셨네~
태영	막심이 거야.
막심	(본다) 뭐가 지 거여유?
태영	오늘은 내가 막심이 수모를 해 줄게.
막심	그게 뭔...
태영	혼례 하자. 도끼랑. 이제 두 사람도 함께 지내면 좋겠어.
막심	왐마, 왜 이러신디야. 됐어유.
태영	거창하진 않지만, 미리 준비해 놨던 거야.
	서방님도 몰래 제일 큰 행랑에 가구랑 이부자리를 새로 해 놓으셨대.
막심	(말이 안 나오는)
태영	(신발 내밀고) 기억나지? 백이한테도 선물했던 꽃신.
	백이는 꽃길을 못 걸었지만, 막심이는 그랬으면 좋겠어.
막심	지는, 마님이랑 사는 여가 꽃밭인디유.
태영	(보다가) 싫은 건 아니지?
막심	(대답 못 하는)

S#49 태영 집 마당 (N) [축소]

촛대와 음식을 놓고, 간단하게 차려진 혼례상.
새 옷을 차려입은 도끼가 긴장해 떨고 있는데,

도끼	시, 싫다면 워쩌쥬? 안 나오면 워쩌유.

승휘	그렇다 하면 또 기다리면 될 일이지.
끝동	그려~ 우리끼리 있는디 뭐 각시 도망간다고 망신 살 것도 없고.
만석	긴장되면 이렇게 해 봐 형님. (손 잡고) 난 대단해. 난 최고야.
도끼	난 대단혀, 난 최고여! 왐마! 참말로 기운이 차오르네! 동상!

태영, 나오면, 다들 걱정으로 태영을 본다. 막심이 거절했나 싶은데,
태영, 일동을 보다가 뒤를 보면, 안에서 나오는, 곱게 차려입은 막심.
도끼, 감격해서 막심을 보면, 수줍은 미소로 도끼를 보는 막심에서...
경과〉 마주 앉은 도끼와 막심에게, 합환주를 따라 주는 승휘.

도끼	나가, 니를 맘에 품은 지가 참말로 오래여.
막심	(본다)
도끼	나가 구돌이보다 먼저 니를 좋아했는디, 그때도 먼저 고백을 못 혀서 니를 놓쳤어.
막심	(보다가) 망신스러우니께 작작허고 얼른 찌끄려.
일동	(웃는다)
도끼	내일 새벽 일찌감치 우리 백이헌티 가서, 맹세하고 올 거구먼. 이제 막심이 걱정 말라고.
막심	(보면) ...
도끼	(자신 없는) 허락해 주겠지?
막심	(보다가) 기뻐해 줄 겨. 니를 아부지처럼 따랐으니께.

둘, 보다가 잔을 부딪치고, 술을 마시면, 흐뭇하게 보던,

끝동	인쟈 물르기는 텄으니께 검은 머리가 파뿌리 될 때까정 사는 겨.
만석	그래. 이제 제발 나 때문에 싸우지 말고. 백년해로하자!
일동	(웃음)
끝동/만석	합방해 합방해~

일동, 합방해, 합방해 하면, 도끼, 냉큼 막심 손 잡고, 가자 하고,

왜 이려~ 부끄러워하다가, 둘만 낳자. 하고 일어서려는 막심에 웃는 일동.

걱정 하나 없이, 행복한 가족들을 보며, 흐뭇한 승휘와 태영. 위로,

태영E   내 생애, 가장 행복한 날들이 지나가고 있었다.

우리 앞에 무슨 일이 닥칠지 알지 못한 채,

그저 양껏 행복했던 날들이었다.

—————— **S#50 정자 (N) [축소]**

나와 앉아 별을 보고 있는 승휘와 태영.

승휘   소원 들어줘서 고맙습니다.

태영   ... 어찌 제가 바라는 걸 다~ 미리 알고 해 주십니까.

승휘   부인의 소원이 내 소원이니까요.

태영   제게 주어진 모든 시간을 함께하시고,

제게 소중한 사람들을 함께 아껴 주시니,

이제 서방님이 안 계신 날은 상상도 할 수 없습니다.

승휘   어떡합니까. 이제 나 없이는 하루도 못 살 텐데.

태영   (웃고) 아, 책문 답은 어찌하셨습니까?

흉년으로 인한, 구휼 방도를 물으셨다면서요.

플래시컷〉 S#43 시험장 안 (D)

대책문을 써 내려가고 있는 승휘 위로,

승휘E   신은 답합니다. 꾸준한 구휼 정책에도 백성의 고통은 더욱 깊어지는

이유는, 매관매직으로 수탈을 일삼는 관리들의 탐욕 때문이옵니다.

태영	그리 답하셨다구요?
	잡혀가서 장을 맞지 않은 것이 천만다행입니다.
승휘	에이, 응당 대안을 냈지요. 들어 보세요~
	양반들이 곳간을 열어 사적 구빈 사업을 활발히 하도록,
	시혜 정신을 널리 강조하시고, 앞장선 자에게는 크게 포상하시면,
	구제에 신속을 기할 수 있을 것입니다.
태영	(본다) 양반더러 곳간을 열라 하셨다구요?
승휘	예. 부인이 하고 있는 일이 아닙니까.
태영	(어이없는) 그러네요...
승휘	(미소로) 부인을 본 대로, 배운 대로 한 것뿐인데 장원을 했습니다.
태영	(미소로) 참으로 장하십니다.
승휘	혹시 말입니다.
태영	(보면)
승휘	제 소원이, 우리 첫날밤이라고 생각하신 건 아니죠?
태영	예. 아닙니다.
승휘	(약간 실망한) 그럴 줄 알았습니다.

태영, 미소로 보다가,

사랑스럽다는 듯, 승휘의 볼에 입을 맞춘다.

살짝 놀라 보는 승휘.

태영, 해 놓고 수줍어 고개를 떨구면,

태영의 얼굴을 보듯 가까이 와서는, 가만히 입 맞추는 승휘.

태영, 피하지 않고, 승휘를 안고, 마주 입 맞추는 데서... Out.

S#51 한양 도겸 집 방 안 (D) [추가]

도겸, 나갈 채비를 하며 옷을 입고 있는데,

미령 (문을 벌컥 열고, 잔뜩 신이 난) 서방님!

도겸 아이고 깜짝이야. 서방님 어디 안 갔습니다.

미령 (들어오며) 아주버님께서 진사시에서 장원 급제를 하셨답니다!

도겸 (미소로) 당연한 것을요. 저는 해내실 줄 알았습니다.

미령 (조르는) 휴가를 받으시면 내려가요. 잔치라도 해 드리고 싶습니다.

도겸 (미소로) 첫 출근한 지 얼마나 됐다고 벌써 휴가를 기다리시면 어쩝니까.

미령 다들 너무 보고 싶습니다. 그리워서 병이 날 지경이라구요.

도겸 날마다 제가 드리는 사랑으로 부족하세요?

미령 (갓을 들고) 예~ 더 분발하십시오.

도겸, 씌워 달라는 듯 얼굴을 내밀면,
미령, 씌워 주려는데, 입을 맞추는 도겸.

미령 아이 왜 이러십니까~

도겸 분발하라면서요.

웃는 둘에서...

S#51-1 외지부 집무실 (D)

태영 민장 처리가 아직도 안 됐단 말이야?

끝동 하여간에, 이번 새 현감도 일 지대루 안 한다니까유.

관직 돈 주고 샀다는 소문이 진짠가. (뒤를 보며) 다음~

구씨 (급히 와 앉으며) 마님!

태영 아, 자네 구씨가 아닌가.

구씨 저기, 지가, 아무려도, 된통 사기를 당한 것 같구먼유.

태영 사기라니, 자초지종을 소상히 말해 보시게.

구씨 그것이, 그니께, 함청현의 허순 선생이라구 있는디,

그 구하기 어렵다는 만수삼 씨앗을 판다고 혀서 그만.

태영 만수삼?

끝동 만수삼?

구씨 야, 아시는구먼유. 지가 아무튼, 지 전답을 저당 잡아 가지구

씨앗을 샀는디, 약조한 날짜가 수일이 지나도 소식이 없는디 워째유.

태영 (끝동 보며) 아까 방씨도 같은 의뢰를 하였지?

끝동 (끄덕이는) 암만 혀도, 보통 일이 아닌 거 같은디...

─── **S#52 유향소 집무실 (D)**

중앙으로 위엄 있게 앉아 있는 차좌수와, 그 앞으로 앉은 승휘.

차좌수 한 집안에 장원이 둘이나 나다니,

하늘에서 자네 아버지가 참으로 자랑스러워하시겠네.

승휘 ... 좌수 나리께서 긍정적인 자극을 주신 덕분입니다.

차좌수 내가? 그래, 내 덕이지 암. 어허 이 사람, 사회 생활 잘하네. 허허.

하는데 밖이 소란하다. 뭐야 싶은데 문을 콱 열고 들어오는 향원 둘.

향원 이보게, 대체 이게 어찌 된 일인가! 허순 그자가 왜 소식이 없어!

차좌수 허순? 그게 누군데?

향원2	이리 시치미를 떼서 될 일인가! 지금, 청수현 전체가 발칵 뒤집혔는데!
차좌수	(벌떡 일어서서) 아니, 청수현이 대체 왜?
승휘	(뭐지 싶어 관망하는)
향원	왜냐니! 모두가 전 재산을 털어 만수삼 씨앗을 샀지 않나!
차좌수	만수삼? 그 만수사암?
향원	그래!
차좌수	아니 현감 제안을 내 분명 거절하였거늘, 어찌...
향원2	무슨 소린가, 자네 부인께서 자네 동의를 받아 책임지고 나서지 않았나!
차좌수	부, 부인이? 이이이! (급 뒷 목이 당기는) 아, 아이고.
승휘	(부축하는)

―――― **S#53 차좌수 집 마당 (D)**

양반, 평민 할 것 없이, 몰려들어 아우성인 사람들.
막고 있는 식솔들. 막 들어오는 김씨부인과 태영.

양반1	비키지 못하겠느냐! 당장 나오시오! 안에 계시는 거 알고 왔소!
평민1	어찌 된 일인지 설명이라도 좀 해 주십시오, 제발요, 마님!
이씨부인	(눈 돌아서) 나오시오! 당장 나오지 않으면 쳐들어갈 것입니다!
평민2	아이고, 딸린 자식이 몇 명인디, 죄다 굶겨 죽이게 생겼네.
태영	이러지들 마시고, 돌아가 계십시오.
	제가 소상히 알아보고 연통을 드리겠습니다.
평민1	아이고, 외지부 마님. 우리 좀 살려 주셔요.
김씨부인	진정들 하고 돌아가 있게.

S#54 차좌수 집 방 안 (D)

머리를 싸맨 홍씨부인, 어쩔 줄 모르고 손톱을 뜯으며 왔다 갔다
하는데, 문이 열리자 놀란다.
들어오는 김씨부인, 이씨부인, 태영을 보는데,

김씨부인   대체 이게 다 무슨 일입니까 사부인!

홍씨부인 뭔가 말하려는데,
달려온 이씨부인 다짜고짜 머리채부터 쥐고는,

이씨부인   내 돈 내놔, 그 돈이 어떤 돈인데!
홍씨부인   이거 놔! 놓지 못해! 놓으라니까! (버럭) 야!
김씨부인   (놀라서) 이게 무슨 짓들입니까, 체통을 지키세요!
이씨부인   (주저앉으며) 망했습니다. 우리 청수현은, 이 여자 때문에 다
　　　　　 망했다구요!
홍씨부인   내가 왜! 내가 뭘! 난 현감이 하자는 대로 한 것뿐인데!
태영   현감이요?

S#55 관아 안 (D)

부리나케 들어오는 차좌수를 따라 들어오는 승휘와,
뒤로 수행하는 만석.

만석   이게 뭔 일이래요. 동네 난리 난 모양인데요?
승휘   그러게 말이다.
차좌수   내가 안 통하니, 내 부인을 꼬드겨? 내 이자를 당장.

(큰소리로) 나와 보시오 현감! 당장 나오라니까! 현감! 현감!

안에서 태평하게 슬슬 나오는 김낙수. 이쪽을 본다.
김낙수를 본 만석. 헉, 하더니 한걸음 물러선다.

승휘   (본다) 왜 그러는 것이냐.

김낙수   어찌 이리 소란이시오.

만석   기, 김낙수 나립니다.

승휘   (본다) 김낙수?

만석   펴, 평시서 출신 김낙수 나리요. 소혜 아씨 아버지 말입니다!

승휘   (충격)

차좌수   (앞으로 가며) 이게 대체 어찌 된 일입니까!

김낙수   뭐가 어찌 된 일이란 말입니까.

승휘   (뒤를 돌아 만석에게) 어서 외지부 집무실로 가 마님 모시고 숨어.
          어서.

정신없이 달려 나가는 만석. 승휘, 심호흡하고 돌아선다.

김낙수   (승휘를 보더니) 아, 새 별감인가. 낯이 익네?

승휘   (보다가) 그렇습니까? 저는, 처음 뵙겠습니다.
          청수현 유향소의 별감, 성가 윤겸이라 합니다.

——— **S#56 외지부 집무실 (D)**

갑자기 벌컥 열리는 문에, 놀라 보는 끝동.

만석   (숨도 못 쉬고) 마님... 마님은.

끝동	사실 조사허신다고 나가셨는디.
만석	(버럭) 어디로!

S#57 관아 안 (D)

다급히 안으로 들어오는 태영의 눈에,
김낙수를 가리고 선, 차좌수와 승휘가 보이고,

차좌수	(김낙수 멱살을 쥐고) 네놈이 감히, 너, 내가 안 통하니까
	내 마누라를 꼬드겨서, 내 청수현을 먹으려 든 것이야. 어!
김낙수	이 작자가, 돌았나. 이거 놓지 못해! 내가 누군 줄 알고 감히!
차좌수	니가 누군데! 니가 누군데!

급히 이쪽으로 오는 태영, 그때,
차좌수와 승휘에 가려졌던 김낙수의 얼굴을 본다.
플래시컷〉 1부 S#41 김낙수 방 안 (N)
김낙수, 손으로 턱! 낫을 잡는다. 구덕, 안간힘을 쓰며 낫을 뒤틀고,
김낙수의 손, 날이 스며들며, 피가 뿜어 나오는데...
현재〉 숨이 멎을 듯한 태영.
그런 태영을 보는 승휘, 놀라서 고개를 저으면,
김낙수가 태영을 보기 전에, 돌아서는 태영.
태영을 가리고 서는 승휘.

S#58 관아 일각 (D)

급히 밖으로 나오는 태영.

정신을 못 차리고 벽을 짚더니 숨을 몰아쉰다.

얼른, 도망치듯, 관아 입구를 떠나, 내동헌으로 통하는 문 앞을

지나가는데, 안에서 나오는 소혜와 절뚝이며 따르는 금복.

태영, 저도 모르게 멈춰 서서 소혜를 본다.

소혜, 태영을 보지만, 알아보지 못하고 다소곳이 목례하면,

태영도 소혜를 향해, 공손하게 목례하고 간다. 둘, 멀어지는데,

소혜	잠깐만.
태영	(멈춰 서면)
소혜	(돌아서서 태영을 보며) 너 구덕이 아니니?

태영, 돌아서 소혜를 마주 보는 데서...

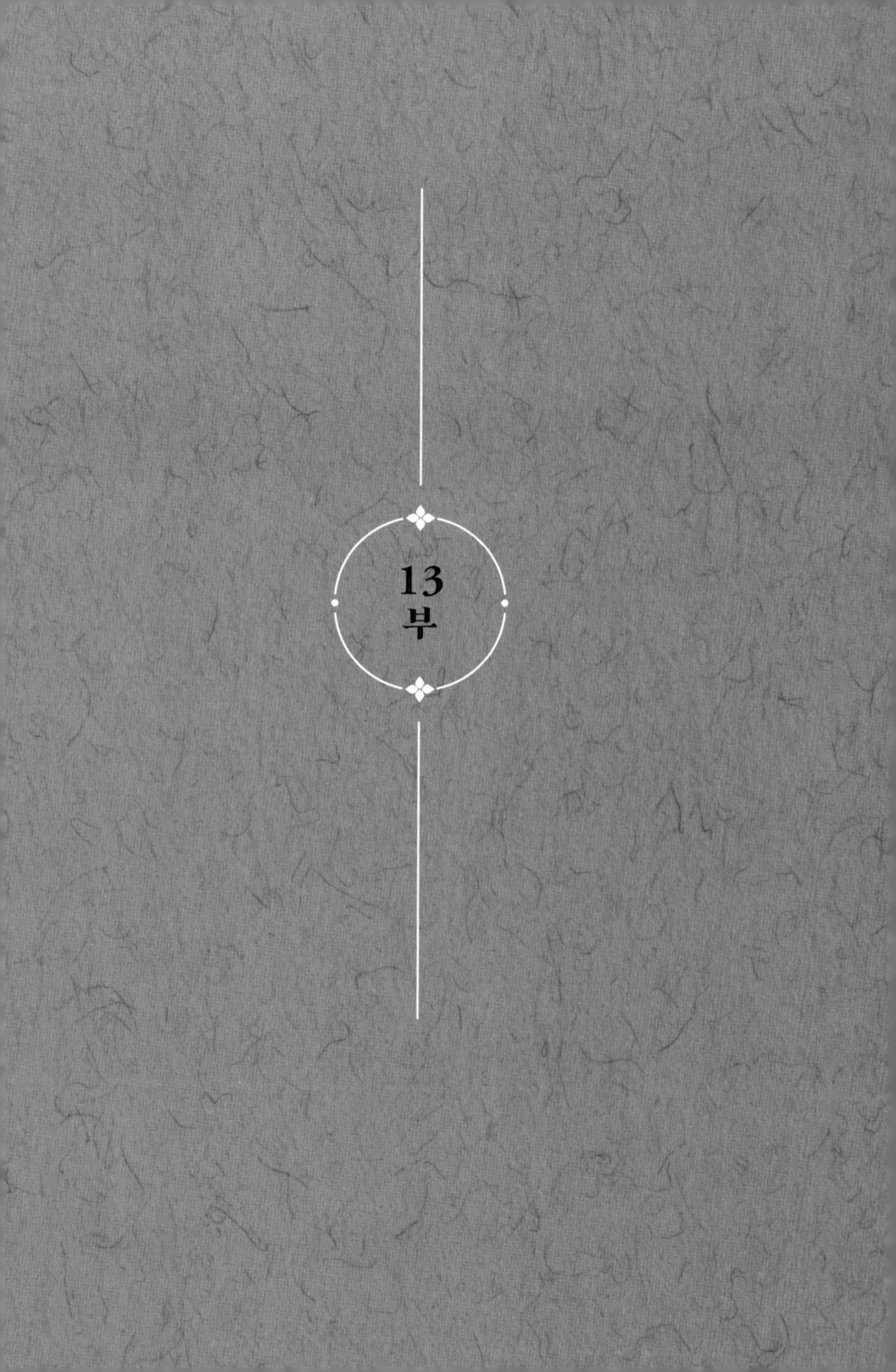

13
부

—— **S#1 관아 안 (D) [12부 S#57 편집]**

김낙수를 보고, 숨이 멎을 듯한 태영.
그런 태영을 보는 승휘, 놀라서 고개를 저으면,

—— **S#2 관아 일각 (D) [12부 엔딩씬 편집 / 연결]**

급히 밖으로 나오는 태영. 도망치듯, 관아 입구를 떠나,
내동헌 문 앞을 지나가는데, 안에서 나오는 소혜를 본다.
떠오르는, **플래시컷〉 1부 S#41 김낙수 방 안 (N)**

소혜   이 더러운 년아. 이 구더기 같은 년, 너 같은 건 죽어 마땅해!
구덕   하늘 아래, 죽어 마땅한 사람은 없어. 그리고, 더러운 건, 너야.

구덕, 근처에 있던 요강을, 소혜의 머리에 촤~ 쏟아 버린다.

소혜, 태영을 보지만, 알아보지 못하고 다소곳이 목례하면,
태영도 소혜를 향해, 공손하게 목례하고 간다. 둘, 멀어지는데,

소혜 　(돌아서서 태영을 보며) 너 구덕이 아니니?

태영, 돌아서 소혜를 마주 보는 데서... **연결** 〉

소혜 　(다가와서) 정말 반갑다 구덕아. 이렇게 살아 있다니.
　　　조선 팔도를 다 뒤졌는데 없길래, 어디 가서 뒈진 줄?
태영 　(가만히 보다가, 뒤를 한 번 보더니) 저 말씀이십니까?
소혜 　(어이없다는 듯 웃고) 그래, 이렇게 뻔뻔한 게 너지.
　　　헌데, (아래위로 보고) 너 정말, 신수가 훤해졌구나?
　　　하마터면 못 알아볼 뻔?
태영 　누구와 착각을 하신지는 모르겠으나, 저는 부인이 초면입니다.
소혜 　(더 가까이 와서) 세상 사람 다 속여도, 나는 못 속여.
　　　내가 니년을 못 알아볼 것 같아?

태영, 가만히 소혜를 보다가, 피식 웃는다.

소혜 　... 웃어?
태영 　저는, 청수현 성씨 가문의 맏며느리인,
　　　옥태영이라 합니다. 이만, 무례를, 멈추시지요.

소혜, 태영을 본다. 갑자기 확신이 떨어지는, 긴가민가한 듯...

소혜 　(금복에게) 야, 봐 봐. 구덕이 맞지?
금복 　(난감한 표정으로) 아유~ 아닙니다요, 마님.

소혜	(때리려는 듯 손을 들고) 똑바로 안 봐? 눈 삐었어?

금복, 잔뜩 움츠리며 뒤로 몇 걸음 절뚝이며 걷는다.
의아하게 보는 태영.

금복	똑, 똑바로 봤습니다~
태영	(보다가) 청수현에서는, 대문 안 노비에게도 함부로 하지 않습니다.
소혜	뭐야?
태영	보아하니, 현감 나리의 부인이신 듯한데,
	지체에 맞는 품위를 보이시지요.
소혜	야! 현감은 우리 아버지거든?
태영	아~
소혜	난 호조 판서 박준기 대감의 부인이라고!
태영	(본다, 작게) 박준기?

─── S#3 관아 안 (D)

김낙수	나 박준기 대감의 장인이오!
	어딜 감히, 현감의 멱살을 쥔단 말이오!
차좌수	(너무 놀라 멱살을 얼른 놓고, 옷깃을 만져 주며) 시, 실례했소이다.
승휘	헌데 현감께서 허순 선생을 소개했다 들었습니다만.
김낙수	그래서 뭐! 어쩌라고! 나도 지금 찾고 있잖아!
승휘	지금 큰소리칠 입장은 아니지 않습니까?
김낙수	뭐야!
차좌수	이 이보게. 돌아가세. 돌아가서 기다리세 응?

아니 박준기가 뭔데~ 누군데~ 하는 승휘를 떠밀며 나가는 차좌수.

소혜 (태영을 보며) 아무리 봐도 구덕이 맞는데?

태영 (어이없다는 듯) 더 이상의 무례는 참지 않을 것입니다.

금복 저기, (붙들고) 이만, 들어가셔요 마님. 나리께서 기다리십니다.

소혜 야 안 나? 봐! 쟤 구덕이 맞잖아!

10년을 하루 같이, 저 얼굴만 기억하고 있었다고!

어디서부터 어떻게 찢어 죽일지 매일 상상했단 말이야!

그사이, 걱정으로 관아 쪽을 보는 태영,

마침 나오고 있는 차좌수와 승휘를 보는데...

승휘, 나오다가 태영과 소혜를 보고 멈칫해 서면,

태영, 승휘에게 얼른 가라는 눈짓을 하고, 소혜를 유인하듯,

태영 헌데, 대체 구덕이가 누굽니까?

소혜 (태영을 돌아본다) 뭐?

태영 누군데 저와 그리 닮았다는지 궁금해서요.

승휘, 여유 있는 태영을 보고, 갓으로 얼굴을 가리고,

차좌수와 빠르게 벗어나면서도 걱정스럽게 돌아본다.

소혜 (보다가) 도망친 내 노비 년.

태영 아~ (미소로) 꼭 찾으시길.

(가는 승휘를 확인하고) 허면, 저는 용무가 바빠서 이만.

이글대며 노려보는 소혜를 두고, 가는 태영에서...

S#5 관아 안 (D)

급히 관아로 들어오는 소혜. 김낙수를 보더니,

소혜 당장 잡아들이세요 아버지.

김낙수 (짜증으로) 누구를!

소혜 구덕이 년이요.

김낙수 뭐? 대체 그년이 어딨는데!

소혜 여기 청수현에요! 버젓이 양반 행세를 하면서 살고 있다구요!

김낙수 (눈이 커지며 본다)

소혜 당장 데려다, 주리를 틀든, 인두로 지지든!

　　　온갖 고문을 해서라도 자백을 받아 내시라구요! 당장!

김낙수 (보는 데서)

S#6 청수현 거리 골목 (D)

다급히 걷는 태영, 힐끗 뒤를 돌아보며 뛰다시피 걷는데,
골목 안에서 누군가 확! 태영을 끌어당긴다. 놀라 보면, 승휘.

승휘 어찌 되었습니까. 알아본 건 아니지요?

태영 비슷하다고 생각한 거 같긴 합니다.

승휘 헌데, 어찌 이리 담담한 것입니까?

태영 수백 번 수만 번 상상했던 일이니까요.

　　　아씨와 마주친다면 어찌 대처할지, 늘 준비하고 있었습니다.

승휘 (그랬겠구나 보는 데서) ...

—— **S#7 청수현 거리 (D) [후반 줄임]**

빠르게 걷는 태영과 승휘. 정신없이 마주 달려오는 만석을 본다.

만석	(숨이 차서) 어 어떻게. 두 분이 여기!
	외지부 집무실에 안 계셔서 관아로 아이고 나 죽겠다.
	빨리. (둘을 끌며) 빨리 도망을, 기, 김낙수 어? 김낙수!
태영	알아.
만석	아는데 왜 이러고 있어요. 얼른 도망가야지!
	이, 이러다 똥소혜까지 내려오면!
승휘	내려왔어.
만석	(숨넘어가) 예? 어떡해! 어떡해!
승휘	쉿, 목소리 낮추거라. 어서 가자.

셋, 급히 가는 데서...

—— **S#8 외지부 집무실 (D) [추가]**

구씨와 구씨 모, 어느새 더 몰려든 평민들의 사정을 들으며 애먹는
끝동.

끝동	그려서, (메모하며) 아재는 월마를 빌렸다구유?
평민1	오십 냥... 집 팔아두 택도 없는디 워쩌?
일동	(나는 몇 냥, 몇 냥, 나는 땅 팔았다 아우성)
끝동	아이고, 순서대로 말혀유. 왐마 머리 터지겠네.
구씨 모	그 썩을 놈 당장 잡아 줘어. 그놈이 사기꾼이라닝께!
구씨	아이고 엄니, 왜 여까지 따라와서 이러는 겨어. 제발 가 계셔 이?

끝동	긍께 여그 다들 감영 근처에서 사채허는 황씨헌티 돈을 빌린 것이쥬?
일동	(그렇다는)
구씨 모	그놈이 돈 갚으라고 왈패들을 보내서 죽여 분다고 겁박한다니께!
끝동	그것은 엄연히 불법 독촉 행위인디...
구씨 모	제발 우리 좀 도와줘어 이? 순덕이 아범은 목매달았단 말여~
끝동	(안타까운) 자 다덜, 험한 생각하지덜 말구,
	버텨유. 방도를 찾아볼라니께 알겠쥬?

───── **S#9 태영 집 마당 (D)**

심란한 얼굴로 빨랫감 들고 들어오는 막심에게 뛰어오는 도끼.

도끼	아이구 여봉봉. 무거운 거 들지 말라니께, 이리 줘어~
막심	아이구 여봉봉. 뛰지 말라니께~ 자빠져서 허리라도 다치믄 큰일 나아~
도끼	에구~ 걱정 말어. 헌디, 혹시 들은 겨? 동네가 완전 발칵이여. 발칵.
막심	그니께, 대체 만수삼이 뭐길래 사기들을 당한 겨. 청수현 큰~일 났네.
	글씨, 신찰방 댁은 노비들을 싹 팔아서 빚부터 갚는디야.
도끼	양반님네들이야 빚을 갚을 수라도 있지만서두.
	가진 것 없는 아랫것들은 워쩌?
막심	그니께~ 팔아 치울 것도 없을 건디. 땅이고 집이고 죄다 뺏기고,
	길바닥에 나앉게 생겼어 여봉봉.

하는데, 정신없이 들어오는 태영과 승휘, 만석.
둘을 보지도 못하고 들어가는 태영과 승휘.
만석, 들어가려다, 뭔 일이래 여봉봉? 하는, 둘을 본다.

만석	거기 봉봉이들. 절대 아무도 들여보내지 마요.

누가 뭘 물어도 무조건 모른다고 하고.

막심	뭘 말여?
만석	뭐든.
도끼	왜 그려, 이? 뭔 일이여?
만석	(대답할 틈도 없이 들어가면)
막심	왜들 (하다가 헉) 서, 설마, 우리도 사기당한 겨?
도끼	뭐여? 허믄 우덜도 팔려 가는 거여?
	(끌어안고) 안 돼! 못 헤어져! 여봉봉!

—— **S#10 태영 집 서재 (D)**

생각하듯 앉아 있는 태영과 승휘.
만석, 제 작은 봇짐을 챙겨 들고 들어와서 문단속하고는,

만석	왜들 명상하고 있어요. 이럴 땝니까?
	(손뼉 짝짝 치며) 얼른 짐 싸세요오! 얼른 도망치자구요. 예?
	(미치겠는, 작게) 구덕아. 소혜 아씨라고요! 니 주인!
	(승휘에게) 이보세요. 돌아가신 송서인 도련님. 정신 좀 차려요 예?
	이러다 잡혀서 오손도손 손잡고 저세상으로 가실랍니까!
승휘	(가만히 태영을 보다가) 전혀~ 떠날 생각이 없어 보이시는데?
만석	(태영 보며) 저기요. (손 딱딱) 제 말 들리십니까? 아니 왜 망부석이야아~
태영	소혜 아씨가 날 봤는데, 내가 지금 사라지면, 내가 구덕이라는 걸 증명하는 셈이야.
승휘	일리 있네요.
만석	(나동그라질)
태영	게다가, 청수현이 이 난리인데 어찌 떠나겠습니까.

승휘	(끄덕이는)
만석	(머리 잡고) 끄덕이지 마요! 지금 끄덕일 땝니까?
	그래요 청수현 귀한 거 알겠는데, 목숨보다 귀합니까?
태영	만석이 말이 옳아요. 서방님은 만석이랑 몸을 피하세요.

태영, 한쪽으로 가서, 문갑 옆으로 기대 놓았던 큰 짐을 꺼낸다.

승휘	이게 뭡니까?
태영	청수현에 오셨을 때부터, 대비해 놓은 것입니다.
만석	(냅다 등에 짊어지고, 제 것도 야무지게 앞으로 메며) 갑시다.
승휘	나만 떠나라구요?
태영	저 하나면 아니라고 잡아뗄 수 있지만,
	우리가 함께 있는 걸 소혜 아씨가 보면, 끝장입니다.
만석	맞아요. 일어나세요. 가야 됩니다. 그래야 둘 다 살아요!
승휘	부인 곁에 있기 위해, 청수현 유향소 별감이 되기 위해,
	과거까지 봤습니다. 그런 내가 청수현을 어찌 떠납니까.
만석	(좌절)
태영	서방님...
승휘	(걸리는 듯) 박준기... 그 호조 판서라는 박준기가,
	설마 7년 전 광산 사건의 주범인, 그 채방사 박준기입니까?
태영	기억하십니까?
승휘	어찌 그런 자가 호조 판서까지 올랐는지...
태영	아무래도 김낙수가, 박준기에게서 현감 자리를 산 듯합니다.
승휘	허면, 본전 뽑으려고 사기를 쳤을 수도 있다?
태영	평시서 주부 시절에도 뒷돈을 빼내던 자입니다.
승휘	우선, 허순 선생인지 뭔지부터 찾아야 할 것 같네요.
만석	(둘을 보다가 체념한 듯 내려놓으며) 에휴.
승휘	왜? 그리도 무서우면 너라도 떠나지?

만석	나도 청수현 좋거든요? 여기가 내 집이거든요?
	나 죽으면 뼈도 청수현에 묻을 거거든요?
승휘	근데 김소혜가, 니 얼굴은 모르나?
태영	남의 집 사내 노비 얼굴을 익힐 아씨가 아닙니다.
만석	게다가 난 10년이나 떠나 살았는데 모르겠죠. (하다가) 모르겠죠?
태영	정말, 안 떠나실 것입니까?
승휘	김낙수는 한 번도 제대로 본 적이 없어서 서로 못 알아봤고,
	김소혜도 우리가 함께 있다는 것은, 상상도 못 할 것입니다.
만석	마주치면요!
승휘	남녀가 유별한데, 외간 사내 얼굴을 뭐 그리 뚫어져라 보겠냐.
태영	(그래도 걱정되는)
승휘	헌데, 좀 실망입니다?
태영 / 만석	(보면)
승휘	김소혜 말입니다. 나랑 혼담이 있는데,
	부인과 어울렸다 오해해서 이 사달이 난 게 아닙니까?
만석	근데요?
승휘	그 정도로 나를 연모했으면, 뒷모습만 봤어도 알아봐야지. 안
	그렇습니까?
태영	꽁지 빠진 새처럼 황급히 도망치시는 뒷모습을 어찌 알아보겠습니까.

승휘, 눈을 흘기면, 피식 웃는 태영. 같이 웃는 승휘. 둘을 보며,

만석	와, 미쳤지. 농이 나온다. 어? 웃음이 나와요.
	같이 살면 닮는다더니, 광증도 닮습니다 예?

S#11 내아 방 안 (N)

소혜   진짜 구덕이 안 잡아들이실 겁니까?

       얼른 포졸 풀어서 도망치기 전에 잡아 오라구요오!

김낙수   글쎄 무슨 연유로 잡아 오냐고! 닮았다고 잡아 와?

소혜   그러니까 잡아다 고신을 하시라구요. 그래야 자백을 하죠!

김낙수   어디 반가의 부인을 함부로 고신해!

소혜   걔가 무슨 반가의 부인이야!

김낙수   시끄럽다 어? 시끄러워! 뭐 하러 내려와서 시끄럽게 구냐 어?

       대감이나 잘 모실 것이지. 이러다 눈 밖에 나면 어쩌려고!

소혜   그러는 아버지는요! 부임하자마자 또 무슨 짓을 하신 것입니까?

       또 옛날 버릇 못 버리시고 돈 빼돌리려고 사기 치셨어요?

       딸 팔아 얻은 자리 뺏기고 말년에 옥살이하시게요?

김낙수   (밖을 보고) 어허! 조용히 못 해!

소혜   대감이 아시면 아버지야말로 큰일 나십니다~

김낙수   거! 조용히 하래도~

S#12 차좌수 집 방 안 (N)

머리를 싸매고 앉아 있는 차좌수와, 마주 앉은 홍씨부인과 김씨부인.

홍씨부인   현감의 사위가 박준기 대감이라구요?

       7년 전에 광산 사건으로 우리 재산 다 날리게 한, 그 박준기요?

차좌수   예! 그것도 모르고 진짜!

김씨부인   (머리 복잡한)

홍씨부인   아니 근데 말입니다~ 현감보다 박준기가 더 늙었잖아요?

       그리고 박준기 대감 부인 내가 봤는데, 현감이랑 연배가 비슷했는데?

	(하다가) 어머, 첩이네. 현감 딸이 박준기 첩인가 봐요. 그죠~ 첩이야.
김씨부인	(어이없어) 이 와중에 지금.
차좌수	그것이 중하시오?
홍씨부인	궁금하니까요! 목에 칼이 들어와도 궁금한 건 궁금한 거죠~
차좌수	그놈의 궁금! 정녕 내가 부인 발목을 묶어야겠습니까!
홍씨부인	안 묶어도 이제 진짜 밖에 못 나갑니다.
	다들 날 못 잡아먹어서 안달이라구요~
김씨부인	(차좌수에게) 현감은 뭐라 합니까.
차좌수	자기도 허순 선생을 찾고 있으니 가서 기다리라고 하더 /
홍씨부인	기껏 따지러 가더니, 박준기가 사위라니까 무서워서 냉큼
	도망치셨어요?
차좌수	거! 입 좀 다무세요 좀!
홍씨부인	못 다뭅니다. 나 진짜 억울하다구요.
	아니 새로 부임한 현감이 백성들을 상대로 사기칠 거라 누가
	생각하겠어요?
김씨부인	현감이 연루된 것인지, 확실하지 않습니다.
홍씨부인	확실하지 않기는요! 분명 현감이 허순인지 뭔지랑 짜고 절 이용한
	거라구요!
차좌수	증좌도 없이 섣불리 현감을 건드렸다가! 박준기에게 보복당하고
	싶습니까!
홍씨부인	허면 어쩝니까 (김씨부인에게) 어쩝니까 사부인 예?
김씨부인	... 옥외지부를 믿어 보는 수밖에요.
차좌수	그래요. 옥외지부가 방도를 찾아 주겠지요?
홍씨부인	적일 땐 짜증 나는데, 같은 편이라 생각하니 든든하네요~

노려보는 차좌수와 김씨부인에서...

——— S#13 태영 방 안 (N)

잠이 안 오는지 누워 있다가, 벌떡 일어나 앉는 태영에 놀라 일어나는
승휘.

승휘   왜요, 또 악몽입니까?
태영   … 아무래도 만나 봐야 할 듯합니다.
승휘   누굴요?

——— S#14 내아 마당 (N) [수정]

한쪽에 걸터앉아, 다리 통증으로 괴로운 금복의 다리를 주무르는
꺽쇠.

꺽쇠   (벙긋대는) 괜찮아?
금복   (끙끙 앓으면서도, 작게) 괜찮아.

하는데, 끼익, 하고 문소리가 들린다. 둘, 뭐야 싶어 본다.

금복   뭐야. (안쪽을 보고) 다들 주무시는데?
       (꺽쇠에게) 문 안 닫혔나 보다. 얼른 가 봐.

문쪽으로 가는 꺽쇠에서…

쓰개치마를 쓴 태영. 누군가를 기다리듯 서성거리는데,
앞서 오고 있는 승휘와, 어리둥절 따라오는 금복과 꺽쇠를 본다.
둘, 태영을 보고 무슨 일인가 싶어 목례하면, 쓰개치마를 벗는 태영.

금복	아, 아까 낮에... 뵌 마님이시네요. 저기 낮에는요.
	저희 마님께서, 뭔가 착각을 하셔서 /
태영	아주머니.
금복	(본다) 예?
태영	금복 아주머니, 꺽쇠 아재...
꺽쇠	(멍하니 본다)
태영	저예요. 저, 구덕이에요.

알아보고 놀라 입을 막는 금복과, 믿어지지 않는 듯 보는 꺽쇠.
태영, 다가가 금복을 와락 끌어안는다.

금복	어머 정말 구덕이니? 어머, 세상에. 설마설마했는데...
	여보 구덕이 봐. 이 마님이, 우리 구덕이래.
꺽쇠	(반갑고 감격이고 다행이고)
금복	(얼굴 다시 보고, 볼 붙들고) 구덕아, 얼마나 걱정했는데,
	이리 잘 있었구나 (끌어안고) 잘했다. 정말 잘했어.
태영	... 근데 혹시 아버지는요?
금복	개죽이 아재? 같이 있는 거 아니었어?
태영	도망치다가 헤어졌어요.
금복	아휴... 그랬구나.
태영	저기 근데, 아주머니 다리 왜 이렇게 된 거예요?
	아재 얼굴은 왜 이렇고... 무슨 일 있었어요?

금복	(난처해서 말이 안 나오는)
꺽쇠	(소리 안 내려고, 입 모양만) 아무 일도 없었어.
태영	(의아한) 아재 왜... 왜 말을 못 해요? 무, 무슨 일이야.
	(퍼뜩 짚이는) 서, 설마... 나 나 때문에?
	나 때문에 둘 다 이렇게 된 거예요?
금복	(거짓말이 안 떠오르고, 어쩔 수 없이 끄덕이는)
태영	(놀라 입을 막는) 어떡해...
금복	괜찮아. 응? 우리 괜찮아.
꺽쇠	(손가락으로 태영이 가리키고 가슴 탕탕 치고 쓸어내리며 글썽인다)
금복	너 이렇게 잘 지내는 거 보니까 가슴이 후련하대...
태영	미안해... 너무 미안해...

둘을 붙들고 오열하는 태영. 아프게 보고 선 승휘에서...

경과〉

태영	조금만 비위가 상하면, 혀를 자르라 했습니다.
	툭하면 저를 절뚝으로 만든다 했구요...
승휘	(참담한) 어찌 저런 짓을...
태영	... 제가 잡혔으면, 제가 당했을 일인데...
승휘	(안타깝게 보는)
태영	참으로 악연입니다. 이리 다시 만나지다니.
승휘	아뇨. 악연이 아니라 기회입니다.
태영	(보면)
승휘	제 발로 찾아와 죄를 지어 주다니,
	이번에야말로 죗값을 치러야지요.
	다시는 그런 짓, 못 하게 해야지요.

보다가 끄덕이는 태영에서...

—— **S#16 내아 방 안 (D)**

면경을 보고 있는 소혜, 단장을 돕는 금복을 노려본다.
눈치 보는 금복.

소혜   정말 그 여자, 구덕이 아닌 거 같아?

금복   에이, 아니구말구요~ (하다가 눈치 보고) 저기,

        현감 나리 자리도 다 봐 드렸는데, 올라가셔야지요 마님?

소혜   (노려보면)

금복   대감마님께서 기다리실 듯해서요.

소혜   어차피 우리 집은, 호판 대감 비밀 창고야.

        나는 대감의 창고를 지키는 예쁜 강아지. 멍멍~

금복   (염병하네) ...

소혜   구덕이 년, 머리채 뜯었던 자리 다 아물었을까?

        아 진짜, 양반 부인 머리를 뒤져볼 수도 없고...

금복   그럼요~

소혜   아 아쉽다. 진작 다리를 콱 분질러서

        너처럼 절뚝이를 만들어 놨어야 했는데...

        그랬으면 알아보기 쉬웠을 거 아냐 그치.

—— **S#17 태영 방 안 (D)**

나갈 채비하는 태영과 승휘.

태영   서방님은 절대, 김소혜와 마주치시면 안 됩니다.

승휘   부인은 절대, 김낙수와 마주쳐선 안 됩니다.

태영   (걱정인) 서방님 (뭔가 말하려는데)

승휘	(손가락으로 입술 막고) 자꾸 이러면 나 섭섭합니다.
	나 없이 못 산다 할 땐 언제고, 자꾸 떠나래?
태영	(떼고) 걱정되니 그러죠.
승휘	언젠간 닥칠 일이었다고 생각합시다.
	사람 사는 게 어찌 늘 기쁘고 즐거울 수 있습니까.
	이렇게 또 위기가 한 번씩 닥쳐 줘야, 또 사는 맛이 있죠.
태영	(입을 삐죽)
승휘	우린 이제 일심동체이니, 뭐든 같이 하는 겁니다. 아셨죠?
태영	알겠습니다.
승휘	그런 의미에서 (제 입술을 톡톡)
태영	이 와중에요?
승휘	본디 사내란, 언제 어느 때고.
태영	(안 내키는)
승휘	내가 무서워서 그래요. 용기가 필요합니다.

태영, 대충 쪽, 입 맞춰 주고 나간다. 웃는 승휘에서...

─── S#18 관아 일각 (D)

조금 긴장해서, 경계하듯 오는 승휘와 함께 걷는 차좌수.

차좌수	이보게, 성별감. 우리가 현감을 찾아간다 한들, 무슨 수가 있겠나. 응?
	박준기의 장인이라고~ 게다가 나 지난번에 멱살을 잡았네. 나 무서워.
승휘	현감은 제가 상대할 터이니까, 좌수 나리는, 자리나 지키세요.
차좌수	이럴 게 아니라, 나 이참에 관둬야겠네. 자네가 좌수를 하게. 어?
승휘	아 진짜 왜 이러십니까아~
차좌수	나 어차피 사돈이 자네 부인 땜에 짤리는 바람에 어부지리로 된 거야.

나처럼 한심하고, 무능하고, 위기 대처 능력이라곤 쥐뿔도 없는 쫄보가,
이 엄청난 상황을 어찌 해결할 수 있겠나. 아니 그런가!

승휘   이리 나약하게 구실 땝니까. 청수현의 수장은!
        현감이 아니라 좌수라는 것을 명심하세요.

차좌수   (쭈굴) 수장은 무슨... 나 따위가.

승휘   (안 되겠다는 듯 멈춰서서) 따라 하세요.

차좌수   뭘?

승휘   (두 손 붙들고) 난 대단해. 난 최고야.

차좌수   내가?

승휘   어서요. 난. 대단해. 난 최고야.

차좌수   (심호흡을 하더니 나지막이) 난 대단해. 난 최고야.

승휘   좀 더 크게.

차좌수   난... (점점 벅차오르는) 대단해... 난... 최고야. 그래 최고야!

승휘   그렇죠! 그겁니다!

차좌수   내가 수장이야! 내가 청수현을 제일 애정하네!
        내가 이 위기를 극복하고 모두 제자리로 돌려놓을 걸세! 알겠나!

그사이, 나오는 소혜를 발견하는 승휘.
슬쩍 돌아서 차좌수를 향하는데, 차좌수, 주먹 휘두르며 난 최고라고!
소혜, 뭐야 하면서 등 돌린 승휘와 차좌수를 보면, 마침 와락
끌어안으며,

차좌수   고맙네! 정말 내가 의지할 데가, 자네 부부밖에 없네 따흑.

네네, 토닥이며, 스쳐 가는 소혜를 보는 승휘에서...

홍씨부인   어휴. 오다가 머리채를 몇 번이나 잡힐 뻔했는지.

김씨부인   용건을 말씀하세요.

홍씨부인   (난감한 듯) 저기요. 뭐 그간 내가 부인께 참...

          못 할 짓 많이 한 건 압니다만 좀 도와주시겠습니까?

태영   (메모 준비하며) 뭐가 있을까요?

홍씨부인   뭐가요?

태영   제게 못 할 짓을 뭐 뭐 하셨냐구요.

홍씨부인   치사하게 진짜.

태영   (빤히 보면)

홍씨부인   그걸 다 어떻게 일일이 말하겠어요. 얼마나 많은데.

김씨부인   알긴 아십니다.

홍씨부인   아무튼, 다 지난 일 아니겠습니까?

          사람은 누구나 실수라는 걸 하고 사는 법 아니겠어요?

          어쨌든 우린 이 청수현에 사는 이웃이고 벗이잖아요. 그죠?

          그리고~ 날 도와 달라는 게 아닙니다.

          사기당한 백성들을 도와 달라는 거죠~

태영   부인을 도와 드리지 않으면, 사기 사건의 공범으로 몰려,

          돈도 물어내시고, 옥살이도 하셔야 합니다.

홍씨부인   (대충격으로 얼음)

태영   하나부터 열까지, 다 털어놓으세요.

──── **S#20 내아 (얼마 전, D) [인물 삭제]**

앞으로 앉은 홍씨부인과 김낙수.

등을 보이고 선 허순 선생. 만수삼을 내놓으면 구경하는 홍씨부인.

홍씨부인E   혀, 현감이 그자를 소개해 준다 하여 마, 만났는데,

             그자 말로는, 만수삼이 해충에도 강하고, 가뭄에도 강하고,

             생육 기간도 석 달이라, 보화 같은 작물이라 했습니다.

김낙수E   그 귀한 것을 청수현에만 특별히 팔아 준다니, 얼마나 고마운

             일입니까.

──── **S#21 관아 현감 집무실 (현재, D)**

김낙수   난 청수현이 폐농 위기에 처했다기에,

           대책을 제안한 것뿐이외다. 나도 요즘 한숨도 잘 수 없어요.

           가여운 자들의 곡소리가 담벼락을 넘으니 참으로 애통합니다.

승휘   (노려보다가, 작게) 그렇게나 애통해서,

           혀도 자르고. 다리도 분지르고, 산 채로 묻어 버리고?

김낙수   (잘 안 들리는) 에?

승휘   못 들으셨으면 됐습니다. 귀가 어두우시네요?

김낙수   (노려보는데)

차좌수   (용기백배하려 애쓰며) 저 그, 허순과는 어찌 알게 된 사이십니까.

김낙수   촌구석 사람들이라 이리 모르시나. 허순 선생은 원래 유명한 사람이오.

           한때 한양에서 날리던 의원이라니까? 못 믿겠으면 알아보시던가!

승휘   그걸 왜 우리가 알아봅니까? 현감께서 하셔야지요?

김낙수   나를 사기꾼이라 생각하니 알아보라는 것 아니오!

승휘   사기꾼이라고 한 사람은 없습니다만, 뭐 원하시면 알아보지요.

           알아보는 김에, 피해 사실 조사도 해 드릴 테니, 장계도 올리세요.

           함청현 현감에게도 도움을 요청하시고, 수색도 하시고.

차좌수   (눈치 보이는) 호, 호판 대감 장인이라니까. 살살 하시게.

김낙수   (어이없어서 승휘를 보는데)

승휘   아, 현감 나리가 허순을 소개했으니,

	가담 행위로 간주되는 건 아시지요?
김낙수	그래서, 뭐! 나를 고소라도 하겠다는 것인가?
승휘	뭐 그럴 수도?
김낙수	부민 고소 금지법도 모르는 게야?
	지방의 향직자나 백성은, 현감을 고소할 수 없네!
차좌수	(승휘에게) 그, 그래 이 사람, 이만 적당히 하게.
승휘	현감 나리야말로 잘 모르시네.
	수령의 비리나 불법 행위로 인해 억울한 일을 당한 당사자는,
	감영에 고발할 수 있습니다만?
차좌수	(놀라 본다) 진짜? 와 역시.
	(분위기 파악 못 하고 자랑) 우리 성별감 부인이, 외지붑니다. 외지부.
김낙수	감히 별감 따위가 지금 나를 겁박하는 것이오!
승휘	겁박으로 느끼실 이유가 있습니까? 뭐 찔리세요?
김낙수	내가 찔릴 게 뭐가 있단 말이 /
승휘	(말 끝나기도 전에 냉큼 일어서며) 가시죠 좌수 어르신.
김낙수	(다 들리게) 어디서 감히, 어른 말 끝나기도 전에.
차좌수	죄송합니다. 이 사람이 기억 소실이라 버르장머리도 소실된 지라.
김낙수	오만불손한 새끼 같으니.
승휘	(멈칫) 잠깐만 (돌아본다) 뭐, 새끼?
김낙수	아~ 들었소이까, 혼잣말이었는데?
승휘	저는 귀가 밝아서요. 허면 이만 (인사하고 돌아서며)
	청수현이 개 밥그릇인 줄 아나 어디다 수저를 꽂아? 개야?

김낙수, 충격으로 보면, 차좌수 얼른 승휘를 밀며 나간다. 가자, 가자!

승휘	아 왜~ 나도 혼잣말인데.
	귀 어두워서 어차피 못 듣잖아. (밀리며) 에헤이 밀지 마요~

나가는 승휘를 부들부들 보는 김낙수에서...

───── **S#22 외지부 집무실 (D)**

마주 앉은 태영과 승휘.

승휘   찾는 시늉만 하는 걸 보니, 질질 끌다 포기시킬 모양입니다.

태영   알아봤는데, 허순 선생은,

        한양에서 유명했던 의원이 맞습니다.

        청수현 약방에서도 허순의 이름을 알고 있더라구요.

승휘   아무튼, 김낙수를 믿을 수 없으니, 사람을 모아 허순을 찾아볼까

        합니다.

태영   허면 저는, 마을 사람들에게 돈을 빌려준, 식리인을 만나 보겠습니다.

        사기당했다는 소문을 듣고, 즉시 갚으라 했다니, 말미를 얻어 보려구요.

승휘   해 줄까요?

태영   이자는 연 2할을 넘지 못하도록 국법으로 정해져 있는데,

        피해자 대부분이 그 이상을 주고 빌린 듯합니다.

승휘   불법을 빌미로 말미를 달라 겁박하시겠다?

태영   예.

승휘   (볼 찌르고) 요런 똘똘한 부인 같으니.

태영   자꾸 장난치실 겁니까? 저 심각합니다.

승휘   이미 벌어진 일인데 심각해서 뭐에 씁니까?

하고 태영의 볼을 또 찌르려고 하면 툭 쳐 내는 태영.

승휘, 어라? 하며 다시 찌르고, 태영, 또 툭 쳐 내고 투닥이다가,

언제 들어왔는지 보고 선 끝동을 보고 멈춘다.

승휘	왜에~ 이리도 다정한 부부 처음 보느냐?
끝동	첨 볼 리가 있었어유? 집에두 봉봉이들이 있는디.
태영	피해 사실 조사서는, 다 받아 왔어 끝동아?
끝동	다는 아니구유. 거즘은 다 받은 거 같어유. 헌디...
	(어이없다는 듯) 동네에 이상한 소문이 돌고 있던디유?
승휘	무슨 소문?

──── S#23 청수현 거리 (D)

한적한 거리를 걸어오고 있는 도끼와 막심.

도끼	길거리에 사람 없는 거 봐~
	약방도 닫아 불고, 참말로 우리 청수현 큰일 났네.
막심	글게 말여. 살 사람이 있어야 팔 사람두 있는 것인디.
노비	(오며) 야 야, 나 이상헌 야글 들었는디?
도끼	뭔 이상헌 야그?
노비	너그 마님 말여, 우덜 같은 노비였담서?
막심	(놀라서 말이 안 나오는)
도끼	(어리둥절) 그기 뭔 미친 소리여? (어이없는) 우리 마님이?
노비	이~ 아까, 현감 나리 여식이, 사람들헌티 막 물어보던디?
막심	(버럭) 아니 그거 미친년 아니여? 어디서 그딴 소리를 지껄여?
노비	내가 지껄인 겨?
도끼	(노비에게) 가라 이? 담에 보자~
노비	(무안해서 얼른 가면)
막심	(가는 등에 대고) 너 어디 가서 또 그딴 소리 씨부리믄,
	내가 아주 주둥아리를 빈틈없이 쫑쫑 꼬매 버릴 줄 알어!
도끼	아이고~ 이상한 소문이 하루 이틀이여? 괜히 핏대 올리지 말어 이?

막심	(작게) 아니 대체 현감 딸년이 워케 알고... (급히 달린다)
도끼	참말로 나는 우리 큰 서방님이 가짜라고 소문날까는 걱정했어도,
	우리 마님이 노비라는 소문이 날 줄은 상상도 못 혔네. 이?

말하고 보면, 이미 달려가고 없는 막심.

——— S#24 김씨부인 방 (N)

술상을 놓고 앉은 김씨부인과 태영.
태영, 무거운 얼굴의 김씨부인을 본다.

태영	어쩐 일로 술을 다 하자십니까.
김씨부인	(잔 따라 주며) 자네가, 청수현에 온 지 얼마나 됐지?
태영	(보다가) 제가 노비였다는 소문을 들으신 것입니까?
김씨부인	그래, 현감 여식이 찾아왔었네.
태영	(가만히 본다)
김씨부인	(태영을 보며) 이름이, 구덕이라 했어.
	구더기처럼 살라고, 자기가 지어 줬다 자랑하더군.
태영	(보는 데서)

——— S#25 자모당 (과거, D) [플래시컷]

소혜	그 여자가, 언제쯤 이곳에 나타났습니까?
	청나라에서 정확히 몇 해 전에 돌아왔냐구요~
김씨부인	(가만히 본다)
소혜	부인께서는 이 마을에서 가장 존경받는 분이라 들었습니다.

강상죄를 저지르고 도망친 노비 년이, 양반 행세를 하는데
잡아야지요.

김씨부인   강상죄요?

소혜   예, 그년이 우리 아버지를 죽일 뻔했습니다.
우리 아버지 얼굴의 상처, 그년이 만든 것이라구요.

김씨부인   노비가, 무슨 일로 주인을 죽이려 들었단 말입니까?

소혜   제 아버지 수청을 들라 했더니, 거절하고 도망쳤지 뭡니까.

김씨부인   예?

소혜   첩이라도 삼아 주면 고마운 줄 알 것이지. 노비 년 주제에.

김씨부인   (가만히 본다)

소혜   이러시지 말고, 당장 좀 알아보십시오. 그년, 구덕이 맞습니다.

김씨부인   (보다가) 몸종이 도망친 건 10년 전이라면서요?

소혜   예.

김씨부인   옥외지부는 그보다 훨씬 오래전에 왔습니다.

소혜   (본다) 정말입니까? 그럴 리가 없는데?

김씨부인   닮았다는 짐작만으로 종일 청수현을 다니며
옥외지부에 대한 모함을 하고 다니신 것입니까?

소혜   모함이 아닙니다! 진실이라구요!

김씨부인   옥외지부는, 옥필승 대감의 여식이자,
덕망 높던 성현감의 맏며느리입니다.
남편은 소과에, 시동생은 대과에, 둘 모두 장원 급제를 했지요.
청수현에서 가장 존경받는 부인은, 내가 아니라 옥외지부입니다.

소혜   속고 계신 것입니다. 청수현 사람들이 다 속고 있는 거라구요!

김씨부인   (보다가) 무슨 망상증이라도 있으십니까?

소혜   감히 지금, 호조 판서 대감의 부인을 능멸하는 것입니까?

김씨부인   (가만히 보다가) 호판 대감의 정실부인께서는,
첩이 이리 본부인 행세하는 것을 아십니까?

소혜   (본다) 예?

김씨부인	멀쩡한 반가의 여식이 무슨 흠이 있어 첩이 되었나 했더니,
	이리 천지 분간을 못 해서인가 봅니다. 쯔쯔쯔.
소혜	이, 이보세요!
김씨부인	부임하자마자 사기 사건에 휘말린 현감을 도우려,
	피해자들의 외지부를 깎아내리려는 의도는 알겠으나,
	더 나대다 가는, 호판 부인께 머리털 뽑히고 멍석말이당합니다.
	그러니 그만 자중하세요. 아시겠습니까?
소혜	(분해서 식식대는) ...

───── **S#26 김씨부인 방 (N)**

태영	(보다가 미소)
김씨부인	(같이 미소) 좌수 부인 흉내를 좀 내 봤네.
	사람 열 받게 하는 일이 이리 재밌는 줄 알았으면 종종 해 볼 걸 그랬어.
태영	(미소) 헌데 왜 거짓말을 하셨습니까.
	제가, 청수현에 온 것은, 9년 전입니다.
김씨부인	괜한 소문에 휘말리는 게 싫어서.
태영	(보다가, 말하려는 듯) 회장님...
김씨부인	현감 얼굴에 칼자국, 정말 자네 짓인가.
태영	(보다가) 낫입니다. 칼이 아니라.
김씨부인	(보다가) 아니길 바랬는데...
태영	... 송구합니다.
김씨부인	... 대체 언제부터 구덕이가 아니라 옥태영인가?
태영	... 옥필승 대감께서 청수현으로 오시기 전,
	괴산의 주막에서 화적 떼를 만나 돌아가셨을 때,
	태영 아씨도 돌아가셨습니다.
김씨부인	(안타까운) 어찌...

태영	주막에서 일하던 저만 살아남았고,
	혼절했다 눈을 떠 보니, 청수현이었습니다.
김씨부인	... 할머님은, 돌아가신 할머님도 모르시는가.
태영	할머니께서는, 다 아시고도, 저를, 태영 아씨로 삼아 주셨어요.
김씨부인	(어이없는) 참으로 대범하신 분이 아닌가.
	도망 노비를 현감 댁 며느리로 보내다니.
태영	(죄스러움으로 고개를 숙이는) ...
김씨부인	주인이 나타났는데, 왜 도망치지 않는 것이야.
	이리 들쑤시다 증좌라도 나오면, 자넨 죽게 될 것이네.
태영	(보다가) 현감 김낙수는, 병에 걸린 제 어미를...
	산 채로, 땅에 묻었습니다.
김씨부인	(충격으로 본다) 뭐?
태영	그런 자가, 제 고향이나 다름없는 청수현을 위협하고 있는데,
	제가 어찌 도망칠 수 있겠습니까.
	그리고 저는 아씨 대신 살았던 죗값으로...
	아씨의 꿈인 외지부로 살며, 사람들을 도와야 합니다.
김씨부인	(보다가 잔을 들고) ... 이 잔을 마시면,
	난, 오늘 들은 얘기는 잊도록 하겠네.

잔을 마시는 김씨부인을, 고맙게 보는 태영에서...

──── **S#27 태영 집 서재 (N)**

골똘한 승휘를 가만히 보고 있는 태영.

막심	아니이! 참말로 뭐 이런 재수 없는 일이 다 있는 겨.
만석	그니까요. 이제야 두 분 좀 살 만하시나 했더니,

하필이면 그 미친것들이 청수현으로 와서.

막심   (태영에게) 이러고 있으면 안 되는 거 아녀유?

그려 청수현이 이 지경잉께 못 가시는 건 알겄는디,

저 화상 같은 현감 딸이 동네방네를 후비고 다니는디,

수를 내야잖냐구유.

만석   (생각에 잠긴 승휘를 보며) 뒤 봐요. 뭐 또 각본 짜고 있는 모양인데.

막심   (본다) 이? 뭔 각본?

승휘   (이윽고) 구성은 완벽한데, 배우가 좀 필요해...

일동   (뭔 소리야 싶은)

—— **S#28 내아 일각 마당 (N)**

머리 풀어 헤친, 거칠고 험한 추노꾼 복장의 도끼와 만석을 보는,

소혜   이것들은 뭔데 날 찾아?

만석   (은밀하게) 박준기 대감께서 전하라셨습니다.

소혜   대감께서? 뭘?

만석   구덕이요. 잡아다 놨습니다.

소혜   뭐야?

막심E   정말, 속아 넘어갈까유?

—— **S#29 태영 집 서재 (잠시 전, N) [플래시컷]**

한쪽에서 진지한 얼굴로 도끼에게 분장시켜 주고 있는 승휘.

분장 이미 마치고 대사 외우는 만석. 그 옆으로 선 태영과 막심.

태영	만만하진 않을 거야.
만석	그러게요. 욕심도 많고 계산도 빠르고 못돼 처먹었잖아요.
승휘	(도끼 분장시키며) 그러니까 니가 잘해야지.
만석	(부담 백배)
승휘	다 됐다. 아주 우리 도끼가, 그림 그리기에 참으로 탈이 좋구나.
도끼	근디 말여유. 지는 참말로 뭔 일인지 도통 알 수가 없는디?
막심	(손 붙들고) 여봉봉은 암것두 몰라도 돼야.
도끼	알겠어. 난 암것두 모를려. 알아봤자 머리만 복잡허니께.
막심	그냥 입만 다물고 서 있어. 입을 열어 블믄 너~무 구수해져 버리니께.
도끼	알겠어. 묻지도 따지지도 말고, 여봉봉이 시키는 대로만 할 거구먼.
만석	(도끼 걱정) 정말 괜찮을까요? 끝동이가 훨씬 나을 거 같은데.
막심	아녀, 갸는 똑쟁이라 이 상황을 알믄, 충격으로 대가리 터질 겨.
태영	(걱정으로 만석 보며) 정말 할 수 있겠어?
만석	그럼요. 예인단 생활이 몇 년인데요.
	솔직히, 연기는 내가 제일 잘해요. 대사도 다 외웠고.
승휘	대사는 외우는 것이 아니야.
만석	아니에요?
승휘	저절로 외워지는 것이다.
	실제로 거기 있었다 생각하고 몰입하거라.
만석	몰입 (눈 감고) 내가 있었다. 내가 실제로 거기 있었다...

─── **S#30 내아 일각 마당 (N)**

승휘E	그래야만 속아 넘어갈 것이다. 명심해.
소혜	(의아하게 둘을 보며) 진짜야? 진짜 구덕이를 잡아 왔다고?
만석	(가까이 와서 은밀하게) 조선 팔도를 미친 듯이 찾아 헤매도 없더니,
	한양 근처인, 순평에 있더라구요. 참으로 영민한 년인가 봅니다.

소혜	(가만히 보다가) 순평 어디?
만석	(주저 없이) 행리골이요. 이름처럼 초입에 은행나무가 한가득인 마을.
	잠시 쉬러 여각에 들렀다가 진짜 우연히 발견했지 뭡니까.
	이년이 글쎄 여각 주인이랑 혼인해서 애까지 낳고 살더라구요.
소혜	(반신반의) 그래?
만석	어찌나 사납던지, 낫을 들고 막 휙휙 덤벼들어서 죽을 뻔했습니다.
소혜	(어이없는, 믿는) 여전하네?
만석	담도 얼마나 잘 넘고, 발도 어찌나 재빠르던지,
	간신히 쫓아서, 잡아다 놓고 내려오는 길입니다요.

소혜, 둘을 빤히 보면,
애써 태연하게 보는 만석과 괜히 침 한 번 뱉는 도끼.

소혜	(크게) 금복아! 빨리 짐 싸! (뛰어 들어가며) 내일 한양 올라갈 거야.

어마 내 심장, 하고 거의 쓰러지는 만석.
뒤를 보면, 탈진해 무릎 꿇은 도끼.

───── **S#31 관아 앞 (D)**

가마꾼들과, 떠날 준비로 잔뜩 짊어진 꺽쇠와 금복.

김낙수	(나오며) 구덕이 년을 찾으시다니, 역시 호판이시구나.
소혜	(잔뜩 신난) 그러게 말입니다.
김낙수	어서 올라가. 대감께 이곳 일은 잘~되고 있다 전해라.

소혜, 냉큼, 가마에 올라타면, 김낙수, 관아로 들어간다.

가마 출발하면, 맨 뒤로 느리게 따라가는 금복과 꺽쇠.

급히 와서 금복의 손에 보따리를 쥐여 주는 막심.

막심	(작게) 마님께서 전해 주라셨구먼유. 약이랑, 돈이랑 넣었슈...
꺽쇠 / 금복	(고마움으로 보는)
막심	지가 잘 뫼시고 있으니께, 염려 마유.
금복	(손 붙들고) 잘 부탁합니다.

끄덕이는 막심, 들킬세라, 얼른 가라 손짓한다.

인사하고 가는 둘을, 짠하게 보는 막심에서... Out.

── S#32 한양 도겸 집 방 안 (얼마 후, D)

관복을 챙겨 입은 도겸, 탕약을 마시고 있다. 보고 있는 미령.

쓴지 눈치 보며 좀 남기려는데 손으로 턱! 붙들더니 밀어 넣는 미령.

도겸	(다 마시고) 으억. 뭡니까. 사약입니까.
미령	(툭 치고) 피로 회복에 좋은 쌍화탕입니다. 요즘 수척해지셨다구요.
도겸	그래도 멋있을 텐데요?
미령	(웃지 않는, 시름)
도겸	부인이야말로 청수현 소식이 온 뒤로 안색이 안 좋습니다.
미령	청수현 전체가 사기를 당하다니, 걱정돼서 잠을 좀 설쳐서 그렇습니다.
도겸	낮잠이라도 좀 주무세요. 바깥출입은 되도록 하지 마시구요.
미령	(본다) 바깥엔 왜요?
도겸	(미소로) 그냥요. 누가 훔쳐 갈까 봐.
미령	치...

S#33 허종문 집무 공간 (D)

마주 앉아 있는 도겸과, 허종문.

도겸   괴질로 보이는 병자들을 모아 역학 조사를 하고 있으나,

            아직, 전파 원인이나 감염 경로를 찾지 못하고 있습니다.

허종문   생각보다 빠르게 번지고 있어서 도성 밖에 격리 공간을 준비 중이네.

도겸   전하께서는, 민심이 동요될까 염려하고 계십니다.

허종문   그래... 소문이 나지 않도록 단속하는 중이야.

도겸   헌데, 그 일로 부르신 것입니까?

허종문   왜, 내가 좀 부르면 안 되나.

도겸   (보다가 미소로) 아닙니다.

허종문   자네, 청수현의 일을, 전하께 직접 아뢰었다지?

도겸   아... 송구합니다. 형수님께서 서신을 보내오셨는데,

            전하께서, 제 안색이 안 좋다며 물으시기에, 아뢰었습니다.

허종문   전하께서 감진어사를 천거하라 하셨네.

도겸   (기대하는) 저는, 안 되겠지요?

허종문   (미소로) 적임자가 있네.

도겸, 보면, 들어와 허종문에게 인사하는 덕훈이다.

S#34 이좌수 방 (D)

이좌수 앞으로 마주 앉아 있는 덕훈을 뿌듯하게 본다.

이좌수   사헌부로 옮기자마자, 삼남 지방의 감진어사라니,

            참으로 금의환향이로구나.

덕훈	정말로, 함께 내려가지 않으시겠습니까.
이좌수	아니다. 내가 무슨 염치로 청수현엘 가겠느냐.
	혹여라도 네 어머니가 내 안부를 묻거든, 잘 지낸다 하거라.
덕훈	(안타까운, 한 번 더 권하는) 몸도 안 좋으신데,
	고향으로 내려가셔서 지내셨으면 합니다.
이좌수	난... 성가의 대문을 지날 자신도 없어.
	죽은 성현감이 날 얼마나 원망하겠느냐.
덕훈	이미 다 지난 일이 아닙니까.
이좌수	몸이 약해지니, 마음도 약해지는지, 자꾸 잘못한 일들만 생각난다.
덕훈	증세는 좀 어떠합니까. 보여 주세요.
이좌수	만지지 말 거라. 거기 있어.

이좌수, 소매를 걷으면, 피딱지들과 고름이 보인다.
걱정으로 보는 덕훈.

이좌수	내가, 벌을 받는 게야...
	그때 박준기의 이름을 댔어야 했는데...

─── **S#35 김낙수 집 마당 (D)**

박준기, 곡식과 약재 등을 지게로, 수레로, 안으로 들이는 일꾼들을
본다. 창고 안으로 차곡차곡 쌓아 올리고 있는 것을 보고 있다가,

박준기	(작게) 좋다는 약재들은 가리지 말고 다 쓸어 오너라.
수하2	예.
박준기	(작게) 괴질이 돈다는 소문을 내거라.
	격리가 결정되면, 값이 몇 배로 뛸 것이야.

수하2	예.

가는 수하2와 마주 오는 수하1(이름 솔개 : 지행수 죽인) 귓속말한다.

박준기	감진어사를 내려보내다니?
	장계도 올라왔을 리가 없는데? 대체 어디서?
솔개	청수현이라 합니다. 그 옥태영이 시동생에게 직접 연락해,
	임금의 귀로 바로 들어갔다 합니다.
박준기	(또 옥태영이야, 짜증이) 옥태영...
솔개	하여 의금부에서도, 사헌부에서도, 주시하는 듯합니다.
박준기	(잔뜩 곤두서는데)
소혜	(요란하게 달려 들어오며) 어딨어, 구덕이 년.
	어디다 가둬 놨어! 어디에 있냐고!

소혜, 일꾼들을 비집고 윽박지르고 발광을 하자,
곤두서 노려보는 박준기.

소혜	어딨냐고 묻잖아! 야! 대답 안 해!
박준기	왜 이 소란인가!
소혜	구덕이 년 어딨습니까?
박준기	(대답하기도 싫은)
소혜	잡아 놨다면서요! 모르십니까?
박준기	대체 무슨 소리를 하는 것인지.

안으로 가 버리는 박준기를 씩씩대며 따라가는 소혜에서.

S#36 김낙수 집 방 안 (D)

들어온 박준기, 청수현의 옥태영이라... 하며, 머리가 지끈한데.

소혜   (따라 들어와서) 그년이 나를 속였습니다. 나를 속였다구요!
박준기   나가서 물이나 떠 오게.
소혜   (미치고 팔짝 뛰겠는) 혼인 선물로 주신다더니, 왜 약조를 안
          지키시냐구요!

박준기, 무시하고 도포를 벗으려는지 돌아서는데,

소혜   (확 당기며) 제 말 안 들리십니까!
박준기   (못 참고 소혜의 목을 쥐고 벽으로 밀며) 조용하라잖아.
소혜   (괴로워 윽윽)
박준기   왜 내 말을 안 듣는 것이야 왜!
소혜   (죽을 것 같은)
박준기   (놓고) 앞으로, 한 번 말하면 듣거라. 알겠느냐.

소혜, 목을 쥐고, 두려움과 분노로 박준기를 노려보고,

소혜   그년이... 양반 행세를 하고 있었단 말입니다.
박준기   (듣기 싫은지 나가려는데)
소혜   뻔뻔하게 청수현에서 외지부를 하고 있었다구요!
박준기   (돌아본다) 청수현 외지부라니, 옥태영을 말하는 것이냐?
소혜   대감께서 그년 이름을 어찌 아십니까?
박준기   옥태영이 도망 노비라 했느냐?
소혜   저를 속여 올려 보냈는데, 확실하고말고요.
박준기   (보는 데서)

S#37 외지부 집무실 (D)

책상에 앉은 태영. 마주 앉은,

백성   덕제현에서 온 임수길인디요.

태영   덕제현이라면, 전라도가 아닌가.

백성   여그, 만수삼 사기당한 것이 암만 생각혀도 우리랑 비슷해서
말이지라.

태영, 심각하게 듣는데,
한쪽으로, 승휘와 구씨를 포함한 사내들 모여 있다.
벽에 붙은 삼남 지방 지도, 허순 용모파기.
다녀온 곳에는 ×표가 되어 있다.

승휘   대풍현 수색은, (대풍현에 × 표시하며) 이만 종료하지요.

일동   (막 다녀온 듯, 지치고 실망한)

승휘   자, 지치지들 말고, 1조는 (지도 보며) 칠곡현에서 움직이고 있으니,
2조는 오늘부터 신릉현으로 가세.

구씨   오늘유? 방금 돌아왔는디? 좀 쉬른 안 될까유 별감 나리.

승휘   그런가? 그럼 다들 하루 쉬고, 내일 아침에 보세.

일동, 우르르 나가며, 태영에게도 인사한다.
나가는 사람들에게 수고했다는 태영. 승휘, 태영 쪽으로 와 앉으며...

승휘   김소혜가 한양에 도착하고도 남았을 텐데, 조용합니다?

태영   대비책이 있으니 염려 마시라지 않았습니까.

승휘   헌데 어찌 그리 걱정되는 얼굴입니까?

태영   피해 지역이, 충청도만이 아닙니다. 전라도에서도 피해가 있어요.

승휘	허순 선생이, 전라도에서도 만수삼 씨앗을 팔았다?
태영	허순도 아니고, 만수삼도 아닌데, 공통점이 있습니다.
승휘	어떤?
태영	살기 어려운 지역만 골라서, 백성들에게 투자를 부추겼어요.
승휘	(심각하게 보는 데서) ...

S#38 유향소 마당 (D)

양식을 기부하는 사람들과, 기부받는 김씨부인.
양식을 받아 가는 사람들과, 나눠 주는 차좌수.
엄씨부인 식솔, 지게의 양식을 김씨부인 앞에 내려놓는다.

김씨부인	참으로, 감사합니다.
엄씨부인	어쩌겠습니까. 어려울수록 도와야지요.
이씨부인	(뒤에 있다가 제 순서에) 우리는 남 생각할 처지가 아니라서요.

보면, 이씨부인의 식솔, 손에 달랑 든 작은 가마니 하나를 내려놓는다.

김씨부인	(그래도 이게 어디냐) 고맙습니다.
이씨부인	헌데, 회장님이 무슨 상관이라고 이러고 계십니까? 좌수 부인은요?
엄씨부인	어찌 밖에 나오겠습니까. 그리 큰 사고를 치고도 안 쫓겨난 게 다행이지요.
김씨부인	좌수께서 저리, 책임을 다하고 계시지 않습니까.
엄씨부인	(차좌수 보며) 세간이며 노비며 다 팔아서, 자기들 빚은 안 갚고 저리 나누고 있다면서요?

일동, 보면, 행색 추레해진 차좌수. 곡식 등을 한 됫박씩 나눠 주고

있다. 가는 이씨와 엄씨.

차좌수, 얼마 안 남은 가마니를 보다가 김씨부인 쪽을 본다.

차좌수	쌀은 진작에 떨어졌고, 가을보리랑 밀도 바닥인데, 이제 어쩝니까.
김씨부인	그러게 말입니다. 익지 않은 이삭마저도 다 쪄서 먹은 듯하고...
차좌수	올해를 못 넘기고, 우린 다 죽을 것입니다. 어흑...

그때, 지게에 가마니를 짊어진 식솔 여럿과 함께 들어오는 도끼와 막심.

김씨부인	(놀라 보는) 없어도 될 만큼 부탁했는데, 이리 많이 주면 어쩌나.
막심	지들 먹을 것은 남겼으니 너무 염려 마셔유.
차좌수	나라님도 안 주는 양식을, 이리 보내 주다니...
도끼	워쩌겠어유. 풀뿌리에 나무껍질까지 뜯어 가 운봉산은 민둥산 되어 부리고, 누군 글씨, 솔방울을 끓여 먹고 똥구멍까지 찢어졌대유.
차좌수	그게 벌써 소문이 났나?
일동	(본다. 민망)
덕훈	(들어오며) 어머니.
김씨부인	(놀라 본다) 덕훈아.
차좌수	(반가움으로) 사, 사위!
덕훈	강녕하셨습니까.

───── **S#39 유향소 안 (D)**

차좌수	(감격) 어사라니! 우리 사위가 감진어사라니! 하늘이 우리 청수현을 버리지 않았나 봅니다.
덕훈	너무 염려 마십시오 장인어른.

차좌수	내 정신 좀 보게. 선희는 잘 있나. 준범이는, 사돈은 잘 계시고?
덕훈	준범이도 많이 컸고, 부인이 워낙 잘 돌보고 있습니다. 다만...
	(김씨부인을 보며) 아버지께서는 건강이 좋지 않으십니다.
차좌수	그래? 왜, 어디가 편찮으신 것인가.
김씨부인	... 공무를 위해 온 것이니, 사담은 나중에 하고,
	당장 현감부터 만나러 가 봐야겠구나.
덕훈	그보다 먼저, 만나야 할 분들이 있습니다.

───── **S#40 외지부 집무실 또는 태영 집 서재 (N) [축소]**

앉은 태영, 승휘, 덕훈.

덕훈	자네 정말, 내가 전혀 기억나지 않는가?
승휘	(자세히 보며) 한 번 보면 못 잊을 만큼 잘생긴 얼굴인데 기억에
	없다니, 기억 소실이라는 것이 이리도 무서운 것일세.
덕훈	(웃고) 이리 농을 하다니, 어쩐지 자네답지 않네.
승휘	(살짝 당황해서) 아 그런가?
태영	(살짝 승휘를 보고 덕훈에게) 오랜만에 뵙습니다.
덕훈	아. (품에서 서신 한 장) 성부수찬의 부인께서 전해 달라셨습니다.
태영	(받으며 반가운) 동서가요?
승휘	헌데, 어사 나리, 서신 말고 또 없는가. 설마 빈손으로 오신 것이야?
덕훈	(미소로) 사안이 급해 말을 타고 왔네만, 곧 적게나마 구휼미가 올
	것이네.
승휘	참으로 다행이네.
태영	헌데, 어찌 관아보다 이곳을 먼저 찾으셨습니까.
덕훈	의금부 동지사이신 허종문 대감께서, 찾아뵈라 하셨습니다.
태영	(반가움으로) 허종문 대감께서요?

옥씨부인전

──── **S#41 허종문 방 안 (D) [플래시컷, S#33 후반]**

허종문   감진어사 외에, 특명이 있어서 불렀네.

덕훈   (본다)

허종문   호조 판서 박준기는, 좌상을 등에 업고 관직을 옮겨 다니며,

　　　　백성들의 수탈에 앞장서고 있는, 좌상의 충실한 곳간지기일세.

도겸/덕훈   (참담한)

허종문   나라의 근간을 흔드는 좌상의 기세를 꺾는 길은,

　　　　박준기를 막아, 자금을 틀어쥐는 것뿐이야.

　　　　허니, 삼남 지방에서 벌어지는 사기 사건들이,

　　　　박준기와 연관이 있는지, 비밀리에 조사해야 할 것이네.

덕훈   (보는 데서)

──── **S#42 외지부 집무실 (현재, N)**

승휘   박준기의 장인인 김낙수가 청수현에 부임하자마자,

　　　　이런 일이 생겼는데, 연관이 없기가 더 힘들지 않겠나?

덕훈   허나 아직은 모두 짐작일 뿐이네.

태영   저희도 청수현만의 일은 아니라 인지하는 중이었습니다.

덕훈   (본다) 그렇습니까?

태영   예. 그간 조사했던 과정과 정보들을 공유드리지요.

덕훈   (든든하다는 듯) 허대감께서 어찌하여

　　　　두 분을 만나 보라 하셨는지 알겠습니다.

S#43 차좌수집 마당 (N)

담벼락 밑을 파고 있는 홍씨부인.
옆에 놓인 보따리를 구덩이에 넣고 묻는다.
일어서서 흙을 발로 밟으려고 발을 드는데,
보고 선 차좌수와 눈이 마주친다.
차좌수, 급 달려오면 마구마구 흙을 밟는 홍씨부인.
차좌수, 홍씨부인을 밀고, 미친 듯이 땅을 파고, 막는 홍씨부인.
차좌수 보따리를 꺼내서 흔들면 바닥으로 쏟아지는,
돈 몇 푼과 장신구들.

차좌수	이게 지금 왜 남아 있어. 부인이 빼돌린 것이오?
홍씨부인	(주우며) 빼돌리다니요! 이건 내 겁니다.
차좌수	(빼앗고) 내 거가 어딨습니까! 우리 건 없어요!
홍씨부인	내놔요! 이건 우리 웅이 대과 보러 한양 갈 때 써야 된다구요!
차좌수	지금 그게 중요합니까!
홍씨부인	중요하지! 그거 말고 뭐가 중요한데요!
차좌수	어찌 이리 양심이 없소! 청수현을 이리 만든 게 누군데!
홍씨부인	그래서 노비도 팔고, 땅도 팔고, 소도 팔고, 닭까지 팔아서 다 내놨잖아! 이건 제발 우리 웅이 위해 씁시다 제발요 나리.
차좌수	안 됩니다. (기어이 뺏고) 이거 내다 팔면 다들 며칠은 더 버틸 것이오.
홍씨부인	언제부터 그렇게 남 생각이야! 당신이 대체 뭔데!
차좌수	나 좌수야! 나, 청수현 유향소 차춘식 좌수라고!
홍씨부인	그깟 좌수가 뭐라고! (억척스레 다시 뺏고) 어부지리로 된 주제에! (간다)
차좌수	(보다가, 체념한 듯) 우리 이만, 헤어집시다. 부인.
홍씨부인	(놀라 돌아본다) 지, 지금 뭐라구요?
차좌수	사람들이 다~ 당신 내쫓으라 할 때 못 들은 척했습니다.

아무리 당신이 잘못을 해도! 집안에 보탬이 되려다 그랬나 보다,

자식들 잘 키우려 애쓰다 그랬나 보다 생각하고, 이해했어요.

누가 뭐래도 감싸고 편들었단 말입니다 왜!

아직 당신은 내 눈에 너무 예쁘니까요.

홍씨부인   그... 근데요?

차좌수   이제 부인이 안 예쁩니다. 이제 부인이 싫어요.

부인이 하는 꼴을 더는 차마 못 봐주겠습니다.

홍씨부인   (충격인) 나, 나리...

차좌수   나가시오 이 집에서. 노비도 땅도, 돼지 한 마리도 없는 집이지만!

난 이제 부인을, 안주인으로 생각하지 않겠소이다.

홍씨부인   (놀라 보다가 보따리 내민다) 아, 안 그럴게요.

차좌수   (안 받으면)

홍씨부인   (무릎 꿇고) 나, 나리.

차좌수   (차갑게) 늦었습니다. (들어가려는데)

홍씨부인   (붙들고) 나리~ 제발요. 다신 안 그럴게요.

내가 어딜 갑니까. 저 쫓겨나면 망신스러워 죽어요.

제발요 예? 시키는 건 뭐든 할게요 예? 나리~ 어헝...

차좌수   (보다가) 허면 내일부터 유향소에 나와서 사부인을 도우시오.

홍씨부인   아니~ 거기 가면요. 사람들 나를 잡아먹을 텐데요.

차좌수   아니면! 운봉산 가서 나물을 캐 오겠소이까!

홍씨부인   아, 아닙니다. 나가서 도울게요. 알겠습니다.

차좌수, 보다가 짠한 듯, 일으켜 주면,

서러워서 에헝~ 하고 우는 홍씨부인.

차좌수, 옷을 털어 주고, 눈물 닦아 주고, 뚝! 하면,

뚝! 하며 그치려 애쓰는 홍씨부인.

마주 앉아 피해 사실 문서들을 보고 있는 태영과 승휘. 승휘 배에서 꼬르륵.

태영	시장하세요?
승휘	아닌데, 노회를 섞어 지은 밥을 먹었더니, 자꾸 꾸릉꾸릉.
태영	당분간은 그리 드셔야 할 듯한데 어쩌죠?
승휘	아~ 전라도 가서 공연 한 판 뛰고 오면 몇 달 버틸 돈은 모일 텐데...
태영	그간 버신 돈은 다 어쩌셨습니까?
승휘	예인단 해단할 때, 공평하게 나눠 줬지요?
태영	서방님 몫은요? 그거라도 좀 내놓으시죠?
승휘	아~ 이를 어쩐다. 부인 아버지를 찾느라 다 써 버려서.
태영	아...
승휘	아 근데 이 추노꾼들은 어찌 소식이 없는 것인지.
	돈만 날린 건가... (하다가) 아?
태영	(본다) 왜요?
승휘	만석이가 돈이 있겠네요. 만석이도 제 몫을 줬거든요.
태영	아~ 그래서 그 작은 봇짐을 유난히 챙기나 봅니다.
승휘	그러니까요. 이번 수색에도 들고 가더라구요.
	이걸 어떻게 빼돌린다? (하는데 또 꾸르릉) 아이구.
태영	부인 잘못 만나서 이게 무슨 고생이십니까.
승휘	고생이라니요, 행복하기만 합니다.
태영	(보다가) 제가, 해 드릴 건 없습니까?
승휘	(본다) 응?
태영	지금은 오롯이 제 욕심 대로만 살고 있으니,
	이번 일만 해결되면, 서방님 뜻대로 살까 싶어서요.
승휘	(반색하는) 진짜요?

태영	그렇게나 반기신다구요?
승휘	아니~ 그건 아니구요.
태영	뭡니까? 꿍쳐 두신 욕심이?
승휘	흠...
태영	(찌르고) 빨리요~
승휘	우리, 전에 갔던 바닷가!
	거기 작은 집에서, 책을 좀 쓰고 싶습니다.
태영	(본다)
승휘	쓰고 싶은, 얘기가 생겼거든요.
태영	(보다가 끄덕인다) 꼭, 그리해요 우리.
승휘	(웃고) 일단, 사기꾼부터 잡구요.

──── S#45 관아 집무실 (D)

김낙수	(부러 누르듯) 자네가, 유향소 차좌수의 사위라지?
덕훈	(차게 보다가) 왕명을 받고 내려온 감진어사입니다만.
김낙수	(살짝 쪼는)
덕훈	이런 위기 상황에, 어찌 장계를 하지 않은 것입니까.
김낙수	솔직히, 위기라긴 좀 그렇지 않습니까. 가뭄으로 인한 기근도 아니고,
	한탕 욕심으로 사기들을 당한 것인데.
덕훈	그래서, 가렴주구까지 일삼아, 백성들에게 이중고를 겪게 한단
	말입니까.
김낙수	조세 관리를 철저히 하는 것을, 어찌 가렴주구라 합니까.
	그리고, 허순 선생의 추적에도 만전을 기하고 있소이다.
덕훈	(매섭게 보며) 그러셔야 할 것입니다.
김낙수	(눈치 보는)

S#46 태영 집 마당 (N)

만석과 끝동. 정신없이 물을 벌컥이고 있는데, 땟국에 절은 꼴이
가관이다.

막심	시상에 이 꼴이 다 뭐랴.
도끼	글게 말여~ 딱 그지 새끼 꼴이네.
태영	(걱정으로) 대체 어디까지 다녀온 거야?
승휘	(봇짐을 받으려 하며) 이리, 봇짐을 주거라 무겁겠다.
만석	(몸 돌리며) 안 무겁거든요? 괜찮습니다~
도끼	워찌 된 겨, 못 찾은 겨? 아이 작작 처먹고 말 좀 혀 봐~
끝동	(다 마시고) 찾지는 못했는디유.
만석	정보를 좀 물어 왔어요.
일동	(보는 데서)

S#47 차좌수 집 방 안 (N) [인물 삭제]

승휘와 차좌수만.

차좌수	뭔데 어서 말해 보게. 무슨 정보인가 어?
승휘	허순 선생이 가족에게 버림받고 한양을 떠난 이유는 투전으로 재산을 모두 탕진했기 때문이라 합니다.
차좌수	투전?
승휘	예. 벌었던 돈을 종로 일대의 투전가에서 다 날렸다 합니다.
차좌수	그래서 그게 뭐 무슨 정본데, 뭐 어쩌자는 건데 어?
승휘	(가까이 와서) 미끼를 던져 보시죠.
차좌수	(가까이 와서) 미끼?

승휘	낚아 보자구요.
차좌수	(못 알아듣는) 낚아?
승휘	(답답) 판을 벌려 보자구요.
차좌수	나 못 알아듣겠어.
승휘	아 답답하시긴.

S#48 거리 곳곳 (D)

골목 곳곳에, 바닥에,
'인생 역전! 일확천금의 기회! 지상 최대의 투전판!
이달 스무엿새 날 오시에 운정산 금바위골 아래'라 쓰인
투전판을 홍보하는 종이들 떨어져 있고,
다른 곳 / 만석, 끝동, 도끼 등, 사내들에게 은밀히 광고지를 나누는데,
받아 들고 가다가 멈칫하는, 허순의 뒷모습에서...

S#49 숲속 간이 투전판 (D) [장소 / 인물 삭제]

천막 등으로 비밀스럽게 만들어진 공간 보이고,
단속 감시꾼으로 위장한 채, 망보듯, 서 있는 도끼.
투전꾼들이 오면, 저쪽이라고 안내한다.
들어오는 투전꾼들에 섞여 들어오는, 승휘와 차좌수.
한쪽 구석에서 돈을 세고 있는 설주로 분장한 만석.
분전노로 위장해 장부를 들고 선 끝동 등을 본다.

차좌수	(어리둥절 두리번) 나 이런 데 처음 와 보네.
승휘	(이 악물고 작게) 티 좀 내지 마세요.

13부

S#50 관아 집무실 (D)

김낙수 뭐, 허, 허순을 잡으러 갔다고? 어디로?

아전 (신난) 그건 잘 모르겠습니다요.

김낙수 (저도 모르게) 아~ 이러다 찾아내면 어떡하지?

아전 (이상하다는 듯) 찾아내야 하는 거 아닙니까요?

김낙수 (본다) 죽고 싶어? 이게 술 얻어 처먹을 땐 언제고.

아전 (억울하게 본다) 드신 건 현감 나리시지요. 저흰 /

김낙수, 발로 아전을 까 버린다. 아파 어쩔 줄 모르는 아전.

김낙수 한 번만 더 쓸데없는 소리 나불대, 혓바닥 잘라 버린다? 썩 꺼져!

아전, 급히 나가면, 초조해서 신경질이 나서, 으아아! 하는
김낙수에서...

S#51 숲속 간이 투전판 (D)

탁자가 몇, 승휘와 차좌수가 섞여 앉아 있다.
탁자 주변을 살피며, 구경꾼들과 투전꾼들의 용모와 말투를 살피는
만석과 끝동.

승휘 (자기 탁자에서 일어나며) 자리를 잘못 잡았나 오늘은 패가 영~

투전꾼 (승휘에게) 저쪽 갔다가는 뼈도 못 추릴 거요~

승휘, 차좌수의 탁자 쪽으로 오면, 차좌수와 투전꾼 셋. 앉아 있다.

투전꾼1	(돈 전부 밀며) 이 아귀, 몽땅 걸겠네. 쫄리면 걍 뒈지시던지.
투전꾼2	천하의 짝귀가 뒈질 리가 있나. (돈 밀며) 죽기 아니면 살기다.
투전꾼3	싸늘하다. 비수가 날아와 꽂힌다. 난 쫄려서 뒈져야겠네.
투전꾼1	(차좌수에게) 그쪽은?
차좌수	내가 빙다리 핫바지로 보이오? 나는 껴!
투전꾼1	난, 사땡.
투전꾼2	나, 칠땡.
차좌수	나, 구땡이야! 아하하하하하!
투전꾼3	아 진짜 오늘, 천하의 허순이, 패가 영 안 뜨네~

소리에 멈칫하며 허순을 보는 일동.

승휘	허순?
허순	어 왜?
차좌수	니가 허순이야?
허순	당신 나 알아?
만석	함청현의 허순 선생?
허순	그쪽은 또 나를 어찌 아시오.
승휘	잡아, 다, 당장 잡아! 당장!

차좌수, 달려들어 허순의 멱살을 쥐고, 허순 이거 놔! 하면,
승휘와 식솔들 못 도망치게 막고, 허순을 포박하는 데서...

───── **S#52 청수현 거리 (D)**

승휘에게 잡혀 오고 있는 허순.
옆으로 의기양양한 차좌수와 식솔들.

기다리고 선 태영과 김씨부인과 덕훈.

사람들, 잡았네 잡았어! 하는데,

차좌수 잡았어. 이자를 우리가 잡았소이다.

구씨 (달려들어 허순 멱살 쥐고) 너 이 자식 내 돈 내놔. 내 돈 내놔!

덕훈, 이러지 말게, 구씨를 떼어 낸다.

다른 사람들도 나오려 하면 저지하는 덕훈.

허순 거참, 도통 왜들 이러는지 모르겠네? 놓고 갑시다~

승휘 뭘 놓고 가! 냉큼 내빼려고!

홍씨부인 (달려오며) 어딨어 허순 선생 어딨냐고!

(허순을 보고도) 어? 어딨냐니까!

일동 (의아한데) ...

차좌수 부인, 허순 선생이, 여기 있지 않소.

홍씨부인 이 사람 아닌데? 이 사람 허순 아닙니다아!

허순 아니! 나 맞다니까요? 내가 허순 선생이오!

김씨부인 뭔가 잘못된 듯하네...

태영 동명이인인 모양입니다.

승휘 (확인) 투전 중독 허순 선생이, 당신 맞소?

허순 그건 맞다고 몇 번을 말합니까! 아 이 사람들이 진짜.

홍씨부인 아니 이게 웬 헛짓거리입니까. 내가 설명한 거랑 다르잖아요!

광대도 안 튀어나왔고, 점도 없는데! 용모파기도 확인 안 했습니까?

차좌수 아 그야 부인이 기억이 좀 잘못되었을 수도 있고,

자기가 허순이 맞다 하니까 허순인가 했지요!

승휘 (낭패인데)

태영 (허순에게) 혹시 김낙수를 아시오.

허순 모르는데요? 나 이 동네 첨 와 봐요.

| 덕훈 | 누군가, 허순 선생을 사칭해 사기를 친 모양입니다. |

사람들, 주저앉고, 아이고 이를 어째...
차좌수, 거의 쓰러지려 하면, 붙드는 덕훈.

| 박준기 | 이게 다 무슨 소란인가. |

소리에 보면, 수하를 거느린 박준기다.

| 차좌수 | 박준기! 아니 호, 호판 대감. |

보는 태영과 승휘와 덕훈.

덕훈	(인사하고) 대감께서, 청수현엔 어쩐 일이십니까.
박준기	내 본가가 근처가 아닌가. 내려온 김에 (관아 쪽을 가리키며) 뭐 겸사겸사.
	또 자네가 어사로 왔다는데, 얼굴 한번 봐야지. 아, 아버지는, 잘 계시고?
김씨부인	(싸늘하게 노려보는)

수하들과 여유 있게 관아로 가던 박준기.
태영과 승휘를 지나가다 떠오르는,
플래시컷〉 5부 S#10 상복 입고 오던 태영.
현재〉 멈춰 서는 박준기. 기억나는 듯, 태영을 돌아본다.

박준기	외지부 옥태영?
태영	(본다) 저를... 아십니까?
박준기	(보다가) 참으로 유명하신 분인데, 모를 리가.

팽팽하게 마주 보는 박준기와 태영에서...

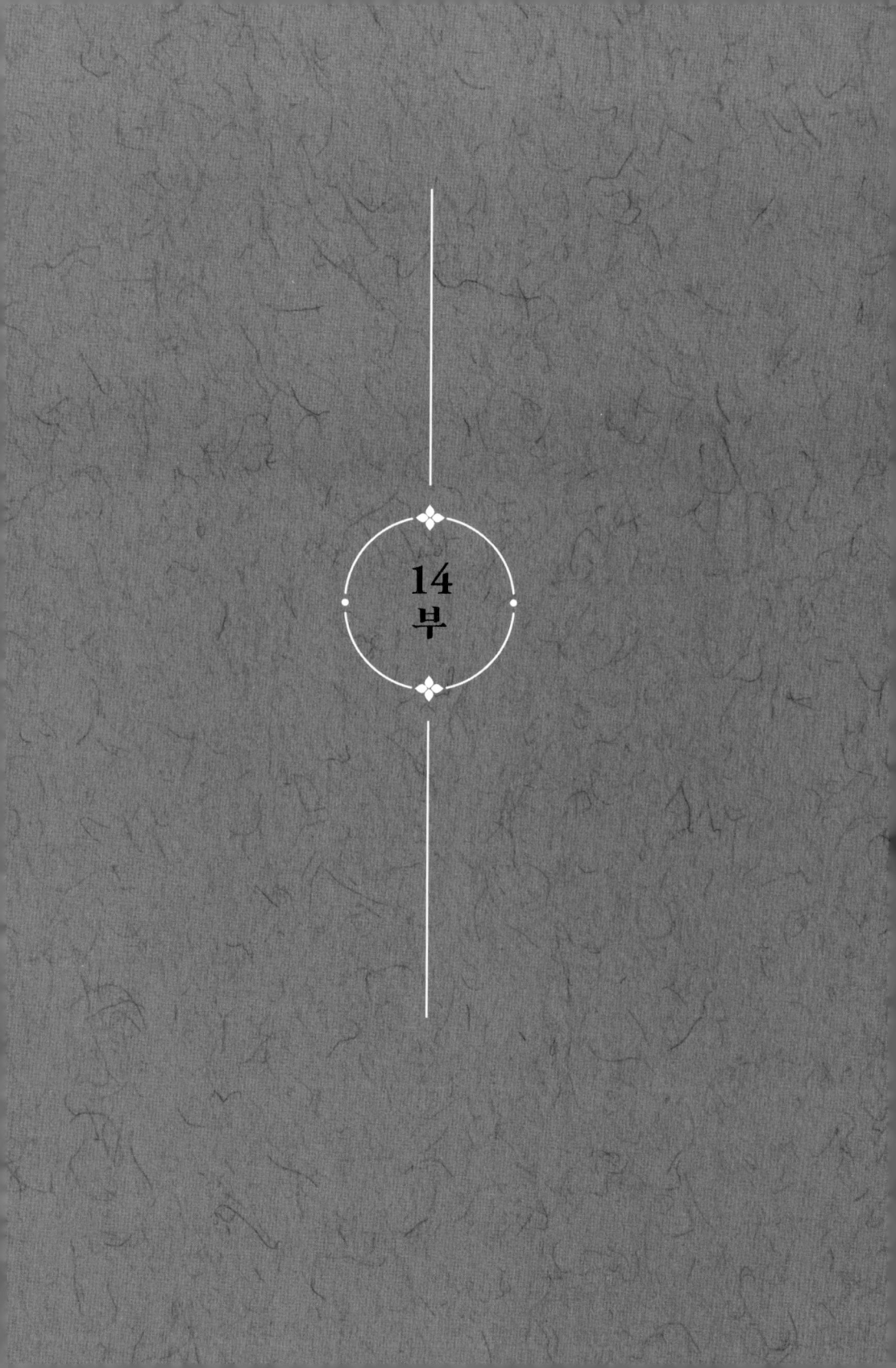

14
부

S#1 외지부 집무실 (D)

심각한 얼굴로 앉아 있는 태영과 승휘와 덕훈.

태영   박준기가 갑자기 청수현에 왜 온 것일까요.

승휘   ... 우리가 사기꾼 허순을 잡아 왔을까 봐?

덕훈   일리 있네. 무슨 일이 생기면, 김낙수의 뒤를 봐주거나

           사건을 무마해 줄 요량으로 왔을 수도 있겠어.

태영   어떤 이유든, 만수삼 사건에 개입되었다는 것을,

           스스로 증명한 셈입니다.

S#2 내아 (D)

김낙수   제게 소개하셨던 허순 선생이 가짜였다니요.

            저까지 깜빡 속았습니다~ 하하하하~

박준기	(차가운) 만수삼 대금은.
김낙수	아. (상자를 내밀며) 여기. 제 몫은 뗐습니다.
	제가 또, 계산은 공사구별이 되는지라.
박준기	(말없이 상자를 챙기는)
김낙수	헌데, 사람을 보내시지, 이걸 챙기러 직접 오신 것입니까?
박준기	(무섭게 본다) 조용히 진행하라 그리 일렀거늘.
김낙수	(침 꿀꺽)
박준기	어사까지 내려오게 하다니요.
김낙수	아 좌수 부인이 하도 사람들을 부추기는 통에... 송구합니다.
박준기	(노려보다가) 그 외지부 옥태영 말입니다.
	데리고 있던 구덕이란 노비랑 닮은 게 맞습니까?
김낙수	예? 아... 제가 본 일은 없어서요.
박준기	본 일이 없다?
김낙수	예. 헌데 구덕이는, 대감께서 잡아 놨다 들었는데.
박준기	... 그런 적 없소이다.
김낙수	(보는 데서)

———— **S#3 외지부 집무실 (D)**

덕훈	(신경 쓰이는 듯) 아무래도 부인께서는,
	이 일에서 빠지는 것이 좋을 듯합니다.
태영	(승휘 한 번 보고, 덕훈을 본다)
승휘	어째서?
덕훈	... 허종문 대감께서는,
	얼마 전 있었던 열녀문 위장 사건의 배후도,
	좌상과 박준기라 짐작하고 계시네.
태영	(본다) 예?

승휘	(어이없이 보는)
태영	... 좌상과 박준기가, 중앙의 손이 쉽게 닿지 않는
	지방을 목표로 온갖 돈 되는 일을 꾸며 온 모양입니다.
승휘	아~ 오달성이 그래서 혀를 깨물었구나~
	좌상이랑 박준기가 무서워서~
태영	(이제야 알겠는) 허면, 지행수를 죽인 자도, 박준기였겠습니다.
덕훈	제 아버지께서도 후환이 두려워 박준기의 이름을 말하지 못하셨지요.
승휘	와, 나 소름 돋았습니다.
덕훈	박준기는, 분명 부인을 주시할 것입니다.
승휘	주시하는 정도가 아니라, 이를 박박 갈고 있겠네.
덕훈	위험해지실 수 있으니, 앞으로는 제가 은밀히 조사하겠습니다.
승휘	(태영 보며) 그래요 부인. 수사나 조사는 어사께 맡기고
	우리는 구휼에 신경 쓰는 것이 맞겠습니다.
태영	(아쉽지만 끄덕이고, 정보를 넘겨주는)
	대부분이, 사채를 하는 황씨에게 돈을 빌렸습니다.
	열녀문 사건도, 중간에 지행수를 이용했던 것처럼,
	아마도 그자가 연관되었을 것입니다.
덕훈	(알겠다는)

―――― **S#4 자모당 (D)**

김씨부인, 홍씨부인과 부인 몇.

엄씨부인	(혼돈) 대체 뭐가 어찌 된 것입니까?
이씨부인	잡아 온 자가 허순 선생이 아닙니까?
홍씨부인	아니이~ 그자는 허순이 맞는데,
	사기 친 그 허순은 아니라구요.

이씨부인	아무튼! 가짜를 잡았다는 거잖아요!
홍씨부인	아니이! 잡아 온 건 진짜라니까요?
	몇 번을 설명해도 이해를 못 하시네. 머리가 나쁘신가?
이씨부인	(발끈) 뭐라구요? 이게 지금 다 누구 때문인데!
김씨부인	(진정시키듯) 잡아 온 사람은, 진짜 허순 선생이라 합니다.
	아무래도 누군가, 허순 선생을 사칭해 사기를 친 듯하고요.
다른부인	그러니까 결국, 범자를 못 잡았다는 것이 아닙니까~
이씨부인	이젠, 다 끝났습니다. 청수현 사람들은 다 굶어 죽게 될 거라고요.

눈치 보이는 홍씨부인에서...

——— S#5 차좌수 집 (D)

배가 고파 대충 앉는 홍씨부인, 곁으로 앉는 차좌수.

홍씨부인	아우 배고파... (옆에 주전자를 들어 들이켜는데)
차좌수	우리, 집과 전답도, 처분할까요.
홍씨부인	(주전자 내리고) 예?
차좌수	처분해서, 빚도 갚고, 남는 거로 /
홍씨부인	남는 것도 다 내놓자구요? 길바닥에 나앉으시게요?
차좌수	내가 청수현 좌수니까. 책임을 져야지 않겠습니까...
	정 힘드실 것 같으면, 부인은, 친정으로 가 계시던가 선희에게 /
홍씨부인	... 싫습니다. 굶어 죽더라도, 나리랑 있을 겁니다.
차좌수	(애틋한) 부인...
홍씨부인	(차마 입이 안 떨어지지만) 제 탓입니다. 다 제 잘못이에요.
차좌수	(놀라 본다) 아니, 부인답지 않게 왜 자책을 하는 것입니까.
	사람 변하면 죽습니다. 약해지지 말고, 차라리 남 탓하세요. 응?

어헝... 하는 홍씨부인의 어깨를 감싸며 한숨 쉬는 차좌수에서...

───── **S#6 태영 집 마당 (D)**

대청마루에 뻘쭘하게 앉아 집 구경이나 두리번~ 하는 허순.

끝동	아 진짜 이게 뭔 고생인가 모르겠네유.
만석	그러게 말이다. (허순 보며) 엉뚱한 사람이나 잡아 오고!
허순	만수삼 같은 건 존재하지 않네. 다들 욕심에 눈이 멀었던 거지.
만석	투전판이나 다니는 분이 하실 소린 아니지 않습니까?
막심	헌디 저 사람은 사기꾼도 아니람서, 왜 우리 집에 데리고 온 겨 여봉봉?
도끼	데려오긴 뭘 데려와~ 자기가 쫄랑대고 따라온 겨어 여봉봉.
허순	밥이나 한 끼, 얻어먹을까 해서.
끝동	왐마 뻔뻔 워쩔.

경과〉 소박하게 차려진 밥상에 앉아, 국부터 한술 뜨는 허순. 크어~

막심	(한숨) 간밤에 야반도주한 집이 셋이나 된디야.
끝동	참말로 우리 청수현 이제 워떡한데유.
만석	(걱정으로, 갈등하며 제 봇짐을 본다)
도끼	솔직허니 시방 남 걱정할 때가 아녀어~
	다 내줘서 우리 곳간도 텅 비어 간다고.
만석	(봇짐을 보다가, 혼잣말) 아냐. 그래도 이건 안 돼.
막심	우덜까지 굶어 죽는 건 이제 시간문제인 겨어...
만석	(안 되겠는지 봇짐에서 돈주머니 꺼내 들고) 저기...
허순	밥에 뭐가 씹히는 거지?

일동	(허순을 본다)
만석	저기 이게 (말하려는데)
허순	말캉말캉 뭐가 씹히는데, 이것이 무엇인가?
막심	아 그게, 노회랑 섞어 지은 밥이라 그려유.
만석	(돈주머니 들고) 이게 있잖아...
허순	지금 노회라 했는가?
만석	저기요. 선생님. 나 말 좀 합시다.
허순	어찌 이 비싼 노회를 밥에 섞어 먹는 것인지.
만석	노회가, 비싸요?

허순, 끄덕이면, 일동, 놀라고, 돈주머니를 다시 봇짐에 넣는 만석.

───── **S#7 태영 집 뒷마당 (D)**

노회 밭을 보고 있는 허순과, 식솔들.

허순	이 귀한 노회가, 어찌 조선에서 이리 자랄 수 있는 것인지...
만석	그죠, 저도 놀랐다니까요. 귀한 약재인 건 알았는데, 진짜 비쌉니까?
허순	(빠르게) 동의보감 탕액 편에 의하면, 피부의 옴이나 염증, 화상에도 좋고, 만성 허약증이나 열성 경련에도 효능이 있고, 또 본초강목에 의하면, 풍열이나 진물이 나는 습선에도 좋고, 눈도 맑게 하는 약초라네.
도끼 / 막심	(동시에) 비싸냐께에~ 여봉봉 찌찌뽕.
허순	무역에 의존하는 약재인데, 이리 생육된 것이라면 당연히 비싸지.
만석	끝동아 뭐 하니~ 얼른 가서 나리랑 마님 모셔 와~
끝동	기맹겨유. 잽싸게 갔다 올라니께.

—— S#8 태영 집 서재 (D) [인물 정리]

노회 화분을 놓고 앉은, 태영, 승휘, 허순 선생.

태영　정말로 이 노회가 값비싼 약재란 말이오?

승휘　(허순 보며) 영 못 믿겠는데?

허순　내가 거짓을 말해 무엇 하겠소?

태영　혹시 노회를 판매할 만한 곳을 소개해 줄 수 있겠나.

허순　소개비만 좀 주신다면야.

승휘　이 봐~ 이래서 투전꾼은 믿으면 안 돼요.

허순　그럼 말던가! 팔지 말고 먹어 치워서 똥이나 실컷 싸시오!

승휘　(어이없이 보면)

태영　(웃고) 알겠네. 줄 테니 염려 마시고, 소개를 부탁하네.

—— S#9 태영 방 안 (N)

들어오는 승휘를 보는,

태영　밤중에 어딜 다녀오세요?

승휘　만석이한테요. 봇짐 좀 훔치려고.

태영　근데 왜 빈손으로 오십니까?

승휘　베고 자더라구요. 빼려고 했더니 끈을 손목에 돌돌 말았어요.

태영　(웃고) 두세요~ 만석이도 고생한 몸인데요.
　　　그 정도로 챙기는 걸 보면, 긴히 쓸데가 있나 봅니다.

승휘　지금이 딱 긴할 때가 아닙니까. 한양 갈 여비도 필요하구요.
　　　달라 하면 안 줄 것 같아서, 도적질을 좀 하려 했더니.

태영　(장난으로 겁주는) 그러다 만석이가 고소하면 어쩌시려고요?

절도죄는 형률 292조에 의해 장이 30대~

승휘   (귀여운 듯 웃고) 얼마 만에 이리 밝은 모습을 보는지.

태영   그러게요. 제가 노회 팔 생각에 너무 들떴나 봅니다.

승휘   (보다가) 헌데 내일, 호판 박준기가 모이라 했다는데,

    아무래도 저만 다녀오는 것이 좋겠지요?

태영   일부러 부른 것일 텐데, 제가 가지 않으면 더 의심하지요.

승휘   대범한 것은 인정합니다만. 너무 위험합니다.

    분명 우리가 가짜 추노꾼을 보낸 것도 알고 왔을 거라구요.

태영   증좌가 있으면 잡아들였겠지요.

    대책 있다지 않았습니까. 염려 마세요.

승휘   (걱정으로 보는) 너무 긍정적이야...

─────── **S#10 자모당 (D)**

차좌수와 홍씨부인, 김씨부인, 태영과 승휘, 앉아 있고,

박준기 옆으로 앉은 김낙수. 차를 마시는 태영을 빤히 보고 있다.

승휘, 신경 쓰이는데, 김낙수, 이내 박준기에게 귓속말을 한다.

차좌수   (박준기를 보며) 어찌 이리 모이라 하신 것입니까.

박준기   내, 청수현의 어려운 상황을 알게 되었으니,

    그냥 지나칠 수가 없어서, 사적으로 도움을 좀 드릴까 합니다.

김낙수   아이고, 참으로 감사합니다. 호판 대감. (하고 차좌수를 보면)

차좌수   (알아듣고) 아이고 예~ 예. 감읍할 따름이지요~

홍씨부인   (건성으로) 감사합니다~

박준기   (허허 웃고) 내 이 청수현과는 인연이 아주~ 깊지 않습니까.

    특히나, 여기 계신 분들은 내 오랜 지인이기도 하구요.

김씨부인   (어이없는데)

박준기	아, 헌데 말입니다. 내 소실의 얘기로는,
	(태영을 보며) 외지부께서 도망 노비라 하던데 말이지요.
태영	(본다)
홍씨부인	그게 무슨 얼토당토않은 말씀입니까?
차좌수	그러게요. 지나가던 개도 안 웃을 농을 하십니다 대감.
승휘	허면 제가, 노비와 혼인을 했다는 말씀입니까?
박준기	(본다)
승휘	어찌 지체 높으신 대감께서 사대부의 안주인에게
	그리도 모욕적인 언사를 하시는 것입니까?
태영	(김낙수를 보며) 어떠십니까 현감 나리.
	그 노비가, 저와 그리도 닮았습니까?
김낙수	(보는) 아 뭐 그런 듯하기도 하고...
	제 딸아이가 아무래도 결례했나 봅니다.
태영	(웃고) 말을 함부로 하지 않도록, 따님께 주의를 주시지요.
박준기	아니라면 왜 그 노비를 잡아들였다 거짓을 전해,
	내 소실을 한양으로 쫓아 보냈습니까?
태영	(본다) 제가 말입니까?
승휘	(살짝 당황해 뭔가 말하려는데)
김씨부인	제가 그리하였습니다.

일동, 김씨부인을 보고,
승휘, 안도하듯, 태연한 태영을 본다.

김씨부인	청수현 백성들이 도탄에 빠져 있는데,
	자모회 부인들에게까지 흉한 소문을 내기에,
	자모회장으로서 특단의 조처를 취한 것이지요.
박준기	...
김낙수	그렇다고 어찌 호판 대감의 이름을 팔아서 그런 짓을 하셨소?

김씨부인	허면 첩실이 정처 행세를 하며 청수현을 휘젓도록 두란 말입니까.
	그랬다간, 안 그래도 신뢰가 바닥인 현감 나리의 위신이 더 깎이고,
	(박준기 보며) 대감의 명성에도 흠이 갈까 싶어 그리했습니다.
	우린, 대감 말씀대로, 인연이 아주~ 깊은 오랜 지인이니까요.
박준기	(보는)
홍씨부인	아~ 아쉬워라. 제가 집에만 있어 이 일을 몰랐지 말입니다~
김씨부인	(부러 홍씨부인에게) 현감 여식이, 망상증이 있으신 듯하더라고요.
박준기 / 김낙수	(본다)
홍씨부인	어머! 망상증이요? 그 첩년이 미쳤다는 것입니까?
	(했다가 입 가리고) 어머, 실수~
승휘 / 차좌수	(눈 마주치고 웃참)
김낙수	망상증이라니? 그게 무슨 말입니까?
김씨부인	얼굴에 그 흉측한 상처도, 그 노비가 냈다면서요.
김낙수	(저도 모르게 손으로 가리는)
홍씨부인	어므나, 노비에게 그런 꼴을 당하신 것입니까. 웬 망신...
박준기	(김낙수에게) 갑시다. 이만.

박준기, 일어서면, 승휘, 차좌수, 함께 일어서 배웅하듯 나서는데...
차를 마시는 김씨부인을 고마움으로 보는 태영에서...

───── **S#11 현감 집무실 (D)**

김낙수	하여간, 이 청수현 것들은 싹퉁머리가 없습니다.
박준기	닮았소이까?
김낙수	(모르겠는) 오래전 일이라. 그런 듯하기도 하고...
	헌데, 그걸 왜 그리 궁금해하십니까?
박준기	난 그년이 노비인지 아닌지 궁금하지 않소이다.

의금부와 닿아 있는 년이니, 약점으로 쥐려는 것뿐.

김낙수 　아~

박준기 　(본다) 혹시 모르니, 저들의 움직임이 있는지 지켜보시오.

김낙수 　그러다 움직이면요? 옥태영을 노비로 몰아갈까요?

　　　　고신이라도 해서 거짓 자백이라도 받을까요?

박준기 　(본다) 의금부와 닿아 있다지 않았습니까.

　　　　섣불리 선을 넘지 마시오.

김낙수 　...

———— **S#12 유향소 마당 (D)**

마당에 선, 승휘와 차좌수.

차좌수 　너무 들이받았나?

　　　　혹시 호판 대감이 맘 상해서, 쌀 안 보내 주면 어쩌지?

승휘 　　다른 대비책이 있으니, 부인들 모시고, 우리 집으로 가시지요.

차좌수 　대비책? 무슨 대비책?

———— **S#13 태영 집 뒷마당 (D)**

노회 밭에 선, 김씨부인, 차좌수, 홍씨부인과, 곁으로 선 승휘와 태영.

차좌수 　　(멀뚱) 이걸 구경시켜 주려고 부른 것인가?

홍씨부인 　이걸 먹자는 말인가 봅니다. 나리~

태영 　　　저흰 몰랐는데, 허순 선생의 말로는, 이 노회가 큰 값어치가 있다

　　　　　합니다.

차좌수	크, 큰 값어치?
승휘	하여 저희가 한양에 가서 판로를 뚫어 보려 합니다.
차좌수	이걸 팔아 청수현을 돕겠다는 말인가? 그래 주면야 너무 고맙지.
승휘	청수현 땅이 농사는 쉽지 않으나, 노회는 잘 자라는 듯하니,
	적당한 곳을 골라 함께 재배해 보는 게 어떨까요.
홍씨부인	함께 어떻게요? (울상) 다들 노회 살 돈 없을 텐데...
태영	그냥 나눠 드릴 것입니다.
차좌수	(승휘에게) 외상?
승휘	(고개 젓고) 무료.
홍씨부인	공짜라구요?
태영	예. 빠르게 수확량을 늘리기 위해, 성체와 자구를 나눠 드리려 합니다.

가만히 서 있는 차좌수와 홍씨부인.

김씨부인	(홍씨부인을 보며, 놀리듯) 왜 말이 없으십니까 좌수 부인?
홍씨부인	(고마워서) ...
차좌수	(승휘에게) 우리 청수현은 말이야.
	좌수는 몰라도, 별감 하난 잘 됐네.
승휘	아직은 이릅니다. 한양에 가서 제가 /

말 끝나기 전에, 돌아서서 콧등 잡고 하늘 보는 차좌수.
승휘, 우세요? 하는,
둘을 보며 흐뭇하게 웃는 김씨부인과 태영.
홍씨부인. 가만히, 손을 뻗어 태영의 손을 잡는다.
태영, 홍씨부인을 보면, 눈도 못 마주치고 있는 홍씨부인에서.

S#14 운봉산 일각 공터 (D)

버려진 땅, 척박해 보이는 공터. 보고 있는 차좌수와 승휘.

승휘　　　자~ 바로 이 땅 입니다.

차좌수　　(의아한) 아무리 빈 땅이라 해도, 여긴 좀 아니지 않나?

　　　　　정말로 여기가 적당해? 그늘도 질 거 같은데?

승휘　　　노회 기르기에는 딱입니다.

차좌수　　그래. 자네가 그렇다면 그런 것이지.

　　　　　난 이제 자네가 콩으로 메주를 쑨 대도 믿겠네.

승휘　　　콩으로 메주를 쑤죠.

차좌수　　(깨달음) 아?

승휘　　　개간한다고 허가 신청하셔야 합니다.

차좌수　　여부가 있겠나~ 자네가 척 하면 나는 착이고, 자네가 뽕 하면 나는

　　　　　뿡일세.

승휘　　　(무표정으로 보다가) 아우. (가 버린다)

차좌수　　(따라가며) 같이 가세. 성별감~ 나 더 뭐 시킬 거 없나?

　　　　　아우 어째 다리도 저리 긴 것인지. 같이 가세~ 성별감~

S#15 태영 집 뒷마당 (D)

태영과 막심, 소쿠리를 든 여인들에게 성체와 자구들을 나눠 주고
있다.

아낙　　　　참말, 양민헌티도 공짜로 나눠 주시는 겨?

막심　　　　그렇다니께유. 맘 바뀌기 전에 냉큼 가져가셔유. 이?

이씨부인　　헌데 사기를 많이 당한 집은 많이 줘야지 않는가?

홍씨부인	그야 주는 사람 맘이지요? 받기 싫음 말던가.
이씨부인	누가 싫다 했습니까? (막심에게) 우리도 주시게!
막심	신찰방 댁은 방금 홍심이가 받아 갔는디유.
이씨부인	(흥)
엄씨부인	(말하기 민망하지만) 헌데, 땅에 비해서, 양이 좀 적긴 합니다.
태영	성체를 단단히 심으시면, 금세 밑동에 새 자구가 나올 것입니다.
	옮겨 심는 방식으로 금방 늘어날 테니, 염려 마세요.
막심	그려유~ 요거이 자식을 쏜풍 쏜풍 겁나 낳는다니께유~
아낙	참말루 감사하네유. (태영에게) 감사해유 마님...

─── **S#16 김씨부인 방 안 (N)**

김씨부인	그 귀한 걸 무료로 나눠 주다니. 나는 자네를 못 이기겠네.
태영	아직 얼마나 값을 받을지 모르지 않습니까.
	게다가, 서방님께서 청수현 별감이시니, 응당 그래야지요.
김씨부인	그래, 자네가 청수현을 구하네.
태영	(작게) 진짜 태영 아씨가 청수현을 구하는 것입니다.
김씨부인	(보며) 그게 무슨 말인가.
태영	노회는, 아씨께서 가져오신 것이거든요.
김씨부인	(보다가 끄덕이는) 그래...
태영	... 좋은 소식 갖고 내려오겠습니다.
김씨부인	부디, 조심하게...

─── **S#17 태영 방 안 (N)**

노회 성체 잎을 잘 싸서, 꾸러미에 넣는 막심.

만석도 어디서 가리개를 구해와 승휘에게 준다.

만석   잘 가리고 다니세요. 대감마님 안 마주치게.

        저승에서 살아 돌아온 아들 마주치시면, 바로 저승 가십니다.

승휘   아우, 간만에 하려니 이거 답답하구나.

막심   (걱정으로) 아휴 참말로, 우째 한양을 다 간다 하시고...

만석   아유 걱정 마요 누이. 아무도 못 알아봤잖아요.

태영   다시는 못 갈 줄 알았는데, 갈 생각하니, 설렌다.

승휘   저랑 단둘이 가니 설레시는 건 아니구요?

태영   (옛다) 그런 것도 같습니다.

막심   진짜 두 분만 가시게유? 만석이라도 델구 가시지.

만석   아유. 두 분 오붓~하게 다녀오세요.

승휘   그래, 만석이가 갈 필요는 없는데,

        만석이의 노잣돈이라면 내가 데리고 갈 수 있지.

만석   아우 도통 무슨 말씀이신지 모르겠네.

막심   니 봇짐에 돈 뭉탱이 말씀이자녀~

만석   (막심 본다) 어떻게 알았어요?

막심   모르는 사람이 없을걸?

승휘   (손 내밀고) 그래 다 들켰는데 좀 내놔 봐~

만석   됐거든요? 진짜 긴하게 쓸데가 있다구요.

승휘   치사하게.

만석   그 대신 (팔 벌리고) 한 번 안아 드릴게요.

승휘   됐거든?

막심, 팔 벌리면 끌어안는 태영. 잘 다녀오라고, 웅웅~ 하는 둘.
만석 안아 달라고 팔 벌려도 돈 주면 안아 주지, 손 내미는 승휘.

S#18 내아 (D)

채비하고 나서려는 박준기. 막 들어오는 김낙수를 본다.

김낙수	벌써 가십니까?
박준기	공무가 바쁘니, 이만 올라가야지요.
김낙수	지켜보라시던 별감 내외가 한양에 갔다 합니다.
박준기	한양엔 왜?
김낙수	만수삼 때문은 아니고, 노회를 팔러 갔다 합니다.
박준기	(본다) 노회?
김낙수	(눈을 반짝이며) 어디서, 돈 냄새가 나지 않으십니까~
박준기	(보는 데서)

S#19 운봉산 일각 공터 (D)

청수현 사내들, 양반 양민 식솔 할 것 없이 함께,
덤불을 걷어 내거나 잡초를 뽑고 박힌 돌과 자갈을 골라내는 등,
개간 중이고, 일궈진 쪽, 양반 부인들은 서 있고,
여인들은 각자 구획을 정해 노회를 심고 있다.

차좌수	자! 다들 힘들겠지만, 속도를 내 봅시다.
	우린 최고다! 우린 대단해!
도끼	워디서 많이 들어본 말인디.
만석	아주 유행어 됐네.

괜히 근처를 다니며, 작은 돌을 주워 내는 구씨 모.

구씨	아이고 엄니, 저리가유~ 다친다니께?
구씨 모	내 땅 내가 일구겠다는디 뭔 말이 많은 겨? 니 내 알어?
끝동	워메 망령이 더 심해지신 겨? 이제 아들도 못 알아보시네.
도끼	아까는 나더러 집 나간 서방이 왜 왔냐서, 후려 패더라니께?
차좌수	할매~ 이 땅은, 할매의 것이 아니라, 우리 청수현 모두의 것이오~
구씨 모	지랄허네. 이 땅은 내 거야~ 이놈아, 이 좌수 놈아.
차좌수	(맘 상하는) 할매, 노망난 거 아니지? 노망난 척하는 거지!
일동	(웃음 참는)
홍씨부인	(여인들 보며 잔소리) 아니! 너무 깊게 심지 마시게.
	바로 옆에다가 심지 말고~ 새끼가 날 자리를 남겨야지~
이씨부인	(비꼬는) 좌수 부부께서 아주 열심입니다.
김씨부인	그러게요. 아주 단단히 묶을 하십니다.
아낙	(홍씨부인에게) 물은 월매나 줘야 해유? 마님?
홍씨부인	아 물은! 물은 그러니까. (막심을 본다) 물은 얼마나 줘야 하나?
막심	이, (크게) 너무 습해 붉은 뿌리가 썩으니께유.
	이리 쿡 찔러 봐서, 겉이 바싹하믄 주셔유들~
홍씨부인	그래~ 그리들 하게. (막심에게) 고맙네.
막심	고맙쥬? 아이구. 7년 전에 마님 땜시 홀랑
	노비 장에 팔려 갔으믄 워쩔 뻔했대유. (하고 간다)
홍씨부인	세상에 뒤끝 긴 거 봐~ 어딜 가~ 더 알려 주고 가게~

멀리서 지켜보고 있는 박준기에게 뭔가 귓속말하는 김낙수에서…

S#20 한양 도겸 집 마당 (D)

기다리는 미령과 도겸. 막 들어오는 승휘와 태영을 본다.
형님, 동서 부르더니 달려와 끌어안고 반가워하는 태영과 미령.

미령	잘 지내셨습니까? 보고 싶어서 혼났습니다.
태영	한양 물이 청수현보다 좋은가? 우리 동서 얼굴이 활짝 폈네.
미령	(팔짱 끼고 끌고 가며) 이리 오세요. 집 구경시켜 드리겠습니다~

잔뜩 기쁜 미령, 태영의 팔짱을 낀 채로, 안채 쪽으로 데려간다.

승휘	(보다가) 우리도 한 번 안을까?
도겸	(끌어안고 흔든다)
승휘	그만.
도겸	(풀고) 사람을 보내시지, 어찌 위험하게 직접 오셨습니까.
승휘	저리 보고 싶어 안달인데, 이럴 때라도 와야지.
도겸	헌데, 형님, 뭔가 풍채가 좋아지신 듯합니다.
승휘	감투 효과가 아니겠나. 내 어험 청수현 유향소의 별감이라네.
도겸	청수현은 좀 어떠합니까? 제가 도움을 못 드려 송구합니다.
승휘	아니네. 아우 덕분에 감진어사께서 오시지 않았나.

태영과 미령, 다시 마당으로 나오면,

승휘	제수씨께서, 아우를 아주 잘 먹이나 봅니다. 키가 더 자랐어요.
태영	아마도 동서의 사랑을 드시고 무럭무럭 자라셨나 보네요.
도겸	허면, 앞으로도 한참 클 듯합니다.
미령	어머나, 손발이 막 오그라듭니다.

모처럼 웃는 넷에서.

S#21 한양 도겸 집 사랑채 (N)

태영, 승휘 들어오는데, 승휘, 기분이 안 좋은 듯 한숨을 쉰다.

태영   오는 동안 많이 힘드셨습니까? 어찌 한숨을.
승휘   보세요. 한숨 안 쉬게 생겼습니까.

방 가운데 두 채의 이불이 나란히 펴 있다.

승휘   왜 여기까지 와서 이불이 두 채냔 말입니다.
       (털썩 앉으며) 오늘은 부인이랑 한 이불 덮어 보나 했건만.
태영   각자 편히 자야 여독이 풀릴 테니 신경을 쓴 것이지요~
승휘   예~ 편히 자고 여독이나 풀지요. (벌렁 누우며) 피곤해 죽겠는데.
태영   ... 많이 피곤하십니까?
승휘   (벌떡 일어나 앉으며) 아뇨. 왜요. 뭐 할 게 있습니까?
태영   할 건 없고, 가고 싶은 곳이 있습니다.
승휘   지금요?

S#22 한양 용두봉 초입 (N)

작은 돌무덤을 가만히 보고 서 있는 태영.
그 옆으로 소박한 들꽃을 한 다발 들고 선 승휘.

태영   엄마... 혼자 많이 외로웠지.
       오랜만에 와서 미안해...
       (승휘를 보고) 여기 이분은, 내 서방님이셔.
       꼭... 엄마한테, 보여 주고, 자랑하고 싶어서...

승휘	(꽃을 앞에 놓고) 허락도 없이, 따님과 연을 맺어 송구합니다.
	제가 평생 곁에서, 지키고, 돕고, 사랑하겠습니다.

말을 마치고 절하는 승휘를 보는 태영에서...

S#23 일각 (N) [추가]

쓰개치마를 한 태영과, 가리개를 한 승휘.
승휘, 다른 쪽으로 가는 태영을 본다.

승휘	어찌 그쪽으로 가십니까. 이쪽입니다.
태영	(본다) 오신 김에 아버님을 뵙진 못하시더라도,
	집 근처라도 가 보시는 게 어떨까 해서요.
승휘	(보는 데서)

S#24 송대감 집 일각 (N)

가까이 오는 둘. 집 근처로 오가는 사람들에 무슨 일인가 싶은데,
태영, 멈칫하는 승휘를 보고, 따라 보면,
문에 걸린 조등이다.

S#25 도겸 방 (N)

마주 앉은 도겸과 태영.

도겸	(충격인) 돌아가시다니요...
태영	(말을 못 하겠는)
도겸	... 형님께서, 얼마나 큰 희생을 감당하고 계셨던 건지,
	제가, 잠시 잊고 있었던 듯합니다...
태영	행여라도 저나 작은 서방님이 미안해할까 봐,
	양껏, 슬퍼하지도 못하시는 듯합니다.
도겸	저라도 가서, 조문을 드리고 오겠습니다.
태영	(보다가 끄덕이는) ...

S#26 도겸 집 마당 일각 (N)

한적한 곳에 홀로, 마음을 다잡으려 애써 보는 승휘. 떠오르는,
플래시컷 〉 7부 S#29 익천 정자 숙소 일각 (N)

송병근	보고 싶어서 왔다...
승휘	(뜻밖이라는 듯)
송병근	... 모질게 굴어서, 내내 미안했다.

현재 〉 어쩔 줄 모르는, 승휘에서...

S#27 도겸 집 사랑채 (N)

겨우 추스르고 들어오던 승휘. 멈칫해서 본다.
급하게 준비한 송병근, 위패 앞에, 조촐하게 차려진 상.

태영	절이라도 하셨으면 해서...

승휘	(보다가) 같이.
태영	... 제가 어찌...

승휘, 태영의 손을 끌어 상 앞으로 선다.

보다가, 이윽고, 절하는 승휘를 따라, 절하는 태영.

태영, 고개를 들지만, 승휘, 고개를 들지 못하는데...

아프게 보며, 승휘의 등을 쓸어 주는 태영에서... Out.

───── **S#28 이좌수 방 (D)**

선희, 봉투를 내밀면, 보는 이좌수.

이좌수	이게 무엇이냐.
선희	액운을 막아 주는 부적입니다. 도성 근처에, 괴질이 번진다는 소문을 들어서요.

이좌수, 선희가 볼까 싶은지, 살짝 올라간 소매를 당겨, 붉은 물집을 가리면,

선희	혹시 모르니 항시 지니고 계셔요. 아버님.
이좌수	너도 되도록, 외출을 금하거라. 준범이도 밖에 내보내지 말고.
선희	예.
이좌수	아, 오늘부터 끼니는, 문밖에 두고 가도록 해라.
선희	예?
이좌수	조심해서 나쁠 게 없지 않겠느냐.
선희	(의아하지만 순종하는) 예...
이좌수	(걱정의) ...

───── **S#29 약초상 (D)**

약초상 둘, 태영과 승휘가 가져온 노회 잎을 생경한 듯 보고 있다.
약초 서적을 펼쳐 놓고, 잎의 모양 등을 꼼꼼히 비교해 보는데...

약초상1   조선은 워낙 날씨가 변화무쌍한데,

            재배 환경을 어찌 안정적으로 조성하신 것인지...

태영   청수현의 기후와 토질이 노회가 자생하기에 적합한가 봅니다.

약초상2   (한 번 마주 보고) 물건은 좋습니다만... 얼마를 생각하십니까.

승휘   먼저 말씀을 하셔야지요~

약초상2   한 근에 열 냥 이상은 못 드립니다.

승휘   (태영 한 번 보고) 한 근에 열 냥, 에 거래하지요.

약초상1 / 2 (살짝 놀라 마주 보고)

태영   대신, 조건이 있습니다.

약초상1   조건이요?

───── **S#30 유향소 (얼마 후, D)**

차좌수, 홍씨부인, 김씨부인, 기대 반 걱정 반으로 태영과 승휘를
본다.

차좌수   (못 참고) 아우, 나 죽겠네. 어떻게 된 게야 응?

홍씨부인   실망 안 할 테니까. 얼른 말해 주세요. 뜸 들이지 마시고오~

태영   (승휘를 보면)

승휘   가격은, 노회 한 근당 열 냥입니다.

            내년까지의 수확량은 이천 근으로 잡았구요.

태영   독점 조건으로, 대금 이만 냥 중에, 3할을 선금으로 받았습니다.

김씨부인	(알아듣고 놀라는데)
차좌수	그니까, 계약이 성사됐다는 것이지?
홍씨부인	아니~ 그래서 얼마요~
김씨부인	육천 냥을 받아왔단 것인가?
차좌수	(심장 철렁) 뭔 천 냥?
승휘	육천 냥이요.
홍씨부인	허억...

승휘, 함을 내밀면, 손 떨며 열어 보는 차좌수. 열고 따흑.

태영	잔금 만사천 냥은 내년 수확물이 나오면 받기로 했습니다.
	선금 육천 냥은, 공평하게 나눌 생각입니다.
김씨부인	이거면 양민들은 어느 정도 빚을 갚을 수 있겠네.
태영	예. 내년에 잔금을 받으면, 사기 피해액도 메울 듯합니다.
차좌수	그뿐입니까! 매년 수확을 할 텐데, 우리 청수현은 이제 부농입니다!
홍씨부인	이리, 이리 줘 봐요. 나 좀 만져 봅시다.

차좌수, 함 끌어안고 안 됩니다! 뻥땅 치려고!
홍씨부인, 나리! 한 번만 만집시다~ 뭘 만져요~
웃으며 보는 태영, 승휘, 김씨부인에서...

──── **S#31 유향소 마당 (D) [분리 / 수정]**

승휘와 차좌수, 앞에 서서,
돈을 담은 주머니를 사람들에게 나눠 주고 있다.
멀찍이 떨어져서 흐뭇하게 보고 있는, 태영, 김씨부인, 홍씨부인.

차좌수	다른 데 쓰지 말고 꼭 빚부터 갚으시게. 어?
	내년까지 잘 길러 팔아야 하니, 해가 뜨거우면 가려 주고
	추우면 따뜻하게 해 주고. 내 새끼다~ 내 몸뚱이다, 생각하면서, 응?
	약조 못 지키면 두 배로 갚아야 하니, 재배 관리에 힘써 주게. 알겠나.
구씨	여부가 있었어유. 제 혼을 담아서 귀하게 키울 거구먼유.
백성	거리에 나앉고 굶어 죽을 뻔했는디... 참말로 감사해유.
구씨 모	다들 내 덕인 줄 알어~
구씨	아이고 엄니, 왜 또 이러셔~
구씨 모	왜 이놈아, 내가 아부지한테 받은 내 땅이라니께~
차좌수	알겠네. 알겠어. 고마워 할망. 됐지? (돈주머니 나누면)
아낙	(받고) 감사해유. 이마저도 안 되믄, 야반도주라도 할라 했는디.
백성2	야반도주가 뭐여. 나는 콱 혀 씹고 뒈져 불라 했구먼.
구씨	좌수 나리 참말로 감사드려유. 큰절이라도 올려야 쓰겄네.
차좌수	아닐세. 이건 다 (승휘 보며) 우리, 성별감 덕일세.
	우리 성별감이 제일 대단하고 제일 최고야.
구씨 모	그려! 잘생긴 별감 덕분인 겨.
차좌수	얼씨구 정신 돌아오셨네~
구씨	그려유 (사람들에게) 이게 다 별감 나리 덕분이구먼유.
승휘	아우, (난처하고 민망해서 손 저으며) 왜들 이러시는지.
백성	우리 청수현 최고의 별감 나리시구먼유.
백성2	별감 나리 만세!
일동	(신나서) 별감 나리 만세!

사람들, 승휘를 향해 엄지를 보이며 최고라며, 만세를 외친다.
신나서 덩실덩실 춤추며 환호하고 기뻐하는 구씨 모와 사람들.
승휘, 멋쩍고 어색하면서도 뿌듯하게 보다가, 태영을 찾듯 보면,
승휘를 보고 있는 태영과 눈이 마주친다. 웃는 둘.

홍씨부인   우리 나리, 저리 좋아하시는 거, 처음 봅니다.

　　　　　웅이가 과거 급제했을 때도 저리 좋아하시진 않았는데.

김씨부인／태영   (보면)

홍씨부인   (이제야) 매일매일 사람들이 저를 때려죽이는 악몽을 꿨는데,

　　　　　이제 좀 다리 펴고 자겠습니다.

태영　　　 (안쓰럽게 보면)

홍씨부인   저기, 정말로... 고맙습니다.

태영　　　 아닙니다. 부인께서, 노회 밭을 정성으로 가꿔 주신 덕이지요.

홍씨부인   내가 이 은혜, 진짜 꼭 갚겠습니다.

김씨부인   (그런 홍씨부인을 보다가) 이제야 때가 된 것 같네요.

태영　　　 (본다) 무슨 때 말씀이십니까?

김씨부인   좌수 부인께, 자모회장 자리를 물려줄 때요.

홍씨부인   어머... 지, 진짜루요?

김씨부인   예, 회장님. 앞으로, 우리 청수현 학당을, 잘 부탁드립니다.

　　　　　사부인~ 하며 감격하는 홍씨부인. 흐뭇하게 보는 태영에서...

─── **S#33 태영 방 안 (N)**

　　　　　술상을 놓고 마주 앉은 태영과 승휘. 잔을 부딪친다.

태영　　　 두 잔까진 괜찮아 보이시던데~

승휘　　　 한 모금씩 마실 테니, 부인은 실컷 드세요.

　　　　　홀랑 마시는 태영을, 물끄러미 보는 승휘.

태영	하실 말씀이 있는 표정입니다?
승휘	(할 말 있는) 이제 우리 좀 솔직해질까요?
태영	(충격) 여태 안 솔직하셨단 말입니까?
승휘	저 사실은, 조금 아쉬웠습니다.
태영	(놀라는) 아쉬우셨다구요? 뭐가요?
승휘	(반 모금 마시고) 예인을 포기한 것.
태영	... 세상에... 그러면서 아닌 척...
승휘	조금요. 어떤 부분에서 조금 그랬다구요.
태영	대체 어떤 부분이 조금이요?
승휘	얼굴.
태영	얼굴?
승휘	내 공연을 보던, 사람들의 얼굴 말입니다.
	시름을 잊고, 기뻐하던 그 얼굴들을 못 보는 게,
	좀 아쉬웠습니다.
태영	(짠하게 보는)
승휘	헌데... 오늘 봤습니다.
태영	(보면)
승휘	기뻐하고, 즐거워하고, 행복해하던, 얼굴들이요.

플래시컷〉 S#31 유향소 마당 (D)

사람들, 승휘를 향해 엄지를 보이며 최고라며, 만세를 외친다.
신나서 덩실덩실 춤추며 환호하고 기뻐하는 구씨 모와 사람들.

현재〉

승휘	별로 다르지 않더라구요.
	천승휘는 예인으로서 사람들의 시름을 잊게 했고,
	성윤겸은 성별감으로서 사람들의 시름을 잊게 하고...
태영	(미소로)

승휘	부인이, 왜 이토록 사람들을 돕는지 알 것 같았습니다.
	오늘에야 비로소, 부인과 일심동체가 된 기분입니다.
태영	(가만히 보다가) 허면, 이제 우리...
승휘	(본다)
태영	... 이불을 한 채만 쓸까요?

승휘, 태영을 보면, 태영, 수줍어 시선을 돌린다.

승휘, 상을 밀고 다가가, 태영을 들어 무릎에 앉히고, 입 맞추는데,

| 태영 | (입술을 떼고) 제가, 서방님을 얼마나 사랑하는지, 말했던가요? |
| 승휘 | 말한 적은 없는데, 알고 있습니다. |

승휘, 천천히 태영의 옷고름을 당기고 저고리를 벗기면

드러나는 태영의 하얀 어깨.

승휘, 수줍은 태영을 사랑스럽게 바라보다, 이마에, 콧등에, 어깨에

입을 맞추면,

태영도 천천히 손을 뻗어 승휘의 옷고름을 잡아당긴다.

승휘, 스스로 저고리를 마저 벗으면, 승휘의 목을 끌어안는 태영.

승휘, 입을 맞추며 한 손으로 태영의 허리를 바싹 당겨 안고,

한 손으로 머리를 받치고 뒤로 밀어 눕힌다.

입맞춤을 이어 가며, 사랑을 나누는 둘에서. Out.

—— **S#34 외지부 집무실 (D)**

덕훈, 마주 앉은 태영과 승휘.

| 태영 | 가셨던 일은 어찌 되셨습니까. |

덕훈	알아보니, 다른 지역의 피해자들도 같은 황씨에게서 돈을 빌렸더군요.
태영	예?
덕훈	그리고, 황씨의 뒤를 밟아 보니, 그자에게 돈을 대는 사람이,
승휘	박준기였나?
덕훈	그렇네.
태영	(기가 막힌) …
승휘	돈 뜯어내는 잔머리가 이렇게나 창의적이다니 놀랍네.
태영	식리인을 지금 잡아들이면, 박준기는 또 꼬리를 자르고 숨을 것입니다.
덕훈	예. 하여, 상부에 알리고 의금부와 공조하려 합니다.
태영	허면, 지금 즉시 올라가실 것입니까?
덕훈	예, 어머니와 함께 가기로 했습니다.
태영	(본다) 예?

──── S#35 김씨부인 방 (D)

태영	(아쉬운) 늘 혼자셨던 터라, 올라가시는 게 좋으면서도 아쉽고 서운합니다.
김씨부인	이제 내가 청수현에서 할 일도 없고, 또, 나리께서 몸이 안 좋으시다니, 가서 내 도리는 해야지.
태영	(잘 포장한 노회를 내민다) 필요하실 듯하여. 드릴 게 이것뿐이라 송구합니다.
김씨부인	참으로 대인배일세. 내가 자네라면, 우리 나리가 아프건 말건, 쌤통일 것인데.
태영	아닙니다~ 가시면 소식 주셔요 회장님.
김씨부인	(웃고) 그래, 나리께서 돌아가시면 내려오겠네.
태영	(당황해서) 회장님~

김씨부인	(정색) 진심일세.

어이없이 보는 태영과, 애써 웃는 김씨부인에서...

S#36 청수현 거리 (얼마 후, D)

짚신이 벗어지는 것도 모르고, 울먹이며 전력 질주하는 구씨.

S#37 태영 집 마당 (D)

바짝 말린 노회 껍질을 절구에 빻고 있는 끝동,
다 됐다~ 하며 만석에게 넘기면,
가루가 된 껍질을 바가지에 싹싹 털어 넣고 꿀이랑 섞는 만석,
승휘와 함께 주걱으로 떠서
누워 있는 도끼와 막심의 얼굴에 촥촥 발라 준다.

태영	(나와서 보며) 뭐 하십니까?
만석	두세요. 연구에 심취하셨어요.
태영	연구?
도끼	(벌떡 일어나서) 큰 서방님께서 노회 자투리로 뭘 만들어 팔아 보자 그러셔서유.
승휘	일어나지 말거라 봉봉아. 다 떨어지잖아.
끝동	아주 청수현 이러다 부자 되겠어유.
승휘	기대하거라, 청수현을 노회 마을로 만들어, 매년 잔치도 열 것이니.
막심	(벌떡 일어나며) 잔치유?
승휘	일어나지 말라니까 봉봉이들 진짜 말 안 듣네.

도끼	(막심 눕히며) 눕자. 이리 누워 여봉봉.
막심	밤도 아닌디 누워? 여봉봉?

하는데 달려 들어오는 구씨.

구씨	나리! 마님!
태영	무슨 일인가.
구씨	우리 노회 심은 땅 말여유!
승휘	땅? 땅이 왜?
구씨	글씨, 그 땅이 주인이 따로 있다는구만유!
태영	뭐?

───── ## S#38 관아 집무실 (D) [인물 삭제]

김낙수, 외지부 사내. 태영, 승휘.

외지부	솔개의 외지부, 최고봉이라 합니다.
	이것은, 솔개가 2년 전에 받은 개간 허가서입니다.
김낙수	(안타까운 표정으로) 여기, 관에 있는 발급 대장일세.
태영	청수현에 연고도 없는 자가,
	어찌 이 척박한 땅에 개간 허가를 낸 것입니까?
외지부	박준기 대감의 본가가 근처의 춘이현이고,
	들르실 때마다 동행하였으니, 오다가다 본 것이지요.
태영	누구라구요?
승휘	그자가, (김낙수 보며) 박준기 대감의 식솔이란 말이오?
김낙수	(딴청 피우는)
태영	(외지부에게) 헌데, 왜 2년 전에 허가를 받아 놓고 개간을 안 했습니까.

외지부	허가를 내고 3년 안에만 개간하면 된다는 걸 아시잖습니까~
김낙수	(안타까운 표정) 땅 주인이 있나 확인하고,
	속히 개간 허가서를 내주려던 참인데 안타깝네.
외지부	이미 개간해서 작물을 심으셨으니,
	계속 재배하실 수 있도록 해 드리지요.
	대신, 땅 수익을 8할 대 2할로 나눕시다.
승휘	누가 8이야?
외지부	우리가.
승휘	미쳤소?
태영	(말리듯 보는)
승휘	진짜 와, 이렇게까지 뜯어먹으려고 잔머리를 굴린다고?
김낙수	(판결) 이만하면 좋은 조건이니, 합의된 것으로 알겠네.

태영, 못 참고, 김낙수를 노려보다가, 시선이 마주치는데,
김낙수, 태영을 보며 뭔가 떠오르려는데, 얼른 시선을 피하는
태영에서...

────── **S#39 유향소 또는 외지부 집무실이나 방 안 (N)**

미치겠는 차좌수. 안달 난 홍씨부인. 앉아 있는 태영, 승휘,

차좌수	어쩐지 현감이, 차일피일 허가를 미룬다 했네.
홍씨부인	(변명해 주는) 우리 나리께서는, 매일매일 찾아가셔서 허가 내 달라
	했습니다.
차좌수	근데도 다른 처리할 서류가 산더미라면서,
	우선 개간을 하라, 허가는 무리 없을 거다. 그러더니.
홍씨부인	수확 시기를 맞춰야 하니까, 빨리 개간을 시작한 건데~

차좌수	이보게, 우린 어찌 되는가. 정말로 이대로, 저 땅을 뺏기나?
태영	현감이 결정을 내렸으니, 달리 방도가 없긴 합니다만,
	혹시 몰라 구씨에게 땅문서를 찾아보라 일렀어요.
차좌수	그 할매 말 못 믿네. 노망이 나지 않았나.
홍씨부인	다른 땅을 알아볼까요? 다시 다 옮겨 심으면... 늦겠지요?
차좌수	약초상과의 계약을 어기면, 두 배를 물어내야 하는데...
승휘	(태영에게) 솔개의 허가서는, 위조가 맞겠지요?
태영	심증으론 그러합니다.
차좌수	이, 이 새끼를 내가! (일어나려 하며) 콱 죽여 버리고 나도 죽어야겠네.
홍씨부인	(말리며) 아이고 나리~ 참으세요. 예?
차좌수	관찰사께 항의라도 해 보면 어떤가. 유향소는 그럴 수 있네.
태영	그 또한 증좌가 필요할 것입니다.
홍씨부인	저기 그냥, 2할 먹으면 안 돼요? 그거라도?
차좌수	부인!
끝동	(들어와서) 있어유!
일동	(보면)
끝동	땅문서가 있다는구먼유!
차좌수	할매 말이 진짜였어?
일동	(반가운, 희망으로 안도하는)
끝동	예! 시방 문서 들고 관아로 달려 갔으니께 어서들 가 봐유!

급히 일어서는 일동에서...

─── **S#40 관아 마당 (N) [수정]**

땅문서를 좍좍 찢어 버리는 김낙수. 놀라 보는 구씨와 구씨 모.

김낙수	(포졸들에게) 이놈을 당장 묶어라!
	어디서 감히 위조된 문서를 가져와?
구씨	(끌려가며) 위 위조라니유!
김낙수	뭐 하고 있어 어서 내리치지 않고!
구씨 모	야 이놈들아!

포졸들, 구씨를 묶어 때리고,
달려들려는 구씨 모를, 붙들고 있는 포졸들.

구씨	(고통스러운) 위조 아니라니께유!
김낙수	그럼 없던 게 왜 갑자기 나와!
구씨	외지부 마님이 찾아보라셔서!
	혹시 해서 찾아보니 있었다니께유!
김낙수	이놈이 제 입으로 죄를 고할 때까지 매우 쳐라!

포졸, 괴로움으로 때리면, 근처에서 어쩌나 보고 있는 포졸들.

구씨 모	(붙들린 채) 야 이놈들아! 내 새끼 왜 때려 왜!

포졸, 못 때리겠는데, 곤장을 빼앗아 구씨를 마구 내리치는 김낙수.
붙든 포졸을 뿌리치고, 달려드는 구씨 모, 김낙수를 마구 흔드는데,
김낙수 확 밀치면, 쓰러지는 구씨 모. 놀라 보는 포졸들.

승휘	이게 무슨 짓입니까!

일동 보면, 승휘, 태영, 차좌수, 놀라 보고 있는데.

김낙수	예가 어디라고 함부로 들어와,

당장 나가지 못해! 다들 쫓아내!

포졸들, 어쩔 수 없이 막아서는데,

그사이에 구씨에게 기어가 감싸는 구씨 모를 보는 태영. 떠오르는,

플래시컷〉 1부 S#39 김낙수 집 마당 (N)

멍석에 말려 김낙수에게 맞고 있는 구덕.

개죽이 구덕의 위로 제 몸을 덮고, 대신 맞는다.

현재〉

김낙수, 비켜! 하며 곤장을 치켜드는데, 곤장을 잡는 승휘.

놔! 하는 김낙수를 무섭게 노려보며, 붙들고 있는데,

그사이 달려간 차좌수. 구씨 모를 끌어낸다.

구씨 모	좌수야. 이 땅 내 거여. 아버지가 주신 거여.
	웬수 같은 것들이랑 싸워서 지켜낸 땅이란 말여.
차좌수	알겠소. 알겠으니 일어나시게.
김낙수	(발악하듯) 놔!
승휘	(힘으로 곤장을 빼앗고) 어떻게 이래! 어떻게 사람한테 이래!
김낙수	(본다) 왜 안 되는데? 나 현감이야. 너도 패 줄까?

승휘, 이게 미쳤나, 김낙수를 죽일 기세로 곤장을 치켜들면,

와서 붙드는 태영. 못 때리지? 하며 비웃는 김낙수를 노려보는

둘에서...

—— **S#41 태영 집 서재 (N)**

아직 식식거리고 있는 승휘와, 멍하니 책장을 보고 있는 태영. 들리는,

구씨 모E	이 땅 내 거여. 아버지가 주신 겨어.
	웬수 같은 것들이랑 싸워서 지켜낸 땅이란 말여.
태영	(중얼거리는) 싸워서 지켰다...

태영, 천천히 걸어가, 책장에서 책(문서철)을 하나 꺼내는 사이,
한쪽에서 찢어진 구씨 모의 땅문서를 펴고 맞춰서
풀 바른 종이로 뒤를 붙이고 있는 막심과 만석.

만석	그 구씨는, 이제 못 걷겠던데요.
막심	그려, 아주 일어서지도 못한다는구먼...
만석	그 인간, 원래 옛날부터 식솔들 때리는 게 낙이었어요.
막심	(작게) 허믄, 울 마님도, 그자헌티, 맞고 그런 겨?
만석	... 맞기만 해요... 머리털도 다 뽑혔었다구요.
막심	(충격인)
만석	글구, 마님 어머니는...

만석, 작게 귓속말하면, 충격으로 미어지는 막심...
속상한 막심을 나가자고 데리고 나가는 만석.
문서철을 넘겨 보는 태영에게 다가오는 승휘.

승휘	괜찮습니까.
태영	(넘기기를 멈추고) 관찰사께, 항소를 제기할 수 있을 듯합니다.
승휘	김낙수뿐 아니라, 박준기가 엮여 있는데요?
태영	천하의 박준기도, 법을 쥐락펴락할 순 없습니다.
	그래서, 광산 사건도, 열녀문 사건도 제가, 아니, 법이 이긴 거죠.
승휘	김낙수는 저대로 둬요? 복수 안 하구요?
태영	언제는, 법을 무기로 사용하지 말라시더니.
승휘	아~ 내가 한 말 때문에 복수하지 않겠다?

| 태영 | 청수현 땅을 되찾는 것에 집중해야지요. |
| 승휘 | 알겠습니다. 허면, 복수는 나의 것. |

태영, 무슨 말이냐는 듯 보면, 안 알려줌~ 표정의 승휘에서.

——— S#42 소혜 집 마당 일각 (D)

솔개	괴질 소문이 돌아, 사람들이 약재들을 찾는다고 난리입니다.
박준기	(만족스러운) 청수현 노회 밭은, 잘 진행되고 있고?
솔개	그것이...
박준기	(보면)
솔개	옥태영이 항소를 해서, 출두 명령이 왔습니다.
박준기	(그럼 그렇지) ... 준비한 대로 잘 대처해.
솔개	예.

——— S#43 감영 재판장 (D)

판관석에 앉아 있는 관찰사 양옆으로, 각 현의 현감들과 김낙수.
객석에는, 승휘와 차좌수 유향소 향원들과 백성들. 만신창이로 앉은
구씨. 곁으로 손을 꼭 붙든 구씨 모와 곁으로 선 태영.
(감영이라 부인들, 식솔들은 없이, 일반 백성들만)
늦게 등장하는, 솔개와 배태랑과 외지부들.

차좌수	저자는, 그 배태랑인가 하는 외지부 아닌가?
승휘	외지부가 대체 몇입니까. 아주 단단히 준비를 했네요.
태영	그만큼, 노회가 탐난다는 뜻이겠지요.

관찰사E	지금부터 의송을 시작하겠다.
서리E	첫 번째는, 청수현의 김가 경심의 의송 사안입니다.

태영과 함께 앞으로 나오는 구씨 모.

태영	원측 변호를 맡은 옥태영이라 하옵니다.
	청수현 백성들은, 힘을 합쳐 맹지를 개간하였으나,
	그 땅이 솔개의 땅이라 결정된
	1차 결송에 항변하고자, 재심을 제기합니다.
관찰사	어떤 근거로 항변을 하는 것인가.
태영	(문서 내며) 이것은 48년 전, 여기 김씨가 혼인할 때,
	부친이 혼수로 증여한 분재기입니다.
관찰사	헌데, 어찌 당시에 이 문서를 내지 않은 것인가.
김낙수	(살짝 눈치 보는)
태영	뒤늦게 제출하였으나, (김낙수 한 번 보고) 차단당하였습니다.
배태랑	관찰사 영감. 증거력이 의심되는 문기입니다.
	증인과 필집조차 확인할 수 없는 수십 년 전의 문기라니요.
관찰사	(문기 보는)
배태랑	허가도 받지 않은 채 개간을 해 놓고,
	솔개가 소유를 주장하자 없던 문서가 나온 것입니다.
	위조가 의심되오니, 잘 살펴봐 주시지요.
백성들	(뭐가 위조라는 거야? 열 받는)
태영	노회를 심은 땅은,
	단 한 번도 개간되지 않았던 맹지였습니다.
	하여 김씨도 손을 대지 못했었지요.
	헌데 개간을 하고 노회를 심자마자,
	청수현에 어떤 연고도 없는 솔개가 나타났으니,
	그것이야말로 의심스럽지 않으십니까?

백성들	(맞아요 맞아 날도둑놈들, 옥외지부 잘한다~)
관찰사	(구씨 모에게) 그 땅을 부친에게 받은 것이 확실한가.
구씨 모	예. 확실하구말구유. 제 거라니께유. 아니, 우리 청수현 것이여유!
	노회두 공짜루 나눠 줬는디, 이 그지 같은 땅 나는 못 내줄까 봐?

배태랑, 자기 외지부들과 한 번 귓속말하더니,

배태랑	관찰사 영감, 토지 소유자라 주장하는 김씨는 노망이 들었습니다.
	헌데 어찌 진술에 신빙성이 있다 할 수 있겠습니까.
태영	(뭔가 말하려는) 관찰사 영감.
배태랑	(말 자르고, 들고 있던 종이 내밀며) 이것은 이미 수년 전,
	정신이 온전치 않다는 진료서를 받아 갔다는,
	의원의 진술입니다.

백성들, 어떡하지 싶고, 승휘, 김낙수를 보면 만족스러운 표정.
배태랑, 승리를 예감하듯, 외지부들과 눈빛을 나누고 태영을 보는데,

태영	제출한 분재기의 신빙성을 증명해 줄,
	(문서를 들어 보이며) 추가 증좌가 준비되어 있습니다.

백성들, 희망으로, 뭐가 더 있나 봅니다~
배태랑, 추가 증좌라니 뭐지, 당황해 외지부들과 귓속말하더니,

배태랑	관찰사 영감. 잠시 휴정을 요청합니다.

—— **S#44 감영 일각 (D)**

태영과 승휘 앞으로 앉은 배태랑과 외지부들.

배태랑   이번에 진다 해도 우린 3심까지 갈 것입니다. 그리하면 토지는 묶이고,

               누구도 사용하지 못하게 되겠지요.

태영   합의를 제안하는 것입니까?

배태랑   5 대 5로 갑시다.

승휘   누가 5야.

일동   (승휘를 본다)

배태랑   무엇이 백성을 위한 일인지, 현명한 판단을 하시리라 믿습니다.

—— **S#45 감영 재판장 (D)**

배태랑과 외지부들, 조금 긴장되어 있고,

김낙수, 제대로 하라는 듯 배태랑을 슬쩍 노려본다.

백성들, 왜 안 나오지 할 무렵, 나와 서는 태영과, 근처로 서는 승휘.

관찰사   김경심의 진술과 분재기의 신빙성을 입증할 추가 증좌를 제출하시오.

태영   (내밀며) 이것은 김씨가, 형제들과의 토지 송사에서 승소하여,

               소유권을 인정받은 판결 기록문으로

               솔개의 허가서보다 먼저 쓰인 문서입니다.

일동   (웅성댄다)

관찰사   이 땅에 대한 소송 기록이 있단 말인가?

태영   그러합니다.

배태랑   (당황) 그렇다 한들, 어찌 외지부가 이 판결 기록문을 갖고 있단

               말입니까?

태영	그것은, 제 시아버님이자, 청수현 현감이셨던,
	성규진이 필사해 놓은 판결 기록문입니다.
백성들	성현감?
태영	성규진은, 청수현 현감으로 재직 중이실 때,

플래시컷〉4부 S#19-1 관아 집무실 (D)
오래된 판결문들을 쌓아 놓고,
김경심의 판결문을 필사하고 있는 규진 위로,

태영E	관아의 판결문들이 화재로 소실되거나, 훼손될 것을 염려하여,
	공무 중에도 틈틈이 오래된 판결문을 필사해 오셨습니다.

현재〉 백성들, 규진을 떠올리는,

태영	싸워서 지켜냈다는 김씨의 말이 재판인가 했고,
	혹여라도, 유품으로 남았을까 하여 찾아보았는데,

플래시컷〉S#41 서재 (N)
멍하니 책장을 보고 있던 태영. 천천히 걸어가,
책장에서 책(판결 기록문 문서철)을 꺼낸다. 그 위로,

태영E	다행히도, 서재에... 보관되어 있었습니다.

현재〉 사람들, 규진에게 고마운... 세상에, 성현감이 청수현을 살렸네...

태영	관찰사 영감. 이 문서의 원본이, 청수현 관아의
	서고에 보관되어 있을 것이니, 대조해 주십시오.
관찰사	(현감들과 시선을 교환한 후 서리에게) 즉시 청수현 관아에서,

판결 기록문 원본을 가져오도록 하라!

김낙수, 당황해서, 어떻게 해 보라고 배태랑을 보는데,
낭패하는 배태랑. 솔개와 귓속말을 하더니 손을 들고,

배태랑   척 측은, 원 측의 증거력을 인정하고 승복하겠습니다.

김낙수   (저도 모르게 크게) 야, 미쳤어?

배태랑   청수현의 전 현감도, 이 사실을 모르고 개간 허가를 내준 듯하니,
척 측 솔개는, 본 토지의 소유권을 포기하고 퇴송하겠습니다.

백성들   뭐야. 우리가 이긴 거야? 우리 땅인 거야?

관찰사   척 측이 소송 포기 의사를 표하였으니,
청수현의 노회 재배지는, 김가 경심의 소유로 판결하겠다.

사람들, 환호하고, 구씨 모, 태영을 끌어안는다.
기뻐하는 사람들 속으로 돌아오는 태영과 구씨 모.
태영에게 눈을 찡긋 해 주고 앞으로 나가는 승휘를 의아하게 보는데,
들리는,

서리E   다음 사안은, 청수현 유향소에서 올린,
현감 김낙수에 대한 탄핵 건입니다.

사람들 놀라서 뭐지? 하는데
험험!! 하는 차좌수와 향원들.
태영, 놀라서 승휘를 보면, 승휘, 태영을 향해 눈을 찡긋한다.
현감들, 웅성대며 김낙수를 보면, 나? 하는 김낙수.
급히 빠져나가는 배태랑과 외지부를 붙들 듯, 보는데...

승휘   청수현 유향소의 좌수 차춘식과, 별감 성윤겸 외 향원 열아홉 명은,

청수현 현감 김낙수의 범법 행위를 감히 고하오니,

국법에 따라 엄히 징계해 주실 것을 탄원합니다.

관찰사   어떤 연유로 탄핵을 하는 것인가.

승휘   청수현 현감 김낙수는, 백성들이 큰 변을 겪었으나,

심각성을 외면하고, 회피하고! 가렴주구만을 일삼았습니다.

김낙수   (침착하려 애쓰며 관찰사와 현감들에게) 이, 이것은 오해입니다.

관찰사   (승휘에게) 계속하시오.

승휘   (공문서 한 장 내며) 이것은 관아에서 제공한 김낙수의 필체입니다.

잠시 전, 솔개 측에서 낸 문서의 필체와 비교해 보시지요.

관찰사, 비교하며 비슷한 듯 눈살을 찡그린다. 침을 삼키는 김낙수.

승휘   솔개 측의 문서뿐 아니라 관아의 발급 대장까지 위조했다는 것을,

청수현 관아 소속인 아전과 포졸이 증언할 것입니다.

백성들 보면, 아전과 포졸 둘. 비장하게 서 있다.

김낙수   저, 저것들이... 영감. 저자는 근거 없는 억측으로

허위 사실을 날조하고 감히 고을의 수령인 나를, 이 현감을! /

승휘   현감이라면! 백성을 두려워하고 백성을 살피고 백성을 사랑해야

하거늘! 식솔들의 혀를 자르고, 다리를 분지르고,

산 채로 땅에 묻고!

사람들   (경악으로)

김낙수   (뭐야 당황)

태영   (아프게 승휘를 본다)

승휘   저자는, 청수현 백성에게까지 폭행과 가혹 행위를 하였습니다.

(손가락으로 가리키며) 어머니가 보는 앞에서 죽도록 맞은 구씨는,

앞으로 평생 다리를 절어야 할 것입니다.

부상한 구씨와 끌어안고 있는 구씨 모.

현감들 서로 부정적인 눈빛을 나누고, 김낙수, 어쩌지 싶은데,

승휘 하여, 직권을 남용하여 죄 없는 백성에게 형벌을 가한 죄와

공문서를 위조해 지비오결한 죄를 물어,

경국대전의 남형조, 대명률 이율에 따라!

파직은 물론, 장 100대에 처할 것을, 청원합니다.

차좌수 청원합니다.

향원들 청원합니다!

백성들 (함께) 청원합니다!

김낙수 시, 시끄러워! 다, 닥치지 못해!

관찰사 유향소의 청원에 따라 청수현 현감 김낙수를

즉시 포박하여, 철저히 조사하라.

김낙수, 관찰사에게 야! 하면 김낙수를 끌고 가는 군관들.

청수현 백성들, 모두 기뻐하며, 차좌수의 주도로 별감 나리 만세~

청수현 만세! 너 나 할 것 없이 기뻐하고 끌어안는 백성들.

기다리는 태영에게 가는 승휘.

태영 대체 언제 준비하신 것입니까.

승휘 (눈 찡긋하며) 복수는 나의 것이라 하지 않았습니까.

—— **S#46 감영 공간 복도 (D)**

김낙수 놔라 이것들아. 내가 누군지 모르느냐!

당장 호판 대감께 연통을 넣거라! 당장!

하다가, 서 있는 태영을 본다. 빤히 보는 태영을 노려보는데,

플래시컷〉1부 S#41 김낙수 방 안 (N)

낫을 꺼내 김낙수를 노려보는 태영.

구덕   이것은, 내 어미에 대한 복수요.

현재〉퍼뜩, 얼굴이 떠오른 김낙수.

김낙수   너, 네년 그 눈빛은... 네년은 설마?

충격으로 끌려가는 김낙수를 보는 태영에서...

─── **S#47 소혜 집 (얼마 후, D)**

마당에서 비질하던 꺽쇠를 향해, 절뚝이며 급히 오는 금복.

금복   (작게) 여보, 김낙수가, 우리 주인 나리가...
꺽쇠   (보면)

─── **S#48 의금부 마당 (N) [플래시컷]**

장 맞으며 울부짖는 김낙수. 위로,

금복E   의금부로 잡혀 와서 장 맞다가 죽었대.

현재〉놀라 보는 꺽쇠.

| 금복 | 구덕이가... 우리 대신 복수해 준 건가 봐... |

기쁨인지 허망함인지, 웃으면서도 눈물이 나는,
복잡한 감정의 꺽쇠와 금복에서...

——— **S#49 소혜 방 안 (D)**

바닥에 주저앉아 오열하고 있는 소혜.
별 감흥 없이 문서나 보며 앉아 있는 박준기를 노려본다.

소혜	어떻게, 아버지를 죽도록 내버려둘 수가 있습니까. 어떻게!
박준기	자네 아버지가 자초한 일이네.
소혜	뭐라구요?
박준기	옥태영 때문에 노회를 놓쳐 손해가 이만저만이 아니야. 쯔.
소혜	(죽일 듯이 노려보다가) 그러게 구덕이 년을 잡아 죽였어야지요!
	왜 증좌가 있는데도 잡지 않는 것입니까 왜!
박준기	... 다, 적당한 때가 있는 법이야.
소혜	(죽일 듯이 노려보는 데서) ...

——— **S#50 태영 방 안 (얼마 후, D)**

여행 채비를 하는 태영과 잔뜩 신나 돕는 막심. 뭔가 걱정 많은 태영.

막심	왜 인상을 그리 쓰구 계신대유?
	배 속의 우리 아가님께서 아시믄 안 좋다니께~
태영	작은 서방님께 알려야겠지?

막심	당연히 기쁜 소식인디 알려야쥬.
태영	(배를 살짝 만지며) 아직은 비밀로 해 줘.
막심	참말로, 쓸데없는 걱정 하지 마셔유. 누가 뭐래도,
	마님은 이 집 큰며느리고, 별감 나리는, 이 집 큰 서방님이시니께.
태영	…
막심	(손 붙들고) 그간 고생한 거, 이제야 복을 받는다 생각허구.
	큰 서방님이랑 아가님이랑, 가서 푹 쉬구 와유 아셨쥬?

─── S#51 거리 (D)

낚싯대, 통발 등, 어구들을 산 만석과, 지두 주머니를 들고 오는 승휘.

만석	콧노래가 절로 나오시네~ 그리 좋으십니까?
승휘	그래. 내가. (작게) 아버지가 된다는데, 좋지 안 좋겠니?
만석	마님을 닮으셔야 할 텐데.
승휘	야 근데, 아이를 가지면, 신 게 먹고 싶은 거 아니냐?
	꼭 직접 가서, 사서, 구워서, 까서, 드리는 지두만 드신다니까?
	그게 또 얼마나 기특해 응? 부모님 추억이 담긴 먹거리만 찾으니 응?
만석	(귀 따가운) 예 예~ 근데, (도구) 이건 뭐 하러 이렇게 사셨습니까?
	꼭 낚시 못하는 사람들이 장비부터 챙기지.
	왜 배도 한 척 사시지 그러셨어요?
승휘	배 살 돈이 어딨느냐~ 바닷가 집 살 돈도 부족할 거 같은데~
만석	(멈춰 서서, 낚싯대 내려놓더니 봇짐에서 돈주머니를 준다) 자요.
승휘	뭐야? 이걸 왜 날 줘?
만석	이걸로 그 집 사시라고요.
승휘	(놀라서) 너 긴히 쓸데 있다더니,
	그 집 사 주려고 그런 거야?

만석	(머쓱한) 예. 뭐 번 돈은 예인들 다 나눠 주고,
	나리 거는 추노꾼 주고, 개털이신 거 뻔히 아니까.
승휘	(감격)
만석	거기 안에 보시면, 마님한테 정체 들킬까 봐
	저한테 맡겨 두셨던 관자 두 짝도 들어 있어요.
승휘	진짜?

승휘, 만석을 와락 끌어안고 볼을 꼬집고 뽀뽀한다.
만석, 진저리를 치는데, 우두두두 지나가는, 나졸들과 종사관 둘.
둘, 놀라 뭐야? 하는 데서...

—— S#52 태영 방 (D) [1부 S#2 의상]

옷을 갈아입고, 나갈 준비 중인 태영,
짐 들어 주려 들어온 끝동에게 잔소리하고 있다.

태영	끝동아 조선비 댁 소지 오늘 꼭 써 드려야 돼.
	그리고... 덕배네 가서, 옆집 춘봉이랑 있었던 /
끝동	하이구~ 잠깐 쉬러 가신담서, 안 오실 것마냥 뭔 잔소리를.
	외지부 집무실은 지가 다 알아 할 수 있으니께, 염려 마셔유.
태영	그래. (보다가) 우리 끝동이, 그동안 변론 준비도 많이 했으니까,
	다음 재판부터는, 외지부로 나서 보자.
끝동	차, 참말유? 지가유?
태영	(끄덕이면)
막심	그려~ 니도 잘할 수 있을 겨.
끝동	(감동인데) 아이... 지가 뭐라고...

밖이 소란해지고 웅성거리는 소리가 들린다.

태영	서방님, 오셨나 보다. 지두 사러 가신다더니 늦으셨네.
종사관1E	죄인 송서인과 구덕이는, 당장 나와 오라를 받아라!
태영	(놀라서 본다)
끝동	뭐라는 거래유?
막심	오, 오메... 이를 워쪄.
태영	... 끝동아. 뒷문으로 나가서, 큰 서방님을 찾아내.
끝동	예?
태영	그리고 (집게손가락 하나 들고) 이렇게 전해.
막심	(알고 있는 / 손가락 보고 놀라서) 워메.
끝동	(손가락 들고 어리둥절) 이렇게유?
태영	어서!

──── **S#53 태영 집 마당 (D)**

의금부 종사관 1, 2와 나졸들을 보고 당황하고 선 도끼와 식솔들.

도끼	그, 글씨, 우리 집에는 그런 사람이 안 산다니께유.
종사관1	허면 성윤겸과 옥태영은 안에 있느냐.
도끼	(막고) 왜, 왜들 이러시는디유?
종사관1	당장 안을 뒤져라!
태영	(나오며) 무슨 일이십니까.
종사관2	(태영의 용모파기를 확인하고) 송서인은 어딨느냐.
태영	누구 말씀이신지.
종사관2	(종사관1에게) 이 여인을 먼저 끌고 가게.
	우리는, (나졸들에게) 송서인을 찾아낸다.

나졸들, 예! 하며 밖으로 가면, 정신 차리려 애쓰는 태영에서...

━━━━ **S#54 청수현 거리 (D)**

태영의 양팔을 붙들고 가는 나졸들과 종사관1에,
지나던 사람들 놀라 본다.

차좌수	(가로막으며) 무슨 일이오! 무슨 연유로 잡아가는 것이오!
종사관1	의금부의 일이니 비키시지요.
백성들	(놀라서) 의금부래 어떡해...
홍씨부인	(태영에게) 대체 무슨 일인가 응?

태영, 안심시키듯 사람들을 보고, 행여 승휘가 보일까 걱정인데,
멀리, 끝동과 만석에게 붙들려 있는 승휘. 태영을 보고 있다.
태영, 오지 말라는 필사적인 눈빛에, 괴로운 승휘에서....

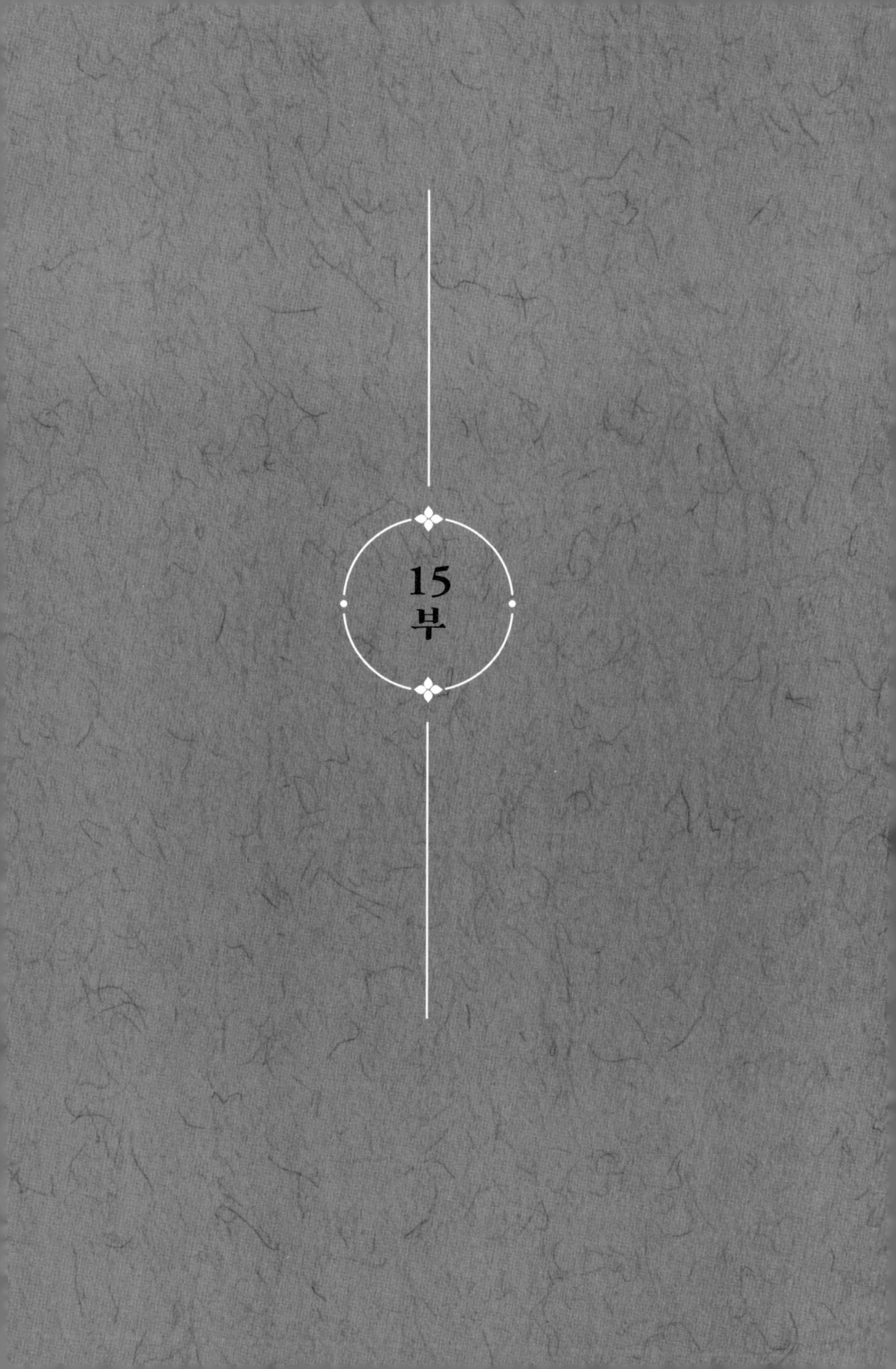

15
부

S#1 청수현 거리 (D)

어리둥절하게 걷는 만석과 승휘.

승휘   아까 그 사람들, 설마 우리 집으로 간 건 아니겠지?

만석   (본다) 모, 모르겠는데요? 설마 그럴까요?

승휘   어서 가 보자.

만석   잠깐만요. 가면 안 되는 거 아닙니까?

하는데 뛰어오는 끝동. 달려와서 숨도 못 쉬고, 갑자기,
집게손가락을 하나 치켜든다. 놀라 보는 만석과 승휘.

플래시컷〉 서재 (얼마 전, 언젠가, D)

태영이 치켜든 집게손가락을 보고 있는, 막심, 만석, 승휘.

만석   갑자기 모이라 그러더니, 입 닥치라는 거예요?

승휘	무슨, 신호 같은데?
태영	맞습니다. 제가 이 신호를 보내면,
	서방님은 만석이랑 뒤도 돌아보지 말고 도망가세요.
승휘	그리는 못 하죠. 제가 어찌 부인을 두고 도망칩니까.
태영	그래야 저도 살고 모두가 삽니다.
만석	계산이 그렇게 되나?
태영	당연하지. 나 혼자라면 우길 수 있지만,
	서방님이 같이 있으면, 다 끝장이라구.
만석	에이, 똥소혜가 왔을 때도 괜찮았잖아요.
태영	그땐, 아씨가 서방님을 못 봤으니까 그렇지.
	아무튼, 혹시 모르니 미리 정해 놓자는 거야.
	(손가락 들고) 이걸 보면, 도망친다. 아셨죠?
승휘	헌데, 내가 도망치는 건, 자백이나 다름없지 않습니까?
막심	글게유. 왜 도망가냐고 의심할 것인디?
태영	그때는, 기억이 돌아오신 거로 하세요.
	그래서, 절 다시 떠나신 걸로.
만석	아~ 말이 되긴 하네.
승휘	싫습니다!
태영	떼쓰지 마시구, 바닷가 집에 숨어 계세요. 아셨죠?
승휘	(영 안 내키는)
태영	(손가락 하나 들고) 이걸 보면 어떡한다?

현재〉 손가락 들고 있는 끝동. 놀라 지두 주머니를 떨구는 승휘.

만석	도망친다. 가요 나리. 뒤도 안 돌아보고, 가야 돼요.
	그래야 마님이 살고 우리가 산다. 가요. (밀며) 어서!
승휘	있어 봐. 좀. 대체 어떻게 된 거냐, 끝동아.
끝동	지도 잘 몰르겠어유. 막 한양서 의금부서 막 어?

15부

송서인? 그담에 구덕이? 를 막 찾는디.

승휘   송서인이란 이름을 말했어?

끝동   예.

만석   이봐요. 다 들킨 거라구요. 어서 가자니까요!

승휘, 그냥 막무가내로 집으로 가려는데 다가오는 나졸들과 태영.
만석, 막아! 하면 같이 승휘를 막는 끝동. 골목으로 끌고 가는데,

14부 엔딩씬〉

태영, 안심시키듯 사람들을 보고, 행여 승휘가 보일까 걱정인데,
멀리, 끝동과 만석에게 붙들려 있는 승휘. 태영을 보고 있다.
태영, 오지 말라는 필사적인 눈빛에, 괴로운 승휘에서... **연결〉**

끝동   아이고 마님 워쩐대. 뭔 일인지 몰라두 어여 가셔유. 어여.

승휘   (미치겠는데)

만석   끝동아, 우리 살아서 보자. 꼭 돌아올게.

끝동 끄덕이면, 승휘를 밀며 가는 만석. 계속 돌아보는 승휘.

S#2 자모당 (D)

종사관2   송서인을 본 일이 있습니까.

차좌수   송서인이 누굽니까. 우리 청수현에서는 들어본 일이 없는
              이름입니다만.

종사관2   (용모파기 보이며) 이자가 송서인이오.

차좌수   착오가 있는 모양인데, 이 사람은 우리 청수현의 대들보,
              성별감이외다.

홍씨부인	예~ 소과 장원을 한, 우리 성별감. 그림으로 봐도 인물이 훤~하네요.
종사관2	이자는, 성윤겸이 아니라, 송서인이고,
	옥태영은, 구덕이라는 도망 노비입니다.
홍씨부인	그건요. 죽은 현감의 여식이 헛소리를 한 것입니다.
차좌수	그것 때문에 이 난리인 것이오?
홍씨부인	그러니까요. 난 또 뭐라고. 오햅니다 오해~
종사관2	허면 성윤겸은, 어찌하여 도주를 했단 말입니까.
차좌수	도주라니요. 잠시 쉬러 간단 말은 들었으나.
홍씨부인	그래요. 하~도 고생하여 좀 쉬러 갔어요~
종사관2	어디로 말입니까.
차좌수 / 홍씨	(마주 보고) 모릅니다~

종사관2, 나졸들과 가면, 걱정으로 마주 보는 둘에서...

─── S#3 태영 집 마당 (D)

나졸들 집안 곳곳을 수색하고, 어쩔 줄 모르는 막심과 도끼.

종사관2	어디로 갔는지, 바른대로 대거라.
도끼	알아야 말을 허쥬. 우덜은 참말로 암것두 모른다니께유.
막심	(침 꿀걱하고) 큰 서방님은, 이른 새벽에 집을 떠나셨어유.
도끼	(본다) 차, 참말여?
막심	이, 기억이 돌아오셔서 가 버리셨어.
도끼	뭐여? 아이고. 그러신 거여? 이를 워쩌...
종사관2	(둘을 보다가) 거짓을 고하면, 모조리 잡아가, 죗값을 치르게 할 것이다.
막심	거짓 아녜유. 원래 우리 큰 서방님은유.
	7년 전에 부부지간의 불화로 가출하셨다가 오신 거구먼유.

도끼	맞어유. 배 사고로 기억을 잃고 헤매시는 걸,
	지랑 작은 서방님이 모셔 온 것인디. 기억을 찾으신 모냥인가 보네.
막심	그렇다니께...

종사관2, 무섭게 보면, 태연하려 애쓰는 막심과 도끼.

끝동	(들어오며) 아니 큰 서방님은
	아침부텀 워딜 저리 급히 가시는 겨?
일동	(보면)
종사관2	(엄하게) 어디냐!
끝동	(어리둥절) 에? 아, 운봉산 쪽으로 가시던디유?
종사관2	(나졸들에게) 쫓아라. 중죄인이니 반드시 잡아야 할 것이야.

예, 하고 가는 종사관2와 나졸들에 주저앉는 끝동.

도끼	뭐여. 니 미친 겨? 그걸 말하면 워떡혀어!
끝동	(넋 나가서) 걱정 말어. 반대쪽으로 가셨으니께.
도끼	(안도) 야가 이런 순간에도, 똑쟁인 거 봐~
막심	잘 도망치신 겨?
끝동	(끄덕이고) 이게 다 뭔 일여유 이? 둘은 뭐 아는 거 있는 겨?
도끼	(막심에게) 여봉봉, 큰 서방님은 내가 아니께 전후 사정을 알겠는디.
	대체 구덕이 얘긴 뭐여? 현감 여식이 낸 소문이 진짜인 거여?
끝동	아 말 좀 해 달라니께 좀 알아듣게 설명을 좀 혀 줘어!
도끼	야 임마 알아야 설명을 해 주지~ 나도 모르겠다니께.
막심	그냥 우덜은 걍 암것도 모르는 거여.
	큰 서방님은 큰 서방님이고, 마님은 마님이셔. 알었어?
	행여라도 소문 안 나게 입단속들 혀.

S#4 자모당 (D)

자모회 부인들. 다들 놀라고 기가 막혀 혼란스러운 분위기.

이씨부인	정말로, 옥외지부가, 도망 노비라는 겁니까?
다른부인	그럼 진짜 옥태영은요? 대체 뭐가 어찌 된 것입니까?
홍씨부인	이것은 필경, 그 죽은 현감 여식이,
	우리 청수현에 복수하려는 것입니다.
일동	(그런가 싶은, 그럴 수도 있겠다 싶은)
이씨부인	헌데, 의금부에서 증좌도 없이 저럴 리가 있습니까?
홍씨부인	호판 대감이 시켰나 부죠~ 안 그래도 망상증인 그 미친 여자가
	지 애비까지 죽었으니, 얼마나 호판 대감을 졸랐겠어요.
엄씨부인	헌데, 성별감이 가짜라는 말은 뭔가요?
홍씨부인	뭐긴 뭡니까~ 그냥 지어낸 말이지.
부인들	(긴가민가한)
홍씨부인	참으로들, 너무하십니다. 우리 청수현이,
	별감 내외한테 도움받은 일을 잊으신 겁니까!
엄씨부인	(진정시키듯) 그래요. 성별감이 가짜일 리 있겠습니까.
	아우가 홍문관에 있으니, 무슨 오해인지는 몰라도 풀리겠지요.
홍씨부인	암요. 우리 성부수찬, 오로지 형수님밖에 모르는 사람이 아닙니까.
	게다가, 우리 옥외지부는, 의금부 동지사 대감과도 아주~ 가깝지요.
일동	(그렇지요 끄덕이는)

S#5 허종문 공간 집무실 (D)

심란한 얼굴로 서 있는 허종문. 근처에 서 있는 이종사관(이참군 승직 / 의상).

++ 335 ++

도겸	(다급히 들어오며) 대감, 제 형수님을 의금부로 압송 중이라
	들었습니다.
허종문	... 나도 오늘에서야 판의금부사 대감께 들었네.
도겸	예?
허종문	제보가 들어왔는데, 우리는 친분이 있으니,
	배제하시고 내사를 하셨다 하네.
도겸	제 형수님께서 도망 노비일 리가 없지 않습니까. 대감.
	대체 누가 그리 허무맹랑한 제보를 한 것입니까.
허종문	박준기 대감이네.
도겸	예?
허종문	대감의 소실이, 옥외지부를 자신의 노비라 주장하고 있어.
도겸	증좌는 있는 것입니까?
허종문	의금부에서 충실하게 수사할 터이니 염려 말게.
도겸	병자들을 격리시킬 준비로 바쁘실 터인데,
	이런 일이 생겨 송구합니다.
이종사관	아, 그 일은 화신파에서 맡게 될 듯합니다.
	이 일로 도성이 소란하여, 의금부가 바빠진지라.
도겸	(죄송하면서도) 다른 의도가 있는 것은 아닐까요.
	박준기 측에서 감찰을 눈치챘다거나?
허종문	그렇게 생각하기엔, 좀 걸리는 증좌가 있네.
도겸	예?
허종문	경기 관찰사였던, 송병근의 맏아들 송서인이란 자가,
	자네 형님과 얼굴이 아주, 똑같다고 하더군.
도겸	(저도 모르게 침 꿀꺽)
허종문	그리고, 그 집 인근에 살다 10년 전에 도망친,
	구덕이라는 노비가, 자네 형수라는 제보였네.
도겸	(이 말은 처음 들은) 그 노비가,
	얼마나 형수님을 닮았는지는 몰라도, 그럴 리가 없지 않습니까.

그리고 형님은, 제가 찾아다니다, 직접 모셔 왔습니다.

이종사관   헌데, 부수찬의 형님이 도주 중이라 합니다.

도겸   (본다)

허종문   자네도, 조사를 받게 될 것이야.

도겸   (긴장으로 보는 데서) ... 예.

───── **S#6 산길 (D)**

헉헉대며 도망치고 있는 승휘와 만석.

만석   아니, 바닷가로 가 있으랬는데 왜 이리 갑니까아.

승휘   탐문하면 우리가 낚시 도구 산 거 바로 알 거라서.

만석   그 와중에 똑똑하셔.

승휘, 마땅한 바위에 앉으면, 죽겠다고 따라 앉는 만석.
제 다리 두드리고, 승휘의 다리도 두드리고 주무른다.

승휘   (보다가) 고맙다. 만석아.

만석   갑자기요?

승휘   항상 내 옆에 있어 줘서 고마웠어.

만석   저야, 나리의 영원한 몸종 아닙니까.

승휘   그리 말하면 섭하지. 넌 내 벗이다. 가장 가깝고 소중한 벗.

만석   뭐야. 왜 이래요.

승휘, 어디 보자~ 하더니 만석이 준 돈주머니를 열면,
돈 위에 있는, 관자가 들어 있는 작은 주머니.

승휘	요거 오랜만이네.
만석	고맙죠?
승휘	(관자 주머니 따로 챙기고 돈주머니를 돌려주며) 자.
만석	왜 돌려줘요~ 기껏 생색낸 손 민망하게.
승휘	너 청나라 좋아졌지. 너 이거 갖고, 거기라도 가.
만석	뭐예요 진짜. 왜 이러시는데요.
승휘	우리 이만... 헤어지자.
만석	(본다) 예?
승휘	나, 자수하려고.
만석	(놀라서) 그래서 한양 쪽으로 도망친 거예요?
	이렇게 나 떼 놓고 혼자 자수하려고요?
승휘	어.
만석	아니~ 마님은 구덕이라는 증좌가 없다니까요.
	게다가 작은 서방님이 도와주실 거구요.
	약속대로 해요. 예? 마님 못 믿습니까?
승휘	송서인 이름이 의금부에서 나왔다는 건, 내 증좌가 있다는 거야.
	헌데 내가 도망쳐 버리면, 부인이 나 대신 문초를 받을 게 아니냐.
	그러다 뭐라도 들키면, 조사는 하염없이 길어질 거고,
	홑몸도 아닌데 나 때문에 고신까지 당할 게 분명해.
만석	그렇다고 자수하면 나리는 죽습니다.
승휘	... 진작에 각오했잖아.
만석	그럼 같이 가요. 나도 나 없이 나리가 고초당하는 거 못 견딥니다.
승휘	너라도 살아야 할 게 아니냐.
만석	제가 나리도 없이 무슨 재미로 삽니까!

하는데 어디선가 부스럭 소리에 보면,
나무숲 사이로, 종사관2와 나졸들, 둘을 발견하고 저기다!
놀라 벌떡 일어서는 승휘와 만석.

승휘	(만석을 가리고 서서) 송서인 여기 있소.
	(뒤를 보며 만석에게) 내 뒤로 곧장 뛰거라.
만석	예?
승휘	얼른 가 넌 안 쫓을 거야. 어서!
만석	(얼떨결에 조금 걸어가면서) 나리.
승휘	가라고 제발 가! 주인 명을 어길 셈이냐!
만석	(가면서) 언제는 벗이라더니.
승휘	(돌아보고) 뛰어!

만석, 뛰면서도 돌아보다가 놀라 멈춰 선다.
승휘, 만석을 따라 보면, 나졸들 활을 들어 겨누고 있다.

승휘	왜들 이러시오. 나만 잡으면 되지 않소.

하는데, 만석을 향해 날아오는 화살들.
승휘, 몸을 날려 팔을 벌려 만석을 막아선다.
화살에 맞고(팔에 스치는) 쓰러지는 승휘. 만석, 놀라서 나리!

승휘	어서 가거라 어서... 제발. 좀.

차마 못 가고 나리! 달려오는 만석.
승휘, 눈을 감으면, 만석, 붙들고 나리!
그런 둘을 둘러싸는 종사관2와 나졸들에서...

——— **S#7 태영 집 마당 (N)**

걱정으로, 왔다 갔다 하는 도끼와 끝동.

도끼	설마. 잡히진 않으시겠지?
끝동	잡히시면 워떻게 되는 겨?
도끼	... 죽어.
끝동	아니, 해를 입힌 것도 아니고, 그냥 흉내만 냈는디 왜 죽어? 법적으로도 그럴 리가 없을 것인디?
도끼	큰 서방님은, 왕명을 어기셨으니께.
끝동	(충격으로) 뭐여? 와, 왕명을 어기셨어?
도끼	다 나 때문이여... 내가 조르지만 않았어두.

——— S#8 차좌수 집 방 안 (N)

짐 꾸리고 있는 홍씨부인을 보는 차좌수.

차좌수	내가 가 볼까 했는데, 어찌 이리 기특한 생각을 다 하시고 부인.
홍씨부인	현감도 없고 뒤숭숭한데. 나리는 청수현에서 중심을 잡으셔야지요. 사돈어른도 편찮으시다 하니, 선희랑 우리 손주도 볼 겸. 제가 다녀올게요.
막심E	마님.
홍씨부인	어 들어오게. (차좌수에게) 막심이 좀 오라 했습니다. 하도 울고 다닌다기에.
막심	(자루 하나를 들고 오며) 마님. 나리. (인사하고 앉으면)
차좌수	그래 자네가 제일 애가 타겠네.
막심	(눈물이 또 나는)
홍씨부인	혹시라도 집에 무슨 일이 있으면, 좌수 어른께 부탁하게.
막심	예...
차좌수	성별감은, 정말로 기억이 돌아와 떠난 것인가?
막심	잘 모르겄어유. (또 눈물) 이제 뭐가 뭔지...

홍씨부인	아우, 그만 울고, (자루 보며) 이건 뭐야?
막심	울 마님께서 시방... 입에 댕기시는 게 이 지두밖에 없으셔서...
	혹시 전해 줄 수 있으시믄...
홍씨부인	왜 이것밖에 못 먹어? 뭐 입덧이라도 하는 것이야?
막심	(보다가, 겨우 끄덕이는)
홍씨부인	어머나...
차좌수	아이고, 그 몸으로 의금부로 압송이 되다니 참...
막심	... 우리 마님 불쌍해서 워째유...
	좋은 것만 잡숫고 좋은 말만 들어야는디.
	참말로 별말을 다 들을 것인디... 지가 미치겠어유...
여인1E	어디, 어떤 대단한 년이 남편이 둘이야?

——— S#9 한양 (D) [1부 S#2 편집]

범자들 틈에 걷고 있는 태영에게 들리는,

여인2	이야~ 저 정도 낯짝은 되어야 서방을 둘씩 끼고 사는 거구나~
양반1	저년 노비 출신이라더군. 어디 감히, 천한 년이 양반 행세를 해?
사내1	저 사기꾼 년을 참형으로 다스려라!

돌을 맞고 선, 태영에서...
(가능하다면 멀리 걱정으로 보고 있는 김씨부인이나 미령)

——— S#10 의금부 옥사 (D)

돌에 맞아, 피가 흐르는, 태영을 옥에 밀어 넣는 옥졸.

옥졸	(수의를 던지고) 갈아입으시오.
태영	혐의가 확정된 것도 아닌데, 어찌 옥에 가두는 것입니까.
옥졸	도주의 위험이 있어 구금하는 것이오.
	(가며 주변 옥졸들에게) 면회 금지다.

걱정의 태영에서...

─── **S#11 한양 도겸 방 (N)**

미령	옥사에 갔는데 면회도 시켜 주지 않아요.
	대체 이게 무슨 일입니까. 서방님.
도겸	(복잡한 시선으로)
미령	어찌 그러세요... 제게는 말씀을 해 주셔야지요.
도겸	부인께서 만난 형님은... 제 진짜 형님이 아니십니다.
	제가, 형님이랑 닮은 분을 모셔 왔습니다.
미령	(충격으로) 예?
도겸	두 분이 오래전부터 아는 사이고,
	형님께서 오래전부터 형수님을 연모해 왔다기에,
	제가 형님 행세를 해 달라 졸랐습니다.
미령	허면... 진짜 아주버님은요?
	만나지도 못하신 것입니까?
도겸	만났습니다. 헌데...
윤겸E	난, 성윤겸이 아니다!

플래시컷〉 10부 S#8 청나라 상단 하역장 같은 (N)

윤겸	난 다시는 돌아갈 수 없다. 네 형님은 죽었다 생각하거라.

충격으로 보는 도겸의 발 앞에 호패를 툭, 던지고 사라지는 윤겸.

현재〉 충격으로 보는 미령.

도겸	다 제가 꾸민 일입니다. 다 제 잘못입니다.
미령	(보다가) 잘하셨어요. 저라도 그랬을 것입니다.
도겸	헌데 부인...
미령	(보면)
도겸	어쩌면 형수님도...
	도망 노비가 맞을지도 모르겠습니다.

충격으로 보는 미령에서...

───── S#12 의금부 옥사 (N)

죽은 듯 가만히 누워 있는 승휘의 팔, 칭칭 동여져 있고, 피가 번지고
있다.

만석	(기둥 매달려서) 저기요! 여기, 피가 많이 난단 말입니다.
	의원 좀 불러 줘요!
옥졸	(와서 수의만 툭 던지고 간다)
만석	이보세요! 제 말 안 들립니까! 의원 불러 달라구요!
승휘	(눈 감은 채로) 시끄럽다 만석아.
만석	나리! 괜찮아요?
승휘	(눈 감은 채로 대답도 못 하는)
만석	안 괜찮네에! 왜 나불대지를 못해요. 아 나 미치겠네.
	나 두고 먼저 죽지 마요. 나 진짜 무섭단 말입니다.
승휘	(온 힘 다해 일어나며) 그니까 너는 왜! 가라는 데 안 가고 잡혀왔어 왜!

	널 위해 목숨 걸고 화살까지 맞은 보람이 없잖냐! (아파) 아악.
만석	아 힘줘서 소리 지르지 마요. 나불대랬지 소리 지르랬어요?
승휘	아 진짜 죽겠네.
만석	왜요. 죽을 만큼 아파요?
승휘	아니... 돈주머니를 뺏긴 거 아까워 죽겠다고.
만석	난 분명 드렸고, 돌려받은 적 없습니다.
	그니까 나는, 나리 바닷가 집 사 드린 거예요. 아셨죠?
승휘	(어이없이) 곧 죽을 건데 생색은.
만석	죽을 때 죽더라도 계산은 제대로 해얄 거 아닙니까.
승휘	그럼 나도 너한테 사과 안 한다.
	난 분명 너 살리려고 화살 맞았어. 그치?
만석	예. 진짜 믿어지지 않는 나리 행동에 저 진짜 크게 감명받았잖아요.
승휘	체~ 내가 그런 사람이야. 알지도 못하면서.
만석	근데요 나리. 우리 어떻게 죽어요? 목이 뎅강인가?
승휘	거열형이 아닐까? 사지를 사방에서 찢어발기는 거.
만석	나도요? 굳이 노비를 그 고생을 해 가면서 죽여요?
승휘	몰라 그만 말해. 무섭다.
만석	우리 외지부를 고용할까요? 참형만 좀 면하게요 예?
승휘	왕명을 어겼는데, 어찌 살겠냐.
	(누우며) 마음 비워라... (아파) 하아...
	그래도 이제 부인이랑 같은 지붕 아래 있으니 좀 안심이 된다.
만석	마님은, 우리 잡혀 온 거 모르시겠죠?
승휘	몰라야지. 그래야 살리려고 거짓을 말할 게 아니냐.
만석	지두밖에 못 드시는데, 뭘 좀 드실라나 모르겠네...
승휘	염려 말거라. 조선에서 제일 강한 여인이다.

S#13 의금부 옥사 (N)

수의로 갈아입고 앉아 있는 태영. 배식된 죽을 보다가,
먹어야겠다 생각했는지 수저를 들지만, 우욱 하는데...
그래도 먹어야겠다는 듯, 억지로 먹는 태영에서...

S#14 한양 이좌수 방 (N)

소반에 탕약을 들고 들어오는 김씨부인.

이좌수   문 앞에 두라는데 어찌 자꾸 드나드시오. 괴질이 옮으면 어쩌려고.
김씨부인   전들 좋아서 들어오겠습니까. 그저 도리를 하려는 것뿐이지요.
이좌수   (약을 마시는 동안)
김씨부인   도성 밖으로 격리를 시작한다 합니다.
이좌수   (내려놓고 본다) 나도... 가야겠지요.
김씨부인   가서, 제대로 치료하셔야지요. 여긴 마땅한 약재도 없지 않습니까.
이좌수   (허탈한) 이리, 허망하게 죽을 걸 모르고,
          무슨 부귀를 누리겠다고 그런 짓을 했었는지...
김씨부인   (그래도 짠한) 죽다니요. 약한 말씀 마세요.
이좌수   내, 마당을 산보하다 아랫것들이 하는 소릴 들었는데,
          박준기 대감의 소실이, 옥외지부를 자기 노비라 했다면서요?
김씨부인   (보다가) ... 옥외지부가 자기 일을 몇 번이나 방해했으니,
          소실의 말을 핑계 삼아, 괴롭히려 드나 봅니다.
이좌수   (보다가 미소) 박준기를 몰라서 하는 소립니다.
          그리 하찮은 이유는 결코 아닐 것이오...
김씨부인   (무슨 말이냐는 듯 보는 데서) ...

S#15 의금부 조사실 (D)

태영, 앞으로 앉은 종사관1. 노비라 확신한 취조를 시작한다.

종사관1   노비 구덕은, 병신년 1월, 아버지 개죽과 도주하였다.

태영, 떠오르는, **플래시컷 〉 1부 S#49 (N)**
눈보라 치는 벌판을 도망치는 구덕과 개죽.

종사관1E   그리고, 충청도 괴산의 한 주막으로 숨어들었다.

플래시컷 〉 1부 S#49 충청도 괴산 일각 (N)
괴산의 주막을 발견하는 구덕과 개죽.
현재 〉 가만히 듣고 있는 태영 위로,

종사관1E   그곳에서 1년간 주막의 종으로 일하며 머물렀고,

플래시컷 〉 1부 S#56 장터 생선가게 (D)
생선 장수랑 실랑이하는 구덕.

종사관1E   정유년 1월, 청에서 돌아오던
옥필승의 여식, 옥태영을 만났다.

플래시컷 〉 1부 S#60 주막 (D)
가마에서 내리는 옥태영.
현재 〉 그때 기억이 떠오르는 태영 위로,

종사관1E   그리고 며칠 후, 화적 떼가 들어 모두 사망하자,

플래시컷〉1부 S#67 / S#68 (N)

칼에 맞는 옥필승, 죽어 있는 끝분.

플래시컷〉1부 S#68 주막 뒤편 (N)

애절하게 구덕을 보던 태영.

현재〉 가만히 앉아 있는 태영.

종사관1   옥태영의 행세를 하기로 결심,

            청수현으로 와, 9년간, 옥태영인 척 행세하였다.

            종사관1을 보는 태영 위로,

종사관1E   네 이름이, 구덕이 맞느냐.

            대답 않고 바라보는 태영 위로,

한씨부인E   네 이름은, 옥태영이다.

            플래시컷〉2부 S#27 태영 방 안 (N)

한씨부인   지금부터 태영이로 살거라.

            (다정하게) 태영이 대신 살았으니, 그 죗값을 치러야지.

            현재〉

종사관1   이름이 구덕이가 맞는지 묻지 않느냐.

한씨부인E   머리끝에서 발끝까지, 옥태영이 되어라. 누구에게도 들키지 말고...

태영   ... 나는, 옥필승 대감의 여식인, 옥태영입니다.

종사관1   (매섭게 보는)

태영	어떤 증좌로 내가, 노비 구덕이라 짐작한 것인지, 물어도 되겠습니까?
종사관1	(혹시 모르니 존대로 바꾸는)
	당시 화적 떼 사건의 조사 관할인 충청 감영에서 온 기록과,
	시신을 수습했던 감영 군관의 증언에 의하면,
	헛간 근처에서 두 명의 여인이 발견되었소.
태영	(본다)
종사관1	안에 있던 여인은 불에 타, 형체를 알아볼 수 없었고,
	밖에 있던 여인은 숨이 붙어 있었는데,

듣고 있는, 그때가 떠오르는 태영 위로,

종사관1E	노비 구덕이가 옥태영을 헛간으로 밀어 넣어 살해하고,
	비단옷으로 갈아입고, 반지를 끼고, 대신 행세한 것으로 보고
	있소이다.
태영	난, 정신을 잃은 채로 청수현으로 옮겨졌습니다.
	살 속 깊은 곳까지 열이 퍼져 죽어 가고 있었단 말입니다.
	게다가, 화적 떼가 모두 훔쳐 간 마당에, 어디서 비단옷을 찾아 입으며,
	불에 타 형체도 알아볼 수 없는 시신의 반지는 어찌 찾아 낀단
	말입니까.
종사관1	허면, 김소혜가 기억하는 노비 구덕이와 얼굴이 같음은 어찌
	증명하겠소?
태영	그것을 왜 내가 증명해야 합니까. 망상증에 걸린 여인의 말만 믿고,
	내사를 하신 나리께서 증명하셔야지요.
종사관1	청수현에서는 청나라에서 돌아온 옥태영의 얼굴을 제대로 아는 이가
	없었소. 그러니, 구덕이가 옥태영으로 속이려면 얼마든지 속일 수
	있었겠지요.
태영	허면, 옥씨 가문에서, 제대로 확인도 하지 않고,
	도망 노비를 손녀로 받아들였다는 것입니까?

종사관1	(보는) ...
태영	말씀대로 내가 정말 도망 노비라면,
	어찌 들키지 않고 양반가의 아씨로 살 수 있었겠습니까.
종사관1	(그런가 싶은) ...
태영	괴산에 가 보셨습니까?
	주막의 종의 인상착의를 알아보셨냐구요.
	내가 기억하는 그 노비는, 얼굴에 커다란 점이 있었습니다.
	무슨 연유인지는 모르겠으나 나를 노비로 몰아가려면,
	더 확실한 증좌를 가져오셔야 할 것입니다.
종사관1	(보다가 떠보는) 송서인을 아시오?
태영	(본다) 우리 집에서도 그 이름을 찾으시던데.
종사관1	모른다고 하겠지요?
태영	압니다.
종사관1	(뜻밖이라는 듯 본다)
태영	혹시, 예인 천승휘를 말하는 것이라면.
	7년 전 청수현으로 공연하러 왔던 전기수이지요.

─── S#16 의금부 조사실 (다른 날, D)

승휘	예, 제가 7년 전 청수현 공연에서 옥태영을 보았고
	한눈에 반해 따라다녔습니다. 뭐, 수도거라고나 할까?
종사관2	수도거?
승휘	누구 '수(誰)', 탐낼 '도(叨)', 차지할 '거(居)'
	누군가를 탐내고 차지하려는 자. 바로 나, 수도거.
종사관2	그러니까 본인은, 성윤겸이 아니라 송서인이 맞다는 것이오?
승휘	예. 저는 예인단 유담패의 단장, 천상계 전기수 천승휘올시다.
종사관2	그러니까, 송서인이든 천승휘든,

당신이 따라다닌 여인은, 구덕이가 아니라 옥태영이다?

승휘　(재밌는 얘기 해 주듯)

구덕이는 10년 전, 제가 한눈에 반했던 노비가 맞습니다.

구덕이가 도망치고, 제가 가출한 후론, 만나지를 못했는데,

7년 전 청수현에서, 구덕이를 닮은, 옥태영을 본 것이지요.

플래시컷〉 2부 S#37 장터 공연장 일각 (D)

승휘, 줄 듯 말 듯하며 사람들의 손끝을 스치며 지나다 구덕을 본다.

그 자리에, 멈춰 선다. 마치 시간이 멈춘 것처럼 뚫어져라 바라보는 둘.

현재〉

승휘　그 뒤로, 제가 열심히 옥태영을 좇아다녔으나,

옥태영은, 현감의 아들인 성윤겸과 혼례를 하더군요.

플래시컷〉 4부 S#3 태영 집 마당 (D)

태영과 나란히 서는 윤겸의 옆모습을 보는 승휘와 만석.

윤겸, 사람들의 웃음소리에 미소로 승휘와 만석이 있는 쪽을 본다.

승휘E　헌데, 옥태영의 낭군인 성윤겸이, 나와 꼭 닮았더이다?

현재〉

승휘　마치 도불경오처럼 말입니다. 도불경오도 모르시죠?

종사관2　(가만히 보는)

승휘　아무튼, 참으로 신비로웠다. 뭐, 운명 같았다?

S#17 의금부 조사실 (다른 날, D)

태영   (차갑게) 우연입니다. 제가 구덕이란 노비와 닮은 것처럼,
         송서인과 제 서방님이 닮은 것도 그저, 우연이지요.

종사관1   송서인과 똑같이 생긴 것을 알면서, 어찌하여 성윤겸과 혼례 한
         것이오?

태영   제가, 현감 맏며느리 자리를 거절할 이유가 있었겠습니까?
         당시, 왕명으로 혼례를 해야 했었고, 아버님께 청혼서를
         받았으니까요.

종사관1   허면, 성윤겸은 왜 가출을 한 것입니까?

태영   억지 혼례라 그런지, 서로 마음이 맞지 않았습니다.
         크게 다툰 뒤 집을 나가시곤, 7년 동안 오지 않으셨지요.

종사관1   가출했다 돌아온 남편이, 성윤겸이 아니라,
         송서인이라는 것을 전혀 몰랐다?

태영   (본다) 제 서방님은 성윤겸입니다.

종사관1   7년 전 집을 나간 사람은 성윤겸, 돌아온 사람은, 송서인입니다.

태영   아무리 두 분이 닮았다 한들, 어찌 제가 서방님을 몰라보겠습니까.

종사관1   본인이 송서인이라 자백을 했습니다.

태영   (놀라서 보는) 예?

종사관1   도주했던 송서인을 추포하여 조사 중이오.

태영   (당황스러움을 감추려는)

S#18 의금부 조사실 (다른 날, D)

손이 묶인 채, 홀로 서 있는 승휘. 들어오는 도겸을 보고 미소.

도겸   (팔 보고 놀라서) 형님, 다치신 것입니까?

++ **351** ++   15부

승휘	조금 스친 것뿐이야. 괜찮네.
도겸	형님, 제가 다 책임질 것이니, 염려 놓으세요.
승휘	(얼굴을 가까이 대고, 작게) 자넨 아무것도 모르는 것이네.
도겸	예?
승휘	날 정말 자네 형님이라고 생각한다면, 내 뜻대로 하게.
	(절박한) 날 찾아왔던 이유를 잊지 마.
	다 자네 형수님을 위해서야.
도겸	형님.

그때 들어오는 종사관2. 승휘, 얼른 자리에 앉는다.
자리에 앉는 도겸과, 종사관2.

종사관2	(도겸 보며) 이자가, 성부수찬의 형님이 맞습니까.
도겸	... 맞습니다. 제 형님이십니다.
종사관2	이자는 성부수찬의 형님이 아님을, 자백하였소이다.
도겸	(놀라서 승휘를 본다) 형님.
승휘	이를 어쩌나. 난, 자네 형님이 아니라,
	송서인일세. 속여서 미안하게 됐네.
도겸	형님, 어찌 이러시는 것입니까.
종사관2	(도겸에게) 7년 전, 성윤겸이 가출했을 때,
	성부수찬은 어린 나이였는데, 어찌 형님을 알아봤소이까?
도겸	(본다) 제 형님이시니까요. 누가 뭐래도 이분은, 제 형님이십니다.
승휘	(종사관2에게) 제 말이 맞지요? 제가 완벽하게 속였습니다.
도겸	형님!
승휘	(종사관2에게) 난 전기수입니다.
	다른 사람을 연기하는 것이 내 직업이니,
	아우도, 부인도, 식솔들도, 청수현 전부가 속았던 것이지요.
도겸	(괴로운)

승휘	아우는 가출했던 성윤겸과 내가 닮았다는 것을 몰랐습니다.
	그러니, 성윤겸을 찾다, 닮은 나를 보고, 착각한 것이지요.

플래시컷〉8부 S#22 익천 주막 (N)

음식을 먹고 있는 승휘와 만석을 보는 도끼.

도끼, 점점 눈이 커지며, 서, 서방님! 승휘와 만석, 본다.

승휘를 본 도겸도 놀라서 벌떡 일어난다.

현재〉

승휘	아우가 나를 형님! 하고 부르고, 식솔도 나를 큰 서방님! 하고 부르니,
	내 머릿속에서 번쩍! 기회는 이때다, 지금이야말로, 내가 연모하던
	옥태영의 남편으로 살아 볼 기회다! 했던 거지요.
도겸	…
승휘	한 가지 걸림돌은, 청에서 공연하라는 어명이었는데,
	그 명을 거절하는 방법은, 죽은 척밖에 없었소이다.
종사관2	(어이없이 보는)
승휘	7년 만에 돌아온 나를 아~무도 의심하지 않더군요.
	기억 소실이라 하니, 옥태영도 믿었지요. 하여,
	호패 하나 위조해서 과거 시험도 보고, 뭐 그랬습니다.
	(도겸의 어깨를 치며) 미안하네. 미안해… 응?

괴로운 도겸에서…

───── **S#19 의금부 옥사 일각 (D)**

옥졸과 함께 옥사로 돌아오던 승휘.

옥사에서 옥졸과 함께 나오는 태영을 본다.

너무 반가워서, 부르지도 못하고 그냥 보는데...

태영   (승휘를 발견하고) 서방님!

승휘   (걱정할까 봐 미소로) 몸은 좀 어떠합니까.

태영   괜찮습니다. 서방님은, (승휘 몸을 보고) 다치신 것입니까?

옥졸들, 그저 갈 길로 태영과 승휘를 데리고 가느라, 가까워지는 둘.

승휘   뭘 좀 드신 것입니까? 얼굴이 이게 뭡니까.

태영   (가까이 작게) 어찌하여 자백을 하신 것입니까.

승휘   그래야 빨리 끝나고 부인이 풀려나지요.

태영   (미치겠는) ... 서방님.

승휘   난 어차피 왕명을 어겨 죽을 것입니다.

        버텨 봤자, 부인의 고초만 길어져요.

조금 떨어져 기다려 주던 옥졸들, 가자는 듯 데리고 가는데,

태영   (발길이 떨어지지 않는) 서방님...

승휘   (손을 붙들고, 뭔가 쥐여 주는) 난 부인의 서방이 아닙니다.

        난 이제, 천승휘입니다. 내 말, 알겠지요?

태영   서방님...

승휘   끝까지 곁에 있어 주지 못해 미안합니다.

태영   서방님...

옥졸들, 세게 당기면, 떨어지는 둘의 손.

애타게 돌아보는 태영에게, 애써 웃어 보이는 승휘에서...

S#20 도겸 집 방 안 (N)

죄책감으로 괴로운 도겸을 안아 주고 있는 미령.

S#21 의금부 옥사 (N)

쥐고 있던 손을 펴 보는 태영의 손바닥에,
승휘가 쥐여 준 관자 하나가 보인다.
괴로운 태영에서 Out.

S#22 이좌수 집 김씨부인 방 안 (D)

홍씨부인   (막 한양 도착한, 앉으며) 하이구, 어찌 되었습니까.

김씨부인   아직 판결 전이라, 확실하진 않습니다만,

           제주 목사로 있는 옥외지부의 오라비가 서신을 보내왔고,

           의금부 동지사께서도 증언을 하셔서,

           옥외지부는 오해가 풀린 듯합니다.

홍씨부인   아우~ 내 그럴 줄 알았습니다.

           옥외지부가 노비라니 말이 됩니까.

김씨부인   ... 그러게요.

홍씨부인   허면 성별감은요?

김씨부인   성별감은... 아무래도, 성윤겸이 아닌 듯합니다.

홍씨부인   (어리둥절) 예? 그럴 리가요.

           성부수찬이 모셔 오지 않았습니까?

김씨부인   어디서 꼬인 것인지 몰라도, 얼굴이 똑같은, 다른 사람이라 합니다.

홍씨부인   그걸 몰랐대요? 성부수찬도, 옥외지부도?

김씨부인	식솔들도 우리도 아무도 몰랐지 않습니까.
홍씨부인	어머나... 이 일을 어쩝니까.
	우리 나리 아시면, 너무 충격받으실 텐데...
	자기 아들보다 더 좋아했는데요.
김씨부인	그러셨지요.
홍씨부인	어머! 허면, 옥외지부 애는, 누구 성을 받아야 합니까?
김씨부인	그게 무슨...
홍씨부인	홀몸이 아니란 말입니다아~
김씨부인	(머리가 복잡한) ...

───── **S#23 태영 집 마당 (N)**

마당 한편, 장독대 위로 촛불과 정화수를 올려놓고,
두 손 모아 빌며 기도 중인 막심.
걱정으로 나와 보는 도끼.

막심	(빌며) 비나이다. 비나이다. 천지신명께 비나이다.
도끼	허이구 여봉봉, 잠도 안 자고 왜 이려어. 이러다 병 나겄네에.
막심	큰 서방님이랑 우리 만석이, 절대 잡히는 일 없이 무탈하게 해 주셔유.
	우리 마님도 아~무 죄가 없응께,
	벌주실 거 같으믄 차라리 지한테 주셔유.
도끼	뭔 소리여어. 아녀유. 차라리 지한테 주셔유.
막심	(한숨으로) 자모회장님은 한양 도착하셨을 것인디...
	소식을 알 길이 없으니, 답답해 죽겄네...

걱정으로 막심을 보며 다독여 주는 도끼에서...

S#24 이좌수 집 마당 (D) [여기부터 되도록 헝겊으로 입을 가려 주세요]

짐을 싸 들고 나서는 이좌수와, 데리러 온 군관들.
이좌수 곁으로, 배웅하듯 선 김씨부인. 이좌수, 돌아보면,
멀리 떨어져 입을 손수건으로 가리고 인사하는 홍씨부인과,
눈물 바람의 선희.

홍씨부인   우리 사위는, 바빠서 아버님 가시는 것도 못 보네...
선희   (눈물로) 아버님... 강녕하셔야 합니다.
홍씨부인   울지 마~ 누가 보면 돌아가신 줄 알겠다.

이좌수, 선희를 향해, 괜찮다는 듯 끄덕이고 김씨부인을 본다.

이좌수   ... 내가 살아 돌아오면, 반겨 주시겠소?
김씨부인   돌아오시면, 생각해 보지요.
이좌수   (미소로) 이리 보러 와 준 것만으로도 고맙소이다.
김씨부인   (작은 주머니 내밀고) 무릎 통증에 드시던 갈근환입니다.
이좌수   (받고) 곧 죽게 생겼는데, 이깟 무릎...
김씨부인   어서 가세요.
이좌수   (보다가) 하필이면 괴질이 돌아 어지러운 판국에,
        희대의 사기꾼 부부 얘기를 터트렸다는 것은,
        박준기가 뭔가 감추는 게 있다는 뜻입니다.
김씨부인   (본다) 예?
이좌수   (눈을 반짝이며) 의금부의 눈을 가린 거라구요.
        7년 전, 성현감의 눈을 가린 것처럼...
김씨부인   (원한이 깊어서 이러나 싶은) ...
이좌수   박준기가 숨기는 것을 반드시 밝혀내라고,

덕훈이에게 전하세요. 이것은, 내 유언입니다.

김씨부인　　(보는 데서) ...

───── **S#25 소혜 집 방 안 (D)**

나갈 채비 중인 박준기. 소혜, 쾅쾅 들어오며,

소혜　　구덕이가 풀려날 거라 합니다!

　　　　제가 망상증이 있어서 헛소리를 한 거래요!

박준기　　확실한 증좌가 있는데 그럴 리 있겠나.

소혜　　그러니까요! 왜 증좌를 바로 들이밀지 않는 것입니까!

　　　　왜 그년을 당장 끌고 오지 않고 대감의 일에 이용하는 것이냐구요!

박준기　　(본다) 뭐?

소혜　　왜요, 내 집을 비밀 창고로 쓰면서,

　　　　내가 아무것도 모를 거라 생각하셨습니까?

박준기　　(어이없어서 웃는)

소혜　　사기꾼 부부 사건으로 의금부를 정신없이 만들고,

　　　　진청의 당상에 임명되셨으면, 뜻을 다 이루신 게 아닙니까?

박준기　　(슬슬 거슬리는 듯) 스...

소혜　　그만 질질 끄시고 그년 데려오시란 말입니다!

박준기, 다가와 손을 들면, 움찔하는 소혜.

박준기, 손가락으로 볼을 쓰다듬다가, 턱을 쥐고,

박준기　　내가... 때를 기다리라 하지 않았나.

　　　　(턱을 꽉 쥐고) 그 입, 어디 가서 벌리면 가만 안 둘 것이네.

나가는 박준기를 노려보다가, 볼과 턱을 거칠게 닦아 버리는 소혜.

소혜   (잠시 생각하다) 그까짓 구덕이 년, 내가 데려오면 되지.

허종문, 이종사관, 종사관1, 2.

허종문   (막 들은) 조사가 끝난 마당에, 새로운 증좌라니?
        이제 와서 그게 무슨 소린가!
종사관2   이제야 도착하여... 송구합니다.
허종문   (낭패인) ...

태영   동서...
미령   (앞으로 앉으며) 면회도 되는 것을 보니, 곧 내보내 주시려나 봅니다.
태영   작은 서방님은 어쩌고 계셔.
미령   (보다가 말 못하겠는 그저 미소)
태영   (걱정인데)
미령   (지두 주머니) 막심이가, 자모회장님 편으로 보내왔어요.
태영   ... 모두에게 걱정 끼쳐 미안하네.
미령   다들 한마음으로 걱정해 주십니다.
        홀몸도 아니신데... 어서 나오셔야지요. 형님.
태영   ...
미령   (긍정적으로 생각하려는) 형님께서 나오셔야,

아주버님을 구명하시지 않겠습니까.

방도가 없는 듯, 절망적인 표정의 태영에서...

───── **S#28 의금부 옥사 (N)**

승휘	(밖을 보는) 부인은 나가신 건가? 아님, 같이 판결해 주나?
만석	(열심히 밥 먹으며) 같이 해 주지 않겠어요?
승휘	그나저나, 청수현은 난리 났겠다.
만석	그러게요. 나리 소식 들으면, 좌수 어른 대성통곡하실걸요?
승휘	그러게, 같이 노회 마을 만들어서 잔치도 열기로 했는데...
만석	(그저 열심히 먹는) 개발도 다 해 놓고,
	판도 다 깔아 놨으니, 혼자 하실 수 있으실 거예요.
승휘	넌 지금 그게 들어가냐.
만석	왜요오~ 먹고 죽은 귀신이 때깔도 곱다잖아요.
승휘	죽어서 때깔 고와 뭐 하게. 처녀 귀신 꼬실래?
	글고 우리 판결받아도 바로 안 죽어~ 가을 지나야 죽을걸?
만석	왜요? 사람 죽이는 것도 날씨 봐 가면서 죽여요?
승휘	당연하지, 아무 때나 죽이면 하늘이 노해서 농사 망치거든.
만석	아, 그래서 수확할 때까지 참형을 미루는 거예요?
승휘	어~ 형 집행까지 운 좋으면 몇 년도 더 살 수 있대.
만석	괜찮네요. 때 되면 밥도 주고. 할 일도 없으니 잠도 실컷 자고.
	이렇게 옥살이하면서 둘이 노닥거리는 것도 재밌겠다.
승휘	(보다가) 다음 조사받을 때, 너 나한테 협박당한 거라고 할 거야.
만석	그럼 뭐 나 내보내 준대요?
승휘	그럴 수도 있지~
만석	(다 먹고) 맛 드럽게 없네요. 우리 막심 누이가 해 준 밥 생각난다.

	혹시 제가 살아서 나가면 삼단 찬합으로 사식 넣어 드릴게요.
승휘	살아서 나가면, 마님이나 좀 잘 챙겨 드리거라.

하는데, 다가오는 옥졸들. 둘, 뭐지? 하는 얼굴로 보는 데서...

―――― S#29 의금부 마당 (N)

마당에 선, 두려운 표정의 태영, 끌려 나오는 승휘와 만석을 본다.

만석	마님! 아직 못 나가셨네.
승휘	괜찮으십니까.
태영	(걱정으로, 그저 끄덕이는)
만석	근데 우리 왜 부른 거예요?
태영	판결을 내리실 모양이야.
만석	아... (스스로에게) 괜찮아. 각오했어!
	(그래도 무서운) 빨리 안 죽인댔죠?
태영	(어쩔 줄 모르겠는) 미안해 만석아. 괜히 나 때문에 너까지.
만석	아우! 괜찮아요! 굳게 버티세요. 아셨죠! 마님만 나가심 됩니다.

태영과 승휘, 서로를 애처롭게 보는데,
의금부 지사, 종사관들, 관원들 등, 착석한다.
마지막으로 나오는 허종문을 보고,
송구함으로 목례하는 태영에, 차가운 허종문.
연락을 받은 듯, 객석 쪽으로 급히 와 보는 도겸.
사뭇 엄한 분위기에 두려운데...

허종문	(이윽고) 옥태영은, 송서인이 성윤겸 행세를 한다는 것을 몰랐다

하였고, 송서인은, 옥태영 모르게 성윤겸 행세를 하였노라, 자백하였다.
맞는가.

태영과 승휘, 허종문을 보는데,

허종문	(엄한) 대답하라 맞는가!
태영 / 승휘	그러합니다.
허종문	허면 두 사람은, 지난 5월 무슨 연유로 익천에서 만난 것인가.
만석	(중얼, 아뿔싸) 아 익천...
태영	(조금 당황해) 그것은, 외지부로 간 것이옵니다.
	송서인이 천승휘로 활동하며 작품을 절도당했고,
	억울하게 옥에 갇혔다기에 의뢰를 받아 간 것이옵니다.
허종문	누가 의뢰를 하였나.
태영	(본다) 예?
허종문	송서인은 옥에 갇혀 있었는데 누가 의뢰를 한 것인지 물었다!
만석	(당황해서) 아, 그...
태영	(만석을 보고) 그, 그것이.
허종문	송서인과 그 종 쇠똥이를 당장 형틀에 묶어라!

놀라는 셋. 나졸들, 만석과 승휘를 형틀에 앉히고,
팔다리를 묶어 고정하고, 주릿대를 끼우는 사이,

태영	(당황해서) 대감, 어, 어찌하여, 이러시는 것이옵니까.
허종문	옥태영은, 지난 5월 익천에서 저자들을 만나,
	가출한 남편 성윤겸의 살인을 공모하였다.
태영	예?

놀라 마주 보는 만석과 승휘. 충격으로 보고 선 도겸.

허종문, 끄덕하면, 승휘와 만석의 주리를 트는 나졸들.

승휘와 만석의 비명에, 태영, 충격으로 정신이 없는데,

태영 대, 대감!

허종문 송서인의 몸종 쇠똥이는!

옥태영에게 외지부를 의뢰해 익천 관아로 불러들였을 뿐 아니라,

송서인이 성윤겸 행세를 하며 청수현에 사는 동안에도!

함께 살았음이 확인되었다. 따라서 옥태영은!

돌아온 남편이 성윤겸이 아니라 송서인임을 알고 있는 것이

분명하거늘! 어찌하여 감히... 의금부를 속이고 거짓을 고했단 말인가!

태영, 분노의 허종문을 보며, 더 말도 못 하는데,

나졸들, 거세게 승휘와 만석을 고문하고,

비명을 지르는 만석.

허종문 어서 진실을 말하지 못하겠느냐!

만석 (비명 같은) 아아아. 모릅니다... 저는 아무것도 모릅니다.

승휘 대감, 공모라니요! 결코 아닙니다. 절대로 으아악.

허종문 계속 거짓을 고할 것이냐!

태영 대감! 어찌 증좌도 없이 이러시는 것이옵니까...

허종문, 분노로 태영을 보다가. 셋의 뒤를 보면,

언젠가부터, 나졸과 함께 뒤로 나와 서 있던 설랑이다.

놀라서 설랑을 보는, 승휘, 태영, 만석.

허종문 네가 아는 것을 바른대로 고하거라!

설랑 예. 저자들은 아는 사이가 분명합니다.

익천에서뿐 아니라, 그전부터 아주 밀접한 사이입죠.

	저 송서인이 쓴 소설 종사관과 여인을 보시면 아실 것입니다!
승휘	(혼잣말) 내가 저 새끼를 그때 죽여 버렸어야 했는데.
만석	(겨우) 야! 너 입 안 닥쳐!
설랑	(만석 가리키며) 저놈은, 결코 단순한 종이 아닙니다.
	저놈은, 예인단 유담패를 관리한 행수 놈이란 말입니다.
	외지부 의뢰도 하고, 같이 살기까지 해 놓고 모르는 사이라니요~
허종문	(태영에게) 이래도, 모르는 사이였다 주장하는 것인가!

태영, 당황해 답을 못 하는데,
더욱 거세게 둘을 고문하는 나졸들. 만석과 승휘의 비명 소리...

승휘	대감! 쇠똥이는 그저 제가 시키는 대로 한 것뿐입니다.
나졸	바른대로 대시게. 이러다 죽습니다.
만석	이러나저러나 죽는 건 매한가지 으아악.
설랑	대감, 저들은 불륜을 저지른 것이 분명합니다.
	송서인과 옥태영은 익천에 머물며 한방에서 지냈습지요!
승휘	너 닥치지 못해!
태영	배가 고장 나, 내려가지 못했던 것뿐입니다. 대감.
	설랑 저자는, 저로 인해 절도죄를 받아 모함을 하는 것입니다.

나졸들, 다시 고문하면, 외마디 비명 지르더니, 고개를 푹 떨구는
만석.

승휘	만석아... 만석아!
태영	(만석을 보고 필사적인) 세 사람이 아는 사이라는 것이,
	어찌, 성윤겸의 살인을 공모한 증좌가 된단 말씀입니까.
허종문	(참담하게 태영을 보며) 어찌... 나를 이리도 기망할 수 있단 말인가.
태영	대감... 믿어 주십시오. 저는 결코... 제 남편을 죽이지 않았습니다.

| 허종문 | 여봐라, (어쩔 수 없는, 공정함과 단호함으로) 옥태영도 함께 묶어라! |

나졸, 태영을 끌어 의자로 데려가는데,

| 승휘 | 안 됩니다. 대감! 어찌 회임한 여인을 고신한단 말입니까. |
| 허종문 | 어서 묶어라! |

나졸들, 태영을 묶는 사이, 나와서 무릎을 꿇는 도겸.

도겸	대감. 다 제 잘못입니다.
일동	(도겸을 본다)
도겸	(엎드리며) 다 제가 저지른 일이옵니다.
	부디 저를 벌하여 주시옵소서 대감.
태영	(묶인 채) 안 됩니다 작은 서방님!
	(허종문에게) 대감. 이는 모두, 제가 원한 것이옵니다.
	제가 과부로 사는 것이 힘들어서 가짜 행세를 부탁하였습니다.
	허나 결코 남편을 살해하지 않았습니다. 제발, 제발 믿어 주십시오.
허종문	... 너는 이미, 거짓을 고하였으므로,..
	너의 모든 말은 내게, 신뢰를 잃었다.
태영	(절망하는) 대감...

허종문, 나졸들을 보면, 나졸, 태영을 고신하는데,
비명도 지르지 못하는 태영을 보는 도겸과 승휘, 미치겠는데...

도겸	대감! 제가 꾸민 짓이옵니다. 제가 제가 형님을 /
승휘	(막듯, 크게) 제가 죽였습니다 대감.
일동	(놀라 승휘를 본다)
승휘	성부수찬이 성윤겸을 찾아왔을 때!

	저는, 7년이나 부인을 홀로 둔 성윤겸에게 분노하였고!
	청에서 그자를 만나 부인에게 돌아가라 종용하였으나,
	그 자리에서 거절당하자, 화가 나 그자를, 죽여 버렸습니다.
도겸	아닙니다. 대감!
승휘	(도겸을 막듯, 버럭) 제가!
	(태영을 보며) 저 여인을 너무도 연모하여서!
	단 하루만이라도 저 여인의 남편으로 살고 싶어서!
	단 한 번만이라도 서방님이란 말을 듣고 싶어서!
	다 제가 꾸미고, 다 제가 속인 것입니다.
	저 여인은 죄가 없으니, 보내 주십시오.
태영	... 서방님...
승휘	미안합니다. 내 욕심 때문에 벌어진 일입니다.
도겸	형님...
승휘	형수님을 잘 부탁하네.
허종문	(보다가) 송서인은 살인을 자백하였다.
	최종 판결이 있을 때까지, 구금하고,
	(태영 보며) 옥태영은 풀어 주거라.

나졸들, 기절한 만석과 승휘와 태영을 형틀에서 풀어 낸다.
질질 끌려가는 만석과 승휘를 보며 넋이 나간 태영과, 오열하는 도겸.
사이, 급히 오는 나졸 하나, 허종문의 귀에 뭔가 말하면,
천천히 태영을 보는 허종문.

허종문	네 이름이 무엇이냐?
태영	(본다)
허종문	청나라 사신단의 부사로 역임했던 옥필승의 장녀 태영이냐,
	아니면, 김낙수의 노비 구덕이냐.
태영	(이제 와서 무슨 말이냐는 듯 보면)

허종문	이름이 무엇인지 묻고 있지 않느냐!
태영	제 이름은...
허종문	데려오너라!

돌아보는 도겸과 태영. 끌려가던 승휘 눈앞에 나타나는, 소혜를 본다.
그리고, 소혜의 뒤로, 나졸들의 손에 이끌려 들어오는, 개죽이다.
충격으로 개죽을 보는 태영. 개죽도 태영을 보는데,
태영을 알아보고 필사적으로 외면하는 개죽.
승휘도 안 된다는 듯 태영을 보는데,
태영, 꿈에 그리던 개죽의 모습에 저도 모르게...

| 태영 | 아. 아버지... (비명 같은) 아버지! |

눈을 감는 허종문. 충격으로 보는 도겸. 아프게 보는 승휘.
개죽, 필사적으로, 아닙니다. 내 딸 아니야!
그런 개죽을 보다가, 진이 빠져 혼절하는 태영.
개죽, 놀라서, 구덕아! 부르며 태영에게 달려온다.
쓰러진 태영을 끌어안고 오열하는 개죽과, 뿌듯한 소혜에서...

────── **S#30 의금부 옥사 (N)**

바닥에 던져지는 승휘와 만석.

승휘	(신음하며 몸을 조금 일으켜) 만석아...
만석	(미동도 없이 고꾸라진)
승휘	만석아... 죽은 거야?
만석	(그대로 입만) 저 똥소혜 미친년이,

처음부터 개죽이 아재를 데리고 있었나 봐요.

승휘   (살아 있구나 안도)

만석   아 진짜 살인했다고 거짓 자백한 보람도 없이 마님도 들통나 버렸네.

승휘   그래도, 다행이다. 그리도 만나고 싶어 했던 아버지를 만났으니...

        아버지 돌아오시면 바닷가에서 같이 살기로 했는데...

        이제 안 되겠네.

만석   글게요. 나도, 집 사 준 대신 아들 낳으시면,

        이름을 만석이로 지어 달라고 조를라 했는데.

승휘   야 미쳤냐? 나 딸 낳을 거야. (하다가)

        하나 마나 한 소리 하고 있다 우리.

        하는데 답 없는 만석. 승휘. 가만히 만석을 본다.
        편한 얼굴로 눈을 감은 만석을 가만히 보다가...

승휘   만석아... 대답 좀 해 줘 만석아. 만석아...

        기어가서 만석을 붙들고 오열하는 승휘 위로,

허종문E 조사와 진술, 증언 등을 종합하여 심리한 결과,

        송서인은, 성윤겸을 살해하고 그 신분을 사칭한 죄,

        사망으로 위장하여 왕명을 거역한 죄가 명백하므로, 참형에 처한다.

—— **S#31 소혜 집 일각 (D)**

        발목에 족쇄와, 포승줄을 한 채로, 돌아오는 구덕.

허종문E 노비 구덕은, 주인을 해하고 도망친 죄,

양반인 옥태영의 행세를 한 죄가 명백하여,
참형으로 다스리는 것이 마땅하나!

집 앞, 신나서 기다리고 있는, 소혜와, 속상하게 서 있는 꺽쇠와 금복.
구경하는 사람들 틈에 형수님! 하는 도겸을 붙들고 선 미령. 위로,

허종문E   외지부로 지내며, 많은 백성을 도왔음을 헤아려,
주인인 김소혜에게 돌려주는 것으로 판결한다.

──── **S#32 이좌수 집 방 안 (D) [몽타주]**

소식을 들은 듯, 참담하게 앉아 있는 김씨부인과 홍씨부인.

──── **S#33 차좌수 집 또는 유향소 마당 (다른 날) [몽타주]**

마당에 선 차좌수에게 막 소식을 전한 식솔.
차좌수, 착잡함으로, 먼 산을 보는 데서...

──── **S#34 자모당 [몽타주]**

자모당 부인들, 믿어지지 않는,
다들 충격으로 말도 안 나오는데...

—— **S#35 청수현 거리 [몽타주]**

백성들. 이게 무슨 말도 안 되는 일이냐며,
다들 부정하듯 고개를 절레절레 흔드는 데서...

—— **S#36 태영 집 마당 [몽타주]**

행랑에서 막 나오던 막심, 멍하니 넋 놓고선 도끼를 본다.
그 앞에 눈물이 그렁그렁한 끝동을 보고, 직감한 듯 주저앉는
막심에서...

—— **S#37 소혜 집 헛간 (N)**

정신을 잃고 쓰러져 있는 구덕의 얼굴 위로, 쏟아지는 요강.

구덕   (눈을 뜨고) 아버지는.
소혜   니 애비를 만나게 해 줄 거 같아?
       니년 때문에 우리 아버지가 죽었는데!
구덕   (가만히 본다)
소혜   (가려다가 돌아보고) 아, 너 애 가졌다며?
       그럼, 그 애도 이제, 내 거다?
구덕   (본다)
소혜   (미소로) 집에 온 걸 환영해. 구덕아.

미소로 보는 소혜를 보는 구덕에서... Out.

S#38 허종문 공간 방 안 (N)

잔을 들어, 술을 한 잔 마시는 허종문. 따르는 도겸.

허종문	(심란한) 자네, 날 원망하고 있는가.
도겸	(본다) 의금부의 위세에 오점이 될 것을 아시면서도,
	형수님의 참형을 면하게 해 주심에 참으로 감읍하옵니다. 대감.
허종문	화신파의 반대를 무릅쓰고, 옥외지부를 살린 것은, 전하의 결정이네.
도겸	(그저 숙이고 있는)
허종문	자네도, 자네 형수가, 노비인 걸 몰랐다면, 나만큼이나 놀랐겠군.
도겸	송구하오나 그분은, 어떤 신분이어도, 제겐 어머니와 같은
	존재이옵니다. 갈 곳 없는 저를 키워 주시고,
	무너진 집안을 일으키시고... (말을 못 잇는)
허종문	(그 마음 안다는 듯, 끄덕인다)
도겸	죄인임은 틀림없으나, 저만큼은 그분께 돌을 던질 수 없사옵니다.
허종문	그래...

S#39 소혜 집 헛간 (D)

구석에 쓰러지듯 기대 잠든 구덕. 기척에 보면,
음식을 내려놓고, 젖은 수건으로 구덕이를 닦아 주고 있는 속상한
금복.

구덕	아주머니...
금복	여기 있는 약재 좀, 창고로 옮기래서 잠깐 들어왔어.
구덕	아버지는요?
금복	다른 헛간에... 잘 계시니까 염려 마 응?

구덕	(말이 잘 안 나오는) 그동안... 어디서... 얼마나 찾았는데...
금복	조용한 사찰에 숨어서 살았대. 거기서 잘 잡숫고, 병도 고치셨더라.
	잡혀 온 지는 좀 된 거 같은데, 우리가 알까 봐 다른 집에 가둬 놨나 봐.
구덕	(이상하다는 듯 보는) ... 그래요?
금복	너무 걱정 마. 이젠 함부로 죽이거나 못 할 거야.
	부수찬 댁에서 수시로 사람을 보내서, 집 앞에 왔다~ 갔다 하고 있거든.
구덕	(고맙고, 미안한)
금복	그것 땜에 호판 대감이 아주 신경이 곤두섰다?
구덕	(본다) 왜요?
금복	왜긴, (구석에 뚜껑 덮인 바구니 하나 들고)
	이 집이 박준기 비밀 창고잖아. 그동안 쌓아 둔 약재들을
	뒷창고에서 환으로 만들어서 파나 보더라고.
	(확인하려 뚜껑 열었다가 구역질) 아우 이 풀은,
	이건 뭔데 이렇게 비린내가 나나 몰라.
구덕	(혼잣말 같은) 그래서 그렇게 노회가 필요했던 거구나.
금복	(절뚝이며 나가며) 또 올게. 좀 먹고 있어 응?

─── **S#40 소혜 방 (D)**

박준기, 거세게 소혜의 뺨을 때린다.
바닥으로 주저앉는 소혜. 볼을 부여잡는다.

박준기	어째서 네 멋대로 의금부에 나온 것이야! 어째서!
소혜	자꾸 질질 끄시니 답답해서 그랬습니다!
박준기	다 이유가 있다 하지 않았느냐!
소혜	뭔데요. 괴질촌 차지하셨으면 됐지,
	뭐가 더 구린 구석이 있으신데요!

박준기	한 번만 더 허락 없이 행동했다간,
	네 아버지 꼴이 날 것이다.
소혜	(노려보는)

──── S#41 의금부 옥사 (D)

홀로 앉은 승휘. 막, 서신을 다 써서 접는데,
고신받은 통증으로 온몸이 고통스럽다. 다가와 앉는 도겸.

도겸	형님...
승휘	(안 아픈 척) 만석이 시신은 찾았는가.
도겸	예... 시구문 밖에서 수습했습니다.
승휘	그래, 청수현 양지바른 곳에 좀 묻어 주게.
	청수현에 뼈를 묻고 싶다 노래를 불러 댔거든.
도겸	... 예.
승휘	그리고, 그 옆에 자리 하나 더 봐 주게.
	내가 곁으로 가야, 만석이가 외롭지 않을 테니.
도겸	청수현에 다녀오는 대로, 무슨 수를 써서라도 방도를 내 볼 것입니다.
	형님께서, 살인죄까지 뒤집어쓸 순 없으니까요.
승휘	어쩌게, 뭐 또 형님을 찾아다녀 보겠나?
도겸	그렇게 해서라도 /
승휘	그래도 달라질 게 없어. 난 어차피 왕명을 어겼다니까?
도겸	(괴로운)
승휘	자네 마음 알아. 그러니, 이제 내 걱정은 말고,
	그 마음 다해서, 형수님을 지켜주게. 부탁하겠네.
도겸	(대답 못 하겠는) ...
승휘	(서신을 준다) 자, 이걸 좀 부인에게 전해 주겠나.

도겸	(받으면)
승휘	그리고 내게, 빈 공책을 좀 구해다 주게.
도겸	(보면)
승휘	내, 남은 날 동안, 유작을 남기려 해.
	(미소로) 불후의 역작이 될 것이네.
도겸	(아프게 보는 데서) ...

─── S#42 소혜 집 앞 또는 마당 (D)

승휘가 준 서신을 들고 선 김씨부인.

금복	(난처한) 집으로 들이시는 건 절대 안 된다고 하셔서...
소혜	(뒤에서 나오며) 왜요. 그쪽도 구덕이 팔아 달라고 빌러 오셨습니까?
김씨부인	(본다) 그런 아량을 베풀 정도로 좋은 사람은 아니지 않습니까?
소혜	(노려본다) 귀한 구덕이 년 돼진 다음에 후회 마시고, 말 곱게
	하세요~
김씨부인	(부어오른 뺨을 보며) 한 번만 만나게 해 주면, 비밀로 해 드리지요.
소혜	(보면) 뭘 말입니까?
김씨부인	첩실 주제에 감히 정경 부인들 모임에 나갔다가 문전 박대 당하고,
	박준기 창고나 지키는 개로 살고 있다는 뒷말이 자자하던데,
	(가까이) 맞고 산다는 소문까지 나서야 되겠습니까?
소혜	(노려보다가) 뭐, 그럽시다. 그년 꼴이 얼마나 가관인지,
	구경시켜 드리는 것도, 나쁘지 않겠네요?

S#43 소혜 집 헛간 (D)

관자를 보며, 기대 앉아 있던 구덕.
들어오는 김씨부인을 보고 놀란다.

구덕	여긴, 어찌 들어오셨습니까.
김씨부인	(서신을 주며) 자네 서방이 전해 주라 한 것이네.
구덕	(놀라며 받고, 참형되었나 싶어서) 설마...
김씨부인	아니. 아직이네.
구덕	(괴로운)
김씨부인	성부수찬 내외는, 그 식솔의 장례를 치르러, 청수현에 갔네.
구덕	(만석이 생각에 괴로운, 눈물이 그렁한) ...
김씨부인	이리 슬퍼하고만 있을 것인가.
구덕	(족쇄를 보며) 제가... 뭘 더 할 수 있겠습니까.
김씨부인	(작게) 사람을 사서, 자네를 빼낼 생각이네.
구덕	(본다) 저더러, 또 도망 노비가 되란 말씀이십니까.
김씨부인	아니면, 서방 따라서 죽기라도 할 텐가?
	아니면, 이대로 배 속의 아이도 노비로 살게 할 텐가?
	그것이 자네 살리려고 희생한 마음들에 대한 보답인가?
구덕	...
김씨부인	자네, 옥태영이란 이름이 없으면, 아무것도 못 하는 게야?
구덕	(본다) ...
김씨부인	덕훈 아버지가 격리되면서 한 말이 있네.

플래시컷〉 S#24 이좌수 집 마당 (D)

이좌수	하필이면 괴질이 돌아 어지러운 판국에,
	희대의 사기꾼 부부 얘기를 터트렸다는 것은,

박준기가 뭔가 감추는 게 있다는 뜻입니다.

김씨부인 (본다)

이좌수 (눈을 반짝이며) 의금부의 눈을 가린 거라구요.

7년 전, 성현감의 눈을 가린 것처럼...

현재〉 의아한 듯, 김씨부인을 보는 구덕.

구덕 ... 아버님의 눈을 가린 것처럼?

김씨부인 성현감처럼 이용당하고 끝나선 안 되네.

어떻게든 여길 나가야 해.

구덕 (보다가) 혹시... 괴질의 증상을 아십니까?

눈빛이 달라진, 구덕을 바라보는 김씨부인에서...

경과〉 **(다른 날)**

열심히 음식을 먹고 있는 구덕. 들어오는 소혜를 본다.

신경 쓰지 않고 열심히 먹는데,

소혜 양반 행세하더니 꼴 좋다.

뭐라더라? 저는 부인과 초면입니다?

저는, 청수현 성씨 가문의 맏며느리인, 옥태영이라 합니다?

어이없어서.

구덕 (그릇 내려놓고) 저랑 서인 도련님이 부부 행세하는 걸 어찌

아셨습니까?

소혜 (보다가) 네년이 한양에 노회 팔러 왔다기에, 뒤를 밟았지.

플래시컷〉 **14부 S#22 용두봉 초입 (N)**

절하고 있는 둘을 바라보는 누군가의 시선.

현재〉

소혜	죽은 니 애미 년 무덤에서 너랑 서인 도령을 봤다구. 이 뻔뻔한 년아.
구덕	헌데 왜 사실을 알고도, 그 즉시 잡으러 안 오셨습니까?
	아버지는 왜, 잡아 놓고도 숨겨 놓으셨구요?
소혜	뭘 따져? 니가 아직도 외지부인 줄 알아?
구덕	(가만히 본다)
소혜	좋디?
구덕	(보면)
소혜	노비 주제에 양반 행세하면서,
	동정하고, 베풀고, 도와주니까, 좋았냐구.
구덕	당연히 좋았죠. 저 좋은 일 많이 했습니다.
소혜	너 그거 다 가식이야. 넌 그냥 위선자일 뿐이라구.
구덕	위선자가 어때서요. 가진 자들이 위선이라도 베풀어야,
	없는 사람들이, 숨이라도 쉬는 것입니다.
소혜	그런다고 니가 훌륭한 사람이 될 거 같아?
구덕	훌륭한 사람? 아뇨. 전 사람이 되고 싶었습니다.
	할 수 있는데 안 하는 사람보다야 훌륭하겠지만요.
소혜	야, 난 내 감정에 솔직한 거야. 양반들은 다 그래~
구덕	세상엔, 훌륭한 양반들도 많습니다.
	할머님도 그랬고, 아버님도 그랬고...
소혜	누가 니 할머님이고, 누가 니 아버님인데?
	야, 넌 옥태영이 아니야~ 넌, 가짜라구.
구덕	예. 저 가짜 맞습니다. 아씨 덕분에 가짜로 살기 수월했지요.
	아씨 대신에 배우고 익힌 것이 많았으니까요. 감사드립니다.
소혜	아쉬워서 어쩌니? 이제 다시 하찮은 구더기가 되었으니?
	앞으로 영원히. 니가 죽을 때까지, 네 주인은 나야.
구덕	(보다가) 제 주인은, 아씨가 아닙니다.
소혜	(웃는) 뭐, 니 주인은 너다. 그럴려구?
구덕	제게 주인이 있다면, 제게 이름을 주시고

꿈을 주고 돌아가신 태영 아씨입니다.

소혜 (발끈하는) 니가 진짜로, 죽고 싶구나? (발 들고) 쩔뚝이 만들어 줘?

구덕 형률 제337조, 노비를 구타하거나 살해하면,
곤장 100대를 맞게 될 터인데, 견디실 수 있겠습니까?
(빤히 보며) 김낙수 나리는, 30대도 못 맞고 돌아가셨거든요.

소혜 (한 대 때리고) 네년이 감히. 내 아버지를 죽이고 그딴 말을 지껄여!?

구덕 나리를 죽게 만든 건! 아씨의 지아비이신 박준기 대감입니다!

소혜 뭐?

구덕 어디 가서 잘못돼도 뒤탈이 없을, 가장 하찮은 사람을 고른 거라구요.
일 시키고 잘못되면 꼬리를 잘라 버릴 생각으로.

소혜 닥쳐!

구덕 아씨는, 인질이었습니다. 김낙수 나리가 잡혀도,
배후인 박준기를 불지 못하도록 잡아 놓았던 인질.

소혜 ... 아무리 잘난 입으로 떠들어도,
넌 지아비를 죽게 만든 년이야!
니깟 년 때문에, 서인 도령이 참형당할 거라고!

구덕 (보다가) 염려 마세요. 저도 곧 따라 죽게 될 테니까요.
전 (팔을 보이며, 훅 내민다) 괴질에 걸렸거든요.

구덕의 팔, 돌로 그어 만든 상처와 물집, 피딱지가 엉겨 붙어 있다.
소혜, 놀라, 두려움으로 한걸음 물러서는 데서...

─── **S#44 도성 밖 병자 격리촌 앞 (D)**

높은 울타리로 막힌, 봉쇄된 입구 앞을 엄하게 막아선 군사들.

S#45 도성 밖 병자 격리촌 안 (D)

곳곳에 세워진 작은 막사 앞.
구토물이나 피로 더럽혀진 거적들 늘어져 있고,
가마솥에 미음을 끓이거나, 약을 달이거나,
옷가지를 삶는 사람들과 의원들.
안에서 시신 옮겨 나오는 사람들과,
시신 태우는 연기도 피어오르고 있다.

S#46 도성 밖 병자 격리촌 막사 안 (D)

너른 평상에 누워 있는 병자들.
붉은 물집이 가득한 사람, 복통을 호소하는 사람 등 보이고,
적은 수의 의원, 의녀, 봉사자들이 음식을 먹이거나 돌보는데,
이좌수 팔의 진물을 닦아 주고 소독해 주고 있는 해강.
이좌수, 고맙소이다 하고 보면, 다른 병자에게 가는 해강.
이좌수, 어디서 봤더라... 하는데 떠오르는,
플래시컷〉 4부 S#55 애심각 (D)
놀라서 보는 해강을, 칼로 내리치는 이좌수.
현재〉 놀라 해강을 보는 이좌수에서...

S#47 도성 밖 병자 격리촌 막사 일각 (D)

사람들에 섞여 막 들어온 구덕.
참담한 상황을 보며, 손을 들어 입을 가린다.
막사로 들어가려는데 나오는 해강. 구덕을 보지 못하고...

구덕, 설마 하며 해강을 따라 시선이 이동하는데.
시선이 멈추는 곳에, 아까부터 보고 있었던,
가리개를 하고 선 윤겸이다.
마주 보는 둘에서.

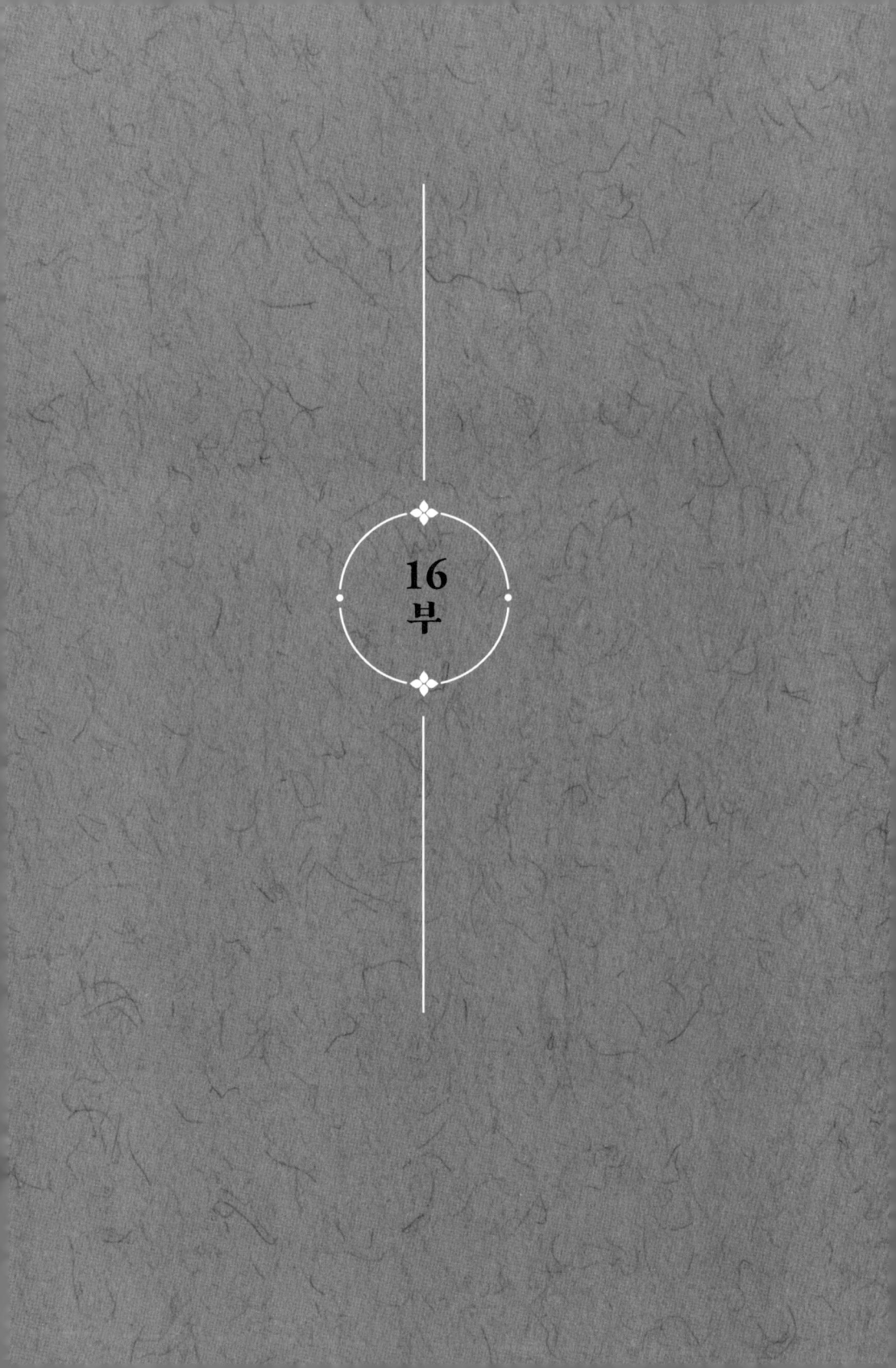

16
부

S#1 소혜 집 헛간 (D)

열어 보지 못했던 승휘의 서신을, 망설이다가 열어 보는 구덕.

승휘E   그립고, 보고 싶은, 사랑하는 부인...
구덕   (읽자마자 눈물이 고이는)
승휘E   나는 아직 살아 있고, 잘 먹고, 잘 자고, 잘 지냅니다.
            옥졸들도 내 매력에 홀딱 넘어가, 친절히 대해 주고요.
구덕   (옅은 미소)

S#2 의금부 옥사 (과거, D) [15부 S#41 전]

서신을 쓰고 있는 승휘. 통증으로 찡그리며, 계속 쓰는...

승휘E   만석이 대신 맞았던 화살의 상처는 빨리 아물고 있습니다.

만석이를 잃은 상처는, 아물지 않겠지만요...

승휘　　(잠시 붓을 멈추고, 휑한 옆자리를 본다)

승휘E　체구는 작았는데, 만석이의 빈자리는 참으로 큽니다.

　　　　생각해 보니 만석이와 떨어져 지낸 적이 없는 듯해요...

　　　　이 서신을 받으실 즈음이면, 만석이는 청수현으로 돌아갔을 겁니다.

S#3 청수현 일각 또는 뒷마당 (D)

막 만들어진, 작고 아담한 무덤(또는 가마니 덮은 시신) 앞에 둘러선,

끝동　　만석이 형님이 참말로, 저 안에 있는 겨?

막심　　우리 만석이, 펄럭펄럭 뛰어다녀야지, 왜 저러고 있대...

도끼　　미안허다 만석아... 니가 그렇게 말렸는디...

　　　　(못 견디고 주저앉으며) 내가 니를 죽게 만든 거여... 다 내 탓이여...

도겸　　그게, 왜 니 탓이겠느냐, 다 내 탓이다.

미령　　(도겸의 등을 쓸어 주는)

막심　　(도끼에게) 얼렁 일어나 여봉봉. 이러믄 작은 서방님 힘들어. 이?

S#1-1 소혜 집 헛간 (D)

그 자리에 함께 있는 듯, 함께 슬퍼하는 구덕 위로,

승휘E　만석이가 돈을 모았던 이유는,

　　　　우리에게 바닷가 집을 사 주기 위함이었더군요.

구덕　　(마음이 아픈)

승휘E　대신, 우리가 아들을 낳으면, 이름을 만석이로 짓겠다는

아주, 당돌한 야망을 품었지 뭡니까. 그러니 부인,

반드시 딸을 낳으셔야 합니다. 아셨지요?

구덕   ...

승휘E   부인은, 어찌 지내고 계십니까.

구덕   ... 제 걱정은 마세요. 서방님.

승휘E   내가 걱정하는 것을 알면 걱정하실 터이니,

걱정하지 않겠습니다. 허니, 부인도 제 걱정은 마세요.

구덕   (옅은 미소)

─── **S#2-1 의금부 옥사 (D)**

서신을 쓰고 있는 승휘 위로,

승휘E   시간을 되돌린다 해도 나는, 또다시 부인을 만나러 갈 것입니다.

플래시컷〉1부 S#23 언덕 위 (D)

관자를 주는 승휘와 받는 구덕.

승휘E   부인은, 내 삶에 가장 커다란 선물이었고,

플래시컷〉5부 S#41 운봉산 개울가 (D)

함께 생선을 나눠 먹는 둘.

플래시컷〉7부 S#22 익천 잡화점 (D)

이것저것 구경하는 해맑은 태영을 보고 있는 승휘.

승휘E   부인과 함께했던 하루하루가 내겐,

플래시컷 〉 12부 S#1 청수현 거리 (N)

태영을 업고 천천히 걸어오는 승휘.

플래시컷 〉 12부 S#50 정자 (N)

태영의 얼굴을 보듯 가까이 와서는, 가만히 입 맞추는 승휘.

승휘E   너무도 소중한 추억으로 남았으니까요.

───── **S#1-2 소혜 집 헛간 (D)**

눈을 감고 추억들을 떠올려 보며, 미소 짓는 구덕 위로,

승휘E   나는 이제, 내 마지막 책을 쓰려 합니다.

───── **S#2-2 의금부 옥사 (D)**

승휘   (입으로 말하며) 바닷가에 가면 쓰려고 했던 /

옥졸   (마침 밥을 놓는데)

승휘   진짜 공책 안 갖다 줄 겁니까?

옥졸   그 서신 쓸 종이 갖다 준 것만으로 고마워하시오.

승휘   아니, 그 관자가 얼마나 소중한 건데!

　　　　이깟 종이 몇 장으로 입을 닦아? (옥졸 가면)

　　　　이보시오! 나 책 써야 한다니까? 이보시오!

　　　　(일어나려 팔을 짚었다가 아파서 으윽 하는)

승휘E   부인께만 살짝 책의 결말을 알려 드리자면,

　　　　이 이야기는, 남편을 잃은 슬픈 여인의 이야기는 아닙니다.

　　　　이 이야기는, 비록 노비의 신분으로 태어났으나,

서신을 읽고 있는 구덕 위로,

승휘E   온갖 역경 속에서도 꿋꿋하게 사람들을 도왔던,

        노회처럼 강인한 외지부 여인의 이야기가 될 것입니다.

구덕   ...

승휘E   이 이야기의 마지막을,

        부인답게 채워 주실 것이라 믿는, 낭군으로부터...

구덕   어찌 이리 마지막까지, 저를 응원하시는 것입니까...

다급히 들어오는 금복에 얼른 서신을 접어 옷자락에 품는 구덕.

금복   (앉으며) 괴질이라니, 무슨 소리야.

        마님이 신고해서, 관에서 너 데리러 온대! 격리촌으로 가야 한다고오~

구덕   (쉿, 작게) 괴질 아니에요. (근처의 피 묻은 돌을 보여준다)

금복   아니 왜...

구덕   아주머니, 아버지 좀 부탁할게요.

금복   너 미쳤어? 홀몸도 아닌데 잘못되면 어쩌려고오!

구덕   나 그동안 정말 운이 좋았거든요. 이번에도 한번 믿어 보려고.

금복   뭐어?

구덕   박준기가 뭘 감추고 있는지, 너무 궁금하기도 하고,

        서방님, 책도 잘 끝내 드려야지.

금복   (미치겠는)

S#4 병자 격리촌 막사 일각 (D) [15부 엔딩씬 연결]

해강을 본 구덕, 설마 하며 지나가는 해강을 보다가, 윤겸을 보는 데서
연결〉

해강, 윤겸을 보다가 윤겸의 시선을 따라 구덕을 본다.

반가움과 놀람으로 인사하고 다가와서.

해강   외지부 마님! 괴질에 걸리신 것이옵니까?

구덕   (해강을 보고, 윤겸을 보며) 왜... 왜들 여기 계십니까.

윤겸, 구덕을 보다가, 가 버린다.

구덕, 이번에는 붙들려는 듯 따라가려는데 붙드는 해강.

구덕   들어야 할 말이 있습니다. (가려는데)

해강   (다시 붙들고) 말씀을 못 하십니다.

구덕, 무슨 말이냐는 듯 해강을 보고, 가는 윤겸을 보는 데서...

S#5 태영 집 방 안 (다른 날, N)

도겸   아무래도 형님을 찾아야겠습니다.

        한양에 가는 대로 사직 상소를 올릴까 해요.

미령   돌아오신다 한들, 달라질 게 없다는 것을 아시잖아요.

도겸   (괴로운)

미령   아주버님께서, 그 마음으로 형님을 챙기라 하지 않으셨습니까.

도겸   ... 청나라에서 만났을 때, 멱살을 쥐어서라도 끌고 왔어야 했어요.

        그랬더라면 죄 없는 형님이 저리되실 일도,

만석이가 죽을 일도... 없었을 텐데...

미령　　(안타깝게 보는)

──────　**S#6 태영 집 행랑 (N)**

음식 몇 가지를 상에 차려 놓고,
탁주를 마시고 있는 도끼, 막심, 끝동.
비워진 자리도 하나, 만석의 잔도 하나, 상에 놓여 있다.

막심　　요로코롬 앉으니께, 더 생각나네.

끝동　　글게 말여. 요로고 앉아서 연모짠도 갈챠 줬는디.

다들 떠오르는, **플래시컷〉11부 S#11 태영 집 행랑 (N)**
행랑에 옹기종기 앉아, 탁주를 나누는 막심, 도끼, 만석, 끝동.

만석　　(러브샷 하며) 자. 이렇게. 연모짠이라는 겁니다. 누이.

현재〉 만석의 빈자리를 보고 있는 셋.

도끼　　이럴 줄 알았으면, 좀 잘해 줬을 것인디.

막심　　그려 여봉봉 처음에 만석이한테 너무 혔어. 쇠똥이라고 놀리기나 허고.

도끼　　그야 여봉봉이랑 자꾸 속닥거리니께 질투가 나서 그런 거 아녀~

막심　　그거는, 마님 예전 일을 나랑 만석이만 아니께 그랬던 거 아녀~

도끼　　진작에 우리도 좀 알려 줬으면 오해 안 혔지.

끝동　　그랴도 그 덕에 두 사람이 혼례 한 거잖아유.

도끼　　맞어. 나가 만석이 땜시 여봉봉한테 용기 냈잖여.

끝동　　(떠올리듯) 고때 참 재미졌는디. 꽃가루도 뿌려 보고,

플래시컷〉12부 거리 큰 나무 일각 (D)

나무 위에서 꽃가루 뿌리는 끝동과 만석.

현재〉

도끼   (자랑처럼) 야야 나는, 만석이랑 추노꾼도 해 봤어어~

플래시컷〉13부 S#28 내아 일각 마당 (N)

머리 풀어 헤친, 거칠고 험한 추노꾼 복장의 도끼와 만석.

현재〉

끝동   나는~ 만석 형님이랑 허순 선생 잡으러, 봉래골까지 댕겨왔어어~

도끼   ... 생각해 보니께 재밌는 일 참 많았네.

          (빈자리 보며) 보고 싶구먼. 우리 만석이.

끝동   꼭 돌아온다 해 놓고... 살아서 보자고 약속해 놓고...

막심   내가 해 준 밥이 세상에서 젤로 맛나다 혔는디

          만석아, 이거라도 먹고, 편히 눈 감아. 이?

만석   (빈자리에 어느새 앉아서 먹으며) 아우~ 맛있어. 어쩜 이래?

          도끼 성님, 내 덕분에 이리 손맛 좋으신 누이한테 장가가신 줄 알아~

          야 끝동아~ 우냐? 너 울면 거시기 똑 떨어져서 장가도 못 가 임마.

일동   (안 보이는, 그저 가만히 보고 있는)

만석   (잔을 들고 단숨에 마시고) 자, 이러고들 계시면, 내가 편히 가겠습니까.

          오늘만 슬퍼하시고, 앞으론 우리 나리랑 마님 위해 살아 내야지. 그지?

          그동안 가족으로 받아 주신 거, 감~사하고요.

          (멋지게 팔 휘돌리고 서양식 인사하고)

          참으로 재밌~게 살다 갑니다.

          셋, 어느새 사라진, 만석의 빈자리를 서글프게 보고 있는 데서...

다들 그저 씁쓸히 차를 마시는데...

이씨부인	우리 집 노회가 글쎄 (손가락 보이며) 요만한 새끼를 쳤더라구요.
다른부인	저희두요. 몇 개씩 나오는 건가 봐요. 금방 늘겠어요.
엄씨부인	그 귀한 걸 공짜로 나눠 주고 참...
이씨부인	제가 이럴 줄 몰랐는데, 솔직히 마음이 좋지 않습니다.
다른부인	그러게요. 저도 첨엔 좀 어이없고 꽤씸하고 그랬는데...
엄씨부인	나는요... 가짜 서방의 그 지극한 연정이 참~ 부럽더이다.
부인들	(옅게 웃고) 맞습니다.
이씨부인	정말로, 성별감이, 진짜 성윤겸을 죽인 것은 아니겠죠?
다른부인	그쵸. 절대 사람 죽일 사람은 아니지 않습니까?
엄씨부인	(홍씨부인에게) 향원들이 탄원이라도 하면 어떨까요?
이씨부인	어명을 어겼는데, 그런다고 감형이 될까요?
다른부인	허면 옥외지부는요? 아, 구덕이라고 불러야 하나?
	아무튼, 세운 공도 많고, 청수현에 문려도 세웠는데
	어떻게 면천이라도 안 되나요?
홍씨부인	그랬던 덕분에 강상죄를 저지른 도망 노비인데도 참형을 면했다
	합니다.
이씨부인	김낙수 얼굴에 그 칼자국 낸 거요? 그거 때문에 강상죄입니까?
	솔직히 그런 놈은 죽어도 쌉니다. 나 같아도 죽였어요.

부인들, 보면, 약간 민망한 이씨부인.

홍씨부인	우리 자모당 부인들의 의견이 이러하시니,
	제가 자모회장으로서, 제안을 하나 하겠습니다.
부인들	(보는 데서)

도겸과 미령, 앞으로 앉은 차좌수와 홍씨부인.

차좌수   (막 들은) 그래! 우리 성별감이 사람을 죽였을 리가 있는가.

홍씨부인 아니 그럼 아니라고 끝까지 우겼어야지요~

　　　　 죽였단 증거도 없는데 왜 거짓 자백을 합니까~

미령   형님의 옥고가 길어지실까 봐 그러신 듯합니다.

차좌수   (눈물이 앞을 가리는) 우리 성별감답습니다.

　　　　 어찌 그런 순정남이 조선에 있을 수 있단 말입니까...

홍씨부인 (미령에게) 헌데 자네는 안 놀랐나?

　　　　 난 옥외지부가 노비라 하여 정~말 놀랐네.

미령   제겐... 형님의 신분이 어떠한들, 하나뿐인 형님이십니다.

홍씨부인 하긴, 자네도 형님 아니었으면, 어머니를 살해한 누명 /

차좌수   (툭 찌르면)

홍씨부인 (바로 사과하는) 미안, 내가 악의가 있는 건 아닌데.

　　　　 종종 말이 머리를 거치지 않고 나오지 뭔가.

미령   맞는 말씀을 하셨는걸요.

홍씨부인 알아 줘서 고맙네.

도겸   집이 비었던 동안 돌봐 주셔서 감사합니다.

　　　　 그리고... 청수현에 누를 끼쳐 송구합니다. 좌수 어른.

차좌수   누를 끼치다니. 성별감과 옥외지부는...

　　　　 (진지하게) 우리 청수현의... 보배였네.

도겸 / 미령 (본다)

홍씨부인 보배고 말고요. 그 두 사람 아니었음, 우리 다 굶어 죽었습니다.

차좌수   구덕이가 옥태영 행세를 하고, 송서인이 성윤겸 행세를 하면서,

　　　　 누구에게 무슨 피해를 줬단 말인가...

도겸   ...

차좌수	난, 7년 전의 성윤겸은 기억에 없네.
	내겐 돌아온 성윤겸이, 진짜 성윤겸이야.
도겸	... 그리 말씀해 주시니, 참으로, 감사합니다.
홍씨부인	저기, 내가, 자모회장으로서, 우리 자모 회원들과 얘기를 좀 했는데.
도겸 / 미령	(보면)
홍씨부인	(돈주머니 밀며) 노회로 받은 선금들을 좀 모았네.
	이걸로 호판 첩실한테, 옥외지부를 팔라고 해 보면 어떨까?
미령	(보다가) 참으로... 감사합니다.
	헌데, 이미 여러 번 말해 보았으나, 거절을 당한지라...
홍씨부인	그럴 줄 알았네. 에라이~ 못된 첩년. 벼락이나 맞아 뒈져라.

───── **S#9 소 혜 집 방 안 (N)**

소혜. 반주를 곁들여 식사하고 있는 박준기를 가만히 본다.

구덕E	나리를 죽게 만든 건! 아씨의 지아비이신 박준기 대감입니다.
박준기	(빈 잔을 보며) 따르지 않고 뭐 하고 있는 것이야.
소혜	(빤히 보는데 들리는)
구덕E	아씨는, 인질이었습니다. 김낙수 나리가 잡혀도,
	배후인 박준기를 불지 못하도록 잡아 놓았던 인질.
박준기	따르라니까.
소혜	(술병을 들고 따르며) 제가, 인질이었습니까?
박준기	(그대로 받아 마시고 본다) 무슨 소린가?
소혜	아~ 그래서 아버지가, 죽도록 맞아 가면서도,
	대감이 시킨 일이라 자백을 못 하셨군요?
박준기	그래서.
소혜	(보다가) 이제야 알겠다구요. 대감께서 쓰시는 방법을.

	(또 따르며) 약점을 잡아 놓은 다음에, 구린 일을 시키셨구나?
박준기	(보면)
소혜	혹시 들키면 약점으로 겁박해서 뒤탈 없이 꼬리를 자르고,
	미리 쥐고 있던 사건을 터트려서 연막을 치고. 맞죠?
박준기	... 자네가 눈치챘을 리는 없고. 구덕이 년이 그러던가?
소혜	(보다가) 구덕이 년은 괴질에 걸려, 격리촌으로 보냈습니다.
박준기	(본다. 의아한) 괴질에 걸렸을 리가 없을 텐데?
소혜	(본다) 왜 그렇게 생각하세요?
박준기	(마시고) 스스로 명줄을 재촉하다니, 안타깝군.
소혜	(무슨 말이냐는 듯 보는 데서)

S#10 병자 격리촌 일각 (D)

나란히 앉아 있는 해강과, 차가운 구덕.

해강	그간, 애심단은 안변에서 활동하였습니다.
	집을 나온 아이들뿐 아니라, 도망 노비나,
	유랑민들도 흡수해 보호하고 가르쳤지요...
구덕	...
해강	모두가 존중받는 세상으로 변화시키려면,
	가장 먼저 배워야 한다며...
구덕	... 그랬으면 그랬다, 연통이라도 하셨어야지요.
해강	혹시 들키면, 안전 가옥이 위험해질 수도 있고,
	집안에도 누가 될 수 있다셔서...
구덕	아무리 그랬다 한들, 나를 모른 척하신 것이야 그렇다 쳐도,
	청에서 아우를 만났을 땐, 설명하셨어야 했습니다.
해강	... 단주님은 그때, 제정신이 아니셨습니다.

	우리가 잠시 자리를 비운 사이에 모두, 죽임을 당한 뒤라.
구덕	(본다)
해강	애심단은, 누군가의 발고로, 또다시 역당 취급을 받았습니다.
	하여, 그 원수가 청으로 간다는 정보를 알아내시고는,
	오로지 그자를 처단하겠다는 일념으로 건너가셨던 터라...
구덕	...
해강	결국 모두 실패하신 뒤로, 말씀을 잃으셨어요.

구덕의 눈에, 묵묵히 일을 하고 있는 가리개를 한 윤겸의 모습.
윤겸, 일어서다가 호흡이 힘든지, 잠시 가리개 벗고 숨을 몰아쉰다.

해강	몇 해 전부터, 심병증을 앓고 계십니다.
구덕	(본다)
해강	이젠, 삶이 얼마 남지 않으셔서,
	남은 시간은, 병자들을 돌보고 싶다 하시기에...
구덕	(복잡한 시선) ...

—— S#11 한양 이좌수 집 (얼마 후, D)

도겸	형수님께서 격리촌으로 가시다니요. 괴질에 걸리셨단 말씀입니까.
김씨부인	그 댁 식솔의 말로는, 괴질은 아니라 합니다.
도겸	예?
김씨부인	미안합니다. 내가 괜한 말을 해서...
	그저, 버틸 힘을 주려던 것뿐인데...
도겸	(본다) 무슨... 말씀을 하셨기에...
김씨부인	(보는 데서)

미령	목숨이 위험해질 수도 있어...
끝동	그려서 말인디... (도끼 보며) 난 나 혼자 갔음 싶은디.
도끼	그게 뭔 말여. 니를 워찌 혼자 보내애?
끝동	작은 마님 말씀처럼 죽을 수도 있자녀.
	나야 토끼 같은 마누라도 자식도 없지만, 아재는 신혼인디.
도끼	(막심을 본다) 여봉봉. 나 보내 줘. 나도 갈겨. 가야 혀.
막심	가야지... 죽더라도 가야지... 가서 뭐라도 해야지.
도끼	(끄덕이고 손 붙들고) 내 꼭 살아서 올 것이구먼.
미령	그 마음은 잘 알았으니까, 두 분께서 다 알아주실 거니까,
	나는 아무도 가지 않았으면 좋겠어. 너무 위험한 일이야.
끝동	지는유... 우리 마님 뵙기 전까지는, 지가 암것두 아닌 줄 알았구먼유.
	그런 지헌테, 글공부도 갈챠 주시고, 법문도 외라 하시고...
	글다 보니께 천것 주제에 감히, 사람 구실을 하더라구유.
일동	(보는)
끝동	우덜이 뭘 한다고, 달라질 것은 없겠지만서두.
	해야쥬. 마님은 늘 포기 안 허시고, 뭐라도 하셨으니께유.
	지가 마님께 배운 것이 그것이구먼유.
미령	(보다가 끄덕이는) ...

——— **S#13 유향소 마당 (D)**

채비를 한 차좌수와 향원 몇. 배웅하려 선 홍씨부인과 부인 몇.
짐을 꾸린 식솔들 틈에, 짐을 메고 선 도끼, 끝동, 함께 선 미령과
막심.

차좌수	(일동에게) 이리들 함께해주시니, 가는 길이 참으로 든든합니다.
아전	(들어오며) 아우, 아직 출발들 안 하셨네요.
차좌수	자네 잘 왔네. 현감도 없는데 나까지 비우니,
	자네가 청수현을 당분간 잘 꾸려야 할 것이야.
아전	예. (하더니 주머니 차좌수에게 내밀고) 관아 식구들이 모은 것입니다.
	얼마 안 되지만, 여비에 보태십시오. 저희도 뭐라도 보탬이 되고 싶어서.
차좌수	그래 고맙네... 자! 다들 갑시다.
막심	(도끼 꽉 붙들고) 나 또 과부 되기 싫으니께. 살아서 와.
도끼	염려 말어, 요 모습 고대로 돌아올 거니께. 알겠지 여봉봉?
미령	(걱정으로) 끝동아...
끝동	(비장한) 괜찮여유. 사내대장부가 이깟 일로 안 죽으니께 염려 마셔유.

떠나는 사내들과 식솔들. 남아서 걱정으로 보는, 미령, 막심,
홍씨부인과 부인들 등.

S#14 병자 격리촌 막사 안 (N) [윤겸 이좌수 마주치지 않게 가리개 착용]

가리개를 한 구덕, 병자들 틈에서 이좌수를 찾아낸다.
잠들어 있자, 깨우지 못하고 그냥 돌아서는데, 마주 선, 가리개 한
윤겸.

S#15 병자 격리촌 일각 (N)

조금 떨어져 선 구덕과 거칠게 호흡하는 윤겸. 가리개를 내린다.

구덕	(보다가) 원망하지 않았다면, 거짓말입니다.
	허나, 저 또한 서방님을 끝까지 기다리지 못하고,
	아내로서의 도리를 저버렸습니다.
윤겸	...
구덕	그러니, 미안해하지 마세요.
	저 또한 미안해하지 않겠습니다. 그것이...
	서방님 대신 제 서방 노릇을 해 참형을 받고 옥에 계시는,
	제 정인에 대한 예의라 생각하니까요.

말을 마치고 가려는 구덕을 붙드는 윤겸.
왜 이런 행색인지 물어보고 싶은, 입을 떼 보려 하지만 잘 안 되는,

구덕	제 초라한 행색이 의아하신 거라면,
	예, 저 또한 정체를 들켜, 다시 노비가 되었습니다.

가는 구덕을 안타깝게 보는 윤겸, 숨이 답답해 가슴팍을 짚는...

—— **S#16 병자 격리촌 막사 안 (D)**

이좌수의 상처를 돌보고 있는 해강을 가만히 보는 이좌수.

이좌수	나를, 못 알아볼 리가 없는데...
해강	(이미 알아봤던, 그저 묵묵히)
이좌수	(보다가) 내가 죽긴 할 것인가 보네.
	이리 사죄할 기회를 얻은 것을 보니...
해강	(본다)
이좌수	... 나 편하자고 사과하지 않을 테니, 용서하지 말게.

해강	...
이좌수	살아 있어 줘서 고마웠고, 내 죄를 덮어 줘서 고마웠네.
	돌봐 주지 않아도 괜찮아. (팔을 빼며) 내가 무슨 염치로 /

해강, 팔을 당겨 그대로 이좌수의 상처를 소독하고, 가만히 보는
이좌수에서...

─── S#17 이좌수 집 방 안 (D)

덕훈	아버지께서 가시는 것도 보지 못하고, 늦어서 송구합니다.
김씨부인	건강히 돌아오실 거라 믿고, 너무 염려하지 말거라.
덕훈	옥외지부와 성별감 얘기를 들었습니다.
김씨부인	(본다) 그래...
덕훈	생각해 보니, 성별감이 7년 전과 좀 다르긴 했습니다.
김씨부인	(보면)
덕훈	그때보다 훨씬 농을 잘하고, 밝은 사람이 되었더군요.
	단순히 기억을 잃어서라 생각했는데, 다른 사람이었다니...
김씨부인	... 그래...
덕훈	보고를 드리러 바로 가 봐얄 듯합니다.
김씨부인	아버지께서, 네게 전하라는 말씀이 있으셨다.
덕훈	(보는 데서)

─── S#18 허종문 공간 집무실 또는 조사실 (D)

허종문, 이종사관. 덕훈.

허종문	삼남 지방의 사기 사건에 개입된 사채업자 황씨가,
	박준기와의 연관을 모두 부인하고 있네.
덕훈	(그럴 줄 알았다는) ...
이종사관	다양한 수탈이 행해지는 것은 확인하였으나...
	박준기와의 연관성을 밝히는 것은, 실패한 것으로 보입니다 대감.
허종문	그렇다고 이제 와서 박준기에 대한 감찰을 멈출 순 없네.
	확실한 증좌를 찾을 때까지 애써 봐야지.
	당분간 격리촌 일로 바빠 박준기가 허점을 보일 수도 있으니 /
덕훈	대감, 성별감 내외의 사건을, 박준기가 제보했다 들었습니다.
이종사관	그랬네. 허나, 허튼 제보는 아니었어.
덕훈	헌데, 왜, 지금이었을까요?
허종문	(본다)
덕훈	제 아버지께서는, 의금부의 눈을 가리려,
	박준기가 그 사건을 일부러 터트렸다 하셨습니다.
이종사관	눈을 가린다?
허종문	결정적인 증좌들을 쥐고 있었으면서,
	왜 처음부터 제공하지 않았을까, 생각하긴 했었네.
이종사관	수사를 장기화하려던 의도가 아니었을까요?
	자신에 대한 감찰을 멈추게 하기 위해?
허종문	(잠시 생각하다 헛웃음이 나는) 그간 헛발질을 한 듯하네.
덕훈	어찌 그러십니까. 대감.
허종문	그자가 막으려던 건, 감찰이 아니었어...
이종사관	예?
허종문	이 사건을 던지고, 그자가 얻은 것이 있지 않나.
이종사관	박준기가 진청의 당상으로 임명된 것 말씀이십니까?
허종문	우리가 놓친 것은, 괴질이었네...

S#19 병자 격리촌 일각 (D)

격리촌 일각에 앉은 이좌수와 구덕.

이좌수	그러니까, 내 말을 전해 듣고, 박준기가 숨기는 게 무엇인지 궁금해서, 괴질에 걸리지도 않았는데 목숨 걸고 여길 왔다?
구덕	그 집을 도망칠 방법도 그뿐이지 않습니까.
이좌수	(너털웃음) 참으로 자네답네. 다워.
구덕	박준기가 뭘 감추려고 의금부의 눈을 가렸다고 생각하셨습니까? 약재 장사라면, 가진 자들이 흔히 하는 짓일 텐데요.
이좌수	저길 보게.

구덕, 이좌수가 손으로 가리키는 곳을 보면,
안으로 들어오는 사람들의 수를 헤아리며, 막사를 지정해 주는
군사들.

이좌수	병자인지 아닌지, 증상도 제대로 안 보고 막 들여보내네.
구덕	저도 수월하게 들어오긴 했습니다만, 병자 수가 많아야 식량을 넉넉히 받기 때문이 아닐까요?
이좌수	약재도, 식량도, 안 들어온 지 한참이야.
구덕	그 말씀은, 여기로 오는 것들을 착복한단 말씀입니까?
이좌수	선혜청도 혜민서도, 모두 박준기 관할이니까... 자네 부부 사건으로 의금부가 바빠진 덕분에, 좌상의 곳간이, 넘쳐나게 될 것일세.
구덕	결국, 돈이었군요...

하는데 격리촌으로 들어오는 사람들 틈에 보이는 도겸.

구덕   (놀라 벌떡 일어나며) 작은 서방님?

─── **S#20 의금부 옥사 (D)**

잠에서 깬 승휘. 겨우 일어나는데 눈에 들어오는 보따리.
풀어 보면, 공책 몇 권과 붓 등이 들어 있는 위로, 서신 한 장.
열어 보면,

도겸E   형님을 지키지 못한, 부족한 아우를 용서하십시오.
           허나, 형수님은 반드시 제 목숨을 걸고 지키겠습니다.
승휘   (무슨 말인가 싶은) …

─── **S#21 병자 격리촌 일각 (D)**

배정된 막사로 가며, 두리번거리는 도겸을 확 돌리는 구덕.

구덕   여긴 왜 오신 /
도겸   (확 끌어안고) 형수님.
구덕   (밀고, 몸 살피며) 어찌 된 것이냐구요. 괴질입니까?
도겸   아닙니다~ 형수님께서 여기 계시다 하여, 몸은 어떠십니까.
구덕   정말 제정신이 아니신 겝니까. 어서 돌아가세요. 동서는 어쩌구요!
도겸   제가 여기 왔다고 하면 잘했다 할 것입니다.
구덕   저는, 이제 형수님이 아닙니다. 전 그냥 남의 집 노비라구요.
도겸   어찌 그리 섭섭하게 말씀하십니까. 누가 뭐래도 형수님은,
           제게 누이이자 어머니 같은 존재십니다.

도겸이 말하는 동안, 근처로 지나가던 윤겸. 둘을 보고 멈춰 선다.

구덕   (먼저 본) 저기, 작은 서방님,

도겸, 구덕의 시선을 따라 윤겸을 본다. 윤겸, 가리개를 내린다.
믿어지지 않는 눈으로 보는 도겸, 성큼성큼 가더니, 그대로 주먹을
날린다. 막을 생각도 없이 그대로 바닥으로 넘어지는 윤겸.
놀라서 가는 구덕.

도겸   (윤겸의 멱살을 당겨 쥐고) 왜 여기 있는 것입니까 왜!
구덕   작은 서방님, 이러지 마셔요. 형님이십니다.
도겸   형님 아닙니다! (흔들며) 대답해! 왜 여기 있는 거냐고!
윤겸   (그저 당하고 있는)
구덕   말씀을 못 하십니다.
도겸   말을 왜 못합니까! 입이 열 개라도 할 말이 없어서요?

도겸, 분노로 노려보다가 다시 치려고 주먹을 드는데,
구덕, 작은 서방님! 하면, 더 때리지 못하고 바닥을 쾅...

도겸   ... 당신 때문에 죄 없는 사람이 참형을 받았어.
        당신 때문에 내 형님이 죽게 됐다고!

일어서 가 버리는 도겸, 그저 숨을 몰아쉬며 앉아 있는 윤겸.
일으키지도 못하고 그저 윤겸과 가는 도겸을 보는 구덕에서...

S#22 병자 격리촌 작은 막사 안 (N)

막 만들어진 듯한, 아직 격리 병자가 거의 없는 작은 막사 안.
도겸의 손목에 붕대를 감아 주고 있는 구덕.

도겸 사람들을 돕느라 가족을 팽개치다니 말이 됩니까.
      그럼 형수님은요! 형수님은! 온갖 도리를 다하면서도,
      가족과 집안을 지키면서도, 사람들을 도왔습니다!
구덕 ...
도겸 자기 좋자고, 자기가 하고 싶은 일을 하다 저리 돼 놓고,
      또 제 맘 편하자고 병자들을 도우며 여생을 끝내겠다?
      다 실패했으면 집으로 왔어야지요! 돌아오기만 했으면!
      형님이 저리되진 않았을 것입니다. 헌데 왜 이제야,
      아무것도 돌이킬 수 없을 때, 나타났냔 말입니다.
구덕 ... 그래도 형님이십니다. 무사히 격리가 끝나면,
      집으로 모셔가서 돌봐 주세요.
도겸 그리는 못 합니다.
구덕 ...

S#23 허종문 공간 집무실 (N)

허종문, 덕훈, 이종사관, 종사관1, 2.

허종문   아침부터는, 조를 나눠서 움직이도록 하지.
일동   예.
이종사관 대감, 성부수찬이 사직 상소를 올렸다 합니다.
허종문   ... 심경이 복잡한 모양이네.

덕훈	부수찬의 형수가, 괴질촌에 있다 들었습니다.
허종문	(안타까운) 홀몸이 아니라 들었는데, 괴질까지 걸렸단 말인가?
이종사관	제가 아는 옥외지부라면, 일부러 갔을 수도 있겠습니다.
덕훈	저 또한, 그리 생각합니다.
허종문	(보다가) 어찌 그리 매사에 무모한 것인지...
덕훈	혹시, 성부수찬도, 그리로 가려는 게 아닐까요...
허종문	(걱정) 원인도 모르고, 치료법도 없는 상황에...
	전염이라도 되었다간 어쩌려고...
덕훈	(아버지도 걱정인) ...

——— **S#24 병자 격리촌 막사 안 (D)**

이좌수. 일으켜 주는 도겸을 보고,

이좌수	자넨 또 왜 여기 온 것이야.
도겸	나리께서 하신 말씀 때문이지 않습니까~
이좌수	여기 무슨 답이 있다고 여길 와~ 밖에서 잡아야지~

도겸, 음식을 떠먹이려 그릇을 들다가, 아, 하며 놓친다.

이좌수	(손목을 보며) 다쳤나?
도겸	예. 좀 접질린 듯합니다.
이좌수	(주머니에서 환 하나 꺼내 주며) 통증에 듣는 갈근환이네.
도겸	(냉큼 입에 넣고 씹는다)
이좌수	예끼 이 사람. 반 절씩 먹어야지. 그 아까운 걸~

S#25 병자 격리촌 막사 일각 (D)

부채질하며 약을 달이고 있는 구덕. 약초 더미를 가져다 주며,

허순 (의원 복장) 이것도 좀 달여 주게나.

구덕 (본다, 가리개 내리고) 허순 선생?

허순 엥? 외지부 마님이 왜? 청수현에도 괴질이 도는 것입니까?

구덕 아닙니다. 헌데 선생은 왜 여기 계십니까?

허순 하도 지원자가 없다 해서 왔지요.

구덕 (그랬구나) …

허순 여기 오면 굶어 죽진 않겠구나 해서 왔는데, 잘못 생각한 듯합니다.

구덕 식량도 약재도 떨어져 가고 있다 들었는데, 정말입니까.

허순 예. 이것도 다 제가 캐 온 것입니다.
　　　식량도 유랑민들이 산에서 캐 오고 있구요.
　　　다 죽으라는 건지 원, 전염이 안 되기 망정입니다.

구덕 전염이 안 된다니요?

─── **S#26 병자 격리촌 작은 막사 안 (D)**

입구 쪽에 서서, 망을 보고 있는, 가리개를 한 윤겸.
안에는, 구덕, 도겸, 해강, 이좌수, 허순. 대화 중이다.

허순 의녀 중 하나가, 혈포에 접촉해서 즉시 격리했는데,
　　　수일이 지나도 발현이 안 되더란 말입니다.

도겸 환부에 닿아 옮는 것이 아니라면,
　　　비말이나, 다른 방식으로 전염될 수도 있지 않나.

이좌수 호흡으로 옮았으면 여기 사람들 다 옮았겠지.

해강	저도 이상하다 생각했습니다.
	병자들은 계속 들어오는데, 여기선 새 전염자가 없었어요.
허순	증상은 발진성 역병과 흡사한데, 소활혈산, 정중탕, 이공산 다 안
	듣습니다. 환부에 침을 놔도, 뜸을 떠도 호전되지 않구요.
도겸	전염성이 없는 거면, 괴질이 아닌 게 아니오?
구덕	혹시, 환부끼리 닿아야 옮는 것은 아닐까요?
허순	글쎄 그건 아직 닿아본 적이 없긴 한데...

성큼성큼 오는 윤겸. 이좌수의 팔을 들더니,
도겸에게 맞은 얼굴 상처에 문지른다. 놀라서 보는 일동에서...

S#27 소혜 집 일각 (N)

늦은 밤, 담벼락 옆으로 세워진 수레 안에 가마니들이 있고,
박준기 손짓하면, 수하들 가마니를 집안으로 옮긴다.
멀리서 보는 사복 차림의 덕훈과 이종사관에서...

S#28 병자 격리촌 막사 안 (N)

잠들어 있는 윤겸. 조용히 들어오는 도겸.
잠든 윤겸을 가만히, 복잡한 심경으로 보다가,
가만히 손을 뻗어, 윤겸의 이마에 대 본다...
눈을 뜨는 윤겸. 몸을 반쯤 일으켜 앉으면,
도겸, 차가운 얼굴로 윤겸의 얼굴을 이리저리 돌리며,

| 도겸 | 불편한 곳은 없습니까. |

윤겸, 끄덕이면, 혹시나 싶은지 윤겸의 손을 잡고,
이리저리 뒤집어 살피는 도겸을, 가만히 보는 윤겸에서...

───── **S#29 병자 격리촌 작은 막사 안 (D)**

입구에서 망을 보고 있는 윤겸(가리개 계속 착용)을 보는 일동.

허순   (윤겸 보며) 열도 나지 않으시고, 혈포나 반점도 안 보입니다.
구덕   전염이 아니라면, 다들 어디서 병을 얻은 걸까요?
　　　 오염된 식수 같은 걸 함께 먹고 있는 건 아닐까요.
도겸   그런 것들은 대부분 한양에서 조사를 하였습니다.

도겸, 잠시 어지러운지 자리에 앉는다. 제 이마에 손을 얹어 본다.

허순   문진했을 때, 병자들에게 공통점이 하나 있기는 했습니다.
일동   (보면)
허순   괴질이 발병하기 전에, 다들 어딘가에 병증이 있었지요.
이좌수 아, 나는 무릎 관절이 좋지 않긴 했네.
구덕   몸이 약한 사람만 발병을 한다?
이좌수 통증이 심해지면 침을 맞거나 갈근환을 먹었는데,
　　　 언젠가부터 몸에 열꽃이 피기 시작했네.

이좌수, 손가락을 들어 도겸을 가리킨다. 보는 일동.
이마를 짚고 있는 도겸의 손등에 열꽃이 보인다.

이좌수 딱 저렇게.
구덕   (놀라서) 작은 서방님!

허순	(얼른 가서 목 뒤를 확인하며) 수포입니다.
	분명 전염이 안 되는 거 같았는데 왜 발병을?
구덕	(가까이 와서 이마를 짚고) 괜찮으십니까?
도겸	(밀어내며) 가까이 오지 마세요. 형수님.
허순	혹시, 이전에 어디가 아픈 적이 있습니까?
도겸	아.. (하고 제 손목을 본다) 팔이 접질려서.
이좌수	(!) 갈근환을 먹었네.
일동	(이좌수를 본다)
이좌수	(주머니 내밀며 손 떨리는) 내가, 내가 준 것이네.
허순	(얼른 받아서 꺼내 보면 별다른 것 없는 동그란 갈근환)
이좌수	진통제일 뿐이네. 신재 약방에서 구한 것이야.
구덕	(!) 몸이 아픈 사람들이 발병한 게 아니라,
	아파서 갈근환을 먹은 자들이 발병한 것입니다.

놀라는 일동에서...

───── **S#30 의금부 허종문 공간 (D)**

보고를 듣고 있는 허종문.

덕훈	선혜청과 혜민서에서 나오는 약재와 식량은
	격리촌으로 일부만 이동하고 있었습니다.
허종문	일부?
이종사관	예. 나머지는 박준기가 소유한 집들로 이동되는 것을 확인하였습니다.
허종문	(분노의) ...
덕훈	수상한 일이 더 있었습니다.
허종문	(보면)

플래시컷〉S#27 (N) [연장]

멀리서 보는 사복 차림의 덕훈과 이종사관에서...

연결〉

집 안에서 함을 하나 들고나오는 솔개. 박준기에게 함을 열어 보이면,

손으로 환을 확인하는 박준기. 솔개를 향해 끄덕하면,

주변을 경계하며 가는 솔개의 뒤를 쫓는 덕훈과 이종사관에서...

현재〉

덕훈   하여 쫓아 보았으나, 약방 거리에서 놓쳤습니다.

허종문   약방 거리라... 그게 뭔지 당장 알아내야 하네.

───── **S#31 병자 격리촌 작은 막사 안 (D)**

누워 있는 도겸을 돌보고 있는 구덕.

도겸   그러게 왜 따라와서 도움도 안 되게 이러고 있냐. 그런 얼굴이신데?

구덕   제 마음 읽지 마십시오.

도겸   형님은 옥에서 역작을 쓰고 계십니다.

구덕   알고 있습니다.

도겸   만약에 말입니다. 청나라에서, 형님을 만났을 때요.

         그때 만약에, 형님이 돌아오셨더라면 어땠을까요.

구덕   ...

도겸   한 가지는 분명합니다. 형수님은,

         행복하지 않으셨을 거예요. 그죠?

구덕   (보다가) 그만 말씀하시고 좀 주무세요.

걱정되어 왔다가, 듣고 선 윤겸. 걱정스럽게 도겸을 보는 데서...

S#32 작은 절 탑 있는 공간 (D)

탑돌이를 하고 있는 미령. 멈춰 선다.

막심   왜유. 고만 쉬실까유?

미령   아냐, 자꾸 마음이 불안해서...

미령, 마음을 다잡고 다시 도는데, 멈춰 서 있는 막심.

미령, 막심의 시선을 따라 보면, 다가오는 자모당 부인들.

미령, 감사함으로 보는 데서...

경과〉 함께 탑돌이를 하고 있는 부인들에서...

S#33 병자 격리촌 작은 막사 안 (N)

끙끙 앓는 도겸. 구덕, 땀을 닦아 주는데, 찬 수건을 내미는 윤겸이다.

구덕   (받고 닦으며) 대체... 왜 이리 증상이 심한 것인지...

허순이 다급히 들어온다.

그 뒤로, 수상해 따라온 듯, 입구에서 엿듣는 군사 하나.

허순   다른 병자들도 아직 갈근환을 갖고 있었습니다.

           아무래도 갈근환에 뭔가를 섞은 듯해요.

구덕   대체 무엇을 섞었단 말입니까.

허순   아무래도 혈성초를 섞은 듯합니다.

해강   혈성초요?

허순   혈성초는, 본초강목에도 수록되지 않은 독초입니다.

일동	(독초라는 말에 놀라는)
허순	조선에도 청에도 없는, 서역의 물건입니다. 아마도,
	혈성초를 소량 섞어서 괴질 증상처럼 보인 듯합니다.
	반 알씩 먹으라 했다는데, (도겸 보며)
	한 알을 다 삼켜, 급성 중독이 된 듯해요.
구덕	(걱정인)
허순	매일 조금씩 먹었던 사람들이 천천히 중독되어 사망한 듯합니다.
이좌수	(충격인) 나도 매일 먹었어. 나도 곧 죽게 될 것이야...
해강	(안심시키듯 손을 잡아 준다)
구덕	혈성초가 확실한 것입니까?
허순	한두 알일 때는 몰랐는데, 여러 알 수거해서 모아 보니,
	혈성초가 갖고 있는 독특한 비린내가 나더라구요.
구덕	비린내요?
금복E	아우 이 풀은, 이건 뭔데 이렇게 비린내가 나나 몰라.
구덕	(!) 그게 혈성초였어...

떠오르는, **플래시컷 〉 15부 S#39 소혜 집 헛간 (D)**

금복	(구석에 뚜껑 덮인 바구니 하나 들고)
	그동안 쌓아 둔 약재들을 뒷창고에서 환으로 만들어서 파나 보더라고.

현재 〉

구덕	박준기가 혈성초를 환으로 만들어서 팔고 있어요.

해강, 박준기? 하며 윤겸을 보면, 윤겸도 해강을 보고 있다.

이좌수	그, 그게 무슨?

구덕	괴질을 이용해서 돈을 버는 게 아니라,
	돈을 벌려고, 가짜 괴질을 퍼트린 거였어요.
일동	(충격인)

───── **S#34 한양 신재 약방 (N)**

사내	(급히 와서) 어머니가 넘어져서 다쳤는데,
	통증이 심해 그러니, 갈근환을 좀 주시게.
직원	진작에 떨어졌소이다. 밤중에나 들어오니 아침 일찍 오시오.

근처에서 엿듣고 있는 덕훈과 이종사관. 갈근환?
상자를 들고 오던 솔개. 골목에 숨어 선 둘을 보고, 돌아선다.

───── **S#35 소혜 집 방 앞 (N)**

솔개	(상자를 놓고) 의금부는 물론이고,
	사헌부까지 감찰을 멈추고 이쪽으로 붙었습니다.
박준기	... 괴질촌에서도 소식이 왔어. 구덕이 년이 다 알아냈더군.
솔개	정리할까요?
박준기	이리 빨리 끝날 줄이야. 쯔.
	(아쉽지만) 깨끗이 정리하게. 흔적 하나 없이.
소혜	(문 벌컥 열고) 또 멈추려는 겝니까?

박준기, 눈짓하면 나가는 솔개.

박준기	어디서 버릇없이... 엿들은 것이냐.

소혜	(들어와 앉으며) 답답해서 그럽니다. 답답해서.
	아직 약재도 많이 남았던데, 왜 정리를 하신다는 것입니까?
박준기	그게 뭔지는 알고?
소혜	독초로 만든 환~
박준기	(보면)
소혜	구덕이 년이 걸렸을 리 없다 할 때 눈치챘지요.
	괴질은 아니라는 거. 그래서 도통 관심 없던 집안 곳곳을 봤더니,
	뒷창고에서 만들어 밤에 내가더라구요.
박준기	알았어도 모르는 척해.
소혜	아주 오랫동안 준비하신 일 같은데
	아직 들키지도 않았는데 왜 벌써 그만두십니까.
	이 일을 중단하면 또 다른 돈벌이를 찾으셔야 하잖아요?
박준기	좌상께 작은 흠도 만들어선 안 되니,
	조금의 위험에도 멈추는 것이, 내 방식이야.
소혜	대장부이신 줄 알았더니 졸장부셨네요.
	하긴, 그리 새가슴이시니, 좌상의 곳간이나 채워 댔겠지만요.
박준기	(어이없이 보면)
소혜	왜요, 또 한 대 치시려구요?
	한 번만 더 치시면, 주무실 때 죽여 버릴 겁니다.
박준기	(어이없어서 웃음이 나는데)
소혜	제가 좀 도와 드릴까요?
박준기	(본다)
소혜	무료해서 마실이나 다니는 첩실의 뒤는 안 밟지 않겠습니까?
박준기	(생각해 보는)
소혜	대신, 제게 정실 부인 자리를 주십시오.
박준기	뭐야?
소혜	저 더 이상은 첩실이라 무시당하고 싶지 않습니다.
	(배를 만지며) 이 아이도, 서자로 만들기 싫구요.

박준기	아이를 가졌느냐?
소혜	어려운 일 아니지 않습니까? 없던 일도 아니고.
박준기	(생각해 보는)
소혜	독이 든 환은, 제가 돌려서 괴질을 계속 퍼트릴 터이니,
	혹시라도 의금부에 알려지지 않도록, 격리촌은 불태우세요.
	구덕이 년도 활활 불타서 사라져 버리게.
박준기	(보는 데서)

─────── **S#36 병자 격리촌 작은 막사 일각 (N)**

잠든 도겸 곁에 앉아 있는. 가리개 한 윤겸.
조금 떨어진 곳에서 이좌수를 보살피는 해강.
급히 들어오는 구덕과 허순을 본다.

구덕	해독초가 있다 합니다.
이좌수	(반가운) 그게 정말인가!
허순	예. 여기 어의 출신인 토지 선생께서 계시는데,
	그분 말로는, 혈성초에는 백사초 뿌리를 달여 먹으면 된다십니다.
구덕	구하기 어려운 약초는 아닌데, 여기엔 없습니다.
	당장 낭청에게 알려야 합니다.
	백사초를 구해 와서 병자들에게 먹여야 해요.
이좌수	(몸을 일으켜) 낭청 놈들도 다 박준기의 졸개야.
구덕	(보면)
이좌수	그자들은 우리가 낫는 걸 바라지 않네.
도겸	(눈만 뜬 채로) 제가 얘기하겠습니다.
이좌수	아서, 자네보다 높은 관직도, 여기선 다 병자일 뿐이야.
	어차피 죽을 목숨이라도, 명줄은 재촉하지 말자구.

구덕	제가 한양으로 가서 알리겠습니다.
도겸	안 됩니다 형수님. (몸을 일으키려 하며) 홀몸도 아니신데 어찌 이러십니까.
구덕	상관없습니다. 알려야 해요. 사람들을 살려야지요.
이좌수	여긴 한번 들어오면 나갈 수 없네. 보초들을 보지 못했는가.
허순	뒷산으로는 보초가 없을 겝니다. 우리도 약초 캐러 다니는데?
이좌수	산 너머가 바로 관아일세. 근처를 벗어나도 겹겹이 지킬 것이라, 한양에 도착하기도 전에 죽게 될 것이네. 다들 그만둬.

다 듣고 있던 윤겸, 밖으로 나가면 따라 나가는 해강.
따라 나가는 구덕.

——— **S#37 병자 격리촌 일각 (N)**

구덕	어딜 가시려는 겝니까. 저도 함께 가세요.
해강	저희가 가게 해 주세요. 우리는, 박준기에게 원수를 갚아야 합니다.
구덕	예?
해강	애심단을 도륙하도록 지시한 자가 박준기입니다. 단주님이 청나라에서 암살하려 했던 자가 박준기예요.
구덕	(충격으로 보는)
해강	박준기는, 안변의 수령에게 상납을 받고 열녀문을 내 주려다 꼬리가 밟히자, 우리에게 또다시 역당의 누명을 씌웠습니다.

구덕, 윤겸을 보면, 윤겸, 가만히 구덕을 본다.
둘을 보고 있는 해강을 툭툭 치는 이좌수. 해강, 보면.

이좌수	부모에게서 버림받았다지?
해강	(가만히 보면)
이좌수	걱정해 줄 사람 없다고 함부로 덤비지 말게.
	내가 걱정해 줄 테니, 무사하게나.
해강	(보다가 인사하는)
구덕	(윤겸에게) ... 반드시, 돌아오십시오.
	작은 서방님께서, 형님을 잃는 것은, 한 번이면 족합니다.

보다가 가는 윤겸과 해강을 보고 있는 구덕과 이좌수.
간신히 문 앞으로 나와 보고 있던 도겸에서...

───── **S#38 이좌수 집 방 안 (D)**

김씨부인. 기도하듯 염주를 돌리며, 앉아 있는데,

선희	(뛰어 들어와) 어머님.
김씨부인	(무슨 일이냐는 듯 본다)
선희	격리촌을 불태울지도 모른다고 합니다...
김씨부인	뭐?
선희	격리촌에서 바람을 타고 병균이 날아온다 하여.
김씨부인	대체 누가 그런 결정을 내렸단 말이냐.
선희	(보다가 눈물로) 임금님께서요...
김씨부인	(눈을 감는)

도겸   도착... 하셨을까요?

구덕   ... 형님이, 걱정되십니까.

도겸   (걱정되면서도) 형수님이 걱정됩니다.

갑자기 밀려 들어오는 사람들.

구덕   무슨 일입니까.

허순   여, 여길 불태운다고 합니다.

　　　　괴질 원인이 바람이라지 뭡니까.

놀라 보는, 구덕, 도겸, 이좌수.

군관들, 안으로 병자, 봉사자 할 것 없이 사람들을 마구 밀어 넣는데,

이좌수   무슨 짓이냐! 무슨 바람이 병을 옮겨 이 멍청한 놈들아!

도겸   난 홍문관 부수찬이다. 낭청을 데려오라!

박준기   (들어오며) 할 말이 있으면 내게 하시게.

　　　　내 이곳을 담당하는 진청의 당상이니.

이좌수   바, 박준기.

박준기   오랜만일세.

구덕   (나서며) 이 병은 전염되지 않습니다. 알고 있지 않습니까.

박준기, 이년이 어디서, 하며 따귀를 치는데,

도겸, 온 힘으로, 그만두지 못해! 달려들면,

군관들, 도겸을 밀어 버린다.

몸이 회복되지 않아 힘없는 도겸, 그래도 일어서려 하면,

칼을 뽑아 겨누는 군관들.

구덕	(빤히 보며) 지방을 수탈하는 것으로는 성에 안 차셨습니까.
	감히, 하늘 무서운 줄 모르고, 백성들에게 독을 먹이다니.
	그 좌상의 곳간은 대체 언제쯤 채워지는 것입니까.
	모든 백성의 피를 짜서 담기라도 해야 합니까!
박준기	(멱살을 틀어쥐고) 네년 때문이 아니냐.
	사사건건 방해해 대니, 묘수를 냈어야 했잖아.
구덕	뭐 그리 대단한 일을 하시려고 그리 열심히 모으십니까.
	역모라도 해서, 세상을 흔들어 보기라도 하시렵니까?
박준기	(보다가) 난, 내게 주어진 일에 최선을 다할 뿐이야.
구덕	(가만히 보다가) 대감도 저랑 다를 게 없네요?
박준기	(보면)
구덕	(빤히 보며) 좌상의 노비.
박준기	(보다가) 마지막이니 양껏 지껄이거라.
	내일 아침이면, 재가 되어 있을 것이니.
구덕	조심하십시오. 언제 버려질지 모르십니다.

박준기, 군관을 보면, 피투성이가 된 해강을 던지는 군관.
구덕, 놀라 해강에게 가면,

박준기	이깟 쥐새끼 한 마리 보내고, 큰소리를 치는 것이냐?
	(군관들에게) 아무 흔적 남지 않게 모두 불태워라.
이좌수	네 이놈! 천벌을 받을 것이야!

사람들, 두려움으로 웅성거린다. 나가는 박준기에서...

왔다 갔다 하는 허종문, 급히 오는 덕훈과 이종사관.

허종문　(다급한) 어찌 되었는가.

이종사관　신재 약방의 주인을 잡아 들여 알아 보았으나,

　　　　누군지 모르는 자에게 갈근환을 사서 팔았다 합니다.

허종문　갈근환? 그것은 그냥 진통제가 아닌가.

　　　　서, 설마, 갈근환에 독이라도 섞었단 말인가?

덕훈　약을 수거하여 분석 중입니다. 아무래도 시간이 걸릴 듯합니다.

허종문　... 좌상이 전하를 부추겨, 격리촌을 불태우라 했네.

덕훈　(놀라, 걱정으로) 대감...

허종문　도성 안에 괴질이 번지는 이유가 바람이라 주장하는데,

　　　　(좌절) 우린 반대할 명분도 증좌도 없어서 막을 수가 없었어.

좌절하는 셋, 그때 누군가 담을 툭, 넘어 들어온다.

이종사관, 덕훈, 칼을 뽑아 드는데, 숨을 몰아쉬며 일어서는 사람,

윤겸이다.

허종문　자, 자네는.

윤겸　(입을 떼려고 애쓰다가 겨우) 갈근환에 섞은 것은, 혈성초입니다...

——— **S#41 병자 격리촌 작은 막사 안 (N)**

죽은 듯 누워 있는 해강. 곁으로 앉은 구덕과 도겸. 이좌수, 해강을

보다가,

　　　　　　　　　　　　　　　　　16부

이좌수	(허순에게) 이보게 여기 좀 도와 주시게.
허순	... 어차피, 다 같이 저세상 가게 될 겁니다 나리.
	차라리, 죽일 테면 빨리 죽이지, 오금 저려 죽겠네.
구덕	나가서 주의라도 끌어 볼까요. 그사이에 도망치면 /

하는데 밖에서 들리는, 칼 소리, 사람들 비명까지 들리면,
사람들, 두려움으로 웅성이는데,
한쪽에서 끌어안고 울고 있는 여인들.
구덕, 손바닥에 쥔, 관자를 본다. 도겸, 구덕의 손을 잡으면,
도겸을 안아 주는 구덕.

이좌수	다 죽이고 불태울 모양이네.
해강	(손을 들어 올린다)
이좌수	괜찮은가? (구덕에게) 뭐라 말하고 있네.
해강	제가... 미끼가 되어.
구덕 / 도겸	(보면)
해강	단주님은, 뜻을 이루셨어요.

무슨 소린가 싶은데, 문이 벌컥 열린다.
칼을 들고 선 군사들. 사람들 두려움으로 보면, 앞으로 나오는 덕훈.

이좌수	아, 아들아!
덕훈	(이좌수에게 목례하고) 모두. 밖으로 나오시오.
	어서 해독초를 먹어야 합니다.

사람들, 살았다 달려 나가고,
덕훈, 구덕과 도겸에게 와서 목례를 한다.

도겸	그분은, 어디로 가셨습니까.

덕훈, 보다가, 모른다는 듯 고개를 가로젓는다.
걱정되는 해강, 도겸과 구덕에서...

─── S#42 소혜 집 마당 (D)

잔뜩 곱게 차려입고 나오는 소혜. 갈근환 상자를 들고나오는 금복.
비질을 하다가 와서 인사하려고 서는 꺽쇠.

금복	마님 아침 일찍부터 어딜 가시려구요.
소혜	부인들 다과 모임에 가려구.
금복	초대도 안 받으셨는데요? 또 문전 박대당하시면 어쩌시려구.

소혜, 기분 나쁜 듯 노려보다가, 상자 뚜껑을 열어 갈근환을 꺼내
주며,

소혜	자~ 먹어. 이게 통증에 좋대. 아, 꺽쇠도 먹어라.

꺽쇠, 어리둥절해서 받는데, 상자를 들고 나가려는 소혜.
갑자기 들이닥치는 이종사관과 군관들에 놀라, 뒷걸음질 치는데,

소혜	뭐야, 니들 뭐야!

이종사관, 뒤져라! 하면 우르르 집으로 들어가는 군관들.

박준기	(나오며) 이게 무슨 짓들이야. 예가 어딘 줄 알고 감히!

곳곳에서 약재와 구휼미 등을 내오는 군사들.

허종문   (들어와 서며) 한양 곳곳에 대감 소유의 집안에서,
                혜민서와 선혜청에서 빼돌린 약재들과 쌀이 발견되었소이다.

박준기   고작 그딴 걸로 이 소란을 피운단 말이오?

이종사관   (와서) 헛간에서 독초인 혈성초 가루를 찾아냈고,
                뒷창고에서 혈성초를 섞어 만든 갈근환이 발견되었습니다.

금복, 놀라서, 꺽쇠 손에 든 갈근환을 빼앗아 소혜에게 던져 버린다.
소혜, 상자를 어쩌지 못해 주려는데 받지 않는 식솔들.
소혜. 바닥으로 던지고 식솔들 뒤로 숨는데,

박준기   (뻔뻔한) 난 모르는 일이오. 이 집은, 내자의 것인데.
                (소혜를 보고) 자네가 모두 저지른 짓이야. 그렇지?

소혜   (어이없어서) 지금, 나한테 덮어씌우려는 겝니까?

박준기   (비겁한) 내가 깨끗이 치우라 했을 때 말을 들었어야지!

소혜   야!

허종문   백성을 돌봐야 할 관리가!
                어찌 이런 용서받지 못할 참혹한 죄를 짓는단 말인가.
                독을 퍼트려 백성을 무차별로 살해하고,
                격리촌을 불태워 숨기려 하다니,
                하늘이 두렵지도 않은가?

박준기   내 하늘은, 좌상이오. 나를 감히 처단할 수 있을 것 같소이까?
                여봐라 (군관들에게) 좌상께 당장 아뢰어라!

허종문   어리석기는... 좌상이 지시한 일이네.

박준기   (충격인) 뭐?

허종문   여봐라! 이자를 당장 추포하라.

박준기를 포박하는 군관들. 충격받은 얼굴로 끌려가는 박준기.

소혜　　(금복 뒤에 숨어서) 저기, 나, 난 어떻게 되는 거야?

허종문　(이쪽 보며) 첩실 김소혜 또한, 박준기의 범행에

가담한 죄가 가볍지 않으니, 추포하여 의금부로 끌고 가라!

군사들, 와서, 소혜를 잡으려 하면 도망치는 소혜.

담을 넘으려고 발악하다가 군사들에게 잡혀 질질 끌려가며,

소혜　　놔 이 새끼들아 놔! (식솔들 보며) 도와줘! 나 좀 도와 달라고!

멀찍이 서서, 노려보고 있는 금복, 꺽쇠에서...

───　**S#43 저자 (D)**

담벼락에 방을 붙이고 있는 종사관1, 2.

지나던 사람들 뭐지 싶어서 보면,

종사관1　갈근환에서 독초가 검출됐으니, 구매한 자들은 즉시 폐기하라.

백성1　　(구매한 갈근환을 먹으려다가 놀라서 버리는데)

백성2　　(이미 먹었는지 당황한) 이, 이미 먹은 사람은 어쩌나요 나리...

종사관2　백사초 뿌리를 달여 먹으면 회복될 것이네.

활인서에서 백사초를 나눠 줄 것이니, 그리로 가라.

S#44 이좌수 집 마당 (얼마 후, D)

건강해져 돌아오는 이좌수. 아버님! 달려 나오는 선희.
마당에 선 김씨부인과 차좌수를 보는 이좌수.

이좌수	아이고 사돈.
차좌수	이리 강녕히 뵈오니 참으로 좋습니다.
김씨부인	어서 오세요. 나리.
이좌수	반겨 주니 고맙소이다 부인, 아, 기억할지 모르겠는데,
	내가 이 아이 덕분에 또 목숨을 구했지 뭔가.

일동, 보면, 뒤에 뻘쭘하게 서 있는 해강이다.

이좌수	갈 곳이 없는 듯하여, 데리고 왔는데...
	내, 자식으로 삼아 좀 거둬도 되겠는가.
김씨부인	(가만히)
해강	(난처해서) 농이십니다. 그저 모셔다 드리러 온 것입니다.
	(인사하고 가려는데)
김씨부인	들어오게.
해강	(보는)
이좌수	(미소로 보다가) 헌데, 사돈, 제 걱정이 되어 오신 것입니까.
차좌수	아, 만나고 싶은 사람이 있어서 왔는데, 못 만났습니다.
이좌수	(보면)
차좌수	우리 성별감이, 옥고를 이기지 못하고 그만...

S#45 도겸 집 마당 (D)

망연하게 서 있는 도겸.
도끼와 끝동 무릎 꿇고 큰 서방님...
울고 있는 앞으로, 가마니에 덮인 시신.

S#46 의금부 마당 안 (D)

이종사관에게 막 들은 구덕. 눈물도 나지 않는다.

이종사관 시신은... 성부수찬이 수습하였다 합니다...

인사하고 가는 이종사관을 보지도 못하는 구덕.
앉아서 그런 구덕을 보고 있는 허종문.

종사관1 이자들은 다 어찌할까요.
허종문 노비들은 주인에게 돌려주고, 관비 또한 소속으로 돌아갈 것이며,
유랑민과 피역민은, 출신지로 귀향을 시키고,
범자들은 따로 조사를 받아 벌을 내린다.

마당에 모여 선 사람들, 실망한 듯... 우리가 그렇지 뭐... 정도의...
다들 고생했네. 서로 그저 토닥이고, 종사관1, 2, 사람들을
분리하는데,

구덕 노비 구덕. 마지막으로, 외지부를 하도록 허락해 주십시오.
사람들 (본다) 외지부가 뭐야?
허종문 (너그럽게) 그리하라.

구덕	(마지막 힘을 끌어내) 이들은, 의원도 의녀도 아닙니다.
	병자들을 돕겠다는 사명감으로 괴질촌에 온 것도 아닙니다.
	그저, 먹고살 것이 없어서, 괴질에 걸릴 것을 각오하고 온 것입니다.
	(사람들 보며) 여기 이자는, 주인의 매질을 견디지 못해 도망쳤고,
	여기 이 여인은, 주인의 수청을 거절해 온몸에 인두 자국이 있습니다.
	이자는, 소작료를 내지 못했고, 이자는, 과도한 부역을 견디지 못했지요.
사람들	(보고 있는)
구덕	환곡을 갚지 못해서, 진상품을 바치지 못해서,
	굶주린 아이를 먹이려 곡식을 훔치다 도망친 범자도 있습니다.
	그럼에도 이들은, 괴질촌에서 자신의 몫을 했습니다.
	이들 덕분에, 약재도 없고 구휼미도 없는 격리촌에서,
	병자들이 버틸 수 있었습니다.
허종문	(보는)
구덕	종일 탕약을 달이고, 나물을 캐 식량을 구해 오고,
	병자들의 오물을 치우고, 보살폈을 뿐 아니라,
	모두가 꺼려 하는 시신도 기꺼이 수습하였습니다.
	헌데, 이들을 어찌 이대로 돌려보낸단 말입니까...
	바라옵건대, 너그러우신 마음으로, 이들의 살길을,
	마련해 주시기를 간곡히, 청하옵니다.
사람들	(허종문을 보면)
허종문	(보다가) 충분히 감안하여 처리하도록 하겠다.

구덕, 깊게 인사하고 돌아서면, 고마워하는 사람들.
구덕, 웃을 힘도 없어 그저, 서 있는 노비들 틈으로 가려는데...

허종문	어찌하여 너 자신에 대해서는, 변호하지 않는 것인가.
구덕	(돌아본다)
허종문	너의 공에 대해 말해 보거라. 원하는 대로 해 줄 터이니.

구덕	저는 이제... (가만히 제 손바닥의 관자를 보다가) 원이 없사옵니다...
허종문	(보다가) 노비 구덕은, 교지를 받거라.

사람들, 교지, 하면서 무릎을 꿇으면, 같이 꿇는 구덕.

허종문	왕은 이르노라.
	노비 구덕은 강상의 윤리를 무너뜨리고 풍속을 어지럽힌 중죄인이다.
	허나, 청수현 유향소의 좌수와 향원들이 연명하여 상소를 올렸고,

—— **S#47 궁궐 정문 앞 (D) [플래시컷]**

차좌수	(무릎 꿇고 상소를 읽고 있는) 비록 신분을 속인 죄인이라고는 하나,
	억울한 백성들에게 온정을 베풀던, 선량한 의인이었사옵니다.
	감히 성상께 주청을 올리노니, 포용을 내려 주시기를 청하옵니다.
	(엎드리면)
향원들	(뒤로 함께 무릎 꿇은 채 엎드리며) 간절히 청하옵니다.
허종문E	청수현의 백성들도, 죽음을 무릅쓰고 격쟁을 하였다.

—— **S#48 의금부 앞 (D) [플래시컷]**

끝동과 도끼, 꽹과리와 징을 꺼내 두드리며 소리치고 있다.
전하~ 부디 소인들의 원을 들어 주셔유~ 외친다.
수문병들, 달려와 둘을 끌고 가며,

수문병	격쟁을 하면 곤장을 맞는 건 알고 있느냐!
끝동	(결연한) 예. 죽을 각오도 했구먼유.

─── S#49 형조 마당 (D) [플래시컷]

형틀에 묶여 곤장을 맞고 있는 괴로운 도끼와 끝동.
그사이, 이들이 내민 두꺼운 탄원서를 보는 형조 판서.

끝동E   감히 아뢰옵니다. 두 분은 귀천을 구별하지 않으시며,
        인정이 많으셔서, 저희들의 딱한 사정을 늘 보살폈습니다.
도끼   (죽겠으면서) 부디, 소망을 굽어살펴 주셔유.
끝동   (겨우) 두 분께 은덕을 베풀어 주셔유.

형조 판서. 탄원서 뒤로 보면,
청수현 백성들이 그려 넣은 수십 장의 수결들.

허종문E 많은 사람이 한뜻으로 변호하는,
        간절하고 갸륵한 마음에 심히, 감동하였다.

─── S#50 의금부 (현재, D)

그랬구나, 고마움으로 듣고 있는 구덕 위로,

허종문E 뿐만 아니라, 자진하여 괴질촌으로 들어가
        괴질의 실상을 알아내, 천하의 재앙을 구제하고,
        짐이 돌보지 못한 백성들의 목숨을 보전케 하였으니,
        그 노고와 공적 또한 인정받아 마땅한바,
        노비 구덕의... 면천을 허한다.

허종문, 교지를 접으면, 사람들은 면천이래, 잘됐다 하는데,

그저 그렁한 채, 서 있는 구덕이다. 그 위로,

승휘E   박준기는, 자신의 배후인 좌상을 결코 불지 않았다.

S#51 의금부 마당 (다른 날) [플래시컷]

허종문 앞으로, 형틀에 묶여 있는 박준기.
문초를 당해 몰골이 말이 아닌데,
나졸 하나, 인두질을 한다.
비명을 지르던 박준기, 이내 고개를 툭...

승휘E   과연, 의리 있는 충신이라서 그런 것인지,
이러나저러나 죽을 것을 예감해서인지는 알 수 없었다.
그리고 김소혜는, 대역 죄인의 첩실이라는 이유로,

S#52 어느 관아 내아 일각 [플래시컷]

노비 옷을 입은 소혜, 오만상을 쓰며, 내아에서 똥요강을 들고나온다.

승휘E   가장 천한 신분으로 강등되어 관비가 되었다.

근처에서 먼지 정도 터는 금복에게 내밀면, 차갑게 보는 금복.
괴로운 듯 요강을 들고 가는 소혜에서...

승휘E   아마, 배 속의 아이도, 그리될 것이다. 그리고...

─── **S#53 의금부 앞 (D) [1부 S#2와 같은 장소]**

천천히 문이 열리면, 나오는 구덕 위로,

승휘E   사람들에게 돌팔매질을 당하며 잡혀 왔던 구덕이는,

구덕의 이마에 와 뭔가 부딪힌다. 구덕, 발밑을 보면, 들꽃이다.
보면, 기다리고 선, 사람들, 발밑으로 꽃이나 꽃가루를 뿌려 준다.
보고 선, 도겸과 제대로 못 걷는 끝동을 부축한 도끼.
차좌수와 김씨부인과 이좌수 그리고, 금복 꺽쇠와 서 있던 개죽,
내 새끼... 우리 딸... 부르며 달려온다.

승휘E   꽃길로 되돌아 나와, 꿈에 그리던, 아버지를 만났다.

개죽이 구덕을 와락 끌어안으면, 그제야 미소가 번지는 구덕 위로,

승휘E   하여, 남은 생은 노비 구덕이가 아니라,
         자유로운 이름 윤조로, 행복하게 오래오래 살았다고 한다.
구덕E   서방님... 제가, 서방님의 소설을 잘 마무리한 것입니까.
승휘E   완벽한 결말입니다. 부인.

참았던 슬픔과, 기쁨이 교차하는, 구덕의 얼굴에서... Out.

─── **S#54 청수현 자모당 (3년 후, D)**

중앙으로 위엄 있게 앉아 있는 홍씨부인과,
그 앞으로 앉은 김씨부인, 이씨부인, 엄씨부인 등 자모당 부인들.

홍씨부인	우리 청수현의 자랑인 노회 잔치가, 벌써 3회를 맞이했습니다.
	예상 손님 수도 지난해보다 세 배는 될 듯합니다.
부인들	(놀라는)
홍씨부인	이번, 노회 상품 설명서는 누가 맡으셨지요?
이씨부인	(손 들며) 접니다~ 회장님.
홍씨부인	활자를 크~게, 한눈에 들어오도록 만드세요. 그리고,
	(엄씨부인 보며) 예인단 섭외는 왜 이리 늦습니까.
엄씨부인	(깨갱) 꽃 사당패는 이미 일정이 찼다 하여.
홍씨부인	웃돈을 줘서라도 무조건 계약 성사시키세요.
	(김씨부인 보며) 상품 전시회의 해설사는 사부인께서 맡아
	주시겠습니까.
김씨부인	(미소로) 회장님께서 하라시면 응당 해야 하지 않겠습니까.
홍씨부인	각별히들 신경 써 주세요. 아시겠지요?
일동	예~

김씨부인 흐뭇하게 보면, 홍씨부인 으쓱하는 데서...

───── **S#55 유향소 (D)**

차좌수와 이좌수, 티격태격하고 있다.

차좌수	유랑민을 유입해 청수현에 정착을 시키자구요?
이좌수	예, 일자리 확보를 위해 농토를 확장하고, 노회 사업을 더 키우면 /
차좌수	(말 막듯 도리도리) 사업도 좋지만, 풍속 질서에 해가 될까 우려됩니다.
이좌수	어찌 이리 안건을 낼 때마다 사사건건 반대하시는지.
차좌수	제가 청수현의 좌수가 아닙니까.
이좌수	전관예우도 모르십니까.

차좌수	아 이럴 게 아니라, 우리 성별감에게 의견을 구합시다.
이좌수	뭐 그러시지요. 아니 왜 아직 안 오는 것인지.
차좌수	(문 열리는 소리에) 아이고! 어서 오시게. 언제봐도 훤칠한 우리 성별감~

보면, 들어와 앉는 사람, 도겸이다.

도겸	두 분 다투는 소리가 유향소 밖까지 들립니다.
차좌수	(이좌수에게) 그러게 왜 이리 매사에 언성을 높이시는지 원.
이좌수	내가요? 목소리는 차좌수가 훨씬 큽니다.
도겸	(말리듯) 제가 두 어르신께, 드릴 말씀이 있습니다.
둘	(보면)
도겸	중앙에서, 교지가 내려왔습니다. 아무래도 홍문관으로 복직해야 할 듯싶습니다.
둘	(아쉬운) 아~

───── **S#56 외지부 집무실 (D)**

의뢰인들로 북적이는 집무실 안.
방문 사안을 접수하느라 분주한 조수들 사이로,
번듯하게 외지부복을 입은 구덕과 끝동,
양쪽으로 나눠 앉아 의뢰인 상담 중인데,

구덕	시아버님 산소에 투장을 했었다구요.
의뢰인	예. 올해 안에 이장을 하겠다구는 허는디.
구덕	나중에 말이 달라질 수 있으니, 기일을 명시해서 다짐서를 받으세요.
끝동	(멋지게 한양 말씨로) 법률상 가옥 매매는 보름이 지나면 변경할 수

없으니 계약 취소를 원하시면 적어도 글피까지는 소장을 제출해야
합니다.

구덕 자, 다음 분~

배태랑 (앉으며) 오랜만이십니다.

끝동 / 구덕 (배태랑을 보면)

구덕 무슨 일이십니까?

끝동 뭘 또 뺏으러 왔대유? 아니, 왔습니까.

배태랑 아니고, 제가 한양에 크~게 외지부 집무실을 냈는데,

함께 일해 보시면 어떨까 해서.

구덕 관심 없습니다.

배태랑 그쪽에 물어본 것이 아니오만.

구덕, 보면, 배태랑, 끝동을 보고 있다. 끝동, 나? 무안한 구덕에서.

—— **S#57 청수현 집 마당 (D)**

돌쟁이 딸을 안고 둥가둥가 흔들어 주는 막심과,
그 앞에서 오로로로 까꿍~ 하며 과장된 표정을 짓는 도끼.

막심 어쩜 이리 얼굴이 뽀~얗고 하얀 겨~

도끼 그래서 이름도 백이로 지은 거자녀~

막심 하이고~ 누굴 닮아 이리 이쁜 겨여~

도끼 누구겄어~ 엄마 닮은 것이재~

미령 (차려입고 나오며) 우리 백이는 엄마랑 있으면 울기만 하는데,

막심이가 안으면 금방 울음이 그치네?

막심 글게 말여유~ 내가 엄마인 줄 아나벼? 오호호호~

도끼 담 생애는 양반으로 태어나랬드만,

이리 양반으로 오셨어 우리 백이 아씨~

막심　백이 아씨~ 아궁 이뻐 우구우구.

미령　그만 이리 주게. 아주버님께 다녀오겠네.

도끼　(걱정) 우리 백이 아씨 고뿔이라도 드시믄 클나는디.

막심　그려유~ 오붓하게 댕겨오셔유. 아씨는 지들이 볼 것이니께.

───　**S#58 태영 집 사당 (D)**

성규진의 위패 옆으로 나란히 모셔 놓은 성윤겸의 위패.
그 앞에서 큰절을 올리는 도겸을, 밖에서 보고 있는 구덕과 미령.

도겸　(위패 보며) 아버님, 그리고 형님.
뜻을 받들어, 백성을 위하는 관리가 되겠습니다.
(둘을 돌아본다) 이제, 만석이 보러 갈까요?

───　**S#59 바닷가 (D)**

고기 잡아서 놀고 있는 개죽과, 세 살 정도의 사내아이, 만석.

구덕　아버지! 만석아!

엄마다! 하며 돌아보는 둘. 구덕, 미령, 도겸을 보고,
개죽 인사하면, 마주 인사하는 도겸과 미령.
어머니! 하고 달려오는 만석. 구덕이 팔 벌리는데,
구덕에게 오려다가 도겸을 와락 끌어안는다. 목마를 태우는 도겸.

미령	우리 만석이 효자네요. 형님.
구덕	그러게, 이제 무거워져서 안기도 힘들었는데.
도겸	형님은요? (집 쪽을 보며) 형님! 저희 왔습니다!

하면, 문을 열고 나오는...

승휘	어서들 오시게.
도겸	형님, 저 관직을 명 받아 한양으로 가게 되었습니다.
승휘	듣던 중 반가운 소리가 아닌가!
구덕	(미소로) 집필은 끝나셨습니까?
승휘	마침내 다 썼습니다~

——— S#60 옥사 (3년 전, N) [플래시컷]

아픈 팔을 붙들어 가며, 소설을 쓰고 있는 승휘.
옥사 앞으로 다가오는 옥졸의 발. 신경 쓰지 않는데,
문이 열리는 소리...

승휘	이 밤중에, 참형을 집행할 리는 없을 테고.

하다가 보면, 간신히, 가쁜 숨을 쉬고 있는 윤겸이다.
승휘, 놀라 뭐야 하며 벌떡 일어서는데,

윤겸	(겉옷과 모자를 벗으며, 숨이 가쁜) 동지사께서, 부탁을 들어주셨으니, (옷 등을 내밀며) 어서, 갈아입고 나가시오. 어서.
승휘	뭡니까, 나 대신 참형이라도 당하겠단 말입니까?
윤겸	(끄덕이면)

승휘	대체 어딨다가 나타나서 해괴한 짓을...
	이러면 내가 냉큼 고맙다 하고 나갈 것 같아?
윤겸	세상을 바꿀 수 있다 생각했어요. 내가... 교만했소이다.
승휘	그래서 생각이 바뀌었으면 집으로 돌아왔어야지!
윤겸	(보다가) 갔었소. 허나 거긴, 내 자리가 아니었습니다.

플래시컷〉 12부 S#35 태영 집 앞 (윤겸 시선) (D)

허전하고 울적한 태영의 어깨를 감싸주는 승휘를 보는 윤겸.

현재〉

윤겸	지켜 준다. 피난처가 되어 준다. 꼭 돌아온다.
	그 약조를 하나도 지키지 못했소이다.
	부인을 지킨 것은 당신이지요.
승휘	...
윤겸	부디 마지막 약조를 지키게 해 주시오.
	아우가, 또다시 형을 잃지 않게...
	부탁합니다. (심호흡) 마지막 숨을 아껴... 여기까지 왔으니
	돌아가서 (겨우) 나 대신... 제발... 살아 주시오... 행복하게...

승휘, 미치겠는지, 머리를 부여잡고 돌아서는데, 툭, 무릎을 꿇는 윤겸.

승휘, 놀라 돌아보면, 그 자리에 쓰러져 있는 윤겸이다.

아프게 보는 승휘에서...

S#61 바닷가 집 일각 (현재, D)

그때가 생각나는지, 가만히 바다를 보고 앉아 있는 승휘.

조금 떨어진 곳, 미령과 함께 스산한 표정으로 거닐고 있는 도겸.

승휘, 옆을 보면, 승휘가 쓴 책을 읽고 있던 구덕, 내려놓으면,

승휘	어떻습니까?
구덕	... 구덕이가 참으로... 고생이 많았네요.
승휘	그러게 말입니다. 이토록 고생해 간신히 면천이라니.
구덕	이리되기 위해, 많은 희생도 있었구요...
승휘	(그렇다는 듯 끄덕이는)
구덕	덕분에 감사하게도 저는, 꿈을 이뤘습니다.
	아버지와, 바닷가에서 사는 꿈.
승휘	(환기하듯) 그뿐입니까? 이렇게 멋진 서방과 아들도 있는데.
구덕	헌데, 왜 이렇게 늦으셨어요? 3년이나 걸리셨습니다.
승휘	앞에 하도 수정할 게 많아서 그랬지요.
	초고를 옥사에서 썼더니 엉망진창이라.
구덕	하여간 게으르셔. 내가 이러실 줄 알았습니다.
승휘	또 잔소리, 솔직히 내가 시간이 어딨습니까?
	외지부 하느라 바쁜 부인 때문에,
	독박 육아에 장인어른까지 모시고 사는데!
구덕	알겠어요. 알겠어~

둘, 흐뭇하게 가족들을 보고 있는데,

승휘	헌데 우리 만석이 말입니다. 흥이 났을 때 덩실거리는 품새가,
	딱, 천상계 전기수감입니다.
구덕	그런 말씀 마세요. 우리 만석이는 장원 급제해서 벼슬을 해야지요~
승휘	이제 와서 말인데, 과거 공부할 때 부인 때문에 참~ 힘들었습니다.
구덕	(어이없어서)
승휘	(무서워서 일어선다) 우리 아우도 얼~마나 힘들었을지.

승휘, 얼른 가려다가, 손을 뻗어 이리 오시오~ 하면
승휘가 내민 손을 꼭 잡고 함께 가는 구덕.
바닷가에서 함께 어울리는, 가족들.

평상 위 / 바람에 펼쳐져 있는 승휘의 책.
바닷바람에 휘리릭 날려, 책장이 닫히면,
맨 앞에 쓰인, 제목 '옥씨부인전'에서...

엔딩.

· 미공개 추가 대본 ·

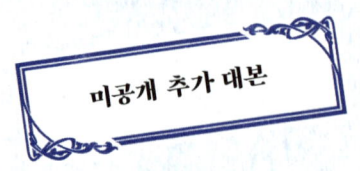
❖ IF ❖

시구문 밖의 만석이가 숨이 붙어 있었더라면

—— **15부 S#41 의금부 옥사 (D) [수정]**

홀로 앉은 승휘. 막, 서신을 다 써서 접는데,
고신받은 통증으로 온몸이 고통스럽다. 다가와 앉는 도겸.

도겸   형님...

승휘   (안 아픈 척) 만석이는 찾았는가.

도겸   예... 시구문 밖에서 찾았습니다.

승휘   그래, 청수현 양지바른 곳에 좀 묻어 주게.
         청수현에 뼈를 묻고 싶다 노래를 불러 댔거든.

도겸   형님.

승휘, 도겸을 보면, 도겸, 주변을 흘낏 살피고 작게,

도겸   만석이가, 숨이 붙어 있었습니다.

승휘   그, 그게 무슨... (작게) 만석이가 살아 있다는 것이야?

도겸   (끄덕이며) 예. 의원에게 보여 잘 돌보고 있으니, 염려 놓으세요 형님.

안도감으로 가슴이 미어지는 승휘,
그저 고개를 주억거리는 데서... (후략.)

햇살이 내리쬐는 여각 마당으로
공연 연습에 한창인 꽃 사당패 단원들.
그 사이로, 비단 두루마기에 한껏 멋을 부린 만석이,
공연을 지도하며 잔소리 중.
다리를 좌우로 찢고 있는 신입 단원들을 지나며
허리를 꾹꾹 누르며,

만석   더 찢어라, 더. 유연성을 높일수록 동작이 커 보이고
시원해 보인다니까~

여기저기서 신음이 터져 나오지만 아랑곳하지 않는 만석.
한쪽 구석 외줄 연습하는 덕길과 공중제비 연습 중인 살판꾼을 향해,

만석   덕길아~ 넌 또 왜 대충해.
연습은 실전처럼, 실전은 연습처럼. 모르느냐?!
길룡아, 너 또 다치지 말고 착지할 때 무릎 꼭 굽혀라.

그 옆으로 풍물 소리에 춤 동작을 맞추는 승휘를 닮은 전기수.
만석, 영 못마땅한 듯 보다가, 다가와 손끝을 교정해 주며,

만석   손끝이 어찌 이리 뻣뻣한지.
호흡을 손가락 끝까지 밀어내듯이!
고개 떨구지 말고, 시선 처리 똑바로!
(시범까지 보이며 세상 우아하게) 봐 봐. 이렇게, 이런 식으로,
봄날의 목련이 꽃봉오리를 벌리듯이 하란 말이야, 응?
대사 쳐 봐.

미공개 추가 대본

전기수	네 가슴을 뜨겁게 하는 것은 무엇이냐. 네 꿈은 무엇이냐.
만석	야 야! 너 이러면 천상계는커녕 지상계도 못 된다. 어?
	실제로 거기 있었다 생각하고, 몰입을 하거라 몰입을!
전기수	(움찔하며 읊조려 보는) 내가 실제로 거기 있었다?
만석	(모두에게) 다들 똑바로 들어. 이 공연의 원작자이자,
	한때 조선 팔도 여인들을 열광의 도가니로 몰아넣었던!
	전설적인 천상계 전기수 천승휘는 말이야~
일동	(이미 몇 번 들었는지 또 시작이다 하는 표정들)
만석	섬세한 감정 연기와 혼을 담은 춤사위,
	단전에서 뽑아내는 구성진 소리까지,
	어느 것 하나 완벽하지 않은 것이 없었다.
	배역에 완전히 몰입해 압도적인 기운으로 무대를 사로잡았지.
	그러니 니들도 제~발 죽어라 연습해!
	그래야 천승휘 발끝이라도 따라가지.
	(두 손 모아) 이렇게 부탁한다 내가!

하는데, 들어오는 단원1, 만석에게 다가와,

단원1	단장님~ 자모당 부인들께서 또 찾아오셨는데요.
만석	또? 천상계 전기수도 없는데 비싸다 어떻다 딴지 걸 땐 언제고?
단원1	생각이 바뀌셨나 보죠~ 다른 데보다 두 배로 주겠다네요?
만석	두 배? 어디 계시냐. 당장 뫼셔라.

만석, 거만하게 가면서도 단원들을 향해 연습하라 손짓하면,
단원들 모두 자세를 바로잡으며 다시 연습에 몰두하는 데서...

◆

무엇이든 물어보세요

❖ 옥씨부인전 Q&A ❖

1. 승휘가 연상이라고 생각하는 팬들이 많은데, 태영과 승휘의 나이 설정이 정해진 게 있나요? (봄이 _ @rainbow4uu)

- 연상 맞습니다. 승휘는 태영이보다 세 살이 많고, 윤겸은 승휘보다 두 살 어리고 태영이보다 한 살 많아요. 한데 딱히 정해 놓고 인식한 상태로 쓰진 않았어요. 당시에는 나이보다 신분이 중했으니까요.

2. 성윤겸, 옥태영, 천승휘의 mbti!! 너무 궁금합니다. (현우 _ @skgusdndi)

- 윤겸 ISTJ / 태영 ISTJ / 승휘 ENFP. 윤겸과 태영의 성향은 똑같고 승휘는 태영이와 단 한 개도 같은 게 없습니다!

3. 작가님만의 승휘 / 윤겸의 구별법이 있을까요? 점의 유무, 키, 표정, 말투 말고도 시청자들이 발견하지 못했을 만한 둘의 다른 점이 궁금해요! (김다미 _ @damily _ _ glory)

- 다른 건 다 준비했지만, 점의 유무는 설정한 것이 아니에요. 윤겸은 점이 없고 승휘는 점이 있다고들 하셨는데 저는 몰랐어요. 조명이나 빛에 따라 차이가 있었던 것 같고, 제가 알기론 점은 둘 다 있습니다.

4. 만약 승휘와 구덕이가 딸을 낳았다면 딸의 이름은? (@loosiyyyy)

- 소혜. 농입니다. 농.

5. 〈옥씨부인전〉 시즌2도 계획 중이신지 궁금합니다. (이유진 _ @leeyujin_11)

- 기회를 누가 좀 주신다면, 〈옥씨부인전 2〉는 어렵더라도 스핀오프 형식으로 하고 싶은 생각을 계속 갖고 있습니다. 아무래도 이번 작품은 구덕이의 서사가 중심이다 보니, 준비된 외지부 사건들을 많이 풀지 못했거든요.

6. 끝동이는 (외지부 일을 위해) 한양으로 갔을까요? (@loosiyyyy)

- 갔습니다. 한데 배태랑이 승률과 수임료만 따져 사건을 가려 받고, 없는 송사를 부추기거나 문서 조작까지 일삼자 배태랑을 고발했어요. 배태랑은 끝동이 때문에 도성 밖으로 추방당하게 되지요. 한양 생활에 환멸을 느낀 끝동이는 청수현으로 다시 돌아와 〈옥씨부인전〉의 외전인 〈어사와 외지부〉에 합류하는 것으로...

7. 〈옥씨부인전〉은 OST 덕에 몰입이 더욱 잘되었던 것 같은데 작가님이 제일 좋아하시는 OST는 무엇인가요? (유채화 _ @rapeflos)

- 이 질문에서 제일 고민을 많이 한 것 같아요. 도저히 한 곡만 고를 수 없어서 죄송합니다.

8. 아이는 송서인, 성윤겸 중 어느 성씨를 따르나요? (@jiyoun8070)

- 승휘는 성윤겸으로 살기에 아이도 성씨 성을 받았습니다. 도겸이 딸을 낳아서 실제로는 성씨가 아닌 만석이가 적장자가 되는 것에 우려를 표하는 댓글을 보았는데요. 도겸이도 후에 아들들을 낳았고 재산 다툼 없이 사이좋게 잘 나눠서 살았으니 너무 염려 마세요.

9. 15부 때 저 밑바닥까지 추락하는 구덕이와 주변 인물들을 보면서 시청자들의 원성이 하늘을 뚫고 작가님 집까지 찾아갈 태세였는데요, 그때 기분이 어떠셨는지요. (@jenny_korea2027)

무엇이든 물어보세요

- 중학생인 딸아이가 톡방에 욕 진짜 많다고 보지 말라고 해서 그날은
  안 봤어요. 어느 정도는 예상했던 터라, 아마 16부를 보시면 용서하지
  않을까 해서 괜찮았습니다. 다음 날 배우들과 제작팀과 종방을 보려고
  다 같이 만났는데, 다들 저를 걱정하시더라고요. 도겸이가 맨 먼저 와서
  "엄마 괜찮아요? 어제 진짜 욕 많던데!" 했고 (재원 배우는 저를 엄마라고
  부르고 영우 배우는 누나라고 부릅니다) 만석이는 저한테 죄송하다고
  사과하면서, 혹시 인터뷰하거든 그냥 자기가 죽여 달라 부탁한 거라고
  말해 달라 했어요. 참, 15부에 증언했던 괘씸한 설랑이는 후에 양반
  부인과 사통하다가 들켜 옷도 제대로 못 입고 도망치며 담 넘다가
  머리부터 떨어지는 통에 반푼이가 되었습니다.

**10. 관자가 두 사람의 중요한 매개체로 쓰이는데, 어떻게 관자를 이용해서 서사를
이끌어 나갈 생각을 하셨는지 궁금합니다. (봄이 _ @rainbow4uu)**

- 의도한 것은 아니었고, 첫 만남 대화를 쓰다 보니, 마지막에 선물을
  주고 싶었어요. 한데, 뭔가 특별한 다른 물건을 미리 지니고 있었다
  하면 작위적일 듯해서 당시 승휘가 지닌 값나가는 물건 중에서 짝을
  이루고 있는 것이 무얼까 생각하다가 신발 한 짝을 줄 순 없어서, 관자를
  줬습니다.

**11. 6부와 16부에서 데칼코마니로 나오는 "완벽한 결말입니다."라는 대사는
처음부터 수미쌍관으로 쓰려고 의도하신 건가요? 이별 장면과 해피 엔딩에서
이중적인 의미로 명대사가 나와 감격적이었어요. (봄이 _ @rainbow4uu)**

- 6부에 먼저 써 놓고 마음에 들어서 16부 엔딩에도 써야겠다 생각했어요.
  앞 회차 대본을 쓰면서 뒷 대본을 구성하면 어느 순간 궤가 맞아떨어지게
  되는데요, 가짜 윤겸이 돌아온 시점부터는 이야기를 새로 펼치지 않고
  앞의 이야기를 받아서 썼어요. 그러다 보니 데칼코마니로 많이 느끼신 것
  같습니다. 찾아내 주시는 게 신기하고 감사했어요.

12. 제가 시나리오 작법을 배울 때, 보통은 첫 장면과 1회 그리고 결말을 정한 뒤 시나리오를 쓴다고 들었는데, 〈옥씨부인전〉은 결말이 너무 완벽해서 처음부터 정한 결말인지 쓰다가 결정된 결말이지 궁금합니다. (@mijakelly)

- 첫 장면과 마지막 장면만, 맨 처음부터 정했어요. 돌을 맞으면서 들어가지만, 꽃을 맞으면서 되돌아 나온다. 그 사이를 어떻게 메울 것인지 구성해서 채워 넣은 이야기입니다.

13. 여주인공 구덕이=옥태영의 외지부 설정이 특이한데 여주인공 직업을 외지부로 쓰게 된 배경이 궁금합니다. (@sabbiyam)

- 소설 『유연전』이나, 기록 「마르텡게르의 귀환」, 영화 〈써머스비〉 모두 마지막이 재판입니다. 마지막에 결국 재판을 해야 한다면, 아예 주인공이 변호사면 어떨까? 모두를 변호하지만 자기 자신의 죄는 변호하지 않으면 좋겠다, 라는 생각이 들어서 대한민국 최초의 여류 변호사이신 이태영 선생님의 성함에서 태영이의 이름을 따오게 되었습니다. 성은 좀 흔하지 않은 성을 찾다가 옥씨가 되었어요. (처음 시놉시스는 〈송씨부인전〉이었어요)

14. 마지막 회에서 윤겸이 동지사에게 어떤 사유를 대고 승휘가 있던 옥에 들어갔는지 궁금해요. 거기 있던 이들은 윤겸이 돌아온 것을 알았을 텐데, 어떤 대화가 오갔는지 궁금합니다. (김샤론 _@sharon__92_)

- 윤겸의 정보를 듣고 종사관들과 덕훈이 괴질촌으로 이동한 후, 윤겸은 동지사에게 자신이 살아 있으니 승휘를 방면해 달라 말합니다. 동지사는 승휘가 살인죄는 면할 수 있다 해도, 윤겸의 행세를 하기 위해 왕명을 어겼으므로 그럴 수 없다 했겠지요. 하여 윤겸은 자신이 곧 죽게 될 터이니, 승휘 대신 죽게 해 달라, 참형당하기 전에 자신은 숨이 끊어질 것이다, 자신과 몸을 바꾸면 승휘가 살 수 있지 않겠냐 부탁했지요. 윤겸의 생이 다해 보이자 동지사는 이를 허락해 옥에 들여보내고 즉시

임금께 고합니다. 자신이 수사를 잘못해 승휘가 살인죄를 썼으며, 윤겸이
곧 죽을 목숨이라기에 바꾸기를 감히 허락했으니, 자신을 파직하고 벌해
달라 임금께 청했지요. 하지만 임금은 모든 사실을 알고도 동지사를
용서했고 구덕이를 면천해 준 것입니다. 따라서 승휘가 윤겸으로 살고,
윤겸이 행세를 하며, 별감 직을 하는 것은 임금에게도 비공식적으로
허락받은 것이며, 청수현 모든 사람은 승휘가 윤겸으로 산다는 것을 알고
있습니다.

**15. 마지막 회에 승휘와 구덕이의 재회 씬이 없어서 너무 아쉬웠는데요. 윤겸이
대신 참형을 당하고 승휘가 돌아왔을 때 주변 인물들의 감정들도 궁금합니다.
(김샤론 _ @sharon__92_)**

- 아쉽다는 글들이 많아서 저도 추가 대본을 생각해 봤는데 결국 쓰지
  못했습니다. 당시엔 윤겸이의 시신을 보는 도겸이도 너무 힘들어서
  최대한 담백하게 썼었고, 윤겸이의 죽음을 담보로 한 승휘의 삶인지라,
  도저히 행복하게 쓸 수가 없더라구요. 그 아픔이 아물 거로 생각하고
  3년이라는 시간을 흘려보냈는데도, 마냥 기뻐지지 않았어요.

**16. 승휘는 마지막으로 쓰는 책이라며『옥씨부인전』집필을 3년 만에 완료했는데,
정말 이 책이 마지막이었나요? 도겸이가 발령을 받은 게 승휘가 다시 별감을
한다는 복선으로 보였어요. (봄이 _ @rainbow4uu)**

- 승휘가 마지막 책이라고 한 것은, 옥사에서 곧 죽을 것이라 예상해
  했던 말입니다. 코멘터리에 언급된 대로『같은 하늘 아래』라는 책을
  먼저 썼고, 그 후에『옥씨부인전』퇴고를 했는데 불티나게 팔렸습니다.
  승휘는 공식적으로는 성윤겸이라 다시 별감도 했고, 천승휘라는
  필명으로 왕성하게 집필 활동도 했습니다. 집필 서적으로는 육아지침서인
  『만석이와의 하루』, 사내 지침서인『외훈』, 한 여인의 집착을 다룬
  『소혜라는 여자』, 부인들의 은밀한 비밀 얘기를 다룬『유향소 부인들의

나날들』, 조선판 스카이캐슬인 『장원 급제의 비밀』, 그리고 『어사와
외지부』 등등이 있습니다.

**17. 드라마를 보며 마음 따뜻해지고 행복했던 장면들이 많았습니다. 작가님도 글
쓰시면서 행복했던 씬이 있었다면 소개 부탁드려요. (유채화 _ @rapeflos)**

- 저는 차좌수가 상소를 읽는 장면을 꼽겠습니다. 그토록 태영이와
  반목했던 청수현 유향소 양반들이, 한양까지 몇 날 며칠을 걸어와 한낱
  노비를 위해 무릎을 꿇고 구덕이의 구명을 위해 엎드려 절하는 모습이
  감격스러웠습니다.

**18. 작품을 집필하면서 가장 어려웠던 점이 있었다면 무엇이었는지, 그리고 그것을
어떻게 극복하셨는지 궁금합니다. (한지민 _ @hewokcervouil)**

- 아무래도 첫 번째는 두려움이겠지요. 이게 지금 재밌나? 편성을 받을
  수 있을까? 과연 잘될까? 사람들이 좋아할까? 답을 알 수 없는 질문이
  머릿속을 떠나지 않고 공포로 몰려오면, 주요 사건이나 인물을 좀
  내려놓고 비중이 적은 인물들의 서사를 만들어 봅니다. 누구는 언제
  태어나서 어디서 살았고, 무슨 일을 했고 가장 좋아하는 것은 뭐다. 비중이
  작지만 중요한 역할을 맡았던, 개죽이와 구씨, 금복이와 꺽쇠. 해강이와
  문수, 백도광과 백이, 그리고 돌석이와 산채 사람들. 구덕이 엄마와 주막
  이모, 장외지부와 옥비. 미령이의 양부. 외지부 집무실에 들른 단역들도
  그렇게 서사가 마련되었지요. 이렇게 작은 인물들의 소소한 이야기를 써
  나가다 보면 마음이 조금 편해졌어요.
  두 번째는 외로움입니다. 작가는 오랜 시간 방 안에서 모니터만 보게
  되는데요. 이번 작품은 감독님 덕분에 유독 배우들과 많이 소통하면서
  작업했습니다. 제가 좀 힘들어 보이면 감독님께서 자리를 마련해
  주셨어요. 배우들과 자주 만나서 각자 인물에 대한 지향점을 상의하고
  해석하고 해답을 찾아갔고, 서로를 향한 믿음으로 많은 어려움을 극복할

무엇이든 물어보세요

수 있었습니다.

19. 제일 기억에 남는 시청자의 감상평이 궁금합니다. (@ze_wha)

- 어떤 아버님께서 유튜브 영상에 남기셨던 댓글인데요. 거실 TV에
  〈옥씨부인전〉을 틀어 놓으면 문 닫고 제 방에만 있던 자식들이 하나씩
  나와서 소파에 같이 앉는다며, 드라마 보면서 대화할 수 있어서
  〈옥씨부인전〉 하는 주말이 기다려진다는 내용이었어요. 저는 이 댓글을
  읽으며 정말 행복했습니다.

**20. 구덕이가 제 꿈은 '바다'라고 내뱉은 순간! 가슴이 뭉클했습니다. '바다'는
작가님 내면에 품은 꿈이었나요? 작가님의 진짜 꿈은 무엇인가요?
(이민희 _ @the_just_one)**

- 저는 어려서부터 아무 얘기를 지어내어 엄마를 웃기곤 했습니다. 아버지가
  많이 편찮으셨고, 불우하고 빈곤한 가정 환경이었는데, 저는 공부를
  못해 성적으론 엄마를 기쁘게 해 드릴 수 없으니, 맨날 실없는 소리나
  하고 헐랭이 같은 짓을 해 댔지요. 그런 저를 어이없어하며 웃는 엄마가
  좋아서, 종종 그랬어요. 저는 항상, 제 얘기를 듣는 사람들이 웃는 게 참
  좋았습니다. 아마 저는 제 꿈을 이룬 것이겠지요?

  잊지 마, 넌 소중하고 귀한 사람이야.
  난 꿈을 이루었으니 이거면 됐다. 너도, 너의 꿈을 이루렴.
  옥태영.

·별책 부록·

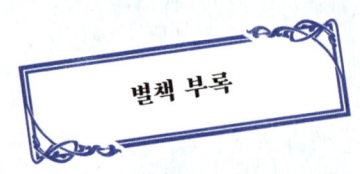
❖   대부분의 소품은 소품팀에서 완성도 높게 제작해 주시지만, 여기에
별책 부록처럼 모아 놓은 소품들은 소품 제작 전에 조감독님께서 작가실에 미리
요청한 것들입니다. 태영이 외지부 업무에 필요한 서류, 승휘의 책, 감정이 담긴
서신, 또는 스토리상 중요한 장치가 되는 소품들입니다. 제작 시 대필 선생님께
맡겨야 하는 일정도 있고, 책처럼 제작 시간이 더 걸리는 경우가 많아 미리 만들어
전달하는 방식으로 진행했습니다. 공문서나 장부, 재판 관련 기록문은 주채영
자문 선생님께 도움을 많이 받았습니다.

✦✦✦✦

────── **11부 S#10 태영 집 윤겸 방 안 (N)**

장부를 넘겨 보고 있는 승휘. 들어오는 태영을 본다.

승휘   드디어, 내 순서가 된 것입니까?

태영   그러게요. 제가 이리~ 바쁩니다.
            헌데, (승휘 앞의 장부를 본다) 장부를 보고 계시는 것입니까?

❖   **승휘가 넘겨 보고 있는 태영 집 장부 – 집안 살림의 수입과 지출을 적는
가계부. 일기 형식으로 작성.**

(예시) 0월 0일 지출 목록

우둔(牛臀) 1부(部)를 18냥 주고, 소갈비 1짝을 2냥 주고 사 오다

후추 한 홉을 9푼에, 붉은 팥 2되 4냥 6전에 사 오다

큰 붓 10자루를 3냥에, 벼루 1개 2냥 5전에, 먹 2자루를 1냥 2전에 사 오다

가짓잎괭이 4개, 곡괭이 1개를 합 23냥 5전에 사 오다

콧병 약 35냥 3전에 사 오다

++++

───── **11부 S#32 유향소 (D) [플래시컷]**

승휘   현감의 공석으로 처리가 늦어지고 있는 *세금 관련 민장*입니다.
         제일 급한 건부터 순서대로 정리하였으니, 속히 처리를 해 주시지요.

차좌수 뭐가 속히입니까! 별감도 갑자기 병을 얻어 공석이라,
         행정 업무도 마비되어 내 업무량 과중한 게 안 보이시오!

❖   **세금 관련 민장 – 맨 위에 보일 간략 내용**

삼가 다음과 같이 아룁니다. 전답 2두락을 주남섭에게 팔아넘겨 소유자가
바뀌었는데, 제 전세(田稅)가 소멸하지 않아, 세금을 과다하게 납부하였습니다.
주남섭에게 부과되어야 할 세금이 저에게 잘못 책정된 것 같으니, 제 소유로
등재된 전답을 속히 주남섭에게 이록(移錄)해 주시고, 이미 납부한 세금은
환급해 주실 것을 청원드리옵니다.

                                                        이봉달

++++

막심   아. (주머니에서 쪽지 보이며) 저기 잠숫는 동안,
       이것 좀 읽어 주시겠어유? 도끼가 줬는디 뭐라 씨부렁거리는지를
       몰라서.

태영   (열어 본다) 어머... **도끼가 연서를 썼어.** 솜이불처럼 포근한 나의
       막심아 /

막심   (얼른 빼앗고) 왐마! 난 또 어물전에서 뭐 샀는지 계산한 건가 혔드만.

◆   **도끼의 연서**

솜이불처럼 포근한 나의 막심아, 난 너를 오랫동안 마음에 담아 두었어. 난 네가
겉은 세 보여도, 속이 깊고 연민이 많아서 좋고, 농담을 잘해서 날 웃게 하는
것도, 손끝이 야무지고 꼼꼼한 것도 좋아. 난 아무리 힘든 날이라 해도, 막심이
너랑만 같이 있으면 기분이 좋아진다. 내 눈엔 네가 밤하늘에 가장 빛나는
별보다 눈부시고, 너른 들에 핀 봄꽃보다 더 향기로운 사람이야. 나도 너한테
그런 소중하고 특별한 사람이 되고 싶은데, 내 마음을 받아 줬으면 좋겠구나.

++++

시제 판에 쓰인,
‘선천하지우이우(先天下之憂而憂) 후천하지락이락(後天下之樂而樂)’

일순 긴장감이 감도는데,

가만히 보다가, 붓을 드는 **승휘, 침착하게 써 내려간다.**

승휘 옆의 웅이, 답안을 쓰다가 막히는지

슬쩍 승휘의 시권을 훔쳐보다가, 감독관이 지나가면,

소매 안에서 **조그맣게 접은 종이를 꺼내 베끼는 웅이.**

그사이 승휘는 붓놀림이 점점 빨라지는 데서.

❖　시험장에서 승휘가 쓰는 답안 내용

하늘이 우리에게 복을 내리지 않으니 제때에 비가 내리지 않아 논밭이
황폐해지네. 굶주림을 조심하고 생명을 소중히 여겨야 하거늘 어찌 구경만 하고
근심하지 않겠는가. 백성이 편안해야 나라가 편안하고 나라가 편안해야 집안이
편안하거늘 민생이 이리도 위태로운 지경에 빠졌는데 비단옷과 맛있는 음식이
어찌 편안하겠는가. 뭇 백성이 눈물 흘리며 탄식을 하니 술잔을 부딪친다 한들
참된 흥을 잃었네. 재앙을 경계하고 밤낮으로 계책을 쌓아야 결국엔 만물이
소생할 수 있으리니 먼저 두려워하고 오직 나랏일을 염려하며 지극한 은택이 이
백성 평안하게 하길 바라네. 진실로 근심을 쌓으면 경사가 있으리니 온갖 만물이
춤추고 온 백성이 함께 노닐리라. 사방에서 생기가 불어와 만국이 평안하면
한적한 고산에서 풍경을 즐기리니 아 큰 복이여 시들지 말고 피어나길 감히
보잘것없는 글에 소망을 담아 보네.

❖　웅이가 꺼내 베끼는 컨닝지 내용

음양이 어지러워 사계절이 뒤틀리고 땅은 메말라 흉년을 구제할 수가 없네. 온갖
산은 시들어가고 백성의 고통은 커져 가니 민생에 복이 없음을 한탄하노라. 어진
군주는 인덕을 베풀어 백성을 측은히 여기고 자식처럼 돌보니 사람을 가려 뽑아

국사를 맡겨야 하네.

++++

마주 앉아 *피해 사실 문서*들을 보고 있는 태영과 승휘. 승휘 배에서
꼬르륵.

태영   시장하세요?
승휘   아닌데, 노회를 섞어 지은 밥을 먹었더니, 자꾸 꾸룽꾸룽.

◆   **피해 사실 문서 간략 내용**

정배근
청수현 매산리(梅山里) 전평(前坪)의 방자답(傍字畓) 3두락지(斗落只)를
전당(典當) 잡히고 사채업자 황씨에게 30냥을 5할의 이자로 얻어
만수삼(萬壽蔘)에 투자하였다. 헌데, 황씨가 갑자기 투자 사기 피해로 원금
회수가 불안하니 즉시 돈을 갚으라고 요구하였다. 없는 살림에 빚을 갚을 능력이
없으니 전당 잡힌 땅을 황씨에게 넘겼다.

박응기
청수현 수산리(壽山里)에 있는 가옥(家屋)을 전당(典當) 잡히고 황씨에게 20냥을
5할의 이자로 얻어 만수삼(萬壽蔘)에 투자하였다. 전당 잡힌 가옥은 초가
3칸이다. 황씨가 급작스레 원금을 갚으라고 독촉하자 대출 기한이 남았다고
항의했다가, 왈패들에게 폭행을 당하였다.

김순덕

아버지가 황씨에게 40냥을 얻어 만수삼(萬壽蔘)에 투자하였다. 전당 잡힐
가산도 없어, 다른 사람들보다 두 배나 높은 10분(十分)의 이자로 돈을 빌렸다.
헌데, 황씨가 왈패들을 보내 즉시 원금을 갚지 않으면 죽이겠다고 협박했고,
세간살이며 숨겨 놓은 쌀 한 톨까지 다 털어 갔다. 아버지는 목을 매 지금까지
의식이 없으며, 빌린 돈을 갚지 못하면 가족 모두 노비로 팔려 갈 것이다.

＋＋＋＋

———— **14부 S#43 감영 재판장 (D)**

배태랑　　관찰사 영감, 토지 소유자라 주장하는 김씨는 노망이 들었습니다.
　　　　　헌데 어찌 진술에 신빙성이 있다 할 수 있겠습니까.

태영　　　(뭔가 말하려는) 관찰사 영감.

배태랑　　(말 자르고, 들고 있던 종이 내밀며) 이것은 이미 수년 전,
　　　　　정신이 온전치 않다는 **진료서**를 받아 갔다는,
　　　　　의원의 진술입니다.

❖　　　**배태랑이 내미는 의원의 진술서 내용**

김경심은 수년 전부터, 심기부족(心氣不足)과 심혈휴손(心血虧損)으로 건망(健忘)
증상이 있고, 정신이 안정되지 못해 갈피를 잡지 못하는 정신황홀(精神恍惚)
병증을 앓고 있어 사리 판단이 어려운 상태로, 기해년에 아들 구씨가 김경심의
병증에 대한 진료서를 받아 갔다.

　　　　　　　　　　　　　　　　　　　　　　　　　　　　의원 한태엽

─── **14부 S#45 감영 재판장 (D)**

플래시컷 〉 4부 S#19-1 관아 집무실 (D)
오래된 판결문들을 쌓아 놓고,
김경심의 판결문을 필사하고 있는 규진 위로,

태영E   관아의 판결문들이 화재로 소실되거나, 훼손될 것을 염려하여,
공무 중에도 틈틈이 오래된 판결문을 필사해 오셨습니다.

◆   **규진이 필사하는 김경심 소송 판결문 내용**

경신 9월 21일, 소송 판결 기록문

연이어 붙여 제출된 소지 및 원척 각 사람의 초사를 갖고 살펴보건대,
원고 김원득 측은 '아버지 김용선은 김경심에게 답 30두락을 증여할 당시
심풍건망(心風健忘)을 앓고 있어 의사 능력이 결여된 상태였으므로, 증여의
무효 사유에 해당한다. 또한, 무릇 토지를 전득(傳得)한 사람은 1년 이내에 관에
고하여 입안 절차를 받아야 하는데, 김경심이 내민 문기는 관의 공증을 받지
않은 백문문기(白文文記)이므로 법적 효력이 없다'라고 주장하였다.
반면 척 김경심은 '아버지가 심풍건망(心風健忘)을 앓기 시작한 것은 올해
정월이고, 토지를 증여했던 당시에는 명확히 의사를 표현할 수 있는 상태였다.
또한, 아버지가 입안 청원 소지를 첨부한 분재기를 관에 올려 관인을 받고
색리에게 접수까지 하였으나, 갑자기 아버지의 병증이 깊어져 입안을
사출(斜出)받지 못한 채로 사망하였다. 비록 이 분재기가 관서 문기는 아니지만
사실 여부를 따져 소유권을 인정해 달라'고 하였다.

이상과 같이 서로의 진술이 상충하여, 추가적인 증거 조사를 통해 심리한 결과, 김경심이 제출한 분재기는 비록 관의 사출을 받지 않은 백문문기이긴 하나, 증인과 필집을 소환하여 분재기의 성립 월일과 자필 서명 여부 등을 조사한 결과, 원 재주 김용선이 딸 김경심에게 답 30두락을 증여한 것이 명백하므로, 그 소유권을 인정한다.

++++

────── **14부 S#41 태영 집 서재 (N)**

문서철을 넘겨 보는 태영에게 다가오는 승휘.

승휘　괜찮습니까.
태영　(넘기기를 멈추고) 관찰사께, 항소를 제기할 수 있을 듯합니다.

❖　　**김경심의 판결 기록문 외에 넘기면서 보게 될 다른 판결 기록문 두 가지**

갑자 1월 15일, 소송 판결 기록문

원고 신경준은 김승언 측에서 선모(先母) 김씨의 제사를 모시는 몫의 토지와 노비를 모조리 환수해 간 상황의 부당함을 제기했다. 반면 척 김승언은 조부 김지학이 생존 시에 작성해 둔 분재 관련 유서를 증거 자료로 제출하며 해당 토지와 노비에 대한 소유권을 주장하였다.

원고는 선모(先母) 김씨 사후에 김지학이 국법을 헤아리지 않은 채 죽은 딸의 재산을 친자녀에게 분재 문서를 작성해 준 것은 불법 행위라며, 김지학의 유서는 비록 원재주가 작성한 것이라고 하더라도 법전 조문에 근거할 때 의자녀의 권리를 침해한 것이라고 반론하였다. 또한, 소송을 지연시켜 노비를 계속 부리고자 하는 것은 더욱 위법적인 행위라고 주장하였다.

하여, 원고와 척을 관아에 나오게 해 최종 심문을 하였으나, 양측이 모두 서명해 제출한 진술서에서 '원고와 척은 의사촌 사이일 뿐만 아니라 사족으로서 서로 소송을 하는 것이 보기 좋지 않은 데다가 척 김승언이 지금 상중에 소송을 하는 것은 더욱 마땅하지 않다. 김승언이 죽은 김씨 제사를 모실 몫의 노비 5구를 신경준에게 주고 서로 합의하기'로 아뢰었으므로 해당 합의 사항에 따라 판결한다.

정묘 6월 4일, 소송 판결 기록문

원고 손치성은 종 만득이 연로하고 자식이 없기 때문에 전답을 생시에 이미 기상(記上) 받았고, 만득이 죽은 지 3년이 지난 뒤에 기상 문기에 기재된 전답을 추심하였다. 헌데, 동현(同縣)에 사는 이수남이라는 사람이 조상 답이라고 핑계 대며 차지하고 주지 않고 있다며 법에 따라 처벌해 줄 것을 청하였다.

척 이수남은, 자기의 조상 답으로 묵혀 버려졌던 것을 만득이 개간해 양전에 만득 이름으로 올봄에 측량했다며 조상의 문기를 제출하였다. 사실 확인을 위해 증인 심문을 한 결과, 절린(切鄰) 박종해와 주원숙은 '소쟁 답을 이수남이 만득에게서 매득해 갈아먹고 있다고 들었다'고 진술하였다.

소지와 절린의 초사 및 이수남이 제출한 문기를 갖고 판단한 결과, 우선 이수남이 자기의 조상 답으로 묵혀 버려졌던 것을 만득이 개간해 양전에 만득 이름으로 측량했다고 한 것도 근거가 없고, 원고인 손치성도 종 만득이 후사 없이 죽은 뒤에 기상한 답이 틀림없다면 지금 많은 시간이 지났는데 즉시 추심하지 않은 것도 맞지 않는 일이다. 허나, 양안에 등재된 이름이 손치성의 종 만득이었다는 것을 근거로 전답의 소유권을 만득의 상전 손치성에게 결급한다.

✦✦✦✦

—— **16부 S#43 저자 (D)**

담벼락에 방을 붙이고 있는 종사관1, 2.
지나던 사람들 뭐지 싶어서 보면,

◆ **담벼락에 붙은 방 내용**

신재 약방의 갈근환에서 독초 검출.
구입한 자는 즉시 폐기할 것.
이미 복용한 경우 속히 활인서로 갈 것.

✦✦✦✦

—— **16부 S#49 형조 마당 (D) [플래시컷]**

형틀에 묶여 곤장을 맞고 있는 괴로운 도끼와 끝동.
그사이, 이들이 내민 두꺼운 ***탄원서***를 보는 형조 판서.

◆ **끝동이 탄원서 내용**

감히 아뢰옵니다. 두 분은 귀천을 구별하지 않으시며, 인정이 많으셔서, 저희들의
딱한 사정을 늘 보살폈습니다. 흉년으로 굶주림에 허덕이자 곳간을 열어
구휼하시고, 변고를 당해 빚더미에 앉자 살길까지 마련해 주시는 등 긍휼의

마음을 기꺼이 내어 주신 두 분 덕택에, 하찮은 저희들도 내일을 꿈꿀 수 있게 되었사옵니다. 부디 바라건대 저희들의 간절한 소망을 굽어살피시어, 두 분에게 사면의 은덕을 베풀어 주시기를 감히 청하옵나이다.

++++

─── **16부 S#60 옥사 (3년 전, N) [플래시컷]**

아픈 팔을 붙들어 가며, **소설을 쓰고 있는 승휘.**
옥사 앞으로 다가오는 옥졸의 발. 신경 쓰지 않는데,
문이 열리는 소리...

승휘 이 밤중에, 참형을 집행할 리는 없을 테고.

❖ **옥사에서 승휘가 쓰고 있는 소설 부분 내용**

비처럼 쏟아지던 불화살은 주막의 지붕과 기둥에 쉴 새 없이 꽂혔다. 그때 화적 떼가 갑자기 들이닥쳤고, 불길은 순식간에 주막 전체를 에워싸며 거칠게 타올랐다. 화적들은 우악스럽게 칼을 휘두르며 사람들을 가차 없이 찔러 죽였고, 값비싼 물건들을 손에 잡히는 대로 쓸어 담았다. 그 끔찍한 광경을 충격으로 보던 구덕은 태영의 손을 끌고 다급히 몸을 피하려 했지만, 둘을 발견한 화적들이 그 앞을 막아섰다.

· 대본 코멘터리 ·

❖ **대본 코멘터리에 앞서_**

시간 관계상 편집된 영상들을, 대본으로만 보여 드릴 수 있어서 못내 아쉽습니다.
방송과 대본을 비교하며 한 줄 한 줄 사라진 대사들을 찾아 못 보신 장면을 상상해
보시는 것도 묘미가 될 듯합니다.

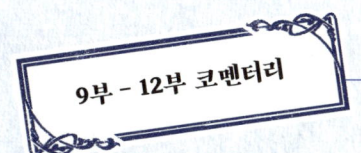
9부

S#2 관아 마당 (D)

오달성 나는, 인륜을 어지럽힌 자를 벌해
청수현의 기강을 바로잡으려는 것이오.
부인은, 관습법에 따라, 강상죄를 지은 것이나 다름없소이다.

태영 강상죄?

오달성 부부 된 도리를 저버리지 않았소?

태영 도리를 저버리다니, 난 단 한 순간도 내 도리를 저버린 적이 없소이다!

▶   7부 익천에서, 승휘와 태영이가 헤어지기 전, 무릎베개하고 손목을
잡히는 것보다 좀 더 가까워지는 것이 어떨까 하는 의견들이 있었습니다.
(술김의 포옹이라던가... 가슴 아픈 입맞춤이라던가) 저도 조금 흔들렸지만,
이 씬에서 태영이가 당당하려면, 조금의 가책도 없어야 해서 받아들이지

못했습니다.

++++

─────── **S#9 태영 집 신방 안 (N)**

막심　　　(마주 보며) 내 새끼 죽게 만든 사람,

　　　　　　백 번이고 천 번이고, 쳐 죽이고 싶지유. 암만유.

송씨부인　그래서.

막심　　　허지만유. 그런다 한들,

　　　　　　우리 자식들이 살아 돌아올 것도 아니잖아유.

송씨부인　(따귀를 때리고) 어디서, 네년의 천한 딸년이랑,

　　　　　　내 자식을 비교하는 것이야. (다시 손을 들면)

미령　　　그만 하세요!

▶　　　9부부터 16부까지는, 한 회 집필에 할애된 시간이 대략
보름이었습니다. 한 달에 두 권씩 대본이 나와야 촬영 일정을 맞출 수 있었지요.
8부까지는 그래도 여유란 게 조금 있어서 초고가 나오고 한 번쯤 뒤집는
수정도 가능했습니다만, 9부부터는 초고를 완고로 넘기는 다급한 스케줄이
이어졌습니다. 마지막 회까지 이야기를 정해 놓고 달려야 해서 2막인 9부부터는
초고 설정에서 달라진 것이 거의 없고 정해진 대로 썼습니다.
지방 촬영이 많다 보니 감독님도 한 달에 한두 번밖에 만날 수 없어서 주로
전화로 회의를 해야 했는데, 이 씬 때문에 전화를 주셨었습니다. 송씨부인이 너무
자그마하셔서 막심이를 때려도 위협적이지 않다고 고민하셨어요. 결국, 세게
때려 보는 것으로 촬영해 보시겠다고 하고 전화를 끊으셨습니다.

++++

——— **S#10 옥사 (N)**

태영 (다가오는 쥐들을 보며)
내가, 니들 무서워할 줄 알아? 나 구덕이야.

▶ 오달성이 태영의 따귀를 때리고 옥에 가두는 장면 때문에 자문
선생님과 많이 갈등했습니다. 선생님은 절대로 불가능하다고 하셨는데 제가
워낙 말을 안 듣는 통에 나중에는 포기하시더니 옥에 쥐와 뱀과 지네를 풀자고
아이디어를 주셨습니다.

++++

——— **S#34 태영 집 마당 (현재, D)**

막심 시상에 월매나 든든한가 모르겠네.
그간 뭔 일을 하셨길래 목소리가 저리 우렁차지신 것인지.
귀한 예인 공연 보는 것 같네유. 그쥬~
태영 그렇지? 막심이 눈에도, 그리 보이는 것이지?

▶ 실은 승휘가 윤겸인 척하는 이야기를 좀 더 가져갈까 싶었습니다.
한데 제 안의 천승휘가 윤겸이의 껍질을 벗고 나오고 싶어 안달이었습니다.
저도 나름 철저히 승휘를 감추려 윤겸이를 준비했지만 쉽지 않더군요. 말투며
표정이며 콧노래며 눈빛이며 뭘 해도 태영이에게는 승휘처럼 보일 듯해서
아무래도 오래 못 가겠구나 싶었어요. 승휘가 낙인마저 안 찍고 왔다면 합방 때
들켰을 것입니다.

대본 코멘터리

++++

———— **S#35 태영 방 안 (N)**

막심   잘 봐유. 이 종이는 서방님의 몸뚱이고,

             이 붓은 마님의 입술이여. 이?

태영   이?

막심   마님 입술로다가 서방님 몸뚱이에다 막 칠을 하라구유. 이렇게.

             (붓을 입에 물고 종이에 막 그리며) 난도 치고, 글자도 쓰고,

             막 휘젓는 겨~ (아래위로 그어대며) 위아래 위위 아래.

▶   막심이의 합방 준비 장면은 쓰면서 정말 걱정을 많이 했어요. 과연
재밌을까, 재미없으면 어떡하지 했는데, 재화 배우님, 실로 대단한 장면을 만들어
주셨습니다.

++++

———— **S#46 태영 집 부엌 (D)**

태영   도끼야.

도끼   (화들짝, 과하게 놀라는) 예? 예! 예 큰 마님.

태영   지금 외지부 집무실로 가서,

             큰 서방님 다리로 나오시라고 해. 아무도 몰래.

도끼   예? 예. 왜유 아니. 예.

▶   순박하고 숨김없는 도끼가 승휘보다 더 거짓말하는 게 티가 나서
상황의 긴장감을 위해 도끼가 최소로 나와야 하는 회차가 되었고 심지어 이

장면에서는 너무 크게 놀라서 편집되었습니다. 여기 도끼 너무 웃겼어요. 세트가 울릴 정도로 놀랐어요.

대본 코멘터리

10부

───── **S#6 태영 집 마당 (D)**

끝동   (둘러보며) 다 워딜 간 겨? 맨날 뭐 빠지게 싸댕기는 건 난디,
     정작 중한 일은 나만 모르는 것 같은, 느낌적인 느낌...

▶   끝동이는 성장을 위해 만들어진 인물입니다. 끝동이는 시작부터
똑쟁이라고 언급되는데 태영이는 그런 끝동이를 눈여겨봅니다. 그래서
혼인하고도 일부러 데려오게 되는데요. 나오진 않았지만 도겸이 옆에서 과거
시험급으로 글을 배우고 공부하고 법문을 외워야 했습니다.
모티브인『유연전』에서는 두 명의 노비가 거짓 증언을 이유로 참형을
당했고 이를 알고 있던 노벤져스 배우들은 마지막에 누가 죽을지를 계속
궁금해하셨는데요. 제가 안 알려 드리고 가위바위보를 해서 정해 달라고 한
적도 있습니다. 아마 이 씬을 보면서 끝동이는 *아~ 나는 아무것도 모르네? 난*

살겠구나~ 했을 것입니다. 승휘를 데려오는 데 한 몫하는 씬을 본 도끼는 아~
내가 죽을 수도 있겠구나~ 했을 테고요. 그러다 막심이와 도끼가 혼인하는 것을
보며 만석이는 아~ 나구나~ 했을 것입니다.

++++

——— **S#8 청나라 상단 하역장 같은 (N) [8부 S#49 연결]**

윤겸　(말 자르고) 난, 성윤겸이 아니다!
　　　난, 아버지도 부인도 아우도 없어.
도겸　뭐라구요?
윤겸　(가다가 돌아본다) 난 다시는 돌아갈 수 없다.
　　　네 형님은 죽었다 생각하거라.

　　　충격으로 보는 도겸의 발 앞에 호패를 툭, 던지고 사라지는 윤겸.

▶　　윤겸이는 박준기 암살에 성공하면 죽임당할 것을 알았기에 그
자리에서 자결할 생각이었습니다. 그래서 거사 전에 신분을 숨기기 위해 호패를
버리려 했는데 마침 찾아온 도겸이에게 주게 된 것이지요.

++++

——— **S#14 공간 (N)**

도겸　정말, 이리하시겠습니까.
　　　이리하시면, 돌이킬 수 없을 것입니다.

승휘   돌이키지 않으려고 하는 일이오.

승휘, 말을 마치고, 헝겊을 입에 물면,
기술자, 승휘의 어깨에 낙인을 새기기 시작한다.
고통을 참는 승휘를 보는 결연한 도겸에서...

▶   원래는 불에 달군 인두로 낙인을 찍으려고 했어요. 한데 돌석이의 얼굴에 분장을 해 보니 검게 보이지 않고 상처가 부풀어 오르는 형태라 잘 보이지 않는다고 하셔서 문신을 새기는 것으로 해 보자고 했는데요. 너무 안 아파 보일까 봐 천을 물렸습니다.

    ✦✦✦✦

──── **S#47 운봉산 일각 (D)**

돌무더기 몇 개 위로, 마지막 돌을 얹는 승휘.
떠오르는, **플래시컷〉 6부 S#2 운봉산 산채 일각**
푹 빠져서 승휘의 이야기를 듣고 보는 사람들과 승휘를 보는
태영에서...
현재〉 묵념하듯 서 있던 태영과 승휘. 운봉산을 보는 데서...

▶   돌무덤을 만들기가 쉽지 않아 촬영을 못 한 장면입니다.

++++

─── **S#48 자모당 (D)**

김씨부인　외지부를 그만두고 청수현을 떠난다니, 그게 무슨 말인가.

태영　　　... 오랜만에, 서방님이 오셨으니, 팔도 유람이나 다닐까 해서요.

김씨부인　(섭섭하고, 아쉬운) ... 나는, 자네 이 선택이, 좀 실망스럽네.

태영　　　(본다)

김씨부인　자네가, 여인의 몸으로 외지부를 하며, 큰일들을 이뤄 내,

　　　　　청수현의 여식들도 학당에서 함께 공부하도록 용기를 주었네.

　　　　　게다가, 아직 많은 사람들이 자네의 도움을 필요로 하는데 어찌...

▶　　　편집되는 게 아쉬워서 이 씬은 좀 살려 주시면 어떨까 부탁했던
씬입니다.

　　　　　　　　대본 코멘터리

───── **S#18 태영 집 마당 (D) [도겸 / 미령 씬 삭제]**

승휘   (심호흡하고) 난 대단해. 난 최고야.

태영   ... 예?

승휘   따라 하세요. 난 대단해. 난 최고야.

보고 있던 식솔들도 민망해서 사라지고 나면,
눈을 반짝이며 보는 승휘를 피하지 못하고,

태영   (작게) 난 대단해...

승휘   난 최고야.

태영   ... 난 최고야...

승휘   말하는 대로 될 것입니다.

► 　　*난 대단해. 난 최고야.* 저는 자존감이 낮은 편이고 일하다 보면
이게 재밌나 싶어 더욱 쪼그라듭니다. 그래서 늘 작업실 칠판이나 모니터 앞에
포스트잇으로 메모를 붙여 놓곤 하는데요. 그냥 해, 괜찮아. 잘할 수 있어.
잘하고 있어~ 같은 말들입니다. 그날 제 모니터 앞에 쓰여 있던, 제게 보내는
메모였습니다.

＋＋＋＋

——— **S#56 거리 (N)**

태영　　이런 사랑을 받아 본 적이 없어서, 이런 행복을 느껴본 적이 없어서,
　　　　이리 좋은 날들은 내 것이 아닌 것만 같아서, 잘못될까 봐,
　　　　사라질까 봐, 깨어나면 다 꿈일까 봐,
　　　　너무 두렵고 겁이 납니다.

► 　　이 회차를 미리 보지 못하고 방송으로 보았는데, 저는 평범한 거리로
써 놨는데, 태영이가 왜 위로 올라가지? 왜 올려다보지? 승휘가 왜 저 위에
있지? 했다가 상상치도 못한 아름다운 야경에 놀랐습니다. 이 방송을 볼 즈음
〈옥씨부인전〉이 정말 많은 사랑을 받고 있었는데 이 대사가 제 심정 같았습니다.
지금도 마찬가지고요. 외롭고 캄캄했던 태영이의 마음에 알록달록 예쁜 등을 켜
주신 것 같아서, 보면서 가장 감사했던, 제일 좋아하는 장면입니다.

12부

S#5 태영 집 일각 (N)

도끼   (상처) 참말이여?

막심   참말이거나 말거나, 니가 뭔 상관인디, 우리가 부부라도 되는 겨?

도끼   난 부부라고 생각하고 살았어!

막심   누구 맘대로! 암만 나무하다 발모가지 삐끗해서
            벼랑에 떨어져 하루아침에 가 버린 서방이라 혀도,
            난 엄연히 서방이 있는 몸인디, 내가 왜 니랑 부부여!

도끼   니가 그리 말하믄 나 참 섭하지. 백이도 내가 받았는디!

막심   아~ 긍께 니가 내 볼꼴, 못 볼꼴 다 봤으니께 내가 니 거라도 된다?

▶   도끼와 막심이 부부가 아니었다는 사실에 놀라신 분들이
계시더라고요. 설명을 조금 드리자면, 막심이 남편은 구돌이입니다. 도끼는

구돌이보다 먼저 막심이를 좋아했지만 끝내 고백하지 못하고 막심이를
뺏겼었지요. 한데 구돌이는 막심이가 만삭 때 도끼와 함께 나무하러 갔다가
발을 헛디뎌 세상을 떠났습니다. 도끼가 업고 내려오던 중에 사망했어요.
구돌이는 도끼 등에 업힌 채 막심이를 지켜 달라는 부탁을 남기게 됩니다.
도끼는 그 약속을 평생 가슴에 새겼습니다. 막심이가 출산할 때도 곁을 지키고
백이도 친아버지처럼 키우고 항상 곁에서 구박을 받으면서도 막심이를 지킨
순정남이지요. 대환 배우님은 설정을 모르시고 리딩할 때는 막심이를 친한
동료처럼 대하듯 연기하셨는데, 제게 설정을 들으신 후에는 막심이를 바라보는
눈빛에 꿀이 뚝뚝 떨어지셨습니다. 겉으로야 웃고 지내지만, 남편도 잃고 자식도
잃고 오로지 태영이만 생각하는 막심이의 곁에 도끼가 있어 줘서 늘 고맙고
든든했습니다.

＋＋＋＋

─── **S#49 태영 집 마당 (N) [축소]**

일동, 합방해, 합방해 하면, 도끼, 냉큼 막심 손 잡고, 가자 하고,
왜 이려~ 부끄러워하다가, 둘만 낳자. 하고 일어서려는 막심에 웃는 일동.
걱정 하나 없이, 행복한 가족들을 보며, 흐뭇한 승휘와 태영. 위로,

태영E   내 생애, 가장 행복한 날들이 지나가고 있었다.
우리 앞에 무슨 일이 닥칠지 알지 못한 채,
그저 양껏 행복했던 날들이었다.

▶   11부, 12부는 조금 특별한 회차였습니다. 처음으로 재판이 없는
회차이기도 하지요. 후반부를 위해 인물들의 감정만 오롯이 쌓기로 했던지라
다른 회차에 비해 긴장감이 떨어져서 이래도 되나 고민을 했었습니다. 그동안

숨 가쁘게 달려왔고, 숨 가쁘게 진행될 후반부를 위해, 모두에게 양껏 행복한
시간을 만들어 주려 했고 배우들도 스텝들도 정말 좋아했던 회차입니다.

++++

───── **S#58 관아 일각 (D)**

소혜   잠깐만.
태영   (멈춰 서면)
소혜   (돌아서서 태영을 보며) 너 구덕이 아니니?

▶   제가 써 놓고 무서워서 비명을 질렀던 장면입니다.

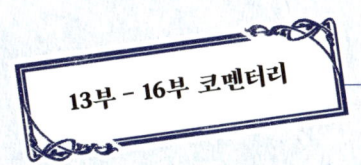

13부

--- **S#16 내아 방 안 (D)**

소혜   구덕이 년, 머리채 뜯었던 자리 다 아물었을까?
      아 진짜, 양반 부인 머리를 뒤져볼 수도 없고...
금복   그럼요~
소혜   아 아쉽다. 진작 다리를 콱 분질러서
      너처럼 절뚝이를 만들어 놓았어야 했는데...
      그랬으면 알아보기 쉬웠을 거 아냐 그치.

▶ 12부까지는 두 회차씩 한 번에 썼고, 나머지 4부는 시간이 많지 않아
한 호흡에 집필했습니다. 초반에 설정해 놓고 진행하지 못한 서사가 있어 재미로
조금 풀어 드리자면, 소혜의 엄마는 누구일까요? 김낙수는 죽은 처와의 사이에
후사가 없었습니다. 성질이 포악해 재가도 못 했고요. 김낙수는 처가 죽기 전,

꺽쇠의 아내인 젊은 금복이를 탐해 소혜를 얻었습니다. 그래 놓고 처의 소생인 양 키웠지요. 그 집만의 공공연한 비밀입니다. 그 사실을 알게 된 소혜는 무시당하기 싫어 더욱 포악했고 결국, 본인 신분으로 돌아갔다. 이런 설정이 있었습니다.

✦✦✦✦

──── S#25 자모당 (과거, D) [플래시컷]

김씨부인 멀쩡한 반가의 여식이 무슨 흠이 있어 첩이 되었나 했더니,
  이리 천지 분간을 못 해서인가 봅니다. 쯔쯔쯔.

소혜 이, 이보세요!

김씨부인 부임하자마자 사기 사건에 휘말린 현감을 도우려,
  피해자들의 외지부를 깎아내리려는 의도는 알겠으나,
  더 나대다 가는, 호판 부인께 머리털 뽑히고 멍석말이당합니다.
  그러니 그만 자중하세요. 아시겠습니까?

▶   제가 개인적으로 닮고 싶은 인물은 김씨부인입니다만, 제 마음이나 사고방식은 홍씨부인 쪽을 더 닮은 것 같습니다. 대사를 쓸 때 정말 흥이 났거든요. 송씨부인과 홍씨부인은 재판에 참석하느라 송가 미옥, 홍가 수희라고 대본에 이름이 나옵니다. 이에 김씨부인인 지혜 배우가 "나는 이름도 없어!" 하더군요. 이름 있습니다. 김가 근영입니다.

++++

S#43 차좌수 집 마당 (N)

차좌수   이제 부인이 안 예쁩니다. 이제 부인이 싫어요.
　　　　　부인이 하는 꼴을 더는 차마 못 봐주겠습니다.
홍씨부인   (충격인) 나, 나리...
차좌수   나가시오 이 집에서. 노비도 땅도, 돼지 한 마리도 없는 집이지만!
　　　　　난 이제 부인을, 안주인으로 생각하지 않겠소이다.
홍씨부인   (놀라 보다가 보따리 내민다) 아, 안 그럴게요.

▶　　코멘터리를 위해 다시 대본과 영상을 보며 되새겨 보니, 차좌수와
홍씨부인 내외가 어찌 시청자께 용서받았는지 새삼 기가 막힙니다. 사실 수영
배우와 희석 배우는 〈옥씨부인전〉의 배우 중 저와 가장 많은 작품을 함께한,
사적으로도 가까운 배우들입니다. 한데 초반 4부까지의 대본을 전달받은
수영 배우가 전화를 해서는 밑도 끝도 없는 악역이냐고 물어보더군요. 악역
아니고, 입체적인 인물이야. 뒤에 착해져. 한마디만 해 주고 멱살 쥐고 끌고
왔습니다. 한데 두 분이 어찌나 선악을 오가며 사랑스럽게 연기하시던지,
홍차부부가 미움을 극복한 것은 대본의 힘이 아니라, 오롯이 두 배우의 연기력
덕분이었습니다. 저만 믿고 무지성 악역으로 12부까지 버텨 주신 홍씨부인과
차좌수, 홍차부부께 감사드립니다.

S#51 숲속 간이 투전판 (D)

투전꾼1   (돈 전부 밀며) 이 아귀, 몽땅 걸겠네. 쫄리면 걍 뒈지시던지.
투전꾼2   천하의 짝귀가 뒈질 리가 있나. (돈 밀며) 죽기 아니면 살기다.
투전꾼3   싸늘하다. 비수가 날아와 꽂힌다. 난 쫄려서 뒈져야겠네.

투전꾼1	(차좌수에게) 그쪽은?
차좌수	내가 빙다리 핫바지로 보이오? 나는 껴!
투전꾼1	난, 사땡.
투전꾼2	나, 칠땡.
차좌수	나, 구땡이야! 아하하하하하!
투전꾼3	아 진짜 오늘, 천하의 허순이, 패가 영 안 뜨네~

▶ 　　허순의 이름은 동의보감의 허준 선생에서 따온 것입니다. 후반부에 의원으로 활동하셔야 해서 미리 노름꾼으로 모셔 왔습니다. 이미지 캐스팅할 때, 윤병희 배우님 같은 느낌이라고 말씀드렸는데, 다행히 스케줄이 되셨어요. 생각한 그대로의 싱크로율에 정말 행복했습니다.

14부

—— **S#33 태영 방 안 (N)**

승휘, 태영을 보면, 태영, 수줍어 시선을 돌린다.
승휘, 상을 밀고 다가가, 태영을 들어 무릎에 앉히고, 입 맞추는데,

태영　(입술을 떼고) 제가, 서방님을 얼마나 사랑하는지, 말했던가요?
승휘　말한 적은 없는데, 알고 있습니다.

승휘, 천천히 태영의 옷고름을 당기고 저고리를 벗기면
드러나는 태영의 하얀 어깨.
승휘, 수줍은 태영을 사랑스럽게 바라보다, 이마에, 콧등에, 어깨에
입을 맞추면,
태영도 천천히 손을 뻗어 승휘의 옷고름을 잡아당긴다.

대본 코멘터리

승휘, 스스로 저고리를 마저 벗으면, 승휘의 목을 끌어안는 태영.
승휘, 입을 맞추며 한 손으로 태영의 허리를 바싹 당겨 안고,
한 손으로 머리를 받치고 뒤로 밀어 눕힌다.
입맞춤을 이어 가며, 사랑을 나누는 둘에서. Out.

▶ 　처음엔 사랑을 나누는 둘에서... 라고만 써서 현장에 맡겨 드렸는데,
한참 후에 좀 상세하게 써 달라는 연락을 받았습니다. 당시에 저는 집필을 다
끝내고 제 가족과 보조 작가 가족과 함께 괌에서 휴가 중이었는데, 가족들은
바닷가에서 물놀이를 하고, 저와 이보미 보조 작가는 숙소에서 베드 씬을 썼어요.
무릎에 앉힐까, 등 뒤에서 고름을 풀면 올려다볼까, 아니면 서로의 옷고름을?

++++

───── **S#45 감영 재판장 (D)**

관찰사　　　이 땅에 대한 소송 기록이 있단 말인가?
태영　　　　그러합니다.
배태랑　　　(당황) 그렇다 한들, 어찌 외지부가 이 판결 기록문을 갖고 있단
　　　　　　말입니까?
태영　　　　그것은, 제 시아버님이자, 청수현 현감이셨던,
　　　　　　성규진이 필사해 놓은 판결 기록문입니다.

▶ 　〈옥씨부인전〉을 쓰면서 가장 어려웠던 장면입니다. 제 머릿속에는
오로지, 소혜가 나타나 정체가 밝혀질 위기에 처했음에도 도망치지 않고
청수현을 위해 외지부로 나서는 태영이만 있었던 터라, 이 상황을 구현해 내려면
여러 가지 자료가 필요했는데, 시간은 없고 입안과 기록 등이 너무 어렵고,
성규진을 넣고 싶은 욕심을 부리다 보니, 여러 문서의 날짜가 얽히는 통에 다

꼬여 버려서 제가 너무 멘탈이 나갔던, 그래서 막 소리를 질렀던 장면이지요. 자문 선생님은 놀라서 달려오셨구요. 보조 작가가 그만둔다고 할까 봐 내심 걱정했습니다. 우리끼리 난리가 났던 새벽 5시가 잊히지 않네요. 김낙수 탄핵을 썼던 2024년 4월이었습니다.

대본 코멘터리

15부

—— **S#6 산길 (D)**

승휘　왜들 이러시오. 나만 잡으면 되지 않소.

하는데, 만석을 향해 날아오는 화살들.
승휘, 몸을 날려 팔을 벌려 만석을 막아선다.
화살에 맞고(팔에 스치는) 쓰러지는 승휘. 만석, 놀라서 나리!

승휘　어서 가거라 어서... 제발. 좀.

차마 못 가고 나리! 달려오는 만석.
승휘, 눈을 감으면, 만석, 붙들고 나리!
그런 둘을 둘러싸는 종사관2와 나졸들에서...

▶　　　　사실 2막인 9부부터는 만석이가 등장하면 안 됩니다. 예인단 유담패의
행수로서 예조에 승휘의 거짓 죽음을 고하고 공연을 취소한 중죄인이니 살아
있는 승휘랑 함께 있는 게 들키면 죽음이겠지요. 게다가 승휘와 구덕이 둘
모두의 벗으로 구덕이에게도 중요한 증인이기도 했으니까요.
만석이는 어린 시절 부모와 떨어져 송대감 집으로 팔려와 송도의 식솔로
따라갔었고, 서인이가 태어나자 서인의 몸종이 되어 서인이가 아기 때부터
서인이를 돌봤습니다. 그래서 집을 사 줄 테니 그 대가로 아들을 낳으면 자기
이름을 주라고 했던 것이죠. 그때와 반대로 서인이가 만석이를 키우면서
개고생하는 게 아주 재미질 것 같았으니까요.
가족과 떨어져 별당에 갇혀 살던 서인이의 유일한 벗이자 형이었던 가족 만석이.
서인이에게만 만석이가 필요한 게 아니라 만석이도 서인이와 떨어져 살 순
없었나 봅니다. 그러니 송대감이 자유를 주었음에도 승휘를 찾아와 기꺼이
몸종으로 살아가기를 선택했지요. 이 장면에서 만석이가 도망가 볼까 고민도
했었습니다. 이야기가 고정되어 있다고 해도 선택은 제가 하는 것이니까요. 한데,
제가 아는 만석이는 그럴 수 없었습니다. 내 자식 같은 승휘가 나 대신 활을
맞았는데, 승휘가 이대로 잡혀가면 죽은 목숨인데, 만석이는 승휘를 두고 도망갈
수도, 혼자 죽게 둘 수도, 없는 사람이었습니다.

✦✦✦✦

───── **S#30 의금부 옥사 (N)**

만석　　　글게요. 나도, 집 사 준 대신 아들 낳으시면,
　　　　　이름을 만석이로 지어 달라고 조르라 했는데.
승휘　　　야 미쳤냐? 나 딸 낳을 거야. (하다가)
　　　　　하나 마나 한 소리 하고 있다 우리.

　　　　　　　　　　　　　　　　대본 코멘터리

하는데 답 없는 만석. 승휘. 가만히 만석을 본다.
편한 얼굴로 눈을 감은 만석을 가만히 보다가...

승휘 만석아... 대답 좀 해 줘 만석아. 만석아...

▶ 이들의 죄는 사실 용서받을 수 없는 중죄라서 아무런 희생 없이
모두가 행복하게 끝낼 수 없다, 라고 강하게 마음먹고 썼음에도, 쓸 때는 너무
아팠고, 끝난 후에는 가장 후회한 장면이었습니다. 시청자들께 상처를 드려
죄송하게 생각합니다.

++++

──── **S#43 소혜 집 헛간 (D)**

소혜 좋디?
구덕 (보면)
소혜 노비 주제에 양반 행세하면서,
         동정하고, 베풀고, 도와주니까, 좋았냐구.
구덕 당연히 좋았죠. 저 좋은 일 많이 했습니다.
소혜 너 그거 다 가식이야. 넌 그냥 위선자일 뿐이라구.
구덕 위선자가 어때서요. 가진 자들이 위선이라도 베풀어야,
         없는 사람들이, 숨이라도 쉬는 것입니다.
소혜 그런다고 니가 훌륭한 사람이 될 거 같아?
구덕 훌륭한 사람? 아뇨. 전 사람이 되고 싶었습니다.
         할 수 있는데 안 하는 사람보다야 훌륭하겠지만요.

▶ 다시 노비가 된 구덕이와 소혜가 대화하는 장면. 이 드라마는 이

장면을 위해 달려왔다고 해도 무방할 만큼 제게 중요한 장면이었습니다. 지연
배우도 알고 있어서 율리 배우와 따로 합을 맞춰 완벽하게 해 줬습니다.

대본 코멘터리

16부

———— **S#53 의금부 앞 (D) [1부 S#2와 같은 장소]**

승휘E   하여, 남은 생은 노비 구덕이가 아니라,
         자유로운 이름 윤조로, 행복하게 오래오래 살았다고 한다.

▶   승휘의 이 대사가 편집되어 구덕이가 어떤 이름으로 살게 되는지
궁금하셨던 분들이 많은 듯합니다. 구덕이는 면천되어 양인의 신분이 되었고,
옥씨 성을 받았습니다.

++++

───── **S#44 이좌수 집 마당 (얼마 후, D)**

이좌수   갈 곳이 없는 듯하여, 데리고 왔는데…
           내, 자식으로 삼아 좀 거둬도 되겠는가.
김씨부인   (가만히)
해강   (난처해서) 농이십니다. 그저 모셔다 드리러 온 것입니다.
           (인사하고 가려는데)
김씨부인   들어오게.

───── **S#55 유향소 (D)**

차좌수와 이좌수, 티격태격하고 있다.

차좌수   유랑민을 유입해 청수현에 정착을 시키자구요?
이좌수   예, 일자리 확보를 위해 농토를 확장하고, 노회 사업을 더 키우면 /
차좌수   (말 막듯 도리도리) 사업도 좋지만, 풍속 질서에 해가 될까 우려됩니다.
이좌수   어찌 이리 안건을 낼 때마다 사사건건 반대하시는지.

▶   해강이는 꼭 살려서 청수현으로 데려오고 싶었습니다. 그게 윤겸이가
이루지 못한 염원에 대해 제가 해 줄 수 있는 배려 같았어요. 시간이 모자라면
제일 먼저 사라질 수밖에 없는 곁가지 얘기였지만, 대본에라도 꼭 담고
싶었습니다. 해강이를 무참히 칼로 베었던 이좌수가, 소수자들을 짐승이라
여기고 죽이려 했던 청수현에서, 애심단의 정신으로 약자들을 받아들이고 돕고
살길 바랐습니다. 농으로 이좌수의 어깨에도 마음 심 자를 새기자고 했었어요.

++++

—— **S#60 옥사 (3년 전, N) [플래시컷]**

윤겸   지켜 준다. 피난처가 되어 준다. 꼭 돌아온다.
        그 약조를 하나도 지키지 못했소이다.
        부인을 지킨 것은 당신이지요.
승휘   ...
윤겸   부디 마지막 약조를 지키게 해 주시오.
        아우가, 또다시 형을 잃지 않게...
        부탁합니다. (심호흡) 마지막 숨을 아껴... 여기까지 왔으니
        돌아가서 (겨우) 나 대신... 제발... 살아 주시오... 행복하게...

▶   윤겸은 한순간도 행복하지 못했던 이상주의자입니다. 역당으로
오인당하여 죽을 뻔했던 윤겸은, 승휘 덕에 생을 연장하며 뜻하는 대로 살게
되지요. 하지만, 그저 사는 것이, 살리는 것이 목표였던 윤겸이는 살리지도,
살지도 못했어요. 사실 윤겸이의 실패는 예정되어 있었습니다. 그가 꿈꾸던
세상은 아직도 오지 않았으니까요. 승휘의 『옥씨부인전』이 3년이나 걸린 이유는,
승휘가 풀려난 후, 윤겸을 주인공으로 한 『같은 하늘 아래』를 먼저 집필했기
때문입니다. 윤겸이는 결국 박준기를 처단했고, 참형이 예정되었던 승휘에게
생을 갚았으니, 그 마지막 숨은, 편했기를 소원합니다.

            《옥씨부인전》을 완독해 주신 여러분께 감사드립니다.

✦ 작가의 말 ✦

사라지고 있는 단어들을 화두에 두고 싶었습니다. 효심, 가족애, 부부애, 이해, 우정, 사랑. 그리고 용서... 구덕이의 따뜻한 진심이 사람들의 마음을 움직이고, 구덕이가 베푼 덕으로 인해 죄를 용서받은 것이 판타지가 아니라 현실이 되길 바랐습니다.

최고의 스텝들, 최고의 배우들과 함께, 최고의 장면들을 보여 주시고 들려 주신 진혁 감독님, 최보윤 감독님 감사합니다. 힘이 되어 주신 황보상미 EP님, 주채영 자문 선생님, 그리고 코퍼스 식구들. 감사합니다.

항상 곁을 지키고 도와주는 이보미 작가님. 한 줌밖에 안 되는 내 소중한 팬 현애 영아 일지. 손녀딸 키우느라 고생하는 우리 엄마, 김복순. 나의 전부인 딸, 한선우. 나만의 천승휘, 한혁진. 덕분에 〈옥씨부인전〉을 무사히 집필할 수 있었습니다.

마지막으로, 〈옥씨부인전〉을 사랑해 주신 애청자 여러분. 저는, 제 마음은, 아직도 청수현에 머물러 있습니다. 아직 마음이 식지 않아 떠나지 못하고 있었는데, 대본집 덕분에 아쉬움을 많이 내려놓습니다. 새 글을 쓰려면 또다시 어둠 속으로 들어가야 하겠지만, 이 빛나던 날들을 기억하며 버텨 내겠습니다.

감사합니다.

다시 오지 않을 꿈같은 시간이었다.
꿈에서 깨고 나면 난 또 혼자가 되겠지.
허나 나는 이 기억을 붙잡아
남은 평생 너를 그리워하며
기나긴 어둠을 버텨 내려 한다.

2025. 2. 25

작가의 말

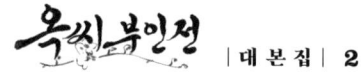 |대본집| 2

초판 1쇄 발행   2025년 4월 7일
초판 2쇄 발행   2025년 5월 20일

지은이   박지숙
펴낸이   김상희

총 괄   이수일
편 집   최시연
디자인   이새미
마케팅   이재영
관 리   김근혜, 최길성, 정태식
제 작   이지프레스

펴낸곳   BIRDBOX
주 소   경기도 고양시 일산동구 정발산로24 웨스터돔1 910호
전 화   031-935-4577
팩 스   031-943-1543
등 록   2019년 4월 8일 제 406-2019-000034호
ISBN   979-11-990751-7-7 (04810)
        979-11-990751-6-0 (04810) (세트)

BIRDBOX는 주식회사 콘텐트리의 단행본 브랜드로 다양한 K 콘텐츠 책을 펴냅니다.
이 책에 대한 의견이나 오탈자 및 잘못된 내용에 대한 수정 정보는 주식회사 콘텐트리의 홈페이지로 알려 주십시오.
홈페이지 https://korea.contentree.fun/